Jaroslav
Seifert

Všecky
Krásy Světa

世界美如斯

[捷克]雅罗斯拉夫·赛弗尔特 著　　杨乐云 杨学新 陈韫宁 译

译林出版社

译者序

《世界美如斯》是捷克著名诗人，1984年诺贝尔文学奖获得者雅罗斯拉夫·赛弗尔特晚年撰写的回忆录。诗人在这里没有采用一般回忆录按生活经历依次叙述的写法，而是通过一则则小故事缅怀他漫长一生中所遇到的一些人和事，记叙了一些见闻和感受，作者着墨更多的不是他本人的坎坷身世，而是在人生旅途中同他偶然走到一起的许许多多的人，他们之中既有捷克近代文学艺术界很有影响的诗人、作家、批评家、戏剧家、画家、雕塑家、音乐家，也有名望不大但各以其善良的心灵或坚强的个性使作者深为感动和怀念的人。诗人将一幅幅饶有趣味的画面展现在读者面前，我们观赏着，不知不觉便追随着诗人步入一个引人入胜的世界：绮丽的布拉格风光，魅人的捷克温泉胜地，二三十年代艺术家荟萃的布拉格咖啡馆，活泼的文艺创作空气。当然还有德国法西斯占领下民族的苦难和斗争。从这本回忆录中我们不仅可以了解半个多世纪捷克文化界的许多情况，而尤为重要的是，它展示了诗人的心灵世界，使我们对这位卓越诗人的思想感情有更为深刻的认识，从而得以更好地理解他的诗歌。与此同时，我们也可以看出赛弗尔特走过的创作道路，在他那一代捷克诗人中具有一定的代表性。

雅罗斯拉夫·赛弗尔特(Jaroslav Seifert, 1901—1986)出生于布拉格市郊日什科夫区的一个工人家庭,中学未毕业即投身新闻工作和文学事业。他二十岁踏上文坛,六十多年中写出了三十余本诗集、几本散文集和这本回忆录。他的累累硕果和多方面的文学活动对捷克文学的发展产生了很大的影响。

赛弗尔特的诗歌创作历程比较曲折、复杂,内容和风格前后变化甚大。这反映了他所处时代的动荡和各种哲学及文艺思想对捷克作家的影响。赛弗尔特生于奥匈帝国统治时期,他的童年是在祖国人民争取独立的岁月中度过的。十月革命的胜利使刚刚跨入青年时代的敏感的诗人受到鼓舞,他热情地参加了无产阶级的诗歌创作行列,协助青年文艺理论家卡雷尔·泰格建立先锋派文艺团体旋覆花社,写出了反映城市劳动人民痛苦生活的第一部诗集《泪城》(1921)。可是不久之后,在西欧现代派文艺思想大量涌入捷克文艺界的情况下,特别是在他与卡雷尔·泰格访问法国之后,他的诗歌创作有了很大的转变。他放弃了重大题材而致力于描写个人内心的瞬息感受,讴歌春天、爱情和生的欢乐。他与泰格及另一位青年诗人创立了提倡纯艺术观点的"诗歌主义"流派,反对诗歌直接为政治服务,主张把诗歌从理论的桎梏中解放出来,使之成为"想象力的游戏"。这一流派曾受到坚定的无产阶级诗人的反对,但为许多年轻诗人所接受,不仅对诗歌创作,而且在其他艺术领域,产生了深刻的影响。

1936 年以后,纳粹德国的威胁和慕尼黑协定的签订激起了诗人的爱国主义感情,他从怀旧和追求内心宁静的小圈子里走了出来,创作了《熄灯》(1938)、《披着光明》(1940)、《石桥》(1944)等诗集,谴责法西斯侵略,启发民族觉悟。不过,他的这些诗基本上是温和的,不像一般爱国主义诗歌那样慷慨激昂,而是以极大的温情表达他对祖国和母语的爱,对故乡布拉格的爱。他的好友——诗人哈拉斯在读了他的《石桥》后曾不满地对他说:"今天的诗不该写得这样甜,富有麻醉性。今天的诗应该像秋风那样悲号，像挣脱了锁链的狗那样狂吠，像猛兽的叫声那样凄厉。”赛弗尔特觉得这话有道理，但是他说自己做不到[1]。在他的诗里，爱总是比仇恨强大。

战后至五十年代中期，他的诗大多回忆青年时代，诗风渐趋淡泊、蕴藉，不再像青年时期那样重视丰富的意象和出人意料的形象比喻。之后，由于政见不同受到批评，同时又因长期患病，诗人沉默了九年之久。1965年他的新诗集《岛上音乐会》问世，接着，《哈雷彗星》(1967)、《铸钟》(1967)、《皮卡迪利的伞》(1979)、《避瘟柱》(1981)、《身为诗人》(1983)，以及洋洋数十万字的回忆录《世界美如斯》(1982)相继出版。作为一位年迈多病的老人，他有如此旺盛的创作力，不能不令人惊叹！他的诗到这个阶段已是炉火纯青，不见刀斧之痕。他已不再重视比喻和韵脚，只是用朴素的、类乎散文的语言表达“更为本质的东西”，抒写他复杂的内心感受和他对人生真谛的认识。在饱经沧桑和长期患病之后，他的诗无论在思想上还是表现手法上，似乎都已趋向于“返璞归真”；诗人的感情不再像山涧溪流，而是海水般深沉、凝重，表面的宁静蕴藏着内心的浪潮起伏、波涛滚滚。

赛弗尔特是一位深受捷克人民喜爱的诗人，几乎每一个家庭都有他的诗集。尽管他深受西欧现代诗歌的思想影响，但他的诗是从优秀的捷克诗歌传统中生长出来的，有浓厚的民族气息。他是一位语言大师，善于使捷克语的音乐性和丰富的表现力在诗歌中得到最充分的发挥，因此他的诗有一种天趣自成的文字美。诗人在一首诗里也曾说过：“假如那些诗句偶尔闪光，/并非我自身的光亮。/我热爱这语言。”不过，诗人这种巨匠的语言造诣也是从刻苦的钻研中得来的。回忆录中我们可以看到，诗人怎样与朋友们通宵达旦地在咖啡馆里切磋诗歌创作问题。

1　见本书《充满歌声的岁月》篇。

回忆录《世界美如斯》从某种意义上说可以看作赛弗尔特本人对自己的诗歌创作的诠释。在这里，诗人坦率地陈述了他的艺术观点和创作倾向，以及他对西欧，特别是法国诗人的景仰。正如他的诗反复讴歌的是爱情、春天和美，回忆录的基调也是这几个方面，当然还有垂暮老人的伤怀和惆怅。对爱情的追求是回忆录的一个主要题材，因为诗人把爱情看作希望、魅力和欢乐的象征。这和他的文艺观——诗歌表现人生的声色之乐——是一致的。

《世界美如斯》长达五百多页，共分四个部分，译者从每一部分中选译了各重要篇目，选择的着眼点在于帮助读者更多地了解诗人和他那个时代，同时也考虑了作者的散文特色。

杨乐云

我们没有时间孤独，
我们唯有欢乐的时间。

——阿尔贝·加缪

目　录

Ⅰ　茫茫白雪覆盖的一切

引　言

寂静时当我回首前尘，特别是当我紧紧闭上眼睛的时候，只要稍一转念，就会看到那么多的好人的一张张面孔。在人生旅途中，我同他们不期而遇，同他们中的许多人结下了亲密的友情，往事一件接着一件，一件比一件更加美好。我仿佛觉得，同他们交谈还是昨天的事情。他们递过来的手上的温暖我还感觉得到。

我还听到沙尔达[1]幸福的笑声，托曼[2]的讥讽语调以及霍拉[3]的低声叙述。在这种时刻，我会感到如果不把与他们相处中的一些事情记下来，哪怕是片言只语或长度不超过一则趣闻逸事的小故事记下来，毕竟有些可惜。他们都是些很杰出、很有趣的人。在那些曾与他们建立友情、对他们的文学生活十分了解的人中间，我可能是最后几人之一了。我也是能把行将永远被遗忘的那些事情写下来的人，直到我自己也进入他们那黑暗中的无声无形的行列。

他们全都去世了，但是我不会喟然叹息，尽管泪水，诚如尤维纳

1　F. X. 沙尔达（1867—1937），19世纪末至20世纪30年代捷克最有影响的文学评论家。

2　卡雷尔·托曼（1877—1946），捷克诗人。

3　约瑟夫·霍拉（1891—1945），捷克诗人。

利斯[1]说的，是我们的感官中最为美丽的部分，"Lacrimae nostri pars optima sensus"[2]——如果我在学校里学得的句子没有记错的话。不过，我不会去写回忆录。我家里没有片纸只字的记录和数字资料。写这样的回忆录我也缺乏耐心。因而剩下的便唯有回忆。还有微笑！

1927年1月底，霍拉带着一本他新出版的诗集《鲜花盛开的树》走进了杜莫夫卡咖啡馆。这个日期我是在诗集题词下面发现的。那天我们谈了些什么，我当然已无从记忆。但肯定也谈到了某个已经去世的人。可能是沃尔克[3]吧，因为那几年我们对他的诗颇有异议。突然，霍拉把送我的诗集要了回去，随即在正文前面的一张空白书页上写了一首诗：

墓上飞来大片阴影，
鼓手与世隔绝。

须知死人也会妒忌！
颓丧的柳树枝条低垂，
以沉默把人声撕碎。

死者在地下将我们非议。

这首诗显然是霍拉的即兴之作，半个多世纪过去了，当我躺在维诺赫拉德医院的新病房时，却突然浮上脑际玩味起来。新病房正对

1 尤维纳利斯(约60—约140)，古罗马讽刺诗人。
2 该句的拉丁原文。
3 伊希·沃尔克(1900—1924)，捷克诗人。

着维诺赫拉德墓园的南墙，从病房的大窗户可以望见许多墓碑和十字架，还有那低矮的、样式古怪的建筑物——令人神伤的骨灰堂。

有一天傍晚下了场小雪，纪念碑和围墙上铺了一层薄薄的雪，就像摄影师拍照前在灰暗的石头浮雕上撒了一把面粉，以便图像的轮廓更为清晰。

暮色渐浓，当整个医院已沉浸在夜间的寂静中时，我忽然听到身底下的什么地方传来说话的声音，两个交错的不协调的声音。显然是某位医生打开了收音机，另有一位病人忘记关掉每个病房都有的有线广播就睡着了。在医院单薄的现代建筑物里，声音仿佛从深处传来，但相当清楚。我的目光不由自主地投向未挂窗帘的大窗户，投向墓地。那声音真像是从地底下，从近在咫尺的墓园的地底下发出来的。

我连忙拂去这一幻觉。亡人是沉默的，固执地沉默不语。

因此，还是让我来非议他们吧，非议这些长眠地下的人。不过，我将友好地、怀着爱非议他们。

我也将非议我自己。

（杨乐云译）

一束紫罗兰假花

我老了，腿脚已不灵活。可是直到不久以前，我还常去佩特馨山，隆冬季节也去。我踏遍整个园子，甚至连小城区雄鹰体育协会上方那些静悄悄的、游人罕至的小路也没有放过。在一条小路的弯曲处，我知道有个地方春天盛开着蓝莹莹的紫罗兰。但是，要看到它们却须跳上垒在路侧以防坡土流失的巨石。站在小路上是望不见紫罗兰的，唯有阵阵甜香有时扑到附近行人的鼻下。

前些时候，有位批评家指责我，说我的诗经常回到扇子这个题材上来。我要说，他此言不虚。并且他忘记了还有紫罗兰。我咏紫罗兰的诗也不计其数。请原谅我吧。从儿童时代起，扇子和紫罗兰便同我结下了不解之缘，我喜爱它们。

在我的儿童和少年时代，紫罗兰香是备受欢迎的香型。就以我的母亲来说，她丝毫不是讲究衣着的人，可是在她的柜橱底却有一瓶这种香型的廉价香水。她那两个家境富裕、服饰雅致的阔妹妹，身上都飘逸着这种香味。那年头的时髦风尚还不像现在这样变化迅速，日新月异。香水的品种不多，绝大多数都采用花香，而紫罗兰是人们最喜爱的一种。那是分离式香型，曾风行一时。直到今天我还从遥远的年代闻到它的芬芳。

在天堂花园附近的转弯角上，在赫赫有名的黛蕾萨别墅的窗户对面，从前是S.K.切希耶游乐场。它的栅栏上方悬挂着这么一块招牌。如今这地方早已盖起了分租房屋，我的一怀惆怅在此徘徊。切希耶游乐场夏天做什么用我不清楚。无疑有人来此打网球。可是在冬季，那里曾是宽广的滑冰场，光顾的人很多。它正坐落在日什科夫区和维诺赫拉德区的交界处。我有时跳上栅栏，蛮有兴致地望着那些欢叫着的、不断移动同时又始终以同一方式忙乱的人群。他们仿佛一味无意义地，然而却是满怀喜悦地在冰场上绕着圈子，弯弯曲曲地交错穿行，将自己的欢乐和无忧无虑的时光在冰面上做几秒钟的记录。我很喜欢这个画面，可是从未产生过投身到这喧闹的人群中去的愿望。

直到突然有一天。在滑冰场门口我瞥见了邻楼的一个姑娘。很久以来我一直注意着这个姑娘。在街上我常回头看她。她住的比我们的低一层，有过很多次我站在阳台上等候她的红蝴蝶结。见到她时，我对她笑笑，这便是一切。

在遍地积雪的咯吱声中，她消失在滑冰场的大门里。我站在栅栏旁举目寻找。终于看见她了，那样优美地在冰上回旋。我马上下了决心。我央求妈妈买冰鞋，她很乐意地上附近一家铁器店，花了几个六角币给我买了一双拴带儿的冰刀。那是普通的便宜货。她认为我初学滑冰，用用这也可以了。冰刀甚至有点儿锈迹斑驳，我用砂纸将它们打亮，又用煤油浸泡。直到很久以后我才有能力买一双镍制的、刀尖弯弯卷起的新冰鞋。人们管这种冰鞋叫“带鼻儿的”。不过，那也只是一副拴带儿的冰刀而已。我把冰刀挂在书包带上往肩上一搭，径直上了滑冰场。当然不是上所有同学都去的切希耶游乐场。在同学面前我觉得无所谓，怕的是遇上邻楼那个姑娘。我生平还从没穿过冰鞋，在她面前我的模样会多么可怜！

滑冰坡我早已不害怕了，还经常去玩，虽然我找的冰坡都比较短，坡度也不太大。在丘陵起伏的日什科夫有些山坡看了简直令人眩晕。山路笔直地向下倾斜，男孩子们从上面滑下来险些儿滚进电车底下的事情时有发生。电车轨道正从山路下面横穿而过，山坡有的长达几十米，从上面下来要收住脚跟并非易事。警察有时找到管院子的，强迫他们在山坡上撒煤渣。可是男孩子们用帽子很快又将结冰的坡面打扫干净，或者马上在不远处另外弄出一条滑道。

在今天的萨瓦林花园，从前开设过一家避暑餐厅。它的房宇中间有一块赏心悦目的空地，周围种着栗子树。每到冬季，这里便是滑冰场。去的人少得多，场地也不很大。我的同学们肯定谁也不去。因此我选中了这个地方。

一上滑冰场我便狼狈不堪。我穿着冰鞋刚站起来就摔倒了。怎么努力也不行。我甚至尝试着抓住栏杆，可是两脚一个劲儿地打滑，身体随着又倒了下去。经过约莫两小时的艰苦奋斗，我勉强能稍稍走几步了，当然每次都以令人难堪的摔跤告终。要不是我眼前有一张姑娘的脸庞——嵌在栗色鬈发中，发上系了红蝴蝶结——我就会把倒霉的冰刀搭到肩上，沮丧地回家去了。可是姑娘的眼睛鞭策着我脆弱、动摇的意志。

我这副无能为力的窘困样儿被一位站在滑冰场栏杆外面的夫人注意到了。她举止文雅，很有魅力，毫无疑问是一位母亲。她的孩子，一个年纪同我相仿的小男孩，就在冰场上。这孩子压根儿不会花样滑冰，他也是初学，可是已能站得相当稳当，正绕着冰场犹犹豫豫地滑着。每当他回到母亲跟前，美丽的夫人便从她那只深深的手袋里掏出一块夹心巧克力，塞进他的嘴巴。看得出来，这完全是出于喜悦，因为他有了进步。她的手袋上装饰着一大束紫罗兰假花。

我在她近旁胆怯地摇摇晃晃试着步子，而每次快到她面前时，总是毫无例外地仰天摔倒，哧溜一下直滚到她的脚边。这确实有点儿丢脸。这样反复摔了约莫五次之后，她显然觉得我很可怜，便扶我站起来，然后走进滑冰场，一手牢牢地抓住我的胳膊，领着我滑。虽然我有点儿不好意思，但她是那样的慈爱，用那样和蔼的口吻同我说话，我便欣然听命于她的亲切引领了。有几次我脚下打滑，身子又要摔倒，可是她稳稳地扶住了我，摔也只是脸扑在她那只手袋上的一大束紫罗兰假花上而已。当年人们把手筒叫手袋，它是妇女冬季不可或缺的服饰之一。大约半个小时后，她松开手让我独自试试，自己站在一旁。我摔倒的次数少多了，最后居然绕着滑冰场蛮不错地滑了一整圈。这对我来说不啻是个奇迹。虽然我的动作战战兢兢，滑得很慢，但毕竟绕了整整一圈，在冰上也多少算是站稳了。当我回到那只装饰着紫罗兰的手袋面前时，两根温柔的女性手指往我嘴里塞了一块夹心巧克力。那天我吃到了好几块。最后一块塞给我时，她用温暖、甜蜜的手掌在我的嘴巴上轻轻按了一下。这是说再见了。她带着儿子离开冰场，我依依不舍地目送着他们。

第二天我又来到这个滑冰场。虽然没有再见到装饰着紫罗兰的手袋，但是滑冰我已多少学会了一些，第三天我便壮着胆子上切希耶游乐场了。可是由于那个手掌和那束紫罗兰，我渐渐把头发上的红蝴蝶结淡忘了，到后来便完全把它抛到了九霄云外。

奥尔德日赫·诺维先生，您听到我说什么了吗？这篇回忆是献给您的。您肯定知道为什么！

（杨乐云译）

我们同列宁一起滑冰

如果列宁的老朋友A. P. 奥努弗里耶夫说的话确实可信，我国某些人的见证也无须置疑，那么1912年列宁不仅曾在日什科夫当时的国家火车站上方的米谢克旅馆下榻，而且也在查理大街的一栋分租房屋里住过。这栋房子墙上挂着一块招牌：金轮饭店。列宁当年看到的景色不消说并不诱人。饭店房间的窗户正对着日什科夫煤气厂的几个怪模怪样的大贮气罐。这些贮气罐我至今记忆犹新。现在那地方已改成了足球场，一度曾是赫赫有名的日什科夫S. K. 维克多里耶游乐场。当时我们家就住在这一街区分租房屋的另一端。金轮饭店的老板同我们家很熟，也许还是我们的远房亲戚呢。我常常提着酒壶上他那儿去打啤酒。他那儿给的分量足。奥努弗里耶夫还回忆说，冬天的傍晚列宁总是照例要到附近的滑冰场去滑冰。那时候，附近只有一个滑冰场，就在今天的火车站的上方、黛蕾萨别墅的对面，S. K. 切希耶游乐场。

我们这些住在游乐场附近的日什科夫的孩子们，也常到这个滑冰场去滑冰，时间也大多在傍晚。下午我们或是在学校上课，或是在家里做作业。要等滑冰场上稀稀落落的电灯亮了，我们才穿上冰鞋。

冰场也放音乐。有时是留声机嘶哑的乐曲，有时是手摇风琴。

衣帽间供应茶水。冰场上的景象没有比晚上更欢乐、更有吸引力的了。我们最喜欢的是摆长蛇阵。几个男孩依次搂着腰，打头的双腿微曲，后面的一个个都蹲下，就这样波浪似的满场子旋转，厚着脸皮往女孩子身上撞。女孩子都是两人两人一起滑，举止文雅、优美，脚轻巧地一扬一扬。一见男孩子们冲过来，她们便尖叫着躲到冰场边上扫出的积雪堆中去。这正是我们希望见到的。

1912 年冬天，在那里滑冰的有一个头戴羊皮帽的矮个子男人。他哪儿会想到，对面别墅底层的一个房间里，将有他的一尊半身像透过这冰场凝望经常被火车站污浊烟雾笼罩的布拉格呢。因此，亚历山大博士，或者马耶尔博士——列宁在布拉格时使用的化名——那时候作为一个陌生人，已经走进了我们的生活。

十年或十一二年之后，我们围在黛蕾萨别墅他的半身像旁边，身穿红军军官制服的安东诺夫·奥夫塞延科亲切地接待了我们。

今天你们为我做证吧，查理大街、克拉索伐街和胡西内茨卡街的小伙子们，科斯尼茨基广场的伙伴们和同学们，冬季我们差不多每天都在切希耶滑冰场上！

你们说话呀！你们都在哪儿！伙计们，为什么一声不吭？

我全然忘记，这已是六十多年前的事情。太久，太久以前的事情了。也许他们已不在人间。

（杨乐云译）

颏下系着蝴蝶领结

在日什科夫中学，我们的小礼拜堂就设在健身房。平时学生们在健身房锻炼，到了星期日，两张教室长凳便推到了裁判员的小梯子面前，壁龛的白铁皮百叶窗拉开，里面放着个朴素的小祭坛。每星期日我们必须到这来做礼拜。长凳上坐着值班老师。在一些重要的日子，例如学年开始——“Veni Sancte Spiritus”[1]，或者学年结束——“Te Deum”[2]，或者皇帝的诞辰，全体教师便一律出席，而且还穿上官方规定的制服：头戴缀有鸵鸟羽毛和金饰的制帽，腰里挎着一把金柄军刀。有时他们这身披挂看着颇为滑稽，尤其当一位教师身体太瘦或者太胖的时候。

不过，我想说的不是制服。

当小钟敲响，弥撒将要开始时，全体学生必须跪下。可是只有我往往不是跪而是蹲着，虽然这样做是被禁止的，而且腿也更疼，起立很困难。原因是我的鞋底经常有个洞，我感到羞耻。简直愚蠢可笑。然而跪在我身后的那一位也并不比我聪明多少。若是他发现我穷到

1　拉丁文，意为“降临吧，圣灵”，系天主教的一篇祈祷文。
2　拉丁文，意为“赞美上帝”，亦系天主教的一篇祈祷文。

这个地步，他不仅会把鼻子翘得老高，而且还会当作笑柄向全班同学散布。而他是个无忧无虑的幸运儿！

我这特有的愚蠢在别的时候也以别的形式充分表现。

每当下大雪，我们日什科夫郊区便会一改敝旧面貌，变成上下五层的洁白仙境。我没有数错吧？是否还要多几层？五条横街转眼间白茫茫一片，美不胜收。是的，是五条，如果不把山脚下横卧在山谷里的那条也计算在内的话。当时我们家就住在那条街上。

唯有那边下面，在卡尔林的头道街同胡斯大街相衔接的地方、拐角处的赫拉博夫卡才是黑色的。直到今天人们仍管它叫黑赫拉博夫卡。那是火车站的一个堆栈，不断有人来这儿卸煤和装煤。在这又黑又丑、白雪永远无法填没的洞穴，有时也出售煤块。

第一次世界大战期间，城市里的日子很不好过，供应紧张。买面包、面粉以及所有食品都要排队。白天黑夜都排队。这种痛苦的等待我们一家人轮换着去。晚上和夜里归妈妈和爸爸，我和妹妹轮白班，当然是在我们不上课的时候。

赫拉博夫卡卖煤的时候，去排队买煤的照例是妈妈，寒冬酷暑都是她。当然特别是在寒冬，雪里雨里要站几个小时。爸爸上班去了，妹妹还幼小。妈妈常央求我帮她推那辆沉重、粗笨的小车。那是用摇篮改装的，后来散了架。我总有许多托词，要做作业呀，要去练唱或运动呀，总之竭力逃避同妈妈一起去推那难看的小车。我已是中学生了，脖子上系了蝴蝶领结或者领带，我觉得羞耻。

不妨问问那些十四五岁的蠢小子，真正应该感到羞耻的是什么。我那时害怕人家瞧见了笑话我。

这些愚蠢的、冷酷无情的托词还不是唯一使我至今感到内疚和脸上发烧的事情。

一天下午，我正急急忙忙朝布拉格的什么地方走去，不料却远远地一眼瞧见了妈妈，她伛偻着身子，背了一口袋沉重的煤块从赫拉博夫卡走过来。有片刻工夫我不知所措地愣住了，但随后便一扭身闪进了离我最近的一栋房子，躲在甬道里直到妈妈走了过去。这是懦夫行径，而且很残忍。可是孩子往往就是这样。

有时我又到了这些地方。赫拉博夫卡依旧还在。它的对面，那座我常去用目光向温柔的汉娜·波尔黛诺娃倾诉爱慕之情的电影院，如今则已是一个车间。当我望一眼赫拉博夫卡时，它朝我伸出了一个乌黑的舌头。

（杨乐云译）

Thank You, So Blue[1]

那照例是在夜里，伏尔塔瓦河面上的冰层升高了。几天以后，冰上出现了水洼。行人这时便被禁止上冰了。随后浑浊的河水奔腾而至，在它们的冲击下冰面开始坼裂，发出噼啪巨响。第二天，大块浮冰便从伏尔塔瓦河、萨扎瓦河和贝龙卡河的上游急速漂来，轰隆隆地撞击着桥墩的护栏，在查理士桥前面的破冰机上撞得粉碎。自从伏尔塔瓦河的水上工程建成之后，河水在布拉格已不再结冰。在今天，人们恐怕再也享受不到那样的乐趣了：傲然把大桥撇在一边，径直从冰上走到对岸，或者在冰上顺着河道跑来跑去，只消避开那些缩成一团的捕鱼人就行。捕鱼人一声不响地、大多徒劳无益地守在凿开的冰窟窿旁边，呆望着自己的钓竿。

有一年春天，一场突如其来的出人意料的洪水使贝龙卡河上的冰面破裂得比其他河流早了些日子。浮冰堵塞在莫德让内附近，堆积成巨大的冰障。河水眼看就要泛滥，不得不请来军队用榴弹粉碎冰障。爆破声一直传到布拉格。桥上挤满了人。

1 英文，意为“感谢你，多么蓝”。但 Blue 也可作“沮丧”“忧郁”解，因此也可译作：感谢你，多么忧伤。

我也好奇地站在桥上，出神地望着空无一人的滑冰场。正是在这个冬天，我几乎每天来此滑冰，有时还带着一个迷人的小姑娘。她梳着可爱的但有些古老的发式，耳畔垂着两个核桃般的发结。她信赖地将自己交托给我那相当可疑的滑冰技巧，我们手拉着手在广阔的冰场上绕圈子。冰场周围有扫成一溜的积雪为界。四角的雪堆上插着饰有彩色纸带的青翠的圣诞树。

在那张老长的、我们坐着系冰刀或换冰鞋的板凳上，还放了一只旧的留声机，装着一个硕大的浅蓝色喇叭，离它不远的大门口有间小屋，那儿收极便宜的入场费，并供应热茶。

这一切在几天之前都已撤除，唯剩四棵无人过问的圣诞树，兀自插在已经塌陷的雪堆上。

爆破之后只一小会儿工夫，头一阵浪潮便汹涌而来，紧接着河上的冰障在轰隆噼啪声中裂开了，场面空前壮丽。圣诞树跃进洪流，迅速被浮冰卷走了。浮冰争先恐后奔腾前进，不时卡在一起动弹不得。被浮冰卷走的还有其他一切：那些飞逝的欢乐时刻，当我心里热乎乎地感觉到有个漂亮的女孩子就在身边；那种同她一起在冰上回旋的愉快，两条腿潇洒地一踢一扬——至少我自己以为是潇洒地。那年头花样滑冰还刚刚问世。浑浊的、不很喧闹的河水也卷走了一支优美的英文歌曲“Thank You, So Blue”，将扣人心弦的歌词和探戈舞曲带向了远方。这一切统统消失了，一去不复返，它们曾经是那样的美好。我怅然若失地目送着它们逝去。随着浮冰漂走的还有那位小姑娘，而且恰恰就在我正要爱上她的时候。她犹豫了很久才把自己的姓名告诉我。她说她家住在赫拉德强尼[1]，可是没有透露在赫拉德强尼的什么地方。她暗示自己是中学生，但不说在哪儿上学。她允许我把她送到克拉罗夫。在那儿她跳上电车，愉快地微笑着，然

1　布拉格地名，今捷克共和国总统府所在地。

后过了好几天我才会在结冰的河上，在乱纷纷的人群里幸福地再次发现她。她害怕她那位管教严厉、像守护眼珠子一样守护着她的母亲。母亲要是知道了，肯定会禁止她到滑冰场上来。当我冒失地说出想到她家附近去等候她时，她不禁大惊失色。我心里满有把握成功。依我看需要的只是一点儿耐性，而耐性我是有的。我准能将她耳畔那对老式的发结解开，稍稍改变她母亲的教育影响。然而河上的冰层没有坚持那么久，春天已经触手可及。我滑冰的技术虽然平平，但是能谈笑自若，因而我毫不怀疑到时候准能赢得姑娘的心。可是正如我刚才说的，春天抢到我的前面去了。

姑娘随着一江春水漂走了。真遗憾！因此留在我记忆里的便只是我怎样跪在她的脚边笨拙地给她的高筒靴穿鞋带，一面穿一面感到惋惜，只恨靴筒没有再高一些。

幸运的是，跪在那儿我瞥见了她露在百褶裙和袜管之间的一小节光腿。那是由于袜口有点儿翻起偶然裸露出来的。这是我为她效劳并对着她的两个发结低声倾诉心曲所得到的唯一的微薄报偿。

后来，当我傍晚时分把姑娘领回长凳时，在昏暗中我仿佛觉得少女身体的天穹上有一轮光环，使我联想到弯弯的新月。

蛾眉月！

那时候我读完凡尔纳描写月球旅行的小说才不久。然而对于大胆飞上宇宙空间，飞上月球火山，我能了解什么呢？

那只是一个中学生的胆怯的渴望而已。女人那会儿对我来说比天上的月亮还要神秘。我望着浊浪中漂去的浮冰出神。就在这个时刻，春天在布拉格的街道上开始了。

Thank You, So Blue!

（杨乐云译）

一个诗人的诞生

我有一个小孙女，不言而喻我非常钟爱她。她喜欢画画。起初，一支普通圆珠笔对她来说也就足够了。可是她妈妈发现她在这方面有特殊爱好之后，毫不犹豫就给她买回了彩色粉笔和彩色铅笔。而且不止一套！这些糟蹋到不成样子的文具统统装在一只鞋盒里。有时我徒然想给她把所有的彩色铅笔削一削。做不到，太多了。

“爷爷，给我画个公主。”

我相当无可奈何地挑了一支黄铅笔，先画了一顶金色的王冠。又在一个椭圆形的圈儿里画了马马虎虎像是牙齿的玩意儿，使人联想到龇牙咧嘴的鲨鱼。小孙女马上把画笔夺了过去：

“不是这样的！你得先画脑袋，然后在脑袋上画王冠。”说着她的小手在纸上移来移去，不一会儿一个神色有点儿惊惶的小公主便在纸上瞪着眼睛瞧我们了，粉红色的衣裳上缀满了花花绿绿的花边。

“那就给我画一只大象吧。”

我笨拙地画了怪模怪样的一大团肉，顶在四根柱子上，前面装饰着一根有些像消防水龙的东西，后面加了一条快乐地卷曲着的猪尾巴。这次小孙女也不满意，过了片刻纸上出现了一头大象，充满了可爱的、无法模拟的稚气。我称赞她画得好，心里感到羞愧。我上了那么多年的绘画课，辛辛苦苦，可是什么也没有学会。

家里已经有人在发愁，上帝保佑，她可千万别想着将来当画家呀。要那样可是太不幸了。然而，我却相信这样的事不会发生。要不了多长时间她今天的爱好就会改变。我小时候也是拿到纸就画。有一回，父母给我买了一块铁皮调色板和一支两头用的小画笔，我欣喜若狂，对此终生记忆犹新。那天晚上，我把调色板压在枕头底下睡觉，那是我童年最快活的一夜。我不记得还得到过什么比这更好的礼物了。使一个人幸福有时并不需要很多东西！而一生中幸福的时刻毕竟很少。

我曾长时间地坐着在纸上画了又画。后来这种热情淡忘了。忘了很久。

上中学一年级，我们的校舍是一座新楼房，地点在日什科夫的利布谢大街。当我们第一次走进绘画室时，我气都喘不过来了。满室簇新，散发着香气。那是一间漂亮的大厅，光线非常充足，摆着现代化的画桌，活动桌面可以随便倾斜。这些使我想起了那时我已见过的画家的画室，我不禁着了迷，儿时的绘画热情一下子死灰复燃，我又下决心要当一名画家了。

最初教我们绘画的是画家克雷姆利契卡的一位亲戚，后来是R.马雷克老师。他个子不高，动作敏捷，使我联想到法国作家安德烈·莫洛亚[1]，这同他的面貌大概也有几分关系。他是一个极好的人，不乏个人魅力，是优秀的美术教师，对我国和世界美术情况很熟悉，经常给我们讲一些有趣的事情。他为《民族报》撰写有关造型艺术的文章，给日什科夫的卡米拉·诺依曼诺娃太太画书籍的封面和扉页。

就这样，我又一次徒劳无益地沉迷于造型艺术，想在绘画方面一试身手。马雷克老师循循善诱。他常说绘画这一行哪个笨伯都能学

1　安德烈·莫洛亚（1885—1967），法国传记作家、小说家。

会，都能画得蛮不错。我暗自感到安慰，这么说我也有希望呀，何况我并不认为自己愚笨。绝对不！一旦我学会了素描，胜利也就在握了。色彩要容易得多。是的，我要学画。

然而，我终究没有当成画家。事情的经过是这样的：大约在中学的四年级或五年级，马雷克老师有一次建议我们从家里带几件实物来，以便在学校自己组成静物画面。同学们拿来了苹果、柑橘、柠檬、插着玫瑰花的花瓶、各式各样的匣子和烛台。

我拿来的东西是画日什科夫无产阶级静物画的：一个啤酒瓶、一只玻璃杯、一片面包和一节“夫日特”[1]。我非常不愿意用这个捷克语化了的词，可是，很遗憾，这个词在我国已很流行，而且还以更糟糕的形式在运用。那年头人们的确不用别的名字称呼腊肠。我把那节“夫日特”包在一张油腻的纸里带到学校。在绘画桌上，我用这些东西搭成一组静物，然后像其他同学一样等待着老师的夸奖。

老师过来了，他看了一眼，突然大声说道：

“天哪，赛弗尔特，快把那节‘夫日特’拿开。我无论如何也不允许你画这种东西！”

我一时愣住了，不明白他何以这样惊慌。那只有两秒钟。两秒钟的休克！

从那个难忘的时刻起，我决定还是写诗为好。

（杨乐云译）

1　原文是德语，意为“腊肠”。

在斯拉维耶咖啡馆窗畔

我现在已记不得是什么原因促使我们有时离开服务周到热情的民族咖啡馆，而转移到了斯拉维耶咖啡馆，以这家古老咖啡馆的烟味和浊臭代替民族咖啡馆烟雾缭绕的空气。斯拉维耶咖啡馆坐落在民族剧院对面的拐角上，是演员们常去的地方。在那里，我们坐在临滨河大道的那扇窗户旁边，喝苦艾酒。这不过是从巴黎学来的小小时髦而已。

有一次，沃尔克罗娃太太[1]走过来请我们喝这种绿色的毒液，说是为了纪念伊希。我们无意破坏她的这一悲哀的乐趣，不过沃尔克可不曾和我们一起上过斯拉维耶咖啡馆，也不曾喝过苦艾酒。

河岸那边，沿着绿色栏杆的树底下，以前曾是人们结伴散步的场所。或是在傍晚，但主要是在星期天的上午，人们在那里散步。有一个时期民族剧院的演员们常去，我们看到的已只有克罗辛格老先生了。他头上戴一顶高得出奇的平顶大礼帽。那时在布拉格已经谁也不戴这种式样特别的帽子了。

1　指诗人伊希·沃尔克的母亲。详见《“沃尔克可以休矣！”》篇。

到了冬季，结伴散步的人明显减少，但恰佩克兄弟[1]却一如平时，哪怕下雪天也照旧前往。他俩戴同样的硬帽子，脖子上围着同样颜色的围巾，同样的黄手套和竹手杖，很惹人注目，但这显然正是他们所希望的。两人散着步，默然不语。有时，一个活跃的矮个子男人同他们在一起。他戴一副金属框眼镜，热烈地打着手势，还不时停下来，活像要扑到两兄弟的身上去了。这是他讲话容易激动的表现。他就是画家瓦茨拉夫·什帕拉。两兄弟不得不陪着他停下沉默的脚步。有时扬·兹尔扎维[2]加入了他们的行列，另一些时候还有表情严肃、反背双手、体格魁梧的建筑师霍夫曼。这样，除却文质彬彬的高个子鲁道夫·克雷姆利契卡之外，"老顽固"派[3]的全体成员就都到齐了。偶尔也可以看到马尔万内克，不过我们觉得他似乎是这个绘画团体的外围。

我们中间唯有泰格[4]同"老顽固"派有个人交往。泰格给《时间》和《论坛》报撰写美术评论已有多年，在一些展览会的开幕式上认识了这几位画家。我们其他人都还是初出茅庐的无名小卒，同他们结交连想也不敢想。

当时，从艺术上和画面表现的境界上看，同我们最接近的是扬·兹尔扎维。恰佩克兄弟中，我们比较喜欢约瑟夫。我们都认为，如果

---

1 约瑟夫·恰佩克(1887—1945)，捷克画家、诗人、散文家、剧作家。曾与其弟卡雷尔·恰佩克合作写过散文、剧本等。1939年德国法西斯占领捷克斯洛伐克后被捕。1945年死于集中营。卡雷尔·恰佩克(1890—1938)，捷克小说家、剧作家。重要作品有长篇小说《炸药》《鲵鱼之战》，剧本《母亲》《白色病》《万能机器人》等。

2 扬·兹尔扎维(1890—1979)，捷克画家。

3 "老顽固"派，一战期间由几名经常在一起举行展览的画家组成的团体，他们同"造型艺术家小组"一起奠定了现代捷克绘画基础。

4 即卡·泰格(1900—1951)，捷克文艺理论家、批评家、政论家及翻译家。两次世界大战之间捷克左翼艺术先锋派的组织者，"诗歌主义"流派和旋覆花社艺术团体的创建者之一。

说卡雷尔是伟大的作家，约瑟夫则是伟大的艺术家和诗人。当然，他也是画家。

后来，我们同这个团体的全体成员都友好接近了，尽管起初我们曾大声鼓吹，说崛起的新一代有权利对老一代持批判态度。政治形势和法西斯主义的威胁促使我们互相靠拢。在第二次世界大战爆发前的那几年，我们同仇敌忾，名字并列签在各个宣传书和呼吁书上。

局势到了危急关头。卡雷尔·恰佩克觉得他的世界幻灭了。他体质羸弱，比约瑟夫更为敏感。朋友们竭力劝说他移居英国，他们断言解决捷克斯洛伐克的问题在伦敦比在布拉格有利。此说肯定有理。可是白费口舌，卡雷尔拒不同意流亡国外，求生的斗争恐怕也放弃了。占领前夕他离开了人间。盖世太保后来带走了他的哥哥。

解放一年以后，在繁花似锦的五月，瓦茨拉夫·什帕拉去世了。他曾怀着那样大的喜悦画过五月的鲜花。同克雷姆利契卡我也有过亲密交往。他的婚姻破裂以后，有许多夜晚我曾同他一起在雷特纳一带散步。他去世时年纪很轻，才三十二岁。

战后，在什帕拉遗作展览会上，我和扬·兹尔扎维不期而遇。我们一张一张地观看着展品，兹尔扎维并不掩饰内心的激动。

“您知道吗，朋友，”他忽然转身对我说，“什帕拉毕竟是我们中间最出类拔萃的。他的画捷克味儿多么浓郁！”

如今我也已老迈，不喜欢冬天，也不再喜爱下雪。每当大雪纷飞，窗上蒙了一层我所熟悉的白色昏暗时，我便宁愿在雪天欣赏什帕拉画的色调明快的鲜花。多么美啊！我立即感到心情愉快多了，向往着春天的来临。

什帕拉既不是一位费解的艺术家，也不是一个莫测高深的人。他胸怀坦荡，像他的画一样明朗。他那动人的淳朴——既不虚假，也非装腔作势——曾不止一次令我甚为惊叹。

保护国时期我有一次去看他，正赶上这位画家刚画完五幅作品，画布还是湿的。那是五幅几乎一式一样的花束。用作模特——不如说是小模特——的那一把半枯萎的花，还插在花瓶里，摆在梯凳前面的木箱上。画家毫不掩饰地向我解释说："我花了三十克朗在煤炭市场买来这么一把花！因此得尽量利用它。"

约瑟夫·科普塔[1]特别喜欢迪克[2]咏克尔科诺什山的一首诗，经常引用，特别是写盛开的龙胆花的那几句：

蓝莹莹的龙胆花，开在荒坡上，
潺潺泉水将甜蜜的谎言说个不休。
任你心头何等悲伤，
迎人笑脸依旧。

我深信在什帕拉的每一幅洋溢着喜悦和乐观主义情绪的花束面前，我们都可以吟咏这最后两行诗句。

（杨乐云译）

1 约瑟夫·科普塔（1894—1962），捷克小说家，也写诗和剧本。
2 即维·迪克（1817—1911），捷克诗人。

积雪下的钥匙

我从未想到过会把这段荒诞而几乎令人难以置信的经历进行文学加工。这一次实在是出于无奈。妻子劝说过我，叫我最好别把夜间发生的这件怪异的事情告诉给别人，哪怕是最好的朋友。但我还是向几个好友透露了。谁知他们又讲给别人听，虽非出于恶意，可是等再传回到我这儿时，事情已经被说得面目全非，有时甚至像是散布的流言蜚语或是在胡诌。为澄清事实，我决定把真实情况写出来。

二战爆发前不久，有段时间我们住在布拉格城堡[1]。你们听了可别吓一跳，其实，我们住的地方同权贵毫无关系，也谈不上豪华。那是在城堡的东部，在黄金巷的巷尾，黑塔的附近。我们住的是矮小的平房，紧靠着旧时的总督公署。这两座房子加上达利波尔塔[2]前面广场上的两幢小房子都属于当时的地区委员会所有，我的妻子当时就在那个委员会工作。这些房子都在城堡大门之外，但住户们（多数是公职人员和城堡的服务人员）一般就说自己是住在城堡，当然这么说毫无炫耀之意。我们的房子后面不几步就是著名的达利波尔

---

1 即布拉格宫，捷克总统府所在地。

2 该塔以 15 世纪捷克骑士达利波尔之名命名。达利波尔骑士曾被监禁在塔下的地牢里，最后被处死。

塔——城堡的防御工事和过去的监狱。从我们的窗口可以望到幽暗的黑塔，它的旁边有另外一幢小房子，漂亮一些，还有凉台。这房子至今还在。最后，在通向小院子入口处有第三幢小房子，也是平房。今天这地方已是捷克斯洛伐克少年宫宽敞的入口。少年宫就在原来的总督公署，过去几个世纪里审判捷克人的公堂现在变成了儿童的游乐场所。我认为这样做并不一定合适。不过这不是我们现在要谈的事。

我们住的平房相当宽敞。门前有棵老梨树，梨树下面踏上几级石阶就进了我们的家。我们的房间有几扇窗户，房间外面，小窗户之间的墙上有三位总督的贵族族徽。这三位贵族中的两位：马尔金奈茨的雅罗斯拉夫·波里达和威廉·斯拉瓦达如此走运，竟然掉到了城堡壕沟的粪堆上[1]。众所周知，在那个事件以后就开始了一场旷日持久的战争。他们显赫华丽的族徽使我们的房子显得庄严肃穆。参观达利波尔塔的游客观看这些族徽时都要往我们的屋子里面张望。在我们宽大的阁楼里放着一个破旧的大水桶，曾经是防火用的。这个阁楼比黄金巷的路面只稍微高一点，所以，路人轻而易举就能踢到我们的屋顶。不过，他们何必要踢我们的屋顶呢！

我们原来的住所今天已经是一片宽广的平地，安放着一些长椅，点缀着大花盆。在修建城堡东部地段时，房子已被拆除了，房子上的族徽和其他贵族族徽一起都移到了原来总督公署的墙上。我时常还到那里去走走，怀一怀旧。房子虽说很不好，但那里的景色颇为宜人。

在这一带住过的作家不止我一人。弗朗茨·卡夫卡就曾在黄金巷住过。他那间已经被人遗忘的小屋后来是史多尔霍·马利安[2]发

---

1 当时这两位贵族属天主教派，1618 年被胡斯教派的贵族从城堡的窗户中扔出去，引发了后来的三十年战争。

2 史多尔霍·马利安（1897—1974），捷克出版家和散文家。

现的。而就在离我们不远的地方，伊里·马夏奈克[1]有过两间小屋。现在那座小楼房是直接进入达利波尔塔的通道。

最后，罗马皇帝兼捷克国王查理四世本人有一段时间在这里也有过简朴的住所，他也是作家。

查理从法国回来继承王位时，发现城堡破旧不堪，于是决定对它进行修整改建。在这段时间里他临时住在总督公署的房子里。而就在这座房子里皇帝度过了一个奇怪的夜晚，这段经历他曾在自传中讲过，其实谁都知道，但我觉得还需要再说一下。

这件事既非编造的故事，也不是什么传说，总之，不是臆造的。正如大家所熟知的，这位皇帝是个极其虔诚的教徒，他应该不会编造假话的。而且此事还有证人。证人又是最可信赖的维尔哈基茨的贵族布谢克。

在一个黑沉沉的冬天夜晚，这两位大人物从克希沃克拉特城堡[2]回到布拉格，一路骑马颇为疲劳，便躺在大厅（紧靠着我们的房子）里铺着毛皮褥子的床上休息。当时天气非常冷，这大厅里融融炉火噼啪作响，桌上点着几支蜡烛，靠墙的长凳上放着一大壶葡萄酒。查理皇帝和布谢克常爱喝点酒，这是出了名的。但我却是从扬·聂鲁达[3]著名的故事诗里得知的。他俩很快就累得睡着了。

但是没睡多久便突然被大厅里的脚步声吵醒。皇帝吩咐睡在近旁的布谢克快去看看是谁跑到大厅里来了。布谢克却谁也没有看见。他又点燃了几支蜡烛，喝了杯葡萄酒，给壁炉里添了几根劈柴。接着他们又准备入睡。突然，在炉火和蜡烛的亮光中他们看见桌上的一个酒杯翻倒了，但并没见有什么人的手碰它。就在这一瞬间，他

---

1 伊里·马夏奈克（1891—1959），捷克剧作家和散文家。
2 著名古城堡，在布拉格附近，建于 13 世纪。
3 扬·聂鲁达（1834—1894），捷克诗人、散文家和小说家。

们看见那只酒杯霍地被扔过布谢克的床铺，飞到了房间那边的角落里，然后又从那里滚到前面来。可这时一个外人也没有见到，只听见那看不见的陌生人离去时沉重的脚步声。既然谁也没看见，只好在胸前画着十字，求上帝保佑，然后就入睡了。这次总算安安静静一直睡到天亮。他们醒来后，发现大厅的中央果然躺着一只翻倒的酒杯。

今天我亲爱的朋友伊里·马夏奈克已经去见上帝了，因此我可以透露，在我俩不时溜达的黄金巷他的住宅里也发生过类似的情景。但是所有发生的事都很容易就解释清楚了，既没有什么翻倒并飞到角落里的杯子，也没有看不见的陌生人的手。另外，马夏奈克尽管是个爱开玩笑的人，对这类事情却并不欣赏。他家里放着一套母亲留给他的讲究的古色古香的家具。是的，他不信神也不信鬼。而且，他的女管家也比布谢克老爷细心得多。

从我们第三个小房间的窗口看出去景色特别美丽。离我们不远是达利波尔塔的圆形塔顶和深灰色的塔墙，但塔的大部分都被鹿苑里的大树和灌木丛的繁枝茂叶所遮掩。安娜夏宫铜绿色的屋顶俯视着这些参天大树的树梢，真是一片秀丽风光。宁静，安逸。在五月，只要一打开这间小屋的唯一的一扇窗户，一大片野蔷薇就会对你笑颜相迎，它们就在这扇窗前无拘无束地生长开花，这风光真是令人难忘。

在这房子里居住并不很舒服。冬天炉火烧不暖，因为烟囱是老式的，显然和现代化的炉子不配套。另外，这房子是个倒霉的晴雨表。一要下雨，哪怕是阵雨，两米多厚的墙壁马上就湿漉漉的。连被子都是潮的，严寒时上面甚至会结成一层薄薄的冰。地板上还长着蘑菇。夏季住在那儿倒挺不错的，对我这个多少带点浪漫口味的人来说是再合适不过的了。

从别的窗户望出去，虽然只能看到小庭院的墙壁和洛普克维茨基宫的屋顶，但窗前有一株枝叶茂盛的核桃树和一条小石子砌成的小径。小径上标出了哪里是从前放断头台的地方，骑士达利波尔的头颅是从哪里滚下来的。哪有比这更惊心动魄的呢？在过去漫长的岁月里大概有许多可怜人，当然也包括一些坏人，曾跪在这座断头台前。

院子里，大门旁边的那座房子虽然比我们的小一点、暗一点，但不潮湿，窗前种了一些花草。几株玫瑰已经奄奄一息，但是在夏季这里却盛开着粗壮的金光菊。房了里住着三位单身女性。已经相当老的祖母和她守寡的女儿T.太太——她受地区委员会的委托负责接待那些来达利波尔塔观光的游客。还有一位就是老祖母的外孙女儿，一个年轻文雅的姑娘，她和我妻子一样也在地区委员会工作。妈妈和老夫人轮流带游客参观地牢和塔楼。那里，显然受过千百次诅咒的黑黝黝、暗灰的四壁光秃秃的，只有犯人用血画成的纸牌。游客不少，特别是在星期天，这些游客总在我家窗前的花草上踩来踩去。那里除了青草和几棵可怜的一年生植物外只有一株黄玫瑰。夏天，它围绕着一个贵族族徽茁长，一直延伸到阳光照不到的地方，花开得非常漂亮。

临伊希街的笨重大木门的钥匙真够我伤脑筋的，它是个庞然大物，几乎有一公斤重，又不能折叠，我只好把它放在公事包里带来带去，当然我嫌麻烦。因此常常发生这样的事，我在城里耽搁了，身上又没带钥匙。门口虽然有门铃，但是三位入睡的女士并没有义务起来给我开门，更别说回来特别晚的时候了。更为糟糕的是，那门铃是个老古董。拉一下铃把上的铁丝，老祖母卧室窗前的铁铃铛就叮叮当当响了起来。声音传得老远，大概连马迪阿士门那边都能听见。

这种时刻我心里总是忐忑不安。来开门的一向只有老祖母。她睡觉最轻。尽管白天我和她交情不错，但夜里就说不上对我和气了。她嘟嘟囔囔数落我，为什么不带钥匙，为什么要贪杯，等等。我不能说她没有道理。她已经上了年纪，有点不耐烦也是理所当然，特别是在冬天还得踏着积雪来开门。第二天，我虽然毕恭毕敬地向她打招呼，她却总是阴沉着脸。

后来我又有好几次没带钥匙，妻子出了个好主意。女人经常有些好主意，男人却往往不太感恩。妻子说，如果关大门以前我还没回家，她就去把挂在住房门前的那把吓人的钥匙拿来塞到厚墩墩的大门下面。大门底下有块地方有道小沟，钥匙放在那里，从大街上是看不见的。我呢？只需把手伸到门下面就万事大吉了。

这主意太棒了！直到冬天，有一次黄昏时分天开始下小雪，当时我没介意。可是快到半夜不知从哪儿刮来了一场暴风雪。因为伊希街是向黑塔的大门倾斜的，而黑塔的大门夜里是关闭的，只有旁门开着，还有警卫站岗。大风就把雪从街上和屋顶上吹到我们墙边和门前。当我半夜回到家里时，门前已经堆了一米厚的积雪，而我那把倒霉的钥匙就在雪堆下面。

开始我试图把雪刨到人行道上，用手刨根本不行。雪是干的，刨开了，好多又掉了回去。用公事包也不成，太软了。圣维特教堂的钟声敲了十二下。白雪皑皑，万籁俱寂。一下下的钟声宛如马德里复活节时戴着黑风帽的教士们行走的情景。冷酷无情而又预示着不祥。他们总算走过去了，我走进了雪堆，屏住气拉了一下门铃。铃狂响起来。接着是非常难熬的片刻。我大气儿也不敢出。过了两三分钟我又拉了下门铃。接连拉了几次。最后一次铃响后，隔了一会儿，终于听见宅内的门吱呀响了，冰冻的锁眼里传出了钥匙转动的声音。

“你真是不害臊，编辑先生。”老祖母这样迎接我，“我睡得好死，压根儿醒不过来。”然后她在我后面追着嚷嚷，还说了几句不好听的话，而我踏着积雪急急忙忙往家走，免得听她的数落。老太太直到进了自家的门还没有停止抱怨。这次我道歉也白搭。她一点不留情面，不理会我的话，根本不听我说什么。

妻子已经从睡梦中醒来，她压根儿没听见铃响。为了让她少埋怨我几句，原谅我回来晚了点，我开始使劲抱怨老太太，说她怎么骂我骂得好难听，怎么发火，怎么不礼貌，等等。

妻子惊奇地瞪大了眼睛听我讲了会儿，然后拉了一把椅子坐下来，悲伤地抽泣着说：

“上帝啊！你胡说些什么呀？老祖母今天晚上就去世了，现在躺在小客厅的木板上。你看，那里不点着蜡烛吗?!”

的确，在她们住房大门上面的窗户里颤悠悠地闪烁着微弱的黄光。到处是坟墓般的寂静。

我有什么办法？只好脱衣睡觉。边入睡边琢磨：我怎么没想到，为什么她在平常的日子里会穿这件袖口和领子上镶着黑闪光片的节日上衣。一般她只有在星期日赶着去圣维特教堂做弥撒时才穿呢！她那天的眼睛又为什么那么凹陷？并且出来时不打灯笼而点着支蜡烛！

（陈韫宁译）

“沃尔克可以休矣！”

我们围着一张长餐桌坐在位于普罗斯捷约夫广场的沃尔克的家里。我对面坐着的姑娘，沃尔克罗娃太太让她穿了身黑绉纱、黑花边的重丧服。当她在伊希的弟弟陪伴下走在灵柩后面时，她的脸上遮着厚厚的面纱，因此直到此刻我们才看到她泪汪汪的眼睛。她是沃尔克的最后一位恋人。

那是沃尔克葬礼后的不多一会儿。悼词念完之后玛丽耶·玛耶罗娃[1]将一支鲜月桂扔在轻轻放入墓穴的棺木上。我们都冻僵了，开始默默地往回走。冬天的夜晚很快就要降临。汉那河一带的田野和平原上覆盖着白雪。

我们离开墓地归去，横在面前的是整个漫长的生命。在墓园门口，我们正打算说几句告别的话就去赶晚班火车时，却不料沃尔克罗娃太太把我们留住了。她邀请我们上她家去。一个小时以前，送葬的行列正是从那里走出来的。

沃尔克的悲剧在我国近代文学的诗歌史中不是第一次。一百年

1　玛丽耶·玛耶罗娃(1882—1967)，捷克女作家。出身于贫困的工人家庭，从青年时代起便积极参加社会活动。著有长篇小说《汽笛》《矿工之歌》等。

前年轻的马哈[1]去世了，其后是博赫丹·耶利内克[2]。几乎每一代都有才华崭露便中途夭折的诗人。接着是卡雷尔·赫拉瓦切克[3]，最后是我们刚把他送进普罗斯捷约夫墓园的伊希·沃尔克[4]。那一年伊希·奥尔滕[5]才五岁。大自然提供给他们的时间如此短促，但与此同时却赋予他们以双倍的创作力。他们在短短一生中做出的成绩，远比别人在许多年中做出的多。也许这仅仅是错觉，我不知道，希望不是。他们去世以后便更加受到爱戴。沃尔克则是在世时就受读者欢迎的。

那天在沃尔克家里我们总共多少人，现在记不清了。也许十二个，也许十五个。

泪痕满面的姑娘身旁，坐着康斯坦丁·比布尔[6]，一位风度翩翩、亲切体贴的年轻男人，长着一双温柔的眼睛。他和彼沙[7]同是沃尔克最亲密的朋友。他彬彬有礼地侧转身子朝着穿黑丧服的沃尔克的年轻未婚妻。

那些年在我们周围，无数年轻女人的爱慕目光都停留在比布尔英俊的面庞上，这已丝毫不是什么秘密。比布尔欣然领受这些目光，投桃报李也丝毫不是秘密。

伊希·沃尔克认识这位姑娘无疑是在普罗斯捷约夫的舞会上，

---

1 即卡·希·马哈（1810—1836），捷克最著名的诗人之一。他的诗大多描写命运、梦幻、激情、仇恨等，代表作为抒情叙事诗《五月》。马哈去世时年仅二十六岁。

2 博赫丹·耶利内克（1851—1874），捷克诗人、小说家。去世时年仅二十三岁。

3 卡雷尔·赫拉瓦切克（1874—1898），捷克诗人。去世时年仅二十四岁。

4 伊希·沃尔克去世时年仅二十四岁。

5 伊希·奥尔滕（1919—1941），捷克诗人。犹太籍，德军占领后备受歧视，1941年死于德军车轮下，年仅二十二岁。

6 康斯坦丁·比布尔（1898—1951），捷克诗人。两次世界大战之间捷克艺术先锋派的主要代表之一。

7 即安·马·彼沙（1902—1966），捷克文学戏剧批评家、文学史家、诗人和出版家。

但直至1923年1月，也就是沃尔克去世前一年，两人在大学校园里才关系亲密起来。沃尔克的《致幸福的姑娘》一诗，便是这一爱情的证明，写于两个月之后。

晚饭前，沃尔克老先生把我和霍拉请到他的房间，拿出一本账册，就是人们在银行和储蓄所的桌子上常见的那种。长长的本子，浅绿底子带深色条纹的麻布封面，签条上用美术字体写着：伊希医药。沃尔克先生曾担任过普罗斯捷约夫储蓄银行的经理。他打开账册，把它放到我们面前，逐项指给我们看他为儿子支付的医疗费用：付给医生的、塔特拉山波里扬奈茨疗养地的，最后还有普罗斯捷约夫殡仪馆的。当沃尔克罗娃太太招呼我们去吃晚饭时，我们感到高兴，便从这些悲哀的数字中逃了出来。

同桌还有布尔诺来的客人：莱夫·布拉特尼和利博尔·哈卢帕。可怜的布拉特尼患了同沃尔克一样的疾病，几年后去世了。在座的尚有沃尔克的老师卡麦纳什和多库皮尔，以及沃尔克在普罗斯捷约夫中学读书时的几个同学。

人们谈及沃尔克参加共产党一事时，往往提到多库皮尔老师的名字，并且强调他对年轻诗人的影响。其实情况并非完全如此。在这方面对沃尔克影响大得多的，是他同兹丹聂克·卡利斯塔的友谊。沃尔克在法律系求学期间曾与卡利斯塔同住一间小室，地点在斯米霍夫区的纳采尔纳街。沃尔克罗娃太太否认卡利斯塔的影响。然而她错了。是卡利斯塔将这位富于激情、处世严肃的大学生、民主民族党年轻一代的成员——沃尔克的父亲也属于这个组织——引导到政治左翼，使他接触了查理士广场老利霍夫大楼里围着尼耶德利[1]教授的那个大学生环境。沃尔克第一本诗集中的童稚基调毫无疑问也

1 即兹·尼耶德利（1878—1962），捷克历史学家、音乐理论家、文艺批评家和政治家。

是受了卡利斯塔的影响。他的诗里出现革命调子是在晚些时候，在他结识了霍拉和追随霍拉的一些人之后。这种革命调子后来逐渐变成他本人的了。

当霍拉劝告沃尔克摒弃矫揉造作的主啊上帝之类的调调儿时，我正在场。这一劝告再说对我也有针对性，我同样不善于摆脱《圣经》和宗教用语，总想把天使的翅膀同工人阶级的拳头和列宁联系在一起。

晚餐进行到中途，沃尔克罗娃太太突然要求讲几句话。她站起身开始动情地谈她的儿子，谈伊希如何从小对她依恋，如何直到长大成人这种感情也未曾稍减。儿子将一切都告诉她，将最初写出的习作朗读给她听，让她了解他的初恋以及普罗斯捷约夫的姑娘们如何青睐他。凡是同伊希有关的事情，无论哪方面她都热情关注。唯一使她不满的，是伊希在布拉格过着放荡不羁的轻狂生活，因此得的病，断送了性命。说到这儿，她看了我一眼。

在这里我必须表白几句——虽然过了这许多年表白几乎已属多余——要说有什么是我打心底里深恶痛绝的话，那便是所谓的放荡不羁了。我一生从不曾同它沾过边。由于沃尔克罗娃太太讲这几句话的时候责备的目光盯在我身上，我想做如下说明——虽然这实际上也相当多余：

我和沃尔克只在绝无仅有的一次去过斯米霍夫区的一家破旧、阴暗的酒吧间。它取了个颇为独特的名字，叫结局。沃尔克在一首不很著名的诗里还写到了这家酒吧间。我同沃尔克见面如果不在泰格家——这是他后来寄居的地方——就大部分都只在咖啡馆。即使在这些地方，我们也不经常见面。其实，伊希去世后不久我们身上的种种嫌疑便已冰消瓦解。沃尔克的弟弟患了同样的疾病去世了。圣科佩切克的某人告诉我说，住在摩拉维亚的沃尔克的老爷子和老奶奶——在摩拉维亚，人们动人地管祖父母叫老爷子和老奶奶——也死于此病。过去沃尔克经常去看望祖父母。他们在教堂后面有作坊，生产摩拉维亚酒类。

由此可见这显然是家族病，而沃尔克过于节省的生活方式促进了病情的恶化。他手里钱很少，全花在购买书籍上了。他的父亲很严厉。

沃尔克罗娃太太最后又转身面对穿丧服的姑娘。她注视着姑娘悲伤的小脸，用稍稍提高的嗓门要求她为了纪念伊希和他的爱情放弃一切世俗生活，进修道院当修女。

就在这个时刻，我瞥见比布尔的脸上颤动了一下，掠过一个短促的笑容。穿黑丧服的未婚妻心里是怎么想的，我无从知道。今天她已经有长大成人的孩子，据说生活很幸福。

在去火车站的路上科斯嘉[1]·比布尔告诉我说，当沃尔克罗娃太太要姑娘进修道院的时候，他的手大胆地在长桌布下面伸过去，紧紧地握了握姑娘的膝盖。

伊希·沃尔克逝世的同一年，阿纳托尔·法朗士[2]在巴黎去世了。

不仅巴黎，整个法兰西都在谈论他。法兰西——法朗士选择了她的名字作为自己的姓[3]——为这位伟大的诗人举行了官方人士认为他理应享受的隆重葬礼：场面极大、华丽非凡的国葬。送殡的行列中但见闪闪发亮的大礼帽和军服。法兰西在这方面很拿手！可是巴黎的超现实主义者却印了传单，写上的口号是：

“Il faut tuer le cadaver.”[4]

---

1 康斯坦丁的昵称。

2 阿纳托尔·法朗士（1844—1924），法国作家、文艺评论家，当时法国文坛的杰出代表。1921年获诺贝尔文学奖。

3 法朗士原名阿纳托尔-弗朗索瓦·蒂博。

4 法文，意为“诛灭这具僵尸”。

他们将这咄咄逼人的传单散发给那些闪光的大礼帽们。

一方面他们这是报复法朗士生前对超现实主义运动所持的冷漠态度，另一方面——也许是主要的——他们坚决不同意在被官方僵化了的诗人的伟大性和光荣面前脱帽行礼。

然而，这件事说它有什么必要呢！

伊希·沃尔克去世以后，他的诗歌名望迅速提升。不仅那些从诗人手中接过革命遗产的年轻共产党人，而且无论什么地方什么人都对他的诗歌热衷起来。甚至包括政治上对立的和抱有敌意的阶层。他的诗出现在我们最意想不到的地方。之所以会如此风靡一时，其原因并不全在于沃尔克的诗歌本身——它们从思想内容看富有时代感，语言流畅亲切。一个如此有前途的年轻人不幸夭折这件事也起了作用。虽然死者在讣告上几乎总是要我们确信他们的死不会给世界带来任何改变，只是有几颗心将为之战栗而已。

出版商一版再版地出沃尔克的诗集，并准备出全集。什么都出版了，包括他学生时代的诗歌习作、早期写的小诗、日记，有什么出什么。

出版了一系列无足轻重的藏书癖的出版物，例如他学生时代的《散文诗》《克莉蒂亚》《孩子们》——它们都是诗人走向《艰苦时刻》的道路上的绊脚石——甚至还有彼特出版社出版了他的《病中记事》和他写给最后一位恋人的情书《致K小姐的书信》。出版商请人将这些情书用书法抄录下来，由齐里尔·布达绘了诗人头像，沃尔克罗娃太太撰写了序言。此书仅出一册。过了一些时候，沃尔克罗娃太太将这绝无仅有的一册从出版商手里借了回去，把她写的序言撕掉了。在此之前她同出版商虽然发生了小小口角，但看来口角确实不像是导致她采取这一严重步骤的唯一原因。

总而言之，整个舆论被沃尔克的诗歌崇拜窒息了，这种局面持续着。

这一崇拜如果不包含着某种阻碍前进的成分因而必然使我们感到恼火的话，我们原会祝愿不幸的朋友享有此等声誉的。但那正是在我们已经成长并开始创作最有自己特色的作品之时，不言而喻，我们不希望自己的创作滞留在沃尔克的诗歌阴影中。

我们追随的是以阿波利奈尔的名字为先兆的欧洲诗歌潮流。我国许多批评家都已指出，沃尔克后来同阿波利奈尔分道扬镳，转而继承了爱尔本[1]的传统。

爱尔本的诗在这个时期给我们的感动不大，可是阿波利奈尔却深为我们所热爱。我和奈兹瓦尔[2]，不过主要是和泰格，正在创立诗歌主义流派，提倡诗歌写恬适的生活和欢乐时光。

但是，并非我们最年轻的一代才如此，就连霍拉，这位战后[3]诗坛主将，也从无产阶级的和革命的诗歌转向了心灵世界，写出了两三本动人的诗集。

于是，经过几次热烈的辩论之后，我们决定采取反沃尔克行动，提出了一个意味深长的战斗口号：沃尔克可以休矣！在此我不能不指出，奈兹瓦尔对这一行动并不热衷，但最后他也没有反对。由于当时我们手里不掌握任何杂志，我们便把这一决定通知了切尔尼克，他在布尔诺主持旋覆花社布尔诺分社的杂志《地带》。该杂志立即于下一期用这个口号刊登了一篇不很长，也不很令人满意的述评，从而掀起了轩然大波。过了一些日子，在一份杂志上，我想是《艺术和批评

1　爱尔本(1811—1870)，捷克诗人。曾长期搜集整理捷克民间歌曲、歌谣、神话和传说故事。代表作为根据民间传说以歌谣形式写成的诗集《花束集》。由于他的现实主义的创作方法，优美而富于音乐性的语言，这部诗集成为捷克诗歌的典范，在近代捷克诗歌史上产生了很大的影响。

2　即维·奈兹瓦尔(1900—1958)，捷克诗人。思想极为活跃，为捷克现代诗歌流派诗歌主义的创建人之一。

3　指一战之后。

报》吧，出现了几位作家发表的一份宣言。这几位作家都不是旋覆花社的成员，其中有维伦·扎瓦达。就我记忆所及，沃尔克的支持者们后来将反击的矛头一股脑儿都指向了扎瓦达的背脊，并且把这一尖锐的口号的发明权也扣在了他的头上。这与事实不符。提出这个口号的是我。那已是很久以前的事情了！

不言而喻，沃尔克崇拜后来当然仍在继续。不过对于我们来说已经无关紧要了，因为至少我们自己认为已经打开了局面。被今天某些年轻人视为传奇的先锋派一代很快就在各个领域取得了成就：在诗歌、造型艺术、音乐、建筑，特别是在建筑领域，在诗歌领域亦然。

倘若为了写艺术史需要给这一代人贴上一个标签的话，那么请相信我吧，他们——据我看——是泰格的一代。

此刻您若听到一声轻轻的叹息，请莫要理会。那是我在回首遥远的美好岁月时发出的叹息。我们当时很幸福，却浑然不知。

今天可是知道了。

（杨乐云译）

马哈的花束

从布热弗诺夫的拉德龙卡到佩特馨山的蔷薇园有一条古朴的幽径。我常和住在附近的托曼到这条路上散步——当他患病的心脏还允许他做这种散步的时候。道路两旁不规则地栽种着野蔷薇，托曼很喜欢。五月底野蔷薇开花，这里的景色很美。他也喜欢远眺烟雾弥漫的斯米霍夫，直望到兹布拉斯拉夫和拉德维。视野到拉德维也就结束了。

有一年冬天，圣诞节前夕一场暴风雪夜袭布拉格。狂风刮了不多一会儿便停止了，鹅毛大雪下了几个小时。人们睡得正熟，对此一无所知。清晨开门却见面前的积雪足有一米高。

我家门前有一棵枝繁叶茂的青果树。不过，很少有人知道这个树名，大家都管它叫橄榄树。暮春时节树上开出黄色的细小花朵，芬芳扑鼻，是我国春天最香的花朵之一。有一次我去拜访亨内尔教授，他的工作室里摆着一只大花瓶，插了几枝青果，正开着花。满屋的浓香熏人欲醉，我不得不将所有的窗户统统打开了一会儿。

青果树的叶子直到冬季才枯落。因此树叶茂密的枝丫上，往往堆着厚厚一层雪。那年冬天的暴风雪之后，两根主枝中的一根被沉重的湿雪压断了，失去半边树冠的青果树样子挺悲惨。

那晚停在马路上过夜的汽车埋在雪里，深及半个车窗。房顶上的积雪半冻成冰，沉甸甸地滑下来，扯断了檐沟。于是只见一根根的檐沟破布条儿似的挂在屋上。

上午，我们铲除了门前的大部分积雪，至少人行道上可以行走了。阴沉沉的十二月的天空，寒冷、混浊的太阳钻了出来。我在家待不住，决定出去做一次冬日的散步。我家离佩特馨山不远。我穿上有点儿笨重的厚靴子——它那柔软、温暖的鞋肚也诱惑我穿着它出去走一走——踏上了雪地。这样好的景色怎能轻易放过呢！我静悄悄地走在从拉德龙卡到佩特馨山的道路上。沿途只见到一辆载重汽车短短地驶了一段，到体育场附近它便拐弯朝斯米霍夫方向开去了。因此从体育场起，横在我面前的便是一片未经破坏的皑皑雪地。有一刻儿工夫我犹豫不前，不忍心踩坏它。可是急于观赏布拉格雪景的愿望催我前进。

我要用怜爱的目光像端详心爱的女人那样，从头发到脚踝细细端详布拉格——从赫拉德强尼到隐没在白茫茫雾霭中的日什科夫圣普罗科普塔尖。我有点儿野蛮地踩上了雪地。

我不由自主地频频回首。哪儿也不见人影，唯有我的法国手杖划出了两道深深的痕迹，给我的足印镶了边。果园里除了我之外空无一人。那天不是假日。

已有很久没有见到这样的布拉格雪景了。屋上全部覆盖着厚雪，而那些绿色圆顶却被白雪映衬得鲜艳夺目，不同颜色的墙垣也在雪光中显得格外风姿挺秀。

此时此景确实令人激动不已。有一次傍晚时分，也正是在这里的什么地方，我曾凝神谛听所有的晚钟在一起鸣响。我仿佛觉得那洪亮的和清脆的大小钟声汇成一片，似乎正要把城市的重荷从它漫漫岁月的沟壑中提升起来。

现在这个时刻令人无比激动。钟声也许又已响起。只是敲打古钟的这颗心脏，今天却是一团柔软的棉花。景色是壮丽的，令人陶醉、心潮起伏。

我在雪地上步履艰难地缓缓而行，来到了马哈纪念像前。这里盖满了雪。我惊讶地凝目注视马哈的花束，大家无疑都知道，诗人正望着这束花儿出神。今天，这是一束雪白的玫瑰，上面仿佛还罩着一方白纱巾。

一场化为泡影的婚礼上的一束假花。是的，马哈捧着上圣什捷潘教堂去送给新娘洛丽的，恐怕就应是这样一束花。可是，在预定举行婚礼的那一天，诗人的遗体却被送进了利托姆涅日采墓园。

梅塞贝克[1]为这座纪念像塑造的诗人形象，曾多次遭到否定和非议。

然而，马克斯·布罗德[2]有一次说过，伏尔塔瓦河水流淌声是G大调。因为斯美塔那要的是这个调[3]。那么，我们为何不能接受佩特馨山这座纪念像上诗人的可爱面容呢。梅塞贝克要的是这个样。

心里揣着爱情的人走进布拉格这座无与伦比的果园会看到年轻、漂亮的诗人在离园门不远的地方欢迎他。佩特馨山是属于马哈和情侣们的。从来就是这样！

到了四五月份，当春之神把五色缤纷的繁花扫集成堆，微风将素馨花的芳香一直送到民族大街昔日的乌尔舒拉女修道院时，情侣们便只等着黄昏用黑暗和繁星编织的古老帷幕遮上天空了。他们在这儿找一条长椅，依偎着坐下来。有谁会来干扰他们这幸福的、两情相悦的时刻呢！

1　即瓦·梅塞贝克(1848—1922)，捷克雕塑家。以精致写实的手法塑造了许多民间叙事中的波希米亚英雄人物形象和现代文化活动家的肖像。

2　马克斯·布罗德(1884—1968)，奥地利小说家和短论作家。因与作家卡夫卡为友并在卡夫卡死后编辑出版其主要作品而闻名。著有捷克作曲家列·雅那切克评传等。

3　斯美塔那著名交响诗套曲《我的祖国》中，有一首为《伏尔塔瓦河》。

长椅的摆放不拘一格。有的放在陡峭的路面上，坐着相当不舒服。一切几乎全以避开过路行人的好奇目光为准。据说在这里有夜莺为亲吻的情侣们歌唱。聂鲁达这么写过的，我却从未听见。

佩特馨山的长椅啊！我应当感激地抚摩它们。我经常坐在这些长椅上，仿佛潜身在玫瑰丛中，谁也瞧不见我的幸福。我曾坐在长椅上低吟自己最早的诗句。

今天，一切都完全不同了。谈情说爱早已不那么腼腆、羞怯。不那么踌躇，那么有耐性。对此已经需要容忍。我不愿意有谁说我为过去的时代唱赞歌，可是，我不得不说在我们那个时代，爱情毕竟是一件比现在更加美好的美好事物。

然而，我无法说一定是这样，也不想以生命打赌。

今天，这里是静悄悄的，阒无一人。连小鸟也不出声儿。情侣不见踪影。啊，终究还是有的。一小块雪突然落到我的脚边，接着树上传来几声轻轻的、胆怯的啁啾。情侣我也遇见了。两人紧靠在一起，默默地走着，蜷缩在呵气的面纱里。不多一会儿，两人便消失在白色的无边宁静中了。

在小城广场一家雾气腾腾的咖啡馆，我又看到他们了。在这里，咖啡的香味混合着烟草味和湿大氅的臭气。肯定就是他俩，佩特馨山上的那一对儿。我一眼便认出来了。两人冻得发僵，对着手指呵气。手指冻木了。

是啊，难道能戴着手套拥抱？

（杨乐云译）

致海兰娜·马莉肖娃[1]的一封旧信

亲爱的海兰娜：

在妇女面前不谈那些迫使她们想起自己年龄的事情，这是一种礼貌风尚。光阴对女人是不留情的，许多妇女不喜欢说老。亲爱的海兰娜，我清楚地知道，你是现代女性，不会被愚蠢的偏见所左右。不过，我们还是不去回忆吧！对！不去回忆。

当我意识到我们相识已将近二十年时，我不禁感到有点发晕。但是我答应你，我们不去回忆。对，不去回忆。

可是，我还是不能不记起在克尔契区你们家里度过的那个美好的下午。再说，这是不久前的事情，这个下午还可以算作刚刚过去的往事。

我们坐在花园里。一位老先生——我们不妨透露给那些可能不知情的人，他就是安塔尔·斯塔谢克[2]——给我们讲述他年青时的故事，讲巨人山，他的家乡就位于巨人山的山前地带。他喜欢这座山。那时候哪有舒适平坦的公路和道路！哪有设备齐全的现代化小

1　海兰娜·马莉肖娃(1877—1940)，捷克作家和记者。作家奥勃拉赫特之妻。
2　安塔尔·斯塔谢克(1843—1931)，捷克作家，作家奥勃拉赫特之父。

木屋！一概没有。大旅游车和任何旅游设施都没有。山需要你用双脚摸索着一步一步地攀登上去，不管有路没路，背着个包袱往前走，也有人不带包袱，但总要拿根拐杖。

他那衰老的眼睛在老式的夹鼻眼镜片后面闪烁。目光爱抚地落在低矮的松树上，它们使他想起了山松。一只瘦弱的手放在桌上。就是这只手曾经友好地握过聂鲁达的手。

娜娜，愿上帝赐福予她，煮得一手出色的黑咖啡，她还拿来了你亲手烤制的、上面撒了好多糖的马林酱饼。果酱馅包在酥皮里面，这是巨人山山麓地区的做法。马林果也是从巨人山山坡上采来的。

我回忆着这一切，为的是再一次感受一下你家那种诱人的、有点儿老式的环境。那些年，马萨里克[1]还经常回到别墅去住。老先生们碰在一起总有许多话题好谈。

斯塔谢克当时还在工作。修改他过去写的书。他坐在一张旧式写字桌旁，仰着头，口授文稿，你给他打字。

同一个屋顶下住着三位作家！而娜娜，大家都尊重的娜娜，差不多早已是他们的家庭成员了，她也是逝去的往事的活见证，她本人就是一首美丽的古老的诗。她不声不响地慈爱地安排着那里的一切，而所有的人都愿意听从她。

两只德国短毛猎犬卧在奥勃拉赫特[2]的脚旁，他绘声绘色地讲述着他所观察到的附近“马萨里克之家”的情况，当时那里还是老人们的休养地。谁说随着年龄的增长爱会熄灭！怎么会呢！根本不可能！老年人聚在一起会和年轻的时候一样吵嘴，嫉妒。

你一定能想起这个美好的下午，就像你一定会忘记那个我永远

---

1 马萨里克（1850—1937），捷克政治家、国家领导人和思想家。捷克斯洛伐克共和国第一位总统。

2 即伊凡·奥勃拉赫特（1882—1952），捷克作家、评论家和记者。代表作为长篇小说《无产者安娜》。

忘不掉的夜晚一样。

那是在1918年我们解放后的若干年。那时候，约瑟夫·霍拉在编辑《人民权利报》的《星期六》文学副刊。我和苏克、聂麦茨最初写的诗就是向那里投的稿。伊凡·奥勃拉赫特和霍拉同时都友善地保护着我们。我们三个都是日什科夫区的人。

有一次奥勃拉赫特邀请我们几个人去小城区的洛普科维采葡萄酒店进晚餐。你也在那里，还有玛丽耶·玛耶罗娃。你们两位都那么迷人，年轻漂亮。约瑟夫·霍拉也在场。

我们那时候哪知道什么是葡萄酒店、什么是葡萄酒啊？一无所知。酒店招牌上写的是南斯拉夫商人的名字和每个城区都卖的洛哥·勃拉丹诺维奇牌的葡萄酒。这样的招牌对我们来说蒙上了一层异国情调的神秘色彩。

我们走在小城广场上，对晚餐和满杯的葡萄酒充满了好奇。我记得，当我们喝得舌头已转动不灵时，你温柔而关切地对我们三个男孩子微笑。是的，你一定记不得了。可我是至死不会忘记的。不光是葡萄酒，靠近迷人的女性也足以使我那天真的大孩子的梦顿起波澜。尤其美好的是，能同四位诗人围桌而坐，这该是怎样的幸福！

那次和我们在一起的还有已经作古的人。玛丽耶·玛耶罗娃讲到了盖尔奈尔[1]，而你提起了曾经爱过你的蒂尔[2]。蒂尔离我们遥远一些，但盖尔奈尔却是我们敬重爱戴的。他的诗向我们揭示了爱情的苦涩和凶狠面貌，这些诗我们当时很喜欢。让我们极其钦佩的是你们竟然认识这两位诗人本人。你知道当时我们还都是些小傻瓜！今天看来我们那时候的钦佩心情和好奇心只不过是纯朴的天真。但是，不要耻笑我们。纯朴的天真是美好的。

1　即弗·盖尔奈尔（1881—1914），捷克诗人、散文家和记者。
2　即奥·蒂尔（1880—1917），捷克诗人、文学批评家。

嗨，你看，我本应给你的新书写几句友好的话，天晓得我又岔到哪里去了！我几乎要流泪了。其实眼泪本不是什么丑恶的东西。奥维德曾说过，眼泪具有语言的威力。尽管如此，眼泪和悲哀已不属于我们今天这个时代。我们已不是生活在比德迈风格[1]的小花饰和玫瑰花的宁静时代了。

但是我们还是不去回忆吧，亲爱的海兰娜。是的，我们不去回忆！

1937 年 10 月 16 日

（陈韫宁译）

1　比德迈风格，介于古典主义和浪漫主义之间的过渡时期风格，兴起于 19 世纪二三十年代。

一封最精彩的信

阿尔巴特罗出版社的编辑海兰卡·布拉纳尔多娃给我写了一封亲切的信，目的是要办一次读者笔谈会。这笔谈会很有新意，也很有趣。她要我借给她一封我一生收到的最精彩的信，原件或抄件都行。

这么一位年轻妩媚的姑娘，又是我好朋友的女儿，对她的请求我怎么能拒绝呢?

的确无法拒绝。

但是我又难以满足她的请求。这事让我很为难。我只好给她写了一封回信。下面就是我这封信。

亲爱的海兰卡小姐！如果我知道在我的旧信堆里还能找到我收到过的最精彩的信，如果我知道我这一生中还能发现它的话，我打心底里愿意把它挖掘出来送给您。不过，我得先向您解释一下我保留旧书信的情况。

信札、书信、便函、便条、留言等我从二十岁起就都保存起来了。以前每次我去彼沙家时，我总是对他那书架上按字母次序排列得整整齐齐的一盒盒信札感到嫉妒。纸盒里都是彼沙夫人排放好的处理过的信件。而我这么多年来却总是把我的信扔到装人造黄油的大纸盒里，这些纸盒都是我从当地商人那里买来的，每个纸盒卖五十赫勒[1]。一个纸盒装满后，我就用绳子把它捆紧，扔到阁楼上。就这样我往那里堆纸盒已堆了整整五十年，几乎堆满了。后来满得转不开身的时候，我儿子给我买了十个硬纸箱，把一部分信装到里面。装入之前，我们把这些信的内容大致翻阅了一遍。把各式各样的印刷品、没有意义的便条以及各种各样的公函和半公函都烧掉了。但是，一个熟人提醒我说，有些展览会和戏剧演出的请柬之类的资料烧掉可惜，二三十年后说不定有文献价值，值得保存。于是我们就不再烧了，继续找纸盒装信。我经常对自己说，等有一天我老了再说吧！这"有一天"早已过去了，我想，我也够老的了，可总觉得还可以活一阵子。

勤奋的收藏家、诗人莱舍赫拉德[2]曾经向我要一封可以收到他的珍品收藏室中的信。我知道他想要什么信。他主要对沃尔克的信感兴趣。我有几封沃尔克的信。可不知道放在哪儿了。我就给了他几沓卡雷尔·泰格、阿尔图什·切尔尼克和耶·波·斯弗尔切克的信。实际上正好是一整盒，是我顺手抽出来的。这当然使莱舍赫拉德很感失望。

泰格去世后，我曾探问过他给我的那些信。它们还保存在莱舍赫拉德的珍品收藏室里。但是，我想保存下来的也只有他的那些信了，另两人的信都被莱舍赫拉德处理掉了。太可惜了。不久前，斯弗尔切克为出版他本人的书还找过这些信哩。

有一件事可别忘了！后来有一次我到莱舍赫拉德的珍品收藏室去，老诗人从他所谓的珍品中挑了一只玫瑰十字兄弟会的铁戒指和一小瓶印第安人的绿色箭毒送给我。几年后戒指被我丢

1　赫勒，捷克货币的最小单位，一百赫勒等于一个捷克克朗。
2　即艾·莱舍赫拉德（1877—1955），捷克诗人和散文家。

失了，那瓶箭毒我当时就给倒掉了。当然，至于倒到哪儿您就不必追究了。

我还想起点儿同信有关的事。

我的朋友约瑟夫·帕利维茨[1]是个有学问的、精明的收藏家，专门收藏书籍和书信。有一次，他去他的大舅子卡雷尔·恰佩克家，正巧恰佩克打算把近几周收到的信件毁掉。帕利维茨见了大叫可惜。要烧的信中有托马斯·曼、萧伯纳和其他名人的函件。从此，恰佩克就把全部信札交给他处理，随便他挑选。至于恰佩克兄弟俩一贯毁信的事，您可以从斯·科·诺伊曼[2]与恰佩克通信集一书中了解到。恰佩克兄弟数量可观的信都保存了下来。而诺伊曼的信一封也没有。

弗拉迪斯拉夫·万楚拉[3]也是不保存信件的。

关于书信的文学价值，我在战争时期亲身体验到了。战时，朋友N.给我介绍了几个住在布拉格的斯洛伐克人，我用旧信同他们换香烟。用沃尔克向我催稿费的一页信我换得了一百支香烟。今天我为此感到遗憾，但那时香烟如黄金一般珍贵。

最后该谈谈那封最精彩的信了，这是您所要求的东西，亲爱的海兰卡。

战争初期，马汉[4]不幸去世后，哈拉斯要我给他找一找马汉的信。布尔诺有一个马汉的朋友愿意把马汉的信收齐出版。因此我找到了大约十封马汉的信，交给了哈拉斯。可惜我当时没抄一份留底。

---

1 约瑟夫·帕利维茨（1886—1975），捷克诗人和翻译家。

2 斯·科·诺伊曼（1875—1947），捷克诗人、政论家、散文家、文学评论家。

3 弗拉迪斯拉夫·万楚拉（1891—1942），捷克作家、戏剧家、政论家。两次世界大战之间捷克艺术先锋派的主要代表。二战期间因参加抵抗德国法西斯活动被纳粹处决。见《证词》篇。

4 即伊·马汉（1882—1939），捷克诗人、散文家和戏剧家。他是文化界的活跃分子，尤其在布尔诺。

不久这些信我也有点忘了。结果，前不久，弗拉辛[1]向我要这些信(他后来果真出版了马汉书信集)，我没有别的办法只好请他去找哈拉斯认识的那个人。但哈拉斯已经去世。弗拉辛后来去找了马汉夫人，马汉夫人告诉他，那人已经故去了，在他的遗物里没有发现我的那几封信。

而正是在这些信中，海兰卡，有您所需要的那封最精彩的信。那封信较长，有好几页。如果说诗需要得到辩护的话，那么，那封信就是为诗辩护的。当时有个蠢材在某报发表了一篇文章，试图证明在我们这个世纪，诗不过是浪漫主义的残余，是旧时代留下的可悲的遗产，而在现代世纪的今天，诗完全是多余的，不需要的。他竟然宣布，诗的末日已经来临！我不知道是谁赋予他这种权利的。

马汉看了这篇文章很生气。当即坐下给我写了一封信。一篇尖锐嘲讽、机敏而激昂慷慨的文章，这篇文章确实值得发表。

我亲爱的，多么可惜啊！

（陈韫宁译）

1 即史・弗拉辛，捷克文学评论家、文学史和文学理论家。

一筐礼品

为庆祝帕利维茨九十寿辰，博胡米尔·诺瓦克已着手准备一本纪念册，以便我们题上贺词向这位尚健在的年纪最大的捷克诗人祝寿致意，却不料噩耗突然传来，他不幸去世了。

1975年1月30日，星期四，中午刚过，约瑟夫·帕利维茨走出普希科比的萨瓦林餐馆，穿越去少年宫方向的电车轨道。他没有好好听一听，显然心里还在思索着什么事情，也没有注意正轰响着驶来的电车，却一脚踩进了它的轨道。电车将他猛撞到人行道上。一辆刚巧路过的急救车虽然马上载他进了医院，可是他没有从昏迷中清醒过来，下午，大约三小时以后，他与世长辞了。

在此我若是不引用一篇悼文中的几句话，我会感到内疚的。这篇悼文不长，但写得非常感人。它出自帕利维茨的朋友约瑟夫·赫杜克之手，发表在《人民民主报》上：

“这位领主府邸马车夫的儿子禀赋着一种贵族气质，这是说他品德高尚。与此紧密结合的是他对普通人的热情，对每一个遭遇不幸前来求助者的理解，对一切生活在痛苦中奄奄待毙者的同情。”

是的，四十年来我们了解的约瑟夫·帕利维茨正是这样一个人。

那已是许多许多年以前的事情。圣诞节快到了，我们在布本采的住所门前出现了两个男人，送来一只巨大的礼品筐。这只筐子大得委实惊人，内容也极为丰富，需要两个人才能抬得动。他们将筐子放在前厅，拿出收条要我签字。问他们礼品筐是谁教送来的，两人却说一无所知。我们深信这是弄错了地址，筐里没有名片。谁会送我们这样一大筐东西呢！我们碰也没有碰，只是怀着羞怯、惶恐的心情看了看它那聚宝盆似的内容。最上面，挨着筐把儿是一条高耸着的金黄色的火腿，一端裹在银色的、印有小松枝的锡纸里。火腿旁边竖着几个细颈酒瓶，是莱茵河和法国产品，其中有两瓶是香槟。一小桶鱼子酱托着圆滚滚的一块博洛尼亚香肠，靠在银色的洋铁罐上，罐里装的是法国肉鸡冻——这类食品在我国是根本不生产的。沿筐边码放着各式干酪，最上面是一大坨瑞士干酪，包在透明纸里，亮晶晶的眼睛富有刺激性地瞪着我们。一次，有人请我品尝了一杯英国酒，它的味道我很久难以忘却。而这里的英国酒却足有一公斤。还有那一溜儿的瑞士巧克力犹如手里捻开的纸牌。余下的空隙填满了沙丁鱼、鲜橘子和底洛尔苹果。在这琳琅满目、形形色色、芬芳可口的一大堆东西里面，还插着一根老长的匈牙利熏肠，活像一把银色的宝剑，身上缀着小花饰和隐约可辨的戳记。不过，我这里列举的肯定尚有许多遗漏。那是很久以前的事情了。对于一个俭朴的家庭来说，这不啻一份王室厚礼。

我把这件事告诉了哈拉斯，他叫我安心，说地址没有弄错，礼物肯定是不久前刚从巴黎回来的约瑟夫·帕利维茨送的。此人有一个奇怪的，但很可贵的特点：喜欢送礼。显而易见他有这个条件，而且送礼也许使他心里高兴。他曾将捷克诗歌译成法文，其中有你的诗，这是他作为稿酬送你的礼。

经他这么一说，我们才把礼筐解开。在几瓶葡萄酒中，我还发现了一瓶蒙特巴西拉卡城堡牌白葡萄酒。我尝了一口，心说这可是所有葡萄美酒中首屈一指的了。其实，我并无权利这样妄自论断。应该说这是我有生以来品尝过的最最香醇的葡萄酒。

请相信我吧，那瓶酒味道极佳！

没过多久我在哈拉斯家里就认识了帕利维茨。可怜的布尼卡·哈拉索娃，高朋满座只会给她带来操劳和麻烦。可是她温柔可爱，很有魅力。哈拉斯经常嘱咐她：请你务必讨人喜欢，别作声！不，她对客人从未有过出言不逊的情况。

帕利维茨个子比较高，仪表堂堂。戴上外交官的大礼帽，披着短披肩一定很有风度。他衣着讲究，"里里外外都被法国文化的光辉照透了"。他比我们几乎年长十岁。年轻时当过雅罗斯拉夫·伏尔赫利茨基的秘书，对诗歌造诣之深实不多见。

他有两大爱好：祖国语言和诗歌。我们同他结交时，他正在翻译瓦莱里[1]的诗。熟悉哈德译本的沙尔达曾经说过帕利维茨的译本极其精湛，无论从哪方面看都堪与原作媲美。奈兹瓦尔对帕利维茨的评价也很高，说他译瓦莱里的诗，其捷克文字之优美如同他译捷克诗法文之优美一样。

我们同他相识之初，他从不谈自己的诗歌创作。然而，他对诗歌的奥秘如此熟谙，在这方面如此精通，理解深刻，最终也少不得要自己动手写诗了。我不清楚他是在我们劝说他之前便已写了一些诗呢，还是在我们敦促之下才开始动笔的，反正有一天他拿来了几首诗稿给我们看。这些诗后来都收进诗集《图章戒指》中了。如果我不曾记错的话，其中包括妙趣横生的组诗《群星》。我们读过之后被深深迷住了。他的诗在某些方面同哈拉斯的非常接近，遣词造句千锤百炼，锐意出新。语言初看之下令人惊愕，用字怪异却又美妙动人。同他谈论诗歌获益匪浅。

1　瓦莱里（1871—1945），法国诗人。

六十年代末，青年阵线出版社要出版他的一本诗集，约我写几句话作为序言。

我反复思考着帕利维茨的诗，拿起笔来便不由自主地想到了雅罗斯拉夫·希贝尔特[1]的两句诗。那是他题在自己的作品上献给伏尔赫利茨基的一首诗中的两句：

我们诗人彼此知心，
我写此书非为他人。

我并无妄自尊大之意，但这最后两行诗句在完全不同的情况下也可以移用到帕利维茨的诗集上。对我来说生活中没有比诗人的孤芳自赏更为陌生的了。就以希贝尔特为例，他在看到自己的剧本上演时剧场爆满也必然会踌躇满志的吧。不过，帕利维茨的情况却有所不同。每个诗人都寻找自己的读者，这是不言而喻的事情，无须强调。一个人的诗只有在读者感兴趣时——不管这兴趣是亲切的还是敌对的——才有意义，才生存。帕利维茨的诗当然不会要求成千上万册的印数。他的诗是珍品，如果我们能这样形容的话，其含义是性质高贵。

诗人们，至少就大多数来说，毕竟有更深的透视力以识别和评价这样的诗作。总之，诚如俗话所说，自己的牌看得更清楚。帕利维茨写诗手法巧妙，令人眼花缭乱。尽管如此！人们终究看出了他深厚的诗歌功底，它同匠人的才能和技巧鲜有共同之处。

我重新捧读他的诗，却惊讶地发现这些扑朔迷离、凝练优美的诗句，却原来是嫁接在朴素民歌的野蔷薇枝干上的，因此是从这片国土上生长出来的。正因为如此，它们才那样扣人心弦，那样清新和富有

---

1 雅罗斯拉夫·希贝尔特(1871—1936)，捷克剧作家。

捷克味！

帕利维茨从事诗歌创作，他在起步之初便已掌握了人类语词的生存和运动的规律，熟谙它们引起联想的魅力，它们的旋律和闪光。

我不由得想到还在不久以前他怎样目中闪烁着喜悦的光芒来到这里。他很得意！他又增译了一首瓦莱里的诗，其中有一句曾使他伤透脑筋。最后才终于找到了两个字眼，它们既达意，又音调抑扬、柔和，不仅从意义上看，而且从声音上听也很传神。瓦莱里那句写的是裸体女性，诗人的译文为：

皱痕的诱惑力。

天衣无缝。从捷克文字来说多么优美！而且情趣盎然！

帕利维茨不同意寻觅词语和杜撰词序的论点。他认为词语是活生生的，它们自己会跑来，携带着自身的美和自身的节奏。的确，同他谈论诗歌和诗歌语言，我们无不深受启迪。他懂得很多，比他在本人创作中表现出来的更多。

再有一年他将是九十高龄了。我国诗人中谁曾活到这个年龄呢?！又有谁将会活到呢？我不禁联想到对我国诗歌发展产生过那样深刻影响，却不幸那样年轻便弃世而去的另一位诗人。然而数字并不说明多少问题，或者几乎什么也说明不了。但是，在帕利维茨和《五月》作者的诗歌之间，却有着更为密切的联系。这种联系肉眼当然是看不见的。仿佛在地下，从马哈的《五月》的花根上，长出了纤细的根须同帕利维茨的诗歌联结在一起。这些根须是坚韧的，合乎发展规律的。

前一位诗人将诗歌语言向前推进了几十年，后一位则从一百余年前的诗歌语言中撷取其古代美。

帕利维茨在后半生对几位比他年轻得多的诗人颇为依恋。他喜欢霍拉，赞赏霍朗[1]，但是从为人和诗歌创作上来说，他同弗朗基谢克·哈拉斯最为接近。哈拉斯的住所又同他家近在咫尺，因此两人经常在一起。

帕利维茨被盖世太保逮捕后，盖世太保在审讯中曾将哈拉斯的反希特勒的诗摆在他面前，要他确证作者是哈拉斯。帕利维茨一口咬定这些诗不是哈拉斯写的。盖世太保问他那么作者是谁，他说是他自己。这样便保护了哈拉斯免遭厄运。盖世太保又对他说，这些诗可是写得很不成功哪。他微笑着回答道，唯独这一点使他心里感到十分懊恼。是他的无畏精神和忠诚的友情拯救了在当时已病魔缠身的朋友。

哈拉斯的著名长诗《老妪们》问世以后，沙尔达曾评论说，该诗可称得是"帕格尼尼绝技的登峰造极之一例，是在一根琴弦上演奏出来的……超越了一般意义的人性和人的悲剧性"。围绕这首诗，帕利维茨娓娓动听地讲了他在日内瓦时期同年轻女人有关的一次不寻常的经历。

1918年变革以后，帕利维茨被任命为捷克斯洛伐克通讯社驻日内瓦国际联盟的分社社长。年轻共和国接替了昔日奥地利在日内瓦的一处面积极大的房产。除却其他用途之外，其中一部分便分给了通讯社作为办公室和帕利维茨的宽敞的官邸。

战后初期，那是笑眯眯的繁荣年代。经历了一战四年艰苦的岁月之后，世界正快活地、无忧无虑地陶醉在和平生活中。

事情的经过很像一次友好的突然袭击：一天，西方某强国公使馆的一名职员前来拜访帕利维茨，不拘礼仪地向他提出要在某天下

---

1 即弗·霍朗(1905—1980)，捷克诗人。其诗带有唯美论的特点，思考生死、存在、爱情、时间、道德等重大问题。

午借他的官邸一用。此人是帕利维茨的老相识，提出这一要求又不是以他个人的名义出面，因而很难拒绝。

几天以后只见汽车一辆接一辆驶来了。出乎帕利维茨的意料，汽车里跳下来的竟一个个都是俏丽的姑娘，全是那位职员事先从蓝色湖畔的这座漂亮城市——人们从巧克力的包装纸上对它是那样的熟悉——的各个夜总会和娱乐场所仔细挑选来的。小姐们欣然在帕利维茨的宽敞官邸含笑坐下了。那位老兄然后没费多少口舌便说服了她们暂时换上帕利维茨的睡衣裤。帕利维茨恰好有不计其数的睡衣裤。女孩子们穿上根本不合身的男人睡衣裤肯定有点儿怪模怪样，幸而时间不长。过了不多一会儿，各外交使团的绅士们便坐着汽车鱼贯而至——他们正出席国际联盟召开的一次会议。头几瓶香槟酒打开之后，事情便已一清二楚。

原来这是选美比赛！绅士们决定不慌不忙、郑重其事、一丝不苟地评选皇后和公主。评判的依据不仅是容颜是否魅人，还要看胸、手、腿及身材长得怎么样。诚如这位诗人说的，评价“年轻女人的一切”，尤其是少女身体的某些部位。

这件事没有给帕利维茨带来多少愉快。外交部长，他的顶头上司虽然有种种政治考虑，但对此举肯定不以为然。日内瓦是一座加尔文派[1]的城市，居民恪守新教教义，思想保守。正因为这样，帕利维茨的那些尊贵客人也许不愿自己承担风险。好吧，中欧一个新成立的小国，在世界上还不那么有名，也就多少不那么惹人注意。幸而一切进行顺利，没出什么岔子，活动的组织人用大礼帽为小姐们募集了数目惊人的一大堆钞票。小姐们名利双收，感到满意，没说什么便离去了。

哈拉斯专注地听完了这则故事，随后坐下来欣然写了《老妪们》

1　基督教新教主要宗派之一，16 世纪欧洲宗教改革运动初期产生于瑞士。

的姐妹篇。哈拉斯去世后，这首《少女们》虽然没有收进他的诗选，但在报刊上发表过，甚至还多次转载——在布拉格和哈拉斯常去的拉德霍什季山麓的弗伦什塔特。

啊，泡沫儿苏苏作响的夜晚，啊，苏苏作响的白天
空气里满是娇小的姑娘
脱去华衫
在我们愿望的圆柱间
翩然起舞

这首诗他后来工工整整抄录下来，由弗朗基谢克·比德洛配了几幅彩色插图，还加了一些非现实主义，但颇为风趣并给人以真实感的线条……他俩将这首诗献给了帕利维茨，一位不知疲倦的、热忱的收藏家，收集书籍、手稿、素描、各种报刊的合订本和书信。

他五十寿辰那天高兴地收到了这件诗画作品。

二战以前，生活在我国和我们中间是轻松愉快的。那都是由于年轻的缘故。我们很喜欢回想那段时光。遗憾的是，今天回首当年却传来了急救车焦急的信号声，它载着重伤的诗人疾驶而去。他曾同我们度过了许许多多这样的时刻，如今却如此悲伤地猝然结束了他那漫长、卓越、丰富的一生。

（杨乐云译）

充满歌声的岁月

我相信，不过更为坦率地说是我认为，通常叫作诗的东西，是一个莫大的秘密。每个诗人都只是或多或少地解开了一点儿，然后放下笔，或者啪的一声盖上打字机冥思苦想，傍晚时分死去了。譬如说，像奈兹瓦尔。

那年我十一岁，母亲参加了雅罗斯拉夫·伏尔赫利茨基[1]的葬礼突然回来了。她神情激动，衣服撕了个大口子。原来在维谢赫拉德墓园她幸运地挤进了大门附近的大教堂，后来又一步步挤到伟人祠[2]的台阶上，以便看一看灵柩，听到悼词。可是比她晚来的人群马上把墓地的大小甬道挤得水泄不通，而且把她撞倒在地。母亲一头栽在诗人瓦茨拉夫·博列米尔·奈彼斯基的坟墓旁边。

多么不幸，那地方后来竟然就是维杰斯拉夫·奈兹瓦尔的墓地！

那天的葬礼在我心目中也是一件惊天动地、非同寻常的大事。我在家里等候母亲归来，好不容易才等来了。雅罗斯拉夫·伏尔赫

---

1 雅罗斯拉夫·伏尔赫利茨基(1853—1912)，捷克诗人、剧作家、翻译家。作品卷帙浩繁，仅诗集便有八十余本，在充实捷克文学，传播进步思想方面做出巨大贡献。

2 布拉格维谢赫拉德墓园中杰出人物的纳骨室。

利茨基这个名字于是便萦回在我的脑际不肯离去。在母亲的激动以及她的这次经历中蕴含着一种深沉的美。

伏尔赫利茨基！这确实同我常常聆听的邻里妇女在阳台上一边洗衣服一边轮番歌唱的曲子不是一回事。

这个时期曾经有人问我将来想当什么。我回答说当诗人。这话被我母亲无意间听到了，她不禁忧心忡忡地吁了一口气，说了声："天哪！"

亲友们纷纷热心地开导我："孩子，那可是什么出息也没有的呀。这年头谁也不读诗啦。考虑考虑实际些的吧。"可是我什么实际的也不愿意考虑。

我从这些岁月，从我的童年和少年时代带到生命中来的是什么呢？这些岁月是在阳台上，其后在洒水车银色水花飞不到的街角里度过的。

无非是忧郁和渴望僻静而已，但也有同大伙儿在一起的欢乐，追求知识，想入非非，还有一定程度的轻率。一个人遇到逆境时，一定程度的轻率对他有好处。此外便是爷爷留下的一支破笛子。这位爷爷我一生只见过一次。我用柔软的面包瓤儿糊在笛子的裂缝上。是的，那年头笛子是木制的。

"好吧，这支笛子给你了，"妈妈笑着说，"没准儿是一支魔笛呢！"它不是魔笛。我没有学会吹笛子，也没有上劲学。

关于这位爷爷，家里谈论得也不多。"你爷爷是个快活的人，心眼儿好。有时好得过分了。"妈妈曾经说。

我刚上小学，人家便问我将来想当什么。"当诗人。"我毅然回答。有人听了放声大笑。在学校，我们学了盖乌斯·尤利乌斯·恺撒的著述，后来又读了维吉尔。但距离歌唱的年代还很遥远。

然而，必须承认，在克列门廷努[1]的观象台，这几年的岁月却溜

---

1 布拉格古修道院，1722 年改为观象台，现为国家图书馆。

走得很快。

直到突然一下子！我仿佛觉得时间站住了。我周围忽然充满了音乐，充满了歌声，充满了欢乐，令人陶醉，美妙无比。我很喜欢回想这个时期。

如果说弗朗基谢克·哈拉斯[1]写诗是揪住他的诗句不放，连捶带打，仿佛要拧断它的脖子，非要它交出更多的东西不可，不容它像初见或初听到的时候那样有所隐藏，我写诗却与他截然不同。我的诗句犹如从敞开的窗户被轻风吹进来的，我小心翼翼地把它们捧在手掌里，生怕碰掉了它们完整无损的春天的花粉。

千真万确，那是极为美好的时光！

也许你们想知道那时候我们中间谁是最出色的诗人吧，我无妨直截了当地告诉你们：是弗拉基米尔·霍朗，黑天使。

此外还要补充一句：假如弗拉基米尔·霍朗是一位身穿白军服的海军军官，站在舰只的甲板上开往斯普利特[2]的话，海边散步的漂亮妇女准会拿着望远镜老远地眺望他。

然而，哈拉斯才华初现，刚写出一些真正称得上震动我国文坛的诗作时，最大的世界战争便爆发了。诗人们除了沉默之外别无他法。

时间绝对不是个软心肠。那几年的岁月过得很慢。每逢生活艰辛，时间便磨磨蹭蹭起来，为的是让我们一点一滴尝尽所有的恐怖。只许缓慢地忘记，更缓慢地愈合创伤，而伤痕则永远无法磨灭了。

战争后半期，我的一本薄薄的诗集出版了，我给它取名《石桥》。

哈拉斯读了这本诗集之后，皱着眉头对我说："诗写得不错，我挺喜欢。不过，我认为今天的诗不该写得这样甜，富有麻醉性。今天的诗应该像秋风那样悲号，像挣脱了锁链的狗那样狂吠，像猛兽的叫声

1 弗朗基谢克·哈拉斯（1901—1949），捷克诗人。20世纪三四十年代捷克诗坛杰出代表之一，对捷克现代诗歌发展产生过很大影响。

2 南斯拉夫港口城市。

那样凄厉。”他说得也许有理。

可是我做不到！

我喜欢莫扎特，我愿意相信笛声可以吹开智慧殿堂的大门。

也许用我那支破笛子能行吧！

智慧的殿堂当时在我国不仅门扉紧闭，而且建立在废墟上，无论你往哪里瞧，满眼都是带着夜鬼标记[1]的旗子，在这种情况下还谈得上什么乐曲呢？

可是，那样的时候终于又来到了，我们无忧无虑，岁月自己在计算度过的日子，因为我们不再数着日子生活了。我们很幸福。

战后不很久，病魔缠身的哈拉斯便卧床不起，生命危在旦夕。当他还躺在医院的时候，奇怪的流言蜚语已在传播，说什么他不想抗拒死神，他愿意死。实际情况并非如此，这我很清楚。他不愿意死。他像蜜蜂紧抱着掉落水中的花朵一样，紧抱着生命不放。他有自己的痛苦，但那也是宁可将死神拒之门外的。恰恰相反，人一旦衰老便会调动全部有生力量以使身体从疲惫中，灵魂从昏昏欲睡中振奋起来。然而哈拉斯并不老。他只是疲惫了。在进医院之前他曾对我说，他想做一件新衣服，还嘱咐妻子把他的冬大氅送去洗。我深信哈拉斯没有想到死。我们大家都感到悲哀。别了！

哈拉斯去世后没过几年，他的那位充满青春魅力的娴静妻子也离开了人间。人们都不愿意相信这是事实！今天他俩手拉着手儿并排躺在一起。

春天，当我在顶楼张挂国旗时，我把屋瓦下面梁木上的一只落满尘土的帽盒扔到了地上。盒子装得满满的！我不由自主地打开了它，盒盖上的小皮带松脱了。天哪，这里面都装了些什么啊！绣金花的绦带，失去了光泽，有宽的也有窄的，各式各样的假花，一副粉红色

1　指德国纳粹党的党徽。

假面具，还缀着小花边。这些陈旧的，不值分文的东西却使我有好几个小时沉迷在幸福的回忆中，直至心儿一阵阵战栗。这里还有舞会程序单，折断了的鸵鸟羽毛，一束书信，一包用金线捆扎着的照片，几只形状奇特的小玻璃瓶，瓶中的香味至今尚未散尽。

在盒底我终于找出了那支吹不响的破笛子。它是那样的又旧又干巴，拿在手上恐怕不比几根小鸟的羽毛重多少。也就是十二根小羽毛的分量吧！

盒底，一串散开了的红玻璃珠子像受了惊吓似的骨碌碌地四处滚动。穿珠子的绳索显然断了。珠子中间躺着一张发黄的小照片。我连忙伸手取出来。那是弗朗基谢克·哈拉斯的照片，当时他六岁，刚开始上小学。

（杨乐云译）

神奇的铅笔

有一天，我和维杰斯拉夫·奈兹瓦尔来到画家卢德维克·库巴[1]的画室。当时一本介绍这位画家的大型纪念册正在着手筹备，奈兹瓦尔将写导言中的一篇，我答应写诗。卢德维克·库巴那时已是一位年迈的老先生，可是他依旧那样惊人地生气勃勃，精神矍铄。别忘了补充一句：而且很可爱。同他聊天是一种愉快。他机智诙谐，妙趣横生。在他的画室，令人惊喜的事儿接二连三。首先当然是他的新作，充满了夺目的色彩和画家那种不可战胜的、永不衰竭的活力。他年事越高，作品越发出色！看不到一点儿“脏内衣”的痕迹——当年人们把那些干巴巴的平庸画家的平庸的干巴巴的作品叫作“脏内衣”。库巴的绘画却是进攻性的，它们热辣辣地猛扑到每一个人的身上。表现手法虽然不现代化，但是才华使他的作品胜利地经受住了时代的考验。他的画色彩之鲜艳堪与印象派画家登峰造极之作媲美，画艺精湛，因而吸引力强，给人留下的印象深刻。库巴同时也是一位有眼光的收藏家。画室里有他收藏的艺术珍品，主要是中国古代雕刻的一些复制品。窗户旁边的角落里立着个一人高的维

1　卢德维克·库巴（1863—1956），捷克画家、作家。

纳斯半身像。当奈兹瓦尔驻足在这尊塑像面前时，画家库巴拉了一下他的衣袖，凑到他的耳边低声耳语道：

“您可别告诉人家，您瞧见啦，我是把维纳斯骗到角落里来的头一个凡人。”

最后，我们围着一张靠墙摆放的桌子坐下了，墙上挂着一幅卢德维克·库巴新完成的自画像。我和奈兹瓦尔望着这幅画，两人都看出了神，后来我们的目光落到了画家的微笑上。

“你们既然这样细看我这张新画的像，我得给你们说说不久前发生在这幅画像下面的小事。我妻子的朋友，一位小姐，来看望我们。顺便说说，这位小姐长得相当漂亮。她盯着这张画看了半晌，然后坦率地，但带着不加掩饰的好奇问我，究竟为什么我一遍又一遍老画自己。她的意思很清楚，难道我就那么漂亮、有趣！我推心置腹地告诉她说，我是对自己幸灾乐祸才画自己的。说过之后，我马上看出她不懂我这句话的意思，因此我就接下去说，我给她讲实话吧。

“事情是这样的，有时我约定的模特儿不能如期前来，而我既无时间，也无心情上别处去另外物色一个。我在镜子旁边走过，看了他一眼，心里说，嘿，这不就是模特儿吗，而且多么叫人惊讶，恰恰就是我此刻需要的那个模特。我把镜子放在梯凳前面，打开画箱，请他面带笑容。他马上照着做了，我觉得应该是什么样他就做什么样，一切唯命是从。我要他换了好几个姿势，直到我认为合适了为止。他很耐心，也很听话。比如，我对他说：你把嘴里那个烟斗先放下一会儿行不行……他马上顺从地把烟斗放在桌上，做出听任吩咐的样子。后来我又同他商量：脸上能不能别那么露出一副傻相！他一点没有恼火，立刻摆出一脸大智大慧的神气，就跟那边的菩萨一个样。我心里夸赞他，兴致勃勃地画了起来。只要我自己不说累，要他站多久他都能坚持。”

说着，画家伸手在衣袋里摸了一阵，掏出一支普普通通、完全不是绘画用的铅笔。出乎我们意料，他当场就在一张餐巾纸上画了自己的小像。仅寥寥数笔就画出来了，却是既俏皮又传神。是的，正是这么张面孔，戴着一顶无檐帽，嘴里叼个烟斗，脸上笑嘻嘻的。可惜画家随手就把餐巾纸揉成一团，扔进了纸篓。

“好，”他接着说，“我同那位漂亮小姐的谈话还没有完呢。我最后告诉她，画自画像很便宜，模特儿不要酬金，他是白给我效劳的。而且还不是在画价低得可怜，等于白扔掉的时期。不过，它也有个不足之处，那就是画脸不容易。可是这就看画家的功夫啦。我往手心里啐了口唾沫，画了起来。

“我这么绘声绘色地向这位小姐解释了一通，还说了一件无足轻重的小事作为补充。

“一位女邻居来敲我家的门，要借一撮番红花做牛肉汤的调料。刚巧我画室的门半开着，她瞧见了放在梯凳上的一张静物画，画的是一盘甜面包。这位太太惊讶地转身对我妻子说：‘库博娃太太，您家烤箱烤出来的东西好漂亮啊！’‘嗨，哪有的事，’妻子回答说，‘那是我的那只烤箱画得漂亮！’”

那一年，春色满园的五月还没有过去一半，编辑部落满尘土的电话响起了铃声。阳光正照射在我的办公桌上，飞尘在阳光中抖动。电话是广播电台打来的，文学编辑室通知我，说他们安排了半个小时的节目，播送我的咏春诗。朗诵将由埃杜阿尔德·科胡特和弗拉斯塔·法比阿诺娃担任，要求我为这个节目写几句话，谈谈自己，自画像似的寥寥数语就行了，时间不超过五分钟，或者再少那么一分钟。埃杜阿尔德·科胡特是我的朋友，弗拉斯塔·法比阿诺娃是一位很有魅力的美人儿。两个名字都使我感到愉快，我于是没有三思便满口答应了。

当然，我不该这样做，应当事先好好思考一下。每次谈自己我总感到是件不怎么愉快的事情。脑海里出现的每一句，甚至每一个字眼都要么干巴巴，要么言不由衷。不是有失真实，便是哗众取宠。我如何评价自己，这同听众有何相干呢。一个作家怎么样，批评家和读者不是自会做出判断的吗？我想请电台免了这个讲话，可是来不及了，节目单已经印出来了。

这时我想到了画家库巴和他那支神奇的铅笔，他的想象天赋和素描功力。他怎么只需寥寥数笔，人人便都认出来画的是他呢？我从不曾为自己的面貌这样伤过脑筋。我在房间里踱来踱去，一支接一支地抽烟。可是想不出一句聪明的、恰到好处的用语。我不时斜睨一下镜子，对自己皱眉头。手一提起笔就不胜其重似的垂了下来。我什么也写不出，一句也写不出。

广播当然我最后还是去了。不过，我在讲话中竭力回避一切可能使人联想到我本人形象的词句。我相信这么做是出于谦虚。然而不如说，是我的头脑里缺乏一支画家库巴揣在背心口袋里的神奇的铅笔。

半年以后，一个阴沉沉的下雪天的清晨，我走回家去。那晚上我同朋友们尽情谈论诗歌和诗人问题，不知不觉一宿就过去了，这会儿我已疲惫不堪。我鞋上的雪结成了冰，上楼时我滑了一跤，脸撞在装饰栏杆上，被镀金的铁花划了一道口子。妻子抱着孩子来开门。我可怜巴巴地站在门边，帽子捧在下巴底下，一缕鲜血从脸上直往帽子里滴。我不得不洗耳恭听的那些话有什么必要在这里重复呢？妻子当然有理。可是那天母亲刚好在我家，她等了我一夜。慈母的心忍不住了：

“玛任卡，您的清规戒律太多啦！”

对于这慈母的心声——尽管动人，但也多少有点儿难以理解——这里就不多说了。我躺下以后，母亲过来坐在我的床沿上。我只得原原本本告诉她，什么都交代了，最后连朋友的名字也都抖了出来。不过这很容易猜到。她认识哈拉斯。母亲于是用一口纯正的布拉格腔唱歌似的对我说：

“你呀，就靠酒和诗过日子。随便哪个不费吹灰之力就可以把你给骗了。你就是这么个人，一点儿也不错！”

我竖起耳朵听着。

啊哈，原来是这样！咱们等着瞧吧！

（杨乐云译）

在卢浮宫的祈祷

早在远古时期，在阿尔塔木拉[1]洞窟和法国许多驰名的洞穴里，人们就曾在住所光光的石壁上点缀了美丽的图画。也许他们在四壁空空的地方住得不舒服吧。不仅是岩洞粗糙的石壁，从希腊富豪和贵族的气势雄伟的建筑和精致的住房，到中世纪达官贵人的豪宅，一直到卢瓦尔河[2]的城堡里，主人们总是遵照欧洲当时的风格和时尚，兴致勃勃地在墙壁上悬挂起各种绘画。就是在我们乡村的农舍也都挂满镜框画，至于在有产者的沙龙里，如果不挂上些形形色色庸俗的绘画夹杂着些大师的作品，那几乎是不可思议的。

卡雷尔·泰格就不同了。他先是否定一切绘画。后来从他那纯粹主义的立场上略做让步，认为画廊里可以挂画，家里嘛，有专题论文的复制品就行了。在他家里，窗帘也在被摈弃之列。光光的墙壁只点缀着通风的管道。为了强调管道的重要性，他把它涂上了颜色。竟然是红色！我不得不说，这样布置的房间真不如以前漂亮，那时墙

---

1 意大利东南部城市，建筑物以门窗的雕刻艺术著称。城郊六公里有一宽五百米，深七十五米的岩洞。

2 法国最长河流。

上挂着兹尔扎维的炭笔画和西马[1]为他画的肖像。

看来，我应该换个角度来叙述。

一战到了第三个年头，日子真有些熬不下去了。面包已不成其为面包，希望也不再是希望。那时的面包，切成片就会掉一桌子苦涩的玉米渣子。希望呢？人们常说希望是上帝的恩赐。那么这种恩赐还是如数奉还了吧！

我不知道希望变成了什么。显然只剩下了绝望。伤员们在漫长的转运途中护理得很糟糕的伤口早已冻坏，乞丐们枉然伸着的手掌也已冻僵。其实，我们，在无情地紧闭着大门的商店门外排长队的我们，全都是乞丐。一家人轮流着去排队，排面包，排面粉，排肉，排香烟。三月还是天寒地冻的时节，人们蜷缩着排在小煤铺门前，等待配给的份额。等待是徒劳的。等了许久才得知，煤铺长期内将一直是空空如也。即使把小煤库翻个底朝天，落下来的也只会是如漆的黑暗。就连煤末儿也早已被扫得一干二净了。只有愉快的喜鹊会在这黑暗之中飞舞歌唱。我们家经常连热一下隔晚留下的冻成了冰块的汤都办不到。

那时父亲便果断而迅速地做出了决定。他拿起斧头，我和妈妈从阁楼上把一些旧画搬下来。那都是爸爸经商时剩下的，他为此吃尽了苦头。当年爸爸在日什科夫区查理大街开了一间画店。现在，蜘蛛从圣母布满灰尘的脸上飞奔逃窜，圣母的长袍早被小老鼠咬得洞痕累累。当我们将多年的尘土抖搂干净之后，只见圣母玛利亚那美丽的脸庞对我们忧郁地微笑，静物画中的苹果和切开的西瓜闪着红光。天鹅抬着翅膀不知要游向何方，而猎人正坐在树桩上休息，被他的神枪法射杀的鹿正卧在不远的地方，猎犬则吐着舌头嗅那流血的伤口。然而对我们来说，这一切都是早已逝去的、绝非幸运的往事。

1　即约·西马（1891—1971），捷克画家。

无情的斧头劈向干燥的油漆画框，业已无用的绷画布的夹子纷纷坠落。后来我同妈妈抬下镶在沉重而破损的画框中的守护天使像。身材匀称的漂亮天使张着强有力的翅膀正引领着一个手提一小篮草莓的小姑娘穿过一座横跨万丈深渊的小桥。随着咔嚓咔嚓的声响，深渊在咆哮，天使那洁白强壮的双翅齐着肩膀掉了下来。公爵奥尔德瑞赫正钟情地注视着站在小溪旁的丰满而妩媚的鲍仁娜，可是爸爸一下子就把公爵扯开了，再也求不成婚了。过了一会儿两人在火炉中都化成灰烬。父亲把站在月亮上被众多小天使包围着的年轻的玛利亚扔进火炉时还没有忘记很内行地告诉我们，这幅画是牟利罗[1]的名作。就这样我们烧掉了他钟情的《圣母无原罪始胎》。一起烧掉的还有更为有名的拉斐尔的圣母像。两张画几乎已被灰尘和屋顶的漏水毁掉。

父亲轻轻挥舞着斧头毫不留情地劈着，干透了的画框应声断裂。促使父亲挥斧劈砍的不仅仅是燃料的极端匮乏，这其中还有一腔愤怒。在火中烧掉的其实也是一大堆奥地利金币啊。

我们家从来没有像大战最后两年那样艰难和饥肠辘辘。偏偏这时爸爸又丢掉了工作。区区几个克朗的积蓄很快就无影无踪了。

每个星期我们从周一就盼着礼拜天能有点肉吃。我们有位远房亲戚在霍莱肖维采屠宰场当屠宰工。时不时地带些猪牛心肺来。他把内裤在两只脚腕处捆紧，揣满心肺偷偷地带出工厂大门。这，我们是听说的。他买得很便宜然后高价售出。不过他是担着风险的。我这才明白为什么妈妈拿到这些东西总是一遍又一遍地拼命冲洗。

厨房里小炉子在燃烧。木柴噼啪作响，画布发出嗞嗞的声音。大家坐在这难得的温暖的周围。炉子很快烧得灼热，又迅速冷却下来。在这种一家人可以谈谈家常的时刻，我们总是希望爸爸能说说

1　牟利罗（1618—1682），17 世纪西班牙最受欢迎的巴洛克宗教画家。

自己。譬如讲一下他小时候的事情。可是他从来不肯说。妈妈倒是喜欢讲,但是她的经历太平淡,没有惊人的地方。父亲沉默着。他这一生是一长串各种各样的令人忧伤的失望。我所知道的事还是从别人那里听来的。

年轻时他在一家金属家具厂学钳工。但这门手艺不能满足他苦苦追求的人生理想。他渴望成为一名商人。不过后来的岁月表明,父亲毫无从事这种职业的能力。就是有,也不多。他一度在联合信贷储蓄所当过职员。那储蓄所坐落在长街,这条繁华街道上至今还矗立着当年储蓄所办公的大楼,楼的正门饰有爱奥尼亚式的石柱。20世纪初,圣瓦茨拉夫大钱庄破产后,许多小储蓄所也随之倒闭,其中就有那个联合储蓄所。父亲投入的不多的股金全部丢光了,还背上不少债务,不得不逐年偿还,我们家也因此破产了。

妈妈别哭,求求您啦!

在这种绝望的时刻,父亲下决心要在日什科夫区开一家画店。这个主意如果不说是堂吉诃德式的,也够离奇。他又借了一笔钱,在查理大街挨着玻璃制品店的一座较新的住宅楼里租了一套宽敞的住处,底层与二楼之间的两间屋就作为画店。他不愿意经营那种在庙会或胡斯大街吕伯尔店可以买到的两角钱一张的彩色版画。他认识一位画家。此人能按顾客的要求又灵巧又快速地拿出作品。他认为这一点正是父亲最有效的广告。他推销现买现画的油画。画家名叫巴尔纳什,住在很远的霍斯基瓦什区。

那时我常自言自语地念叨着:巴尔纳什——巴尔纳什,听起来像是鼓槌敲击小鼓似的,同时又使我联想起耶稣受难时的暴徒巴拉巴。不过他是一位老实的好人,靠不老实的艺术老实地生活的人。

日什科夫区的一些顾客开始犹犹豫豫地偶尔光顾我们的小店。多数是些羞涩的刚订婚的男女或是已经比较大方的新婚夫妇。他们从巴尔纳什数量不多的存画中按自己的计划选购。父亲有时拿出画作的照片册来供他们挑选。库存逐渐增加了，选择的余地也增加了。卖得最多的是圣母像。普通而平庸的圣母像是直线派的作品，原画作者的姓名我已记不起来了。时常有人求购超级名家的作品，例如拉斐尔的和牟利罗著名的有小天使们飞舞着伴随圣母冉冉升空的圣母像。

那时候还时兴在床上装饰帐顶。不过已经只是象征性的。古老的密封式帐顶如今已只是挂在天花板上的一个黄铜圆顶。圆顶两侧各垂下一条打满花褶的白布。白布当中的墙上悬挂一幅玛利亚像。她显然负有保护夫妻恩爱的责任。

也有顾客来求购挂在餐厅的静物画。什么松鸡和山鹑，一旁放着猎枪和猎人的短大氅，还有银盘中堆着葡萄、苹果和切开的西瓜之类。由于订货者的口味不同，画面的组合可以有无穷的变化。画家巴尔纳什对各种要求都能热情地给予满足。也有顾客要求为自己的沙龙选购些捷克著名画家如任尼谢克或杜布拉瓦的历史画。这类订货画家也能熟练地完成。因此我们日什科夫的家中也有了茨吉拉德和莎尔卡[1]以及公爵奥尔德瑞赫和他的鲍仁娜[2]。也有些爱国主义者要买布罗瑞克[3]的《胡斯在康斯坦茨宗教会议上》的摹本。这幅画当然要贵些。因为画上人物较多，巴尔纳什要付出更多的劳动。据我的记忆，这一类的画他也画得很成功。

尽管画家巴尔纳什家里麻烦事很多，他的工作还是可靠的。说话也算数。他总是按约定准时到达，戴一顶宽边的画家礼帽，脖子上系着长长的黑色蝴蝶结，上面还沾着各色油彩。然后父亲就忙着去定做石膏上涂着金粉的画框。至少也要等画稍为干一些吧。画家带来的画总是湿的。他急需用钱，等不及了。

1　茨吉拉德和莎尔卡为捷克传说故事中的人物。
2　同上。
3　即瓦·布罗瑞克(1851—1901)，捷克画家。

巴尔纳什家住在霍斯基瓦什区，那个时候去该区要从电车终点站穿过田野小径走上一大段路才能到达。画家身材不高但很灵活。留着连鬓络腮胡子。就像他奉为榜样的布拉格美男子、绘画大师伏·任尼谢克的那种胡子。画家是单身，妻子去世时给他留下了七个孩子。他对孩子的抚养就是每人有口饭吃，其他方面已无能为力了。家中有一间黑乎乎的小厨房，另一间是较宽敞明亮的房间。这间屋既是画室又是卧室和餐厅，简直什么都是。他工作时七个孩子碍手碍脚。幸而这对他并无影响。孩子们拿色彩和画笔当玩具，用破纸盒做成小车拉着满屋子跑。这他也不在乎。调色板上的颜色不够时，他就得满世界寻找，最后可能在某个小家伙的手里攥着。画笔也是如此。面对这一切他都非常平静。年轻时他对于艺术一定是非常认真的，但生活把他揉搓成这样一种怪诞的形态。可能他确实有绘画才能，不过为了养活孩子他只能像现在这样画。

父亲去世后，我曾在柜橱里看到一幅卷着的他的画像。这是画家为了感谢他的慷慨赠送给他的。爸爸从来不讨价还价。我觉得画像画得很好，形象出奇的准确。是现实主义的艺术。是的，他确实会画，不过是一种堕落的艺术。他对绘画的记忆出奇地好。李士卡[1]的名画《耶稣在橄榄山》他能凭记忆画出来。这也是我们店里受欢迎的画。我们至少卖了二十幅。彩色画和素描都很逼真。当父亲向他订购他所擅长的风景画时，他在自己的笔记本上只轻轻地画了几道线条。他笔记本里的这些道道令我不胜钦佩。有时他还毫不知耻地画柯罗[2]的风景画，其实这些风景画他只在德国的展览目录里见过。圣母像大都是凭记忆画出的。父亲说画得像活人一样，可以对它进行祈祷。爸爸是个无神论者，这样说是气妈妈的。

1　即扬·克·李士卡(1650—1712)，西里西亚画家。
2　柯罗(1796—1875)，法国 19 世纪风景画家。

巴尔纳什画的价格按内容而定。牟利罗的有一些小天使的《圣母无原罪始胎》要比奥尔德瑞赫和鲍仁娜伴有许多猎人和猎狗的要便宜些。最贵的当然是《胡斯在康斯坦茨宗教会议上》。非常费工。还有著名的爱国主义画《维特科夫山战役》由于有大量的胡斯军和十字军战士而属于价格最昂贵的画。

我举行婚礼的日什科夫区政府大厅就挂着李布舍尔这幅画的原作。这使我很感快慰，不由得笑了起来。

我知道，对这种艺术您会嗤之以鼻。可是，请不要这样吧。随着岁月的推移，我已逐渐认识到，这种很堕落的艺术也有它的意义。即使没有别的意义，就它能给人们带来愉快这一点来说，也应该善意地对待它们。您也许会反对说，好的复制品也比这种假油画强。是的，确实如此。可是，您说，谁来抚养这七个嗷嗷待哺的孩子呢？巴尔纳什画室的情景真是既悲惨又怪诞，但它同时也证明，生命是无法扼杀的。

我时常随着父亲去霍斯基瓦什订画。巴尔纳什大师总是索要很高的订金。在这种谈判中我察觉到，这位画家很老练而父亲却不大会谈生意。有时我觉得画家对父亲也有些同情。可又有什么办法呢。孩子们不停地叫饿，巴尔纳什也常抱怨没有钱买颜料和画布。

大战爆发前，我们家可抱怨的事情不多。日子过得较简朴，爸爸靠自己的买卖维持着这简朴的生活。巴尔纳什不停地画，油画来不及晾干。但是父亲卖画大多是逐月分期付款。有些顾客付了钱，有些则不很愿意。提醒不起作用时，父亲只好登门索取。这不是一种愉快的造访。爸爸要账时有些不知所措。债户们马上抓住这一点，就用许诺把父亲打发走。因此不少钱就这样留在了买主手里。我常随着父亲出门办事，有相当多并不美好的机会去看一看无产者的家庭。在那里，贫困和匮乏取代了新婚的田园诗。情景有时令人震惊。床上挂雪白帐顶的地方只剩下了一面肮脏的墙，挂圣母像的地方只留下一块比较明亮的长方形痕迹。画像早已送进布拉格的当铺了。

在脏兮兮的被子上玩耍的是脏兮兮的生病的孩子。

战争到来这一切就迅速而不可挽回地结束了。男人们被召到战壕里去，妇女和孩子逐渐开始忍饥挨饿。国家对军属的补助数量很小不敷开支。这时，手里攥着面包票、面粉票、肉票的人，谁还会去买那画着满桌美食的静物画。只有眼泪汪汪的寡妇偶尔来要求给丈夫画个像。可是她能提供的只是当年结婚时的旧照片。这种活儿巴尔纳什也能接。他画出一张比照片年长十岁的像，使寡妇很满意。

给父亲的生意致命打击的是集市上一个暴发户老头。他要订购一幅三米乘两米的大画。因为他做了一个又热闹又活灵活现的梦。他梦见了圣三位一体，梦见了皇帝老爷和皇后阿尔日别塔，梦见了自己去世的妻子。他与这些人相会在恰斯拉夫市附近他老家的村子里。他要求把这一切都表现在画上，包括村里山坡上的一座教堂。他交了数目不多的订金，不过父亲不怎么愿意接这个活儿。

巴尔纳什本来是很随和的，哪怕让他给蒙娜丽莎的头上加上光环，怀里抱着圣婴也可以。可是起初他拒绝了。他坚决表示这是件绝大的蠢事，他不画。遗憾的是他接受了劝说！较多的订金战胜了厌恶，他开始筹备必要的材料并投入工作。三个星期后，画送来了。其间，爸爸定做了涂金粉的沉重的画框，花了不少钱。还不得不给画家增加了订金。

画上，前方是梦和订单的主人，旁边是他去世妻子的画像。在他们上方是皇帝和穿着白花边衣服的皇后。最后，在皇帝夫妇后面是通常画的那种圣三位一体。圣父手执权杖和苹果，旁边是圣子手里拿着沉重的十字架。他们之间飞翔着收拢爪子的白鸽子，即圣灵。

爸爸把画镶好画框然后通知老人来取画。他来后看了一眼却宣布，这画他不能要，因为画上他是背对着皇帝[1]老爷的。爸爸怎么说

1 指奥匈帝国的皇帝。一战前捷克尚是奥匈帝国的一部分。

也不管用。他戴上帽子就气呼呼地走了。爸爸被击垮了。也许能上法院去控告那老头，但那是战争时期，画上还有皇帝的像，法庭审理要拖很长时间，花费又很高。爸爸同画家结清了账，把那幅画面冲着墙戳在那儿，决定关门不干了。后来，我发现那画上有个大洞。大概是爸爸踢的吧。他又去工厂做工了。可是工厂不久又关了门，爸爸年岁已经大了，到处都找不到工作。他曾想参加半军事性队伍去战场挖地雷。在最后时刻他在一个矫形外科车间找到了工作，为残废士兵制作假肢。在那里他一直工作到去世。这也是坎坷的一生，充满了苦涩和失望。妈妈默默地哭泣着。

巴尔纳什大师的画不仅塞满了我们的两个房间——其中一间还是蛮宽敞的呢——而且也塞满了我的头脑。我曾经立志要当一名画家。未干油画的味道和父亲为保持油画光亮如新在画上涂抹的清油的味道唤起了我童年的梦想。我躺在床上也画。晚上我在枕头底下藏着一小盒十二支装的水彩。在初次绘画尝试不成功之后，我就试着写诗，在美术和诗歌之间徘徊。写诗对我来说好像容易一些。人物根本就画不出。房间里的那些画之所以吸引我还不全是出于对艺术的兴趣。巴尔纳什送来的历史画中妇女虽然是少数，但一般却控制着整个画面。凶狠的莎尔卡其实是一个蛮漂亮的姑娘，按照当时的时尚略嫌丰满，不过她并没有穿紧身马甲。恰恰相反。我对她手中指向茨吉拉德胸口的长矛不感兴趣。对茨吉拉德的遭遇还有些儿向往。在莎尔卡的画像前我可以站好久好久。在贝鲁契小河边拧衣服的鲍仁娜也经常吸引着我。在公爵面前她无意于隐藏自己那令人赏心悦目的妩媚。骏马前蹄腾空而立，公爵紧紧拉住缰绳，直到鲍仁娜同他一起骑上马背。我真心地羡慕奥尔德瑞赫公爵。我们后来搬了家。在那座楼里我见到一位长得同鲍仁娜公爵夫人十分相像的年轻妇女。在露天走廊上，她穿的也是单薄的衣衫，也是在洗衣服。她边洗边唱着歌曲。我仔细地注视她在搓板上的双手的机械动作。见到她时我礼貌地向她问好，她总是报以愉快而天真的微笑。

我与之保持着这种柏拉图式恋情的还有一位美丽的女人，那就是牟利罗所画《圣母无原罪始胎》中的圣母玛利亚。她洁白无瑕，被无数天使的云彩包围着。我长时间地凝视她那难以形容的温柔的面庞，这种时刻我总是感到非常惬意。

只有爸爸不在家时我才能享受这种美妙的时刻。妈妈什么也没有察觉。她深信我是个听话的老实天真的孩子。

许多年以后，当我踩着卢浮宫的地毯参观时，突然间一幅巨画把我钉在了地上。那是牟利罗的《圣母无原罪始胎》。我没有想到会在这里看到它。本来以为它收藏在普拉德博物馆。起初，我以为这是我童年所熟知的画。不是的。这位牟利罗可比我们霍斯基瓦什的大师画得好。我一时都喘不过气来了，好半天才回过神来。这是我一生中的伟大时刻。我不由得坐在画前的天鹅绒凳子上，聚精会神地看着玛利亚，饱饱地享受她的美。

这才是她！

巴尔纳什这缺德的无赖！关于巴洛克式的天使，他竟一贯地欺骗了我们。原画上至少有二十五个小天使，而巴尔纳什才画了不到七个。他只画了站在新月上的圣母脚下的那几个。其余的他就干脆甩掉了。

坐在那张小凳子上，我迅速做了简短而诚心诚意的祈祷。

圣母玛利亚啊，你来自塞维利亚[1]而我来自远方的捷克。我们在这个令人惊异、让人最感兴趣的城市里，在这个据说人们可以比任何其他地方生活得更幸福的城市里，都感到有些不知所措。

这次在许多年之后再次看到你时，我同你在一瞬间，可能像光速

1　西班牙第四大城市，塞维利亚省首府。塞维利亚画派为自然主义风格，以现实主义和明暗对照为特征。

那般快地又回到了家里。回到父亲睡过、墙上挂着十字架的摇摇晃晃的铁床旁，回到生了锈的四脚火炉旁。父亲在这陈旧的火炉里烧了不少旧画。其中也有你的。但是你在这里一直闪耀着永恒的西班牙的美的光芒。

你也许还记得，我那时是多么恭敬而又虔诚地爱着你。我长时间地注视着你仰望天空的双眼。显然在天堂，在天上的什么地方，要比在这个世界上愉快幸福得多。在盯着你看的长时间里，我的心一直在颤抖。那时我还不太清楚是为了什么。今天我再看到你的脸庞时，我已经明白了。

因此我求你，只要有一点点可能，求你替我说个情，让我在生活中能遇到长得像你一样的姑娘。让她能有你那样温柔甜蜜的眼睛，像你一样美丽和善。阿门。

巴·埃·牟利罗的无原罪圣母真的接受了我的祈求。

我刚离开卢浮宫，离开牟利罗的画的魔力，就又兴奋地投身到毕加索的世界中去了。

我和泰格像念诵众神之名那样说着布拉克[1]，格里斯[2]，康定斯基[3]，马蒂斯[4]，夏加尔[5]，弗拉曼克[6]等人的名字。巴黎让我们体验了一次又一次的惊奇。我们惊呼之后总要去喝杯清咖啡。一天中我们要有几次坐在林荫大道咖啡馆的帆布顶篷下愉快地一边品着咖啡，一边看那些漂亮的卖花姑娘，她们卖花时总是送上一个可爱的，

---

1 布拉克（1882—1963），法国画家，与毕加索共同发起立体主义绘画运动。

2 格里斯（1887—1927），法国美术家，擅长绘画理论，把立体派的创见加以系统化，使之能为人们所理解。

3 康定斯基（1866—1944），俄国画家和美术理论家。

4 马蒂斯（1869—1954），法国野兽主义绘画运动的领袖，与毕加索一起被看作20世纪法国画派两位最重要的艺术家。

5 夏加尔（1887—1985），犹太裔画家，生于俄国，后定居法国。

6 弗拉曼克（1876—1958），法国画家。

甚至是难忘的微笑。

我们结婚后，帮我们打扫房间的是一位好心肠的热情妇女。当她最初看到我们两张空空的床铺靠着墙壁时，曾失望地问过我妻子：

“你们为什么不在床上装个白色的帐顶呢？”

是啊，天花板下金黄圆顶的两旁垂下打满花褶的雪白的帐子，当中的墙上挂上一幅玛利亚像。我童年时如此爱恋过的许多玛利亚像中的一个。

（杨学新译）

凋零的花圈

我有一个过去的同学，少年时代的伙伴，他像我一样在走过了曲折的人生道路之后，晚年迁到了布热弗诺夫，住得离我家不远。一个冬天的早晨，他按响了我家楼下的门铃。

"明天一块儿去看看卢帕奇街我们家的老房子是怎么被炸毁的吧。从前你常去那儿找我，咱们还在顶楼上制造过火药哩。"

起初我很犹豫。对于我这颗衰老的心脏来说，去听佩鲁恩神[1]的摇篮曲似乎不太合适。可是最后我还是点头同意了。日什科夫已经久违，我经常想念它。

次日晨，我们驱车前往。那是一个不算寒冷的冬日。

按规定有大片房屋将要拆除的街道已经封锁，我们只能站在远处观望。这些房屋眼睛已经抠掉，生命被强行夺走，犹如圣诞节的鲤鱼，脑壳里抠掉了鲜红的鱼鳃。光秃秃的墙壁赤裸着身体在等待着最后时刻的到来。一栋栋房子神色阴郁地沉默着。

我们将汽车停在市场附近，然后踏着石级从日什科夫山岗的南坡爬到乌黑的铁路隧道的上方。我俩到得不算早。捷足先登的电视

1 斯拉夫民族传说中司雷电的神。

台工作人员在此已准备就绪。我们举目四望，古老的日什科夫区整个儿就在我们的面前，一览无余。这个区的大部分房屋现在都将拆除，让位给白色的新楼房和宽阔的现代化大马路。

圣普罗科普教堂的尖塔高峙在那些肮脏的煤烟熏黑的房顶之上。大时钟的字盘显然不久前刚镀了金，兀自在城市上空闪烁。几条陡峭的山路笔直地向下倾斜，同三角形的普罗科普小广场相衔接。当年这里是集市，我喜欢在货摊间跑来跑去。在广场的一角，早春时节出售半萎谢的凤仙花，无疑是从潮湿的霍馨小树林采摘来的，香味浓郁。晚些时候，长长的野豆荚就上市了。到了暮春，一般是在基督圣体节前夕，出售的是红艳艳的芍药和百合花枝。妈妈从市场买回百合花。她喜欢这种花，满屋飘逸着百合花的幽香会使她联想起教堂。冬天，圣诞节前，在那里可以买到润湿的、柔软如丝的苔藓，人们用它布置耶稣诞生的场面。市场上那些倾斜的、开了一只只圆洞眼的大柜台往往使我惊诧不已，圆洞眼上搁着半个鸡蛋壳，里面是滚圆的金色蛋黄。摊贩把蛋白收集在高大的白铁桶里。糖果点心商正等着这些蛋白去生产松脆的点心和奶白蛋糕。

离爆破还有一些时间，我们于是走去从背后看看从前住过的房子，那儿离此不远。在一大片外貌几乎完全相同的分租房屋中，我哪能认不出自己住过的那一栋呢?！三座拦腰围着的长阳台仍然是我从小熟悉的模样，丝毫未改。几棵扭曲的洋槐树，黑秃秃的，枝柯已大为稀落。红绿灯柱依旧挺立在那里，依旧顺从地敬着礼。什么也没有变，唯有我变了，我若回到那里，恐怕谁也认不出我来了。

搬出日什科夫已将近半个世纪。尽管如此，每当来到这儿，走在街道上便有回家之感。我望着那些纵横交错的大街小巷，高高低低的房顶，无数难以排遣的前尘旧梦从四面八方一齐涌上心头，呈现在我的眼前。重温许多往事固然使我感到欣慰，可是它们一下子蜂拥而至，发出了新的声音，而时间来不及了。离开令人沮丧的时刻只有不多一会儿了。只剩一刻钟了，只剩十二分钟，十分钟，九分钟了。

今天，我的光阴飞逝得如此迅速，犹如风卷雪花一般。我甚至没有时间感到不幸。我心潮起伏地凝望过去，凝望那些阳光明媚的岁月，那时一年像一个世纪那般漫长，一天了无尽头。

我稍稍懂事便开始用惊奇的目光环视周围的小天地，用全部感官吸收领会。我初次发现了世界的美，内心狂喜不已，于是贪婪地大把大把摄取，慌慌张张，不假思索，恨不能一下子全部揽到怀里。每天我都有一些新而又新的经历使我无法入睡。现在我不禁想起了儿时的一件小事。

那一年我还是个小男孩，假期中到了边陲的斯姆尔若夫采，当时德国人管那地方叫莫尔亨斯登。在一家玻璃工厂压制车间的院墙外面，我发现了一处废料堆放场，主要堆放切割下来的彩色玻璃棒的碎头头。这些碎头头样子很像结晶体，用不同颜色的彩线和丝带子穿起来可以做成斑斓的小饰物。最漂亮的要数乳白色的玻璃头了，中心是红的，表面有点点金星。那一次我可活像爱尔本诗里描写的那个见了宝库的女人了[1]。我把玻璃头塞满身上所有的口袋，还装了一帽子，心里只担心耶稣受难日的歌声会不合时宜地戛然中止，拿棍子的看守会走来。这些玻璃头直到今天我还保存着几个，用以纪念当年我站在一堆废料前所体验的狂喜心情。

是的，第一次放我独自走上日什科夫街头去玩耍时，我的感受也与此相仿。在今天，重要的不是我当时在街上找到过什么，而是那种喜悦和惊奇的心情。随着年龄的增长，这种心情已越来越可贵了。

诗人罗宾逊·杰弗斯[2]说过：世上的一切尽皆美丽，就看诗人选用的是否具有生命力了。我想把这句话略加修改：世上的一切并不

---

1 指《花束集》中的叙事诗《宝库》，写一个女人于耶稣受难日去教堂做礼拜，途中发现了一个宝库。

2 罗宾逊·杰弗斯(1887—1962)，美国诗人。

尽皆美丽，诗人选用了便有生命力。至少他的诗存在多久，他写的事就存在多久。

诗歌万岁！

在我国首都，凝聚在一起的历史核心被周围几个郊区团团环抱着。郊区的房屋大多是上世纪的遗物，显得陈旧而破落。当初，这些房屋纯粹是为了租赁营利而建造的，丝毫不曾为住户着想。日什科夫的情况便是如此，它的大部分建筑物都具有这个特点。现在建筑师和城市规划专家们把这一圈建筑物叫作凋零的花圈，正在着手拆除。

凋零的花圈！我曾长年在奥尔尚斯基墓园漫步，知道凋零的花圈是个什么样。比喻虽然听着刺耳，但是很精确。我也知道人死以后大概是个什么样。墓上几束凄凉的花。

郊区那种日渐衰亡的忧伤曲调，我从小就听惯了，也闻惯了贫穷的臭味。的确，贫穷和苦难有一股子臭烘烘的气味。然而，生活在其中的人却是怎样顽强地追求着星星点点的幸福啊！那些尘土飞扬、煤烟弥漫、街石缝里长满肮脏杂草的死胡同，它们毫无魅力可言，却也令我倾心。因为在那里我们度过了多少欢乐的时光，尽管我们并不知道什么是幸福。因为在那些岁月里我们无比热烈地生活着，却不知道什么叫作生活。

如今，我站在日什科夫的山坡上，举目四望，朝自己的过去和童年时代的旧事微笑，等待着浓烟升起之后的轰隆巨响，看一座座楼房将怎样相继倒塌。

不久以前，我从电视屏幕上听到一个年轻运动员的表白。在回答是否将结婚这个问题时，他说首先他要在体育上取得卓越的成绩，攀登可能登上的高度。然后完成他的高等教育，再以后才开始物色合适的对象。一步一步，如此有条不紊，他准将是个青云直上的男人吧！

很幸运，我一点不像他。一丝一毫也不像。

如果我说维纳斯神在分配人生最高尚、最甜蜜的感情时，失手将过多的份额倾倒在我的摇篮中的话，那是谎言。不过，她赐给我的毕竟不算少，我不得不像阿纳托尔·法朗士一样真诚地感谢她，对她顶礼膜拜。美丽的阿娜蒂奥梅内[1]啊，愿你万世长存，我将永远敬仰你！赋予我生机的爱的追求到暮年也不会离开我，它将伴我直至生命的终结。

此时此刻，站在我曾经度过青年时代的山坡上，种种往事一股脑儿涌上心头，我又怎会忘记一生中那些甜蜜的柔情呢！

从孩提时候起，女性的发香对我就有吸引力。我还没有开始接触拼音课本便已渴望抚摩小姑娘的头发。仅仅由于羞怯，唉，那该死的、我长期未能摆脱的羞怯，才使我于最后时刻却步不前。

上小学一年级，我狂热地、昏头昏脑地爱上了教师小姐。说起来这事也有点儿怨她。我坐在第一排，她把收练习本的任务委派给我以示青睐。有时，她坐在我那条长凳角上，我闻到了她掌心的肥皂香。我朗读拼音课本，从头到尾一次也没有结巴，她便摸摸我的脑袋。这时我的心就一阵阵战栗，热血直往脸上涌。放学后，我悄悄尾随她，在她的住处周围徘徊，呆呆地望着窗户。望着所有的窗户！不知道哪一扇窗户是她的。晚上，我嘴巴埋在枕头里同她低声耳语，在臆想的对话中，我大胆地称她"你"[2]。我像梦游人似的神思恍惚，引起了父母的忧虑，以为我病了。不，我挺健康，完全健康，只是闷闷不乐，因为一切伟大的爱情都以悲剧告终。教师小姐的名字叫玛丽耶·盖鲍尔罗娃，我想是出自盖鲍尔教授那个颇有历史的文化名门吧。我们的中学语文课本中有这位教授的名字。盖鲍尔罗娃小姐离开我们学校时，我实心实意地哭了一场。

1　即希腊神话中的爱神，阿娜蒂奥梅内在希腊语中为"从海水中出来"之意。
2　在捷克语中，关系亲密才称"你"，一般都称"您"。

如果她还健在，衷心祝愿她健在，春天我将给她写封信去。至少托那只去年在我家房檐下筑巢的小燕子捎个讯儿去。

不消说，我不久便从这童稚之恋中摆脱了出来，康复了。在一栋住户庞杂、人口众多的分租房屋里，做到这一点并不困难。

在我们的下面一层，住着一个野姑娘，年龄只比我稍微大一点。她长着满头黑发，妈妈称之为茨冈人的头发。头上系了一个老大的红蝴蝶结。我几乎每天都遇到她，总见她对我粲然一笑。有一次，我打她家门前经过，却不料她一把将我拉进厨房，拥抱我并且发疯似的亲吻我。可是，还没等我从这飞来的幸福中醒过神来，她又一把将我推出门外，活像扔出一块揉成一团的抹布。原来她妈妈从地窖里拎了满满一桶煤正在走回来，她听见了妈妈的声音。

不久之后，一对新婚夫妇搬进了我们楼道的一套居室。这次，又是一位年轻妇人无意中拨动了我的心弦。她有时把我叫进厨房，请我吃甜点心或者热面包。我对她一见钟情，徒劳无益地想要接近她。狂欢节时，她宠爱地叫我的教名，请我吃了一个醋栗蜜饯馅儿的煎饼。我吃完之后，趁机捧起她的手热烈地吻了一下。她又给我一个煎饼，半认真半开玩笑地训斥我说，为了区区一个馅饼何至于吻手呢。真遗憾，她没有明白，这不是感谢而是爱慕的表示，是以十分笨拙的方式表明我渴望接近她那迷人的身体。

不仅在市中心繁华的宽阔大马路上有漂亮、热情的妇女和姑娘们来来往往，就是在尘土飞扬、泥泞不堪的郊区小胡同也一样。处处有鲜花、飘带、笑靥，因而我也就不时为一双双美丽的眼睛所俘虏。

我和一个伙伴经常坐在科斯特尼采广场小花园的铁栏杆上。那里从春天起就只有稀稀落落的几根丁香空枝和一只黑山鸟。男孩子们没等丁香开花就把枝子折掉了。可是白云在我们头上飘浮。能呼吸馨香的春风，我们也就心满意足了。

我一向喜欢夜丁香那种强烈的、稠得像奶油一样的浓香。从前日什科夫山坡上一畦一畦种满了这种花。我坐在那儿，做着疯狂的梦，在练习本上涂写诗句。花香有时甚至熏得我脑袋发涨。多年之后我徒然重游旧地，一切均已面目全非。我想抚摩一下长椅的靠背，那上面有小刀刻写和刮去的字迹，看看长椅下面是否又有丢失的发卡。可是，长椅已不见踪影。

爆破的时刻快到了。我望着附近的屋宇出神，它们虽然破旧，今天不知怎的却像故人一样令我感到亲切，仿佛在这漫长的岁月中人们曾经用手轻轻地抚慰过它们。

几秒钟后只听得一声巨响，房屋倒塌了，卷起一阵乌黑的尘土浓烟。我瞥了一下朋友的脸，只见他眼睛里噙着泪水。

“你别笑话我。”坐进汽车时他转身对我说。一柱柱水流在将尘埃压向地面。

“我在烟雾中看见了妈妈，正给我在面包片上涂油渣酱呢。”

当人们在巴黎安装高耸入云的铁塔时，保尔·魏尔伦先生坐着马车从那儿经过，他把帽子遮在眼睛上，看也不愿看一眼这个怪物。然而曾几何时，现代法国诗人便已纷纷用手指尖向埃菲尔铁塔送去热情的飞吻，献上表达爱慕之情的诗篇。

在今天，无论是外国人还是巴黎人都难以想象巴黎能没有这座铁塔。

如果我能活到那一天，看到日什科夫我们住过的那条街道两侧排列的白色的高层建筑，我不会掩上双目。可是走在这条街上，我会像一个外国人走在陌生的、十分冷漠的城市里一样。

（杨乐云译）

书的故事三则

马哈的《五月》

我坐在马利安斯基疗养地的廊子上，不停地喝着鲁道夫矿泉水。一位年纪不大的男人走来同我聊天，向我做了自我介绍。他是疗养地某文化机构的工作人员，在马利安斯基住了很久，颇耳闻目睹了一些事情。他讲的许多故事中，有一桩是关于附近的泰泼列驻军如何清理修道院教士私人藏书的事儿。战士们把书本从窗户里扔出去，窗外架着一条滑道，书本落进一辆大卡车。装满了书的卡车天晓得开往哪儿去了。不过，卡车必须经过疗养地的边缘。遇到路面高低不平，车子一摇晃，书本就掉在泥泞的地面上，过路行人随意捡。他自己就捡到一本什米洛夫斯基[1]的《教父罗祖麦茨》，他的一位朋友一弯腰竟从地上救出了一本马哈的《五月》。是第一版！这个朋友马上意识到这本书有多么宝贵，知道该怎样处置。

“书各有其命运。”[2]诚如泰兰蒂乌斯·毛鲁斯曾经说过的，尽管

1 即阿·沃·什米洛夫斯基(1837—1883)，捷克小说家。
2 原文为拉丁文。

那时还没有藏书家，不像今天这样。

我也曾经轻轻易易得到过这样一本书，可惜我不知道它的价值。那是日什科夫的一位朋友送给我的。他叫拉麦什，是一个为人和善，毫无音乐感的人。他也不知道在他家随便乱扔的这本书是多么珍贵的一本文学之宝。之后不久拉麦什就从我的眼前消失了。他出了什么事，不得而知。后来才听说他用大脚趾扳动军用枪自杀了。我有时去拜访米哈埃尔·卡哈，一位心地善良，上了年纪的无政府主义者和出版商。有一次，我向他夸耀这本小书，他劝我去问问旧书商。我去了一家。书商草草翻了翻，给了个价，大约是十克朗。我对他说不想卖了。

过了一段时间，我在博物馆阅览室阅读《现代评论》，在某一期上偶尔看到一则小广告，一位不知名的收藏家征购旧版和绝版书，其中就有马哈的第一版《五月》。我把小书往口袋里一揣，径直便上《现代评论》编辑部去了。阿尔诺什特·普罗哈兹卡接待了我，态度有些生硬。他已经病了。我把书拿出来给他看过之后，他的口气才亲切了一些。也许他以为我是给他送诗稿来了。他翻开书看了看，坦率地对我说，这书拿到别处去也许可以多卖些钱，他则至多只能给二百克朗。他的真诚使我有些感动，便把书留下了。我已不愿意老把这书记挂在心上，卖给他算了。他是诗人，给他正合适。不过，他的诗集《心灵的创伤》我可并不喜欢。

没过多久阿尔诺什特·普罗哈兹卡就去世了。他没有遗产继承人，或者不如说，他的遗产继承人也许太多了，他的藏书便由可尊敬的津内克先生拍卖了。几天以后斯·科·诺伊曼告诉我说，在那次拍卖中第一版《五月》是以三千六百克朗成交的。由一位采购员替普雷斯商业银行的经理买去了。诺伊曼还询问我那本《五月》是否仍在。

我唯有暗自抽泣，心里非常非常悲哀。

可是春天已经来了，丁香花盛开，到处飘逸着花香。我去了佩特馨山。当我来到马哈纪念像前时，我向正在写书的诗人诉说了自己干下的蠢事，只怨我一时贪财，对金钱那样迫不及待。

“没有关系。”马哈听罢说，眼睛从纸上抬起来。他没有放下笔，接着说：

“为此我把整个果园送给你了。拿去吧！外加所有的长椅。你肯定会需要它们的。”

鲍日娜·聂姆佐娃[1]的《外祖母》

我一生交游很广，有不少朋友，但终生莫逆却只有三位。其中最后一位，也是三人中年龄最长的一位，是诗人约瑟夫·帕利维茨。除非去了日内瓦他的女儿尼塞特卡家，他每星期二都上我们家来。帕利维茨过去家道富裕。他再婚娶的是恰佩克兄弟的姐姐海伦娜，帕利维茨的哥哥瓦茨拉夫送给他一百万克朗作为结婚礼。当时那是个巨大的数字。

1948 年 2 月他摆脱了财产上的一切操心事。他几乎失去了所有。他唯一不容失去的是他的自尊，唯一保留的是他对书籍终生不渝的、非同一般的热爱。

他很快就适应了新的处境。还在战前，他就写了一本令人目眩神迷的美丽诗集，翻译过瓦莱里的诗，译笔几乎同原作一样优美。我说几乎，意思是若有不足之处，那是由于法语同捷克语之间的差异。捷克语毕竟完全是另外一种语言啊，不过在翻译上没有太大的关系。在新的处境中，使他感到痛苦的仅是他已无力购买昂贵的书籍并且

1　鲍日娜·聂姆佐娃(1820—1862)，捷克女作家。其小说《外祖母》为捷克文学瑰宝，在捷克家喻户晓。

出高价给手艺最精良的装订工去装订。

另外使他难受的是，他没有可能给朋友们赠送不寻常的礼物。这原是他莫大的乐趣之一。

哈拉斯在帕利维茨的婚礼上当了证婚人，帕利维茨便要送他一份厚礼：一只金怀表——当年时兴在背心口袋里揣一只怀表——表壳上刻有玫瑰花图案，镶嵌着钻石。可是哈拉斯请求说，不如送他一个厨房用的冰箱。

帕利维茨不仅写诗。他对诗歌的理解也很精辟，这有一定的优越性，因为即使是伟大的批评家也有不识一位诗人的时候，身为诗人就不会发生这样的情况。除此之外，帕利维茨学识渊博，在他行将进入老年的时候仍孜孜不倦，取得了法学博士学位，其学问之精深曾使主考人惊佩。他的答辩才华横溢。

住在女儿尼塞特卡家的时候，帕利维茨结识了前意大利王后，同她有书信来往。顺便说说，尼塞特卡是一位非常吸引人的漂亮女性，嫁给了伊戈尔·斯特拉文斯基[1]的三个儿子中的一个。帕利维茨和波朗都擅长写格式优美又有文学价值的书信，是在这方面有成就的最后两位作家。他给我朗读过一封，信中他用法文给意大利王后译了优美的民歌《在圣卡代林纳》，其中一节是：

一张小条子
送来王后令
要那小伙子
离家去当兵

在此之前，王后已向帕利维茨透露，说她无比幸福，因为她不仅

1　伊戈尔·斯特拉文斯基（1882—1971），俄国作曲家，1910年旅居国外。

摆脱了宫廷的繁文缛节，而且也摆脱了婚姻的约束，两者都使她感到沉重。她曾写过一本饶有趣味的回忆录，描述自己的经历。帕利维茨的书信是濒于消亡的书信艺术的典范，读来引人入胜。

在第一共和国时期他曾担任我国驻巴黎公使馆的文化专员，结交了一些可贵的朋友，带回了大量珍本古籍。这些书充实了他的布拉格藏书。他失去财产之后当然不能再购买珍本书了，他感到不幸，眼睁睁地错过了一些购置他渴望得到的书籍的机会。

事情是这样的。有一个星期二，他照例上我家来了，但神情非常沮丧。原来，他看见一家旧书店的橱窗里放着一本保存完好的鲍日娜·聂姆佐娃的第一版《外祖母》。他的心不禁突突跳动起来。当然，一问价钱他的喜悦也就立刻化为乌有了。他辛酸地说，等他凑足钱跑去，人家肯定早已捷足先登。为这本书他宁可一星期不吃午饭，可那样也远远不够呀。这是一本他已想望很久很久的书。

我做了必要的准备，第二天一早就去为他买下了这本《外祖母》。一星期后他来到时，我把书放在桌上，请求他收下。起初他感到意外，他正想告诉我橱窗里的书不见了呢。接着他显得忸怩不安，不肯接受，我不得不再三劝说他。他是个自尊心很强的人。不过，当他把书拿到手里翻看时，我不怀疑他是愿意收下的。最后他接受了，非常快乐。

他抚摩书皮，一页一页地翻着：

“这本书没准到过聂姆佐娃手里呢，她把美丽、细长、瘦削的手指搁在封面上。也许她对着这本书垂过泪吧。有谁知道？”

他又一次翻着书页，不时停下来阅读，像捧着祈祷书念祷文似的。后来他把书按原样仔细包好，放进手提包，一面说：

“我得跟它亲热到晚上了。”

离去时，他下台阶很小心，一级一级地跨。他已八十出头了。送走他以后，我心里说：

“一个幸福的人!”

聂鲁达的《平凡的主题》

捷克藏书家协会——我国协会消亡中存活下来的少数协会之一——把我也算作了他们的会员。我十分高兴。藏书家们不时有人来找我。通常是为了在书上签名留念。协会的老会员雅罗斯拉夫·克尼特尔也来过几次。他的腿脚已不灵活，我住在山岗上，见他吃力地爬上来，感到心里不安。可是我们谈书籍谈得总是很投机。他常常诉苦，说他临死前不知该把他的那些藏书怎么办。我们两个你一句我一句，后来他有点儿胆怯地问我说，是否愿意买下他的一套《诗歌汇编》。他有整套的，只是缺了第五卷：聂鲁达的《平凡的主题》。不过，他答应帮我找一找。我很乐意地买下了《诗歌汇编》。他十分高兴。对书也像对狗一样，一个人舍不得撇下它时，见它落到善良人的手里就会感到幸福。

《平凡的主题》他没有为我找到。他去世了。我不是收藏家，一生从未收藏过什么东西。可是一套丛书残缺不全却令我沮丧。这类卷帙浩繁的诗集我已不会拿来重读。可是它们使我感到亲切。我心里说，这里面有聂鲁达的一部分世界，因此它本身就很美。况且，这套书已有一百年的历史了。

我寻找《平凡的主题》，也是一无结果。这本诗集中的许多诗篇都非常美，但我最喜欢的莫过于在聂鲁达来说是如此富有特色的、凄切的一句：那样缓慢——那样忧伤——那样的孤独啊，孤独。

不配全《诗歌汇编》，我心不甘。

某星期天的上午，时间还早，电话里传来一个可爱的少女的声音。她十八岁，写诗，想听听我的意见，也希望我指点她是应该写诗呢，还是压根儿别做此想。

这些话我已听过许多次了，一支熟悉的歌。然而，拒绝一个少女的小小愿望向来不是我的为人之道。那就让她来吧。她来了。

姑娘像一朵五月的鲜花，满脸羞涩。她手里握着卷成一个小卷儿的练习本，揉得皱皱巴巴。我答应看看她的诗，当我瞥了一下她的眼睛时，我又补了一句，说我确实很乐意看看她的诗，而且当天就看。这并非全是谎话。姑娘长得实在漂亮。我请她一星期以后再来。

过了一星期她马上赶来了。我费了不少劲向她说明，她写的那些东西不是诗，我搜索枯肠，寻找适当的词句劝说她最好放弃写诗。我原以为她会恼火，或者至少会闷闷不乐。谁知丝毫没有。她承认说，写这几首诗给她的苦恼多于乐趣，她确实不想再写了。不过，她要求我指点她应该做什么。

由于她的诗里有几首似为情诗，我对她说不妨去找个漂亮的小伙子好好谈恋爱。那会使她全神贯注，把写诗的事儿抛到九霄云外的。

她默默无言地走了。

对这个姑娘和她的名字我已快要忘记的时候，却收到一张结婚喜柬。她接受了我的劝告，照着做了。我给她写了一封信，由衷地祝贺她，还附了几行作为结婚志喜的诗句。写的时候，她那张可爱的脸庞浮现在我的脑际。

她婚后第二天上我家来了，喜气洋洋，容光焕发。她送给我一束玫瑰花，一盒喜庆点心，以及一个裹着塑料纸、用金色绳索系着的小包。

我把玫瑰花插在花瓶里，尝了一块点心。她有些急不可待似的要求我把小包也打开看一看，希望我不要嗔怪她。我打开小包，里面是三本旧书。她说祖母去世以后，她在柜橱里发现了一只糖盒，里面装了这几本书。一阵熟悉的、令人愉快的古书味扑鼻而来。它们是利托米什尔市倒霉的奥古斯特出版社[1]出版的《外祖母》、I. L. 科贝尔出版社 1862 年出版的马哈的《五月》，以及《诗歌汇编》第五卷：聂鲁达的《平凡的主题》。

我真诚地向她保证说我非常高兴。我胆怯地请求说，为了感谢她的盛意，能不能让我友好地亲吻她一下。她爽快地把年轻的嘴唇送了过来。

她没有想到这是她的第一次不忠。

（杨乐云译）

1　当时奥古斯特出版社出版的书籍错误百出，纸质也低劣。

证　词

那些年头——我意思是战争时期——在这个国家可是艰难岁月。我们觉得泉水似乎发苦，井水的味儿也不再那么沁人心脾。连小鸟的歌声在我们听来也仿佛有点儿惶惑。可能我们根本就没有听见鸟声，生活蜷缩在昏暗的窗户后面。情侣们怀着几分胆怯接吻，似乎嘴靠近嘴，这一人与人渴望接近的温柔象征，已不再属于生活，也不再属于爱情，有时候接吻已只意味着永别。生活令人感到畏缩，苦涩，越来越沉重。

1942 年 5 月 27 日星期三发生在布洛夫卡下街的暗杀[1]，表面上把纳粹对我国的占领分成了两部分。后一部分更为可怕。

暗杀事件发生后没几日，有一天夜里，我在灯火管制的布拉格街道上走回家时，正遇上送葬的行列缓慢而有节奏地在行进，从维索强尼走向布拉格宫去。缠着黑布的鼓敲打着与缓慢步伐合拍的鼓点，火炬照出一张张异国人的凶恶的脸。那是露出一双复仇眼睛的黑色面具。那是令人毛骨悚然的恐怖在默默进军。

在布拉格宫的前院，迅速搭起了阴森森的灵台，哀乐喇叭的沉重

1　指二战期间掌管捷克和摩拉维亚的纳粹头子海德里希被刺。

乐声石块似的落在布拉格宫下面的街道上，不祥的预感使大街小巷沉寂了。据说，打烂的汽车坐垫碎麻头和棕毛团嵌入尸体，除都除不尽。

竟然没有个地狱！真遗憾！应该有一个！

暗杀事件后第四天，六月初，斯瓦塔·卡德莱茨夫妇路过我家，顺便进来看我们。那天晚上的事情我记得太清楚了。弗拉迪斯拉夫·万楚拉被盖世太保逮捕和折磨已有几个星期。我们惴惴不安地坐在收音机旁，想听听纳粹采取新措施和已经宣布的进行屠杀的消息。在第一批处决名单里，就报出了万楚拉的名字，我们惊得都猛一下从椅子上跳了起来，僵立在那里气也透不过来了。

弗拉迪斯拉夫·万楚拉！

报出这个名字意味着我们整个一代人惨遭杀害，万楚拉的命运是我们全体的命运。报出这个名字意味着我们整个国家都在鲜血横流。

多么可悲，竟然也没有一个美好的天堂，应该有一个！至少为这样死去的人有一个。真遗憾，死后竟然什么也没有。

如果没有天堂，怎么在地下就不可能至少存在一个凄凉的所在，让彼岸的亡魂在苍白的百合花丛中彷徨，那百合花的芳香已不属于人间。

为什么今天我们还不能相信有一个凄凉的地府呢？古代诗人崇高的诗句不是至今仍在被吟诵，仍在激励着我们，他们美丽的情歌我们不是那么爱听，他们著名悲剧中的英雄人物不是今天仍活跃在我们的舞台上吗？

要知道，我们每个人的心里，思想里，记忆里，都保留着一小块亡故者的天地。我们心爱的人，以及一生中曾与我们亲近的人，他们的影子有时会回来，不仅回到我们的梦中，而且在我们清醒的时候他们也回来。

多少次我都想上去拥抱我的父亲,多少次我同母亲说了话。是的,就是他们!他们像活着的时候一样同我说话,还倾听我说的话。可是,如果我伸出手去,摸到的却仅是彩色的影子。很多时候我不愿意醒来,因为醒来就得离开他们。跟他们在一起多么好。可惜他们又回到那个我无法追随的未知世界里去了。

同样,我有时也见到了万楚拉。尤其在往事显得特别清晰、活跃的时候。这种夜间相遇一点也不可怕。我还看到了他那熟悉的手势,可是我正想同他轻声打招呼时,他却更为轻声地悄然离去,回到他那黑暗中去了。我的心猛烈地怦怦跳动,于是从梦中惊醒。我已完全清醒,可是我还在夜的黑暗中看到他的脸,我喜悦地看着他。

我知道,可能并非所有的人都有罪,但没有人能强迫我忘记,即使政局改变也没有人能强迫我忘记!忘记和饶恕他们!这些人太残酷了,他们为数很多!

我说死者有时会回到我们中间来,这毕竟是无稽之谈。哪儿有的事啊。仅是幻象而已,是错觉,因为正是我们在向他们走去。我们一天比一天离他们更近。

有一天我们将和他们会合。我们将和他们一起等待,直等到我们自己或许也进入别人梦境的时候。

生活中,我们总是过早地离开了幸福的青年时代,把它甩在了后面,直至生命快到尽头我们才感到青春不仅短暂,而且飞快地逝去,快得令人眩晕,快得我们都来不及充分领略它的甜美,它的芬芳,它的繁花。这些事物的美味还将久久地留在我们的舌尖,但已只是作为自我谴责的回忆而已。生活总是把我们带向远方,我们总是在与离去的河岸告别。

那时候真是无比美好。二十年代,当万楚拉还住在布拉格时我们跟他常有接触。我们常去他在横街的住所。更为经常的是他到我们常去的咖啡馆来找我们。可是，他结婚后便与他那迷人的妻子，一位年轻的医生，搬到兹布拉斯拉夫去了。我们有时在星期天乘火车去看他。万楚拉当时是旋覆花社的主席，尽管他不时也露面，但他不住在布拉格我们总感到缺了点什么。那正是在一个一去不复返的美好时期，我们的第一批作品问世了。万楚拉的《亚马孙河》和《高个儿、胖子和千里眼》，这两本小书已明显地预示了这位未来诗人的才气、叙事方式和风格。两书都是在旋覆花社那种友好的、含笑的气氛中出版的，虽然在此之前他早已试笔做准备了。

万楚拉也擅长绘画。他曾几次想进美术学院。在阿莱什[1]的作品清单中，有一张圣瓦茨拉夫的大幅素描是万楚拉模仿阿莱什的画派随便画出来的。怎么会收到了阿莱什的作品里去的，万楚拉自己也不知道。就连阿莱什的女儿玛丽娜也没有发觉这是出自他人之手，尽管她对她父亲的作品十分了解。

那些年，朋友中间去找万楚拉的，时间最长的也许是我了。有一个时期几乎每个星期天都去。我们喜欢往兹布拉斯拉夫跑。我和我未来的妻子一同去。

医生这个职业万楚拉不太喜欢。他要写作，行医占去他许多时间。他不隐瞒这一点，莉达太太，一位认真负责的好医生，对此也很了解。

有一个星期天，巴尼公路上发生了一件恶性事故。一个男人带着他的女朋友驾摩托车急驰时，摩托车撞在了树上。小伙子飞了个弧线落在草地上，什么事也没有。那姑娘却受了重伤，两腿粉碎性骨折，而她是个舞蹈演员。两位医生给她治疗时，要求我举着煤油灯靠近伤口给他们照亮。那时候兹布拉斯拉夫还没有电灯。一见鲜血在

1　即米·阿莱什（1852—1912），捷克著名画家。

往外流，我的手不禁颤抖起来，灯也跟着颤动。莉达太太把我打发走，万楚拉接过了灯。不料，他竟也有些儿颤抖。他后来承认，使他震惊的不是伤口本身，而是受伤者未来的命运。最后莉达太太不得不另外采取措施。她镇静果断地给伤者做了初步处理，安排她到医院去。

万楚拉并不是一个不称职的医生。莉达太太常说，他做某方面的手术很高明，可是万楚拉自己坚决认为他根本不适合干这一行。

说得有理。他向往的完全是另一种工作。

兹布拉斯拉夫当时就像一个炫目的绿色花束，充满了阳光和恬适。从斯米霍夫就可看到它山岗上的小教堂，那是宁静的田园生活的标志。万楚拉很喜欢兹布拉斯拉夫，不如说，他爱上了这地方。它附近的一条河宛如一枚银光闪闪的扣环，把幸福紧紧地拢住了。对于万楚拉来说，这是乡土之福。有时，他会含笑提起普谢米斯尔王朝[1]的瓦茨拉夫，说此人曾经宣称兹布拉斯拉夫他谁也不给，除了圣母玛利亚。即使是圣母，也得好好央求才行。

关于他的出生地西里西亚，万楚拉从来不提。显然是父母迁徙不定的生活使他的出生地未能在他心里扎下根。它附近的达弗列他倒是常常说起。少年时期他在那里度过几年美好的岁月。兹布拉斯拉夫则是他最心爱的地方！

谈到万楚拉的爱，当然我在这儿必须指出他爱他美丽的妻子高于一切。她心甘情愿地把大部分操心事都揽到自己身上，对生活中必不可少的事情她讲究实际，满怀深情又不声不响地建立起一种生活秩序，是丈夫乐于接受而且是必要的。万楚拉对此当然看得很清楚，因而对她就更加崇拜了。

顺便说一下，万楚拉也喜欢河。喜欢河上的闪光和从小听惯了

1　公元10世纪至14世纪初统治捷克国土的封建王朝。

的潺潺水声。他喜欢狗。在他的美满生活中,这些也都不可或缺。

有一天,一个普通的日子,我一清早就带着《面包师扬·马胡尔》[1]的校样上兹布拉斯拉夫去了。莉达太太的候诊室里坐满了病人,她打发我到路上去迎她的丈夫。万楚拉去巴尼出诊了。我走在公路上,果然看见他骑着自行车从巴尼回兹布拉斯拉夫来。雷克跟在他后面跑着。到了我跟前他跳下车,随便问了句我会不会骑车。骑自行车我可不会。他坚决说我得学会骑车。而且马上就学！反正他不忙着回诊所。病人找的首先是他的妻子,等也是等她。病人常常坦率地承认这一点。上帝保佑,他不生气吗?！恰恰相反。他听了由衷地开怀大笑。

他命令我立即坐上自行车。我笨拙地好不容易才坐了上去。雷克疯了似的乱蹿乱叫。万楚拉扶着车座,我勉为其难地蹬着。他一松手,车把马上在我手下晃来晃去,我便连车带人倒在了公路上。我再次坐上车,雷克又疯狂地吠叫起来。万楚拉耐心地扶着我,可只要他一松手,我立刻又倒在路上。我试了许多次,约莫一个小时之后,我才总算能骑上几步,但接着就得跳下来。我们三个全都累坏了。雷克是叫累的。我们不再试,步行回兹布拉斯拉夫去喝莉达太太的黑咖啡。雷克安静地跟在我们后面,一路上只吓唬了几只鹅。

那一次,万楚拉没有教会我骑自行车。

诗人伊西·马汉和弗拉迪斯拉夫·万楚拉是亲戚。是什么亲戚,我就不知道了。我想,是堂兄弟吧。他们同属恰斯拉夫家族。伊西·马汉在使用笔名之前叫万楚拉。秋季有一天,万楚拉家的门铃响了。

他们两个谈了会儿自己的祖先——这只是我的臆想——便到河边散步,沿着河岸朝伏拉内走去。在返回的途中,马汉走开了一会

1 万楚拉1924年写的一本小说。

儿，万楚拉继续缓步向前走着。那已是颇有凉意的十月，伏尔塔瓦河谷寒风袭人。他还没走出二十步远，就忽然听得很响的扑通一声，有人跳入水中了。雷克开始吠叫起来。万楚拉转身找马汉，却见他正在河心游泳呢。他顺流游着，快乐地呼哧呼哧喷着气，活像踌躇满志的海神，水顺着他的黑胡子往下流淌。雷克不免有些惊讶，它叉开四腿站在那里呆望着游水的人，捉摸不出个究竟来。

万楚拉想起这件事觉得挺有趣。讲完以后，他转身问我会不会游泳。我当然不会。日什科夫没有河，去布拉格那时还嫌太远。我找了这么个理由。没想到万楚拉却一口答应要教我学游泳。当时我深信他准会忘记这一承诺的，因为夏天还远得很呢。

谁知他没有忘记。太阳光刚有点儿热，我们就上兹布拉斯拉夫游泳场了。中午刚过，那里人不多。

兹布拉斯拉夫的游泳场离大桥不远。没错，这儿正是后来万楚拉的小说《天气多变的夏天》里三个主角聊天的地方。少校、大教堂神父和游泳场的救护员杜拉常坐在这里，天气炎热的日子，他们喝着杜拉用啤酒箱拿来的啤酒。

万楚拉让真实生活中的游泳场救护员舒拉扮演了杜拉这个角色。

我们来到游泳场，只见救护员无精打采地坐在绿色椅子上喝着啤酒。游泳场上还空荡荡的。

我得马上进池子。万楚拉给我做速度示范：一、二、三、一、二、三。然后他叫我躺在水中，他托着我的腰，我便开始有点儿痉挛地、不规则地划动手和脚。少不得喝了几口水。那时候河水还干净。他一松手，我立刻沉入水底。

一、二、三！他再次托着我，我做着像是游泳的动作，可是他一放开我，我就体验了几秒钟溺水的惊恐。万楚拉很会游泳，他再次坚持要我做新的努力。他不知道我掌握不了速度，连几下都不行。一、

二、三！白费劲。我又沉到池子底下去了。

舒拉在上面看着万楚拉好心但徒劳的努力，也看到了我的无奈。时间已经很长了，他感到不耐烦，便在上面喊我们别再练习，快上去喝啤酒吧。

万楚拉还独自跳进宽阔的河里，显然是为了解除一下刚才那番白费力气的疲劳。我鼓捣出耳朵里的水，耳中还一直可怕地回响着一、二、三。我迅速地穿上衣服，从此再也没有尝试过游泳。

那一次，万楚拉也没有教会我游泳。

万楚拉夫妇在兹布拉斯拉夫的三次寓所我们都熟悉。第一次的寓所不很舒适，也最为一般，是租来的。我们只去过一回。第二次的寓所在兹布拉斯拉夫的主要大街上，比前一处舒服多了。我们去的次数最多。最后第三处坐落在小教堂下面的斜坡上，是旋覆花社的一位朋友雅罗米尔·克雷察尔提供的一所别墅。那真是漂亮舒适之至，环境优美，无论从平台还是从工作室望出去，视野都很开阔。

我也熟悉万楚拉养过的所有的狗。我不敢说准是这样，不过我想他们家养的时间最长、万楚拉最喜欢的是那只胡子拉碴、毛发蓬松的雷克。

我们来到他家，他正同雷克在长沙发上搏斗。

很明显，他的生活中不能没有狗，有一次他请求妻子在他弥留时给他手中放只小狗。那时候莉达太太当然认为离死还遥远得很呢。

在这座别墅，去万楚拉的工作室要通过一段平缓宽敞的楼梯。工作室与平台相连接。那时候，万楚拉早已不行医了。那件他穿在身上感到十分沉重的白大褂，如今挂在衣钩上快活地退役了。万楚拉已完全献身于文学工作，作品一本接一本地迅速问世。

我之所以要提到通往他工作室的楼梯，是因为那里曾发生过一件不可思议的事情。有一天夜里，夜深人静，忽然听得重重的一声响。楼梯的壁龛里放着几本书。早晨他们起身，发现楼梯上有一本翻开的《圣经》，书脊朝下。这本又厚又大的书出于无法解释的原因从壁龛里掉了下来。这件事情之后的星期日，我们和奈兹瓦尔一起来到兹布拉斯拉夫，奈兹瓦尔听了抱着脑袋说，怎么就没有人想到读一读翻开的那两页《圣经》上说的是什么呢。肯定那上面有预兆或者警告！可能是吉兆，可能是凶兆。

竟然是凶兆！

别墅上方的花园建在相当陡的坡上。花圃只得开成一层层的平台状。最上面的一层平台，万楚拉用来当作临时性的小靶场。有一次我去他家，正碰上他在用气枪打靶，枪枪直穿靶心。我们握过手以后，他马上把那支漂亮的轻便气枪放在我手里。我没有当过兵，从来不曾拿过枪，连这种无害的枪也没有拿过。他教我怎么上子弹，怎么瞄准。我试着做了，但那一枪远远地离开了靶心。我的手发抖，第二枪也没打好。他再一次教我怎样瞄准。枪口又略微高了点。过了一会儿，我感到扫兴，放下了枪，使万楚拉挺伤心。

真遗憾，那个美好的夏天的午后，星期天，万楚拉也没有教会我射击。

兹布拉斯拉夫的火车站在河对岸，大桥的后面。我们经常要等听到火车在沃拉尼鸣笛，才急急忙忙赶往车站。在沃拉尼，我有过一桩不愉快的事。

卡雷尔·泰格访问巴黎时，曾会见了日本现代画家藤田。画家后来送了他一幅尺寸相当大的素描。这是一幅日本式的白描，但已带有巴黎现代画派的风格。非常漂亮，那个日本女人也非常漂亮。观赏它，我禁不住目中含笑，怦然心动。泰格见我如此赞赏，他稍加思索之后便把它送给了我。他是个好人。我家里没有地方挂这幅画，只得把它卷起来收在柜子里。后来，我看到万楚拉布置寓所，有几面墙空着，便决定把这幅画送给他。我们乘火车来到兹布拉斯拉夫，却把画忘在车上了。画是放在行李架上的。莉达太太听说后马上坐进汽车赶到沃拉尼，那是终点站。火车还在那里，但画却不见了。

常有这样的情况，火车已开走，我们只得步行到斯米霍夫去乘电车，或者等半夜那趟挤满野营者的车。我并不反对野营者，可是他们的歌声震得车厢直颤。这，说实话，一点儿也不令人感到愉快。

有一次，火车就在我鼻子面前开走了。那天因为是万楚拉送我去车站的，他便邀请我同他一起去对面扎维斯特的一家餐厅，他与胡果·马雷克在那儿有约会。胡果·马雷克是兹布拉斯拉夫居民，我在布拉格就与他很熟悉。他是铁道管理局的高级职员，当过兵。他从军队生活和其他经历中积累的趣闻逸事多不胜数，取之不竭。万楚拉有时爱听他讲故事。马雷克也爱讲。

我们三人坐下后，恰巧游泳场救护员舒拉也到这家餐馆来了。他刚关闭了河对岸的游泳场。万楚拉郑重其事地欢迎他：

“坐这儿来，游泳健将，跟我们坐一起吧。不过，您先说说，每家乡村酒店里流浪艺术团体演出的舞台意味着一个世界，那么您那永远湿漉漉，还有点儿朽坏的舞台意味着什么呢？您再说说，为什么您不用高雅的乐器，比如诗琴或吉他来欢迎您的客人，而用满满一箱啤酒呢?”

那时候，万楚拉的小说《天气多变的夏天》还没有写出来，可是书中的两个主人公已和我们坐在一张桌子旁了。万楚拉笔下的舒拉是这样一个人物：对世事持略具哲理的、怀疑主义态度。小说中的少校则与胡果·马雷克完全一样，包括他脸上的那颗疣子。这两位主人公富有说服力地证明，在兹布拉斯拉夫的天空下，万楚拉的生活是恬适的。阿尔诺施特和他那可爱的安娜的故事，是作者的虚构。三个主人公中的第三个，大教堂神父，天晓得是从哪儿来的。我想不会是兹布拉斯拉夫当地吧。

我们在树底下坐了很久。透过树冠空隙投下的月光，把马雷克那些骑士式的传奇故事映衬得绿莹莹的。马雷克很乐意把这些故事从记忆的深泉中掏出来。即使是舒拉游泳场上的简单见闻听来也挺有意思。舒拉对人和鱼都有深刻的了解。万楚拉常说，从兹布拉斯拉夫到沃拉尼，河里有什么鱼舒拉了如指掌，早晨问他要一条狗鱼，晚上你的烤锅里准有狗鱼嗞嗞作响。

万楚拉也喜欢讲故事，只是不太经常。他在附近的达弗列度过了幸福的童年。那天晚上他讲的一个故事我记得很清楚。

那是收获季节，烈日如火。一辆四轮大车颠簸着咯吱咯吱缓慢地行进。车上高高地堆着割下的庄稼，高堆上面坐着一个长工和一个姑娘，他们带了个庆丰收的花环给主人送去。大车进了院子，他们开始卸车，把粮食收进粮仓。车子旁边围着一群庆丰收的人。当姑娘用叉子叉起一捆麦秸送出去时，麦捆勾住了她的裙边。天气炎热，她没有穿多少衣服。对于长工来说，这无异于突然的鼓励，他扔下叉子当着众人的面就拥抱起姑娘来。姑娘也不怎么抗拒。在人们的一片喧叫声中，他推倒姑娘纵情同她亲热了一阵之后才卸车，主人才拿到了花环。

对于情爱，万楚拉是从一个乡村医生的角度来理解的，同时又不乏诗人的深刻感。他本人道德高尚，为人正直。灵魂上没有半点污垢。像他的外衣一样。他的男子风度优雅自然，毫不做作。

甚至发生过这样一件事，一位小姐在他的诊室脱衣服，脱的方式不符合医生工作室的要求，他便果断而很有礼貌地把她请出了诊室。他常说他可以当一名穆斯林闺阁仆人而让男主人完全满意。

在扎维斯特度过的那个夜晚啊——可惜只是人生不常有的转瞬即逝的片刻。然而，正是这几小时的片刻却也使我们因此而热爱生活。在布热让小河的某处，在哈莱克纪念碑附近，一只夜莺筑了个窝。月光明亮得足以让你在草地上捡起一枚大头针来。河水静静地流淌，美得像一个女人，一个我们刚刚爱上的女人。

火车在沃拉尼鸣笛了。我还有短暂的片刻时间。

不久之后，万楚拉夫妇有了个女儿。起初，两夫妇为她够操心的。婴儿患过重病。但后来这孩子却长成为一个非常可爱的小姑娘，使周围的人快乐。万楚拉家的房间中心放着一张很大的拿破仑时代造型风格的桌子，桌面架在几根镀金女像柱上。女像柱这个词儿从小姑娘的嘴里说出来就带着唯独儿童才有的魅力。她的说话整个儿就像文艺复兴时期绘画上围在圣母裙边飞舞的小天使的牙牙学语。就为这个家庭的最小成员，也值得我们大老远地到斯米霍夫车站去乘火车上兹布拉斯拉夫。雷克则以自己的方式，狗的方式爱她，尽管有时候她的小手指要去捅它野性的眼睛。

简言之，那里的日子就正像肯尼斯·格雷厄姆[1]为儿童写的一本书里田鼠唱的副歌那样：

“他们欢欢喜喜地过了一天。”

完全摆脱了医务工作之后，万楚拉一心扑在写作上，非常勤奋。莉达太太承担了地区医疗和私人诊所的全部事务。我们可以做证，她不仅勇敢地挑起了这副重担，而且始终精神愉快。

万楚拉当然心里很不安。当他看到候诊室里坐满了病人时，他感到十分内疚。不过。我认为这内疚完全没有必要。莉达太太除了希望丈夫能够安心工作之外别无他求。

万楚拉一谈到自己的妻子就毫不掩饰对她的钦佩，说她待人接物多么令人折服。他还笑眯眯地讲了一件她的医疗奇迹。

一位老大爷走进了诊室，耳朵聋得跟树桩子似的。略一检查她就发现老人外耳道堵满了耳垢。莉达太太给他处理时，注意到他的

1　肯尼斯·格雷厄姆（1859—1932），英国作家，以写幽默作品与儿童文学作品著称。

眼镜突然闪出了光芒，只听得他欣喜地叫喊道：大夫，我听见小提琴声啦！此后他就满兹布拉斯拉夫给这位女大夫扬名，说她有着怎样一双金子般的妙手！

这时候，旋覆花社已开始逐渐解体。这个团体的成员来自各种不同的艺术部门，他们现在已不需要一个统一战线的社团来保护。本已松散的纪律，也开始成为他们的障碍。建筑师，电影和戏剧艺术家，音乐家，最后甚至创建它的艺术家都一个个不声不响地离开了。卡雷尔·泰格则把他的全部时间和大部分兴趣献给了建筑和艺术理论。

这一团体的解散当然完全合乎规律。旋覆花社已圆满地完成了它的使命。它那友好的、卓有成效的艺术气氛，曾熏陶了两次世界大战之间那一代的大部分成员，他们以重要的作品丰富了文化界。即使老一代的艺术家如约瑟夫·霍拉的诗，也可以看到诗歌主义的痕迹，尽管为时很短。团体解散了，可是影响却很明显，甚至到后来，甚至到今天，我们还能看到。

二战爆发前夕，我们又常在布拉格见到万楚拉了。

新战争以快速的袭击在步步逼近。作家们需要越来越经常地聚在一起，以表明自己激昂的反法西斯决心和对民主的忠诚。纳粹入侵奥地利之后，民主制度已受到严重威胁。万楚拉参加了所有这类活动，他总是最积极的一分子。

兹布拉斯拉夫恬适的美好日子已将结束，不久那个潮湿、下雪的一天便来到了[1]，纳粹军队占领了布拉格和整个共和国。

对于万楚拉和许多人来说，这一天并不只意味着沉痛的屈辱，它也意味着希望的号召，主要是起而战斗的命令。战斗是艰难、残酷、漫长的，万楚拉没有能看到它的结束。

1　指1939年3月15日。

我们聚集在劳动合作出版社编辑部亲切的屋顶下。这个出版社当时是最大的出版机构之一。由于经营现代化，那些年它的出版量也是最大的。合作社当时有五万名成员，出版社大部分书籍的印量也是这个数。然而，会议并不仅仅为了书。会上也解决财务方面的问题。编辑部成员中有几个人在民族大街经营“美丽斋”，生意兴隆。雅罗米尔·庸[1]常轻蔑地把他们叫作挂羊头卖狗肉的。他这么说倒也并不完全合理。但在那样的时刻谈论这类事情，不免令人感到厌烦。我常坐在万楚拉的旁边，有一次我看到他用铅笔尖把一个个揉皱的小纸团往桌面的缝隙里嵌。我一本正经地问他，这是干什么。他看了我一眼，同样一本正经地回答我说，他在补牙。

我很喜欢回忆这些会议。我们没有在那里虚度时间。会议也不枯燥乏味。不如说恰恰相反。那里不乏兴高采烈的时刻，那便是当社长采尔曼把劳动合作出版社的一本还散发着印刷厂香味的新书放到桌上的时候。

编辑部当时出版了两部重要作品：普利茨卡的《捷克年》，配有卡列尔·斯沃林斯基[2]的插图，以及万楚拉的《捷克民族历史画卷》，一部杰出的“对生活、战事和治学精神做忠实记叙”的巨著。

普利茨卡的《捷克年》有四册，它不仅受到合作社社员自发的欢迎，而且在其他读者中也很畅销。在编辑部谈到这部作品时，万楚拉认为这本书的编排不能令人满意。对民歌素材的处理缺乏科学性，而民歌素材，我们知道，几乎是取之不尽的。不过，这本书他还是接受了，因为它为斯沃林斯基提供了一个展示绘画才华的机会。书中充满了魅人的插图，它们那么富有捷克味，恰如马奈斯[3]和阿莱什的

1 雅罗米尔·庸(1882—1952)，美学及造型艺术教授，二十年代写过反对战争的短篇小说。

2 卡列尔·斯沃林斯基，1896 年生，捷克版画家、画家。

3 即约·马奈斯(1820—1871)，捷克著名画家。

画一样，看了不由得不喜爱。

德国的占领，使劳动合作出版社像其他出版社一样面临许多无法解决的问题。在有一件事情的处理上，我们可以充分看到万楚拉的道德立场和品质。

布拉格的某出版社用不光彩和不合法的手段从我们手里抢走了一部值得注意的美国小说的出版权。这部小说不仅会带来经济效益，而且会大受读者的欢迎。这是当时还能在我国出版的最后几本美国书籍之一。我们几乎已经取得了出版该书的许可证。如果提出法律诉讼，劳动合作出版社准会获胜。但万楚拉反对这样做。他认为捷克出版商去同保护国[1]当局打交道有失尊严。尽管其他人在这个问题上还有一定的犹豫，他坚决贯彻了自己的主张。最后，这部小说两家出版社都出版了。

现在还有什么必要保密呢？那是斯坦贝克的《愤怒的葡萄》。

劳动合作出版社素有面向读者的习惯，征求读者意见，了解他们的希望和爱好。合作社成员对此很感兴趣，主编的办公桌上堆满了来信。在纳粹占领时期，读者们希望看到爱国主义的读物以激励人们爱祖国爱民族，加强对纳粹暴行的反抗，驱散头上的乌云。有的读者要求再版帕拉茨基的《历史》[2]，另有读者呼吁出版伊拉塞克[3]以及读者本已不感兴趣的特谢比斯基[4]的作品。

为响应读者这种可以理解的愿望，万楚拉的《捷克民族历史画卷》过了不久便问世了。

---

1 纳粹占领捷克斯洛伐克后，宣布捷克与摩拉维亚为保护国，海德里希为这个保护国的最高长官。

2 即弗朗基谢克·帕拉茨基(1798—1876)，捷克历史学家，著有《捷克和摩拉维亚的捷克民族史》，简称《历史》。

3 即阿洛依斯·伊拉塞克(1851—1930)，捷克作家，以写长篇历史小说著称。

4 即瓦茨拉夫·贝内什·特谢比斯基(1849—1884)，捷克作家，著有一系列的历史小说。

这本书的产生起初并不容易。开了几次气氛活跃的会议之后，我们决定由劳动合作出版社出版一部小说型的真正的捷克民族史。这种小说内容当然必须严格限制在不失历史真实的科学范围之内。方案于是明确了。

我们就这件事刚刚达成一致意见，大家的目光便一齐落到了万楚拉的身上。尽管起初我们没有想到要出多卷本，想的是一卷本。万楚拉推辞了。他正要动手写一部酝酿已久的长篇小说，书桌上已放着准备好的纸张。他建议选几个作者分担。他本人可以写序言，并担任全书的编排。

谁写什么部分，我已记不清了。我只知道卡雷尔·诺维[1]选择了胡斯时期和瓦茨拉夫四世。而编者分派给我的，真糟糕，是卢森堡王朝。我相当大胆地接受了这个选题。我无法拒绝万楚拉，可是我打心底里相信，我会摆脱这个任务的，我不会去写我无法承担的又丰富又多姿多彩的查理王时期。我相信他们会找到比我合适的人。虽然我对查理四世非常感兴趣，也曾多次贸然凝目注视他那四个妻子，但这一王朝主题我肯定不能胜任。况且，我也不是散文家，过去和现在都不是。我深知自己能力不足，可是我不愿意马上提出来，不愿打一开始就让万楚拉为难。他的困难已经够多的了。他只是由于意识到迫切需要这样一部作品，才担负起这个艰难任务的。

幸而他素来爱好历史，是古代编年史的勤奋读者。彼得·希塔夫斯基写的一部古代编年史，还写到了他的兹布拉斯拉夫哩。万楚拉很可以为自己的历史知识自豪。有一回，我和霍拉到卡雷尔·恰佩克家去做客，卡雷尔告诉我们说在一次星期五的聚会上，万楚拉就捷克历史的意义问题同共和国总统马萨里克争论了将近两个小时。马萨里克对任何有实际意义的争论都热忱欢迎，万楚拉也未始不乐

1　卡雷尔·诺维(1890—1980)，捷克小说家。

意这种方式的交谈。那可真像听一首地道的协奏曲啊，恰佩克还补了一句。

我之所以提到这件事，是想说明万楚拉对捷克历史造诣很深，但是为了劳动合作出版社准备出版的这本书，他还是邀请了三位与劳动合作出版社较为接近的年轻历史学家同他合作，希望他们一方面检查工作，补充必要的材料，另一方面帮助他把大量的资料分门别类地整理一下。万楚拉与这些历史学家合作，显然是关系到贯彻他一向公开表明的现代世界观的问题。没有这样的世界观而要撰写现代历史著作，在他看来几乎难以想象。

事实证明万楚拉创作这部作品时选用历史画卷这一表现形式非常成功。

没过多久，也许还不到两星期吧，万楚拉打电话给我，说是想把序言的头几页读给我听听。

我连忙赶去见他，地点在斯巴莱纳大街的耶齐什卡餐馆。那是我们在劳动合作出版社开完会之后常去的地方。他想在手稿交给历史学家之前，先让我听听。我们坐在过去聂鲁达常坐的角落，万楚拉开始读了。

那些离我们而去的人，我们最先忘记的往往是他们的声音。可是万楚拉那粗鲁中带着柔和、稍微有点儿沙哑的悦耳嗓音，我却至今总能在回忆时听到。那天，我无疑是领略这篇序言中优美崇高词句的第二人——因为万楚拉总是首先把手稿读给妻子听的：

“在悠远的古代，这片著名疆土的北部边界森林郁郁葱葱，森林朝着广阔的世界纵横伸展，伸展……”

尽管我对万楚拉的文采深有所知，却仍不免为之倾倒。我越听就越是深刻地感觉到，这本书必须由万楚拉独自来写。他读的时候流露出一种发自内心的浓厚兴趣和真挚的热情，我毫不怀疑他会同意接受全书的撰写工作的。我于是有点儿狡黠地建议他在劳动合作出版社的会议上，把这几页手稿重读一遍。我们把卡雷尔·诺维也请来。万楚拉表示同意。在最近的一次会议上，他又一次读了他的序言。

我们听了他的朗读，结果一如我的预料。卡雷尔·诺维，万楚拉忠实的老朋友，第一个站起来发言，他惊叹文章写得这样美。他说，有了这样一篇序言，别人不可能接着写下去，万楚拉唯有自己在这绚丽的华章之后接着写，把全书完成。我也壮着胆子附和诺维，由于我已确知万楚拉对这项工作入了迷，我便表示赞同让万楚拉为该书的唯一作者。事情也果然这样定下来了。万楚拉虽然对这项意义重大但又非常艰苦的工作不免有所畏惧，可是他没怎么再推诿。他已被深深吸引。最后他同意了，很快就接着写下去了。

我也很快告别了亲爱的查理四世和他的四个妻子，当我第二天走过查理士大桥时，我仿佛看到皇帝陛下在桥头塔楼的一面墙上挥动着权杖朝我微笑呢。

该书的出版日期说明作者写得多么快，工作多么努力。第一卷于 1939 年出版，第二年出了第二卷。第三卷刚动笔就被考比利斯刑场的排枪结束了。捷克最伟大的诗人之一的美好声音一下子沉默了。

这本书的产生，从开始谈论设想到现在，已经过去了四十年。这四十年在我国和整个欧洲都装满了大事件，满得都要溢出来了。

然而，万楚拉的这部残缺不全的巨著却高耸捷克云霄，我们满怀崇敬和爱来到它面前。我们不知道万楚拉的坟墓在什么地方，我们只能在这部著作面前脱帽敬礼。

劳动合作出版社已经不存在。成员们散的散，死的死。可是我在这里还想说几句以志纪念。当年，它是一家出色的现代化企业。而且是进步企业。需要特别指出的是，它对待作者的态度亲切友好，在它存在的漫长岁月中，我不记得它与作者发生过什么纠纷。其实，这在它的出版方案中已是规定了的。

万楚拉本人从不把稿酬问题放在心上。就我所知，他从不曾对此感到特殊兴趣。可是，对于三位历史学家的稿酬，他在会议上却极力强调要尽可能从丰。这一点我清楚，是我亲耳听到的。结果也的确这么办了。我听万楚拉说，三位历史学家感到满意。

《画卷》不久前出了第十版，不料过了四十年那几个历史学家却出来说话了。不是三个全出来。其中有一个，我想是主要的那个，已经去世。据称，他们与万楚拉的合作没有得到充分的评价。说当时的合作非常深入。说实际上已不是合作而是合写。因此他们起诉今天的出版社，要求补偿过去的损失。

1976 年 6 月，我被传到布拉格一区地方法院出庭做证。

好吧，要我说说弗拉迪斯拉夫·万楚拉是怎么同当时尚年轻，现在已年老的历史学家合作的吗？

据我所知，我对法官说，情况大概是这个样：

当阿洛依斯·伊拉塞克决定写一部著名的历史小说时，他多半是从写字桌旁站起来走向他的书架。他很容易就会找到帕拉茨基的《历史》。也许闭着眼睛就能找到。他从书架上抽出有关的那一卷，找到他需要的那几页，抄下他需要的数据以及与他考虑成熟的主题相关的有用资料。然后，他提笔蘸上墨水开始写起来。

万楚拉动手写《画卷》时，情况显然也是这样。除了帕拉茨基的《历史》之外，他也参考历史学家为他准备的材料。然后，他打开打字机，开始工作。

对此我还想补充一点：正如伊拉塞克绝对不会整段整段抄袭帕拉茨基，万楚拉当然也绝对不会。也就是说，如果万楚拉感觉到他的作品不是从头到尾，甚至连标点符号在内，全都出自他本人，他无论如何不会容忍在书名上只署他自己的名字。也许我这论断从理论上讲算不得证据，在法律面前没有法律价值。可能是吧！但是，我断言，这一诉讼怎么说都是对已故诗人的侮辱。捍卫万楚拉理所当然的著作权，这在我看来简直荒谬绝伦。

万楚拉高尚、伟大的人格至少对于我们，他的朋友，以及其他读者来说，比可能被人利用或滥用的个别法律条文更为重要。这毕竟不是马贩之间打官司！

弗拉迪斯拉夫·万楚拉是一位文体巨匠，他还发明了——如果在文学上也可以这么说的话——一种新的、他人绝对无法效仿的独特风格。他是唯一的，独一无二的。

因此，有什么理由要在自己的段落中装进别人提供的文字呢？有这个必要吗？他也许写得不很轻松。他的文笔也许较为艰深。可是，他写得好极了！他那时正处于创作和生命的高峰期。每一个稍有水平的读者，都能轻而易举地识别出他的文本中的外人笔墨。如果我是那几个历史学家之一，能与这样一位作者合作我将引以为荣。他是我国最伟大的作家，不仅是两次世界大战之间，而且是整个捷克文学中最伟大的。至少是为数很小的最伟大的作家之一。

只要读一读书中内容丰富的写编年史家科斯马斯[1]的那一章就足够了。关于这个人物，几位历史学家除了提供历史已经确定的一些干巴巴的资料之外，还能告诉作者什么呢？从这些资料万楚拉却写出了那样机智诙谐，犹如一首协奏曲似的华章来！

我这里就结束我的证词，我的辩护了。凭我的良知，我认为这一辩护纯属多余。面对万楚拉的遗著，我为此甚至感到有些羞愧。我为一件毫无疑问、本该是理所当然的事情在辩护。

我的证词可以归结为一句话。历史学家也许为万楚拉提供了金

1　科斯马斯（1045—1125），布拉格牧师会教士。他在收集民间故事和古代传说的基础上撰写的编年史，已成为有关捷克早期封建国家的重要历史资料。

属，但把金属做成首饰的则唯有万楚拉自己。

生活往往就是这样。匆匆忙忙，匆忙中失去了许多，为的只是不停地向前，不停地自我延续。为了不断求新，许多事情在被遗忘。然而，许多事情却会重新闪光，使事物的一致性和连贯性以及人类思维的轨迹历历可见。瞬息的雨水冲走路面上的白色标记，但天上的标记华光四射，蜡烛的小火苗在熄灭，但烈火将升起，将重新熊熊燃烧。

万楚拉是我有可能和有幸与他交往的伟大的捷克人之一。我从尊敬他进而热爱他，缺乏的仅是未能自始至终忠于他。

他是一个对人间的光荣和爱，对艺术的恢宏和力量，都持有卓越见解的人。他高尚、勇敢。他勇敢，因为他高尚而且善良。他是一个怀着民主之心的贵族。

盖世太保盘踞的佩切克宫尽管围墙很厚，消息还是传了出来。他受尽了折磨，他以沉默作为回答。他的沉默与消极毫无共同之处。即使备受酷刑他也表现得英勇不屈。

今天无疑难以想象无数一步步走向死亡的人当时心里在想些什么。在生命的最后几秒钟他们在想些什么，要说些什么。我自己都不知道如果我处在这种情况，我会怎么做，怎么想。然而，我似乎甚至敢于断言万楚拉是怎么做的。他的整个一生已经对此做了提示。在这最后时刻，他的表现就正像我们了解他的那样。沉默，蔑视。即使他看到枪口怎样在举起来对着他的心脏，他也依然正直，勇敢。

可惜，这种伟大的为人之道，例如在任何情况下都始终表现勇敢，即使在面临死亡的时刻亦然，这种伟大的为人之道，万楚拉也没有教会我。

（杨乐云译）

波希米亚最后一篇圣诞故事

我提笔写下这几页的时候，春天潮润的、充满了各种芳香的空气，正流水般从敞开的窗户里淌进来，淌到我的桌面上。丁香花开得正盛。可是，令人心旷神怡的春天却并不妨碍我写一个冬天的主题。也许有人想，我的窗外准是银光闪闪的积雪波浪起伏、街上行人的脚下嘎吱作响、气温在零度以下吧。哪儿的话！就在刚才，女儿还给我送来了几枝硕大无朋的中国牡丹，插在我的案头呢。在这方面我跟弗拉基米尔·霍朗很相像，他在一封信里写道，刚过元旦他就盼望着圣诞节了。我喜欢这个节日，哪怕在炎炎盛夏的河滩上，我也会喜悦地遐想圣诞节田园诗一般的美丽画面。因此，盛开的丁香又有何妨呢？

小时候，我如饥似渴地阅读所有能读到的圣诞故事：《民族政治报》的星期日副刊，维利麦克风趣的日历，还有圣诞节前邮递员殷勤送来的邮局出版的小册子。每一首庆祝圣诞的小诗，每一句亲切的贺词，甚至每一支圣诞蜡烛的可怜的小烛光都会使我感动。

邮局小册子上刊登的圣诞故事中，有一篇我至今记忆犹新。那是七十年前读到的了。上帝啊！七十年前！

这篇故事简单到令人唏嘘，不过，我还是讲一讲吧：有位大叔，至少在伊钦斯卡人们都这样叫大叔，喜欢坐在饭馆里喝啤酒，经常喝到很晚。有一次甚至把圣诞节也给忘记了，年轻的妻子徒然在家等待他。深夜，他回家了，天正下着大雪，白皑皑地覆盖了一切。醉汉步履蹒跚地走在白茫茫的公路上，到后来竟昏头昏脑挨着一根电线杆坐了下来。他双手搂着电线杆，脸贴在涂了保护剂的杆子上，睡着了。可是过了不多一会儿他忽然听到电线杆里传来了说话声。是他妻子的声音！正同年轻的看林人说话哩。她对看林人说只管放心来吧，丈夫不在家，肯定还要过很久才会回来，他们两个可以单独在一起！醉汉马上惊醒了。他站起身，尽两条腿能搬动的速度急急忙忙赶回家。故事以斯特罗夫绘的一幅插图结束：醉汉跪在妻子面前，头埋在她的怀里，妻子满意地微笑着。

于是：祝节日幸福、愉快！

故事既愚蠢又简单，对吧？是的，确实是这样！然而，言归于好的故事结尾和它的圣诞节气氛当年曾使我很喜欢。这本小册子我后来经常想起，有时是在相当巧合的情况下。也许正是这个缘故我才没有把它忘记吧！

人们早已不写圣诞故事了，不知怎的不时兴了。时代已经不同。当然也由于圣诞节已不再是我年轻时的那个样子。雪下得不那么大、那么漂亮了，人们不再去教堂做基督降临节的早礼拜，圣诞节也不再是人们得以安静地、虔诚地沉思默想的日子。诚然，圣诞树依旧装点着烛光，这不错，但人们已不再站在它的旁边唱圣诞歌。电唱机一开，一对对的年轻人跳起了现代舞。晚饭后，人们不再喝香喷喷的高甜度的潘趣酒，而是喝厉害得多的饮料。今天还有谁会去阅读圣诞故事呢！

可是我却下决心要大胆一试。这也许将是波希米亚最后一篇圣诞故事了。就如同舒马维山上的最后一只狗熊。不过，我这样说岂不过于自负？那就别再浮想联翩，还是开始讲这个故事吧。

过去，在布热弗诺夫高地，在我们住的那条街上，有一座别墅。直到不久以前，那里曾经是个规模不大的小小爬虫养殖所。别墅就在我家对门，因此作为邻居我们同养殖所里的人熟悉起来并不困难。别墅的结构由两部分组成，另外那部分是一座受保护的巴洛克式朝圣小礼拜堂。别墅有很大的花园。在养殖所工作的已是两代人：弗朗基谢克·科尔纳利克博士和他的儿子弗朗基谢克。科尔纳利柯娃太太也给他们帮忙。他们饲养蝮蛇，从蝮蛇牙齿中取蛇毒供应制药工业，自已也用它做抗癌药物实验。在明亮、宽敞的地下室摆放着约莫二十个蝮蛇饲养笼。我前去参观时，起初不免感到失望。蝮蛇一动不动，睡着了。有时我观看科尔纳利克一家怎样取蛇毒，瞧着他们那样灵巧地摆弄毒蛇，委实令人不胜惊佩。他们把蛇拿在手里，迫使它将毒涎滴在一个承接的小碟子里。那是两三滴黄水，在小碟中凝成结晶体。科尔纳利克博士的手指上有时缠着纱布，可是他含笑向我保证说，他们一家人都打过防疫针，只是蛇毒浪费在手指上可惜了。他喜欢蝮蛇。

我们这家邻居可算是忠贞不渝的动物之友。他们酷爱一切活东西，爱得出奇，对动物有一种发自内心的需求感。他家门前经常有两条猛犬卧在那里晒太阳，活像守卫王国大门的一对狮子。乌黑的嘴巴，吐出玫瑰红的舌头，模样儿确实漂亮。科尔纳利克的住所里也到处是活东西。几只鱼缸，养着珍奇的金鱼和惹人爱的、琥珀色的小乌龟。前厅的一角搭了个狗窝，那里的一块墙皮被几条狗蹭得乌光油亮。

布热弗诺夫的男孩子们到附近的田野捕捉小老鼠送来喂蝮蛇，以此换取一睹蝮蛇的机会。科尔纳利克家收到的不仅有老鼠，还有普通蛇。一次，他们外出了，邮递员过来按我家的门铃，要我代他们收下几只匣子，匣子上赫然写着：注意，蝮蛇！邮递员对我们说，能摆脱这几个邮包他很高兴。科尔纳利克家取走邮包时，我们也很高兴。

科尔纳利克博士有一次遇到的事情虽然有趣，但肯定不怎么愉快。他用空糖盒从血清疫苗研究所装了满满几盒小白鼠拿回家去喂蝮蛇。上了电车，他将盒子放在膝盖上，泰然自若地坐在那儿。不料小白鼠悄悄咬穿盒子，不一会儿便统统跑了出来，满车厢快乐地奔跑。乘客们可乱成了一团，尤其是妇女，就差从行驶着的电车上跳下去了。另有一些乘客则七手八脚地捕捉小白鼠。这些小动物为了做实验，身上涂了不同的颜色作为标记。这样一来看着虽然别致异常，可是更增添了乘客们的恐惧。他们以为这是某种可怕病毒的标志。最后一切总算顺利收场。小白鼠一一捉拿归案，乘客们安静了下来。

观察蝮蛇笼里老鼠如何行动是很有趣的。小白鼠在蝮蛇头边若无其事地跑来跑去，它们从未见过蝮蛇。可是田鼠却惊恐地瑟缩在一角，它们身上自古以来就有了惧怕蝮蛇的遗传因子。可怜啊，笼子里电灯亮了，灯泡发出的灼热气流一下子把嗜睡的蝮蛇弄醒。于是一切便发生在转瞬之间。蝮蛇以闪电般的、几乎难以觉察的动作，咬伤了老鼠，然后静待老鼠抽搐、痉挛，过了一会儿才开始把它吞下肚去。我想说这景象十分悲惨。可是，我们人类有什么权利说它悲惨可怕呢？有什么权利呢？

有一次，不知哪位热心的馈赠者给科尔纳利克家送来一条蛇。科尔纳利克博士告诉我说，这是金色黄颔蛇。我查阅了布雷赫姆大百科，得知它叫埃斯枯拉皮俄斯[1]黄颔蛇，俗称金蛇或黄蛇。这条蛇对于科尔纳利克来说没有什么用处，因此他拿到花园里放生了。不料第二天街上一片惊恐，说是科尔纳利克家的蝮蛇逃出来了。人们

1　埃斯枯拉皮俄斯，希腊神话中的医神，其圣物为蛇和公鸡。

挥棍一阵乱打，活活把一条可怜的、没有防卫能力的蛇打死了。科尔纳利克博士为此不胜惋惜。那是一条漂亮的蛇，在我国相当名贵，白白给糟蹋了。

如果说科尔纳利克这家人对蛇毒有免疫力的话，他们对音乐可绝对没有。他们经常上布拉格听音乐。在他们的友好屋顶下，除摩多洛的医生们常来聚会之外，一些著名音乐家也是这里的常客。钢琴家扬·帕南卡和大提琴手约瑟夫·胡赫罗是他们的朋友。来此做客的还有和蔼可亲的安切尔和令人难忘的、同我也很熟悉的小提琴家拉迪斯拉夫·切尔内。切尔内不仅是卓越的音乐家，而且是一位好厨师。他不仅精于运用琴弓，也同样精于运用搅拌棒。他做的晚餐享有盛名，深受大家的欢迎。常去科尔纳利克家的尚有多比阿什、斯麦达切克和其他几位。

然而，扬·兹尔扎维却是从另一条道路来到他家的。兹尔扎维怀疑自己患了癌症，今天不妨说说，他的怀疑并非毫无根据。他上科尔纳利克家打听蛇毒治病的事儿。三天后当他向我叙述去布热弗诺夫的情况时，目光中仍有惊恐之色，神情很激动。

他坐在桌旁正同主人友好地说着话儿，却忽然大吃一惊，霍地从椅子上跳了起来。原来离桌子才几步远的地面上，一条活鳄鱼正卧着晒太阳呢。阳光从窗户里射进来，照在它的身上。

我刚才谈了科尔纳利克家饲养的动物，却忘了提一下鳄鱼。原来他们就在自己的住所里养了一条鳄鱼。厨房的工作台下面放着一口包了洋铁皮的大木箱，里面盛着水，养了一条小鳄鱼。尽管它个子不大，但也足以使亲爱的兹尔扎维大惊失色了。是阳光把它从木箱里引了出来，桌下显然缺乏阳光。

这件事兹尔扎维讲了很久。他是真的相信科尔纳利克家可能要出事。他们一再向他解释，说这是一条小鳄鱼，没有危险性，可是他不信。说心里话，鳄鱼那一口漂亮的牙齿我也不怎么放心呢。

至此我终于言归正传，要讲我的圣诞故事了。故事并不长。

大约是战后第二或第三个圣诞节吧，情况有些特殊。节前两天，我还在小花园里种下了郁金香和水仙花的球茎，是一位朋友送来的，送得迟了一些。圣诞节那天早晨，我剪掉了花圃里几朵枯萎的月季花。郁金香和水仙到春天开得很漂亮。月季则在节日期间怯生生地开着花。那一年的圣诞节就是这样。一点也不冷，压根儿见不到雪。那是润湿的、秋天般的十二月。十一月里，圣马丁节那天飘过一点雪，但只有那么一点儿，然后就再也没有了。此外战后供应差，商店一半是空的。丝毫谈不上欢乐气氛。

每到圣诞节，我总喜欢在白雪覆盖的布热弗诺夫街道上散步。当布拉格的积雪早已融化，我们布热弗诺夫却还是一片雪白。我喜欢一路走，一路观看人家的窗户。窗内，圣诞树黄昏时分就点亮了。这样的傍晚十分动人，使我满心欢喜。然后坐在火炉旁，喝着茶回想很久以前家里过圣诞节的情景，那又是多么惬意！

那一年鱼也很少。节日的传统菜鲤鱼一向是摆在人行道上出售的，现在要排长队。

科尔纳利柯娃太太站了长时间的队，好不容易买回一条三公斤重的大鲤鱼。她像往常一样，把鱼养在洗澡间的浴盆里。我们住在日什科夫时，大部分家庭都没有洗澡间，买了鱼我们就放在洗衣板上，搁在厨房里。因为放在阳台上鱼会冻成冰的。这是说那年头天气还很冷。杀鲤鱼照例是男人干的活儿，由爸爸担任。我也干过，可是非常不喜欢。

圣诞节快到了。科尔纳利克博士杀了鲤鱼，拿进厨房。在那里，科尔纳利柯娃太太磨好了刀，正准备掏净鱼内脏，把鱼切成段。然而，就在这当口桌子底下却响起了低沉的撞击声。原来是鳄鱼用尾巴敲打着木箱，并且开始吠叫。吠叫声起初不大，可是过了一会儿它就发疯似的连声狂吠起来。科尔纳利克夫妇给这位尼罗河来的伙计扔了些吃的，就是平时喂养它的饲料，但吠声并未停止。鳄鱼同诗人热拉尔·德·奈瓦尔[1]牵着散步的螃蟹不一样。诗人说他的螃蟹不像狗那样汪汪叫，却了解海的秘密，科尔纳利克家的鳄鱼了解尼罗河的秘密，却叫得跟两条狗那样凶。

他们于是把鲤鱼拿开，拿到鳄鱼的灵敏嗅觉闻不到的地方，可是无济于事。厨房里显然充满了富有刺激性的鱼香。鳄鱼依旧狂吠不已。

情况持续了好一会儿之后，科尔纳利柯娃太太抬起探询的目光望望丈夫。科尔纳利克博士默默地点了点头。她于是把鲤鱼端来，倒进桌下的木箱。吠叫立即停止了，但听得一阵咔吧咔吧鳄鱼咀嚼鲤鱼骨头的响声。片刻之后鳄鱼吃罢了晚餐。科尔纳利克家也一样！

于是，在宁静的时刻，普天下喜报平安，祝贺圣诞节幸福、愉快。

（杨乐云译）

1 热拉尔·德·奈瓦尔（1808—1855），法国文学中最早的象征派和超现实主义诗人之一。

人带进坟墓的是什么

布拉格只飘了几片雪花，可是从布拉格开往拉多廷的火车却一路奔驰在纷纷扬扬的鹅毛大雪中。车窗外面已什么也分辨不清，连车站的建筑物也看不见了。对面的山坡以及路轨下面的河水也一概消失。我在结冰的车窗上呵了几口气，擦出一小块玻璃面，希望再看一眼山谷里的卡尔什登[1]，哪怕几秒钟也好。可是白费力气。山谷完全被雾蒙蒙的飞雪遮蔽了。

车抵贝鲁恩，大雪仿佛接到命令似的一下子停了，整座城市一片洁白。我很熟悉的雪天的寂静从这个时刻起开始了，唯有我脚下响着令人愉快的嘎吱嘎吱的踩雪声。

出了车站，越过被白雪映衬得分外醒目的乌黑的利达夫卡河，我走了一段很长的路程。长时间的寂静使我不由得想起了深埋在这座城市和它附近一带积雪下面的种种前尘旧事。

首先是那次愉快的夏游，充满了河水和菖蒲的馨香。在亲爱的雅罗斯拉夫·贝尔盖老师的带领下，我们一群十来岁的男学生孩子气地叫嚷着，欢笑着，一口气登上了卡尔什登的防护墙。学年结束时

1　著名古城堡，在布拉格附近，建于 14 世纪查理四世时期。

的这次远足留在我记忆里的唯有皇家小教堂微弱的金光和美好童年的无限幸福。

比这清晰得多的记忆是克希沃克拉特城堡，我们在它的阴冷的大厅和令人不愉快的走廊上茫然地转悠。那时我已大得多，参观城堡时我心里记挂的只有一件事：如何找个机会离开人群停下来，至少待那么一小会儿。这个愿望直到参观冰冷的牢房时，在一扇小窗户下面我才得以实现。当年捷克兄弟会的主教奥古斯达和他的一名录事曾在这里度过了苦难的时刻。直至来到这个游人不多的地方，我才如愿以偿，亲吻了我心爱的姑娘。

那时候，关于美丽的瓦鲁瓦的公主勃朗卡[1]的悲哀我尚所知无多。在寒冷异国的陌生城堡里她是那样地思念故乡。年轻的丈夫甚至派人到附近一带捕捉夜莺来给她在窗下歌唱。据说这些小小的歌唱家唱得那般卖力，竟使郁悒的公主暂时展开了笑颜。可惜这个美丽的传说被所有的鸟类专家漫不经心地否定了。它是那样的动人、古老！

今天对这位俊秀的夫人我已深有了解，我常久久地凝望着她那张可爱的面庞。

贝龙城依傍着湍急的河水就坐落在那两座赫赫有名的城堡之间。城市显得有点儿清冷、破旧，主要是蒙了一层宫廷水泥厂飞落的白灰。不过，那天它是洁白的，塔楼、屋顶、雪野，白皑皑的，犹如刚熨平的教堂侍童的白僧袍。

留在这座城市里的往事如此之多，要一一回忆就得把它们从高高的雪堆下面挖出来。

首先是在单身汉卡雷尔·克希谢克家里度过的无数个愉快的白

1　瓦鲁瓦的勃朗卡公主（1316—1348），法国腓力六世之妹，捷克国王查理四世的第一个妻子，出生于法国，对捷克气候很不习惯。

天和夜晚。这些聚会的主角是弗朗基谢克·汉普尔。他出生在拉贝河的上游，却爱上了贝龙卡河上游的这个城市，并在好几本诗集里歌唱了它。不过，我们之中年龄最长的是卡雷尔·克希谢克，荣誉属于他！克希谢克在铁路上当过列车员，后来在贝龙城主持一家工人报纸，最后则立志当我们这几个人的忠实的好朋友。我们几个经常在他的小屋里聚首。光阴在友好亲切的恬静气氛中流逝，随着年龄的增长，我们之间的友谊也愈益深厚。

占领和随之而来的战争爆发以后，在绝望、忧伤和半饥饿的日子里，克希谢克不知疲倦地忙碌着。在这一带和这座城市里，他的熟人很多，有磨房主，也有庄稼汉。许多人，特别是亲人被纳粹拉走的家庭，认识了他的那颗善良、热情、勇敢的心。在这个时期，弗朗基谢克·汉普尔也被捕了。

所有那些东西他是怎么弄到的，我不清楚。他没有什么钱，是个穷汉，但是有相当多的人前来敲他的窗户——窗上总是遮了厚厚一层尘土。他本人无依无靠，然而他有求必应，人人给一点儿，恰似我们冬天喂饥饿的飞鸟。

最值得一提的是，这些事情都是在贝龙城盖世太保的窗户下面进行的。只有一次他落入了他们的魔爪，但非常幸运被他逃脱了。

尽管这样，他居然还喂大了两只母猪，猪肉大部分送了人。他沉着冷静，只是心里难免有点儿害怕，猪的尖叫声很响。后来熏制猪肉时，浓烈的香味弄得他别无他法，只得打开粪坑把粪水泼在没怎么修整的小花园里。

往事一件点亮另一件的灯捻儿。整个战争时期我们都常在贝龙聚会。汉普尔被捕之后聚会的气氛变得悲戚，但忧伤也加深了友情。

在去贝龙的途中，我有过三次冒险。对于一个像我这样从未接近过战场的人来说，这三次经历也算是惊心动魄、难以忘怀的了。

首先我知道了什么叫作空袭俯冲。我生平第一次听到了子弹的呼啸，名副其实就在我耳边飞过。那是在今天叫作鲁德内的杜什尼基。飞机临近时火车停驰了，旅客统统下了车奔向田野。空袭过后我们回到火车跟前，只见机车已被子弹打穿，蒸汽和热水从弹孔里嗞嗞地往外冒。我给在贝龙的朋友带的一本儿童读物也被打了个窟窿。我想把它收藏起来，却被一个德国兵瞅见了，他一把夺了过去。后来我们徒步走到了贝龙。

第二次是多布希霍维采[1]的游击队炸毁了我们的机车，火车出轨。翻倒的机车躺在离路轨不远的地面上。它的底盘使人联想到肚皮朝上徒然想翻过身来的甲虫。

第三次是车抵贝龙时正赶上飞机轰炸火车站。我们坐在火车里，在离车站不远的地方。我们目睹了一枚枚炸弹落下来，车站随即蹿出熊熊烈火。但那时五月已近在眉睫，我们对胜利已经把握十足而不再只是怀抱希望了。但等几场春雨冲刷掉河岸上的尘土，洗净无人清扫的街道，我们就可以迎接五月的庆典了！

在贝龙的墓园里，有瓦茨拉夫·塔利赫的坟墓。

每逢塔利赫上他的消夏别墅来，这往往都是令人难忘的时刻。这座别墅后来他已长期住下，直至去世。当初他来此的途中，常在克希谢克家停留一下。有过一两次我在那里碰巧遇上了他。塔利赫很喜欢克希谢克。当克希谢克满屋子去找一块干净的桌布时，塔利赫已脸上带着诡谲的微笑从手提包里取出一个长颈瓶，把它浸泡在一小桶冷水里。克希谢克将桌布铺在花园里的一张榫头已松动的桌子上。桌子靠近蜂房。过了一会儿，在蜜蜂低低的嗡嗡声中我们品尝

1　捷克城市，离布拉格不远。

着香醇的莱茵河葡萄酒。一瓶尚未喝尽，塔利赫已泡了第二、第三瓶。他亲切地微笑着。微笑不妨微笑，但酒也许他是不该喝的。我不知道。克希谢克不让他开第二和第三瓶，说这葡萄酒太贵，是珍品，塔利赫应留着星期天自己享用，他可以进城去买别的酒来。但塔利赫坚决不同意！

"得了吧，"塔利赫对他说道，"你知道得最清楚，一个人带进坟墓的唯有他一生中给予别人的。"没有办法，三瓶酒全喝光了。

塔利赫为人极其慷慨，总是热情地关怀着朋友们的生活。他也喜欢把自己丰富多彩的经历诙谐地说给大家听。只有在指挥席的乐谱架面前他才是严厉的。有一次，第一小提琴手不愿遵照他的要求拉某段乐曲，说那样做简直不可能。塔利赫严厉地说：我从来就要求艺术家做简直不可能的事情！

他喜欢谈他的朋友们。这些人几乎都已谢世。可是当他娓娓动听地讲到他们时，他们仿佛一个个坐到桌旁来了，脸上挂着很久以前的微笑。在他亲切的回忆中，他们都很可爱。遗憾的是，塔利赫的贝龙时期已是他从充满音乐的世界走向充满寂静的世界的开始。这一过程既漫长又悲惨。他晚年蒙受了相当大的冤屈。之后便身患重症，饱尝了新的痛苦和折磨。

那时候已只能是我们上他的别墅去看望他了。别墅在今天的塔利赫山谷。最后，我们只能站在他的窗外看望他了。他虚弱无力地躺在屋里，等待着死亡。

卡雷尔·克希谢克要求掘墓人在塔利赫的坟墓旁边给他留一个墓穴。他未能如愿，但两墓之间相距不远。

那天，墓地已被大雪覆盖，唯见墓碑和十字架高耸在雪地上。面对这一片洁白我不禁想起了那句古老的、透着人民智慧的话语：人生在世归根结底只有一件事是绝对肯定的，一切痛苦和一切磨难都要告终，这个时刻将会到来，一定会到来。

于是，将有深沉的宁静，白雪将覆盖一切。洁白、柔软的雪，正是当年那样的雪。

（杨乐云译）

Ⅱ　厄俄斯,朝霞女神

引　言

从孩童时候起我就常为光阴的流逝感到悲哀。一年中总有几个心心念念期盼着的欢乐节日。而等到节日快要来临时，我又往往因为它的即将逝去而闷闷不乐。

直至今日，当我陶醉在充满爱之魅力的春季时也还总是带着几分忧虑。夏天甚至使我感到恐惧，因为美好的天气就要离我而去。

我感到幸福的时刻是早春，是积雪下初融的雪水在脚下淌向四方，雪花莲尖尖的嫩叶破雪而出的时刻，这是期待和渴望的时刻。二月末，吹拂着我们布热弗诺夫区山坡的湿润的风更使我高兴地深深呼吸。传说这风是从克希沃克拉特城堡的一扇大窗户吹出来的，当年，就是在那扇窗户的后面，年轻的国王查理四世同迷人的勃朗卡公主紧紧地拥抱在一起。在这个时刻我已经期待着受惊的黑山鸟发出的第一声胆怯的唧啾。它正在寻找托曼之井，以便能开始歌唱。

你看，淡紫色的杏花开得多么短暂！转瞬之间它们已变成褪了色的婚礼纸屑在随风飘荡。接着樱桃花争相开放，但花瓣儿随即像是折断了的小翅膀，纷纷坠落到草丛之中。

再过短短的几天，我们就又要等上整整一年才能重新看到满树繁花。时光真是无情。它飞驰而过，你什么也抓不着，留不住。一切都是匆匆流逝，奔驰的岁月从不理会人们的感伤。为了喜悦而采撷回家的野蔷薇又能对我们微笑几天?

人在热恋中才会觉得爱和亲吻是至死也不会变的。这种感觉多么令人陶醉，但又常是多么短暂！人在恋爱之初往往不会意识到，爱情在他手心中停留的时间有时比一捧水流过手指缝的时间还要短。

有一年春天，我在一个炎热的下午穿过布拉格城堡的广场。从教堂洞开的大门里吹来一股充满残花香味的清凉。这是一次大的宗教节日后留下的香味。我走进大教堂，一直走到古建筑部分的圣瓦茨拉夫小礼拜堂。那里，门半开着。

生活早就告诉我不要去跪着祈求心愿的实现。但古老礼拜堂的神圣庄严气氛攫住了我。当时，里面空无一人。我走进去，站到它那彩石砌成的墙前。彩石散发出的凉气诱我把脸凑上去。我把脸紧紧贴在墙上，就像贴在心爱的人的脸上。这种凉凉的接触竟然也是充满爱意的。

生活中毕竟有一些我们所爱的事物是能够用我们的双手和心灵把它们保存下来的。因而爱也是有可能始终不渝的。

不仅是礼拜堂的彩石墙或是大教堂的石柱，就连布拉格城堡建在伏尔塔瓦河畔高坡上的旧墙也是如此。

这些墙不仅牢牢地建在墙基之上，它们也扎根在我们的思想和心灵的深处。就我们的寿命而言，它们是永恒的。所以我们热爱它们。它们的美不会像春天树上繁花的芳香那样转瞬即逝。

（杨学新译）

心　曲

几年前，某画报的一位年轻女编辑来采访我。她把手提包里装着的香粉、粉扑、口红、钥匙、笔记本和钢笔一股脑儿倒在我的桌子上，然后又一件件扔回包里，只留下笔记本和钢笔，开始与我进行预先约定的谈话。她要为画报写一篇关于布拉格的文章。她提出的第一个问题就充分暴露她在新闻工作上还缺乏经验。她信赖地看着我的脸，天真地问我究竟是从什么时候起喜欢上这座城市的。

真是再巧没有了！对这个问题，尽管天真得叫人哭出来，我却能准确无误地，而且十分乐意地回答她。

小时候，我常乘火车到伏尔塔瓦河上游的克拉卢比我的姥姥家去。那里离布拉格不远，若是乘快车都不值得坐下。去克拉卢比对我来说总是件非常高兴的事情。可是，假期才过去一半我便开始想家，想妈妈。有一天还发生了这样一件事，我绕过克拉卢比墓地跑到了德伯恩，从那儿踏上公路干线到了特尔斯柯，连特尔斯柯我也跑过去了，我实在累极了，只得在沟边的田埂上坐下来歇口气。就在那一刻，我瞧见她了。那不过是赫拉德强尼的一个小小的剪影，并不比当时贴在火柴盒上做装饰的火花大多少，但对我来说那一刻真是又惊又喜。我高兴得哭了起来，眼泪扑簌簌地滚下来，落到了衬衫的领子上。这场哭，思念和爱的哭，把两种强烈的感情结合在一起了。直到现在，每当我驾车驶出维诺赫拉德隧道时我便开始想念布拉格。甚至身在巴黎我也想念布拉格，真没办法！

老年人往往爱哭。这是有原因的。生活从来不会美好得总让人笑逐颜开。有一次我向卡雷尔·托曼谈起我曾偶尔到过的蒂内茨圣母院。那儿有未建成的哥特式大教堂的壮丽遗址。托曼立即热泪盈眶。原来，蒂内茨附近正是他的故乡柯柯维采。

我坐在斯拉维耶咖啡馆的窗畔，注视着民族大街两边人行道上熙熙攘攘的行人。从前这里却是清静的散步的地方。扬·聂鲁达也经常在这儿散步。

我可以生动地想象出他的身影。我们都很熟悉他。当年，他可是一个美男子，他的面容无疑曾吸引了不少妇女倾慕的目光。倘若今天他在这里走过，他的脚步会把沿街的窗户震响。是的，肯定会这样！这是春光明媚的下午，佩特馨公园送来阵阵丁香花的芬芳。

说我们这位著名诗人同时也是布拉格最伟大的诗人，想必不会引起争论吧。然而，在他的诗作中却找不到一首以布拉格为题材的诗篇，连不显著的例外都没有。尽管如此，他的全部创作几乎都散发着这座城市的气息。聂鲁达爱这座城市，在这座城市里生活。因而直到今天，小城区和赫拉德强尼还洋溢着诗人的个人魅力。聂鲁达还不断地回到那里去。啊，不！聂鲁达从来没有离开过那里。你可以到处遇见他，在每一个角落遇见他。无论是在春天还是在寒冬，在炎夏，还是在令人怅然若失的城市的秋天。

有一位评论家在评论我的诗集《披着光明》时，曾指责我的诗一味歌颂布拉格历史上的美，而对过去贫民聚居，现在工厂林立、工人劳动的无产阶级的布拉格市郊，却漠然无视。这一指责与事实不符，无论现在还是过去我都不是这样。我必须加以澄清。我出生在日什科夫。布拉格这一郊区，它的如画景色，它的欢乐、贫穷和忧伤不论过去和现在都始终在我心中。从前，倘若有人蒙住我的眼睛，让我从克拉洛夫斯基-维诺赫拉德走往日什科夫，我能准确无误地说出它们各自的地界。我熟悉那些街道的空气，我的脚能摸出人行道和非建筑地段的街道以及公园，如果那里有公园的话。我在此当然无意于自我标榜和评价，但无产阶级世界在我的诗歌中一如以往是存在着的。虽然与此同时我可能也写加冕典礼上的珠光宝气。

我常常站在日什科夫崎岖不平、陡峭而富有特色的街道上眺望布拉格。在玻璃匠街的拐角处可以清楚地看到远处的赫拉德强尼。当我从这个由小店铺、小饭馆、小酒肆和破旧公寓房构成的世界走出来，跨进由历史的岩石建成的古色古香的地域，把额头贴在冰凉的圣维特教堂的玛瑙上时，我心里的感受也许足以说明布拉格为什么令我如此着迷了。

在日什科夫我度过了整个童年和少年时代。时间并不显得有多么长。生活太匆忙了。在那里。我亲身经历过暴风雨般的群众示威游行，抗议面包涨价两个克莱查[1]。我记得人们让我举个标语牌，牌子上用铁丝绑着一个圆面包，在 2 kr[2] 上醒目地打了叉。在那里，我也经历过暴风雨般的进入维也纳国会的选举斗争，社会民主党与教权派之间的斗争。当时教权派的头头是臭名昭著的罗德尼茨基神甫。这位教士即使在信徒中也不受欢迎。在他吃力地——因为他的腰围着实可观——爬上布道台之前，教堂里的人几乎走光了。这是妈妈在家里经常说的。然而，我拉着爸爸的手去的地方却完全与此不同：去的是社会民主党的宣传鼓动站和独立投票处。这些最初的、印象深刻的经历引领我几年后走向离日什科夫不远的“人民之家”。

1　当时捷克面值最小的硬币。
2　克莱查的捷克文缩写。

日什科夫这个著名的郊区，当年是迅速建造起来的。出于投机，房屋都建在山坡上。斜度很大的山坡一泻而下直通谷底，与具有历史意义的山岗[1]相衔接。这样一个郊区不言而喻是我少年时代最早、最心爱的冒险之地。从玩小球儿到一次次的一见钟情，从踢足球到薄暮时分躲在地窖或阁楼旁的初次拥抱。不过，后来到了这样的年月，伴我同行的已是姑娘的碎步时，我便避开了日什科夫的街道，因为在我看来那里已不太安全和可靠。我转移到佩特馨公园的山坡上，或是宽阔的斯特洛莫夫卡[2]公园古树掩映的幽暗角落。那些古树上曾经钉着铁皮小牌子，上面写着树木的名称。

佩特馨，爱情的果园和恋人约会的好去处，从春天起歌声便在枝头飘荡，经过饿墙[3]梳理过的清风，把远至克希沃克拉特树林的芬芳一路带到这里，随即又席卷果园里所有花草的馨香，把它们一并散发到布拉格的大街小巷。当夏天的骄阳投射在它的树上时，这个果园光彩夺目，艳丽无比；当茫茫秋雾笼罩布拉格时，果园里那淡淡的忧伤动人心弦。然而，唯有在春天，在满山遍野雪白花朵的映照下，这个园子才真是最美不过了。

克拉洛夫斯卡-奥勃拉[4]，这个名字在日常用语中似乎太长了点。那就管它叫斯特洛莫夫卡吧！这里百年名贵古树的树涛声至今不失王家气势。林木丛中响起的乐音是那样深沉，即使是银丝缠绕的琴弦也发不出来，也非人类语言所能描述。

如果说佩特馨公园不仅能在一瞬间抓住孤独行人的全部注意力，甚至使情意绵绵相互对视的情侣的目光也被万木丛中蓦然浮现

1　即日什科夫山岗，那儿有捷克民族英雄日什卡的雕像。

2　意为“林木茂盛之地”。斯特洛莫夫卡公园为布拉格名胜之一，旧时曾是王家禁猎区。

3　布拉格地名。

4　即斯特洛莫夫卡公园。克拉洛夫斯卡-奥勃拉意为：王家禁猎区。

的赫拉德强尼和小城区魅人的独特风貌所吸引，以至于忘记了接吻，那么在斯特洛莫夫卡那些有点儿凄清的角落，他们便会深深地沉浸在爱河之中，甚至灭顶也在所不惜。更何况灌木丛中飘来杜鹃花的浓香熏人欲醉呢。

让我们换个角度来谈吧。

一个像我们这样人口不多的小民族，在危急时刻人们总是紧紧地依偎着本民族的文物古迹和伟大人物的杰出作品。这些伟大人物绝大部分都在我们首都生活过，工作过。他们留在墙上的活生生的影子是抹不掉的。因而在危急时刻，整个民族也会紧紧地依偎着这些墙，它们从来不沉默，从来不死寂。

我警惕自己不要拨动感伤的琴弦，免得奏出什么旧时代歌功颂德者的滥调。可是，在苦难时期，条条道路通向这个城市，它是唯一的希望之路。当屋顶上响起刺耳的警报声时，我们曾怎样地为这座城市的命运，也为民族的命运战栗啊。这种依偎的名称很简单，叫作爱。

感情用种种传奇故事的轻纱温柔地蒙在远远近近的往事上，这样做并非试图歪曲真相，而是为了减轻一些命运的重负，帮助身处逆境的人想到美好的日子。不妨回忆一下，卐字旗插在布拉格宫上的时候！

我们现在默默地站在历代国王的陵墓前。唯有伟大民族的诗人，才有理所当然的勇气描绘列王的真实形象。我们只能热爱他们，或者沉默无言。

外国人，即使出于好心，对我们的这种关系也大多不理解。唯有那些以这个国家为祖国、以这个城市为故乡的人，才能透过非物质的轻纱理解它。

我们这个街道纵横、民居和宫殿交相辉映、风光迷人的首都，虽然也曾随着时间的推移而有所改变，有过新的面貌，甚至遭受过烈火的摧残，它在每个人眼里却依旧是那样魅人，那样美丽。以巍然高峙的布拉格宫和大教堂为主体，按照秘密年轮的排列逶迤而下，一代代建筑师才华的凝聚使布拉格成为世界上为数不多的最美丽的城市之一。对于这个民族的成员来说，这是怎样的欣慰啊！回顾欧洲某些城市不久前的命运，我们不禁更加不寒而栗了。

诗人和科学家的热情叙述永远不会终结。我们满怀喜悦入神地倾听着描绘这座城市之命运和魅力的词句，倾听着许多离奇的故事，讲述它那石质的、由不同风格和历史风暴造成的独特面貌。可是，我们今天也在急速地影响着这个城市的面貌，分秒必争的高速度格外反衬出历史的雄辩性，而历史在我们这个并不幸运的大陆的中心，却是我们的权利和我们百年努力的保证。

就这个城市的名字来说，在我们发音吐字颇为柔和的母语中，它属于母亲、妇女和情人的性别[1]。它确实是我们的母亲和情人，常被描绘成一个面带微笑、亭亭玉立的女子形象。这一情况又在我们同这座城市的关系中，在我们的目光、我们的倾慕和言辞中，增添了更多的柔情。尽管它古老的栅栏曾被战火熏黑，它的墙表现出男性的坚硬，我们却喜欢蜷缩在它的花园、果林和僻静角落的女性温柔之中。布拉格天空的星星当然并不比欧洲大陆其他都市上空的星星更明亮，更特殊，然而我们至今在这个城市仍能发现一些如此亲切的角落，在那里我们可以整个儿休憩身心，思考生活和徒劳无益的梦想。这些特点我们已习以为常，视而不见，来这里的外国人却看出来了。在别的城市，既无这种可供沉思默想的去处，也无这样的时间。

现在先别出声。过几秒钟，在我数到一百之前，栗子树湿润的、黏糊糊的花蕾马上要绽开了。我数：一、二、三、四……九十……行！

我说完了。姑娘收拾起钢笔和用速记法记录的笔记本，把它们

1　布拉格一词在捷克语中为阴性名词。

同香粉、口红、钥匙放在一起，起身告辞。我以半是朋友半是父辈的身份俯身吻了她的额头。她愣了半秒钟，随后迷人地一笑，亲了我的嘴。

这一表示感谢的方式我非常满意。在我这个年龄，这一微笑对我来说很珍贵了！

（杨乐云译）

托燕小姐

早晨我从来不能美美地睡个够。经常是诗句把我弄醒了，我也乐意谛听它那悦耳的沙沙细语。我喜欢清晨的满天金霞，喜欢睡眼惺忪的亲吻。可是急不容缓的诗句抓住我的头发把我拉出温暖的被窝，于是我坐到书桌前写了起来。其他一切唯有暂时等待了。

另外，我也喜欢在厨房里写诗，坐在做菜的桌子旁，尽管妻子在桌上忙碌，拍打肉排，或者往鸡肚膛里填肉馅。我喜欢闻花朵捣碎后的那股清香。我也常在咖啡馆里写诗，伏在大理石的圆桌面上。咖啡馆里坐满了人，烟雾弥漫。

不过，我将从另一处讲起。

从前在日什科夫区的胡斯大街上，每到卡尔林的工厂收工，工人们从我家门前经过的时候，我常会遇见一个模样儿奇特，但很引人注意的姑娘。我当学生那年头，妇女们通常不穿长裤，不像今天这样。

这位显然是收工回家的姑娘穿了一条粗布长裤，一件绒布短上衣，头戴掘土工戴的那种帽子，帽檐儿耷拉着，脚上穿了一双不怎么美观的皮鞋。

然而，在她那张微微含笑、男孩子气的面庞上眉宇间却有着一种魅人的、温柔的神采。这张脸即使在笑的时候也不如说带着几分凄楚而不是年轻人的无忧无虑。这同她身上的粗布衣裳总有些格格不入。有好几次我回过头去注视她。当她发现了并且看出我并非仅仅出于好奇才注视她时，便对我笑了笑。从那时起我们不知怎么就算认识了，虽然我没能鼓起勇气同她搭话。

直到几年以后，我才知道当时她在某个生产肥皂的工厂干活，双手被苛性碱烧得皮肤开裂、灼痛。有一天，她忽然不见了，我徒然在惯常的时间寻找她。

人的一生中会有那么一些时刻——这种时刻并不很多——它们留在我们的脑海里，多年以后依旧记忆犹新。这比一般的难以忘却更为深刻，过了很久我们仍觉得像是最近才发生的事情。我同泰格的第一次见面对我来说就是这样的时刻。他那张像是久未刮过的脸，那顶皱皱巴巴、磨掉了绒毛却很讨人喜欢的帽子——诚如我们后来的朋友米兰娜·耶森斯卡常说的——他那果断的手势和漂亮的黑眼睛，这一切还都历历在目。那是在什捷潘斯卡大街的博罗维出版社，是斯·科·诺伊曼介绍我认识泰格的。我走进去后，诺伊曼颇为笨拙地介绍说：

“这儿又来了一位。尽管他现在还是无名小卒，将来准会是抒情诗人的。你把他收在翅膀底下吧，咱们等着瞧。我这里有他的几首诗，看来不坏。”

后来，我同泰格缓步走回去。我们穿过瓦茨拉夫广场朝古老的斯拉维耶咖啡馆走去。可是我们没有走进咖啡馆。“那是芬芳的季节，满树繁花，甜蜜得令人眩晕”，民族大街和滨河大道上充满了佩特馨山送来的种种芬芳。那天晚上连河水也散发着阵阵清香。我们在滨河大道上沿着古老的栏杆漫步，就是恰佩克兄弟经常散步的那条路。两兄弟当时住在大桥后面，同他们一起散步的还有“老顽固”派的其他成员：兹尔扎维、什帕拉以及建筑师霍夫曼。那时我对他们了解甚微。泰格给我背诵诗歌，他毫不费力便从深厚丰富的记忆库里信手拈来了。这样，我立刻从他的嘴里第一次听到了阿波利奈尔的《密腊波桥》。这首诗我后来在泰格的鼓励下译成了捷克文，曾多次在我国被引用。其后他开始对法国语言大加赞扬，给我朗诵——实际上只是低声吟咏——魏尔伦的一些最著名的诗篇。是的，低声吟咏。或者不如说是低声耳语，仿佛只是说给自己听的。直到事后我才恍然领悟，原来他是效仿沙尔达在一次公开朗诵会上的表演——我想那是在马奈斯馆[1]，是我听到过的效果最好的一次诗歌朗诵会，也许比阅读的效果更好。我不很喜欢朗诵。可是泰格不如说是将诗句像吐气一样送出口来，而每当吸气时他仿佛吸进的是美和芳香。他的吟咏感情热烈，但毫无矫揉造作和哗众取宠的成分。正因为如此，诗歌内在的节奏才充分表现出来了。我们从斯拉维耶咖啡馆到诺沃特尼小桥来回走了很久，每次走近磨坊，坝上的流水声喧闹异常，这时泰格便将嗓音提高以便我能听得清楚。

这些诗句和音韵早已飞进了永恒，泰格的声音也早已沉寂，但坝上的河水却至今仍在哗哗流淌。

那时泰格对法语已很精通。我后来到了巴黎，对这一语言的优美有了更深的体会。在巴黎，我甚至觉得市场上的一个普通商贩说话也像在朗诵诗歌。

我一下子就喜欢上泰格了。从那天起，我们几乎每天都见面，或在他家，或在咖啡馆。我发现他的友谊确实于我非常可贵：其他且不说，是他给我打开了进入艺术之境的大门。

喏，旋覆花社的成立已不需要等待多久了。克热门内茨街的中学有几名才华出众的学生，阿多夫·霍夫麦斯特尔便是其中之一。他出身富裕家庭，有点儿娇生惯养，但不失为一个好伙伴。他在当时还不算是最活跃的成员。同这些人结识是再容易不过的事情，旋覆

---

1 马奈斯馆位于布拉格，有展览厅，也有餐厅及其他娱乐设施。

花社于是一下子就诞生了。早期成员中还有弗拉迪米尔·什图尔茨。关于这个组织的纲领和使命我同泰格事先已经拟定。当然我得承认我不过是凑个数而已,因为泰格早已考虑成熟,准备就绪了。

最初的成员中,除却诗人兼画家阿多夫·霍夫麦斯特尔之外,尚有画家阿洛伊斯·华斯曼和拉迪斯拉夫·苏斯。前者崭露头角便显示了不平凡的才气。此外还有作家卡雷尔·瓦涅克以及建筑师雅罗米尔·克雷察尔和卡雷尔·洪齐克。最后还有一位远方会员约瑟夫·弗里奇,此人大家谈到了,但是他没有参加会议。他写过一本诗集《假花》,是他唯一的一本,但饶有趣味。

我们恰好是九个人。然而取名旋覆花[1]社并非出于这个原因。当时恰佩克兄弟的《克拉科诺什的花园》一书刚巧问世,我们翻阅它,想从中找到一个合适的名称。霍夫麦斯特尔建议用金蕨草,可是遭到了反对。泰格在书里却发现了——旋覆花。这个名称马上被接受了。

这是一种神秘、奇特的药用植物,名称中又包含着一个九字,我们觉得再合适不过了。

旋覆花社万岁!

霍夫麦斯特尔于是在泰格家的钢琴上奏出了欢快嘹亮的进行曲。当时我们虽然只有九个人,但很快就有新的会员参加进来了。很遗憾我不是编年史家,连一名小卒也不是,不过我希望这一切已在什么地方准确无误地记载下来。我不知道是在哪里!

发生了这么一件事:一天晚上,时间已经不早了,我像平日一样上民族咖啡馆去。我几乎每天都去,哪怕一会儿也好。在那里我看到了泰格和眉飞色舞的奈兹瓦尔。我马上就弄明白了奈兹瓦尔为何那般兴奋:又一个动人的陌生姑娘正笑吟吟地同画家英德希赫·什

---

1 旋覆花的捷克文从字面上看可作"九支力量"解。

蒂尔斯基坐在一起。这是画家曼卡，什蒂尔斯基简单地给我介绍说。他们两个人来此申请参加旋覆花社。

奈兹瓦尔热情洋溢。

她叫曼卡·切尔明诺娃。当她向我伸出手来时，有几秒钟我气也喘不过来了，只是惊讶地注视着她。原来她就是胡斯大街我认识的那个姑娘。她白净的脸上也掠过一丝惊异的微笑。可是我们两人谁也没有说什么。什蒂尔斯基管她始终叫曼卡。据说她不喜欢自己的姓，不知道为什么。她秀气的脚上穿的不再是那么一双不很美观的皮鞋而是轻巧的船形鞋，尽管那天人行道上还有积雪，满地都是泥泞。袜子是当时的时髦货——细孔长筒袜。年轻的旋覆花社于是增添了两名年轻新会员：两名画家，有趣的人物。两人都竭诚赞赏毕加索和布拉克。年轻女画家看样子只在她年长朋友的阴影中作画。事实很快就证明情况并非完全如此。两人来到我们中间之后不久，他们的立体派绘画便在抒情诗中有所反映，特别是在诗歌主义的一定影响下。诗歌主义原是我、泰格和奈兹瓦尔三人相当仓促地设想出来并加以宣传的。几年以后，当安德烈·布勒东[1]向世界打开了超现实主义的窗口时，奈兹瓦尔、泰格和这两位画家便都欣然接受，他们从他的取之不尽的幻想世界看到了极为丰富的可能性。这时候曼卡·切尔明诺娃早已展示了独特的女性才华。

可怜的什蒂尔斯基！他在风华正茂的青年时代后期便患了病，战争期间年纪轻轻地去世了。滥饮无度缩短了他的生命。这是他那个家族的通病。他父亲酗酒死得很惨——烂醉中跌倒在烧得正旺的火炉上，名副其实地烧死了。什蒂尔斯基曾亲口讲过这件事。

曼卡忠诚地守在他的床畔。

1　安德烈·布勒东（1896—1966），法国诗人、小说家、理论家，超现实主义的创始人。

不过，我未免离题太远了。

我们高兴热情地吸收了什蒂尔斯基和曼卡，由衷赞扬他们的绘画。这些作品确实很吸引人。他俩之外，后来又添了来自贝鲁恩的伊日·耶利内克，一个才华不如他们，因而也就不如他们那样幸运的画家。不过，耶利内克是个很好的伙伴。对他的作品我现在几乎没有什么印象了，它们为数不多。战争时期他由于献身地下工作被处死了。

玛丽耶[1]·切尔明诺娃央求我和奈兹瓦尔给她想一个合适的笔名，这事拖了很久。我们想出了十几个名字，可是她一个也不喜欢。我们自己也觉得不够满意。后来有一天我和曼卡单独坐在民族咖啡馆，那时她即将举行画展，而她无论如何也不愿在展览会上用原来的名字。当她走开片刻去找一本杂志时，我在一块餐巾纸上用大写字母写了“TOYEN”[2]一字。她回来看了一下，不假思索就采用了，一直沿用至今。没有人用别的名字称呼她，她原来的姓名显然只留在早已失效的旅行护照上了。

在民族咖啡馆一角发生的这件事她无疑已经忘却。许多年之后在巴黎的一次谈话中，在回答一位捷克提问者时，她说她的名字来自法文“citoyen”[3]。这话尽管听来像那么回事，但与事实不符。名字虽然起得有点儿怪，但绝非来自那个著名的法国字眼。我作为取名人不禁有怅然若失之感。很遗憾，如果她好好回想一下，当不至于忘记业已关闭了的那家咖啡馆的窗户和我们青年时代的美好时刻。

奈兹瓦尔当时正在马萨里克百科全书编辑部工作。他像在所有事情上一样，总有点儿操之过急，迫不及待，因而没等编到字母 T[4]，

1 曼卡为玛丽耶的昵称。
2 音译为托燕。
3 法语，意为“公民”。
4 T 为“托燕”一词的第一个字母。

而在完成字母Č[1]时便匆匆写了词条玛丽耶·切尔明诺娃放进去了。这一条他写得辞藻华丽，感情热烈。当该卷百科全书问世以后，报纸上曾有人对此表示愕然，因为很少有人知道切尔明诺娃为何许人。我想，在其后出版的各卷中怕也只有很少画家有幸得到这样高的评价。

不过，她确实是个可爱的漂亮姑娘。大家都喜欢她，就是这么回事！

正如她不喜欢自己的姓氏一样，她也同样不喜欢自己的性别。讲话涉及自己时一律都用阳性[2]。起初我们有点儿听不惯，觉得荒谬可笑，可是渐渐地也就习惯了。

有一天晚上，我们谈布拉格街道谈得兴致很浓，守着酒杯一直坐到午夜以后。那天气候寒冷。曼卡住在斯米霍夫火车站她姐姐家里，姐夫是车站站长。我们给她叫了一辆出租汽车，送她坐进车子。汽车正要启动时，她打开车窗，搂着泰格的脖子，用凄楚的声音对他说：

"再见吧！我是个伤心的画家。"

泰格劝慰她，要她乖乖地坐舒服，说我们大家都打心眼儿里祝愿她，希望她好好睡一觉！晚安！

这些话她也许没有听见，汽车已经开动，载着伤心的女画家驰向斯米霍夫去了。她说伤心，我当然不相信。托燕是个生气勃勃的快乐人，说话单刀直入，无所顾忌。

布拉格的咖啡馆啊！今天这里残存的已无法与两次大战之间的咖啡馆相提并论了。那年头的咖啡馆各有自己的特点。学生上最清静的咖啡馆去学习，爱看报纸的人在那里可以看到全欧洲所有能订到的报纸。一些外国报纸出版的当天就到了。高级咖啡馆在市中心，半上流社会的妇女们也是那里的常客。在这类咖啡馆，领班们每

1　Č为"切尔明诺娃"的第一个字母。

2　捷克语中无论名词、代名词、形容词等都有阳性、阴性及中性之分。

天刮脸两次，当时在我看来这几乎是难以置信的事情。此外当然有艺术家光顾的咖啡馆。去斯拉维耶咖啡馆的主要是演员。我们想独自待一会儿的时候也去。可是民族咖啡馆——它今天已经关闭了——我们每天都去。有一个时期我们也上麦特洛咖啡馆。

早年人们常去的是联合咖啡馆，它开设在一座宫殿里，就在民族大街和贝尔什基纳街的拐角上。这家咖啡馆濒临破产的最后几年——它已破旧不堪——光顾的便只有领班帕特拉先生的故交好友和赊账者了。我也欠着他两笔咖啡账未曾还清呢。情侣们冬天上咖啡馆，因为他们能在桌子下面手拉着手儿。在民族咖啡馆，情人们请女友吃奶汁桃子冻米饭。

老诗人盖尔奈尔的那首告别维也纳咖啡馆的诗在我们看来颇有些难以理解：

> 告别酒肆我将感到惆怅，
> 穷苦的歌手夜夜前来歌唱。
> 还有那些咖啡馆，我爱它们沉闷无聊，
> 两岁青春在此虚抛。

我们的咖啡馆当年可并不沉闷。恰恰相反。笑语声、脚步声、靠背椅和扶手椅的拖动声、杯盘的叮当声汇成一片，嗡嗡嘤嘤。不，在那里寂静是没有的，除非在上午。有一回我早晨去了，留下了苦涩的记忆。在咖啡馆我们讨论问题，制订计划，热烈争论，我从不曾有浪费时间的印象。在那里，几乎全部文艺杂志和昂贵的外国画报都能看到。色情的《巴黎人生活》在人们手里传来传去，过不了几天就像激战后的旗帜一样破烂了。女士们仔细翻阅外国时装杂志，有几位还趁领班不注意的时候干脆把书页撕下带走。一旦领班先生发现了大发雷霆，她们就笑笑。这些杂志都是领班自己掏腰包购买的。

有一次，在争论了一个通宵之后，我和霍拉最后来到了民族咖啡馆，那时顾客已寥寥无几。

清晨的衣帽间没有人，我们将大衣和帽子随便往空椅子上一放便接着夜间的话题聊了起来。那是在我婚后约一个星期。由于我将参加市政厅的一次活动，妻子动用积蓄给我定做了一件英国料子的大衣，并且在切冈商店给我买了一顶漂亮的丝绒帽子和一副麂皮手套。甚至还为我张罗了一根当年颇为时兴的竹手杖。我穿上这套行头颇有些招摇，惹得大伙儿都开我的玩笑。过了两个小时，我和霍拉起身回家了，可是一看椅子上，大衣不见了，帽子不见了，手套不见了，就连那根手杖也已不翼而飞。霍拉在一旁冷冰冰地评论说，这是对附庸风雅的惩罚。我很伤心。霍拉的那件旧大衣当然仍在椅子上乱扔着。

没有人仅仅为了喝咖啡而上咖啡馆。那里的咖啡一般味道都不佳。花两个克朗，冬天是走进一个温暖场所，夏天却是走进浓烈的烟草味中。然而那是朋友聚会的环境，花这点钱永远值得。我们在民族咖啡馆坐惯的地方是临窗的一个角落。离我们的桌子不远，佩卡日教授[1]常坐在那里，面前放着高高一堆报纸。他抽雪茄烟，有时仿佛一只耳朵在听我们说话。让他听去吧！

以托燕小姐——啊不，我们从来不这么样称呼她——为首，我们对《自由方向报》[2]都嗤之以鼻。

这些美好的、有点儿胡闹的日子啊，如今都到哪里去了呢?！那时在我们眼里没有什么东西是神圣的。我们年轻，喜欢漂亮的、有风度的小姐，可托燕却振振有词地说这是罪孽。不过，依我看，她这也无非是说说而已，是她玩的一种游戏，就跟她喜欢以男性自居一样。对此我们倒也丝毫没有反对之意。

---

1 即约瑟夫·佩卡日（1870—1937），捷克历史学家，其唯心主义历史观当时曾受到批判。

2 当时马奈斯美术协会的机关刊物。

建筑师贝德希赫·费乌斯坦的年龄我想比我们大不了多少，但他已是一个无懈可击的男人，一个成绩卓著的艺术家。他设计的布本采军事地理研究所——当年在布切克大街的宏伟建筑物——已经落成，民族剧院上演过由他担任舞台设计的几个戏，它们构思巧妙，从造型艺术上看典雅而新颖。我和泰格第一次去巴黎时，刚到那里几个小时便遇见了他。是他和西马指点我们领略了这个城市的令人眼花缭乱的美。就我记忆所及，这位文质彬彬、饶有风趣的男人从不参与我们初出茅庐时的某些鲁莽举动，譬如说旋覆花社的首次展览会之类。那时他同恰佩克和“老顽固”派过往甚密。然而他也来找我们，到后来竟同我们靠得很紧了。我们也报之以一定的信任和尊敬。

就是这位仁兄突然出人意料地爱上了托燕，而且依我看还相当迫切。此人恋爱不走运是出了名的，他自己也承认。因此他觉得还是先把这骤然迸发的热情向别人透露一下为好。他选中了我。不言而喻，我马上告诉了曼卡，原期待她会三言两语冷冰冰给顶回去的。岂知全然不是这样。她微笑着同意了。而这微笑初看之下既能说明一切，又什么也没说明。于是有一天费乌斯坦出现在咖啡馆，从手提包里取出了一束用纸包着的蓬蓬松松的玫瑰花。他解开包，将花束放在托燕的面前，一边说：

“献给旋覆花社的缪斯。”

可是曼卡对玫瑰花向来不很热衷。她把漂亮的鲜花往盛了水的玻璃杯里一插，就此不再看它一眼了。我真担心她会让它留在桌上自己离去的。她不认为这种求爱方式有多么令人愉快。

这则恋爱小插曲是个什么结局我已记不清了。想必什么结局也没有，无声无息地烟消云散了。原因之一是费乌斯坦不久就追随捷克建筑师和营造商拉伊蒙德去了日本。只是缪斯一词却留下了，不知怎的依旧悬浮在桌面上方的烟雾中。

坦率地说，给这位年轻、美丽的女人加上这么个头衔挺合我心意，尽管泰格在评论这件事情的时候口气里带着嘲讽。显然他觉得由托燕肩负这一古老使命并不十分恰当，而且在他看来缪斯一词放进现代辞典也不合适。可是我却暗自在心里把托燕捧上了这一宝座，虽然她从来不曾同宙斯[1]的女儿们喝过希波克瑞涅[2]的圣泉水。日什科夫中学的恩特利赫尔老师曾给我们讲述过，说这眼泉水是神马佩伽索斯用蹄子猛踹一下突然喷涌出来的。曼卡长得相当漂亮，又爱好诗歌，那么有什么不可以呢！

费乌斯坦的结局很惨。严重的神经病患最后把他赶上了特罗伊桥，他投河自尽了。他是一位罕见的好人，一位艺术家。奈兹瓦尔写了一首动人的诗纪念他。不过我认为他还应得到比这更好的赞誉。

在民族咖啡馆，有托燕在就有令人愉快的创作气氛。她参与所有的谈话和辩论，有自己坚定不移的艺术信念。无论她到哪里，人人都喜欢她。她的少女魅力也是造成这一气氛的因素之一。关于她，我写过一些诗，其中有几首发表了。托燕曾建议我翻译魏尔伦的累斯博斯[3]十四行组诗。什蒂尔斯基将其中三首刊载在他当时编辑出版的《情诗评论》上。三首中有一首写得很美：

女寄宿生

她和妹妹同住一室，
一个十五，一个年方十六；
暮色悄然降临，溽暑
烧红了她俩的脸颊，艳似浆果美露。

1　希腊神话中最高的天神。九位缪斯是他和谟涅摩叙涅所生之女。
2　根据希腊神话希波克瑞涅为灵泉，诗人喝了会产生灵感。传说该泉是由神马佩伽索斯踩踏出来的，因而又名“马泉”。
3　古希腊女诗人萨福的出生地，也作女性同性爱解。

求凉爽她们脱去了
轻柔的衬衫，芳香的内衣，
姐姐的双唇凑近妹妹，
吻她的乳房，嬉戏。

忽然她疯了般，跪在妹妹面前，
脸儿贴着她的肚子，低声呻吟，
在淡淡的金光中，在人体灰色的阴影里。
妹妹一派天真，笑红了脸，
心中暗自计算，
约定的华尔兹舞已有几支。

战争刚结束托燕就去了法国。她在巴黎消失了，宛如消失在茫茫的大风雪中。可是在法国难道也像在我们这里一样下如此大的雪吗？不得而知。那么她是消失在林荫大道的一片灯光中了。或者，消失在和平大街的珠光宝气中。她入了法国籍，恐怕未必还会乘车驰过查理士大桥了。

如今我起床已不再那样早。很少还有诗句将我拉出被窝的时候。我喜欢多睡一会儿，尽管朝霞已染红了整个天宇。人老了，每到触景生情便要热泪盈眶。而且经常昏昏睡去，哪怕所有的定音鼓一齐轰响。人老了便要昏昏睡去，为的是习惯于长睡不起，永远永远长睡不起。

泰格和奈兹瓦尔去世了。什蒂尔斯基、费乌斯坦、华斯曼和穆齐卡也均已作古。约瑟夫·哈夫利切克和洪齐克去世了，诗人哈拉斯、比布尔、霍谢伊希、万楚拉和霍拉也已与世长辞。同我们一起生活过、一起欢笑过的许多人，现在都已不在人间。

如今剩下的唯有我和托燕了。不久前她曾从巴黎给我来信致意。

我的时间也快要到了。然而,我心里却有一个荒唐的、无法实现的愿望:我希望能活到下世纪。至少在下世纪活那么一两天,至少三天吧,看一眼将来的好日子。

我们这个世纪怎么说也像屠宰场屠夫手里的抹布,不时有又浓又黑的血水在流淌。

(杨乐云译)

充满大海气息的纸盒

我小时候在民族剧院附近遇到两名奥地利海军士兵之后，我就暗下决心，长大后什么也不当，一定去当水兵。他们两人的皮肤晒成古铜色，身材结实匀称，一定很英勇。至少我是这样认为的。那年我十岁，上四年级，关于大海，我只是听别人说过。他们漂亮的帽子上有“团结制胜”[1]四个金字，海风在他们的后背上舞弄着帽子后面垂下的黑色飘带。我目不转睛地盯着他们看，像着了魔的影子似的跟随着他们一直走到果市大街。拂动着的飘带使我如此着迷，以至于我一下子就爱上了大海那无法想象的神秘之美。

我家里有过一幅克尼普费尔[2]的油画。画上是一望无际的大海，岸边巨石上坐着三个仙女，石边的海浪多情地抚摸着她们赤裸的身躯。

凡是在这幅画旁边走过时，我总愿意看一看，哪怕只是从眼角扫上一眼。可是必须承认，对我更具诱惑力、更令我激动的并不是那无边无际的海洋，而是那几位仙女。可是每当走过布拉格美食精品店

1　原文为拉丁文“Viribus unitis”。
2　即贝·克尼普费尔（1844—1910），捷克画家。

的橱窗时,我还是一定要停下来欣赏里面陈列的煮得通红的海蟹海虾,它们的大钳子还用线绳捆着。我看着看着就幻想起异域的海洋,螃蟹在海底横行,晃动着一对大钳子向火红的海葵发出威胁。

九月开学时妈妈下决心给我买一套新衣服。旧衣服破得两个胳膊肘儿都露出来了。

我费了好大的力气才说服妈妈不买那种普通的服装和毡帽,我要的是翻领上缝着白条的海军上衣和水兵帽。妈妈以前在街上见过孩子们打架,拿帽子当作武器互相抽打,她想戴个水兵帽就更不知道会成个什么样子了,所以她起初不同意买。最后她还是从橱柜里拿出一个小罐儿,把里面的克朗倒出来,数了又数,然后就带着我上街了。在热莱兹尼街市民剧院附近有一家席尔士先生开的儿童服装店。家长们时常指着橱窗里面衣着整齐的直僵僵的木头人教训孩子说:

"看见了吗!你也应该这么整整齐齐的,起码在星期天!"

假人中有一个小水兵,一只手举在额前,好像是在船上眺望远处灯塔的灯光。我当时还不知道水兵服正好是时髦货。一看到那穿水兵服的孩子我激动得心脏猛烈地跳起来。妈妈对着橱窗看了又看,试着再一次说服我买别的式样。可是看到我两眼热泪直淌,就没有再说什么,拉着我进了商店。

上衣和长裤是用很便宜的啥味呢做的,可是帽檐儿上有"圣马力诺"四个金字和两条黑飘带。当天我就跑到学校旁边陡斜的科拉索维街,两次从上面飞跑下来,直跑到电车道跟前。有一次差一点就撞到电车上了。只是为了试试看那飘带能否飘舞起来。真的飘起来了,我真是幸福极了。

对海的向往以后还以不同的形式继续着。

在帕拉茨基大街的学校上学时,同班同学中有一个孩子,大家背地里都说他有病。他来自一个穷苦的多子女家庭,脸色苍白,面颊消瘦，不时还有点咳嗽。我们班上有一位大家都真心喜欢并且永远铭记的老师。他经常关心地观察这个孩子。我们认为一定是这位老师同一个夏令营进行了联系，请他们照顾这个学生。那夏令营是一个慈善机构办的，经费不很充裕，只能照顾某些学龄儿童的健康。后来，夏令营把我们那个同学安排到亚得里亚海滨去疗养。

两个月后他回来时，模样全变了。太阳晒黑的面颊显得丰满了，凹陷而忧郁的双眼现在愉快地正视着世界。我们开始都认不出他来了！当他再一次和我们一起坐在教室里时，老师鼓励他把海滨的经历向大家叙述一下。

次日，他上学时带来一个纸盒，里面满满地装着他在海滩上捡到的各式各样的贝壳、蚌壳和五彩斑斓的小石头。孩子们就在这样的沙滩上晒太阳，游泳。纸盒从一排课桌传到另一排课桌，而它的幸福的小主人向同学们讲起自己的故事。

孩子们疗养的住房离海边不远。从窗户就可看到岸边的石崖和辽阔的大海。这同学用很朴素的语言介绍了海边的风暴，他最惊心动魄的经历。

那天下午他们在海里游泳时，看到从大海的远处涌来厚厚的黑云。他们赶紧往回跑，刚跑到住处，大风就高高地举起巨浪摔向石崖和码头，发出雷鸣般的吼声。人们在海边慌乱地奔跑着寻找藏身之处。有几条船还漂在海上，其中有几只小渔船。

在同学的脸上还可以看到当时恐惧的痕迹。海上的闪电也比我们这里八月暴风雨时常见的闪电要长得多，雷声恐怖极了。码头的房屋被雷声震得发颤。最后的情况还不错。一个小时后，风暴慢慢平息，海上的船和小渔船又可以看到了，码头上的人们也可以喘一口气了。当地人对孩子们说，明天肯定可以在岸边找到许多新的好看的贝壳。

我聚精会神地听着。您可以想象，我当时正幻想着自己站在一艘返航的船上。我把被风吹坏的帆修好，正熟练地指引着船只进港。纸盒传到我的面前，使我处于无法形容的惊喜之中。像是眼前突然出现了奇迹。从那时算起，我这一生中再也没有看到过这么美好的宝藏。我像在梦中一般触摸那贝壳的尖刺，充满美感地抚摩珠贝的珍珠膜。我兴奋得全身微微发抖，对我来说，这一时刻的欣喜感受比我后来亲自看到海时要强烈得多。

许多年之后，我去莫斯科时参观过克里姆林宫的沙皇珍宝展，那里的珍珠多似瀑布，宝石成堆，黄金像是一片汪洋——但这一切同当年我在帕拉茨基大街的学校里屏气凝视的那个纸盒比起来，实在是算不得什么。

那孩子气喘吁吁地说完之后，盖上纸盒，把它放在了自己的身旁，接着是一阵激动后的寂静。在这寂静之中，有人叩打教室的房门。

一定是奈莫船长来了！

我们已经到了读冒险小说的年龄。而我……为什么童年总是这样难以形容的丰富和变化多端！

那些年，我贪婪地读着一切可以弄到手的书籍。凡尔纳的书在我心中排在首位，最爱读。对卡·梅[1]的书我不太入迷。凡尔纳先生写得真实并且有人情味。梅的书就不是如此。好像我在那小小年纪就已知道其内容全是虚伪的谎言。后来，每当感到悲伤或失望时，我还常把凡尔纳的书找来翻翻。

“别老钻在书堆里，也出去走走！”妈妈那时总这么说。于是我把书藏在大衣里，说声再见就爬到阁楼上去了。

每一本书都增加了我的渴望，激发起少年的梦想。我家的阁楼既不漂亮也不舒服。各个角落堆满了破旧的物品，上面盖着灰尘和

1　卡·梅(1842—1912)，德国冒险小说家。

黏糊糊的煤烟，不过，打开楼顶的气窗就能吸到自由而醉人的空气。

这个读书的阶段看似很长，但不久也结束了。这个时刻到来时我已经不再渴求冒险小说，而是一心惦念着一本薄薄的小书，它的红封皮上烫着金字："黄昏曲"。书中夹着一条十字布，上面绣了一颗燃烧着的心。一颗用红棉线绣成的心。粗重的船缆已不再是我渴望的物品，我想握在手中的是一双丝绸般轻柔的女孩的纤手。这时发生了一件让我吃惊的事。我打开窗户抬头望了一下天空，突然发现，天空原来是如此美好。以前竟然从来没有注意过。

不过，关于海的故事尚未结束。它又以别的形式再次出现。

这是一战后捷克新一代诗人诗歌出现的时期。这些诗开始是出现在一些杂志上，偶尔也出版过抒情诗集。胆小而且有些怯生生的。诗里叙说的，啊上帝，竟是天使。同天使在一起的还有水手。天晓得他们怎么会亲密地走到一起了。可事实确曾是如此！我的诗里也是这样。后来，斯·科·诺伊曼把烟斗一挥，吓走了天使。驱散天使并不难，好像从紫色大蓟花上赶走粉蝶一样。但水手们还坚持了一会儿。后来当然也悄悄地走了，我想是自愿走的。

我和泰格去巴黎时拐了一个弯，先去威尼斯和米兰。我们急着赶路。特别是泰格。我们急切地想要了解这现代艺术诞生、成长并且像焰火一样喷发出无比美丽烟花的国家。在我们的双脚踏上巴黎大街的石路之前，泰格一刻也不想停留，不想休息。这样，我们在威尼斯待了不到两天，在米兰只在住地附近的甜食店里品尝了据说是全意大利最好的冰激凌。然后就直奔蓝色海岸。那时，对我们来说，法国还是一个甜蜜的国度。

我们用目光爱抚着蓝色海岸，向大海和远方那艘从烟囱喷着浓烟的法国战舰致意，转瞬之间，我们已经站在马赛的电车里驶向旧港区。在那里，我从青年时期保留下来的海之梦彻底破灭了。这梦一去不复返并且毫无痛苦。因为一切事物在现实世界中总是同想象的不同。

这是一个南方的晴朗夏日，在我们望不见的某处街心公园里，送来了花香。不知是什么树，这浓重的香气我们也是生平第一次闻到。

马赛对我们的欢迎是友善的。在繁华的十字路口站着披着披风的警察。他一只手拿着白色的警棍指挥交通，另一只手在腋下夹着一颗圆白菜。看起来蛮亲切的。

在旧港区能够看到的海面不多，因为当时我们一心想着尽快地把大海拥在怀中，所以我们登上拥挤的小汽艇去游览伊夫城堡，城堡的废墟占满了同马赛遥遥相对的一个小岛。伊夫城堡里充满了浪漫的故事，站在它那残破的城墙上环顾四周，目光之所及，都是海。可是我有点失望。海面平静，灰暗，好像有些伤感。我又怀念起遥远的家中的海天使来。她们如果坐在这里海边的岩石上该有多么好啊！而这些岩石现在却是光秃秃的毫无生气。

有海的民族是幸福的。拍击海岸的波浪不仅给他们带来财富，也给他们带来文学巨著。起码在我们欧洲是如此。

返回海港时已是黄昏。太阳浮在地平线上，转瞬间落入海中，像是金币掉进空口袋里。只有竖立在山顶和教堂塔顶的圣母玛利亚贴金雕像还在闪闪发光。她比别人多看了一会儿太阳，这时朦胧的暮色已开始把海面上仓皇返航的小船包围起来。

次日清晨，我们立即出发去海港的所谓“爱之泉”小区。进入小区时还真有一条街的名字是“爱之泉”，小区实际上只是小巷和荒淫缠绕的一团乱麻。妓院、劣等酒馆和妓女住的肮脏的破屋挤在一起。小区紧挨着旧港区的蓄水池，二战时德国人已经把这小区夷为平地。因为他们要搜捕的人们在这个小区很容易找到藏身之处。

我们一大早出发，本以为经过不眠之夜小巷中的人会少一些，女住户们还在睡懒觉。但这里显然是昼夜服务的，清早就很热闹了。随时都有船靠岸，而水手们也大多是急不可耐了。

遇到的第一个妓女是黑头发的黑山姑娘。她站在那里，身着破旧的民族服装，额前的金属饰物发出声响。姑娘同客人们一样，从哪个国家来的都有。马上我们又看到几个西班牙女人。有的头上只有红围巾，有的头发梳得高高的，用一把梳子笼住，还蒙着面纱。有身着红绿绣花民族服装的德国妇女，我们还发现了穿着比尔森服装的姑娘，可是那两只肮脏的袖子可怜地耷拉着。姑娘们身穿民族服装在自己住处的外边靠墙坐着。她们的住所都在底层，门洞开着，里边除了一张旧床、白铁脸盆和士兵挂腰带用的衣帽钩之外就什么都没有了。

同这些“盛装”兜售爱情的妇女一道，还有许多便装的女人满街游荡。她们能向顾客提供的是带问号的美貌和虚假的青春。剩下的另一些人所能出售的就只有自己那穷困疲惫的女人之身了。

在一条小巷里我们看到一幕演出：一名法国士兵同一个倚门而立的姑娘在说些什么，显然是要先看看她的乳房。女人满足了他的要求，但他看了一眼就转过身去大笑起来。姑娘冲出门去，把满满一口唾沫啐在士兵的脖子上，然后飞速躲进屋里。

再走几步，遇见了一个瘦小的金发姑娘，颇为得意地领着两个黑人。那两人粗壮高大，比姑娘起码高出一头。两人丑得刺眼。我不是种族主义者，但这两人丑陋野蛮的外表同乌干达出名的独裁者阿明一模一样。黑人对金发女人有特别的偏爱。

在这古怪的区里我们信步闲逛了大约一个小时，然后沿着一座教堂走出了小区。教堂坐落在小区的边上，好像故意要把小区同海隔开似的。我们很高兴，过去人们热情推荐的这一道风景总算是看完了。我们赶忙让海风擦拭双眼并且沿着海岸走回旧港区。

天气很热，时间还在上午，我们已经是口干舌燥了。在一个酒吧的大招牌和比尔森啤酒的铁皮商标的诱惑下，我们走进了一家在马赛随处可见的小酒铺里。酒铺入口处挂着杂色珊瑚编成的帘子。撩开门帘进去，是一间不大的房间，几张小桌子和寒酸的酒吧台。台上大约只有三只瓶子。开始本来想退出去，后来还是每人要了杯啤酒。糟透了。如果稍微再热一点简直就像是没有放糖的温吞茶。我们坐在靠门的一张桌子旁。老板以老乡的身份向我们问候，他是来自霍穆托夫的德族人。对面屋角处的桌旁坐着三个颇为引人注目的人，像是什么商船上的水手。口里虽然讲的是法语但长相像是来自异域远方。三人用胳膊肘支着桌面不停地吸烟。桌角坐着一个上身穿粉红衬衫的黑女子。在烟雾和胳膊之间几乎看不到她。我仔细地寻找她的眼睛，但只看到一张有些惊恐的面孔。很年轻，似乎也不丑。

男人们热烈地谈论着什么，大概是谈这个姑娘。过了一会儿，谈话变成争吵。一个人站起了身，我明白斗殴马上就会开始。接着，一拳打了过去，桌子翻了，玻璃杯碎了，一个人摔倒在地。但马上跑进来三名警察，扑过去逮住那几个男人就带走了。他们也没有怎么反抗。全都喝醉了，站都站不稳。姑娘站起来，想跟他们一起走，可是一个警察让她回去坐着。对此，酒铺老板显然并不高兴。

她木然坐回原处，不过只坐了一小会儿，随后就慢慢站起，蹒跚走到我们的桌旁，半睡半醒地要一杯朗姆酒喝。老板很不情愿地给她倒了一杯浑浊的饮料，我们付钱后，老板俯身对泰格用德语轻声说，最好赶快离开，那几个人很快就会回来找这姑娘，那时会有麻烦的。当姑娘发现我们要走时，她向前俯着上身，一只手托着腮帮，另一只手默默地解开她那很脏的粉红衬衫，随后要我们每人付一个法郎。

那时候一个法郎不算什么钱，何况无论如何不能说这钱是白扔了吧。

身后门帘声还没有响完我们就已经跑到码头的边上了，我们互相看了看，谁也没说话。水面上漂荡着的小船什么颜色的都有。它们散发着刺鼻的气味，有的香喷喷，有的臭烘烘。香的是柑橘和其他各种水果，臭的是鱼。还可以感觉到另一种东西。那就是我们刚刚与之告别的海的气息。我们回到下榻的旅馆，在饭店又吃了一次法国鱼汤。味道好极了，不过也是最后一次吃它了。饭后立即去打好行李，赶快，赶快！奔向巴黎！

时光流逝，算来已经过了五十多年，这差不多是人的整个一生，我现在的睡眠也已很糟糕了。

夜里经常醒过来，这时我总是默默地翻阅着记忆，像是在旧柜橱的抽屉中乱翻一样。突然，在黑暗中一个黑脸姑娘在看着我。一双伤感的有些困倦的眼睛，雪白的牙齿，敞开着的粉红色衬衫里藏着一对小乳房，黑得像是两捧黑浆果。

上帝啊，我想，这能是她吗？我惊讶地对着那脸用法语问道：

“是你吗？”

从五十年悠久岁月的深处一个声音轻轻地，好似银针划在天鹅绒上一样轻地回答：

“是的，是我！”

（杨学新译）

钻石圣器

在日什科夫中学上低年级时，教我们自然课的是萨斯卡老师。他是一位上了年纪的老先生，个儿比瘦人稍许胖一些，比高人稍许再高一些。教室里，当他在课椅间踱来踱去，打着手势讲解课文时，那模样活像在我们头顶上跑来跑去的一只盲蜘蛛。我们也用这个诨名儿叫他。不过，他为人不坏。他的莫大爱好是蝴蝶。他给我们讲蝴蝶的生活习性，讲它们美丽、娇嫩的翅膀，最后照例劝说我们不要耽搁，马上到瓦茨拉夫广场的民族博物馆去参观一下，那里有一大间展览室，陈列的统统是蝴蝶，还有大量外地蝴蝶标本。他补充道：正如海洋有五光十色的贝壳，陆地便有五光十色的飞鸟和蝴蝶。

有一次正上着课，他冷不丁伸出一根长长的手指点着我，问我博物馆去了没有。我敏捷地回答说正打算下午去呢。下午我当真去了。还邀了同学苏克做伴。他收集蝴蝶。他是索博特卡人，假期后带回来一小匣蝴蝶标本。我那时候什么也没有收集，除却女孩子的微笑。可是，那算是什么收集品呢！

我们参观了很久，陈列柜里摆满了来自世界各个角落的这类娇嫩的美丽展品。后来，我们正打算换个展览室去看看，却见一个姑娘走了进来。一个很年轻的漂亮姑娘。她的小步子——啊，那是向疾驶的龙骑兵小分队吹响的嘹亮的号角。我们一下子站住了，开始回过头来逆着顺序参观展品，设法同姑娘打个照面，瞧瞧她的脸。乍看之下，她似乎羞怯得过分了，但毫无疑问她很漂亮。这我一看便知，绝不会错。每当见到美丽的姑娘或者美丽的妇人，我的心便开始战栗，双膝乏力。而且会突然感到一阵悲哀！因为有那样多的美在我眼前溜走了，一去不复返。且不说得到它了。

虽然她执拗地一个劲儿俯身在陈列柜上，我的眼睛和目光终于迫使她抬起头来看了我一眼。她这样做了，脸上立刻涨得通红，仿佛她看出了就在这一刻我爱上了她。我们的目光又有几次相遇，可是她的眼睛重新逃进了亚马孙河的原始森林。后来，只一会儿工夫，我稍稍一想便发现自己已经不可救药，蝴蝶身上的美全部像灯笼一样熄灭了。我必须将心事告诉苏克。他是个很有才智的伙伴，这一点我今天看得很清楚。他劝我打起精神，径直走过去同姑娘订个约会，譬如说到日什科夫的山岗上。那时候情侣们都上那儿。可是我觉得这么做不很合适。在这些陈列柜中间，姑娘像落在陷阱里一样。且等她出了博物馆吧！我们又一次参观展品，不过只是走马观花而已，随随便便，漫不经心。我的全部注意力都在姑娘身上，萨斯卡老师这个时候看到会对我很不满意的。

过了一会儿，姑娘朝门口走去了。她把垂到脸上的头发甩到肩上，急步走下楼去。她的头发像蜜一样，金黄色的。不过，那蜜是从春天第一批开放的花朵中采来的，那种蜜最为清亮。

“赶快到博物馆的台阶上去跟她说吧，那儿挺合适。”苏克给我出主意。

可是姑娘出了门，飞快地跑下了宽阔的台阶，我连喘口气的工夫都没有。博物馆门前的喷水池徒然淙淙作响。

我看见她在瓦茨拉夫广场对面的人行道上，在一辆开过来的电车前面急急地走着。到了电车旁边，她微微回头看了我一眼，脸上带着温和的嘲讽神情朝我笑了笑。我和苏克在她后面追赶，险些撞到一辆从索科尔开来的电车。我拉住了苏克的衣袖，央求他不要离开我。这时候姑娘已沿着广场快步朝前走去，我和苏克跟在后面。苏克是个很好的伙伴，有他陪着我心里比较踏实，不感到那么绝望，那么不知所措了。无论遇到什么情况，苏克都头脑清醒，当机立断。而我呢，那种众所周知的、由爱情而产生的恐惧攫住了我，掐着我的喉咙，在如此需要语言的时候，却说不出话来。

在通往穆斯台克的马路上，姑娘停住了脚步，先是站在陈列着衣料和丝绸的橱窗前。苏克催促我走上前去，可是没有用。于是我们站在离姑娘不远的银行大楼的橱窗前，呆望着新发行的土耳其奖券。后来，姑娘转身去看林特先生放在假花中一起出售的极乐鸟羽毛和鸵鸟羽毛。我们无可奈何地端详糖果点心店的奶油蛋糕。在果市大街的街口，有魏德尔先生开设的一家闻名遐迩的摩登帽子店。姑娘当然在这里也站了一会儿，让我们有机会在这场追逐中领略一番转弯角上克尔什先生店里的钻石戒指和珍珠项链。她离开这家帽子店以后便不再停留，迈着快步一直走到民族剧院。民族大街上行人熙熙攘攘。不，那儿根本不合适。在滨河大街我答应苏克上了查理士桥我便同她去说，绝对同她去说。如果她不是那么漂亮，我的勇气会大一些的。

“到了查理士桥你可非说不行了。她也许是要上小城区，在那儿她往哪座房子里一钻，一切也就完了。姑娘朝咱们笑呢。要是仅仅这样跟在她后面一个劲儿地追，咱们可就既狼狈又愚蠢了。”苏克向我指出。

言之有理。我答应他不再追下去了，上了大桥我就去说，不管结果怎样。

那是一个美丽的五月的黄昏。其他黄昏根本不应该存在。坎帕岛的丁香花成串儿挂在河水上。丁香花岂不跟托茎朝上的葡萄串儿一个样吗？水面上撒满了夕阳留下的色彩缤纷的小蝴蝶结儿，河水惬意地伸着懒腰，恰似一个娇媚的女人。水坝的梳子梳理着流水。

终于，我终于毅然下定了决心。在小城塔前面我加快了步伐，险些儿没踩了姑娘的脚后跟，鼻子撞在她的头发上。可是就在这关键时刻，我却停了下来，想喘口气，于是她又跑掉了，穿过大桥街到了小城广场。这一次苏克可当真生气了，他宣称如果我不在广场上同她去说，他就转身回家。

我的心快跳到嗓子眼里了，我再一次靠近姑娘，同她并肩而行。不料我还没有鼓起勇气说出话来，她却有点儿惊慌地开口了：

“上帝啊，这儿不行！妈妈常到这里来买东西，会瞧见我们的。”

这最后几个字给了我勇气，我慌里慌张迸出一句：那在什么时候呢？她迅速而胸有成竹地说：

“明天下午在洛雷达[1]旁边。”

我松了一口气，幸福地说了声再见便站住了。过了一会儿，我回到等着我的苏克身边。他已深信我碰了钉子。我抱着他的肩膀，高兴地笑了。

“现在咱们上斯赫奈尔去喝杯啤酒吧。”

洛雷达湮没在切尔宁斯基宫的下面，又灰暗又阴森。不如说，它更像一座古老的要塞，即使春天的阳光照射在它身上，它也没有一丝笑意。正面墙上的屋檐下，没准儿有乌黑的炮口会从窗户里探出来呢。

我两点钟就到那儿了。前一天仓促中忘了约定准确的钟点。为了消磨冗长的等待时间，我一一参观了那些古老的祭坛，它们仿佛被过去的时代遗忘在这里了，一副老态龙钟的模样，置身其间我感到心

1　布拉格的一座小教堂，在赫拉德强尼区。

情郁悒，不由得想望青翠的树木。

每次穿过回廊，我都跑出大门四下张望。直到近四点钟，我才终于瞧见她出现在上面洛雷坦斯卡街的拱廊上，正朝台阶匆匆走来。我仿佛觉得我从回廊带出来的暮色迅速消失，随着她向我走近的每一步，有个隐身的教堂司事在点亮一支又一支的蜡烛。当我们彼此伸出手来时，悬挂在天庭的那盏晶莹的大吊灯便在我的头上华光四射了。

这不是女孩子，是一朵鲜花。我尝到了生活中有时叫作人间幸福的滋味。

够了！我毕竟不是要讲一则庸俗的中学生恋爱故事，这种恋爱一般都以慌乱的莫知所云的谈话开场。不言而喻，我们朝着佩特馨山的方向走去，沿着斯特拉霍夫[1]大门前面防护墙和饿墙之间的那条路。从瞭望台我们开始下山，到了通向金斯基花园的旁门，从那里又回到马哈纪念像和缆车车站。

我心情激动地凝望着姑娘的脸。从那个时候起，我无法想象生活中可以没有她。我们在马哈纪念像前站了片刻。我望着诗人清秀的面容，心中叹了一口气：

求求你了，卡雷尔·西内克，让这个美丽的姑娘今天就答应我吻她一下吧！

可是马哈没有听从我的请求。

过了缆车车站我就不得再和她同行了。她说在卡尔麦利斯卡街肯定会碰见家里的熟人，于是匆匆离去。她总算告诉我，她叫卡米拉·N.。她答应后天再在洛雷达旁边见面。我心里暗自欢呼！

我偷偷地尾随着她。

一方面我不愿意这样快就同她分手，再说我也想知道她住在哪

1　布拉格的一座体育场。

儿。在公猫酒店旁边，紧挨着聂鲁达街的一幢房子里，她消失了。

“你要上哪儿呀，这样修饰打扮。”妈妈见我花了较多的时间刮脸、照镜子，不由得问道，“有女朋友了吧！”

“瞧你说的，妈妈，”我故作惊讶地说，“怎么会想到这上面去了？”

可是在心里，她的怀疑使我非常高兴！

第二次的约会我们走了同样的路线，从波霍热采到佩特馨山。一辆辆缆车在我们身边静悄悄地驰过。这一次我同姑娘说话大胆了一些。我不想自我吹嘘，不过我仿佛觉得那时候我已相当熟练地掌握了谈话的艺术。我想吻她。可是我很快便明白，同卡米尔卡[1]谈这个话题绝非易事。我觉得自己有点儿怯懦。马哈就不是这样。洛丽不得不听命于他。

“那可是罪孽呀，”对于我的请求，姑娘反复说道，“当然是不可以的！咱们这还陌生着哩，你就要求接吻了。”

我暗暗诅咒那间古老的忏悔室，它紧靠在蒙了一层尘土的回廊的墙上。可是我仿佛觉得那只腐朽的柜橱在朝我做着鬼脸。

对卡米尔卡我不知该怎么办，洛雷达我走过多少次了，它的回廊仿佛从不曾像那时候那般阴森。七座颜色暗淡、落满尘土的祭坛说明上帝在这里怎样被冷落了。

转弯角上小礼拜堂里的圣女斯塔罗斯达[2]已经名副其实是个刨花和锯末制成的木偶，挂在十字架上，丝毫不存在什么神圣感。许多年之后，今天只偶尔有个别下巴颏上留着一把铁锈色毛刷子胡须的

---

1 卡米拉的昵称。
2 在天主教中，圣女斯塔罗斯达是一位有胡子的女圣徒。

小伙子，带着几分嫉妒注视她那漂亮的虬须。至于那间古老的忏悔室，不知怎的它已扭转身子背对着我们的时代。由于缺乏罪孽来喂饱它的肚子，它已明显地变得衰弱不堪了。而世界各地不知有多少形形色色的罪犯和流氓恶棍逍遥法外，想也不曾想到要反省一下自己罪恶累累的一生。

一个十八岁天真青年的斯文、羞怯的亲吻毕竟不能打上“罪孽”的标记吧。罪孽毕竟是与此全然不同的另一回事。应该有人向卡米尔卡解释清楚。我本人尽管能说会辩，对此却束手无策。

草地一派衰颓景象，满是尘埃。谁若是有意看一眼回廊中心的小教堂，可以踩着草地走去。可是没有人上这儿来。只有一位大胡子教士偶尔来此巡视一下小礼拜堂。那里黑黝黝的，没有窗户。祭坛上燃着几盏红色的小油灯，越发增添了阴森森的气氛。教士告诉我，人们曾多次发现，有不知羞耻的情侣在这些黑暗的角落接吻和拥抱。

而小城区的这位小姑娘却拒绝我在明亮的蓝天下，在鲜花烂漫的地方吻她一下。

我在回廊上来回走了约莫十二次了，时间还不到一个钟点。大门旁边有座很结实的房子，里面收藏着洛雷达的一件宝物。我又拦住老教士，向他打听这件闻名遐迩的珍宝。他扬起两道浓眉告诉我说：“那里存放着许多做礼拜用的圣器和贵重的绣金教袍。这些宝物中最光彩夺目的是一只很大的钻石圣体发光[1]。”老教士抖抖腰间的念珠接着说道：“发光体上镶着六千五百颗钻石哪。”他一面说一面意味深长地举起了一根手指，“圣体发光华丽无比，确实是稀世珍宝。”

过了很多很多年，我也去参观了一次。当我看到这令人眩晕的

1　天主教举行宗教仪式时使用的圣器，内存经过祝圣的圣体，中部有小窗，周围刻作发光体形状，故名。教会规定一般用银制造，并镀金或镶以宝石。

黄金和钻石的结合体时，我心里说：哪怕是一朵小小的自古以来就象征爱情的玫瑰花，也比这赫赫有名的钻石圣体发光美丽得多啊。

更何况是爱情本身呢！

大约在二战中期，一位素不相识的中年男子来布热弗诺夫敲我家的门。他的手提包里装着几张纸，要求我将那首咏洛雷达的诗抄录在上面。

在洛雷达古老的台阶上，
热烈的话语听似谵妄，
对着她的秀发你低声倾诉，
深情何必有人领悟！

等等。

我高兴地答应了他的要求。过了约莫一星期他来了，将一瓶波尔斯名酒放在我的桌上。这是桃仁甜酒，装在粗瓷瓶里。

我从未品尝过类似这样的酒。舌面上先是一股浓香，接着便是令人愉快的苦杏仁味。

那是在战争时期，这类享受无比珍贵。我每次只喝顶针大那么一小口，闭着眼睛细细品味。今天我徒然寻找这种美酒，据说已不向我们出口了。

可是，往事铭刻在我心上是那样的深，每当我走近洛雷达，看到它的塔楼，我的舌面上便泛出了苦杏仁味。

我怀着痛苦的渴望又匆匆赶去赴约。这样的约会已经不知多少次了。一见姑娘走来，我便愤然撇下了古老的忏悔室。

姑娘微笑着走来了，仿佛什么事也没有发生！我很快忘记了一切，又同她沿着那条群鸟欢唱的老路朝佩特馨山的瞭望台走去。在瞭望台的阴影中，这位就住在附近聂鲁达街的姑娘承认说，她还从未登上过瞭望台。我们决定上去看看。电梯不开，我们只得一级级走上去。瞭望台上只有我们两人。姑娘很兴奋，显然受了感动……我轻轻拉起她的两只手腕，凝神注视她的眼睛。我牢牢地握着她的手，想把她拉到身边来。当然她马上看出了我的意图，没等我吻到她便将脸庞躲进我的下巴底下，就这样一动不动，直到我松开手。然后她一溜烟跑掉了。

上帝啊，这有多么丢脸。在我周围，整个布拉格都瞧见了我这难堪的失败！我还没有喘过气来，她的皮鞋已橐橐地在铁楼梯上敲响。我不得不狼狈地跟在她的身后。出了瞭望台，一路上我们已不再说话。她没有让我吻她。没有，没有。

她没有！

这是我同这位小城姑娘的最后一次约会。在缆车道附近她勉强答应了下次的见面时间，可是她不曾践约。人们所歌唱的、称之为天堂的青春恋就这样结束了。那首古老的苏格兰情歌也这样结束了：先是悲哀地哭泣，心如刀割，其后是痛苦地自怨自艾，最后以沉寂告终。我不仅感到委屈，而且觉得出丑和耻辱。对于女人我还不甚了了。

后来，我徒然在以往约会的时刻到她住所对面的人行道上徘徊。只有一次，我瞥见二楼的窗帘微微抖动了一下。这便是一切！其后我一生中再也没有见到这位迷人的姑娘。

公猫酒店当年还是个很清静的所在，保留着聂鲁达时代的古风。今天那里却是生意兴隆、顾客盈门了。据说这家酒店供应的啤酒是世界上最好的！

多少年来我已练出一种本领，能约莫听出是哪位客人上我们家来了：根据他们在楼下的关门声、上楼的脚步声、叩门声，也往往根据他们按门铃的轻重。我经常能猜中来者是谁。

不多几年前，有人在敲门。是个姑娘，我心里想。果不其然。

进来的是一个约莫十六岁的女学生，手里拎了个半透明的手提包，里面装着几本要我签名的诗集。小姑娘身材苗条，金色的头发鬓角处蓬蓬松松，十分惹眼。不过对她来说这样恰恰颇为相称。对此她自己大概也很清楚。初进来时，她忸怩不安，后来向我提出，要我给她在诗集上签名留念。

我凝神看了一下她的脸庞，心里似乎有所触动。

当然行啦，我说，从她手里接过诗集。她见我答应得很爽快，便又要求说，能否在一本上题词，写上她的名字。可以呀，毫无问题！

"你叫什么名字呢？"

"卡米拉·V.。"

我吃了一惊，再次举目凝视她那双清澈的少女的眼睛。我审慎地问道：

"是随母亲的名字叫卡米拉吧？"

"不，是随奶奶，妈妈叫弗拉斯达。"

"奶奶住在聂鲁达街？"

"现在不住在那儿了。她跟我们一起过，住在阿尔贝斯广场。"说着她惊讶地瞧了我一眼。我心里飞快地计算了一下，暗暗叹了一口气。几乎已是一个人一生的岁月了。

我眼看就要打听姑娘的奶奶了，想请姑娘转达的美好语句已在嘴边，甚至脑海里闪现了见一见她的念头。我的书柜玻璃门上靠着两根法国手杖，我瞥了它们一眼，马上回到了现实。美好的言辞不如忘掉为好。

这里我要请大家重温这样一段记载：

查理四世逝世前不久，出于愉快的记忆，曾去探望他的侄儿，法国国王查理五世。在巴黎王宫做客并举行了几次会谈之后，我们这位查理国王还乘船沿塞纳河到圣保尔宫，探望有了身孕、住在圣保尔宫等待分娩的法国王后。查理国王拥抱了王后，并一一亲吻了王后的侍女们，她们都是他的亲戚。之后，他要求也见一见波旁家族的公爵夫人。她是这位查理国王前妻勃朗卡的姐妹，是他儿童和少年时代在王宫里一同嬉戏的小朋友。人们把公爵夫人领到他的担架前。由于身患严重痛风，查理国王已不能行走。他俩互相对视一下，不禁都失声哭了起来。

这是一位枯燥乏味、学识渊博的编年史家的记载，他还补充了一句，说那情景十分悲惨。

我又看了看年轻客人那张可爱的面庞。实际上这面庞我很熟悉。我用开玩笑的口吻问她说，如果我在这几本书上统统给她题上词，她用什么来酬劳我呢。姑娘犹豫了一秒钟，然后说她一无所有，不过假如我愿意，可以吻她一下。我反对说，要题词的书有那么多本，我想至少也得吻三下。

她爽快地，只是有点儿笨拙地把嘴巴送了过来。我在这微微张开、湿润、甜蜜的嘴巴上吻了三下。我吻的是自己的青年时代。

（杨乐云译）

去克拉卢比途中

即使在今天，当火车行驶到波德巴巴那些黑秃秃的山岩下面汽笛长鸣时，伐茨拉夫・贝奈什・特列比斯基[1]的那张和善、亲切、戴一副金属框架眼镜的脸便会浮现在我眼前，凝视着我。我们是老朋友了。直到今天，只要我坐火车走在这条铁路线上，我总不免举目眺望谢希上方高高的克列察纳的田园风光。那里，在公路附近的栗树丛中，有他低矮、古老的神甫住宅。我也一定会看一眼沙罗夫附近的莱维赫拉代茨小教堂。而赫拉杰卢比那座阴郁城堡的废墟，则对我紧皱着眉头。我心里总是暗自说，多少年过去了，我一定得再读一遍《赫拉杰卢比风云录》和《莱维赫拉代茨故事》了。可是我压根儿做不到，再说即使读我也会没等读完就放下的。特列比斯基小说的魅力已经消失。一点味道都没有了。可是，对我来说，围绕这位作者名字的以往岁月的宁静光辉，却使我至今感到亲切。从特列比斯基的小说到阿波利奈尔的诗，这个历程漫长而美丽。

我很喜欢坐火车去克拉卢比，对此我曾无比期望，尤其期望去那

1　伐茨拉夫・贝奈什・特列比斯基（1849—1884），捷克小说家，以写历史小说为主。文中谈到的《赫拉杰卢比风云录》及《莱维赫拉代茨故事》即为他的作品。

里度假。圣诞节的时候，旅程充满神圣、庄严的动人气氛，复活节则洋溢着欢乐。这段铁路线——那时候曾是漫长的，现在却很短——的沿途站名念起来就跟念经似的：霍莱肖维采、布贝奈契、波德巴巴、塞德莱茨、罗兹托基、沙罗夫和波德摩拉恩——这两个地名多么好听。之后是莱特基、里勃契采和多拉奈，下一站就到了克拉卢比，我已飞奔着投入外祖父的怀抱。多年以后我才体会到，外祖父之于我犹如鲍日娜·聂姆佐娃的外祖母之于聂姆佐娃。不过我用不着多加渲染，当他带着我几小时几小时地在克拉卢比的景色中漫游时，他使我领受到的美是那样丰富，但愿我能如数拿出来献给人们。最初是这位特列比斯基，之后是出生在附近托林内克的哈莱克[1]，最后是对诗歌的钟情。这一切在今天来说已显得有点儿不合时宜，不够新派！可是，赋予我生命力的这些往事却滋养了我的一生。还有，可别忘了，还有对树木的热爱。外祖父曾是贫穷的市图书馆管理员，但他同时也是克拉卢比美化协会的带头人。美化协会！今天听起来多么古老，有些人根本不知道那是干什么的。协会和雇来的工人在城里和城郊种树和灌木丛。

在女子学校后面的树丛中，我发现有两棵白杨树，长得非常高大。当年种下它们时，我曾扶着它们细细的树干把坑里的土踩实。两棵白杨并排栽在一起。不久前我站在这两棵树下等待它们发出沙沙声。那天没有风，两棵树只是轻轻地颤动，恰似一对情侣嘴对着嘴儿悄声细语。

再见吧，白杨树！

复活节期间坐火车充满了春天的惊喜。最美的莫过于生长在黑色山岩上的一簇簇金黄色的野花了。它们高高地在河水上方拂动，火车则欢快地嘶鸣。

1　即维·哈莱克（1835—1874），捷克诗人、小说家，代表作为抒情诗集《黄昏曲》。

轰动一时的新鲜事——它们层出不穷，而且永远令人惊叹——是塞德莱茨的大象。

在霍莱肖维采商业局举办的博览会上，各种玩意儿五光十色，琳琅满目，但吸引我的既不是旋转木马，也不是秋千，更不是神秘的城堡——那儿的地板会抖动，骷髅向走近的游客伸出手脚，甚至高架滑梯也没有唤起我的兴趣，在那里快乐的姑娘们从尖塔上滑下来，滑进在下面接她们的小伙子的怀抱。这些我早就抛在脑后了。可是那头硕大无朋、肚子里是一家舒适啤酒店的大象，我却久久难忘。至今我还清楚地记得，我怎样和爸爸踏着小梯子登上它的脑袋，那里也有几张桌子。这一切都相当俗气。但对我来说却一点也不俗气。我兴高采烈。

博览会上，大象很出风头。因此，博览会结束后人们把它挪到了塞德莱茨，放在靠近铁路线的地方。我常常站在车厢的窗户旁，从波德巴巴就远远地瞧见它庞大的身躯了。离它不远是火车站，列车有时在它身旁驶了过去。若是在它附近停下来，它就走运了。

大象餐馆不久就失去了吸引力。塞德莱茨对于布拉格人来说，是个郊游的去处。但游客们更喜欢待在阳光明媚的花园里，坐在大象下面的地方看河水。大象渐渐显得破旧。先是一些发乌的玻璃脱落了，象鼻子开始耷拉在花园的黄沙地上。后来是耳朵和其他部位。可是对我来说已经无所谓，我已看惯了它的不幸和不断恶化的厄运。不久前我还发现四根砖柱，是藏在它腿肚子里支撑身躯的。

在它多少还有点儿模样时，我从不忘记从车窗里看一眼这日趋衰微的纪念物，它在那里悲惨地苦撑了许多年。自 1908 年起直到我将步入老年的时候。从行驶的列车里看，我仿佛觉得大象在走着——对于眼中这个幻象我是支持的。有一次，我见它迎面朝我走来，另一次它离我远去。春天它走在一簇簇雪白的花丛中，夏天走在玫瑰花丛，冬天在雪地里跋涉。

当它离我远去时，我心里说它这是走进以往的岁月中去了，走进一个美丽的天地，那里有小鸟在枝头跳来跳去，唱着歌，小鸟的羽毛有的红色，有的蓝色、绿色。

那是青春啊！

伏尔塔瓦河畔的克拉卢比如今几乎已成为首都市郊的工业区。半个世纪以前它就是个工厂林立的城市了。每到黄昏，街道上烟尘滚滚，居民们连忙把窗户关闭。最难闻的是从石油精炼厂的烟囱里冒出来的。人们管这个厂叫煤油灯。有时候这个厂的浓烟弥漫了整座城市。

那时候毒害这里空气的还有别的工厂。紧靠火车站的是美琪调味品厂，一座化工厂。那里时不时抬出发臭的废料，不仅撂在工厂范围的马路上，而且也撂在长长的围墙旁边的人行道上。走这条路很不舒服，简直让人难以忍受。此外还有酒精厂、制糖厂、啤酒酿造厂、制革厂，以及天晓得的一些什么厂。男校附近的蒸汽磨坊是画家卡尔赛父母的产业。我在那里偶尔会遇见卡尔赛。画家乌特里罗曾给他画过一幅画，取景就是这座磨坊和它后面的教堂。

市中心有小溪萨柯朗斯基流过，溪水也不再馨香。人们从它发出的臭气可以推断出将要下雨或者变天。

克拉卢比的大钟啊，再一次为我鸣响吧！久久地鸣响吧……我将坐在小桥上，我将倾听，保证一声不吭。让我尽情地听一听你那金属的宏音吧。

而你，克拉卢比，尽管你经历了不久前的灾难——我指的主要是战争结束时可怕的轰炸和随后发生的水灾——看起来已经有些不一样，但你是我甜蜜的、心爱的小玫瑰，我将永远用你作为石块，投向污浊的、油乎乎的煤烟。

（杨乐云译）

三个金币的故事

木雕的圣者比活着的圣者更能办事。

——乔·赫·李赫登伯克[1]

我不善于讲故事。讲故事的时候，我总是过于心急。词和句子一个劲儿地向我涌来，催我匆匆了结，赶紧把故事讲完。好像生怕我耽误什么事似的。其实我没有什么可耽误的事。这纯粹是没有经验，更确切地说，是没有水平。我不善于处理细节，讲到细节之处本来可以歇息一会儿，做点儿文字游戏，然后再不紧不慢地讲下去，而读者也可以喘一口气。我不善于故意放慢速度，在情节上来个停顿。我不敢偏离主题，其实这样做倒往往能使讲的故事戏剧化。总而言之，我不会讲故事。所以我大多只写诗。我觉得写诗容易些。靠写短篇小说我大概连苏打水也喝不上。尽管如此，也有这样的时候，兴致来了，想给听众讲个故事。

生活中我不止一次有过值得注意的经历，尽管我并不刻意追求奇闻怪事。许多遭遇是在喝了几口葡萄酒之后发生的，这又有什么

1　乔·赫·李赫登伯克(1742—1799)，德国讽刺作家和文艺批评家。

呢。我喜欢葡萄酒。我敢说这种饮料确能制造奇迹。

我曾经读过一则关于某女圣徒的故事。她的名字我忘记了。她所在的修道院的名字也忘记了。只知道她不仅虔诚,而且特别善良,待人亲切。成群的乞丐总是挤在修道院门口,这位虔诚的妇女(顺便说一句,她是一个非常迷人的女性)给他们发钱发吃的。在收葡萄的季节她还从修道院的院墙上把自己种的葡萄摘给他们。有一年夏天,葡萄歉收。虔诚的修女就沿着修道院的院墙走,把漂亮的小手凑到空无果实的枝杈上,细长娇嫩的手指弯曲着,做捧东西状。而只要她的手凑到哪儿,那儿就马上出现一串晶莹剔透的葡萄。乞丐们就从修道院的门口把这奇迹般的收获取走。每当我举起酒杯注视葡萄酒那亮晶晶的光点时,我就会想起那只神奇的手。所以我也喜欢吻女人的手。吻她的手心。手心更甜蜜。

我心里总放不下一次奇异的生活经历。不过我得声明,这并非只是趣闻一则而已。不,它不是趣闻。很多很多年以前布拉格室内剧院上演了一出约日·哥茨女士写的话剧。作者在剧中采用了这段经历作为笑料。我并不生她的气,早就原谅了她,因为她不了解情况。

好! 现在就开始讲吧!

那是五月的一个飘满花香的美好的夜晚。我、鲍胡米尔·马代西乌斯[1]和我敬爱的约瑟夫·霍拉一起坐在一个小酒馆里。那酒馆不知为什么叫作"在毛茸茸的号角旁"。那天是扬·奈波穆茨基[2]节的前夕,当时这个节日在布拉格是要隆重庆祝的。我们去的这家酒

---

1 鲍胡米尔·马代西乌斯(1888—1952),捷克翻译家、诗人、戏剧家。他曾译中国古诗并取得很大成功。

2 扬·奈波穆茨基是天主教会伪造的宗教殉难者,目的是抵消真正的殉难者、宗教改革家扬·胡斯在捷克人民中的影响。1792 年他被宣布为圣徒,理由是,他因拒不交代王后的忏悔内容而于 1383 年被捷克国王处死。实际上根本没有这个人。

馆在鸵鸟街，离一个景色宜人的小广场不远，广场上有个很大的十字架。广场的一边是圣沃伊杰赫教堂的围墙。这个地方至今我还记忆犹新。我妻子尚是姑娘的时候曾在酒馆对面的一座房子里住过，我常在那里等她。我时常在教堂举行晚弥撒之前看到玛利亚·希伯奈尔夫人[1]跪在落满尘土的矮条凳上祈祷。听说她就住在附近。

我们并不是这家酒馆的常客，只是偶尔去一次。弗·克·沙尔达去过两三次。常到那儿去的还有诗人约瑟夫·马赫，他能把自己写的诗统统背诵出来。不过，我的上帝，别以为弗·克·沙尔达什么酒馆都去。要把他请来可真是谈何容易。一旦请到，那是贵客光临，连幽默都提高了档次，气氛隆重而高雅。酒当然就喝得不多了。至少在沙尔达起身坐出租车回家以前是如此。

那天时间已快到午夜了。我与霍拉和马代西乌斯一起兴致勃勃地谈论捷克诗歌的重音问题。这是马代西乌斯最爱谈论的话题。他生动地说服我们，爱尔本摆脱重音规律是诗人的妙笔。诗人这么做突出了节奏之美而避开了刻板的规律。聊天聊得特别有意思，引人入胜。糟糕的是，在寻求解决重音问题的办法时，我们发现没钱买酒了。正在兴头上突然散伙未免太扫兴了。

我的两个手指在西服背心的口袋里摸一个小绢纸包已经摸了好一会儿，纸里裹着三枚奥地利金币。这是我外祖父的遗物。我是很爱我外祖父的。这几个金币他保存了几十年，而且答应死后留给孙子辈。他的孙子辈中，我最年长，所以三枚金币就给了我。母亲流着泪嘱咐我别丢失，要收藏好将来传给孩子。说时她是真的动情了。

好几次我都想把小包掏出来，但每次又都放了回去。可最后还是顶不住了，我把金币摊到桌子上，放在朋友们的面前。那时候刻着头戴桂冠的皇帝头像的奥地利金币比面值要值钱得多。当我把小金

1　捷克演员。

宝贝的来源讲出来以后，霍拉气冲冲地叫我把金币包好放回去，一本正经地吓唬我说要把我的轻率告诉我妻子，要劝她把金币自己保存好。我只得听从他，把亮闪闪的金币又藏回深深的口袋。马代西乌斯是个好心肠的人，他用自己的订婚戒指敲敲酒杯，叫来了侍者，一声不吭地把这个临时抵押品放在侍者的托盘上。这已经不是第一次了。但这次却有点特殊的背景。马代西乌斯刚同他的第一个妻子离了婚。在这默不作声的哑剧之后桌上出现了满满一小坛酒，当然随后接着还会上酒。我承认我心中一块石头落地，轻松地无忧无虑地喝起来。

时间晚了，酒店要关门，抵押的戒指也喝光了。我们满心不愿意地起身离去。霍拉家远，在科希日区，马代西乌斯住得近，我呢？也够远的，要到新特洛伊斯基桥。

白天这条路不怎么好走。可那是五月的夜晚，葡萄酒在血管里沸腾，走起路来脚下很轻快。我心满意足、无忧无虑地从乌尔舒立卡走到火药门。一般在这种时刻我会边走边想出诗句来。那天夜晚，我觉得脑海里涌现的诗句特别精彩。我有点儿飘飘然，有点儿忘乎所以，尽管一路上这里那里不得不停下来歇口气。这种时候我总是理所当然地认为构想的诗句到早晨忘不了，一早起来记下就行了。遗憾的是，到早上一般都是一句诗也想不起来了，而头却疼得很厉害。

那天布拉格的街上几乎已空无一人。夜毕竟已深，我却突然烟瘾上来了，简直压不下去。而口袋里一个子儿也没有。肚子也饿得咕咕叫。最糟糕的是渴得不行。尽管佩特馨山坡吹来甜柔的轻风犹如天使扇动翅膀在我身后的电线上方飞翔，但这也无济于事。魔鬼却出现了。谁都知道魔鬼是会以各种各样的形态出现的。最经常的是变成一个美女，有时又变成狡猾善辩的梅菲斯特[1]。但这次等着

1 梅菲斯特是歌德名剧《浮士德》中的魔鬼。

我的却是系着白围裙的卖香肠的，他紧贴着火药门的黑墙。我为什么不走到街对面去呢？两次我都绕过了他那店前煮香肠的小锅，两次我又被那香喷喷的热香肠给吸引了回去。我也看见那打开的装满香烟的香烟盒，我猛吸了一口诱人的烟香。第三次我已按捺不住，一步跨过去问他能不能换金币，说我想买香肠和香烟。我从口袋里掏出绢纸，挑出了一枚金币。他拿过金币，戴上眼镜，在煤气灯旁仔细查看。然后小心翼翼地藏到钱夹子里，问我还有没有？我老实地把另两枚也拿给他看。他看了一番，毫不犹豫地说他全包了。给了我一张又脏又油的二十克朗钞票，一个小面包夹香肠，一大把香烟，烟我都装进了口袋。然后，他不知从哪儿找出个苏打水的瓶子，从瓶里给我倒了杯臭烘烘的烈性李子酒。香肠我狼吞虎咽地吃掉了，点了支烟，接着贪婪地一口把烧酒喝光。之后，我继续往家走。不远处站着两个花枝招展的夜鸟，嘿嘿地讪笑着。我得承认，当时我的脚已经发沉，脑海里的诗句也不见了。内心深处隐隐约约感到自责。我好不容易摇摇晃晃走到了赫拉夫卡桥，从那里往屠宰场走去。由于那天夜里空气潮湿，老远就闻到屠宰场牲畜内脏的腐臭味，这些腐臭下水有时由种花种草的人拉去当肥料。尚未卸车的牲口在车上哀鸣，感觉到同伴的血和死。这种哀鸣让我有点害怕。有时我们在家里也能听到。

我不时不由自主地在西服背心口袋里摸一摸，当然里面已是空空如也。内心愈来愈惶惑不安。

从屠宰场到霍莱肖维采火车站那条路环境并不优美。那时候那条街旁有一道涂着沥青的木栅栏，一眼望不到头。夜里那里连个人影儿也没有。因此我学会了边走路边睡觉。其实不过几分钟，但很解决问题。我睡得如此高明，如此恰到好处，以至于还能做点短梦，而且一走到行驶电车的石子路上，立即就会醒过来。从那儿几步路就到家了。

人早上醒来，一般都会回想一下昨晚的事情。我跳起身，直奔我的衣服。从口袋掏出来的全是折断了的香烟。上衣口袋里发现了那张油渍斑斑的二十克朗钞票，背心口袋里是一团皱巴巴的空绢纸。我使劲回忆，至少要想起走往西伯尔纳大厦时作的那些诗。可是一句也想不起来了。我朝镜子里一看，我的脸吓了我一跳。头发里也满是烟丝。想起小金币更是心烦意乱。嘴里是一股子香肠和李子酒的苦臭味。

妻子比我先起床，对我当然不客气。当时她还不懂得沉默要比数落更厉害。我们结婚还不久。新婚后的生活完全不是她想象的那个样子。她远没有那位年纪比她大的女友明智、平心静气。那位女友早就给她丈夫出了个主意，告诉他以后无须乎道歉、解释、许诺，只要印张小卡片，写上：

亲爱的！心别伤，
我发誓再也不这样。

并且叫他每次夜里回来不声不响放到桌上就行了。

我妻子毫不留情地说了我一通以后，简短地告诉我，昨晚我母亲来了，问起什么钱币的事，说今晚还要来。我心里咯噔一下，赶忙穿好衣服，羞愧地匆匆离开了家。

那天是扬·奈波穆茨基节。布拉格到处是乡下来的朝圣者。斯特洛莫夫卡公园离我家只有几步远。我跑出家门后径直到了那里，在野生动物园附近的第一张条凳上坐下了。那时候公园里还有电车穿过。我沉思了一会儿。五月中旬的节日让我想起美人的面庞。

在日什科夫中学低年级上学时有位老师叫卡希克，教我们语文。全班都爱戴他，依恋他，敬佩他。他上课，我们都全神贯注地听讲。他是个英俊的中年男子，衣着雅致。他和蔼可亲，有魅力。我这时想起他绝非偶然。他讲课和朗读时经常离题讲别的，而我们总是紧张地听他讲故事。他对圣徒扬·奈波穆茨基没有好感。他相当详细地给我们讲了几年前进步报纸连篇累牍报道的赫尔本和马哈尔同教会界进行的争论以及反对这位巴洛克时代圣徒的斗争。据说当时是使用偷天换日的手法，把两个人倒换了一下。真正的扬·奈波穆茨基据说根本不是教士，而是有名的银行家，他曾以极高的利息借钱给教士们。所谓的王后的忏悔和愤怒的瓦茨拉夫国王的嫉妒——这都不过是罗马教会编造的神话和巧妙的诡计而已。老师认为，锁住奈波穆茨基教士舌头的魔力同上帝的全能相比是太微不足道了。因为根据天主教的教义，上帝毕竟比那教士可怜的舌头有巨大得多的能力来向人们显示自己在天堂的存在。耶稣会在被它征服的国家里搞这花招的唯一理由就是：消除胡斯在捷克人民心目中的光辉形象，用一个星星环绕在头上的假圣徒来顶替胡斯的形象。荒谬而恶毒。老师说完用手轻轻敲了一下讲台（所谓的教师桌）的绿色桌面。没错，事实就是这样。

赛弗尔特，你上黑板这儿来，给我们说说……于是我赶快跑上去，险些儿在讲台上绊了一跤。

在斯特洛莫夫卡公园的新鲜而清香的空气里坐了一会儿，头不疼了，但还有点昏昏沉沉。我上了电车，不久就到了布拉格城堡，混入大院子里朝圣者的人群。圣维特教堂里的这位圣徒的墓被围得水泄不通。我往里挤，直挤到银白色的圣徒的墓碑前，那里摆满了鲜花，鲜花丛中蜡烛闪闪发光。坟墓前一场弥撒接着一场弥撒。总之，庆祝规模极为盛大，我则站在皇家祈祷室下面离圣徒像那么近，已经可以同跪在自己棺材前的他说话了。

我向他那银雕的面孔投去的祈祷文说不上虔诚。好些话都是想把他光环上的星星打下来的。我把已故卡希克老师多年前灌输给我们的一切都说了一遍，还加上我从反教权主义的读物中看到的东西，关于这位倒霉的圣徒,那些读物可真讲了不少。不过,我还是给了他一个机会。在我亵渎神灵的祷告词最后,我表示希望他能按我的心愿显一显灵,帮我用什么办法找到我的金币。这是很放肆的,但我表示,如果他真属于天使的行列,那么这种小小的显灵不过是举手之劳。我还说,我母亲是他的崇拜者,她到圣山朝圣时请回来了一个他的瓷雕像并立即放在请来的圣母玛利亚雕像的旁边。雕像放在内衣柜上,两个雕像前放着同样数量的鲜花,白色的给圣母玛利亚,其他颜色的给他。如果我母亲知道我做的蠢事,她会多么伤心!我一个劲儿地动之以情。我还告诉他,这三个金币的赠送者对他也是虔诚的,肯定也是向他祈祷的。我只是没有告诉他,我用纯金的金币换取水煮的香肠、臭烘烘的李子酒和几支香烟太可惜了。是的,这一点我对他提都没有提。

我在大教堂的祈祷时间不长,一刻钟也就完事了。为加强效果,我模仿其他的朝圣者摸了摸镶银框的玻璃罩下的圣徒遗骨,并且稍稍画了个十字,当然相当不经心。接着我对他说了声再见便急忙沿着城堡的新台阶下到市区去了。路上我到史奈勒酒店喝了杯比尔森啤酒,因为我有点口渴,另外,也因为那张油污的二十克朗钞票在口袋里烧得慌,我想把它摆脱掉。

下午我很早就回家了。妻子一直还没消气,不跟我说话,一声不吭。但是,好奇心——所有女人共同的特点——却让她难以坚持住。她突然冲我说:

"你知道我碰见什么了吗?"我紧张地等她讲。

"我今天到楼下的店里买菜。给完钱,售货员数钱时还给我一个小硬币。太太,这个硬币我不要,有点怪。请给我换一个。"第一共和国时期,十赫勒的硬币是深黄色,几乎是金黄色,特别是新币。"所以我就给她换了一个。到家后,我看了看这枚还来的硬币,结果是这个小金币。"她说着把它给了我。

“你说,它怎么会跑到我的钱包里来了!”

“天哪!”我吃惊地喊了起来,“快把你的钱包拿来给我看看!”

当我把钱包打开,在另一个夹层里发现另一枚金币,在第三个夹层里又发现第三枚金币。上帝啊! 这个神圣的扬·奈波穆茨基多爱开玩笑! 我把三枚金币并排放在桌上,倒在沙发上,心还在怦怦地跳。就在这时候门铃响了。

“大概是妈妈来了。”妻子说。

(陈韫宁译)

与弗朗基谢克·赫鲁宾[1]的谈话

听说您准备写回忆录。我对它的企盼超过一切。最近一段时期，我大多只读回忆文学。您对这类文学有什么看法？您看了奈兹瓦尔的《我的一生》以后有什么感觉，有什么想法？在奈兹瓦尔谈到二十年代时，不管他回忆的是什么事情，您几乎都在场。

和大家一样，我后面也拖着一根长长的绳索，上面挂着形形色色的影子。它们有的在微笑，有的在骂我，还有的羞愧地默然不语。有些我恨不得把它们踢进忘却的深渊，有些我又深愿搂在我的心头。但是所有的影子都紧紧地粘在一起，无法将它们扯开。它们无一例外地向我报到。但是，回忆录我是不会写的。我的记忆力很差，仅此一点我就不能写。而且，我不记日记，不留资料，至于各种报告的讲稿，我都在做完报告向听众点头告别后马上就撕成碎片，扔到我走过

1　弗朗基谢克·赫鲁宾（1910—1971），捷克诗人、剧作家、散文家、翻译家。他的诗清新、优美、富于音乐性，深为人民喜爱，他也是捷克现代儿童诗歌的先驱。

的第一条阴沟里，要不就从桥上扔进河里。因为每次做完报告我都有甩不掉的内疚感。话说完就飘散了，但讲稿却是白纸黑字。还是让它们都滚开吧！

但是，为了避嫌，免得别人以为我想把许多暴露自己的不体面的事情抹掉，我决定逐步给朋友和熟人写二三十封长信。根据需要和具体情况选择一些人，对过去的许多经历进行说明，承认过去的一些错误和不正确的观点，当然在回忆自己周围那些已经过世和尚未过世的人时，也想给他们在即将被人遗忘的肖像上增添点什么。这方面我欠的债不少。生活中有时候我们宁愿阅读纪实性的作品，而不去欣赏哪怕是最吸引人的文艺小说。散文要求我们直截了当把事实说出来。诗歌则截然不同，我们只有在事物发展终结时才需要诗歌。因此有时我们也喜欢拿起回忆录。

奈兹瓦尔的《我的一生》我读了非常激动。这本书多少也是对我的见证。在纪实和想象两者之间，心中表盘的指针一般是指向后者，当然这一点我毫不在意。奈兹瓦尔写这本书不仅仅为了文学史家，而且也是为了读者。他有时候把朴素平淡的事实提高到诗歌的光辉水平，他做得很对。

再说，难道今天我们还会在乎保留下来的古代罗马人的形象是否真实吗？

第一次见到弗朗基谢克·哈拉斯时我二十岁。不久我又同您和霍拉交上了朋友。同卡雷尔·泰格只是见面认识。在那宝贵的青春年代我同他坐在同一张桌子旁只有两三次，还是靠您帮的忙。那时候我还在上中学，我的同学弗朗基谢克·奈恰塞克对泰格无限崇拜，在利本斯基中学的文学小组他详细向我们介绍了泰格的理论，并称他为“捷克的小天才”。卡雷尔·泰格对您和对您整个一代意味着什么？我们“年轻一代”同他错过了，对我们来说他已是神话了。

我非常喜欢卡雷尔·泰格。对他，今天比那时候看得更清楚了。那时候我们几乎没有一天不见面。他待人诚恳，对朋友毫无私心。他在艺术上的知识令人叹服，而且是个绝对无法收买的人。他学问之渊博、造诣之深难以想象。当我们把万楚拉也请到一块儿的时候，谈话的高度和深度就更是达到了一个新的水平，给我敞开了精神世界的大门。

那时候在托比契书店的橱窗里以及后来在波洛维书店的书架上摆满了外文书，泰格总要买上几本。随后就到旁边的斯拉维耶咖啡馆坐下，边喝咖啡边翻译起来。

但是我得从另一处说起。记不得是哪一年了。有一天我们一同走在塞纳河边，急匆匆地往什么地方去，突然在我们前面出现了一个无比迷人的巴黎女郎，衣着特别雅致得体，耳垂和双手上的钻石闪闪发光，简直像是从时装杂志封面上剪下来的。她下了汽车，从我们身边走过，对我们当然是视若无睹。泰格把烟斗从一边嘴角挪到另一边，整了整帽檐，目送着那美女，蛮有把握地说：可惜没时间了，否则我一定不会把她放过的。

这情况与我们初见巴黎时差不多。只是，这次泰格并非那样完全没有机会。

卢浮宫他没去，不屑一顾。我们对它一点不感兴趣。那里我是后来独自去的。但是我们却走遍了所有的卖现代派绘画的小商店。

我们长时间地泡在街头露天咖啡馆的茶座上，也没放过马戏和蜡像陈列馆。因为这一切都同我们的新艺术纲领合拍，也就是说艺术不再是艺术，马列维奇[1]用他有名的方块结束了造型艺术的发展。

1　马列维奇（1878—1935），苏联画家和艺术理论家，抽象主义的至上画派创始人，是第一个用抽象几何图形构成画面的画家。

诗歌主义流派就此产生。

泰格对我们意味着什么呢？许多许多。当我们被邀请到捷克和摩拉维亚各地做报告时，是泰格每次给我们指导，准确地确立定义，有的段落为了表达准确起见他亲自口授。当时的要求是很严格的。

他是一个非同一般的、卓越的文体学家。他下笔快，一挥而就。他常说，那是练出来的功夫，因为上学时他常为班上一半同学写作文。

在诗歌、造型艺术和建筑艺术方面他是空前的权威。我想，如果我说，我常见卡雷尔·泰格站在日什科夫区过去的养老院的屋顶上挥舞自己的破礼帽的话，这绝对无损于哈夫利切克和洪齐克两位建筑家[1]的名声。

阿波利奈尔的诗是卡雷尔·恰佩克请进布拉格的。但欢迎它并努力张罗使我们的读者喜欢上它的则是卡雷尔·泰格。

在布拉格住得较久的法国教授多米努阿常说，巴黎的法国语文教师对法国现代艺术的了解还不如布拉格的中学生。这当然要归功于泰格了。

当他的著作在我们这里被禁止后，我从未怀疑有一天它们会回来的。果不其然。我很幸运等到了这一天。

在现代诗歌中没有哪一位诗人的名字同布拉格某地区的联系像您和日什科夫区这样的紧密。

我当然最愿意表明我是日什科夫区的一员了。这个区是我诗歌“灵感的源泉”。它至今使我心潮澎湃。这个老区变化不大，至少表

---

1 哈夫利切克（1899—1961）和洪齐克（1900—1966），捷克著名建筑师，是该养老院的设计师。

面是如此。但我想说的是，现代诗歌中发现这一迷人的城郊旧区的并非只我一人。还有斯·科·诺伊曼。他青年时代创作的优美的诗歌《贫穷爱情的山坡》，正是在这一地区的神话般的奥尔尚别墅里产生的。他那一代留着长胡子的无政府主义者诗人经常坐在这里，在百合花花圃之间。他们当时正准备胜利地夺取捷克文学的阵地。贫穷爱情的山坡离那里不远。现在这片山坡已经没有了，已盖满了房子。

扎赫拉德尼切克的诗集《起重机》再次出版了。这是三十年代捷克一本主要的诗集。我不知道，今天有没有人意识到，约瑟夫·霍拉，主要是霍拉的《你的声音》，对这本诗集（不仅对扎赫拉德尼切克的诗，而且对我们所有的人，霍朗也不例外）有硕果累累的重要影响。霍拉的作品只属于你们一代吗？他的伟大著作能再次对捷克诗歌的发展产生影响吗？

说到二十年代总说是沃尔克的一代。其实不完全恰当。更确切地说，应该是泰格全面地——从诗歌、造型艺术到建筑艺术——确定了这一代的特点。至于说到抒情诗人，那应该是约瑟夫·霍拉自始至终——不管你愿不愿意承认——站在他们的前列。这一点您尽可以相信我。霍拉对当时的抒情诗有强烈的影响，而起初却是对无产阶级诗歌有影响。当时他对沃尔克也有影响。另外，众所周知，无产阶级的诗歌也是泰格发现和宣传的。这影响一直延续到诗人们——包括霍拉——开始放弃无产阶级的题材而泰格开始创立诗歌主义的新纲领时为止。那是一个忙于探索的时代，努力创新的时代。尽管后来霍拉多少有点改变了方向，但即使在那时他的影响也还存在。

提到他的诗集《你的声音》和《风中的弦》，想到这些诗句，在我眼前就好像闪烁着水晶玻璃大吊灯明亮而颤动着的光芒。另外，特别喜欢霍拉的沙尔达正是在《风中的弦》看到了诗歌主义的一定影响。我们都认为，霍拉是我们这一代的朋友，而霍拉也没有反对。

这位"心灵诗人"的时代是会回来的。至于他对未来的诗人有否潜在影响，那可以等等看，有的是时间。另外，霍拉的诗始终没有过时，它的光彩并未因时光的流逝而熄灭。

给读者打开诗的大门，进去后由他们自己去理解。诗人莱昂-保尔·法尔格[1]表达过这个意思，我不是逐字引用的。您如何看待这儿那儿出现的观点（三十七年来，据我们所知，出现了不止一次），认为根本不用管读者，诗人可以把他们关在门外？

您的话使我想起了弗·克·沙尔达，可惜一时想不起来他在哪里写过关于诗人在民族中的使命和地位问题，他说衡量一个诗人是要看他的诗对读者群众影响的大小。评价诗人要根据他的声音所激发起的兴趣的大小。我们对文化阶层在民族中影响的深度不要估计过高，而同时也绝不能贬低那些诗人，他们当今正在为创新做尝试——可能是固执的，但又是目标明确的——并为自己的创作去夺取新的阵地。万楚拉的小说在读者中的反应开始根本不强烈。我接受泰格关于诗的思想，他认为不革命的诗就不成其为诗。而聂鲁达从他的《墓地之花》到《受难者之歌》来看也是革命诗人，而且是很卓越的。任何尝试，尽管读者的行列短而稀疏——这里只就文学而言——对诗歌的发展也不会是没有意义的。但是它是否能存在下去则取决于当时其质量高低。当然这里我只讲一般道理。

那么，诗歌里的现代性意味着什么呢？我想，凡是能以新的形式

1 莱昂-保尔·法尔格（1876—1947），法国诗人、评论家。他的作品和达达主义、立体主义和超现实主义有联系。

同我们正在经历着的新的现实相一致的手段，凡是试图反映新的现实、推动它或者改变它的手段就是现代性。当然指的是诗本身所固有的手段。有一条箴言这么说：倾向性的诗是好的，如果它是一首好诗。这当然绝不等于诗都应该是有倾向性的，尽管我相信，在恰当的时机，倾向性的诗有无比的力量。只要想想《西里西亚之歌》就知道了！关于滥用诗歌表现倾向性的问题，维克多·什克洛夫斯基[1]曾经说过：用茶炊也可以敲钉子，但为什么偏偏要用茶炊？

正如我们所知，广大读者还是偏爱保守的、经过考验的、习惯了的老形式。所以诗人不止一次同自己的读者失之交臂，甚至发生冲突。如果不迁就，不让步，就只能一而再，再而三地试图去说服读者。他的作品只能靠读者才能生存，那么他又怎能背弃他们呢！为瞬息即逝的浮云而写或是在黑纸上写黑字是没有意思的。

我想，把罗素关于人类历史的定义做一点小小的改动就可以用于诗歌。诗歌的历史是那些违反最广大读者当时意愿的伟大创作者的历史，但他们追求的总是未来的诗歌——当然为争取这些读者接受新思想，他们必须进行不懈的努力。任何作品都不可能征服所有的人，这是理所当然的。正因为如此，可以肯定地说，读者如果永远被关在门外，这并不是读者的错。这种作品是多余的，是坏作品。

每个诗人，即使是最标新立异的，也希望有读者。

我是赞同诗歌介入的，当然作家要有充分的自由。任何一个诗人都不能对人民和全民族的事业漠不关心。特别对我们这样一个经常受威胁的小民族的诗人来说更是如此。介入当然不等于随声附和。诗是关于真理的对话，应该是炽热的、感染人心的。

1967 年是沙尔达百年诞辰。肯定有人要在他身上大做文

1　维克多·什克洛夫斯基（1893—1984），苏联诗人和文学理论家。

章，自命有解释他的权利，借其名行自己之实，恨不得要沙尔达把他背到背上，就像圣克利什托夫背上小耶稣一样把他背到未来。您能说一说，沙尔达对诗人意味着什么？他对当代诗的创作有什么影响？

沙尔达与二十年代一代人的亲近绝不是像有些人想象的那样是田园式的友谊或在酒店里碰碰杯而已。他反对佩娄特卡和柯基切克等人的观点以捍卫二十年代的一代人，也不是出于仁慈的怜悯之心。沙尔达总是坚定地捍卫自己的以及每个人的按照自己内心的规律发展自己、成长和更新自己的权利。这样他就跟我们这些从年岁上说间隔较远的一代更亲近，比跟恰佩克那一代要亲近。但是，众所周知，这并没有让我们有些人躲过沙尔达锐利的笔锋在他们脸上留下的伤痕。奈兹瓦尔感受过多次。沙尔达同安·马·彼沙也交过锋，寸步不让地批评过霍拉，尽管，像我所说的那样，他很喜欢霍拉。其他人更不用说了。但这一切是如此理所当然，完全是他的风格。笑脸和赞扬都收买不了他。对他的热爱和忠诚也换不来他温和的态度。在我们的时代他是我们最高的决定性的权威。尽管现在没有，历史上也从未有过不犯错误和可能有时不公正的权威。这样的完人是没有的。这是另外一个问题。我们钦佩他在捷克和世界文学方面极深的造诣、极其渊博的知识，崇敬他把过去和现在尽收眼底的天才。他的学识和教导不可能让人不重视、不考虑。他道德方面的榜样也给我们留下深刻的印象。沙尔达从未放过机会进行激烈的斗争。他的地位有某种高贵和精神贵族的色彩，这地位是他干出来和斗出来的。

他的私生活也是榜样，是个极好的人。虽然平易近人，但在他那俊美而统帅式的高贵风采面前谁都得心悦诚服。他很民主，但绝不缺少贵族式的风度。我们信任他。而最重要的一点：我们从他那里学到了东西。今天,我们看年轻作家时总感到有点遗憾,他们无助地在文学世界寻访,却找不到有谁能对他们的书做出公正的评价。

他这个人热爱美好的人性,会爽朗地笑。正像每一个相信自己拥有真理的自由人那样地笑。

(陈韫宁译)

厄俄斯[1]，朝霞女神

二十年代初，准确地说是1921年，阿尔图什·切尔尼克邀请我到布尔诺去。他主持布尔诺《平等报》的文化栏，工作繁重，希望我去帮忙。那年我二十岁，已放弃学业，白吃家里的面包感到苦涩。家里的面包从来就不充裕。我立刻决定应邀前往。动身前一天的傍晚我还跑上维特科夫山岗，在那些熟悉的地方走了一遍，眺望布拉格市，然后从山岗的另一面下山回家。在未经修整的山坡上，在卡尔林残废军人院上方的草地上，我坐下来向暮色苍茫的城市告别。这座城市，除却为期数周的那些假期之外，我从未离开过它。为了使告别仪式显得隆重，灌木丛中飞出了一大群萤火虫。我捉了几只放在火柴匣里。临睡前，我打开火柴匣，萤火虫久久地对我闪着光。后来我睡着了，萤火虫的光显然一直闪到了天明。

第二天一早我乘上火车，下午已见切尔尼克在布尔诺火车站等我。我一下子就喜欢上这座城市了。那年头流行着这么个说法：布拉格大村庄，布尔诺小都会。布尔诺那时已有了由黑人爵士乐队伴奏的酒吧间，而布拉格的弗莱克和托马什酒吧还只有歌唱。

1　希腊神话中的黎明女神。

我和切尔尼克同住在尤利安诺夫，它靠近斯维塔瓦河的一条死水沟。这里离奥勃让内和比洛维采仅几步之遥，上诺伊曼诺夫树林和阿达莫夫斯基树林也仅是小小远足而已。

在《平等报》，我拿到的稿费不多，愚不可及的文章却写了不少。我在文化栏狂妄傲慢地攻击了四位布尔诺青年作家：哈娄普卡[1]、哈卢帕、布拉特尼和耶沙贝克[2]。布拉特尼我不久便同他认识了，交上了朋友。哈卢帕后来在布拉格他本人的一次庆祝会上，我向他解释了年轻时的轻狂。他宽厚地挥了一下手。哈娄普卡正当生命的盛年便因煤气中毒而身亡。一次，也是在某个庆祝会上，我向切斯米尔·耶沙贝克提到了自己在布拉格时期对他的唐突无礼，他回答生硬，没有原谅我。有什么办法呢，也许这件事在他心里埋得太深了。

哈娄普卡的去世令人惋惜。他是个很有才华的人。

阿尔图什·切尔尼克是搞交换的能手。他以《平等报》编辑和布拉格旋覆花社成员的名义尽力同全欧洲的现代文化界建立关系，倒也不乏成效。他会法语和德语，说和写都行，是个出色的新闻人士，文笔生动。他同时又是很好的组织者。在尤利安诺夫他的那间小室里堆放着一摞摞从欧洲各中心城市寄来的杂志和书籍。他同许多人通信，同杜亚美[3]和维尔德拉克[4]。我们同戈尔及其妻子克莱尔的书信来往逐渐发展为友好关系，尽管有很长时期我们双方还没有见过面。切尔尼克后来在巴黎的素馨街会见这对夫妇时，这个街名我们在书信中已写过不知多少回了。戈尔的长诗《巴黎在燃烧》我译出后发表在诺伊曼的《六月》杂志上。泰格称之为新“地带”。不过，我觉

1 即约·哈娄普卡(1898—1930)，捷克诗人、戏剧家。
2 即切·耶沙贝克(1893—1981)，捷克作家、戏剧家和戏剧评论家。
3 即乔·杜亚美(1884—1960)，法国小说家。
4 即查·维尔德拉克(1882—1971)，法国诗人、剧作家、随笔作家。

得这一提法不很确切，也没有人响应。切尔尼克还同查拉[1]、勒韦尔迪[2]以及南斯拉夫的天顶派[3]诗人通信。他也写信到西班牙、德国。无论哪里出现同我们相近和相类似的新名字，他都去信联系。这个时期，他还写出了一本动人的诗集，题为《北极星》。这是我国绝无仅有的一本立体派诗歌集，可惜未曾出版。诺伊曼采用了其中几首，在刊物上发表了。这本诗集即使在今天也是可以出版的，在今天也还有可能引起注意。

阿尔图什·切尔尼克为我国现代文化做出的贡献比今天人们知道的要多。可惜他的名字湮没无闻了。

在布尔诺的采伊拉，大概在埃·弗·布里安[4]的妻子玛任卡的娘家开饭店的地方，我第一次见到了哈拉斯。一个年轻人走到我面前开门见山地说：

“你是赛弗尔特！”

我不假思索地回答道：

“你是哈拉斯。”

我们的友谊就这样开始了，直到他令人遗憾地过早去世。我们的友谊是美好的，使我由衷地怀念、感叹和惋惜。

哈拉斯曾在布尔诺的彼沙书店当学徒，出了师。我们相识时他在哪儿工作，现在已经忘了。记不起来了。不过我想——实际上是确切地知道，他那时口袋里从来没有钱。他倒也丝毫不曾为此而烦恼。

1　即特·查拉（1896—1963），罗马尼亚诗人和随笔作家。因创立艺术中的虚无主义的达达主义运动而闻名。

2　即彼·勒韦尔迪（1889—1960），法国诗人。曾创办并主编《北方—南方》杂志，集合了后来发起超现实主义运动的几个重要人物。

3　南斯拉夫诗歌流派。实质上是表现主义在南斯拉夫的别名。

4　埃·弗·布里安（1904—1959），捷克戏剧和电影导演、戏剧家、诗人、作曲家、歌唱家、演员和戏剧理论家。

出版商卡雷尔·辛克有一次满怀同情地笑着给我讲了哈拉斯当学徒时的一件颇为感人的事情。辛克在彼沙书店是哈拉斯的顶头上司。他并不怀疑哈拉斯诚实可靠。然而有一天他发现书店的旧书部门有几本书不见了,便责问学徒工哈拉斯。哈拉斯把他领到楼下一个近在手边的书架面前。那里所有短缺的以及辛克尚未发现的书,都一本挨一本整整齐齐地排在架子上。其中有波德莱尔、阿尔弗莱·德·维尼[1]、惠特曼、巴尔贝·多尔维里,以及其他这类文学巨匠的作品。捷克作家则有托曼、什拉麦克、诺伊曼和马汉。辛克命令他马上把这些书统统——用书店的行话——"扔"回原处去,按字母顺序排进旧书架。哈拉斯当然照做了。他尽管心里老大不愿意,却也不敢违抗。可是过了一会儿卡雷尔·辛克来找哈拉斯时,却见他两手抱头伏在柜台上。他在哭泣。那些书是商店中午休息其他雇员都去吃饭时哈拉斯的读物。

我们刚认识,哈拉斯便介绍我去见马汉。哈拉斯热爱马汉。我呢,不得不承认,初次见面就被马汉强烈地吸引住了,永远吸引住了。他的脸上有一种令人愉快的梅菲斯特的神采在闪光。我们总是聚精会神地聆听他。无论他说什么,我们都觉得饶有趣味,诙谐机智。我们津津有味地阅读他的《小火苗》和《面槽》,他的长篇小说《自由伙伴》我读后至今萦回脑际,女主人公之一主动为意中人解开衣扣那一幕生动地印在我的记忆里。

在科利什杰果园,离剧场不远的地方有一家咖啡馆,那时候只在夏天才营业。坐在这家咖啡馆高高的木平台上,彩色帆布篷的下面,颇有置身轮船甲板上的感觉。哈拉斯、切尔尼克和我几乎每天都去。有时马汉也来同我们坐在一起。下午和傍晚,布尔诺散步的人群在咖啡馆旁边来来往往。马汉生气勃勃地回答着人们的问好。几乎全

1 阿尔弗莱·德·维尼(1797—1863),法国浪漫主义诗人、小说家、剧作家。

布尔诺的捷克人都认识他。尤其是戏剧界。有时,他把羞红了脸的芭蕾舞女演员叫到跟前,郑重其事地把我们三个当作诗坛新秀介绍给她们,叮嘱她们莫要小看了我们,因为我们都将成为大诗人。“到时候你们就沾光啦。谁晓得是在哪方面呢!”他补了一句,狡黠地哈哈大笑。女演员们微笑着,我们心里喜滋滋的。当然,她们的微笑更多是冲着马汉来的,不是冲着我们这三个腼腆的年轻人。

谁都喜欢马汉。天啊,即使我忘记其他一切,这一点是绝对不会忘记的。

常坐到我们这一桌来的熟人中间,我最喜欢莱夫·布拉特尼。同他一起的是他的那位娴静、温柔的妻子,以及另外一个更加形影不离的伴侣——致命的疾病,它最终夺去了这对夫妇的生命。布拉特尼好交友,但话语不多。他的脑海里尽管一幕幕演出他将要写的剧本,但生命只容他完成一部分。两夫妇的脚边,他们的小儿子伊万内克——也是未来的戏剧界人士——正在蹒跚学步。

我们无论走到哪里,都会遇见马汉。在图书馆,他热情地向犹豫不决的读者介绍情况。在报告会上,他或是自己发表演说,或是有声有色地插上一段话。剧院有首场演出,他不坐在包厢,却宁愿和美丽的妻子坐在普通观众席,有时一面看戏,一面声音不很轻地大发讨论,谁也别想制止他。他天生不受拘束,性情急躁,易于冲动,但与此同时又异常热情,不知疲倦地助人为乐。只有对着鱼竿不得不沉默的时候,他才是安静的。当然,这时他在脑海里如何怒吼、叫喊、咆哮和欢歌,我们便无从听到了。

有一段时间,我携带着最初写出的诗稿去了布拉格,后来又回到布尔诺,但没有再住多久。一次,我约了哈拉斯到科利什杰果园去,马汉路过那里,看见了我们。那是春天,马汉刚从农村回来。我嘴边有上百个问题要问,马汉却微笑着向我们详详细细地描绘他如何用一根火柴棍儿给地上一只春游遇到困难的小甲虫帮了忙。讲完之后，他拍拍我的肩膀，真诚、友好地说了声“来玩”，便急急赶往剧场去参加一个会议了。

那已是多少年以前的事情！然而，即使我忘记了一切，这个印象肯定是不会忘记的。

我是从日什科夫穷困的居住区来到布尔诺的。在日什科夫，我目睹了形形色色的贫穷景象，自己也亲身体验过，但是像布尔诺郊区哈拉斯的住所那般简陋的，我在日什科夫还不曾见到过。

他同年迈的奶奶住在一起，奶奶无疑是他的长诗《老妪们》中的一员。我不明白人们为何指责哈拉斯，说他的这首诗带有小资产阶级情调。那都是第八句中的假棕榈[1]造成的！

在那间独一无二的狭小屋子里找不到任何家具。屋子当然是直接通着外面走廊的。墙上钉着两枚老大的衣钩，一枚挂了奶奶所有的衣服，另一枚上则是孙子的全部行头。奶奶睡在两只木箱上，垫着一床破旧的、睡得塌陷了的草垫。哈拉斯睡在地上，草垫同奶奶的相仿。然而，这里毕竟也有令人惊喜的东西。屋子一隅有个高高的、结构相当巧妙的笼子，一只小松鼠在里面蹦来蹦去。小松鼠一见有人进屋便活跃非凡，两只玻璃珠子似的眼睛亮闪闪的，等着来人喂它好吃的。在这间屋里也许唯有它感到挺舒服。哦，还有一样东西别忘了；屋里的另外一角挂着个可怜的小架子，上面放了一排书：全是法国贵族的名字，可是它们旁边却有一本《共产党宣言》和克里玛的《世界只是感觉》。这便是年轻哈拉斯开始生活的天地。他构思最初的诗句时，看的就是这些书。

在布尔诺及其附近一带，我和哈拉斯办了几十次的文化讲座。我不知道工人们是否听懂了，不过他们用心地听着，提出许多问题，

1　诗中写到了老妇人的居室，有地毯、假棕榈等，被当时的一些批评家指责为小资产阶级情调。

我们所到之处从未遭到冷遇。

在《平等报》编辑部我还认识了希贝什老人。没过多久希贝什便去世了。他的葬礼是我从工人阶级的布尔诺带回的最强烈的印象。我们走在他的灵柩后面，同工人们的送殡行列在一起，前往布尔诺墓园。这里我不想用什么感伤主义的陈词滥调，不过，那是我生平第一次看见上了年纪的男子汉泪流满面。工人们确实热爱希贝什。

当我应泰格的召唤回到布拉格，从而结束了这一段布尔诺插曲以后，我同哈拉斯经常有书信来往。那时布尔诺的旋覆花社已成立，哈拉斯、切尔尼克和瓦茨拉维克[1]开始出版《地带》杂志。与此同时，戈兹[2]出来主持文学组，出版《来宾》杂志。

哈拉斯后来也告别布尔诺，来到了布拉格。

那是明媚的初夏的一天。菩提树暮春的余香和翠色欲滴的绿叶令人陶醉。我站在保凯尔特酒店的橱窗前等候哈拉斯。那天尽管阳光很好，我们却钻进了保凯尔特舒适的，然而门窗紧闭的酒店——就我记忆所及，那里终日点着灯。我们坐在一个角落等待霍拉的到来。霍拉下午总在编辑部。哈拉斯给我们朗读了他早期的诗作，我们谈谈说说，一直聊到了午夜保凯尔特将要打烊的时候。后来我们转到附近一家关门更迟的酒店。大家知道，夏天的晚上过得很快。我记得当窗户上映出了黎明的霞光时，我们连忙走去把泛着一股香烟味的深色窗幔拉上，免得曙光干扰我们，使我们过多地想到充满各种各样责任的新的一天的来临。因此，可爱的朝霞女神还得稍稍等待，才会看见我们从浓烟弥漫的店里走出来，深深吸一口清晨的新鲜空气。

（杨乐云译）

1　即贝·瓦茨拉维克（1897—1943），捷克马克思主义文学史家、批评家、美学家。

2　即弗·戈兹（1894—1974），捷克文学家及戏剧批评家，历史学家。

山羊如镜饭馆

我到杜尔诺夫去拜访我的朋友戏剧家扬·巴尔多什的时候，经常是在令人愉悦的夏季。在这个季节，人间生活似乎显得更加美好；有时春天也去，杜尔诺夫的春天特别美丽诱人。杜尔诺夫是巴尔多什的家乡。他在布拉格虽然有住房，但他常常回杜尔诺夫，喜欢待在那里。那里是家。而布拉格，如他所说，只是个住宿之地。

在杜尔诺夫，雪白的云比别处更为经常地在湛蓝澄澈的晴空飘过。我们喜欢外出散步，这些散步都是令人难忘的。有时甚至走到赫鲁布山崖，一般只是去较近的富有浪漫色彩的瓦尔什台城堡，我还常在那里过夜。

瓦尔什台城堡里有一张马谢克画的圣徒扬·克日基代尔的像。据说那脸是照着诗人马哈的面容画的。其实，诗人的面容肯定不是这样。巴尔多什说，尽管如此，人们还是到这里来瞻仰诗人的风采。凭借这位诗人的光辉名字出现了一长串的伪评论家、伪作家，以及其他文学骗子，延绵不绝，直至今日。

但是我们最常走的路还是沿着平原穿过宽阔的伊泽拉山谷走到苏西山崖或是老弗里芝台。在这里，河水还处于青春少女期。尽管它已在碧绿平坦的两岸间流淌，却仍带着点儿山区的秀气。她吸引人们在她的岸边坐一会儿，倾听那匆匆流过的潺潺水声。在那些丑陋而阴沉着脸的工厂尚未向河内排放污水使它浑浊之前，河水是多么美丽啊！

沿河有一家孤零零的、仿佛被人遗忘了的小饭馆，名叫山羊如镜。天晓得谁给它起了这么个漂亮的名字。我们有时到这家饭馆坐坐。路上经常遇到兹丹涅克·尼耶德利教授和他在杜尔诺夫的朋友耶夏拜克教授。

我和巴尔多什一般坐在饭馆外面靠门的地方。巴尔多什总是要一杯白葡萄酒和一块干面包。他说这种吃法是真正的美食家最高级的享受，因为真正的美食家除了物质欲望之外还应该有点儿哲学感。

在这条河的河岸上散步时，我每次都自然而然想起一位不知名的民间诗人的诗，它描写了乡村饭店的舞会景象，其中有这样一句：

我的眼在你的眼中不再迷茫，
我俩好似伊泽拉河清波荡漾。

诗句较一般，但很自然的音韵使它成为我们的母语中可能见到的最美丽的诗句之一。奈兹瓦尔也承认这一点，他是这方面的高手。

我和作家扬·巴尔多什是在旋覆花社认识的，但他并非这一社团的成员，只是作为一个好朋友参加我们的活动。他年长几岁，接近恰佩克一代，他不觉得需要参加社团。这位作家、戏剧家和戏剧史家是我们青年时期最感兴趣的人物之一。我们敬佩他不仅因为他作为一个写剧本的诗人能把丰富多彩的想象力同尖刻的嘲讽相结合，而且也因为他作为一个论战家能用锋利的攻击语言穷追猛打戏剧界人士、演员和作家。此外，他看手相的本领高强，推算星象占卦也很内行。对此，奈兹瓦尔兴奋得如醉如狂！除了从不轻信的泰格以外，我们大家也全都被他这一本领给迷住了。尽管我们并不太相信，但出于好奇心，还是心甘情愿地把手伸给他看。奈兹瓦尔迷上了看手相，只有他一个人真心实意地相信巴尔多什，甚至要求巴尔多什把这本领教给他。巴尔多什也愿意教。这样，我的手有好几次被奈兹瓦尔用来做试验。不过老实说，他对手相的分析愈来愈复杂，愈来愈令人难以置信。他能深入、准确地看懂婴儿从娘胎里带来的奇妙的掌纹——一个人的生死之谜竟在他出生时就一劳永逸地刻在他紧握的小拳头里。奈兹瓦尔对我清晰的手纹特别兴高采烈，他从我的手纹中推算出许多许多事情。但是，我觉得，他练习看手相主要是为了姑娘们。他给姑娘们看手相时振振有词，语气炽热。当然绝不是完全没有私心的。当他已经没有更多的可说，所有的手纹都已解说清楚时，他就开始吻姑娘的手心，有时这只手他就再也不放掉了。

不知道为什么巴尔多什特别与我亲近。对他那仔细而又技艺精湛的占卦术，他自己说起来是如此严肃、内行和满腔热情，而我却从来就不怎么相信。当然，我从未把我这种亵渎神明的怀疑告诉过他。

他住在维诺赫拉德区。我几乎每个星期二都去看他。有好几年都是这样。巴尔多什住的地方同一般能想象的住房完全不一样。他各个房间的窗户都用卷帘遮上，里面还要挂上不透光的厚窗帘。整天开着灯，哪怕在夏天阳光普照着街道和房屋的时候也如此。他的两间屋子所有墙壁上都挂满了画。一幅紧挨着一幅，就像男孩子集邮册里的邮票一样。书桌和书架——这是他那两大间房的全部家具。他从杜尔诺夫的老家取来了几十幅纳弗拉基尔的油画和水粉画。后来有人告诉我说这些画并非都是真迹。我搞不清，那时候我对此不太关心。他那里还有一幅约瑟夫·马奈斯的画，画的是一位少女，这幅画很美，色调柔和。另外还有几幅更早一些的捷克绘画大师的作品，我想大概是葛隆德、比本哈根、宾卡斯、巴尔维达等人的作品。显而易见，这些画都是他古老家族留传下来的，而他又补充了一些当代现代派画家的画，如兹尔扎维、克雷姆利契卡、什帕拉和恰佩克等。他的叔叔曾经游历过世界各地，给他带了约四十张极其美丽的印度袖珍画。这些画巴尔多什特别珍视。够了！不必再一一枚举了！反正房间里挂得满满的，所有的画都是好画，珍贵的画。巴尔多什对造型艺术很在行。

他的前厅也是挂得满满的。但大部分是古老的版画。正面，光线比较阴暗的墙上挂着一幅大油画，画的是一个年轻漂亮的女郎睡在棺材里。这是巴尔多什的妻子，是约瑟夫·恰佩克画的。巴尔多什对所有的画都有说法，有评语，唯独对这张画沉默不语。他没透露，画上的女郎是著名法学家汉耐尔教授的女儿，作家汉奈洛娃-普伊曼诺娃的姊妹。显然，他不愿向我透露与这张画有关的秘密。

巴尔多什的这桩婚姻据说是他硬逼着那个家长制的旧式家庭同意的。婚后，他给年轻的妻子占了卦。星象图很不吉利，甚至测出她不久将自愿死亡。巴尔多什夫人听从了星象的断语，自己结束了生命。人们是这么说的！

每次我一进他家，他当即就把门锁上，而且还要加上链条。我问他为什么要有如此严密的防范措施。

“防范仇人。”

我听了也就不便多问。他仇人虽然颇为不少，特别在戏剧界，但我认为，这些人还不至于来此破门而入。这种措施更近乎象征性的。他不喜欢演员，尽管他们本应是和他很亲密的。他有时还说，现在还应像古时候市政府规定的那样，不许演员在人行道上行走。

我每周在巴尔多什那里度过两三个小时，谈话是极其友好真诚的。我们有说不完的话。我们两人都喜欢喝很浓的黑咖啡。咖啡是在他所谓的神奇的厨房煮出来的，手艺不错。他的厨房可谁也不让进。显然他的全部家具、床和衣橱通通都在那里。

那时我吸烟已吸得不少，但同巴尔多什相比我只能算是初学者和外行，或是个吸烟很有节制的人。巴尔多什抽烟是一根接着一根，并且以明显的快感把口中的烟深深地吞下去。从好多方面看，他这个人是不平凡的、杰出的，但对自己的生命却有些视同儿戏。他瘦长个儿，更确切地说是高个子。有一张很吸引人的脸，在浅黄色头发衬托下显得格外苍白。我喜欢他，但当我同他握手时，刹那间的感觉会使我一哆嗦，仿佛接触到了一个生活在不见天日的黑暗、冰冷的深水中的生物。克雷姆利契卡给他画的肖像真实可信。然而，实际上他是个快活的人，有真诚的喜剧意识和怪诞意识，是一个易于交往的好心的朋友，尽管他的仇人，不管是真正的还是臆想的，确实不少。

他喜欢马。但绝不是胡赫莱赛马场上的马。从他家出来的路上有一个马车站，一般停着两三辆马车。巴尔多什从这匹马走到那匹马，给每匹马都喂一块从公事包里掏出来的面包和几块糖。马车夫可不欢迎他。甚至对他沉下脸。因为只要他在街上一出现，马匹就认出了他并立即发出愉快的嘶叫声来欢迎他。他的恩惠对停着的马车不是没有影响。马匹以骚动来回报他。而这打搅了它们的主人，因为主人们正聚集在一驾马车里打扑克。

扬·巴尔多什写了几个剧本，都很不一般，但只有《吝啬鬼》在舞台上获得成功。从文学角度看，其他的剧本在当时肯定也有意义，有内容。今天却几乎已经被遗忘了。

因为巴尔多什的关系我得以结识了几位戏剧界人士。在他家我认识了魁梧的诗人阿尔诺什特·德沃夏克，他大力推动了捷克戏剧。他总是穿着校官的制服，显得很威武。我后来设法让他们结交了难得出来参加会见的弗·克·沙尔达。他们三人同民族剧院都有一段未了的恩怨，三个人都是以对抗官方机构“戏剧协会”的统治为己任的一个组织的成员。这新成立的戏剧组织的机关刊物是巴尔多什创办的《新舞台》杂志，由我——至少对外是这么说的——担任编辑。杂志出版没多久就停刊了，但这段时间已足以使巴尔多什又树了不少新敌。

阿尔诺什特·德沃夏克是宏伟的话剧《胡斯信徒》和《新俄瑞斯忒娅》的作者。一天晚上他带我们去苏代尔酒馆。德沃夏克的朋友，不安分的著名哲学家拉迪斯拉夫·克里玛在那里等我们。与克里玛的谈话起初活跃而有趣，最后却以他的醉酒告终，他喝得几乎不省人事。巴尔多什溜走了。德沃夏克表示歉意，说他穿着制服伴送一个踉踉跄跄的人不太合适，结果这一不妙的任务只好由我来承担：把他送到他那像乞丐住的破房子里去。那天晚上刚见面时我和克里玛约定了同哈拉斯会见的时间。哈拉斯早就想认识他了。哈拉斯年轻时读过他的处女作，是哈拉斯最喜欢的十本读物之一。可是克里玛后来没有赴约。我也没再见过他。不久他去世了。让我感动的是，克里玛去世前的几个小时还想起我，送了我两本他的著作《世界只是感觉》和《马杰伊·波茨基维》，并写了友好的献词。

我和巴尔多什交往中的一个隆重时刻是晚些时候才到来的。

那是春光明媚的一天，城市简直沐浴在阳光和阵阵幽香之中。我敲开巴尔多什的门，走进他那阴暗憋闷的住房。我们一般坐在书桌旁，那天这个书桌上放着一瓶波麦里酒和两只小酒杯。他比平时更热情地迎接我。坐下以后他就想打开葡萄汽酒的瓶子，可是打不开。这有点儿破坏隆重气氛。我只好帮他的忙，酒杯里于是散发出芳香。我们相互祝酒后，他给我看一个用银色的蜡封好的信封。里面装着他准备存放在公证处的遗嘱。但他不相信公证人会全部实现他的遗愿，因此他请求我做遗嘱的共同执行人。遗嘱中也提到了我的名字。我当即表示反对，说他现在立遗嘱未免为时过早。他却用平静而理所当然的口气说，他已决定在他认为合适的时候自愿离开人世。他谈到死时坦然自若，要我别再试图劝阻他。他决心已定，而且下这决心已有一段时间了。在这种情况下我很难再拒绝，于是我和他握手，保证一定设法使他的遗嘱完完全全付诸实现。为此他送给我一个银丝镶边的刻着圣徒伊日像的项链坠。现在这项链坠给我女儿戴了。他还送了我一幅什帕拉蓝色时期的绘画原作。这幅画我后来送给了万楚拉，当时我根本没有地方挂。

收这样的礼使我感到相当不是滋味，好像我的任务就是等他死似的。但当时没有任何迹象说明他近期想要去死。后来我们再没有提这件事，我也尽量不去想它。当我看到他日常对我国文化界表现的兴趣，当我读到他精彩的文章和他与戏剧界人士的论辩，我渐渐习惯了他对我的托付，更确切地说，我已把这一切都抛诸脑后，我与巴尔多什像过去一样不间断地交往。

当然巴尔多什也答应给我用星象图算命。为此我得告诉他准确的生辰。要准确到几时几分。当我从我妈妈那里骗取这些数字时，她对我这种好奇心直摇头。我的生辰记录在祈祷书里，她很乐意地给了我。巴尔多什对其准确性感到吃惊，说他算的卦因此也会更准确。

有一次去看巴尔多什时，我禁不住用了较长时间细看恰佩克的那张油画。我虽然不迷信，但每个人的心灵深处毕竟隐藏着两种心理：好奇和恐惧。最后我唯有暗自好笑。夜间我仰望星空，为避免被人听见，悄声对星星说：见你们的鬼去吧。说罢我砰的一声关上了窗子。晚安！

六月一个美好馨香的星期天。我到了杜尔诺夫，又和巴尔多什沿着伊泽拉河走去。这一天，杜尔诺夫城里正有游行队伍庆祝圣体节。街头搭着四座神坛。街面上撒遍了红牡丹和初开的玫瑰花的花瓣，拐角的什么地方传来庄严的赞美诗的袅袅余音，伴随着玉珠落盘似的小铃铛声。空气中虽然飘浮着看不见的神香的烟雾，但神圣气氛已被花园中的茉莉花香驱散。多么美好的一天啊！特别是在这个城市里，它和另外两个城市形成捷克最美的三角区，特洛斯卡城堡的轮廓则隐现其中！

我们来到了山羊如镜饭馆。店员们还在打扫前一天星期六的店堂，但他们热情地把桌子给我们抬到饭店前面的阳光下，铺上雪白的桌布。屋子里还散发着前一天的啤酒和香烟的臭气。

伊泽拉河在太阳的照耀下闪闪发光，仿佛她的水波在冲洗着埋藏在附近纵向的哥扎克夫山下的玛瑙。河水在碧绿的两岸间活泼地流淌，悄声低语，像是急于把它从奔腾无羁的姆木拉维河听来的秘密倾诉出来。

巴尔多什像往常一样要了一杯葡萄酒和一块干面包。他把酒喝尽，面包吃完，连面包渣也用他那秀气的但被香烟熏黄的手指捡起来吃掉了。然后煞有介事地望着我，说他带来了我的星象图，并递给我一只封好的信封。

“信封请您现在别打开，等上了火车或到了家里再说。如果您好奇的话，我可以告诉您，您只管放心。您的星象图好得非凡。我想把我没写进您的卦里的内容先告诉您，您肯定不会独自看我给您算的卦。根据我对您的了解，您肯定会把您的卦拿给您在布拉格的女友看，她是一位温柔善良的小姐。我若都写上，她看了说不定会对您产生误解，她会感到伤心的。她真心地爱您，您活得要比她长。

“从星象图我推算出您的过去和您未来的命运。这些都是用一些专门的独特的记号标明的，而这些记号又是从留在第一宫里相合的水星和金星的地位推算出来的。这是一个幸福的星座，因为它具有艺术和爱情的特点。厄罗斯[1]贯穿着您的一生，简直是太过分了。尽管这对您的艺术工作有益处，但有点儿消磨您的意志。从您很年轻的时候起，妇女就对您有干扰，遗憾的是，到您年纪很大的时候，在大多数男人早已失去了这方面的兴趣的时候，您仍旧得不到安宁。她们一出现，您就会有灵感，但同时，这当然是个悖论，您变得女性

1　厄罗斯为希腊神话中的小爱神。

化。您缺乏坚强的意志。但另一方面，妇女也成了您最忠实的读者。您成了她们的诗人。这倒也不是坏事。

“您通过一个您自己用微笑和吻建造的虚构的彩门进入了生活。只可惜您过于轻率。这一特点使您比较容易忍受许多生活上的苦难，但却往往使您的亲人相当苦痛。我想说，您简直被妇女的魅力迷住了心窍。您为她们的美彻夜不眠。您被一种永不泯灭的欲望所折磨。而您往往是什么别的念头都没有。您正处在变回物质的路途之中，但目前您尚能免遭它的灾难。当然不是永远。好，现在我已经在引述您的卦文了。总之，您完全是一个世俗的人。

“我感到奇怪的是，连河流也会以其似是而非的女人气质使您激动不已。这可能是我们祖国的母语给她起的名称所致[1]。仅此名称就足以唤起您的爱情想象力。对您来说女人无所不在。归根结底这也不算是什么坏事，但这说明您的不专一的性格。

“我饶有兴趣地观察到我俩的不同，也许正因为这种不同使我们能友好相处。显然是截然不同的性格使我们相互吸引。刚才我注意到您喜欢茉莉花的香味，而我却对此完全淡漠。当十月份枯萎干黄的白桦树叶落到我肩膀上时，当我第一次嗅到秋季枝叶腐烂的臭味时，我感到幸福。您显然爱听春季鸟儿的第一次歌唱，而我却愉快地倾听秋天飞到我杜尔诺夫庭院上空的乌鸦的叫声。当您受女性美的奴役时，您感到舒服，而我却回避妇女。我倒不是仇视她们，但我宁愿孤独也不要她们来干扰。您肯定没有想到，您脑海中形成的妇女形象其实完全是虚假的。妇女有两面性。妇女的另一面既不和蔼也不可亲。而是很可怖的。您信任女人，为此您将受到惩罚。不，女性绝不软弱。相反，她们更坚强。她们比男子勇敢，她们变得凶恶而无情。她们毫不宽容。男人愿意把很多事情忘却，也的确在忘却。而

1　在捷克语中“河”这个词是阴性名词。

妇女却绝不。”

扬·巴尔多什就星象对我做出的判断发表了一番议论之后，我们慢慢起身离去；时钟已敲响了十二点，我们走回城去。路上又遇到两位朋友，尼耶德利教授和耶夏拜克教授，我们停下来同他们聊了会儿。

我问尼耶德利教授为什么伊泽拉河旁那古老的饭馆起了这么奇怪的名字。他模糊的解释遭到了耶夏拜克教授的反驳。从此我再没打听到答案，也再没到过这家饭馆。

过不多久，我去巴尔多什家的次数日益减少，后来基本上不去了。至于为什么，相当难说。马哈尔当年在小品文中解释自己为什么同伏尔赫利茨基关系破裂时，说法很泛泛，即人们总是相聚了又分离。我和巴尔多什的情况显然就是这样，不过我们之间没有丝毫纷争或敌意。恐怕是疲于定期见面或者是我们中的一方兴趣完全转移。但我不清楚是谁转移了。除此之外，我结了婚，而这毕竟是我一生中相当大的事情，这肯定是我们疏远的原因之一。时隔不久，《民族剧院史》又一次使我们交往密切。这当然须要做些说明。

政治栏编辑雅罗斯拉夫·耶林奈克在《人民权利报》已工作了较长时间。这个人很谦逊，但他绝不是个碌碌无为的人。他除了本职工作外非常关注文化领域，但凡可能他都帮忙。可是，这位仁兄突然出了个有点愚蠢的主意，为此还献出了时间和精力。他认为，该是在布拉格建造第二个民族剧院的时候了，并且立即开始行动。虽然我觉得这主意并不好，也不合时宜，但根据巴尔多什的建议我答应同耶林奈克合作。安·马·彼沙一贯对事情抱怀疑和保留态度，根据他对捷克戏剧生活的了解，在听到耶林奈克的想法时报以不信任的微笑。第一个民族剧院的池座有时还是空荡荡的，何必要建造第二个。可是耶林奈克已经组建了第二民族剧院的筹建团。

弗·克·沙尔达对第一个民族剧院一向极其不满，因而高兴地笑着接受了这一组织的会员身份。他预料，民族剧院周围的人至少会很恼火的。果不其然，他们大光其火，当然不久他们就意识到，这一设想是行不通的。

编辑耶林奈克立即开始收集捐款。确实凑集了一笔不小的款项，但这笔钱当然只够支付为这一想法进行初步宣传和在全民族开展筹集捐款的费用。总之，很快就清楚了，想法虽然美好，但不现实而且多余。结果只剩了一堆千元的钞票，耶林奈克拿它们没办法。这时，有个人，我想就是安·马·彼沙，建议他把捐来的钱用于规模小得多但也是高尚的有文化价值的行动。他建议把钱用于一件不吸引人的工作，但这工作是必要的，而且谁也不敢从事，那就是出版一本《民族剧院史》。

耶林奈克高兴地接受了这个建议。只要有钱，还愁有什么办不到！

我们很快就把最有名的作家聚集起来。教授和作家沙尔达、费舍尔、马杰伊卡、尼耶德利和蒂勒。第一卷《民族剧院及其建设者》由扬·巴尔多什负责。他在这期间在捷克地区政府下属的布拉格民族博物馆工作，该博物馆的戏剧部是他创建的，而且办得很成功。

作者们立即投入了工作，不几年，八卷的大型著作出版了，而且装帧得的确很有代表性。

我个人也参与了这一工作。我负责宣传。宣传得很不好，我这印象是准确的。我的性格绝对不适合做这种工作。不过由于这项任务我第一次得以乘坐飞机。当时坐飞机是一种小小的冒险。我飞到布拉迪斯拉发，然后又飞往疗养地皮耶什佳尼去找沙尔达。我给他送去预付款。当时他在那里的温泉疗养地已没有钱用，但还想在那里待下去。为了这一任务我又开始和巴尔多什交往。我又不时去他那昏暗的住房，他的房间一切未变，我们仍然一起喝浓浓的黑咖啡，抽着大拇指那么粗的烟卷。巴尔多什写关于民族剧院的学术论著花了不到一年的时间，甚至可能更短。内容丰富的科学论述以辩论的笔调写出，这在他几乎是必然的。论述有创新，这在当时是空前未有、独一无二的。他这一著作写得很成功，是他毕生登峰造极之作。出版后他不得不为维护这一著作而战斗，这正合他的心意。辩论是他不可或缺的生存环境。他以至诚的喜悦期待着它。从这一宏伟的民族建筑物上剥离掉虚伪的黄金贴面使他感到舒畅陶醉，因为从民族剧院诞生到今天总有一些小市民爱国主义田园诗派的人士给它贴金。哪儿谈得上什么田园诗！其实，哪一次不是斗争，而且一般都是同伟大历史事件相联系的。巴尔多什的著作使几个快被遗忘的捷克人的名字恢复了应有的光彩而再度辉煌。

巴尔多什的书出版以后我们确实很难得见面了。最常见面的机会是在别人的葬礼上。他显然感到我把给他做遗嘱执行人的任务已经遗忘，所以他要求奈兹瓦尔为他办这件事，而且委婉地通知了我。奈兹瓦尔在此之前已经常去他那里。巴尔多什在教他编排复杂的星象图的技术。奈兹瓦尔是一个毫不掩饰自己学习热情的学生。这样，不久他俩就一起编星象图了。奈兹瓦尔看手相的本领已经很高超，而且越来越细致。当他大约第五次给我看手相时，我发现他手上戴了一个巴洛克式的大戒指，这戒指以前巴尔多什曾经戴过，并且说过里面藏着一种致命的毒素。巴尔多什大概是在要求奈兹瓦尔为他履行我不声不响抛弃不办的任务时赠送给他的。

1946 年巴尔多什去世了，年纪不算老。正像他数年前所下定的决心，他确实是自愿离开了人世。至于他所收藏的丰富的珍品下落如何，我就不清楚了。我也没去问了解内情的奈兹瓦尔。当时传说这些收藏赠给了贝奈斯总统。

他刚去世不久，奈兹瓦尔跑到编辑部来找我，激动地在我桌上摊开几张纸。这是一年前奈兹瓦尔给巴尔多什推算出来的星象图。但他并没把星象图交给巴尔多什。他没有勇气这样做。

星辰的位置已预示巴尔多什很快将死亡。时间据说极其准确。奈兹瓦尔热情地向我解释那仔细画出来的复杂的图，上面写满了数字和希腊字母。

我洗耳恭听，遗憾的是，我得承认那些线条我一点不懂。看来我是一辈子也懂不了星象的秘密语言了。

（陈韫宁译）

一小块匈牙利熏肠

在日什科夫，住房门前停一辆搬场车——这事跟商店里出售的白面包一样平常。日什科夫的居民喜欢搬家。同邻居拌了几句嘴，搬家。同房东先生闹了点别扭，下个季度一辆挂着大商标的笨重搬场车便停在了门前。我们家也搬过几次。倒并非由于这类不愉快的事件，而是一次从较次的房子搬进了条件较好的，另一次却又是为了房租可以便宜一些。这取决于经济状况。有几年，我们住在查理士大街一栋漂亮的新房子里，紧挨着“女玻璃商”——人们管拐弯角上那栋高大的分租房屋叫“女玻璃商”，它盖了个颇具特色但纯属多余的文艺复兴式的小尖塔，老远就可以望见。我们楼的一面墙甚至同这栋楼是连在一起的，它的拐角上还开了一家饭馆。不过，在日什科夫哪儿没有饭馆啊！几乎每隔四五座房子就有一家。我们周围便有四家饭馆、两家旅店和两家酒店。其中有一家当年雅罗斯拉夫·伏尔赫利茨基常去光顾。我还听说了原因何在，不过这里就不讲了。

我们住了几年的那栋房子比较高级，这也可以从里面开设的一家高级食品店看出来。喏，要说这家食品店，它门面并不大，可是整座楼里飘逸着它的香味。即使走在附近人行道上，只要店门开启，一阵浓香便扑鼻而来。我总是愉快地吸着从商店里轻轻飘来的空气。

它是各种甜蜜气味的奇特混合，是当年所有高级食品店都有的美妙无比、富有特色的气味。凡是高级食品店就充溢着与此一模一样的香味。对此我很熟悉，但并不意味着我都一一光顾过。绝对没有。是我观察所得。这种香味显然再也不会回来了，它已永远消失。我不想为旧时代唱赞歌，不过我徒然在今天的各大食品店寻找这种香味，却无法找到。当然我必须如实补充一句，从前在这类商店，柜台前面没有今天这样的长队。今天的商店也不再有我年轻时候商店里的那种令人肃然起敬的气氛。从前走进高级食品店，人们几乎情不自禁要脱下帽子来，正如当时走进药店的人照例都脱帽一样。现在走进药店可早就不脱帽了。这种奇特的香味过去在糖果店里也有。糖果店越高级，香味也就越淡雅。今天的糖果店也已全然不同。店里挤满了人，瓷砖地上污泥斑驳，乱哄哄的。诗意已经变了味。

那还不全靠金钱呗，我们不妨这么说，事情可以简单一些。

我们家买东西可不上这个高级食品店。说某某人"上科尔曼店"——科尔曼是这家高级食品店的老板——言下之意便是此人家境富裕，吃得讲究。只有极为难得的少数几次，通常是在圣诞节前，母亲打发我上那儿去买香料和小鲱鱼。他家的货色比较新鲜，质量也好一些。

科尔曼先生头上戴了一顶黑色小帽子，就是当年高级食品店的老板和富裕商人常戴的那种，站在商店门前殷勤地朝世界和行人频频微笑。所谓世界指的当然只是我们那条街。我恭敬地向他问好。显而易见这份恭敬是给予他店里那些宝贝东西的，它们由他守卫着，神气活现地陈列在橱窗里，可望而不可即。

无论何时我从家里跑出来，从不忘记盯着科尔曼先生的橱窗看上几眼。如果有时间，譬如说不必急急忙忙赶去上学，我就站在橱窗面前流连许久。因而有一次便发生了一件令我万分激动、难以忘怀的事情。科尔曼先生微笑着朝我点头示意，他走到柜台后面，用锋利的刀尖儿挑了一小块匈牙利熏肠递给我。这是我有生以来头一次品尝匈牙利熏肠的滋味，它给我留下的印象，正如你们看到的，直至今天也未曾忘却。

科尔曼先生几乎每天都重新摆弄橱窗里的那些诱人的商品。他托起沉重的玻璃门扇，把它稳当地扣住，然后熟练地将他的名贵货物移来摆去，活像荷兰画家准备绘一幅传世的静物画。他不时从玻璃门扇下面钻出来，站远一些端详摆得怎么样。

橱窗的中心照例是一尊富丽堂皇的"特尔德洛维茨"。也许你们已不知道此为何物了吧。在今天知道的人已经很少。它是一种高级大蛋糕。当年在普通糖果点心店里我从未见到过。可是凡属高级食品店，几乎无一家不以这种令人赞叹的精美产品自豪！

这种蛋糕初看很像一段空心树墩子，相当高，但不很粗壮。表皮上长着一根根向外戳出的圆滚滚的长刺，糖衣闪着金光，天晓得里面包含着多少好东西。后来，蛋糕切到盘底，我才弄明白原来它是用黄油酥面薄片卷成的圆筒形，酥面片上撒满了某种上等果料，想必是杏仁——当时我无法想象还有比杏仁更好的东西——还隐隐约约看得出来抹了一层蔷薇色的果酱或橘子酱。鬼知道那时候是怎么制作和烘烤的。零售时从上到下顺着弧形的层次切，称分量计价。"特尔德洛维茨"的价格非常昂贵。我不知道它的味道怎么样。当魏里赫[1]在巴兰托夫制片厂拍摄影片《皇帝的面包师》时，需要一尊"特尔德洛维茨"，他遍访各糖果点心店，却未能找到一个会制作这种蛋糕的人。手艺已经失传了。除却这尊骄傲的大蛋糕之外，始终吸引着我的是两只不很大的木桶。一只里是乌黑的鱼子酱，另一只装了满满一桶玫瑰色的熏鲑鱼片。这三样无疑都是高级食品中的名贵货，总放在最醒目的地方。在较大的陈列品中，引人注意的是一块硕大无朋的

1　即扬·魏里赫（1905—1980），捷克戏剧家、演员、散文家及诗人。

瑞士干酪，长着油腻腻的小酒窝儿，老冲我眯眯笑。我则用心地观察它怎样一天天在消瘦，因为科尔曼先生每天都割下厚厚的一片拿到店里柜台上去出售。在这块瑞士干酪的上面，别致地摆着其他各类干酪：切开的红皮荷兰干酪球，洛克福尔[1]霉干酪，盖子打开的盒装卡曼贝尔[2]干酪，布里亚[3]甜味干酪。我这些知识你们不必感到惊讶。每一种干酪上都插着小标签，科尔曼先生用美术字体在标签上注明了一切。干酪后面，一根镍杆上挂着金黄色的火腿和黑乎乎的熏鳗鱼，另外几根挂了各式各样一应俱全的香肠：裹着一层白霉点儿硬皮的匈牙利香肠、微微扭曲的维罗纳[4]香肠、光滑的灰白色米兰香肠、煤烟熏黑的底洛尔[5]香肠。它们的下面懒洋洋地躺着一截粗大的博洛尼亚香肠，它的横切面犹如一轮红太阳，照耀在小小橱窗的天空。当然，上面这些还不是我想一一枚举的全部香肠名称。每天我都仔细研究这些商品，对它们了如指掌，连价格也记得一清二楚。唯独所有这些好东西的味道怎么样，很遗憾，我却始终一无所知。

对于酒，那时候我几乎还不感兴趣。可是渐渐地我也学会识别酒瓶了。而一个人年轻时学会的东西，到老年就不难寻找回来。威武的香槟骑士们，头上戴着钢帽盔，簇拥在一群身材苗条的美人儿中间，她们来自莱茵河畔的青山坡。而那些绘着村姑和葡萄藤的寒碜的梅尔尼克[6]粗瓶子，却像一帮仆役站在一旁，有几个甚至头上顶了一块长方形的磨光玻璃，托着几个雅致的白色长瓷盘，里面盛着堆得高高的意大利沙拉，油亮的鹅黄色马内司同玫瑰色的火腿条和碧绿的豌豆交织在一起，相映成趣。沙拉是科尔曼先生在商店后面的厨

---

1 法国农村。
2 法国城市。
3 中非共和国中部城市。
4 意大利城市。
5 奥地利西南州。
6 捷克西部城市。

房里亲自制作的，味道想必很好。柜台上和橱窗里的沙拉盘通常一到傍晚就已售罄。

可别忘记，橱窗里有时还摆着金黄色的菠萝呢，头上披拂着一簇青灰色的冠毛，神气十足。至于法兰克福小肠子——那里放了满满一大盘——猎人香肠和其他种种小商品我这里就不一一细说了，它们轮换着装点了橱窗里剩余的空地方。

我们家买东西当然只上兹伏尼契柯娃太太的小杂货铺，它就在对面。铺子旁边的人行道上放着一个敞口木桶，里面装满了咸青鱼，滚圆的死鱼眼睛给我留下了深刻的印象。木桶没有盖，任凭马车驶过尘土飞扬！科尔曼先生虽然也有一只与此相仿的木桶，也放在商店门前，但是盖得严严实实，盖子上安了一小方玻璃。桶里装的不是咸青鱼，而是用黄油烤熟之后浸泡在卤水里贮存的科马恰[1]鳗鱼。离我们家不远处，是令人不愉快的柯瓦尔先生的马肉铺，远近闻名。那里从早到晚顾客盈门，橱窗里摆着大块马腿，杆子上挂着无穷无尽的红香肠，泛出一股刺鼻的烟熏味儿。

岁月在所有的日历上同样流逝，无论是墙上的挂历还是桌上的台历。一战时期困苦、饥饿的年头来到了。科尔曼先生关闭了空空如也的商店，凄清的橱窗上放落了百叶扇。而且，我想就连夹腌鳗鱼的夹子和切香肠的利刃也换成插着锋利刺刀的步枪了。他不得不去当兵。橱窗里的全部美景已荡然无存。永远消失了！

但是也不尽然！它的画面保留在一个人的脑海里。那个人就是我。橱窗的美和唯一的一小块匈牙利熏肠的滋味，我至今记忆犹新。

战后不久，二十年代初，斯·科·诺伊曼约我给《无产阶级文化》写一首庆祝五一节的诗。那是在四月中旬，时间紧迫！诗不久就写

1　意大利地名。

出来了。诺伊曼看的时候一个劲儿吧嗒吧嗒吸着他那杆短烟斗，脸上露出了诡谲的微笑。我知道这是为什么。可是，诗他采用了。我给这首诗定名为《非凡的节日》，可是不久它就成为我非凡的出丑了。

在这首诗——不，请原谅我使用这个庄严字眼——那就说在这首韵文里吧，我首先向我国资产阶级开了火，接着将矛头指向两个社会党。

那年头每逢五一节，通过瓦茨拉夫广场的游行队伍有三支：共产党的、社会民主党的和民族社会党的。那也是不同政治力量的一种较量。至少在布拉格是这样。第二天的各家报纸便在游行人数上展开激烈的争论。一个数字来自警察局发布的消息，另一个根据各政党的统计。数字当然从来不会一致。

而我呢，则得意扬扬地唱道：

我们要一个新世界，合乎心愿的世界，
生活那般美好，百花飘香，
大地在清新、温暖的欢乐中小憩，
我们无产阶级想望这样的世界。

这几句当然还可以。虽说毫无新意，也谈不上什么特殊的独创性，甚至也不美，但从思想上看没有什么毛病，不曾惹恼任何人。更为糟糕的是后面，当我幸灾乐祸、磕磕绊绊到了结尾处时，我慷慨激昂地写道：

那个终生不见荤腥的人，
也想有一天无忧无虑
安坐在摆满佳肴的餐桌旁，
一边聆听美妙的音乐，

那声音宛如天使的翅膀轻轻抖动。

英德希赫·霍谢伊希[1]曾经说过：蹩脚的诗也是诗。不过，我们这里且不谈诗的艺术质量问题吧！

就我记忆所及，那几年我国生活相当困苦，尤其是我们家。战后有很长一段时期父亲找不到工作，我们碟子里的食物不多。这也在一定程度上促使我那样不知羞耻地唱出了唯物主义最低级的调门：

我们也要吃猪肉白菜卷，
晚餐有瓤牛肉或者辣子肉丁。

不过，谈到这里我不免要为自己稍稍分辩几句，同时也提一提诺伊曼对我的亲切关怀。我写出这样的诗，要说也同这位诗人有点儿关系，当然绝对不是直接的关系。他为人和善，依我看对我还相当偏爱。他见我这个日什科夫的男孩子面容消瘦，有时便带我上英德利什卡街宫殿饭店的小餐厅去。他告诉我说，当他感到有必要时就上那儿去。诺伊曼当时喜欢吃羊肉，那是从南方前线带回来的爱好，不过他特别喜欢小牛肉，尤其是牛腰子。还有牛筒骨。我们常常一起要了牛筒骨，那真是吃不完的。装在盘子里端上桌来诚可谓庞然大物。就着意大利沙拉一块儿吃味道极佳。我非常喜欢。这两道菜在今天已很普通，可当年对我来说却是无比稀罕。

末了是最要不得的那一段。我将亲爱的科尔曼先生橱窗中的一半陈列品都写进诗句中了。

---

1 英德希赫·霍谢伊希（1886—1941），捷克诗人、翻译家。

我们也要喝勃艮第[1]葡萄酒，
吃腌渍鳗鱼。
我们的信念坚定不移、牢不可摧，
有一天我们也将安静地
坐在桌旁，面前放着瑞士干酪，
经历了多少痛苦、贫穷，
今天在大地的丰盛恩施中
我们也要选取最可口的美味佳肴，
熏鲑鱼、小香肠、一桶一桶鱼子酱……
等等、等等。

喏，倒霉就倒在这里。最初是一些读者做出了反应。当然特别是那些我不曾以他们的名义发言的人。那时候我年纪轻，刚愎自用，他们的叫嚣使我产生一种恶作剧的快感。这么大的兴趣呀，哪怕是反面的！使资产阶级惊慌，这正是我们最乐于贯彻执行的那条口号啊。

然而，这首诗引起的风波并不限于资产阶级。共产党领导、《红色权利报》的主编鲍胡米尔·什麦拉尔把我叫到编辑部。他以爱护的口吻断然向我指出，那些诗句写得愚蠢，对工人阶级的事业不利。

这点我自己也认识到了。可是为时已晚。《非凡的节日》收进我的第二本诗集——书名我这里不提了吧，因为后来我把那首诗删掉了——已经付梓，什么办法也没有了。

这首五月浪漫曲对于我来说并未十分愉快地结束。诗句无论从哪方面看都写得很拙劣，这我已意识到了。可是，嘴里说出的话会飞走，白纸黑字写下的却赫然留在那儿了。而且，诚如我们拉丁文课本

1 欧洲古国，现为法国东南部地区。

里说的，它们不会羞红了脸。我多么希望把这首坏诗从世界上抹掉啊。幸而来自各方面的炮火把它狠狠地打落了。我天生遇事不很认真，因此也就心情轻松地从这次事件中摆脱了出来。

我未来的妻子在她办公室的处境可是尴尬得多。她的同事和上司时不时就嘲弄地把这道菜端了出来，而且不带餐巾。

我对文学史没有多少兴趣。尽管如此，我认为旧事重提，把早已像不光彩的诗句一样湮灭了的某些意见和观点拿出来重温一下是相当有趣的。

学生时代，我常在博物馆阅览室热忱地阅读过期的《现代评论》。那上面有勃谢辛纳[1]、诺伊曼、索瓦[2]和赫拉瓦切克的诗。我也阅读那些我不很明了的论战文章。可是这份报纸战后却大幅度向右转了，许多响亮的名字早已不再在它的版面上出现。喏，就是这座堡垒，在它的塔尖首先发出了顽固不化的反动分子、极端个人主义者、批评家阿尔诺什·泼罗哈兹卡的声音。尽管维吉尔劝导我们对死者只宜隐恶而扬善，可是对此人我压根儿不想这样做。泼罗哈兹卡是个丑恶的家伙，死心塌地同一切进步事业为敌，宣传虚假的、脱离现实的颓废思想和贵族式的病态心理。他后来的所作所为纯粹是挑衅性的。

他回答《桥》杂志的意见征询时连讥带讽，答到第三个问题便大肆发作起来。

“第三个问题嘛，”阿尔诺什·泼罗哈兹卡接着说道，“是整个问题中思想幼稚得登峰造极的表现，新的艺术是否像某些年轻的或乳臭未干的舞文弄墨之辈发号施令的那样应有阶级性，应是无产阶级的和共产主义的。天哪，诗人难道可以像士兵一样进行集体训练，像

1　即奥·勃谢辛纳(1868—1928)，捷克诗人。
2　即安·索瓦(1864—1928)，捷克诗人，印象派诗歌的代表。他的许多描写捷克风光，尤其是捷克南部风光的诗篇非常著名。

理发师一样学手艺，像党派鼓动员一样加以培训？提这样的问题是怪诞的，对整个一代人做如此要求更属荒谬。只知道和只承认自己那个阶级上帝的教会为唯一合法的、凌驾于一切教会之上的教会，这是最愚昧、最野蛮的教权主义。给一个诗人规定这一或那一灵感源泉，或者禁止这一或那一灵感源泉都是行不通的。作为个人，你可以随便从什么观点出发，关键是拿出有艺术价值的作品来，不要把党派的宣言和纲领拿来做诗，而是最完美、最富有个人特色地表现自己的思想感情。是自己的思想感情，而不是看来的、听来的、从各个角落搜罗来的仿制品；不要把自己的观念和希望强加于人。不管怎么说，每一个诗人本质上都是主观的。没有非个人的诗歌，没有集体艺术。再说，那些青年文人能大量接受诸如无产阶级专政、阶级性和共产主义这类东西，并且信以为真，这件事实本身就说明他们精神水平之低下。”

这位批评家就这样滔滔不绝，狂怒中还故弄玄虚地用了许多华丽辞藻。然后，在挖苦了霍夫麦斯特尔的两首短诗之后，他盛气凌人地以这么一段话结束了他的攻击：

“除此之外，还有一首正统的‘无产阶级诗歌’，是由雅罗斯拉夫·赛弗尔特炮制出来登载在《无产阶级文化》上的。”之后他大段大段引用了《非凡的节日》中的句子——其中大部分我上面已经老老实实主动引用了。末了，他慷慨激昂地说道：

“这是饕餮无餍：一下子吞食一桶鱼子酱！说明这只肉体的胃有多么强。而那只能忍受并消化这种诗的‘精神胃’——它是直接用愚钝的混凝土浇制出来的——无疑就更强了。”

过了好些日子以后，在《文学观察》上发表的许多宝贵意见中，出现了安托宁·索瓦的温和批评，他的口气是平静、和蔼的。我很喜欢这位诗人。他的诗歌风格令我感到愉快。我们大家都喜欢他。特别是约瑟夫·霍拉。索瓦的坎坷遭遇也引起我们的同情。不知有多少次，索瓦受到了几乎足以致命的打击。美丽的妻子抛弃了病魔缠身、永远锁在椅子上的诗人。约瑟夫·霍拉对我们讲过，有一次他应邀去看望索瓦。诗人高兴万分，徒然想走上前来迎客。他张开双臂，摇摇晃晃只迈了两三步便又倒在椅子上了。索瓦独自同儿子住在一起。儿子忠诚地留下了。有人曾把他妻子的照片拿来给我们看，她确实非常漂亮，是个很有风度的女人。显而易见，要她对这位诗人忠贞不渝得有非凡的深情和耐性。生活委实残酷地捉弄了这对夫妇。

在一篇题名为《处于新旧社会诗歌之边缘》的文章中，诗人第一次谈到了他在创作《暴风雨后的悲哀》时，日子何等困难。

"我名副其实过着无产阶级的艰苦生活，'日复一日'没有欢乐，经常饿肚子。"

当他必须去参加一次葬礼，或者应邀参加某人的婚礼时，他不得不向比较走运的朋友借一件黑外套。后来，他自己手头稍稍宽裕了，便常将这种恩惠给予生活困难的朋友们。因此他很早就了解受压迫者的不幸，对那些有权势又有金钱者的生活观也有了认识。这一严正认识促使他寻求合适的诗歌形式"以表现普通的、全人类的痛苦"。这便是《暴风雨后的悲哀》。年轻一代——他指的是我们——切莫忘记，同劳动无产阶级的理想靠在一起问题就不难解决，便能发挥自己的力量和才华以创作另一种模式的社会诗歌，更加高尚、更为生气勃勃的社会诗歌。如果说老一代的创作从观念上看是感情用事的——索瓦继续写道，那么对眼下年轻一代的创作我们该怎么看呢？除却少数例外，年轻一代的创作也依然如此。那些抗议，或者在诗歌中津津有味、不厌其详地描写各种美酒佳肴，描写资产阶级的享乐，追逐金元的海外商业奔波，在爵士乐号叫声中借酒消愁，对工厂剥削的仇恨，凡此种种难道不都是感情用事的尖锐号召，要求人们对广大社会不履行自己的义务吗？人类只要仍处于新生的过程中，仇恨只要未能以满足被压迫者的要求而告终，那就根本不会产生人们期待已久的正面讴歌共同劳动的诗歌。

索瓦基本上为我那首倒霉的诗做了补充注解。可是，我们的观点——从下面即将引用的泰格的话便可看出——已经不折不扣地归结为一个公式：反对资产阶级。同这个阶级我们丝毫没有“共同劳动”的意愿，而是要推翻它。因此，我们怎么可能同意这位伟大的、亲爱的诗人呢？要知道，那时候我们唯一承认的诗歌是进攻性、战斗性的，唯一承认的文学是无产阶级文学啊。

对我那首诗做出反应，评论其拙劣内容的许多最重要的文章中，我这里将斯·科·诺伊曼的意见留在了最后。使这位诗人恼火的倒不全是我的那些不得体的诗句——而是泰格为我那本诗集撰写的跋。

泰格的这篇文章确实写得太过分了，对当时初出茅庐的年轻诗人以及他们的诗集也一味评价过高。他写道：

“《全是爱》（这便是我那本诗集的名称）除却自己的传统、今天年轻人的气氛和今天的革命气氛之外，没有别的传统。诗集取材于无产阶级的现实生活，从这个领域汲取新的创作精神和新的勇敢精神。新的勇敢精神。诗集歌唱它和它的希望，粉碎有关工人阶级的虚假幻想，撕下资产阶级和伪社会主义诗人强加给工人阶级的可悲的、政治殉难者的光轮。它正确反映了工人阶级，歌唱他们最基本的物质愿望，亦即人世间各种神圣的美食和神圣的美酒佳酿。”

这位后来有着毫不妥协的批判精神的泰格，在先锋派的红旗下显然对诗集《全是爱》评价过高了。而诺伊曼当时已估计到泰格将是他顽强的论战对手，因此他在《无产阶级文化》上发表的那篇长文中便想及早提醒泰格注意。在评论我的第一本诗集的那一段中，诺伊曼清楚地表明了他对我的新作的失望。他说，他曾相信《泪城》[1]的

1 赛弗尔特的第一本诗集，1921 年出版。

作者在发表了处女作之后会继续前进，不仅听到“circenses”的呼声，也将听到“panem”的呼声[1]。赛弗尔特在那首“勇敢的”《非凡的节日》中虽然对这一要求有了认识，但只是在最原始的状态，并且将它推向了庸俗的享乐方向。诺伊曼接着写道：如果诗集的跋将这首诗看作“新的勇敢精神”，用以粉碎有关工人阶级的虚假幻想，那么这只能说是无知，暂时也许会博得年轻人的欢心，但是为了他们的利益，还是缄口不言为佳。

关于这首不幸的诗诺伊曼谈了这么多，至此我想可以收场了。不过，我还需要补充几句，用一件小事来结束这过于冗长的五月的插曲。

1928 年 10 月中旬出版的一期《文学报》上，刊登了约瑟夫·霍拉同伊凡·奥勃拉赫特进行的一次耐人寻味的对话。其中霍拉向奥勃拉赫特提出了这么一个问题：无产阶级出生的艺术家有时写的却是描绘资产阶级的和豪华生活的文学作品。对此奥勃拉赫特回答道：这是事实，人们并不永远生活在他们所出生的那个阶级和阶级目标里。不过，这也可能是一种逆反心理：生活贫困——梦想豪华。性饥渴的人写出最狂热的色情作品，吃不上晚饭去睡觉的人梦见最盛大的宴会。赛弗尔特的那首一度在文学界引起小小轰动的写美食的名诗在我看来是完全可以理解的。在今天，雅尔达[2]已经有条件把瑞士干酪吃个痛快，葡萄酒也可以开怀畅饮了，因此大块瑞士干酪之类在他的诗里也许不会再出现，葡萄酒也只做象征性比喻之用了。

直到过了整整半个世纪之后，却还有一个人发表了意见，这是一位年轻的摩拉维亚历史学家。我已不记得是在哪儿看到的了，他写了一段文字，旧事重提：

---

1 “circenses”和“panem”两字均为拉丁文。前者意为娱乐，后者意为面包。古罗马人认为人生应有面包和富有刺激性的娱乐。

2 雅罗斯拉夫的昵称。

《非凡的节日》一诗最能说明赛弗尔特的革命概念了。这首诗不久前仍被曲解为诗人自私自利追求资产阶级享乐的表现。实际上它是一个健康青年的真诚表白。这个青年不满足于对未来的许诺和空话。他对世界所持的态度完全不同于旧的、对穷人的痛苦仅仅表示同情的社会诗歌。

我相信这是评论我那首拙劣的倒霉诗的最后、最最后的意见了吧。

但愿如此！法国人说：为了一只煎蛋饼发出了那么多的叫嚣。我能否说为了一小块匈牙利熏肠发出了那么多的议论呢！

（杨乐云译）

诗人椅

哈拉斯结婚了，皆大欢喜。弗朗基谢克和莉布什卡这一对年轻人终于成了家。哈拉斯曾经给他的这位心上人、后来的妻子写了九百多封情书。伟大的爱情。情书都在这里！小两口在维诺赫拉德的库任玛街找了一套住房，虽然朴素无华，但很舒适。青年建筑师赫滕为他们设计了现代化的内部装潢。我们常在那儿坐的那间较大的屋子，四壁摆满了书橱。

哈拉斯夫妇很好客，他们家的大门是敞开的。每天都有人去，我们常常一聚就是五六个。有两位是常客，几乎总能见到，那就是弗朗基谢克·比德洛和约瑟夫·帕利维茨。前者住在维诺赫拉德，离此不远；后者的家就在拐弯角上，近在咫尺。

哈拉斯有一把诗人椅，给他招来了不少烦恼。原来，赫滕出于一番好意给他设计了一把现代化的、舒适的安乐椅。赫滕管它叫诗人椅，因为他在扶手上装了一块白色毛玻璃板，旁边的小槽儿里放着铅笔。建筑师的设想原是让哈拉斯坐在这把安乐椅上构思，随时把灵感和诗句舒舒服服地记下来。据我回忆，哈拉斯从来不坐这把诗人椅。至少在我们面前他从来不坐。客人们没完没了地拿这把椅子取笑他，使他感到厌烦。不仅如此，诗人椅的消息还传到了社会上，成了个笑柄，哈拉斯觉得受不了。

然而，哈拉斯的知心朋友弗朗基谢克·比德洛却非常喜欢这把椅子，总以一副天经地义、满不在乎的神气坐在上面。比德洛的嘴巴一向刻薄，可是哈拉斯真挚地喜欢他，因此从不计较。比德洛常画哈拉斯，而这些画，特别是仅可在家里看看、不登大雅之堂的，可一点儿也不友好。

不过，比德洛生就这么个脾气！

“鼻子长得像根肉刺，”他评论哈拉斯说，“我瞧这张画挺好嘛。”比德洛也爱画哈拉斯的妻子布尼卡[1]。他大概从小就管她叫布尼卡，因此对这个怪诞的绰号谁也不感到惊讶。每当他想惹恼哈拉斯，他就画一张，譬如说，布尼卡穿着游泳衣在同哈拉斯的某个朋友接吻。当哈拉斯接连开了几瓶葡萄酒，布尼卡面有愠色时，他就画布尼卡自己捧着整瓶酒大喝特喝。

这些都是没有恶意的玩笑，哈拉斯一生气，比德洛便嘻嘻哈哈把画撕掉了。可是他的歪点子一忽儿一个，又诙谐，又快乐。有时却也颇为恶毒。

他坐在诗人椅上，一刻儿也不安分，在玻璃板上不停地画了又画，一般画在场的人，或者大伙儿嚼舌攻击的人。可惜所有这些画都被他随即擦掉了。他还一边画，一边发些尖酸刻薄的议论，对谁也不留情。“他那张嘴巴就是不肯安静一会儿。”哈拉斯常说。

譬如，有一回我和他乘电车从布拉格上哈拉斯家去。电车开到瓦茨拉夫广场时，上来一位漂亮的年轻妇女，眼睛里带着喜悦的神色。比德洛欣然站起身来让座。为这个座位她要付出的代价可不轻。比德洛站在她面前，马上轻薄地向她献起殷勤来。幸而她把这当作戏言，一笑置之。她，正如人们说的，有音乐听觉。当比德洛提

1　布尼卡在捷语中意为“细胞”。

出要送她回家时，她拒绝了，态度已较为严肃。她说她已经结婚，丈夫在家等着她。比德洛听了却若无其事地说没有关系。“咱们告诉他，让他今儿个睡在沙发上吧。”她扑哧一下笑出了声，直笑得眼泪都流了出来。到了下一站，她满脸绯红地下了车，比德洛还亲热地朝她挥着手。

哈拉斯常对他说：“你这张不干不净的嘴巴早晚会让你倒霉的！”谁曾想到他这话竟不幸而言中！

除了这一点之外。比德洛当然是个好伙伴。他虽然说话尖刻，但在我们中间从不恶意伤人。有一次他上布热弗诺夫我家来做客，事后我们怀念了很久。

德军占领之后不久，粮食供应也开始紧张起来，食品迅速减少了。有一次，我家从农村弄到一只鹅，这可是大受欢迎的东西。要把比德洛从他习惯去的地方吸引到远在布热弗诺夫的我家来，在我几乎是难以办到的。是鹅把他请来了。他很喜欢，吃得津津有味。看到这样对他胃口，我们心里也很高兴。饭后，孩子们拿了纸和铅笔来，要他给画一张画。出乎我的意料，他欣然接过了笔。他取了一张纸，在上面点了约莫二十个小点儿。

“这是罂粟籽。”他一本正经地说。然后画了弯弯的几个小钩儿，说是小茴香。接着又以同样的方式画了胡椒粉和辣椒末。最后他把这张空空如也的纸递给孩子们，说他画的是“无”，说这张画是他的最佳杰作。看到孩子们脸上的失望表情，他又拿起笔，只三下两下就活灵活现地画了一头大象，长鼻子伸在一只大木桶的圆洞眼里。这是一头只喝比尔森啤酒的大象。随后他又添上一只快乐的老虎，兴高采烈地品尝着蘸芥末酱的德布勒森[1]小肠子。末了还画了自己的面孔，咧着大嘴做鬼脸呢。

1　匈牙利东部城市，以食品工业著称。

他常说，他的铅笔是用他从皮亚韦河[1]带回的刺刀削尖的，这把刺刀他每星期都用氰化钾擦得锃亮。因此他的画才那么犀利、尖刻。不过他的观察力确实无比敏锐，无论什么人他只看上一眼，便能抓住这人脸上的某个特点，把它大胆夸张到怪诞的地步。

纳粹占领时期，每逢星期五——有时也在一个星期的中间——我们都上诺瓦克快餐厅去。它坐落在霍莱肖维采，正对着博览会大厦。快餐厅同它旁边的肉铺相连接，肉铺的一个掌柜常把一些不要供应证的肉类或腊肠卖给我们。

占领时期，比德洛找不到地方印刷出版他的绘画作品。朋友们都乐意买他的画，尤其是有他们本人在内的那些。在快餐厅，比德洛也能找到个把买主，那里的顾客五方杂处，形形色色：有布拉格的舞台歌唱家和演员，有伊日·普拉希[2]和工作室近在咫尺的雕塑家因德日赫·维耶尔古斯，有电影女演员，包括声名狼藉的如阿丁娜·曼德洛娃这类灵魂肮脏的美貌女人。有几次奈兹瓦尔也去了。还有许多其他著名的或不很著名的艺术家……以及一些无聊之徒。比德洛是那儿的常客。他说家里太寒冷！冬天，他用画坏了的四开绘画纸烧火取暖。他先把绘画纸泡在水里浸透，然后搓成团，晒干了使用。他坚持说这东西烧起来跟无烟煤不相上下，只是来源太少了。

有时，我们离开快餐厅以后，只要知道哪儿可以喝到葡萄酒，便又上那儿去。因此有一回我们同帕利维茨一起到了博览会大街一家冷落的酒吧间，那儿供应葡萄酒。我们刚坐下叫了酒，却见一个年轻的、喝得醉醺醺的希特勒党卫军踉踉跄跄走了进来。比德洛打量了他一下，若无其事地走过去，坐到他的旁边，并且马上开口对他讲了

1　意大利东北部河流。一战中，奥地利和意大利军曾在此激战。当时捷克受奥匈帝国统治，许多捷克士兵被派到这条河上作战。

2　伊日·普拉希(1899—1952)，捷克演员。

起来。我们一个个惊得发呆，可是听不见他在讲些什么。那是后来才知道的。当时只见德国人坐在那儿，比德洛滔滔不绝地说个不停。我们就等着这个党卫军站起身，把比德洛逮捕入狱了。可是，没有发生这样的事。哪儿的话，德国人看上去好像还挺用心地听着呢。

比德洛先用黑颜色给他画出等待着他的昏暗前景。他不会长期待在布拉格的。必须去东方，上前线，那儿可是活地狱哪。苏联近卫军的鱼雷迫击炮可怕极啦，把活人统统烧成焦炭。毫无希望了，他将死在那里，柏林的老母亲徒然望眼欲穿，盼着他的家书。她盼不着了。接到死亡通知书，她会号啕痛哭，最后伤心地死去。一番有声有色的描绘讲得这个党卫军支持不住了，他身子一哆嗦，眼睛里滚出几颗泪珠，落在佩戴着死亡标记[1]的黑制服上。

事后比德洛好不神气，夸口说他是唯一使党卫军掉泪的捷克斯洛伐克人。我不免想起哈拉斯的那句话来。德国人又踉踉跄跄走了出去，我们心上的石头才算落地。比德洛则得意扬扬地微笑着。

战争期间，啤酒和葡萄酒在商店里都已绝迹。出售的一律是无法上口的东西。烧酒和烈性酒当然也买不到了。可是，会动脑筋的捷克人却自有办法。有酒瘾的人开始在家里自制烧酒。一战时期有人自酿黑啤酒。难喝之至。二战人们就酿造土烧酒。有个地方生产蒸馏器。比德洛也弄来了一套，是用铜和玻璃巧妙制造的。一只金属小锅，什么东西都放进去制酒：发酵的水果、白糖、肮里肮脏的糖浆、蜂蜜、放陈了的果酱。引酒的玻璃蒸汽管用盛着冷水的脸盆进行冷却。因此人们管这种家酿烧酒叫脸盆酒。

头一遍蒸馏，滴出来的流体浑浊不清，需要再蒸馏一次。酒徒们有时甚至再反复蒸馏两次，忍痛损失一半出酒量。

比德洛的酿酒仪器放在朋友家里，就在哈拉斯住的那条街上。

1　德国纳粹党卫军的制服上有骷髅标志。

比德洛同他的母亲住在一起，居室狭小，外面通着一条公共走廊，在那里酿酒，整条街都会立即发现，而私酿酒是被严厉禁止的。他制作烧酒后来达到一定的水平，做出的酒可以上口了。不过，当他拿着一瓶烧酒来到哈拉斯家时，布尼卡可当真大发雷霆了。那酒喝起来味道虽然不怎么样，但是特别凶。作为惩罚，比德洛于是画了一张布尼卡：身上只穿了一双袜子，手捧半公斤的比德洛产品在喝着。

不幸的是，哈拉斯说的那句话终于应验。战争快要结束，人们对于战争将如何结束已无可怀疑。有一回在普洛哈泽克饭馆——它就坐落在今天的和平广场——弗朗基谢克大谈战争结束时希特勒将会怎么样。在场者中有一个是告密分子。一月中旬，比德洛被盖世太保带走，从此再没有回来。我们从此再也没有见到他。

他被送进了特雷津[1]。就在战争即将结束时，他得了伤寒症和白喉。有一次德国人要把患病的囚徒拉出去处死，弗朗基谢克使尽浑身力气挣扎着站起来，装作没有病。有些活下来的人亲眼看到了他为生命而做的这一绝望斗争。

比德洛的哥哥，铁道部一名高级官员，在最后几天终于把患病的弟弟从盖世太保手里救了出来，将他送到布洛夫卡。这事是怎么办成的，我不清楚。他同马尔卡洛斯大夫在一起，将奄奄一息的病人护送到布洛夫卡。在那里比德洛去世了，正是在五月九日，在苏联红军开进布拉格、全市欢声雷动的那个美好的五月天。

战后，哈拉斯在德依维采别墅区找到了一套较为宽敞的住房。他家又经常高朋满座了。我们又常去坐在他那间四壁摆满书橱的房间里。哈拉斯的那把诗人椅依旧放在靠近一边墙的地方。如今没有

1　捷克北部的一座小城市。二战期间，德国法西斯曾在这里设立了一个著名的集中营，后来又将整座城市改为犹太人集中区，关押被纳粹占领的欧洲各国的犹太人。

人再坐在上面了。

当屋里只剩下我和哈拉斯时，亲爱的布尼卡端着黑咖啡走进来，哈拉斯瞥了一眼那把空椅子，声音里含着难以掩饰的眼泪，叹息着说：

“只怪他那张嘴巴，把他给害了！”

（杨乐云译）

一盒荷兰雪茄

卡雷尔·霍尔基[1]的一生漫长而丰富多彩，他晚年定居在布拉格老城区的哈维尔街，离古老的圣哈维尔教堂很近，近得就像俗话说的纸团儿能够抛到的距离。每次我从穆斯台克经由梅兰特利赫街去老城广场时，只要有时间，我绝不会偷懒，一定会到圣哈维尔教堂站一会儿。去寻觅一段小小的温馨而略带伤感的记忆。

在这座幽暗的、今天有些荒凉的教堂里，紧挨着入口处的右首墙角处有一个小神龛，里面立着一座手持念珠的卢尔德的圣母玛利亚的雕像，当年曾是雪白的，而今已布满了灰尘。我对这雕像太熟悉了，这就告诉你为什么。

在今天的民族大街上曾有过一家钢琴制造厂，确切的地点已经不得而知了，老板贝内索娃-马海因诺娃夫人是位极其虔诚的教徒。有一年，她去法国的卢尔德朝圣，回来时把一尊圣母玛利亚的雕像带回布拉格，捐赠给这座静谧的教堂。很久很久以前，这里曾经发生过

1　卡雷尔·霍尔基（1879—1965），捷克记者、作家。

暴力行动，圣杯派[1]的信徒们拥到教堂前面把写有协议书[2]的木板钉在教堂的大门上。悠悠岁月像个硕大的磨盘，能把世界上许多事物磨为齑粉。现在，这里阒然无声，一片宁静，充满了悲凉，甚至教堂的大门也常常是关着的。卖蜡烛的老太太告诉我说，这是因为供桌上的桌布和烛台都曾被人偷窃过。

玛利亚的雕像送到教堂举行安放仪式时，教堂的钟声一齐敲响，而我正好身临其境。那时我大概十三岁，不会更大。是妈妈带我去的。不记得举行庆典的消息是怎么传到日什科夫的。去时，和我们同行的有达利米罗瓦街的卢日契科娃太太，她是妈妈多年的好朋友。卢日契科娃太太还带上她的女儿海兰卡，让她参加仪式中庞大的女侍童队伍。她们排成行等在教堂外边。海兰卡比我大一岁，当女侍童可合适了。老实说，仪式真够气派。开始我都不知道该往哪儿瞧了，不过因为我喜欢海兰卡，索性就看她吧。她两鬓垂着乌黑发辫的脸庞高高地在香火缭绕的烟雾中浮现。我的大衣翻领上别着一枝迷迭香，点缀着雪白的绦带，像个新郎官似的。不知道当时自己为什么会有这种感觉。海兰卡的妈妈对她看得很紧，连举行仪式的过程中也目不转睛地盯着她。也许不是对她有什么不放心，大概也是出于爱吧。是的，她真是迷人。

我只有一次成功地带着海兰卡走出日什科夫区。我们到布拉格城里去了。但是一直到了希贝恩斯卡街的国家火车站我俩才敢并肩走在一起。生怕让日什科夫区的人看到。在布拉格的街道上我们仍

1　15 世纪初，以胡斯为精神领袖的改革派要求实行宗教改革，改革内容之一是普通教徒在弥撒仪式中也能同主礼教士一样领受“圣体”（面饼）和“圣血”（葡萄酒），而不是只准领享圣体，因此也称为圣杯派。

2　1433 年，罗马教皇在组织“十字军”五次征讨胡斯军均遭惨败后，在巴塞尔宗教会议上向胡斯派做出妥协，双方达成协议，其内容之一是普通教徒在弥撒仪式上可以同领圣体和圣血。

觉得不够安全，于是钻进了圣哈维尔教堂，躲在圣母玛利亚的雕像下。教堂里空荡荡的，只有在很远的角落立着一个滴满烛泪的蜡烛架，上面有几支细蜡烛还在燃烧，旁边一位老太太在打盹。这时我们彼此握着手，等确知无人进来时，我们轻轻地亲吻起来。这是初夏时节，教堂里蔫了的百合花散发着令人陶醉的芬芳。

您认为这是罪孽吗？是亵渎圣地吗？哪儿的话！我们亲吻时还做了祷告呢。《圣经》上也说：

> 爱情的威力同死亡一样
> 情欲像地狱坚不可摧，
> 灼热似火。

其实，事情也到此为止。现在回想起来还觉得好笑：我当时只是抚摩了她的手，自己还真羞得不行。

海兰卡很早就去世了。那时，日什科夫区白喉横行。我也传染上了，但很快就挺了过来。海兰卡却被它夺走了生命。

我记不得青年时期忘却一般是怎样的，该是很快吧。但又不会忘得一干二净。今天我在去霍尔基家的路上就想起了往事。走在这些地方要不想也难。

从学生时代我就喜欢卡·霍尔基。记不得最初是什么事使我们对他如此倾倒。很可能是聂麦茨发现的他的那本选集。我们迷上了这本书，甚至放在书包里同教科书一起带到学校。直到我们已经开始读盖尔奈尔和诺伊曼的时候，我们对他的崇敬仍未稍减。我们崇敬他，因为他勇于坦陈心中之所想，是一位自由而且不随波逐流的作家。

后来，当我已经出过几本书并且能够自称是作家的时候，我才结识了霍尔基本人。有一次我坐在斯拉维耶咖啡馆看报，一位上了年纪的人走过来在我的桌旁站住了，他面容和善，双目炯炯有神，一头浓密的花白头发。他看了看我，友善地说：

“您是赛弗尔特吧！我是霍尔基。”

从此我们就成了朋友并且时相过从。霍尔基和所有优秀记者一样，是一位活跃的、极其勤学好问的人。作为报纸的特写作家，我们早就把他与这一文体的大师聂鲁达和恰佩克同等看待了。生活不给他休息的机会，他也不让生活安静。他感情易于冲动，动作敏捷，善于观察。他似乎无处不在并且文路很广。在他年轻的时候还没有报告文学这种形式，一切问题都只能使用特写来表达。而他做得很好。他的文章切近情理，像诗一般温暖动人。他能像俗话说的那样把话说到你的心坎里但格调从不失高雅。他的回忆录第一卷很吸引我，第二卷我没有读过。回忆录的书名是《和平的烟斗》。这本书写得活泼，幽默，叙事笔调欢快，因而很吸引人。书的内容有很大一部分涉及捷克文学生活，虽然没有什么不为人知的事实，但却是用全新的方式来叙述的，而且不乏机智和幽默。这是一本极好的读物，在人们对历史小说已经厌烦的时候它是很突出的。书出版了，旋即遭到禁止。大概只保留下来一两本。所以被禁止倒不是内容上有什么问题，而只是因为作者的名字。霍尔基年轻时在我国的政治生活中不时地同右派站在一起。例如，他曾为捍卫自己的岳父杜利赫[1]而去反对马萨里克，但他的反对从未越过得体的界限，这是必须承认的。不过这些事在他身上留下了终生的烙印和标记，尽管后来他以自己的平静和通达又获得了许多人的同情。他同对立阵营的人们一直保持着友好往来就是证明。他是一个对手，但绝非敌人。

霍尔基七十五岁诞辰时我曾前往祝贺并写了几行韵文作为贺

1　即约·杜利赫(1847—1927)，一战期间曾主张捷克在战后成为俄国管辖下的王国。

词。只能这样说，因为那算不上一首诗。

青年时期的霍尔基在漫游世界的旅程中曾到过卢尔德的神泉。他在那里住了几天，认真进行了观察和了解，回国后曾就此行出版了一本小册子，名为《卢尔德七日》。小册子写得言辞激愤，表现了青年人所特有的无所顾忌。他对小姑娘贝·苏比露的奇迹和发现奇迹的那个妇女颇为不恭。火药味很浓的小册子在捷克天主教界激起了一阵愤怒的波澜。

有罪的诗人也曾去过那里
书中白纸黑字写得明白。

然后我乞求卢尔德圣母的宽宥，因为霍尔基对她显圣的山洞也曾进行过无情的攻击。

当时您对他肯定不屑一顾，
时光飞逝。今天您那秀美的雕像
站在圣哈维尔教堂
几乎可以望见他的楼窗。

小时我曾捧着您的圣像
走到教堂，注视着烛光。
可又爱上了
有黑辫子的小姑娘。

所以在这垂暮体衰之年
我还常来教堂。
可您依旧那么漂亮，注视着我

像当年一样。

然后我开玩笑般的央求圣母宽恕诗人并把他的阳寿再延长二十年。他有满脑子的计划和打算却无法执笔，因为他那时和大家一样，不得不提着购物袋到处跑，为家人弄些食物。

排队！排牛奶，排肉，排那些个七零八碎，
为家人储备，他责无旁贷。
谢谢了，圣母，祝您健康，
相信您会恩准我的愿望。

几天以后，霍尔基到布热弗诺夫我家来看我。那时他常到布热弗诺夫修道院的圣马尔凯塔花园去散步。

他抱怨说，从前泽耶尔经常光临的这座好看的花园现在竟然如此遭到冷落。巴洛克式的大暖房濒临倒塌，古老的八角楼全都被地下水浸透，沃伊杰赫泉眼上了锁封闭起来，因为当地的洗衣工总是去那里洗衣服。昔日鹅耳枥树绿荫覆盖的甬道，如今树木已经干枯，最后，坐落在黄杨丛中的精致日晷已被杂树野草淹没。

"如果我还年轻，"霍尔基说，"也许在花园的破败中也能发现美。可是，人老了，对此唯有伤感。"

我有一盒荷兰雪茄，那时很珍贵，是一位朋友赠给我的。我把它送给了霍尔基，他喜欢抽雪茄。

霍尔基点上一支，雪茄烟那特有的香气在室内缭绕，他微笑着对我说：

"我刚才向您讲那座破旧的花园，实际上想说的是另一件事！您使我想起自己年轻时的罪过。知道我做了什么吗？我跑去看那圣像了。倒不是去祈祷，不是的。我为自己的不礼貌去向圣母默默地道了歉。您知道，生活会教育每一个人的。一个人即使在有理的时候，也用不着使用激烈的语言呀。再说我本来就是个坚决的女权主义者嘛。不能说步入老年我转变得像圣徒保罗那样了，但至少稍稍有一点儿转变吧。”

说罢，他吐出了一口银白色的漂亮的烟圈。

（杨学新译）

诗人墓前随想四则

I

一般我都在三月初去维谢赫拉德墓园。那儿有我的好几位朋友。有时，我仿佛觉得如今只剩下我孤零零的一个留在这里了。今年我去的那一天春寒料峭，墓园里人迹罕至。我首先朝赫鲁宾的墓地走去。他的坟墓最新。他三月一日刚去世。

远远地我看见有个陌生姑娘站在他低矮的墓前，手里捧着一束雪莲花和几张祈祷文——至少我看着像是祈祷文。我停下脚步，站在马哈墓旁等待姑娘离去。赫鲁宾的墓前地面狭窄，只容得下一个人。况且，我也想独自在那里待一会儿。

从青年时代起，亡故者的长眠地对我就有一种神秘的吸引力。我喜欢上墓园。我的童年和少年时代都是在靠近奥尔尚斯基墓园的地方亲切度过的。墓园离我家不远，我们家的一个孩子就葬在那里。我家窗下，每天都能听到哀乐和送葬车的轧轧车轮声。然而，这种吸引绝非病态。我去那里栽花、浇水。在奥尔尚斯基墓园度过的既有愉快的春天，也有凄凉的秋日，但是对于死，我却从来没有想到过。

今天可是想到了！

我还经常去那座墓园的老区，就是紧挨着日什科夫街道的那部分。我在墓碑间徘徊，一次又一次寻找墓石上的题词。有一回我把这些题词告诉了奈兹瓦尔，他说他将写一本书，书名就叫《墓上的题词》。

过了好一会儿，赫鲁宾墓前的姑娘将那束雪莲花放在萨扎瓦[1]墓石上，压在赫鲁宾的名字上面。墓石四周，几株番红花已钻出地面，长长的卵黄色蓓蕾宛如一朵朵的小火苗，灯芯则沿着墓石的边缘深埋在泥土里。

姑娘走过来了，我不得不稍稍闪到一旁。两排坟墓之间的小径很狭窄。不过，我不如坦率承认了吧，我想看她一眼。她很年轻，挺有魅力——唯独年轻人才会有的魅力。手里拿的不是祈祷文，而是袖珍本《号角浪漫曲》[2]。她到了近旁，我能仔细看看她的面庞了。我的心不禁突突地跳动起来。幸而我站得离马哈墓非常近！

一种温柔的、古老又甜蜜的情思轻轻吹拂我的脸。怎样的忧伤啊！

亡友有这么一位读者，我不禁暗自称羡了。

Ⅱ

约瑟夫·霍拉去世后，为了凭吊故人，我曾拾级登上伟人祠。那是在夏天，石级晒得发烫，花圈上枯萎的玫瑰散发着凄凉的香味。现在我站在赫鲁宾的墓前。两座坟墓令人感慨不已。就比如说吧，有些人硬是不相信赫鲁宾的话，不相信他确实病了。

1　萨扎瓦，河名。赫鲁宾曾在这条河支流附近的农村里度过了童年。
2　赫鲁宾的一本诗集。

我抚摩着墓上那块磨损了的萨扎瓦大磐石，心里在想，也许小弗朗基克[1]的光脚丫当年曾在这石头上踩来踩去吧。他喜欢讲那条芬芳的河水。

当黎明的曙光把我们从酒店里赶了出来时，我俩常一起走过埃利什钦桥。我们俯视河水，倾听堤坝上夜间分外清晰的淌水声。弗朗基谢克去圣安托宁教堂那个方向，我朝屠宰场和特罗伊桥这边走。说实话，有时我们心里很不是滋味。妻子在家里夜不成眠，哭个不停。然而，诗神却在微笑。我们整夜谈论她，无数次向她倾诉爱恋之情。

霍拉去世以后，兹丹卡・霍罗娃太太常上我家来。她很伤心。我的妻子有时向她发牢骚，抱怨我很少待在家里，说我晚上老在外面浪荡，霍罗娃太太安慰她道：

"听我说，亲爱的阿林卡，如果我的贝比克今天能回到我身边，哪怕他天亮回来我也不会生气，半句怨言也没有。我会笑脸相迎，帮他脱下衣服，甚至给他洗脚，把枕头拍松。"

她思念丈夫。她有伟人祠的钥匙，常去那里。可是，她不喜欢那狭窄潮湿的过道，挂满蜘蛛网，充斥着一股霉烂花束和灯芯点燃时发出的臭味。她常说，在那关键时刻她若是稍稍思考一下，就会选择碧绿的青冢。不过，霍拉在伟人祠还算舒适的呢——如果能这么说的话。

有些闪烁着崭新金字的骨灰盒堆放在架上最后一行的格子里。伟人祠已经不折不扣挤得满满的了。

不记得是怎么个来历，我的朋友扬・泽伦卡曾受命管理维谢赫拉德墓园和伟人祠中文化人的有关事宜。他相当轻蔑地说：

"我们把那些盒子一只只往最后的空格里塞，填得满满当当，活

---

1 弗朗基谢克的昵称。

像储藏室的架子上塞满了菠萝罐头。”

弗朗基谢克·赫鲁宾安息在离伟人祠不远的地方，虽然挤在两座坟墓之间，但鸟儿在那里歌唱。

Ⅲ

赫鲁宾六十寿辰时，阿尔巴特罗出版社在它的宫殿礼堂真诚地为诗人举办了一次庆祝会。那是九月中旬，礼堂里挤满了人。谁都想同他握握手。我也一样。

最后，赫鲁宾总算从人群中脱身，神色有些疲劳地走来，在我这一桌坐下了。我和他这才有了片刻时间在盛大的庆祝会上回忆一些别的事情。四十年的友谊。四十年在他的蔚蓝天空下，没有一片阴云。我带着几分拘谨——我俩之间当然从来没有这种习惯——举杯为他祝寿。何曾想到这竟然是我俩在一起喝的最后一口酒了！

为那漫长的四十年，这口葡萄酒已经够了。那是既美好又辛酸，既愉快又饱经忧患，既苦涩又混浊不清的四十年。我们的生活道路和经历的两次世界大战就是这个样。

何曾料到那是我和他最后一次坐在一起了！然而，我毕竟是能够料到的。我应该仔细看看他的脸。他去世以后，阿尔巴特罗出版社给我寄来了庆祝会上拍摄的几张照片。其中有一张是我们两人坐在一起时拍下的，他的脸不禁使我吃了一惊。这是已被死神吻过三次的脸。照片上，赫鲁宾凝视着不明确的什么地方。不，他凝视的已是身后的什么所在了。在脸的内部，仅由一层薄薄的苍白皮肤勉强遮掩着的，仿佛还有一张脸在望着我们，一张众所熟知的生命惨遭毁灭的脸，一具微笑着的骷髅。

九月，阳光依然明媚，正在成熟的苹果长甜了。九月像五月一样美丽。十一月却是霉烂、悲苦的月份，满眼空桌子。

万灵节，诗人去世后第一个万灵节，他的墓上插满了蜡烛，中心放着一瓶菊花。

当我还是个小男孩的时候，不知怎的看到菊花我就有点儿想哭。

Ⅳ

每年圣诞节我们有个惯例，坐在捷克斯洛伐克作家出版社或阿尔巴特罗出版社的门市部，在作品上为读者签名留念。平时人们见了耸耸肩膀的书，到圣诞节也往往会畅销。赫鲁宾从来不愁读者太少。他有大读者，也有小读者。在宽敞的门市部，等候他签名的长蛇阵弯弯曲曲绕了一屋子。父母把孩子带来了，不计其数的孩子吵吵闹闹，诗人却耐心地、面带微笑地签着名。这里发生了许多有趣的小插曲。不过，那个在桌子旁大声喊叫的小男孩说得也有道理。他扭身要妈妈告诉那位先生，别在他的书上乱涂一气。签名常常令人精疲力竭，劳累不堪。赫鲁宾的手有时痉挛了。

1970 年的秋天，孩子们徒然等候着他们的诗人。他病了，不得不去布洛夫卡医院神经科就医。在那里医治无效，疼痛未能止住。有一次，他在医院给我打了个电话。很久以来，我们彼此都亲密地戏称对方为阁下。我听到话筒里他的声音说："想想看，赛弗尔特，我这病可能同阁下的一样呢！"我那病虽然带来很大痛苦，但并非绝症。非常遗憾，他的病却是另外一类。

次年二月底，赫鲁宾在妻子和儿子的陪同下，去波希米亚的布杰约维采，就医于一位著名的外科医生。

汽车行至马奈斯馆后面的滨河大道时不得不停下来换轮胎。为了操作方便，车子开到下面的河边。赫鲁宾下了车，目光顺着冬天浑浊的河水朝查理士大桥望去，低声感叹："瞧这布拉格，还有点儿舍不得放我走呢。"

几天以后，赫鲁宾回到布拉格时，已溘然长逝。

有一年冬天，圣诞节前下了较大的雪。我从家里出来，乘车前往维谢赫拉德墓园。我已很久不曾去了。要不是那些铁栅栏和那块萨扎瓦墓石，寻找赫鲁宾的墓地将是困难的。它被大雪覆盖了。

离开墓园时，我走的是老管理所旁边的那条道路。我带着孩子气的兴趣，几次回头去看自己留在雪地上的足迹。这片雪地还没有被别人踩过。也许，这只是为了同那位古代哲学家一起感叹："既然长生不可求，那就让我们在身后留下一些什么吧，用以证明我们曾经生活过。"

（杨乐云译）

最先拥抱谁

我在回想我们的青年时代。那年头，一个诗人哪怕初出茅庐，在发表了薄薄一本诗集之后也会在很短时间内读到为数不少的评论文章，篇幅有长有短，不仅在文学期刊和专业杂志上，而且也在报纸的文化栏。那年头，我国有各种不同的文学评论家，仁慈的和严峻的，优秀的和拙劣的，人人都不难了解在维谢赫拉德[1]或其他地方，他应在哪座墓前伫立，献上一束感激的花，低声说几句感激的话。

我也一样。文章的作者们有一个时期曾给我点出了好几位最杰出的诗人的名字。也许是为了让我有所选择吧。聂鲁达、哈莱克、斯拉德克[2]、托曼。还有一位他们遗忘了，我也很喜欢什拉麦克。从聂鲁达开始，我依次在他们的墓前站了一会儿，最后在什拉麦克墓前结束。他是这几位诗人中最后去世的。在他那阴郁的墓地上方，和蔼的胡姆泼列赫[3]在微笑。这都是很久以前了。

在天气和暖的季节，我有时让家人送我去维谢赫拉德墓园，在伟

1　布拉格的一座墓园。
2　即约·斯拉德克(1845—1912)，捷克诗人、翻译家。
3　什拉麦克葬于他的故乡索博特卡。胡姆泼列赫为一座古狩猎城堡，在索博特卡附近。

人祠的台阶上小坐片刻。我喜欢去那地方。那里有知音——正如一位朋友说的。他的住处离墓园不远，他经常上那里去。

我知道不应坐在坟墓上，可是我的腿脚疼痛，行走困难，想必在我脑后的亡灵们是会原谅我的。况且他们中间还有两位诗人是我的伙伴呢。

浮云在飘逝，没有一点儿声音。坟墓一动不动，深深地插进大地。寂静是亡灵的声音。可是诗歌活泼的语言却像温泉在喷涌，令人神清气爽。我最后一次去那里是在美丽的恋爱的月份[1]。丁香花浓香扑鼻，卡雷尔·希内克·马哈的坟墓近在咫尺。

上面提到的诗人中，除卡雷尔·托曼之外，其余几位我已无缘同他们握手。亲爱的什拉麦克在世时，我从未见过他。每当我凝神注视他的面容，或者仅仅看到他的名字，我的脸上便感到令人愉快的抚摩，心里不由得想起少女的微笑和亲吻。我很喜欢他的那些描写少女的诗。

我同托曼却有交往，甚至很亲密。他给我以友情。我们住得近，他邀请我上他家去做客。他患病以后已无法出门，但他很想了解文学界的情况，他的熟人和朋友们的情况。他喜欢霍拉，也经常问起霍谢伊希。

夏天，我有时发现他在大门上贴了一张小告示，恰似我们在布拉格小饭店的门上常见的：

今天在花园。

这是辛酸的打趣。托曼那时已患病，他家的园子又小又荒芜。

夏天，我有时给他带去一些沃伊捷赫的泉水，泉眼在本笃会修道

1　指五月。

院的花园里。泉水清洌，托曼很喜欢。我用一只在兹比罗赫[1]买到的水壶装泉水，那原是约·瓦·斯拉德克生前的用品。

托曼迁居白山平原肯定多少有点儿事出偶然。在此之前，他住在维列斯拉维纳。他不喜欢那地方，距离布拉格远，住房又不舒适。搬到布热弗诺夫以后，他很快就习惯了，仿佛生来就是属于这个地区的。在这里他度过了艰苦的晚年。是副教授赫拉硬把他那颗出了毛病、过度疲劳的心脏控制住，使它平静下来，至少有几年维持了勉强可以忍受的状况。他在附近一带的名胜古迹地区度过了整个战争年代。我经常看到他如何顽强地同疾病做斗争。他的小儿子在北欧音信杳然，这也影响着他的健康。战争切断了儿子归国的一切途径。

在形势特别恶劣的时期，我们常到托曼那儿去寻求鼓舞和力量。这位被自己的心脏捆住了手脚，同时又为失眠症所苦的诗人，白天和黑夜都收听世界各地的新闻广播。“我不用下床就又在世界各地漫游啦，”他常说，“寻找一线希望。”有时希望不多。形势恶劣，而且往往每况愈下。然而，希望毕竟微露曙光，渐渐变成不容置疑了。

布热弗诺夫这个郊区，无论是它的山谷，或是两侧的山坡和高处的大体育场，都秀丽异常，宛如仙境。微风送来丛林的清香。地平线上，那郁郁葱葱的地方是星辰禁猎区。从那儿到白山只有几步之遥。当托曼还能稍稍活动的时候，他常乘坐电车去禁猎区。电车终点站离圣母玛利亚胜利教堂很近。他去那儿闲坐，在教堂的大院子里休息。从白山[2]战场可以清楚地望见日普山[3]。战争期间，我们曾怎样

---

1 捷克城市，是诗人约·瓦·斯拉德克的故乡。

2 白山在布拉格西面。1620 年 11 月 8 日捷克贵族与斐迪南二世的军队在此激战两小时后贵族军惨败，捷克民族从此受异族奴役达三百年之久。这便是历史有名的“白山战役”，“白山”遂成为捷克民族丧失自主的象征。

3 日普山为一小山头，在布拉格市郊。相传捷克人的祖先是从这里进入捷克境内的。

对着这个山头望了又望啊!

我第一次拜访托曼是霍拉带我去的。托曼眼镜片后面的嘲弄目光起初使我感到有些疏远。我没有意识到横亘在我们之间的年龄的高墙。他伸出友好的手也没有消除我的这种疏远感。那时他也缺乏我们年轻人的革命热情,他是抱着怀疑和宽厚态度来看待我们那些初出茅庐的抒情诗的。当无标点诗开始在我国传播时,他微笑着告诉我说,他把那些诗交给孩子们去填上逗号和句号了。"让他们学学!"他同英德希赫·霍谢伊希很要好。霍谢伊希比他年轻九岁,两人曾一起在巴黎待过几年。

"有一天,我们在贝尔福狮像旁边相遇了,此后便终生不再分手。"霍谢伊希说。一谈到托曼他便滔滔不绝,话题很多,事情也确实动人。在当时,他讲的这些旧事以及托曼在法国和英国流浪时所经历的困难与贫穷,也许比他的诗更能打动我们。譬如他的故作姿态,对吃饱肚子的体面的小资产阶级所流露的轻蔑。在我们眼里,他的衣褶上有巴黎林荫道的尘土在闪光,他的鞋上仿佛长着一对天使的翅膀。

围绕他的流浪生涯流传着许多趣闻逸事。我听劳林主编讲过,一次在拉尼[1]举行的联谊会上,有人谈到了曾在参议院图书馆任职的托曼,说他有一天没跟任何人打招呼就不辞而别,去了巴黎,甚至帽子都还挂在衣架上呢。一位来宾凑趣说,诗人嘛都是那么不可靠。马萨里克总统听了却说道:

"这样的事我也会干的!"

在托曼这个人物身上,我们看到了一位受诅咒的诗人的生活和传奇。我们热爱他,在我们心目中,他是艺术家浪漫主义的自由的化身,因而我们便竭力效仿他,甚至我们手里拿的也往往不是笔而是酒

---

1 地名,捷克一农村。

杯。他的那些旋律优美、吟咏重返宁静家园之乐的诗篇曾使我们陶醉了许多年。我说的是我们。确实并非我一人如此。哈拉斯也喜欢托曼的诗,虽然他同托曼没有到拥抱的程度。而我则是怀着崇敬之情同托曼友好交往的。

还在战前,我就常见他整晚喝酒,直喝到深夜。那时他的健康也允许他这样做。这个嗜好他无意戒除,也从不放弃饮酒的机会。因此,他大白天走回家时,半途倒卧在阳光地毯上的事情,也屡有发生。

一个明媚的夏天的早晨,他派人传话给我,要我赶快下去,说他在热哈克酒店等我。那是一家门面不大,但很舒适的酒店,在人民之家的前院,人们常去喝口葡萄酒。在那里聚首的大多为人民之家的工作人员。我见托曼长时间地夜游之后情绪极佳。他热烈欢迎我,心里像是有许多话要说。在这种时刻一个人不喜欢索然独处。可是,我刚刚坐定斟了一杯酒,却见我的妻子带着两个孩子推门进来了。她到编辑部去找我,人家告诉她我在下面的酒店里。我曾许诺过孩子们,答应给他们在排字机上每人浇铸一枚图章。妻子当然面有愠色。怎么不呢!时间这样早,我不在编辑部清醒地工作,却上这儿喝酒来了。幸而托曼挽救了僵局。他慈爱地把两个孩子抱到膝上,说要给他们讲一个关于花苞儿、蔷薇花和小青鸟的童话故事。说着他便讲了起来。但愿我这里的复述能有几分像他讲的那样动人。可是,我没有把握!

从前有一个国度,那里的国王有一位年轻美丽的妻子。有一天早晨,国王决定骑马去黑沉沉的森林打猎。王后劝他不要去,可是没有用。王后说她昨夜做了一个不吉利的梦,今天又正是他的生日,要为他祝寿!可是国王不把这些话放在心上,他吻了一下王后的额头,骑上马奔驰而去,一转眼的工夫就进了黑森林,在王后的视线中消失了。不料,这座森林当时正被妖魔控制着,树叶一动不动,小鸟不歌唱,沿途也看不到一头野兽。整个林子跟死了一样。国王不觉已到了密林深处，他感到口渴难忍，可是哪儿也找不到泉水，哪儿也不见潺潺的小溪流动。这时忽然飞来一只丑陋的乌鸦，它落在国王的肩上，哑哑地叫着说："来呀，国王，跟我来呀。"国王于是骑着马跟在乌鸦的后面前进，来到一所半倒塌的小茅屋跟前。茅屋里住着一个老巫婆。她马上给国王调制了一罐饮料。国王先小心翼翼地呷了一口，觉得味道挺好，像是上等葡萄酒，于是便捧着罐子痛快地喝了起来。谁知他刚把罐里的饮料喝完，巫婆和乌鸦就忽然不见了，他的脑袋却打起转转来。国王心里明白他在森林里迷了路。他四下张望，不知如何是好。他骑着马跑啊，跑啊，跑了很久，却发现又回到了原来的地方。就这样他不停地绕着圈子。正当他完全绝望了的时候，却一眼看到路上长着一棵蔷薇，那上面只有一个花苞儿和一朵蔷薇花，旁边栖息着一只小青鸟。鸟儿对国王歌唱，要他顺着一条路笔直往前，直到看见一块大青石。国王照着做了。当他撞在大青石上时，他瞧见了一眼泉水。国王马上跪在泉边喝了个够。这是仙水。喝罢站起身他的脑袋已不晕了，后来没费什么劲儿便找到了归途。不一会儿王宫已在眼前。王后正满面愁容坐在窗前绣花哩，一见国王回来了，她连忙扔下手里的活儿，把针别在靠垫上，欢呼着跑去迎接国王。两人幸福地拥抱了。"亲爱的王后，"国王过了一会儿问道，"你在绣什么呀?"王后涨红了脸，把她的绸睡衣拿给国王看，上面绣了一个花苞儿、一朵蔷薇花和一只小青鸟。

孩子们听得出了神，妻子扑哧一声笑了。一切皆大欢喜。这确实唯有这位诗人才能做到！

这个故事我后来不得不多次复述，孩子们老是央求我讲酒店里的故事。我在开场之前每次都不忘加上一句：作者卡雷尔·雅罗米尔·托曼。

诗人去世后不久，由博罗维出版社出版的他的抒情诗集便问世了。托曼将他一生的诗作结集成册，只有少数几首没有收入。集子不厚。托曼在世时，奈兹瓦尔有次失言，对诗集的篇幅微露轻蔑之意。托曼听了很难受。他和奈兹瓦尔确实是截然不同的两个极端。奈兹瓦尔写了数以千计的诗，大把大把撒给读者，要他们大量消受。我见过奈兹瓦尔怎样写诗。他点燃一支香烟，坐在打字机前，长诗便在他的手指下面在打字纸上滚滚而出。写毕他只草草看一眼就交稿了。至少他那些超现实主义的诗是这样写成的。而这类诗他写了不计其数。

托曼则不然，他像一个在生命的旅程中散落手中的碎玉珠玑的人，谁忠诚地把它们捡起就会得到巨大的喜悦。他对自己写下的诗，每一首都了如指掌，连小小的逗点也不会记错一个。在这方面，他同终生只写了一本诗集的贝兹鲁奇[1]很相像。

他的诗一点不朦胧，丝毫不晦涩费解。它们是明朗的，富于人情味，很有感染力。它们既真实可信，又有神韵。在他的诗里，没有仓促草就、靠空洞韵脚巧妙装点的句子。它们不是着了颜色的棉絮，犹如我们在一些忙于落笔的诗人们的作品中常见的那样。他的诗歌独具匠心，无法效仿，带有浓郁、深刻的捷克气息。

托曼写诗肯定毫不轻松。为此他付出了生命。他的才华是吝啬的，不肯轻易挥霍。他的诗大多凝练、热烈、富于戏剧性，表现了一位艺术家简练、高超的功力和娴熟、精湛的技巧。

有过几次，我陪伴托曼穿过一条景色很美的野径去体育场。那时的路面不像今天这样修整得平坦。山下是烟雾笼罩、呼哧呼哧喘着粗气的斯米霍夫区[2]。小路上长着一丛丛盛开的野蔷薇，有时甚至两侧都是。这使他想起了故乡的田埂。他深情地凝望着这些花。

1　即彼·贝兹鲁奇（1867—1958），捷克诗人，终生只写了一本诗集《西里西亚之歌》和后来的一首诗《蓝色蝴蝶》。他的作品虽然数量不多，但内容丰富，意义重大。

2　指斯米霍夫区的火车站。

“你问我是怎样写诗的吗？我几乎根本不写。我不会对着一沓纸，撕了一张又一张，写上几句，看着不够满意，揉掉扔了。我是长时间地一面想一面走，长时间地构思，反复推敲。只要一句诗乃至整首诗没有脱颖而出并且在我看来已无瑕疵，我就改了又改。我感到的创作的愉快是在拿笔之前。拿笔以后便只是记录而已，那已纯粹是机械性的工作了。”

弗·克·沙尔达在一篇评论托曼的文章中曾分毫不差地猜中了这一创作过程。这篇文章对认识真理颇有教益。文章说：你感觉得出，这些诗句是在长久的徘徊、漫步中，在望不见头的公路上吟咏出来的。诗人在落笔之前已能背诵了。

托曼说，当他读到这篇文章时，他不禁惊呆了。他写了一封信给沙尔达，表示感谢，信中描述了他怎样为沙尔达的洞察力感到吃惊。

我虽然从不轻视别人的教导，但这一写作程序同我的毕竟相去甚远。对我来说，没有一句诗不是随想随落笔的。我写诗相当轻松，不过揉掉的纸张却也不少。我的诗句是在铱金笔的笔尖上生成的。不过，托曼的话对我也有启发。原本用十五个字来表达的意境，经过推敲却证明只需八个字就够了。与此同时，思绪仿佛扔掉了负荷，轻松了，欣然起舞，翩翩飞翔，化为另一句诗。正因如此，这位卓越的诗人才只需要这样少的言辞便使他的作品显得十分完美，更主要的是显得伟大。

布热弗诺夫古老制砖厂的土坯场，当年几乎就在托曼家的窗前。战争期间，德国兵在这里练打靶。噼噼啪啪的枪声伴随着托曼心脏的跳动声。他痛苦地听着这两种声音。

生命将要结束时，他有三个愿望：迎接解放那一天的到来，见到儿子，最后还希望在病床上翻一下他的新诗集。一向对他不很和善的命运，这次却全部满足了他的三个愿望。

他迎来了解放。这一天他很吃力地下了床，穿上节日的盛装。

之后不久他拥抱了儿子，最后至少也看到了《诗集》的校样。他在书尾写了短短几行跋，末了以凄然向读者致意结束。

他去世后，布热弗诺夫决定将拉德龙卡街改名为托曼街。这是一条很漂亮的街道，今天处在绿化带的边缘。街上洒满了阳光，微风吹拂，但也有春天的风暴。站在它的人行道上可以看到布拉格以南的辽阔地带。右边，在斯托杜尔基小教堂的后面，低低的布尔德山岬一片葱茏。左边，入夜可以看到汽车的灯光从拉德维附近的树林里钻出来。站在正中心举目远望，楚克拉克细长的电视塔高耸在兹布拉斯拉夫的上方。街道沿着古老的拉德龙卡庄园蜿蜒而下，通往白山街。

我受命向布热弗诺夫的居民们宣布这一决定。在街中心，靠近公园、紧挨着一株野蔷薇的地方，搭了个仅能容下一人的小讲台。那株野蔷薇至今仍在。那天，它正开着花。

（杨乐云译）

暗杀克拉玛什博士

那时候我们住在日什科夫区胡斯大街的一栋破旧阴暗的分租房屋里。这栋房子像它周围这个市区的所有其他房屋一样，都已在决定拆除之列。生活在这里相当艰苦，困难重重。过道里唯一的露天水龙头由七家合用。遇到寒流袭来，晚上龙头未曾拧紧，早晨这儿就成了名副其实的滑冰场，我们不得不在上面撒一层炉灰。洗衣房当然楼里是没有的，住户冬天在厨房里洗衣服，夏天则在阳台上或阴暗的小院子里。不过，妇女们都怕到小院子里去，因为那儿有七八寸长的大老鼠在她们的破鞋子周围窜来窜去。至于浴室嘛，那跟今天的天体运行轨道实验室一样稀罕和珍贵。其他各项必要设备我这里还是不提为好。

在胡斯大街我们楼的对面，有一栋与此一模一样的破旧楼房。楼里还开设了一家远近闻名的饭馆。白天是普通饭馆，人们上这儿来买啤酒。到了晚上就成了著名的酒肆。大伙儿管它叫“金天使”。的确，店门上方有一块镀金浮雕，那上面的天使雕像同真人一般大。天使看上去仿佛侧卧着，但一对微微张开的翅膀说明在飞翔，实际上是正在降落到卖酒的柜台旁边。掌管柜台的是一位漂亮的老板娘，系着一条绲花边的白围裙。我很喜欢上那儿去，虽然人家都说拐角上那一家出售的斯米霍夫啤酒味道比这儿的好，给的分量也足。

我小时候——确实还是个小男孩的时候——我也曾对着这位天使虔诚地做过祈祷，但很快我就发现自己弄错了。原来这位天使并非正宗。

然而，从我家厨房的小窗户或在我家阳台上望出去，景色却很迷人。迎面便是郁郁葱葱的日什科夫山坡。春天一到，山坡上成片成片的金链花争相吐艳。啊，太美了！宛如一匹黄色瀑布滚滚而下，直流进我们的厨房。就在这个住所，我读了什拉麦克发表在《六月》杂志上的那首咏金链花的诗。我曾倚在我家阳台的栏杆上，低声吟诵：

多么不幸，在五月的日子里
昨天我去看望诗人：
在盛开的金链花下，
那不是一场梦……

这首诗今天我已不那么喜欢，它是这位诗人较为逊色之作。可是在当时，它曾使我着迷。

每当山脚下铁路两侧的洋槐树开花，甜蜜的浓香便在黄昏时分扑鼻而来，不仅笼罩了整个阳台，并且灌进没有灯光的过道，压倒了菜肴的焦煳味，非常悦人。那年头洋槐花的香型也很时髦，许多妇女身上都洒这种香型的香水。它跟玫瑰一样，是象征爱情的香味，有时不禁令人怦然心动。

有一棵洋槐树就长在喧闹的信号灯旁边。几只斑鸠在上面筑了巢，夏天它们的咕咕喁语给我们乏味、平庸的生活带来了情趣。斑鸠身上雪白，很干净，不像最近一个时期常常飞来我家的巴尔干的肮脏家伙。那些家伙不是喁喁低语而是惹人厌烦地啼叫，浑身滚满煤烟，因为它们选择了屋顶上乌黑的烟囱作为谈情说爱的场所。

旁边那栋楼的阳台是我最要好的伙伴伊万·苏克家的。赫赫有名的茨维克尔先生在日什科夫开设的大商号就在那栋楼里。再过去几步，在拐过弯去的齐姆布尔克街上，住着弗朗基谢克·聂麦茨。他的父亲是个裁缝，他家的住房也许比我们的还要破旧，面对沉闷的街道，厨房朝着分租房屋的阴暗庭院。聂麦茨的年龄比我和苏克小一些。可是我们同他很快就成了好朋友。他也写诗。

我们三个人都写诗。

这样，我别无更好的选择，最后也唯有欢呼青春和诗歌万岁了！三呼万岁！

人民之家

由于我们三人都出身贫寒，举目所见不外乎一派悲惨景象，因而我们唯有一条出路：走进希贝恩斯卡街人民之家的大门。那里既不遥远，也不存在什么障碍。

我们一心想通过最快的方式当上诗人。于是便以为无忧无虑的年轻人才具有的幸福的轻率，把学业抛诸脑后，一头扎进人民之家工人学校的图书馆和阅览室。那里的一切都已有些不合时宜，显得陈旧，阅览室的光线也不充足，白天经常要开灯。不过，那地方很温暖，对待我们也热情，仿佛我们去是理所当然的事情，因而我们很快就觉得像在家里一样了。

“你们没有去看看花园里那棵名贵的古树吗？”爸爸颇感兴趣地问道。我摇了摇头，他郑重其事地对我说，可别忘了去看一看。

在工人学校，凡是能拿到手的我们什么都读：书籍、小册子、报纸。我最喜欢的是诗。

过了几天，老图书管理员魏斯问我们有没有去过人民之家的花园，注意没注意那棵名贵的古树。那是银杏，还是这座宫殿昔日的主人栽种的。没有看过吗？那得马上去看看。

那时候，我们常在胡斯大街遇见一个很引人注意的男人。他比我们高出一头，穿一件深色长大衣，戴黑宽边帽，系一条飘拂的黑领带。只有艺术家和无政府主义者才系这样的领带，是人们在家里用破雨伞缝制的。

“那是诺伊曼。”有一次聂麦茨告诉我们。对他的这一可疑说法我们很乐意地接受了，从那个时候起便开始向这位陌生行人恭敬地打招呼。使我们大为惊讶的是，有一天我们居然在工人学校的阅览室发现了他。走过去同他结识自也不在话下，甚至都不曾感到冒昧。我们原以为他既是作家，又是无政府主义者，然而诺伊曼实际上并不是。有一个名叫维特·卡尔尼克的人，是一个在今天早已被人忘却了的湮没无闻的作家。他在当时就不很有名，作品也不多，在《卢米尔》杂志上发表过几篇小说。不过我们觉得他挺不错，很快就同他熟悉了。他住在日什科夫，写诗！过了几天他问我们有没有看过人民之家花园里的银杏树。没有看过？那就得赶快去看看！

上阅览室来的当然还有其他年轻人，显然大家都乐意互相结识。有一个家住维诺赫拉德的学生，满头红发很惹人注意。他叫帕维尔，写诗。后来，他拿了满满一本子诗稿给我们看。他喜欢在诗句中使用外来语。其中有一句折磨了我一辈子。我常常不由自主地在心里默念：

需要调整已退化的地球之被遮蔽[1]。

那时候我们是怀着一定的敬意拜读这些诗章的。

我们已聚集了小小一群人，发出的声音显然超出了阅览室所能

1　原文中“调整”“退化”“被遮蔽”均为外来语，佶屈聱牙，晦涩难懂。

容忍的程度。因此图书管理员建议我们到阳台上离阅览室较远的一个角落里去，那儿有几把替换下来的、榫头已松动的椅子和一张很大的、桌面倾斜的写字台。我们非常高兴地接受了他的建议。当工作人员把这里收拾干净，抹去了陈年积土之后，我们十来个年轻人便在卡尔尼克的率领下浩浩荡荡开进了这块阵地，使它顿时热闹了起来。在阳台上我们可以看到前面大院里的活动。那里常有党的领导人、著名编辑以及印刷厂的职工经过。当美丽的玛丽耶·玛耶罗娃出现时，我们就互相招呼。

这个时期还有两名学生参加到我们中间来。他们是弗拉基米尔·格雷戈尔和阿·什贾斯尼。两人不知怎的总在一起，形影不离。什贾斯尼实际上已经不上学。他放弃了学业，在国家铁道部门谋得一个缮写员的职位。格雷戈尔沉默寡言，有点儿知识分子气，这使我们对他产生了兴趣。他说话机智，但言语不多，少而含蓄，在我们这伙活跃的、喜欢讲话的年轻人中间他显得有些贵族气。尽管如此，他对每一个人都很友好。他抽烟很多，手指熏成了褐色。这也是他与众不同的一个特点。他是无政府主义者，蔑视社会民主党。

弗拉基米尔·格雷戈尔有一次上社会民主党书记处去了——他怎么会去的，现在已记不清了。回来后，他给我们描绘了会议厅的一尊比真人还大的马克思半身像，那原是弗朗基谢克·约瑟夫皇帝的半身像，他们把脑袋锯下来，换了马克思的。可是即使马克思的大胡子也未能掩盖皇袍上宽大的褶裥。几年后我亲眼看到了这尊塑像，情况果真像他说的那样。

在格雷戈尔的倡议下，我们不久成立了无民族学生联合会。在当时那个世界我们对联合会的活动有过何种设想，现在已说不上来，不过我记得我们对意识形态并无多大兴趣，打出一块挑衅性招牌也就感到满足了。我们心里说，我们是无政府主义者，追随斯·科·诺伊曼。诺伊曼周围还有一些人，例如米哈埃尔·卡哈，约瑟夫·科贝尔和露依萨·什蒂霍娃。

露依齐奇卡[1]·什蒂霍娃！

她既有魅力，又很有趣。黑头发剪得短短的，一双迷人的黑眼睛，模样儿很像流放中将要死去的俄罗斯女革命者。露依萨笑起来很文静，宛如一朵正在徐徐开放的花。我们都盯着她看，大家都喜欢她。可是露依萨对任何形式的谈情说爱都不屑一顾。她满腔革命热情，一心想摧毁世界！

她常去联合咖啡馆。我们也去。布拉格无政府主义运动的残余还经常在那里聚会。但已是群龙无首了。不，你们不要讥笑这些革命者。在北方矿工中间，无政府主义运动曾惊人的强大。那时候我们喜欢看斯·科·诺伊曼主编的《新迷信》，一本饶有趣味、颇多新意的杂志。那都是早已买不到了的很珍贵的杂志，是卡哈借给我们的。

米哈埃尔·卡哈是鞋匠。不过，他的营生在拔佳[2]来到之前便已经维持不下去了。他肯定会是拔佳消灭的头一批鞋匠中的一个。就靠这样微不足道的营生，他还资助无政府主义运动——起码在运动初期。后来卡哈放弃制鞋手艺，致力于出版书籍和杂志。在这新的行业中他当然也未能致富，略有积余就投资到漂亮的书柜中去。到了晚年，他的这些藏书不得不一一卖掉，聊以充饥。著名藏书家卡米尔·雷斯列尔博士购下了他的全套无政府主义文献，哈拉斯则向我炫耀他买到的维利梅克出版社多年才出齐的全套《优秀小说一千种》。他付给的书款比卡哈提出的优厚得多。

卡哈是个和蔼可亲的人。腿瘸得厉害，走路拄拐杖。他常微笑着说：人家都说逃跑得像鞋匠一样快，可我却把这句谚语颠倒过来了。我们都很尊敬他，不仅由于他是一位无畏的老革命，而且也因为

---

1 露依萨的昵称。

2 拔佳为捷克斯洛伐克第一共和国时期著名实业家。他所创办的拔佳皮鞋工厂规模宏大，产品行销世界各地。

他对无政府主义运动忠心耿耿，怀念不已。他热爱自由，能做到超尘脱俗、傲然冷对的地步。

我们全体都被社会民主党吸收，参加了它的组织，包括什贾斯尼和格雷戈尔。我们心里说这样做是必要的，至少我们参加了当时工人阶级最好的党组织。可是在内心，我们却同诺伊曼，同他的无政府主义运动可怜的残余靠得很近。

有时，激进的无政府主义者佩特拉内克来看望我们。对他来说，就连参加联合咖啡馆的那个小组也太受限制。他主张绝对自由，生活毫无约束。他比我们约莫年长十岁，当时已有了个小女儿，起名巴枯宁娜·撒旦内拉[1]。不过这孩子不久就夭亡了。

瞧瞧这个名字——正如弗朗基谢克·聂麦茨指出的。

小皮夹

1919年1月8日星期三，傍晚时分，伊万·苏克神色惊惶地跑来找我，还没进门就慌慌张张告诉我什贾斯尼暗杀了克拉玛什博士。是用手枪打的，消息已在《民族政治报》的张贴窗里公布了。详细情况他也不得而知。我抓起大衣便同他一起匆匆赶去找聂麦茨。聂麦茨不在家，我们又去找卡尔尼克，可就在这时我们不禁感到一阵寒颤——两人不约而同都想起了几天前联合会举行的一次会议。会上谈到克拉玛什博士时，卡尔尼克说了一句不祥的话：有谁把这家伙给崩了才好！卡尔尼克是一个连苍蝇也不会打死的人，然而他的这句话却像霓虹灯广告一样高耸在我们面前。

卡尔尼克也不在家。可是，在他家我们却发现了聂麦茨。他被

1 “巴枯宁娜”源出俄国19世纪无政府主义的主要宣传家巴枯宁这个名字；“撒旦内拉”意为魔鬼崇拜者，撒旦为基督教中的魔鬼。

反绑在一架缝纫机旁边的椅子上。屋里有三个陌生人，不言而喻都是警察。他们把我和苏克也扣留了，说在卡尔尼克回来之前不许我们离开。我们两人于是坐在另一架缝纫机的旁边。卡尔尼克的姐姐们是裁缝。卡尔尼克住在她们家，靠她们生活。他患有严重的肺结核，不能工作。

在回家的路上卡尔尼克从邻居口中得悉家里有警察在等他，于是他转身上了普罗代克咖啡馆。这家咖啡馆我们有时去玩台球。然而他毕竟无法老待在那儿，晚上他回家了。

我们不免有些失望。警察把我们放回家，只带走了卡尔尼克。他安慰姐姐说："明天早晨你们没喝完咖啡我就回来了。"果然是那样。第二天上午，警察又来传我们，竟然押着我们乘坐电车去警察局。这样当众出丑使我们心里很恼火，可是午饭前我们就回到了家里，便又感到非常满意。在警察局很不是滋味。不如说在那里等候的时间比审讯长。审讯中我们必须原原本本说明无民族学生联合会的创建过程及其宗旨。什贾斯尼我们当然很熟，但是对于他的打算我们却连影儿也不知道。

午饭家里做了包子，李子酱馅儿，还加了罂粟。从警察局走回家的路上我就想望这顿午饭了。我喜欢吃这种馅儿的包子。

暗杀事件的实际经过是后来在报上读到的。捷克通讯社向惊惶不安的公众发布的消息大致如下：昨日当总理克拉玛什博士走出布拉格宫的会议厅正同友人雕塑家兰盖尔交谈时，一持枪陌生青年突然开枪向他袭击。子弹未击中目标，撞在对面一扇门上了。克拉玛什博士转身去看凶手，另一枪又朝他右胸飞来。然而，子弹恰巧打在克拉玛什博士外衣口袋里的一个小皮夹上。凶手当场被布拉格宫的警卫人员抓获。他名叫阿·什贾斯尼，为社会民主党成员。此人围绕布拉格宫转悠已有多日，早已引起警卫人员的注意。凶手拒不交代暗杀内情，只透露他是某联合会成员。关于该联合会他不愿提供任何消息。联合会曾做出暗杀决议，他本人主动申请执行。其他情况他拒不作答。

报道最后补充说，克拉玛什博士安然无恙，事情发生之后他照常主持了部长会议。

人们于是议论说，金钱不会带来幸福！不过这只是我做的补充。

审讯中也许我的样子装得非常老实，警方相信了我，仅半小时便审问结束，打发我回家了，说是免得妈妈着急。我的双亲也确实着急了。

变革之后[1]警察办案不很严厉。我讲的虽然都是实话，但他们似乎也有些过于轻信。后来，警察没费多大劲儿什贾斯尼就招出了全部口供，它证明我们无罪。只是弗拉基米尔·格雷戈尔被囚禁了。对卡尔尼克的审问比较追根究底，显然只是因为他那无政府主义的外表有些粗野。

然而，这两发子弹像打掉射击场上的烟斗一样打掉了我们浪漫主义的政治观点。我们一下子变得清醒一些、聪明一些了——如果能这么说的话。毫无疑问的是，我们从云彩里跌到了地面，而在跌落过程中却什么事也没有。

同什贾斯尼一起受到控告的是弗拉基米尔·格雷戈尔。事实证明格雷戈尔是这宗暗杀案的幕后策划者。两人都被判了多年徒刑。现在不记得是多少年了。再说这也无关紧要。什贾斯尼由于克拉玛什为他说了情，比较快就获得了赦免，格雷戈尔不久也在狱中病逝。他患有严重的肺结核。

这次事件之后，我们被逐出了人民之家。但并不长久。霍拉又把我们领了回去。由他负责的文学副刊上开始发表我们的诗作。不过，阳台上的那个角落却关闭了。那儿又堆放起榫头松动的椅子。

1　指一战后奥匈帝国解体，捷克斯洛伐克第一共和国成立。

事后不久我遇见了日什科夫中学的一位老师J.恩特利赫尔。对于我来说，他不是严师，而更像一位朋友和伙伴。因此我欣然向他描述了这桩政治小插曲。我兴奋地给他讲联合会和暗杀事件，他一面听，一面点头，不过我清楚地觉察到他的问话已在嘴边。我讲完后，他出乎我意料地没头没脑问道：

“你看到花园里玫瑰厅旁边的那棵银杏树了吗？”

我不得不摇了摇头。

（杨乐云译）

临刑前五分钟

在世界文学作品中，肯定没有一本费·米·陀思妥耶夫斯基传记会不提到或者不着重描写陀思妥耶夫斯基被判处死刑，临刑前又死里逃生这一事件的。不言而喻，谁会遗漏这么惊心动魄的几分钟呢：犯人们——其中就有陀思妥耶夫斯基——已被押解到彼得堡的谢苗诺夫斯基广场，在千钧一发之际沙皇下了赦令。对于一位作家来说，那该是多么可怕、震撼心灵的经历啊。而他是一位富有独创性的作家，他怀着创作的喜悦，善于把人的灵魂剥到精光，审视人体里被七情六欲驱赶的激荡的血液，直看到它的最深层。

然而，对于这样一件在他的生命中堪称登峰造极的大事，陀思妥耶夫斯基却写得出奇的简单，而在大赦后他从西伯利亚流放地写给自己哥哥的许多书信中，却怒冲冲地详细描写了囚徒的痛苦和他们所受到的非人待遇。这些与面对死亡的恐怖比较起来，毕竟是不可同日而语的啊。关于那几分钟，他只是平静而简单地写道：他们给囚犯们穿上赴刑场的白色囚衣，三人一组绑在木桩上。陀思妥耶夫斯基在最后时刻还同伙伴们拥抱告别。然后有人让他们吻十字架，在他们头上把剑折断，因为他们是贵族。在最后几秒钟，他意识到自己是多么爱他的哥哥。就这些。叙述之简单，口吻之平静，恰像我这儿写的一样。

1945年5月初，我们几个编辑、编辑部的职工和行政人员在希贝恩斯卡街的人民之家已在准备解放后的新报纸《劳动报》。同我们一起在那里工作的还有一些人，他们正在准备不再是地下版的战后第一张《红色权利报》。五月五日，星期六，布拉格市民开始砸德国商号的招牌，逮捕纳粹兵，布拉格起义开始了。我们于是全部留在编辑部不再回家。其他人也参加了进来：排字工、整版工、辅助工。另外几名编辑也匆匆赶到。我们马上动手干了起来，不多一会儿工夫印刷机就隆隆转动，送报人已将头一批印出的报纸送往全市各地了。街上响起第一阵枪声以后，过路行人也纷纷躲进人民之家，他们无法再安全地穿越街道，既上不了日什科夫山，也去不了普拉什纳城门。人民之家的屋顶上飘扬着捷克斯洛伐克国旗和红旗。它的花园里，栗树正在开花。栗树丛中的那棵银杏树在我国相当名贵。它是这座宫殿尚为贵族金斯基所有、花园为贵族禁园的那个时代的遗物。

捷克人民占领了马萨里克火车站，德军便炮轰车站。炮弹波及人民之家，庭院里榴弹片和枪弹四处乱飞，因为德国人不仅在波日切的依姆卡，而且也在邻近的安格洛班采增援了兵力。子弹甚至在我们的打字机上方和女打字员的头顶上呼啸。因此我们将整个编辑部转移到地下室，搬进印刷车间、铅版车间，以及更下一层的纸张仓库。这是什么样的写字桌啊！戏剧性的日日夜夜就是这么度过的，星期六，星期天，星期一和星期二！

起义指挥部设在约瑟夫广场的扬·日什卡兵营。根据它的指示，人民之家这个据点必须守住。这里的小分队已勉为其难地简单武装起来。他们胜利地解除了驻守在火车站对面的专利饭店的德军武装，弄到了一些枪支和弹药。然而，形势很快就变得于我们不利起来。德国人攻下了马萨里克火车站，在那里见捷克人就枪击。我方只有少数几人最后突围成功，空手躲进了人民之家。在此之后情况急转直下，德国人接着占领了哈夫利切克街和希贝恩斯卡街拐角处的一栋房子，发现了高级食品店储藏的葡萄酒和香槟酒。由于这家食品店的地窖已奉命同人民之家打通，德国人一下子便到了人民之家。这里只有为数极少的几名守卫人员，分布在地下室和大门之间。而德国人却是开着装甲车逼近我们的。地下室的唯一保卫人员用步枪打死了头一个闯进来的德国兵。他一头栽倒，恰巧就栽在我的面前，使我生平第一次有机会看到死亡临头的情景。德国兵倒在地上还大声叫嚷，要他的同伙们开枪。他自己已没有举枪的力气了。不，甚至连扳动一下步枪扳机的力气也没有了，那支步枪就横在他的身旁。生命很快就从他肚子上的伤口流走了。

有一刻工夫我们不知所措地在他的血泊中踩来踩去，然而墙洞里出现的一名军官命令我们举起手来。他把妇女叫到一边，让她们留在地下室，命令我们男人从后门出去。我们走上哈夫利切克街，从那儿朝正在燃烧的马萨里克火车站的车站大厅走去。押解我们的德国兵冷笑着要我们确信，一到火车站就把我们统统枪毙。他们先叫我们坐在铁轨上，那里离一堆刚被枪杀的捷克人的尸体才几步远。我们得坐在那儿，等待停在身后的那辆老长的伤兵列车开走。列车上满载着重伤员，躺在一层层的床板上。在那里，我们目睹德国兵怎样平白无故地开枪打死了一个小伙子。小伙子身上带着的一把倒霉的奥地利时期的旧军刀从外套里面露了出来。接着他们又打死了一个中年男人，几个德国兵硬说看见他开了枪。两人都被左轮枪打在脖子上，鲜血从脑后的伤口里涌出来，景象极惨。中年男人没有作声，小伙子临死前却痛苦地号叫。

不明白究竟为什么，不过显然仅仅由于伤兵列车已无法迅速开出车站而大火正在蔓延的缘故吧，德国人命令我们站起来排成两人一行，然后押着我们穿过货车站和希贝恩斯卡街，朝日什科夫山上驱赶。位于日什科夫边缘的铁路管理局已经起火，对面的保加利亚饭店也是一片火海。熊熊烈焰灼得我们不得不用手帕遮住了面孔。

唉,车站上面的这条道路啊,曾经有过多少次,多少次,我幸福地、喜滋滋地在此奔跑。从童年时代起就在此奔跑了。每到假期,我总是急匆匆地经过这里,兴高采烈地上克拉卢比去度假,回来时又经过这里投入妈妈的怀抱。而今天我们走在这条路上,一言不发,满怀着忧虑,甚至不知道要走向哪里。

到了赫拉博夫卡附近,我们拐弯下山了,朝着卡尔林区波杰布拉德的伊什军营走去。在那里,德国人叫我们靠墙站立,再次等着。我们又一次被告知,说在军营的院子里要把我们统统枪毙。可是院子里的德国人正忙着逃窜,撤离布拉格的准备工作尚未做完。

我们路过赫拉博夫卡的时候,春风拂面,维特科夫山上的果园送来阵阵丁香花的馨香。在这座山上,在烟雾缭绕的火车站上方,我曾几度于白昼和傍晚同一个姑娘手拉着手漫步,无忧无虑地嬉笑着,轻松的心里装满了天真的欢乐。我强烈地回想起山上棕色的夏季紫罗兰,它们是那样的芬芳,直到今天我也没有闻够。还有那座至今犹在的瞭望台,那是观赏布拉格风景的最佳地点之一,尽管山下火车头冒出的烟雾使景色有点儿朦胧。

谈判代表扛着白旗在街心两次从我们身旁走过去又走回来,看也不看我们一眼。我们猜不出此时此刻谈判的内容是什么。谈判进行了相当长的时间。我们大家也就在那儿经受着令人心焦的时刻。最后,德国人决定用我们交换一批逃走时被我方抓到的德国妇女、儿童和老人。我们站在军营墙边的时间有多久,我无从知道。离开人民之家以后,我的手表在途中被一个德国兵摘走了。不过,我仿佛觉得那段时间长得永无尽期。

然后,德国人一声吆喝,把我们朝四面八方驱赶。我和彼沙以及另外两个同伴沿着防御工事走了好一程之后,来到了特罗伊桥。在那里,我们在朋友家度过了最后一个疾风骤雨的夜晚。在一座当时几乎是孤零零的分租房子里，我们扒着窗户注视着薛尔纳的军队。这支军队的一部分当时驻守在从布洛夫卡到特罗伊桥的那条向下倾斜的公路上。他们的任务是将布拉格夷为平地，然后逃去当美国人的俘虏。前一个任务幸而他们未能得逞，后一个则唯有一部分人完成了。

一个小国家的抒情诗人同一个举世闻名的天才作家自然无法相提并论，这我很清楚，我只是有点儿羡慕——如果能这么说的话——陀思妥耶夫斯基的这一绝无仅有的经历：被判处死刑，体验了必须同生命告别和接受无情现实的滋味，然后死里逃生，重新品尝到生命的甜蜜，得救了。体验那可怕的几分钟，当时间把人迅速拖向灭亡，之后却又看到岁月像辽阔的美景一般横在自己的面前。这片刻经历何等富有戏剧性啊！这样的经历对于任何一个人来说，都有着多么重要的意义，更何况是一个有能力把它准确陈述出来的作家呢。

除却这一人生经历之外，我在任何方面都毫无要同陀思妥耶夫斯基相攀比的意思。就我个人而言，我想说的是：

我和彼沙站在卡尔林军营的墙边，我从口袋里掏出了面包和一块干酪，那是我离开专利饭店时从德国人的贮藏室里弄到的。面包和干酪都已不新鲜，但我们狼吞虎咽地吃掉了。之后我就思念起家人来。我知道他们大体上是安全的。在下意识中，不知怎的我硬是不让再也见不到他们的思想冒头，断然决然把它从脑海里驱赶开。我呆呆地望着对面那些灰暗、丑陋的房舍。窗户全都紧闭着，显然出于谨慎。只是不时有哪扇窗上的窗帘微微撩开，露出了一张面孔。后来我的目光落到了离卡尔林高架桥不远的铁皮公共厕所上，想起了一件荒唐的往事。

很多年以前，不知何人——但显然是个技巧熟练的画家——用柏油色在那儿画了一个姿势很不雅观的妇女。我们这些男孩子常常跑去看这幅画。它在墙上保留了相当长时间。我们感到兴奋！在少年时代，这算得上是一件很不寻常的事情了。如今，当我们站在军营旁边的时候，这幅画又清清楚楚地浮现在我的脑海里了，虽然在此之前这件不很高雅的往事我已遗忘殆尽。

我又呆呆地望着对面晦暗的窗户。烟囱里冒出了炊烟，我不由得想，那些不必站在军营的墙边，而只是不时透过拉上的窗帘瞧着我们的人，该有多么幸福！不知他们今天吃什么午饭。请你们看在上帝的分上别以为我勇敢，可是在那个时刻我确实没有考虑死，尽管我们知道死已近在咫尺，它正在院子里等着我们呢。

多年以后呢？

不久前发生过这么一件事：我到了正是当年在那里度过危机的地方，却压根儿没有想起它来。直至回到家里，我才突然发现我去了那些地方却没有意识到。

而今天回想这一可怕事件时，我的心情同那个飞奔着去追赶一只新皮球的孩子回想去年患过的一场麻疹没有什么两样。

是的，请相信我吧。情况就是如此。祝你们顺利。再见吧！但愿不再有战争！

（杨乐云译）

Ⅲ　在煤炭市场的一夜

引　言

诗人雅罗斯拉夫·伏尔赫利茨基家的窗前有一道风景线。伏尔塔瓦河好像就在窗下流过,石砌的堤岸上用粗笨的铁链拴着两个浮动泊位。大的一个不时有轮船威风凛凛地停靠,小的一个是供小一些的游艇使用的,不一会儿就会有一艘游艇长鸣着汽笛离去,而不远处的另一艘则已放慢轮桨等待空出的泊位。游艇上总是挤满了人,而轮船的双层甲板上却时常有空位子。

“成群的苍蝇戏弄着空气,
快啊!开船的铃声已经响起。”

一个晴朗的七月的星期天,炙热的骄阳使布拉格很快成为一座空城。许多街道像乡村小镇一样宁静。布拉格,不是躲到了远处的什么森林里,便是在这里,在伏尔塔瓦河边。

我靠着船舷,看着布拉格城堡,民族剧院,马奈斯画廊怎样一一在我眼前驶过,紧接着就靠近波多利了。这里也曾有过码头,但很久以前拆除了。现在,数以千计的人在岸边安逸地躺着。真是数不清的人体,有老有少,有的魅人有的不那么漂亮,全都卧在晒热的沙滩上。轮船离开这一片赤身裸体的人群，匆忙地朝着兹布拉斯拉夫的方向驶去，而岸上的人们在阳光下尽情享受着静止不动的愉快。

我突然想起一件可怕的往事。

我看过一部美国拍摄的由斯宾塞·屈赛和布尔敦·兰卡斯特主演的电影《纽伦堡审判》。影片中，令人倾倒的马琳·黛德丽也参加演出。她扮演了一个并不令人同情的角色，但是，尽管这样，她的逼真表演却为自己的七十寿辰赢得了一枝无与伦比的美丽玫瑰。她在影片中要求公诉人放映在德军集中营缴获的纪录片。这是些令人震惊的镜头。几百个被迫害致死的囚徒的僵硬尸体堆在一起。重型推土机的大铲子把尸体推进一道不深的沟里用土埋上。

尸体一个个滚进浅沟。

不见一滴眼泪。

令我难以置信的是，在这样的事件之后，在这些并非很久远的事件之后，我们竟然能够站在酒吧柜台前，悠然喝着啤酒或什么别的饮料，同柜台后面漂亮的姑娘开玩笑，幸福地微笑着。这怎么可能呢。那成千上万的死者中有不少是我们的同胞啊，而我们却能平静地跨过这些可怕的事件继续走下去，好像这些事从来没有发生过。我说的不是年轻人。我们这些人都曾是目击者啊。怎么这样快就都忘却了！也许这是一种必然。也许不这样就无法活下去。还是不要回忆吧。

可又怎么能不回忆呢！

眼前又是几千个人体。当然，这是些活着的幸福的人，他们根本不会想到死亡。为什么要想呢！可是光阴正在悄悄走来。无形无声的推土机将把我们的僵直的双手贴在身子两侧的躯体一个一个推进浅沟，然后用泥土和忘却把我们掩埋。

也许会有一些区别。会有片刻的哭泣，几声叹息。然后呢，同样是一片寂静。

好了，不说了。一个开篇用这样的结尾真是不好。

（杨学新译）

古城大钟[1]

一生中，我们遇到的失望一次又一次，如果心里不承认，人前又缄口不提，这便叫作生活的乐观主义。失望从儿童时代就开始了，一直持续到生命的终结。

我还是个小男孩的时候，曾体验过一次失望的滋味。那次的幻想破灭相当残酷。现在我已不记得是在什么情况下使我有了一个机会跟随父亲参观古城议事厅。我们在那里看了一处又一处，后来也被领进了大钟塔楼。大钟的维修保养人，古城广场著名钟表师赫因兹先生给我们讲解这座古老时钟的机械结构。当时我对黄道十二宫还不怎么感兴趣，然而使我大为惊讶而且感到悲哀的是，到了跟前我才发现那些圣徒——平时我站在钟楼下面的人行道上怀着无比虔诚的心情仰望、在我心目中已是半有灵性的圣徒——却原来只是固定在木轮子上的半截儿身躯。是木头轮子在徐徐旋转。主耶稣并没有迈动双腿从一扇窗户走到另一扇窗户。他只有半个身子。耶稣最宠

1　位于布拉格古城广场，15 世纪制造。大钟上面有小窗户，每到报时，小窗户便自动开启，有圣徒模样的木偶出来表演。

爱的门徒扬[1]同样没有腿，手里拿着钥匙的圣彼得[2]跟其他几个一样，也唯有半截可怜的躯体。

我从魔境中一下子醒了过来，感到一阵痛苦的震撼。幻想破灭了，从此我再也不可能那般入迷地仰望大钟窗户里依次出现的行列。

尽管如此，我不得不承认即使在今天，我也常在古老钟楼附近停下脚步，如果时间差得不多，我就看看橱窗里我完全不感兴趣的陈列品，等待那朴素的一幕演出：财主把金币摇得叮当作响，死神点着头敲响钟声，公鸡最后一次啼叫。

站在那里的当然不止我一个。通常还有一小群外国人和来访布拉格的游客。那儿的外国人一向不少。有德国人，他们为数最多，有法国人，我也碰见过衣领上别着小旗子的一些美国人。我觉得最惹人注意的是美国人。也许这几个美国人正是不久前在休斯敦目击登月火箭升天的吧。也许他们那时并不怎么激动，只是带着点儿好奇，十分平静、安之若素地观看着。可是在这里，他们却眉飞色舞，指点着活动的木偶，几乎到了大惊小怪的程度。他们兴奋地望着钟上蓝色小窗户里每小时依次出现的机械行列。

唉，显然他们没有想到这些圣徒没有腿！

还说布拉格充满无限神秘性、奇美无比的中世纪的魅力如今已不存在了呢。

（杨乐云译）

1　即约翰。
2　按照民间传说，耶稣的门徒彼得掌管着天国的大门。

厨房的时钟

我不记得母亲什么时候唱过歌，无论是在干活的时候，还是哄我们入睡的时候。我自己的婴幼儿期当然无从记忆，可是我有一个妹妹，比我小好几岁。然而，挂在厨房的一只钟——它就挂在我的卧床上方——催我入睡的声音却至今犹在耳畔，听得很清楚。那是一只廉价的、厨房用的双锤儿挂钟，一天必须上弦两次，早晚各一次。椭圆形的字盘上装点着当年流行的小画面：发情期嘶叫着的公鹿和密林深处的一只母鹿。挂钟在我们家走了五十年，后来它停摆了。母亲去世以后，我把它拿回自己的寓所，有很长一段时间放在顶楼，在一根梁木背后，落满了尘土。没有一个钟表匠愿意修理，说是简陋的机件已磨损到无法修复的程度，根本不值一修。过了许多许多年，感谢一位朋友的热心肠，这只钟挂在我房里又走了起来。而且出人意料，居然走得挺准——根据广播时间。

就这样，过了漫长的岁月之后，我又听到了它那心平气和的声音，嘀嗒嘀嗒，不时嘎啦响一下。尽管有点嘶哑，像抽烟斗的老人。像我。像我的诗。可是它在走，在报时。报时声也带着几分嘶哑，但很准确。

然而，这熟悉的嘀嗒声却已是它体内发出来的最后的声音了。

它以完全不同的方式在对我说话。这推心置腹的、始终有板有眼的声音，只要我在谛听并且加以领会，我便能想象它在讲什么，或者更确切地说，我听到了它对我讲的许多许多话。实际上，这同我的职业也有点儿关系。

仲夏的一天下午，天气非常晴朗。我准备到不远的一个小公园去散步。金灿灿的阳光照得满街温暖，坐在家里未免可惜。我看了一眼挂钟，快三点了。这时挂钟里传出了声音：

带—把—雨—伞！
带—把—雨—伞！

我听得清清楚楚。简直荒谬，我对挂钟说，天空一片蔚蓝，连一朵云彩也不见。一小时后我回来了，夏天的暴雨把我浑身淋得湿透。挂钟心平气和地对我说：

你—瞧—是—吧！
你—瞧—是—吧！

有时我不能不想起过去，晚上它怎样来来回回地对我絮叨：

睡—吧—孩—子！
睡—吧—孩—子！

一般它不用说多久。我躺进被窝就睡着了。

近年来，人们已习惯于在医院里较为安适地死去。可是，如果允许我在家里，在自己的床上告别世界的话，我毫不怀疑，挂钟将会劝慰我：

走—吧—再—见！

走—吧—再—见！

妈妈曾对我说，是这只钟的嘀嗒声把我迎进世界。那么，一切也就完全正常了。

之后，它的旅程将告终。家里人会越来越经常地忘记上弦。它将有一段时间继续挂在墙上（爸爸喜欢的），但以后他们将把它再次放进顶楼，放在一根梁木的后面。

从—此—休—矣！

从—此—休—矣！

从—此—休—矣！

（杨乐云译）

故　居

人们常说，年轻人总是在向往，老年人总是在回忆。其实老年人并不只是回忆——那种令人感到惆怅、辛酸、温暖的回忆，它们拖着脚步吃力地紧紧跟在老年人的身后。老年人也有向往！也许你们会感到惊讶，老年人的向往还常常十分强烈哩。当然他们的向往多半是落个一场空而已。老年人并不甘心坐等死神的到来。老年人的日子现在已不像从前那样绝望了。一个人倘若谦逊而有自知之明的话，他便能找到一些亲切和幸福的时刻。请相信我吧。不过，让我们还是回到往事上来，回到横遭指责的回忆上来吧。生活倘若没有了对往事的回忆，那将是空虚无趣的。

事情是这样的，一个夏日的午后，我站在日什科夫区利格洛伐街一幢破旧的公寓楼面前，附近的果园飘来清新的夏季草木的馨香。利格洛伐街今天已换了街名。我们那幢有露天走廊的公寓楼神色黯然地伫立在这儿，样子毫不诱人。不过，这条向下倾斜、通往拉依斯卡花园的街道，整个儿都显得破旧、阴暗、衰败。街道两侧，停放在人行道旁连成一串的汽车，更增添了这里的阴郁气氛。有些汽车落满了尘土，另有一些覆盖着肮脏的帆布。街上可以说死气沉沉，商店关着门，或者改成了住宅，行人一个也见不到，谁会在这个时候上这儿来呢!

怀着好奇,我走进门去。庭院几乎跟四分之三世纪以前一模一样,后面的园子杂草丛生,像当年一样荒芜。唯有那架哀哀啼哭的抽水机不见了。这儿到处是煤烟,一片寂静,人迹罕至。

园子倒是宽敞得出奇。这里曾经不仅挤进了业余剧团的舞台,而且还放了几排椅子,是从底层的餐厅搬来的。

诚如你们已经注意到的,我说的是餐厅而不是小饭馆。小饭馆离此不远,仅几步之遥。大名鼎鼎的天主教交谊会日什科夫分会的会址那时候就设在我们居住的这幢楼里。因而那里叫餐厅。天主教交谊会是由颇具战斗精神的罗德尼茨基神甫领导的。在日什科夫区,大家都这么称呼他,但他的名字不如说仅在政治会议上才响亮。他是一只好斗的教权主义的公鸡。

他参加过奥地利议会的议员竞选,天主教交谊会是他的大本营,在那里他领导着他那个党的宣传鼓动工作,竞选没有成功。日什科夫区是民族社会党和社会民主党的地盘。两党在那儿取得了变化无常的成就。罗德尼茨基神甫失败了。

我还没有下决心走进楼去,却惊奇地站住了。二层楼的整面墙上写着"天主教交谊会"会名,字迹几乎还是新的。

多少岁月流逝了啊。我们不妨在脑海里回顾一下本世纪一桩桩天翻地覆的大事!一战,奥匈帝国崩溃。第一共和国历时二十年,希特勒入侵我国。二战,希特勒垮台,不可一世的帝国土崩瓦解,全世界几百万人死在战场上。我国也经历了怎样的变化和事件。可是,天主教交谊会却抵挡了所有这些时代的疾风暴雨!写在墙上的会名直到不久前才被抹去,消失了。

过道里,硕大无朋的十字架也依然悬挂在那儿,点燃着的灯芯在红色的灯盏里哧哧作响。业余剧团演出时充当观众楼座的那些露天走廊,也一如既往,没有丝毫改变。大木盆和搓衣板也还放在那儿，像当年一样。毫无疑问，夏天的晚上，劳顿了一天的妈妈们和爸爸们还会坐在那儿休息，微风送来附近园林的清香。斯伐托普卢克·切赫[1]曾经写过一首抒发故乡之情的诗，他抱怨说：

……陌生人的脚
践踏着青年时代幸福的梦境。

我妄谈什么陌生人啊？一切都跟我早年离去时一模一样！

唯有业余剧团和它那小小的戏台被时代淹没了。这也无可厚非，说明电影与戏剧的竞争嘛。不过，当年那个业余剧团毕竟是令人感到欣慰和亲切的。它都演出过一些什么剧目，我当然已记不清了。

唯有一出戏牢牢地铭记在我的脑海里，戏名为《南北之战》。一看便知演的是美国南北战争。作者是何许人，我已不记得。这出戏之所以难忘是因为其中有一幕强烈爆炸的场面。土法制作的炸药震得舞台一个劲儿地摇晃，烟火把演员和观众的脸映得通红。厚纸板做成的砖头纷纷跌落，撒得满台都是。就在此时，一个男人跳出场来，衣领敞开着。显然他是戏中的主角。这一幕的剧情本是悲惨的，却不料观众席里响起了爽朗、欢愉的笑声。我手扶着栏杆站在露天走廊上，不明白是怎么一回事。

后来，又过了一些日子，我才从人们讥诮的暗示中领悟到为什么那位倒霉的粗心演员受到了嘲笑。原来，他把服装穿错了。

我默默地走出通道，悲哀地朝楼梯挥了挥手。它被人踩成了这

1 斯伐托普卢克·切赫（1846—1908），捷克诗人。

样，其中也有我童年双脚的份儿。

人生在世总应该有权利偶尔回首当年，自作多情一番吧。

我也一样。

（杨乐云译）

穿着拖鞋出走

1872 年 7 月 7 日，星期天，保尔·魏尔伦上街去给患病的妻子玛蒂尔达买药，药店就在附近。在短短的路程中，他不幸遇上了韩波[1]。韩波没费多少口舌就说服了魏尔伦弃家出走，同他一起去比利时旅行。魏尔伦于是未去药店，却和韩波径直到了火车站。玛蒂尔达徒然满巴黎找了他三天，走遍朋友家，甚至停尸间都去找过了。后来才知道丈夫同《醉舟》的作者一起到邻国比利时去了。

上街买药——我这里要记叙的一件往事使我不由得想起了诗人魏尔伦。看来，有些作家的妻子假如病了，是不宜打发丈夫出去买药的。

不过，我得从另一个地方讲起。

一战后期，我们住在日什科夫区胡斯大街一栋简陋楼房的一套简陋住所里。这栋破旧房屋地处转弯角上，我们那套住所有一个莫大的也是唯一的可取之点：阳台和厨房的窗户都对着维特科夫山开阔的山坡。山坡上，从铁路边缘起，长着成片成片的金链花，春天开出浓密艳丽的黄色花朵，虽然不香，但波浪似的满山都是，景色绝美。

1　韩波（1854—1891），法国诗人。著名长诗《醉舟》是他的后期作品。

弗拉尼亚·什拉麦克曾写过一首优美的咏金链花的诗。金链花谢了以后,铁路两侧洋槐花的甜香便涌进了我家的窗户。整栋房屋、阳台和晦暗的小院子都弥漫着这股甜香。一堵高墙把小院子同铁路的路基隔开。高墙已坼裂,墙边建了一些堆煤的木棚屋。春天的芳香在这里很需要。院子又小又阴暗。战争期间,房客们在这儿养了一群母鸡,它们徒劳无益地用小爪子刨着石头地面,啄食墙上的灰泥。在这里,大白天也不时有耗子跑出来同母鸡分食房客们从阳台上扔下的残羹剩菜。到了傍晚天快黑的时候,母鸡便一只只奔到院门旁边,耐心地等待着有谁走来给它们开门,然后一窝蜂拥向楼梯,惹人发笑地一级一级蹦上楼去,准确无误地找到各自的楼层和家门。即使快要下蛋了,母鸡也一级一级地蹦,然后慌慌张张钻进家里,接着整座房子便回响着它那欢乐的母性的歌声,歌唱它创造了奇迹:一个小小的,但在战时非常珍贵的宝贝儿。

若问母鸡养在哪儿嘛。有时在厨房里,不过绝大多数都在那间狭小、幽暗的食品储藏室里。这里的一扇窗户对着臭烘烘的天窗,无法储存食物。不过,战争期间谈得上什么食物啊!

我家一间小屋的窗子朝着嘈杂的街道,正同金天使饭馆隔街相望。饭馆的镀金浮雕挂在它的门额上。那座房子里住着弗朗基谢克·绍埃尔,日什科夫区大名鼎鼎的人物,一个和善的人,晚年还写过一本书,记叙他不平凡的一生。

战争结束了。雅罗斯拉夫·哈谢克[1]回国后不久,就同他从俄国带回来的第二个妻子搬进了绍埃尔家。有个从来都喜欢故弄玄虚的人说她是公爵夫人。她看上去不像。我们两家的窗户遥遥相对,我们能看到他们家左面的后屋和舒拉太太——日什科夫的街坊们都

1　雅罗斯拉夫·哈谢克(1883—1923),捷克讽刺作家,代表作为长篇小说《好兵帅克》。

这样称呼她——总见她蛮有兴致地瞧着熙熙攘攘的街道上捷克人的生活。

隔了一座房子住着我的同学和朋友伊万·苏克。我只要站在阳台上吹声口哨，苏克就会出现在他家的阳台上。我们两个常一块儿玩台球。苏克住的那座楼里有一家小饭馆。不知为什么，大伙儿管它叫"顽石饭店"。那里的一位房客是个玩台球的行家，待人和蔼，他教会了我们玩台球的门道。

雅罗斯拉夫·哈谢克有时也上这家饭馆里来。他待不长久，这里离他的妻子太近了。妻子总是徒劳无益地想把哈谢克留在家里。一次，有人问哈谢克为什么不上金天使饭馆，他不以为然地说那里要爬楼。实际上金天使饭馆只有三级台阶。

一个夏天的晚上，哈谢克衣冠不整地走进了饭馆。他只穿了一件衬衫，趿着拖鞋，裤子用手提着。他坦率地告诉大伙儿，说舒拉把他的皮鞋、背带和外套全部锁起来了。他这是上药房去，妻子患病，医生开了药方。他随身带了个酒瓶，说是就便捎瓶酒回去。没等店主人把酒瓶灌满，也没等站着把一杯啤酒喝尽，他就同我们玩起台球来了。他玩得非常糟糕。喝完第三杯啤酒之后，他下了决心，说非去买药不可了，妻子在等着哩，酒瓶就先放在这儿，等他买药回来时取走。他没有再回来。

两天后，有人果断地在敲我们家的大门。门外站着面有愠色的舒拉，她气冲冲地问道：

"雅娄谢克[1]在哪儿？"

后来她对着我的母亲哭了一会儿，抹抹眼泪走了。

不，哈谢克并没有遇上什么韩波，也没有跑到国外去。一个星期之后他回家了。带回一瓶啤酒，可是没有药。反正药也不需要了。

1　雅罗斯拉夫的昵称。

他的妻子已经恢复了健康。甚至健康得过头啦！他大笑着补了一句。

在这段时间里，哈谢克趿着拖鞋、没穿外套，在夏天的布拉格久久地游荡，当然去了所有可能去的饭馆，在朋友和伙伴们中间——他们丝毫没打算看重他的创作——写了满满一练习本的《好兵帅克》。他伏在桌子一角写稿，写完几页就由伙伴中的某一个送去给出版商西内克。出版商按交稿数量付给他相应的稿酬。当然一个克朗也不会多给。哈谢克以此打发一天或一个晚上，第二天他若不愿意对着空杯枯坐，就得提笔再写。

这等样子的创作条件不禁使人产生疑问：假如哈谢克有个清静的环境，坐在书桌前舒舒服服地写作，他的这部作品可能会是什么样呢？然而，这是永远无法解答的、致命的“假如”。有可能假如哈谢克不是在泼洒着啤酒的桌面上，在酒肆饭馆的喧闹声中，在一群贪杯的朋友之间为了挣几十个克朗买啤酒而从事写作的话，这部作品也许不会问世，哈谢克就不会是誉满欧洲的哈谢克了。

大家知道，哈谢克不久之后就去世了。舒拉太太也去世了。哈谢克的忠心耿耿的朋友、很有耐性的弗朗基谢克·绍埃尔也去世了。唯有帅克，这个胖乎乎、性格外向、绝对不懂得粉饰现实的循环性精神病患者——正如封·拉切克教授给帅克做的诊断中所说的——却活在人间，快活地不仅朝着普津姆[1]前进，而且几乎远行全世界，走向他从来没有打算要去的地方。

（杨乐云译）

1　捷克布杰约维采附近的一个小镇。

母亲出嫁的小教堂

我很清楚，谁也不会问我这个，这是不言而喻的事情。不过，如果有人感兴趣，向我了解父母的婚姻状况时，我恐怕要用纯粹是今天的术语来概括这一婚姻关系的特点了：那是两种不同世界观的人和平共处。父亲是社会民主党人，母亲则是一个娴静、温和的天主教徒，一个竭诚信守上帝和教会的法规而不逾矩的人。她喜欢上教堂，借以摆脱刻板的日常生活，摆脱每天例行的机械劳动。上教堂是她的诗。领圣餐她却不常参加。不如说只有在生活中遇到不幸，她认为那是上帝的惩罚，需要求得上天的宽宥时才去。

就这样，在和睦共处中他俩各以自己的方式对生活做出反应。而生活往往并不顺遂，战争时期还经常挨饿。饥肠辘辘的滋味我至今记忆犹新。当母亲扑倒在日什科夫教堂冰冷、潮湿的方砖地上，当她虔诚地向圣母玛利亚倾诉自己的烦恼，徒然想把泪水串成的念珠挂在圣母的纤纤手指上时，她的内心无疑感到了片刻的宽慰。而我则往返于两人之间，从这边跨到那边，从《红旗歌》到《千万次歌颂你》[1]，也许就在一早一晚的时间内。

1　基督教赞美诗中的一首。

但愿读者不要认为我以一些无聊的个人琐事在此啰唆不休。现代诗人就往往完全从主观立场出发将诗歌抛到读者面前，以强调它的可能性，使它更有说服力。在我这不很重要的文学体裁中，我不免也要吹嘘一下这种主观主义的权利。不过这一文学体裁有其局限性，因为它不仅是可能，而且也往往就是真实的。我要证实时代错了，不管时代如何揭露我——虽然我还不很明白自己错在哪里。

否则的话，日什科夫一个穷家庭对于你们来说有什么意义呢？这样的家庭在布拉格数以千计。

在我看来重要的是从这些普通日子里找出几分诗意。这些普通日子有时也努力要使自己不像规定的那般普通。

美丽的、亲爱的日什科夫啊！我有一次曾经说过，它是世界上最美丽的市区。确实是这样！

人们谈论伟大的时代和渺小的时代。可是一个时代是将要到来的伟大时代的开始，因为有更多的军靴践踏了更多的青苗。而各个时代犹如流进江河的溪水一样，互相渗透。我没有打过仗。我更为喜爱的是小鸟的鸣啭而不是战歌。

有一次，那是在后来了，我们家庭正处于不很愉快的时刻，我无意间发现了父母的结婚证书。我这才惊异地发现父母的结婚地点既不在父亲居住的布拉格，也不在母亲的故乡克拉卢比，而是在克拉卢比附近的一个小村子，因为当时克拉卢比还没有教堂。

米尼采村今天已同克拉卢比合并，它的小教堂坐落在不很陡峭的山岬上。那里遍地苔藓，下面是碧绿的湖塘，成群鹅鸭弄皱了浑浊的绿色水面。不知有过多少次，我想到那座教堂去看看，可是年复一年未能如愿，直到不久以前。

那时候结婚，新郎新娘都互相赠送一件小小的结婚礼物。妈妈送给爸爸的是一条银表链，就是当年人们佩戴在背心上的那种。爸爸本来有一条所谓表链，是用他已故母亲的头发编成的，辫子已经松散，头发也都断了，妈妈看着挺不喜欢。作为结婚礼物的表链我记得很清楚。虽然不很阔气，可是那上面的小坠儿曾引起我莫大的兴趣。小坠儿的末端挂着个嵌肖像的玻璃圆饰，里面有马克思像，翻过来是恩格斯像。

爸爸送给妈妈的礼物是一根金项链，上面垂着个小金十字架。由此可见父母双方都彼此尊重对方的人生观。两件礼物曾多次送进布拉格当铺——人们管那个国营机构叫布拉格当铺——特别是在一战期间。当铺坐落在蔷薇街。我不明白为什么偏偏设在这条街上，它与花朵其实毫无共同之处。

在当铺，表链和表加在一起的价值也总是远远比不上沉甸甸的金项链。那根项链大约可当五十克朗。两件结婚礼物最后都遇到了不愉快的结局。战争期间父亲失业了，当票到期无力赎取，于是就"倒了"——这是官方术语——后来在什么地方给拍卖了。妈妈为此哭了很久。

要说我有什么不满，那是谎话。不同的世界观没有给我带来什么特殊困难。我喜欢跟着爸爸去参加政治活动和群众大会，也同样喜欢跟着妈妈上教堂，唱很长的圣母颂，站在她的长凳旁边。

那时日什科夫区的圣普罗科普教堂有一位年轻神甫名叫彼得·库尔兹。他的姓我记得很清楚，名字却已没有多大把握了。这位神甫很受欢迎，尤其受女信徒们的欢迎。在斯洛伐茨科，一帮风骚娘儿们谈到他的时候都称他为美男子神甫先生。他之所以使人着魔还不仅仅由于他的个人魅力——年轻，一头金发——而且也在于他是一位顶呱呱的传道人。只要是他登台讲道，教堂里就座无虚席。在他步上讲经台的螺旋梯时，我仿佛听到了信徒们幸福的叹息。

日什科夫的教区神甫年事已高，因此每年例行的圣山朝圣都由库尔兹神甫带队。朝圣是日什科夫妇女的一次盛会，每年一次，谁也不肯放过这个机会。即使不是天主教徒，不信神的，甚至异教徒也不肯放过。这是头等大事，热闹非凡。

去圣山朝拜圣母玛利亚当然以教堂祈祷开始，祈求一路平安。祈祷结束之后，朝圣的队伍便严格按照顺序出发，他们从教堂的高台阶上鱼贯而下，教堂两侧的大门刚打开，所有的钟便一齐鸣响。最先走出来的是侍童，身穿白僧衣和红黑两色小裙子。为首的手举十字架，其他执锦旗的和执圣徒像的交错而行。侍童后面是身着华丽僧袍的神甫，他的后面是一队年龄较大的妇女，抬着圣安娜像。不错，这尊雕像——圣母玛利亚的母亲——虽然衣装漂亮，但带着一定的持重和端庄，说明这是一位老夫人。抬雕像的以及排成几行走在这位守护神后面的妇女也都一样。

这些女人已不宜再追逐时尚。她们大多是上了年纪的寡妇和老姑娘，对人间欢乐已扭过头去。跟在她们后面的是不计其数的伴娘，身穿白衣、头戴花环。这些姑娘大部分只将朝圣者送到弗朗基谢克·约瑟夫皇帝火车站——今天的火车总站——朝圣者归来时，她们再来此迎接。姑娘们的行列中夹着小伙子的队伍，他们穿深色衣服，衣袖上佩戴缀着花结和小饰绦的白绶带。再后面便是圣母玛利亚的木雕像了，被人用轻架抬着，宛如一朵闪着金光的白云在悠悠飘浮。她那一身服饰是日什科夫信徒的骄傲。大裙子上的花边那样的纤巧、精细，诚可谓见所未见的了。裙子外面披了一件雪白的绸斗篷。雕像上原来画着的衣服怎么够呢！花边打成无数褶裥，在斗篷里绕着身体裹了一圈。栗色头发上系了一方朴素的头巾，然后戴上一顶奇高无比、镶满了宝石的沉甸甸的冠冕。宝石虽然都是玻璃，但仍然很华丽，同天庭之后的身份却也相称。这是朝圣行列中最漂亮的部分，是为之出力并不惜献出金钱和时间的所有人的骄傲和欢乐。圣母斗篷上那个硕大的字母 M 怎样在闪闪发光，她的脖子上挂着多少串用真珊瑚和各式玻璃珠穿成的项链啊！这类饰物越多，信徒们就觉得雕像越美丽、神圣。妇女们把为此而进行的一切辛勤筹备和忘我劳动都看作她们向这位圣母表示的信仰和尊敬，是向她祈祷、唱赞美诗的一种必不可少的补充。

长途跋涉、徒步朝圣的时代早已结束，现在乘坐火车了。人们已不像过去那样悠闲，时代正朝着高速度发展。可是，即使在喧嚣的火车站，朝圣者也在月台上唱赞美诗，做祈祷，以此告别。

第二天，当他们手里捧满小礼物、小圣母像、念珠、祈祷书和小画片儿快乐而疲劳地回来时，他们又受到了伴娘们和未能有幸去圣山的人们的隆重欢迎。教堂司事给库尔兹神甫再次穿上华丽的僧袍，整个队伍便又一路唱着赞歌返回教堂，也许神情有些疲劳、沮丧，但同样庄重、严肃。送别他们的钟声现在又在迎接他们归来。朝圣者们进了教堂，将雕像一一放在圣坛前面，然后俯伏在地，感谢圣母保佑他们平安归来。从这个时候起人们便开始盼望明年的朝圣。直到战争爆发！

教区老神甫去世后，日什科夫区议会召开了会议，以便做出决定，向教会推荐何人继任教区神甫一职。这是区议会的权利。

会议开得很有戏剧性。不过这并不在议事厅，那里一切进行得很顺利，事情是明摆着的。戏剧性的场面发生在议事厅的大门外面，那儿聚集了为数不少的妇女，紧张地探听会议结果。当消息传出，被推荐的人选是库尔兹神甫时，人群兴高采烈地散去了。

不料宗教会议却拒不接受这一推荐，区会议不得不再次召开会议。这次会上的讨论——它是在利卜斯海尔的油画《维特科夫山战役》下面进行的——也同样顺利。只是聚集在议事厅窗下的人群更多，气氛更为热烈了。会议再次决定推荐库尔兹神甫，窗下响起了欢呼声。这情况我很清楚，当时我也在场。

可是，宗教会议依旧拒不接受。于是一切重复了第三遍，有所不同的是议事厅门外人数倍增，因为信女们请出了丈夫前来助威。男性成分的参加壮大了声势。日什科夫的长老们这次推荐的依然是库尔兹神甫。于是颇有点火药味的欢呼声在整个巴希列依广场上回荡。卡雷尔·哈夫利切克·博罗夫斯基[1]的雕像就立在这里。

这下子宗教会议可厌烦透了,他们采取了断然措施。库尔兹调到某地的农村教区,一位上了年纪、一团和气的老绅士被任命为日什科夫新的教区神甫。他叫普罗哈兹卡,对人种学博物馆有过贡献,曾将他收集的民间表演耶稣诞生情景的资料捐赠给该博物馆。那是他毕生收集的成果。

日什科夫沉浸在忧伤之中,至少它的妇女是这样。凄切的告别时刻已经来到。

要不是库尔兹神甫的某个虔诚的女崇拜者想出了一个好主意,惜别之情还会更加凄切。这位女崇拜者建议,给她们所热爱的神甫赠送一只做弥撒时使用的高脚杯,作为临别纪念。募款活动随即展开,克朗和角子迅速交到了可靠人的手上,约莫一个星期之后一笔不小的钱款便凑齐了。几名妇女受命去选购了一只镀金很厚、装潢漂亮的高脚杯,底座上刻着真诚的献词。一切已准备就绪,就等着举行隆重的献礼仪式了。我不清楚母亲在这件事情上参与了多少。不过,她是有幸将礼杯拿回家中存放几个小时的人选之一。那是一种荣誉。母亲高兴万分,父亲的微笑里却带着嘲讽。这样,我便也有了一观这件贵重的珠宝工艺品、这件圣器和纪念礼物的机会了。杯子装饰着宝石,平卧在柔软的天鹅绒托子里。想要碰一碰这只杯子是不允许的。母亲急急忙忙同时又诚惶诚恐地把它收藏了起来。

可是那天夜里,等父母睡熟之后,我便蹑手蹑脚来到柜橱面前。橱门吱呀作响,声音很大。我只得一厘米一厘米地开启,免得惊醒他

1 卡雷尔·哈夫利切克·博罗夫斯基(1821—1856),19世纪捷克著名作家、讽刺作家和诗人。一生为争取民族权利而斗争,曾多次被奥地利政府判刑入狱。

人。我打开那只相当可观的大匣子，取出高脚杯拿到窗口，以便凑近了仔细观赏。街上的弧光灯从窗户里透进了微弱的光。后来，我把杯子举到唇边，做出喝酒的样子。我在杯里的镀金面上看到了自己怪模怪样的面孔，仿佛对着一面哈哈镜。

在那个时刻，我从空杯里喝到了什么呢？

一点儿亮光和一点儿黑夜。一点儿秘密，一点儿希望、信仰、爱情？请上帝判断吧。

也许这个秘密至今仍在我的舌尖，我一生都想把它表达出来而始终未能如愿吧。我不知道。

我把高脚杯放回原处，躺在床上以后却久久无法入眠。我觉得一颗心快要跳到嗓子眼里了。

约在二十年前，我有一本诗集出版了。为这诗集的标题我曾搜索枯肠，想了很久。当拉迪斯拉夫·菲卡尔看了我的诗稿之后，他提笔在书名上写了简简单单的一个词：母亲。诗集就这样出版了。我深信这本诗集之所以获得成功，不如说是书名起了作用，而不是由于它的文学价值。有人说，我在诗集中不厌其详地描绘了自己的母亲。说得对，确实是这样！不过，今天若是站在母亲的骨灰盒面前，我得承认我更喜欢的是父亲。父亲的个性使我同他更为亲近。哦，当然我也爱母亲，可是在思想深处，我看到不如说那是对她的悲苦命运的怜悯。大家知道，表现在一首诗里的思想有时看着似乎简单，既明白又清楚，然而它走过的道路却可能无比复杂，既晦暗又朦胧。

是的，情况就是这样。再见吧。

终于，一个夏季的星期天上午，我如愿以偿，踏上了古老的、显然已很少有人踩踏的台阶，到了米尼采小教堂。台阶的缝隙里杂草丛生。小教堂围着矮矮的围墙。墙下的一块墓地长满了乱草，同地面一样平的坟墓一片沉寂。小教堂的大门可惜是关闭的。我透过门上的玻璃窗向里张望，里面东西不多，一派贫穷景象。玻璃上蒙了一层尘土，因而那景象无疑比实际情况更加破落、凄凉。

（杨乐云译）

路遇小诗人

请彼肖娃太太[1]莫要生气，我总觉得兹博罗夫斯卡街在斯米霍夫区并不是一条多么赏心悦目的街道。不过，我必须承认，从那儿到金斯基花园的确近在咫尺，离河岸也只有一箭之遥。而上她和彼沙[2]经常去的民族剧院就只消绕过佩卡雷克[3]的倒霉雕像《伏尔塔瓦》——她傲然高昂的脑袋上从春天到春天落满了海鸥的白色鸟粪——步行那么几分钟便到了。此外，美丽，神秘的坎帕岛和岛上的切尔托夫卡小溪也距离不远。尽管如此，兹博罗夫斯卡街是凄清的。街上的店铺屈指可数，商店都开设在与它平行的S.M.基罗瓦街。一幢幢阴郁的分租房屋，跟维诺赫拉德区的不相上下。窗户同对面楼房的那些神色沮丧的窗户黯然相望。

对我来说，如今这条街显得更为凄凉了。在这些晦暗楼房中的一幢里，安·马·彼沙几乎居住了一辈子。过去，我多么喜欢上他那儿去，根本不在乎楼层有多高。我想念那张亲切的、笑眯眯的、带着几分嘲弄神色的脸。打心底里说，我喜欢那张脸。我俩相识五十年，

---

1 安·马·彼沙的妻子。
2 详见《“沃尔克可以休矣！”》篇。
3 即约·佩卡雷克（1873—1930），捷克雕塑家。

但亲密的友情是到了战争年代才建立起来的。即使彼此有较长时间不见面，那是说有一个星期或者十天，只要知道同在布拉格就感到欣慰，因为这意味着离得很近，可以随时聚首，或者起码可以通个电话。

一听到是他的声音我便高兴地将自己交付在他那笑眯眯的嘲讽和百折不回的深厚情谊中去。那往往是他需要聊聊天、开怀一笑的时候，然后便又立即扑到工作上去了。

自彼肖娃太太将他的骨灰送进沙尔卡墓园至今已过去了好几年。那是一个挺漂亮的墓园——如果墓园也可以这么说的话。有我们熟悉的一位教堂老司事守护着亡灵。墓园居高临下，可以俯瞰两旁秀丽的沙尔卡山谷。山谷从利博采附近开始，至波德巴巴旁边结束，两边都有一条湍急的溪水弯弯曲曲地流过。

他蜷缩在墓园东面矮墙下的黑暗中，安静、谦逊，毫不招摇，跟他活着的时候一样。我和他在人民之家共过几年事，那是又艰难又苦涩的年月。我们的窗户在后院几乎正对着，每天我都见他伏在桌上。由于我有可能看到他的办公室和办公室地上那块被他沉思着踱来踱去磨出了经线的地毯，我完全可以想象他的工作日是什么样。他工作直至深夜。当他生命行将结束，在逝世前不多久，他曾向医生诉苦，说他一生何等辛劳。在此之前他却从未讲过抱怨的话。

他是个严格、认真的人。作为编辑，他的仔细已到了吹毛求疵的程度。每个字眼，每个逗点，若无十分把握他就决计不会放过。你们也许会说，工作嘛，就该如此。说得对。可是彼沙的细致入微则是更进了一步。

他不会敷衍塞责，从来都是兢兢业业、埋头苦干，堪称典范。交到他手里的任何稿件，他都不会嫌其平庸而不从头至尾读过一遍。

出版社的头头审阅某部稿件之后，认为有缺点不能出版，要他写几句例行公事的处理意见，最多不超过半页就可以了。他却写了几大页的作品分析。

有一年夏天，溽暑已经开始，我们家正准备外出度假，却不料邮局给我送来了一个硕大的邮包。一份稿件，长达数百页。作者不仅自己绘了插图，而且拙劣地装订成册。然而，这确实同幼稚的创作无关。我略略翻了几页，便深信不疑它是编辑部所熟知的那种名利熏心的写作狂的产品，委实不值得为之浪费精力。今天我已不知请谁来为我做证，当时我是开玩笑！我将稿件重新包扎好，打发一名员工把它送去给彼沙，说是有人送来编辑部给他的。我心里暗自想着怎样过一会儿就去把他从这可怕的劳动中解放出来。上帝知道我原来是这样打算的。可是忙乱中不知怎的我竟把这桩事情给忘记了。过了约莫一个星期我走进彼沙的办公室，却见他在酷热的下午挽起袖子坐在那儿，稿件刚刚看完。他用责备的目光瞥了我一眼，说："是你给我送来的！在这样的大热天我看了整整一星期。"在此我不得不羞愧地承认，当时我都没有勇气将实情告诉他了。

仅在捷克斯洛伐克作家出版社的档案室，他留下的稿件分析和处理意见便超过了五百篇。而他在那里才工作了几年啊！总共没有多久。这是惊人的辛勤劳动的证明，是无名英雄的功绩，而知道的人却寥寥无几。

作为报刊的戏剧评论员，他写过一千多篇文章。也就是说有一千多个夜晚他是在剧场里度过的。遇有特殊重要的首场演出，前一天就得有评介文章见报。我这里还没有提彼沙写了多少篇书评，以及为此他必须阅读多少作品。除此之外尚有他写的文学论文、研究文章、序言和跋，以及所有其他等等。

这一切说明了他办公室的那块地毯上经线的由来。那是一间狭长的、稍嫌昏暗的办公室，放了一张稍嫌古老的沙发。沙发上，主人当然是不休息的，而是堆放了几百本不断更新的书籍。

在悠悠岁月中，我们曾一起度过许多美好的时光。的确，涌上心头的往事何其多！他五十寿辰时，我写了一首长长的乐观主义的小曲向他祝贺，最后几句是：

那就祝愿你，但是我确实不想
给命运画地为疆，
唯愿三十年后人老体衰日
与君共把布拉格凝望。

不过，我们也在一起经历过相当辛酸的、我宁愿不再回想的时刻。三月占领[1]的第二天，我俩一同走在瓦茨拉夫广场上，趾高气扬的希特勒党卫军脸上挂着厚颜无耻的嘲笑在广场两边的人行道上溜达，热泪盈眶的布拉格人不得不退到一旁给他们让路。我确信他们之中起码绝大多数都倒在斯大林格勒前面的什么地方了。

5月9日[2]那天我们两个也来到了那里。那是在德国人把我们从卡尔林军营前面释放了之后。广场上，风尘仆仆、满载着苏联士兵和我国人民的坦克正在驶过。整个广场和圣瓦茨拉夫雕像上还落满了不久前空袭留下的白墙灰，办公室扔出的德文纸张狼藉一地。但是，这一切仿佛已经遥远得如同隔世了。这些最美好的时刻我也将它们从记忆里推开，因为它们永远是同最令人伤心的时刻联结在一起的。

我再也不会去躺在兹布拉斯拉夫附近的伏尔塔瓦河岸上了。我同万楚拉[3]以及万楚拉长篇小说《天气多变的夏天》中的一个人物曾多次坐在那里。游泳场的救护员舒拉——长篇小说的另一个人物——从附近的游泳场给我们送来清凉啤酒。同样，要我再去坐在金斯基花园边上那棵盛开的丁香树下，也会是困难的。曾有极其珍

1　指1939年3月15日德国法西斯对捷克斯洛伐克的占领。
2　指1945年5月9日。
3　详见《证词》篇。

贵的几次，我和彼沙一同坐在那里，他是那样的高兴。

然而，最难忘怀的莫过于我们两个在一起经历的那一天了，我特别喜欢回忆它。如果可能，我愿意每年都回到那里，旧地重游。

那是六月，干草收割季节。前一天我们在纳霍德参加了一次晚会。会上彼沙做了报告，纳霍德的演员们朗诵了诗歌。次日，我们乘坐公共汽车到了拉基博日茨凯山谷。大家知道，那儿离纳霍德有一段路程。

我是一个城市人，出生在城市，也在城市生活了一辈子。当我患病住到克鲁什内山麓的杜比小疗养地时，我几乎每天都乘坐电车到代普利采的咖啡馆去喝一杯黑咖啡。“你不是为了咖啡去的，”彼沙笑着说，“在杜比你也能喝上，只是那儿缺少阴沟的臭气罢了。”

彼沙是农村人。他出生于波希米亚南部的小城镇，一到田野和苍翠的林木下面他便高兴万分。他酷爱金斯基花园，花开时节总要偷闲前去看看，哪怕一忽儿工夫也好。但凡可能，他就上坎帕岛去散步，乐滋滋地把那条横贯坎帕岛的幽径叫彼沙巷。咖啡馆他很少光顾，只在剧院晚场散戏之后才偶尔去去，我却是将无数美丽的春天和夏日消磨在咖啡馆里的。

那天在姥姥谷[1]，我却也经历了令人心醉神驰的时刻。那显然是我们一生中唯有在这片国土和这个地区才能领略到的。我们崇敬的事迹和我们热爱的传奇已将这个地区化为神圣了。

从早晨起，天气就明媚宜人。远方，拉基博日采的小城堡闪闪发亮，缤纷的色彩是那样的富有暗示性，发人幽思，犹如温岑斯·莫尔斯塔特先生的版画精品。这位艺术家也是善于抓住每一个美好细节不放的。远处山谷的什么地方，人们在收割干草，一阵暖乎乎的微风

1　这里指的是19世纪捷克女作家鲍·聂姆佐娃的长篇名著《外祖母》。这部小说在捷克家喻户晓，深为人民所喜爱。小说以纳霍德地区一个优美的山谷为背景。该山谷被后世亲切地称为“姥姥谷”。

吹来你便突然间什么都闻到了：干草的香味，刚割下的青草和已成熟的草原的芬芳。草原上，阳光酣饮着清晨的露水和各种隐秘的玉液琼浆。我们沿着一条草原小路漫步，斑斓的四野令我们眼花缭乱，目不暇接。白色和黄色的野菊花，一丛丛蓝莹莹的鼠尾草和血红的鸡冠花。还有那边的饲草，泛着一片娇艳的红晕，更别提所有那些不停地摇曳颤动的绿颜色了。

草原小路上长满了矮矮的、被人们踩倒了的小草，两侧的千里香和泪汪汪的深红色的石竹花给小路镶了边。没有它们就不像在夏天了。

我们到潘克尔家居住过的潮湿的地下室看了看，然后又匆匆返回小路，以便再度聆听远处传来的锋利的大镰刀的呼啸声。就在这当儿一幕魅人的幻景出现了。

我们看见一个小女孩，一双晒黑的小脚丫在高高的草丛中奔跑着。她在奔跑，急急忙忙，辫子甩在肩头，眸子晶亮晶亮——唯独孩子才有的明眸。她在我们身旁跑着，可能嘴里正念念有词地说着什么。她跑到前面去了，旁若无人，仿佛我们压根儿不存在。我们情不自禁想伸出手来抚摩被她这突如其来的出现搅出波纹的芬芳的空气，抚摩她跑过的草原和她一双小脚踩过的路面。她从我们身旁匆匆跑过的时候，我们清楚地看到她的脚丫无意间揪下了一朵野花。

它留在小女孩的脚趾缝里了，恰似古代美貌的公主在大脚趾上戴了一块宝石。

（杨乐云译）

特里斯坦·科比埃尔[1]的烟斗

六月初的一天，我们将英德希赫·霍谢伊希送到了维谢赫拉德墓园的墓地。归途中，我们在米斯利科伐街下了电车，准备在那儿换车。我们在站台上等了一会儿，这时霍拉建议不如就便上杜莫夫卡老咖啡馆去待一会儿。它就在转弯角上，拉扎尔斯卡街的旁边。霍谢伊希以前每天都上那儿。我们有时也去。

在靠窗口的一张桌子旁，我们看到了霍谢伊希的好朋友卡雷尔·孔拉德[2]。霍谢伊希多年来总坐这张桌子，桌面上摊着纸张和翻开的书本。现在孔拉德独自一人，想必已在心里唱完了安魂曲中短短的独唱部分，正等着什么人到来同他合唱呢。

过去几年里，曾有多少次我见到过霍谢伊希坐在这里工作。翻译稿一般都催得很急。约他译的绝大多数是民族剧院将要排演的法国剧本。不过，你若以为他不喜欢有人走来打扰或者甚至坐在他的桌旁，那就错了。人声喧闹、烟雾弥漫——这家生意兴隆的老咖啡馆所特有的气氛——却正是他所需要的、不可或缺的工作环境。他已

1　特里斯坦·科比埃尔（1845—1875），法国诗人，善于以现实主义笔法描写航海生活。

2　卡雷尔·孔拉德（1899—1971），捷克小说家、诗人。

习惯于上这家咖啡馆来。他译得很快，就这么边写边回答坐在近旁的朋友们的问话，丝毫不受影响。他要了一杯又一杯黑咖啡，偶尔也用啤酒代替咖啡，不停地抽烟。晚上没钱吃晚饭。

可是，一旦翻译的是诗，情况就完全不同了。在这种时刻，谁也不得打扰他。他显得脾气暴躁，很不耐烦，大伙儿对他也就敬而远之。他一支接一支地点燃香烟，聚精会神地思索。诗可不是闹着玩儿的，他说，那是非常严肃的事情。诗歌可比在努塞尔斯凯河谷上架桥重要得多哪。那阵子关于在这个河谷上架桥的事正在报纸上徒劳无益地展开讨论。

他、迪克，还有恰佩克都属于这样一类翻译家：他们虽然各有自己的特色，但译诗却要求绝对忠于原作。在遮盖了作者姓名的情况下，从理论上讲读者应看不出这是译诗，应觉察不到这些诗已跨越本国语言的领域而进入了另外的语言王国——当然这种跨越并非没有一定程度的篡改，因为有翻译就有篡改。霍谢伊希以此评定翻译质量的高低。他喜欢哈努什·耶利内克[1]，对伏尔赫利茨基和维杰斯拉夫·奈兹瓦尔的许多译作却不甚赞成，认为这两位诗人译得过于自由，并且译文中留下了他们本人的许多个性痕迹。他们译得挺好，可惜其中往往夹杂着一些令人不尽满意的东西。有时潦草从事，有时漫不经心，失之肤浅。

法国译者力所难及的，霍谢伊希做出了成绩！法国译者总的来说文笔优美，可是翻译外国诗歌他们却用了可怜的散文。就连波德莱尔，这位对诗歌形式毕竟算得上内行的名家，也只是用散文翻译了那些绝妙的诗歌。

捷克语言是极为丰富的语言。一切都可以转变为捷克语。既不会破坏原作的形式，也不致削弱诗歌的表现力。即使原诗出于最复

1　哈努什·耶利内克（1878—1944），捷克诗人。

杂的作者之手，捷克语也能游刃有余，需要的只是较多的推敲而已。这些话都是霍谢伊希说的。

霍谢伊希不喜欢廉价、陈腐的韵脚。落在诗句上的韵必须像落在花朵上的蝴蝶一样。这不是一件轻而易举的事，然而他有许多次却百分之百地做到了。

在译过的诗人中，他喜欢里克蒂斯[1]，但尤其爱科比埃尔。他往往带着几分不露痕迹的媚态仿效科比埃尔的风格。

艺术不了解我，我也不了解艺术，当我们问到他本人的诗歌创作时他回答道。他正在译科比埃尔，留给自己写诗的时间很少。咖啡馆的领班过来问他想要点什么，他引用了科比埃尔的话说：一切都想要，空恨法郎少！

一次，我见他正在整理诗集《黄色的爱》的选译稿。这本诗集后来由麦兰特里赫出版社出版了。那天他给我念了几首。不过，他特别喜爱的是另外一首，写诗人及其烟斗的，他也翻译了：

……我使顶棚化为天幕，是云，
是海，是沙漠和奇迹。
呆滞的目光将它们注视……

灵魂，生命的枷锁，
已在另一番和谐中旋转！
……我在熄灭——他在入睡。

睡吧，安抚缪斯神有我。
且把梦儿做完……

1　即让·里克蒂斯（1867—1933），法国诗人、小说家、剧作家。

可怜的人啊！……须知一切都是烟。
——是吧，一切都是烟……

听他念完之后，我确实被迷住了。尽管我没有说话，他也看了出来。他伸手从衣袋里掏出一个烟斗，递给我说：

“拿着吧。这是从巴黎带回来的。在蒙帕纳斯的一家饭馆里，我从喝醉的海员手上买了来。他还说这是特里斯坦·科比埃尔用过的哩。”

这个烟斗造型有点儿不同寻常，带着几分猥亵。几天后，当我在斯拉维耶咖啡馆拿出来给大家看时，却引起了奈兹瓦尔莫大的兴趣。他喜欢一切超自然的东西，一切使他想入非非、形而上学、荒谬和虚妄无稽的东西。他向我保证说，这个烟斗很可能就是科比埃尔本人用过的。这类事情已屡见不鲜，况且科比埃尔也不会平白无故就成了写海和水手的诗人呀。见他用那样渴望的目光看着这个烟斗，我便不再犹豫，我对他说，只要霍谢伊希不反对，我就把烟斗送给他。

我多想知道这个烟斗今天在谁人手里，是谁在用它抽烟啊！

科比埃尔有一首著名的长诗，写一个名叫赫尔巴契的水手。这首诗可让霍谢伊希伤透了脑筋。原来赫尔巴契有个绰号，是海船上使用的涂了柏油的双股大缆绳。霍谢伊希怎么也想不出这种缆绳捷克语叫什么。后来有人建议他到维诺赫拉德的一家饭馆去打听一下。当年从世界各地回来的捷克水手都上这家饭馆。果然，当他向一位从土伦[1]回来的水手讲明情况之后，了解到这种缆绳捷克语叫作“双料儿”。他喜滋滋地回来了，终于给这首诗的主人公找到了名字。他暗自得意地说：这下子科比埃尔可该服了吧！

有时也发生这样的情况：时间已晚，他收拾起书本和纸张，放进

1　法国港口城市。

手提包，套上了钢笔，却不得不叫来领班低声说："领班先生，记账吧！"领班计算一下他喝了多少咖啡和啤酒，抽了多少支烟，然后记在账单上，放进钱包的单独一层。这只钱包硕大无朋，鼓鼓囊囊，胸前的口袋放不进，只得揣在后裤兜里。霍谢伊希出了咖啡馆，走进新鲜空气中。

可是，没走多远他就拐进了新城塔下面的库迈酒店。这家酒店坐落在沃迪契卡街的街尾，离杜莫夫卡咖啡馆约莫一百步。

我们也常去那家酒店。那儿供应的烤肉串在布拉格首屈一指，味道极好，无论喝酒的还是不喝酒的顾客都喜爱这种加了葱头和芥末的小吃。

几乎就在库迈酒店的正对面，药剂师兼诗人雅罗斯拉夫·贝德纳什经营着一家古老的药房。他在这里不仅调制药品，而且也作诗。他的诗字里行间渗透了一股古老药房的神秘香味，至少有一个时期是这样。

在贝德纳什值夜班的日子，有时霍谢伊希走来按电铃，他从夜间售药的小窗口塞进一张纸条，上面用大字写着：抗睡药

过了一会儿，小窗口里出现了贝德纳什的一只手，托着二十克朗。

霍谢伊希结婚后，大家以为这下子他将放弃咖啡馆的那张桌子了。我们对他了解太少。他不曾放弃，有了女儿也不曾放弃。在夫妻关系中，他不是个好伴侣。具体情况我不清楚，不过听人说他的婚姻既不美满，也不十分幸福。

我们几个就这样坐在他平素坐惯而今他已一去不复返的桌子旁，怀念着他。我们起身离去时，卡雷尔·孔拉德拍拍我的肩，郑重其事地要求我将来在他的墓前也像今天在维谢赫拉德墓园一样致悼词。

"你讲得很美，催人泪下，我的一只袖子整个儿都被站在旁边的

那位夫人哭湿了。”

为了不致破坏他的黑色幽默，我伸出手，带着一脸的严肃和关切答应了他。

过了三十年，在 1971 年的 12 月，我实现了这一诺言。

（杨乐云译）

在煤炭市场的一夜

自从霍拉同我们——我指的是哈拉斯和霍朗——相识以后，他和我们之间有十多年的岁月是被友好的握手轻轻抹掉的。可是另外有十年却高高地隆起在记忆里，久久不曾消失。那时他早已是一位享有声誉的诗人，早已掌握了诗歌的奥秘，而我们却还在黑暗中摸索。我们还在磨砺写诗的笔锋——我在人行道的马路牙上——霍拉则已是捷克现代文坛的著名诗人了。

不过，这点差异在喝下一两口酒之后便被忘记了。霍拉难道不是来自捷克最著名的红葡萄酒产地之一吗？那时候夜莺经常为我们歌唱。

> 你要去了——那一天还很遥远，
> 是夜莺，不是云雀，它的歌声
> 伴随你细心的听觉。

我很幸运，过了一段时间我的工作地点就跟霍拉的靠得非常近。我甚至可以从窗户望到他在编辑部的办公桌。他给《红色权利报》编文化栏，同时为这个栏目撰稿，在编辑部他也写诗——并非只为第二天的报纸，也是为了日后出版单行本扬名文坛。对于他的诗歌创作，我当然无比好奇。我想知道他写诗时的面容，想看看挂着露珠儿的诗句在他的额头下面放出异彩时他的神情是什么样。我一向深信，他的诗大部分是用亮晶晶的光线织出来的。不过，霍拉在写诗的时刻也普普通通，没有什么不一般。在一团烟雾中，他凝视着打字机卷筒上的诗稿，只有搁在烟灰缸上被遗忘了的香烟，才说明他心神专注。

有一次，我见霍拉情绪不很好。他头痛，服了几片药，喝着苏打水。不难想象他没有光顾温暖亲切的卧榻，被尼古丁熏黄的手指表明他一宿未睡。他承认是同哈努什·耶利内克和维克托·迪克在祖法利酒店坐了一个晚上。那是一家很舒服的酒店，坐落在庸格曼[1]广场，就在庸格曼古老大衣的下摆底下，恐怕今天还在。那时政治形势已经尖锐化，他们在酒桌上争论了许多问题。维克托·迪克很有辩论口才。

霍拉面前放着打字机，半张纸上密密麻麻地打上了唯一的一句话。我仿佛漫不经心似的用眼角瞟了一眼，装作什么也没有瞧见。霍拉思想不能集中，他很烦恼，低声骂了自己一句："约瑟夫，你这……总是那么不中用。"我走远了一点，他抽出打字纸，相信我什么也没有看见，把纸揉成一团，扔进了纸篓。

霍拉一离开办公室，我便从纸篓里找出那张纸来。可是，我马上对自己的这一行为感到羞愧，于是把纸撕了。

卡雷尔·托曼有一次兴致好的时候对我讲过，说他写诗要先在脑海里酝酿很久，直到每一句都想妥之后才坐到桌前，然后一字不改地写出定稿。霍拉——我想并非只他一个——却是有了得意的头一

1　即约瑟夫·庸格曼（1773—1847），捷克诗人、翻译家、语言家和文学史家。

句便要动笔的人。

当我开始落笔的时候，我从来不十分清楚下面将怎样写，结尾会是什么样。前一句诗解开了后一句的扣儿，霍拉在恰佩克家解释说。

卡雷尔·恰佩克听了这话带着几分孩子气地笑了起来。他说，当他蘸笔写下第一句时，整篇作品已在他的脑海里了，不妨说连最后那句怎样写都已胸有成竹。

然而，霍拉的诗绝不是一串儿杂乱无章的思绪。他不仅在爱情上吝啬，用词也一样。他常说，诗歌诚然是语言构成的，但语言却不宜多。他喜欢托曼。托曼的乡土气也使他感到亲切。有一次在聊天中他说托曼的《九月：我的兄弟耕完地，卸了马》是捷克现代诗歌中最美的一首。他说，诗的结尾他不那么喜欢，可是头上十句是用青铜浇铸的。他和托曼都喜欢索瓦。

1928年，我和霍拉夫妇去了克尔科诺什[1]，住在佩莰，从那儿出发上科林草舍。我们到达草舍时，刚巧草舍正面墙上的扩音喇叭声音嘶哑地播出了索瓦去世的消息。霍拉浑身哆嗦了一下，眼镜片下面泪光闪烁。后来他低声地，不如说是自言自语地吟诵了索瓦的那首扣人心弦的名诗，写坐在田埂上的老人们。当时，诗句只在我的脑海里沙沙地一掠而过。可今天，它们却使我感到阵阵寒颤。

霍拉是农村人。他喜欢农村，喜欢回忆洛乌特尼采附近的多布希尼[2]，回忆易北河和日普山麓洛乌特尼采的田野。我常去克拉卢比，从另一面看日普山。霍拉虽然有一双细长、柔软的手，但他像田间干重活的人一样骨骼粗壮。我们曾经向他预言，说他将会长寿。

然而，云雀有时却也对我们歌唱：

1　捷克山脉名。
2　这里是霍拉的故乡。

啊，那是云雀，晨光的使者，

不是夜莺！

今天，每当我站在维谢赫拉德伟人祠面前，我总有这样的感觉：坐在石棺上的守护神还没有把他的赤脚更深地踩在霍拉的诗歌上。我确信霍拉的诗还会重放光彩。

的确，坐在桌旁写首诗并不那么困难。英德希赫·霍谢伊希常说：蹩脚的诗也是诗。较为困难的——如果不说简直就是困难的——是写出令人难以入眠的诗。它们像渴望已久但又得来意外的吻那样激动心灵。像蜂蜇一样灼痛。它们铭刻在你的脑海里，无论是由于陶醉、忧伤、惊喜，还是欢乐。

诗人必须使读者无法摆脱他的诗句，无法忘却，至少陪伴他们走过一段人生道路。

直到今天，我还经常听到霍拉的声音，尽管亡故者的声音是我们最早忘记的。

霍拉的诗像聂鲁达的诗一样活在许多捷克人的意识里。霍拉是他故乡的泥土和风雨塑造成的。时代记下了他，他也清楚地记下了自己的时代。他不会被人忘记。他跨进了捷克伟大诗人的行列。

伏尔赫利茨基晚年曾经哀叹：

“啊，诗歌的音乐，我不会再读到了！”

是的，霍拉的诗他没有读到。

有一个夏天的傍晚，我和霍拉在等候弗·克·沙尔达。他要去克列门廷努授课，答应顺便来赫尔布斯托伐酒店同我们坐一会儿。酒店当年开在克列门廷努的对面，正朝着它的一个大门，位置在查理大街和百合花街的拐角上。沙尔达来了，我们只是羞怯地小口啜着酒。这是对长者表示恭敬。沙尔达同霍拉彼此亲热地以你相称。对我们这些人他也称你，但那只是老师的微笑，不能也不应错误估计的微笑。当然,我们尊敬地称他您,殷勤地帮他穿上大衣,将手杖送到他的手里。只要桌上放得下,他总将手杖横放在桌子角上,正像早期的基督徒将剑放在使徒的书信上一样。在沙尔达的建议下,霍拉朗诵了他行将出版的诗集《风中的弦》中的几首。这本诗集问世后沙尔达曾给以非常热情的赞扬。

时钟敲过十点,沙尔达坐进了出租汽车。我和霍拉送别他以后又回到酒店去喝那尚未喝尽的酒。待到酒店打烊,午夜已经过了,我们还到斯帕列那街舒普酒店转了转,那里总能找到个把熟人。之后我俩便分手了。霍拉将走很长一段路去科希日,我穿过民族大街和煤炭市场回家。夜色很浓,月亮还没有升起。刚才下过了一场沛雨,空气十分清新。

几条富有历史意义的小巷子通到一块三角地。那是由几座不同年代的古老房屋以及墙上有圣马丁像的一座教堂构成的。三角地很久以来就成了一个小广场,人们至今管它叫煤炭市场。这是一个令人欣慰的地方,处于布拉格最繁华的市区中心,但直至今天仍有可能在这儿享受些许耳目清静。曾有很多年,此地是鲜花市场。当年莫扎特曾在这儿的一座房子里凭窗凝望这娱人眼目的场地。他晚上回家,摘去了令人难受的假发。假发上散落的香粉仿佛今天仍在这些屋顶上飞舞。

那些鲜花啊！多么美丽！

真遗憾,当我说无论何时跨进这个地方,这里总有鲜花,色彩和馨香犹如罗马喷泉的银水一般沙沙作响、淙淙喷涌,晶莹的水花四处飞溅,这话也许有人不信。这也难怪,鲜花市场早已不存在了。

那天晚上,那儿还有卖花人的货架。我走进静悄悄的市场时,我是那样的疲劳,不得不在卖花女的帆布罩上坐了下来。这些帆布罩是她们夜间覆盖那些娇嫩、芬芳的商品的。这一刻我记得很清楚,我往帆布罩上一个柔软的凹坑里坐了下去,那里春雨之后积了一点水,我感觉到了水凉。可是随后我便进入了睡乡。而且睡得很熟。

只过了很小一会儿工夫，我醒来了。使我大为惊讶的是，我并不在煤炭市场，而是在斯特洛莫夫卡的玫瑰园，坐在园中心的一张长椅上。时间已是清晨，六月的清晨颇有凉意。老陈列馆塔上的时钟报出了早晨的钟点，玫瑰花朵开始舒开花瓣儿。就连玫瑰花晚上也要睡觉。

第二天，我将这件奇事讲给霍拉听了，他笑得前仰后合。而奈兹瓦尔，这位对一切幻象和神秘事物都很热衷并且深信不疑的老兄，则向我保证说，是天使乐队中那位吹小号的天使把我领到斯特洛莫夫卡去的。那个乐器我至今尚未见识过，可是夜里我有时听到它的乐声。

萧伯纳说过：出现奇迹固然是件好事，可惜现在不发生了。因此我也唯有相信那一次的事情虽然荒诞不经，却也颇为简单。我在睡梦中站起身沿着熟悉的道路走到了埃利什钦桥，过桥后直走到斯特洛莫夫卡，在那里结束了我的远游。我家离那儿很近。

那座桥已经拆除。不过，那是一座漂亮、宏伟的桥。它的塔在节日飘扬着旗帜。

（杨乐云译）

马利安斯基温泉颂三阕

午前音乐会

很多很多年以前，那时我还令人羡慕的年轻、健康，每到马利安斯基温泉疗养地总是行色匆匆，浮光掠影。可是，十字架泉附近的柱廊却没有一次不令我流连，少不得要在那里几度徘徊。

当时我也曾想到了歌德，我站在大树下想象疗养地的这位贵宾同他十七岁的恋人在一起的景象。当然，独特的、令人心旷神怡的柱廊那时还不存在，原先的廊子不是这个样。可是今天我们在它们的绿荫下闲步的大树想必那时已经有了。是的，这些大树当年已在这对著名恋人的头顶沙沙作响。

他是一位博学多才、富有魅力，同时又很漂亮的男人，只要他愿意，那些缺乏理智但容颜肯定美丽的女人便会跪倒在他的脚前，其中包括这个年轻的小姑娘。从画像上看，她的姿色并无特殊动人之处，从她写的书信看，她也不是一个聪明脱俗、受过很好教育的女人！

“头脑抛到哪里去了啊！”妈妈会说，丝毫不顾及他的才华。

当这位老人痛苦到说不出话时，众神之中却有一位使他还能用诗句如此动人心弦地倾诉哀思[1]。美丽的诗行也多少为不幸的克列贝耳斯布尔大楼开脱了罪责，诗人晚年心脏病的悲剧原是怪罪于它的。

不过，这些已是尽人皆知的事情，若不是我也年迈，在这里触景生情，哽咽着想一诉心声，借以同这座风光绮丽的城市告别的话，我自己也会惊异为何还要提起它们的。

歌德晚年不得不品尝的那杯苦酒，无疑同这温泉胜地也有几分关系。

每当我置身此地，举目环顾雪白的温泉柱子，不管我愿意不愿意，心里不由自主便要想到一些美好的事物。想到女性、女性的发香、缱绻的柔情、爱情。你们不妨随便把我想成什么样，弥漫在这片美丽的温泉胜地的爱情气氛从来都使我如痴似醉，心旌摇荡。确切地说，那是一种又温柔又残酷的爱的气氛，它难以抵挡，搅得人心慌意乱。温情脉脉、情思缠绵——这便是这块富有魅力的温泉胜地的基调。

我丝毫不想触动修道院院长先生及其僧人们白璧无瑕的记忆，他们建造了这个疗养地，并且从一开始便有意把它献给圣母玛利亚的荣光。今天人们说到这个疗养地的名字[2]时，脑海里想到了成百件事情，却唯独想不到圣母玛利亚。然而，这里毕竟有什么东西是同圣母动人的画像紧密相连的。我始终有那么个感觉，当初兴建这一疗养地时，在现场指挥的不是男人而是女人。仿佛是女人做出的决定，哪儿应有一口泉眼喷涌治病的泉水，哪儿应盖起这样一座房屋，哪儿在未来的岁月应有一棵槭树枝叶扶疏、浓荫宜人。是的，正是在这里应有白色的柱廊、刚劲的冷杉、红色的紫杉和黑沉沉的

---

1 指歌德于 1823 年写成的《爱欲三部曲》中的《玛利亚温泉哀歌》。

2 捷克文中马利安斯基一词为形容词，系从圣母玛利亚的名字变化而来。

苍松。

马利安斯基温泉疗养地有两种主色：白和黄。两种颜色掩映在翠绿丛中。

这些屋宇、树木和道路在园中分布得那样的错落有致，那样的饶有情趣，仿佛统统都是由一只女性的手捏着花边手帕儿指点规定的。一物一景都难以言说的赏心悦目。

就以这所房舍来说吧，如果在任何别的地方看到它，我们都会视若无睹，无动于衷地走过去了。可是在这里，交织在其他景物之中，它不知怎的变得漂亮了！温泉胜地的整个秀色迫使我们在这所房舍上也要找出它的魅力，尽管它可能并无魅力。

也许我说得有些夸张，不过那无关紧要。

试看大自然——在我们的母语中它是以女性形态出现的[1]——它也主动从附近的山坡上下来了，长驱直入径自钻进了温泉疗养地的中心，到了剪子和铁锹发号施令的所在。它紧贴某些房舍的墙面弯弯曲曲爬上去，翻过屋脊，爬进了后院。小松鼠从枝头跳到门楣上。有一次它们同我分享了一块我藏在窗台上的火腿。

就连亭亭玉立、美如幻景、富有旋律感的柱廊建筑，也更多地令人联想到高大的、种植着棕榈和风姿秀逸的兰花的温室。朝向一片葱茏林木的敞开的柱廊，把它的绿花边隔着一段距离送去同树冠的绿颜色结成一体。游客如云时，嗡嗡营营的廊子犹如一只巨大的贝壳。而其中还有音乐。音乐声中又夹杂着妙龄少女轻轻的笑声。置身在那里总使我感到幸福。

从雪白的柱廊尽头到十字架温泉的台阶，游人川流不息，有去的，有回来的。喝几口清冽的泉水能治疗多种病痛。消化器官的疾病和忧伤，胆囊炎、胆结石和失恋，还有呼吸道感染。你只消喝上一

1　大自然一词在捷克语中为阴性名词。

次，便觉得病情有所好转。你又去过一次回来了，领受了某人全然无邪的微笑，你必须再去一次回报这个微笑。这也有疗效。

我也参观了教堂后面的歌德纪念馆。那里离柱廊近在咫尺。那么狭窄的一张小床，诗人怎能入睡呢！我只在哈夫契科维-布罗德城的哈夫利切克故居见过类似的两张小床。显然那年头人们对生活的舒适要求不高。从静谧的、角落里还保存着上世纪馨香的小广场出来，你便又卷入了柱廊上不断变换的温泉游客的人流。乐队正在演奏弗洛托的《玛尔塔》，不幸的隆涅尔[1]为失去的爱情声声哀诉。不，这出歌剧当年歌德还不可能听到，离它问世还有一些年月。可是在我的儿童和青年时代，也就是在这出歌剧首场演出的半个世纪之后，它却风靡一时，主要是它的优美曲调。民族剧院和手摇风琴都演奏它。喏，可不，它至今犹在回响，听众们由衷地为它鼓掌。它那古老的、浪漫主义的曲调直到今天依然扣人心弦。

我也深深受了感动。但并非完全由于音乐，而是往事。我听这出歌剧的时候还是个小男孩，生平第一遭走进民族剧院。从我在剧场顶层楼座度过的那个遥远年代的夜晚到今天，是我的整个一生。有时我似乎感到不寒而栗。可是我怎能忘恩负义呢，区区一生遍尝如许滋味是够多够多的了；有愚蠢，也有懦怯和失望；有创伤，也有亲吻；有消沉，也有希望；前一个希望破灭之后又来了新的希望。多少活人和死人的面容突然在我记忆的光圈里一一浮现！他们曾经审视我的生活，我也审视他们的。一些人继续匆匆前进，从此没有再回来。另一些人留下了。其中有几个永远留下了。我则兀自安慰自己。然而言不由衷。背后那枚扼杀生命的绞刑架上的钉子恐怕人人都感觉得到吧。

1　隆涅尔为歌剧《玛尔塔》的男主人公。歌剧于 1847 年公演。剧中女主人公唱的咏叹调《夏日最后的玫瑰》和隆涅尔唱的咏叹调《真像是一场梦》深为人们所喜爱。《玛尔塔》为法国歌剧作家弗洛托（1812—1883）所作。

唱吧，隆涅尔，你这浪漫主义的勇士。我仍在聆听。

露台上的谈话

炎热的九月的下午。柱廊上游客尚不多，音乐家们要过一会儿才到。我觉得口渴，正打算去买点饮料，却听得迎面传来一声欢呼：

“总算碰上啦，我们在这儿已经找你三天了。”

这是斯克希瓦内克，我脑海里突然闪过这个名字。昨天在温泉大厦有人告诉我说，斯克希瓦内克先生在找我。据说他是我的小学同学和伙伴。我记不得这么个人了。坐在日什科夫小学的绿色长凳上距今毕竟已有近七十个春秋了啊。

我装作有点儿出乎意料的样子，马上冲口说道：

“你是斯克希瓦内克！”

果然是他。他高兴地看了看他的妻子：

“瞧见了吧，我对你说过的，他一眼便会认出我来。我俩坐在同一条长凳上。”

说实话，这位老兄的模样终究有点儿眼熟，我很快便想起了坐在我那条板凳另一端的那个矮小、用功的小男孩。我同他交往不多。这便是一切。更多的事情就不记得了。

他们把我拉到一家旅馆的露台上。他给妻子要了一客香草冰激凌。当我端起酒杯凑到唇边，她俯身去吃那色彩与这个疗养地以及罗马教皇国[1]相同的冰激凌时，我有了个机会较仔细地打量她。她比丈夫年轻得多，看上去性格温顺，而且颇有几分姿色。她丈夫的那份热忱显然没有感染她，这叫我挺喜欢。

为了不使谈话出现冷场，同时我自己又不必多说什么，我便问他

1 指梵蒂冈，其国旗颜色为黄白两色。

在这别后的漫长岁月中都干了些什么。这正是他期待着的。

“我当律师，”他打开了话匣子，意味深长地朝我看了一眼，“不过，我得给你从头说说。”接着他便慢条斯理、不厌其详地讲他家如何从日什科夫迁居比尔森，后来又从比尔森回到了布拉格。法律系毕业之后，他那位颇有地位的父亲给他在一家大工厂的管理部门谋了个职位。管理部门规模很大，有好几个处。这样，他便开始发迹。

我仅用一只耳朵在听着他说，目光越过他的肩膀落到那条热闹大街的对面。在热泉馆的下方，矮树丛中掩映着一个小小的鱼塘，里面浮游着一对天鹅和几只花鸭子。人们投下食物，花鸭子飞快地、饿慌了似的扑上去；天鹅却从容不迫，带着一种高贵的无动于衷的神态，对于投在远一点地方的食物便不屑一顾。

我的同学不慌不忙、点滴不漏地叙述他的全部经历，讲他的上司，他的晋升和他的工作。当他坐进二楼那间窗外景色秀丽的办公室时，他显然已接近了生活的顶峰。他当上了处长，仆人每天给他的插着鲜花的花瓶换水。

从旅馆的露台上，我能清楚地看到人们的面容。人人心里都装满了疗养地的牵挂，它们大部分是令人愉快的，也就是一个人处处受到关怀时心头感到的愉快。我的视线偶尔也落到黯然不语的邻座脸上。她无精打采地听着，显然对丈夫的历史她已经熟悉得很了。

我也是只用了半个耳朵在听他讲，不过毕竟也知道德国人来了以后他遇到的困难。他被撤了职，一个戴眼镜的肥胖德国女人坐上了他的位置。他只得回到楼下那间光线幽暗、窗户朝着庭院的办公室。他的德语很好，德国人有时把他叫去给他们在这件或那件事情上当个翻译。但是对于他的前途来说，这毫无意义。

阵阵轻风不时越过热泉馆的屋顶送来柱廊上断断续续的乐曲

声，给人的感觉就仿佛从一团蔷薇色的棉花糖上不时咬了一口。

战后斯克希瓦内克的情况当然好转了。归根结底，情况好转的不仅仅是亲爱的斯克希瓦内克一个人。他回到了自己的位置上——可惜为时不长久——又可以观赏窗外的河上景色了。肯定又有办公室的仆役照看着他的鲜花。

我的朋友不再说下去，他举目四顾，寻找服务员，给自己要了一杯咖啡。在这几秒钟的间隙，我轻轻抚摩了一下他妻子放在膝头的手。在马利安斯基疗养地这样做并不越规。起初我不禁小小吃了一惊。我这位邻座满脸涨得通红，但随即眼睛里和嘴角掠过一丝笑意，盯着我看了一下。

我们已经付了账，已经站起身，这时斯克希瓦内克仿佛只是偶尔想到了似的，转身问我：

"在这整个时期你究竟过得怎么样呀？"

"说句老实话，"我回答道，"实际上一事无成！"

"一事无成，你瞧瞧！"他相当满意地看了我一眼。

乌尔丽卡小姐的鞋子

凭良心说我真的不记得是在哪儿见过乌尔丽卡·冯·莱维佐夫小姐的那双鞋子了。我想是在洛盖特城的博物馆吧。经过那么多年，这双在马利安斯基温泉疗养地穿着散步的少女的鞋子已经不怎么漂亮了，老化了。据说这双鞋子正是当年坠入情网的诗人急步前去迎接的那一双。至少那些收藏者是这样希望的。

好吧，就算是吧！歌德离开这里以后又活了几年。乌尔丽卡从此终身独处，没有结婚，显然将整个岁月——她的寿命不算短——都沉浸在往事的回忆中了。

他们昙花一现的爱情却为御苑边缘的这个地方平添了一层神圣

的光彩。从那时到现在，御苑的牡鹿已无数次吹响了它们嘹亮的爱情进行曲。

歌德的《哀歌》[1]虽然我读时一向很感兴趣，但唤不起内心深刻的共鸣。有很长一个时期我无法理解诗人在桑榆晚年迸发的恋情。理解它还需要过很久，也许十五年，也许更多的岁月。

今年正是我到了歌德先生当年那般炽热地爱上乌尔丽卡的那个岁数了。今天我已深深懂得，当一个人断然同一切荒谬行径、一切渴望和形形色色的蠢事——它们同青年时代是那样的相称——永远决裂的时候，他便开始衰老。当他主动向年龄低头，开始仅仅凭理智行事，从这个时刻起他在这尘世的苦海便放弃了一切。如今我已不再暗笑歌德先生的那一段美好的恋情。老先生有此勇气已不复令我惊讶。我比过去明智了一些，对他的诗句有了理解。要把老年的凄凉心境永远驱赶掉诚非易事，但这是克服绝望的唯一途径。此外我也懂得了在咖啡杯里搅和白糖的时候掺进自己的泪水根本不明智。

今天，此身犹在使我感到喜悦。我坐在柱廊前面的长椅上，目光追随着短裙下急速迈动的轻盈的脚步，几秒钟后它们便消失在远方。像近年这样大胆诱人的时装确实已有很久未曾见到了。它比上世纪坦胸露肩的时装更富有魅力。

“您在注视小姐们?”一位熟悉的大夫同我打招呼。

“说实话是的，大夫先生。我在寻找一双少女的鞋子以便赶去迎接!”

（杨乐云译）

1　指《玛利亚温泉哀歌》。

月光奏鸣曲

在维索卡米塔有一位音乐家贝姆，人们称他为院长，他是德沃夏克的关门弟子。是一位盲人。中年失明后一直继续从事钢琴的教学工作。在他舒适的家中，我认识了诺艾密·伊莱切考娃，她的父亲赫门季尔德·伊莱切克是上世纪后半叶的政治家和历史学家，并非进步人士。

那时诺艾密已经有八十岁了，米塔市的市民很少有人知道这位不起眼的老太太曾经是杰出的钢琴演奏大师，她这一生是不平静而又光彩的，充满了音乐演奏会上取得的成就。她给我们弹了德彪西的《淹没的教堂》，也弹了《月光奏鸣曲》。她崇拜贝多芬，是他的钢琴曲的最忠实的演奏者。

在后来的会见中我们总是要求她再演奏《月光奏鸣曲》。每一次她都高兴地满足我们的要求。她愿意弹这个曲子。这一著名的钢琴曲在她的一生中曾伴随她度过了多少幸福的时刻。她自己也这样承认。她爱这首钢琴曲。但每次演奏之后，她总要一再道歉，说自己太老了，许多音符没有表现出来。她的手指，过去曾有多少文章颂扬过，说它们闪电般敏捷，现在由于衰老和风湿已经有些僵硬。不过，她的演奏热烈而且虔诚，总表现出一种发自内心的热情。

和蔼可亲的建筑师雅·霍谢克为我打开了米塔市古老的城门。他是土生土长的当地人。1948年事件使他摆脱了对父亲留下的工厂的操心事，因此，他有足够的时间，同时也有足够的兴致和能力来关心本乡的文化事业。他介绍我结识了诺艾密女士，在女士身体不适时，是他给她以精心的照顾。同时，他还在当地剧场为我组织了与学生会见的晚会。我是为了这件事被邀请到米塔市来的。晚会开得很好。尽管当时是在毕业考试的前夕，学生们还是表演了节目，还朗诵了诗歌，毕业班的学生也显得那么无忧无虑和愉快。

在晚会上，我认识了一位引人注目的漂亮女学生K。是的，那里所有的女生都漂亮，不这样说是不公正的。但是，这个女学生一出场就迷住了我。她有着一双美丽的眼睛。我相信，在捷克王冠的辖区之内，这是最美丽的一双眼睛，闪烁着如此诱人的光芒。

关于此次同这位尤物的邂逅，我曾写过一首较长的诗，如果可以这样说的话。因为，那实际上是一首押韵的随笔。雅罗斯拉夫·霍谢克后来把这首《青春浪漫曲》作为私人出版物印了出来。

我知道，自己引用自己的作品是不合适的。我也从不这么做。但这一次，诗句本身迫使我写出它来。用散文我无法表达：

哦，青春！天哪，那是丰腴的曲线
勾勒出来的温柔，细腻如绸。
少女们深信，这个秘密
还应该保留。
再看，那双眼！凝望着你的
那双眸，美丽的双眸，
泪水绝不会使之减色，
闪烁着宝石的光辉。

我当然清楚地意识到，以我当时的年龄，我已经可以在她的毕业考场上作为老师，而且是年长的老师，听取她对考题所做的回答。但是，今天回想当时的情景时，我总觉得自己还处于无忧无虑的年华，离老还远得很呢。是的，是这样的！

姑娘高中毕业后就出嫁了。至今我们还有书信来往。她有两个健壮的男孩。老大已经开始上舞蹈课了，可是她的双眼依然闪烁着光芒。我这几行文字是在米塔市纪念诺艾密诞生一百周年那一年写的，她于 1964 年九十岁时去世。现在您可以计算年份了。

从我在米塔市把红葡萄酒倒进雕花玻璃酒杯时算起，已经整整过了二十年。

我见到诺艾密时，她刚出院不久，米塔市医院的主任医师戴维大夫亲自为她诊治，不仅帮助她战胜了沉疴，而且还使她在多年荒废之后重新坐到了钢琴的前面。医院里有一架钢琴。她只要一坐到钢琴前面，精神就明显有所好转。从那时起，她又开始了弹琴。

我去拜访过主任医师。原因之一是他的夫人是我妻子在伊钦老家的好朋友。主任的医院里还有修女在那里做护士。1948 年后她们不得不离开原来的地方，被分配到米塔市来。她们顺从地来了，顺从地放下教科书，拿起病房的便器。她们原是布热弗诺夫区搞教育工作的修女。奈兹瓦尔以前从住宅的窗口可以看到她们的卡耶坦卡的校园。他曾经向我谈起过此事，如果我没有记错的话，他在自己的诗里或是回忆录里谈起过这些修女。修女中有一人很年轻。总是站在后面，脸用面纱遮着。遮挡是枉然的。她十分迷人，名字叫胡密丽塔斯。显然，主管对她看得很紧。这是有理由的。温塞特[1]女士在她著名的小说中曾经抱怨说，父母只把长得不好看的女儿送进修道

1　温塞特(1882—1949)，挪威女小说家。

院。但这一修女绝不是温塞特说的那一类。

真见鬼！还是别说粗话吧。我会立即爱上她的。那将是一个动人的中世纪奇迹！主任医师丝毫不会发觉，满医院将会到处飘散着百合花的馨香。

这次邂逅的结局也是蛮好的：此后我再也没有看到她。

我所见过的米塔市的妇女中，我最感兴趣的是诺艾密。她头上仿佛还戴着看不见的桂冠，满是皱纹的脸上也还能找到年轻时美丽面庞的痕迹。即使没有这一切，她还有别的吸引我的地方。因为她是诗人雅罗斯拉夫·伏尔赫利茨基的最后一位情人，最后的，同时又是不幸的一段爱情。从她的谈话中我很快就领悟到这一点。《月光奏鸣曲》的爱情之光并未落到老诗人的额上。

诺艾密邀请我和霍谢克一起到她的别墅去做客。她和有病的姐姐同住在那座古旧的别墅中。

米塔市通往那荒芜村庄的道路已经使人感到了时光的沉重。当年，卡雷尔·哈夫利切克·博罗夫斯基走访伊莱切克时就是走在这条道路上的。蜷伏着的葡萄残藤，即使没有死也只是在挣扎着召唤毁灭的终结。伊莱切克家的别墅，这座过去中等富裕家庭的宅邸和它今日的女主人们也像这葡萄藤一样，以悲伤和沉寂召唤着自己的末日。

当我走进那从上半个世纪就凝固下来的气氛之中时，我不禁想起赫鲁宾的一首诗《崩溃中的呻吟》！在褪了色的旧家具、已经开了胶变成哑巴的钢琴和完全不知做何用途的破烂物品中，生活着两位驼背的老妇人，其中只有一个在我们的诱导下谈起往事时眼睛还能闪出光芒。所有的熟人、朋友和敌人都已逝去，世上只剩下自己独自一人，像枯老的葡萄藤一样拖着个变了形的多病之躯，这样的老境该是多么悲惨啊。别墅中充满了难堪的阴郁。而这还是在经过霍谢克的呼吁，有人向文化部长反映了情况并且决定让诺艾密享受低额养老金之后的情况。这笔养老金虽然无法驱除孤寂、衰老和病痛的阴影，但至少已可从这布满尘埃的角落赶走饥饿和严寒。不久之前霍谢克还不得不经常提着个饭盒给这姊妹俩送去汤和食品。说来有些奇怪，就是在最困难的时候她们没有也不愿意同家族传下来归她们保管的、为数不少的珠宝分离。哪怕是一只戒指或是一条金项链。可能，她们认为不这样便是一种罪过，是对祖先遗物的亵渎。

诺艾密高兴友善地接待了我们。现在很少有人怀着善意访问她们，很少有人能来同她们谈谈她们的亲朋故旧，以唤起她们的欢乐、微笑和泪水。悲伤的独白当然不在此例。

那年她刚好八十岁。蜷缩着，围着一条织有银丝的破头巾，向我们讲述她这一生。

过去她曾向霍谢克抱怨过："人们只嫉妒我出名，却不知我为此付出了多少牺牲。"

她讲起过去作为小姑娘生长在一个虽然不是豪富但也绝非不富裕的家庭。父亲当年是皇太子鲁道夫的老师。尽管有着真诚的捷克民族意识，但对哈布斯堡王室一直保持着尊重。在这方面当然就同哈夫利切克经常发生冲突。诺艾密儿时天资聪颖，弹钢琴时父母发现她具有非凡的才华。因此，在别的儿童无忧无虑玩耍的年纪，她已开始每天都要在钢琴前面坐上几个小时。她喜欢弹琴而且很勤奋，只有生病时才休息。不过病魔时常顽固地纠缠她，致使钢琴盖经常是盖着的。她在维也纳的钢琴老师现在已经不为人知。最后的老师是李斯特的学生，魏玛的教授伯纳德·史塔文哈根，在他那里诺艾密结识了名噪一时的钢琴家艾·里斯勒。不过，她一生中最美好的时期是在她认识了弗朗基谢克·昂德里切克[1]之后才开始的。她对他

1 弗朗基谢克·昂德里切克（1857—1922），捷克和世界知名的小提琴家，音乐教育家。

个人和艺术的崇敬很快变成了亲密、温柔的友情。可惜，这段感情在上世纪末以分手而告终，但对诺艾密来说，这是终生难忘的。她同昂德里切克在我国许多地方举行过音乐会。

“格里格[1]的C小调奏鸣曲世界上还没有谁能演奏得像你这样好。”昂德里切克有一次这样对她说。

然后就是一个成功接着一个成功。她在捷克爱乐乐团演奏过，结识了德沃夏克和弗艾斯特尔[2]本人。他们两位都很赞赏她的艺术。后来在社交活动中还认识了雅·伏尔赫利茨基。这一次友谊和好感很快又变成了爱恋。不过，只是伏尔赫利茨基单方面的。他给她的信突然一封封飞来，甚至直接来到奥帕底雅[3]找她。但诺艾密没有答应他的要求。她自己承认这是因为她仍然忠于昂德里切克。伏尔赫利茨基返回时已经身染重病，第二年就在多玛日利采不幸去世了。

诺艾密把一张褪了色的有她和伏尔赫利茨基在一起的照片送给我留念。照片上诗人的脸上已经透露出不久于人世的迹象。我也曾问起伏尔赫利茨基给她的信件。她说诗人去世后她把信件全焚毁了。我们相信她。她已经到了无须撒谎的年纪了。后来她通过霍谢克给我寄来了两封诗人给她的信。信是初期寄给她的，都很热情，但只是一般的客套话。

诺艾密在年近九十时逝世。一年后她姐姐也故去，走时人早已糊涂了。

她姐姐死后不久，伊莱切克别墅就被盗了。家族的珠宝全部被窃。发霉破旧的书籍扔得到处都是。一些凌乱的书信档案也丢了。珍贵的演出记录簿也在丢失之列。霍谢克曾到收藏遗物的地方博物

1　即艾·格里格(1843—1907)，挪威作曲家。

2　即约·鲍·弗艾斯特尔(1859—1951)，捷克著名音乐教育家和作家。

3　南斯拉夫疗养地。

馆去认真寻找,结果是徒劳无功。此事一直没有破案。

窗户被撬开了,房顶有一个洞。

(杨学新译)

在卡洛维伐利的柱廊上

我手里拿着喝矿泉水用的带嘴子的扁平小瓷杯，杯上画着一块大岩石，上面立着一只岩羚羊[1]。拿着这个杯子我不停地在卡洛维伐利的柱廊上走来走去。这里的柱廊尽管是民族剧院的建筑师亲自设计的，但比不上马利安斯基温泉疗养地的柱廊那么挺拔飘逸。按照医生的建议我啜饮着带点苦涩味的温水，交替地喝着从磨坊泉、水仙女泉和查理第四泉这三个泉眼里喷出来的水。其实，我觉得医生这处方也是随手开的，泉水还不都是一个样，同出一源，只是温度有所不同而已。但是，我又懂得什么呢！

当时，疗养地的人们正在热烈讨论着一个话题，就是：这里治病的水究竟是原生水，从地球的岩浆中喷到地面上来的，还是普通的地表水渗入地下深层后又喷出的。我得承认，那时候我对这个问题确实没什么兴趣。我的胆囊有了毛病，到疗养地来是为了治病。当然，如果我们想象我们喝的水是直接从地球母亲乳房喷射出来的奶汁总比想到那液体是冲刷过我们悲惨生活道路上的泥泞和污浊的水要诱人得多，但后者倒像是事实。

1　岩石上立着一头岩羚羊，是卡洛维伐利城的象征。

柱廊上每天聚集着来疗养的人们，手里拿着此地的特产甜脆饼的盒子。我喜欢看他们，观察那些天天重复出现的脸。随着年龄的增长，正如法国诗人纪德所说：对风景，那怕是再美丽的风景，我的好奇心已经愈来愈小，而对人的好奇却大大增加了。尽管学识渊博的金斯爵士[1]坦率地告诉我们，我们只不过是霉菌。但是，这霉菌又何所不为，何所不能啊！

喝完水以后，我就坐在弗西德拉温泉旁边潮湿的长凳上，在如雾的细雨中倾听着温泉水的流淌声。在潺潺流水的单调声音中人更容易沉浸于往事的回忆，沉浸于梦想和遐思。就在那里，有一次维杰斯拉夫·奈兹瓦尔碰到了我。我们已好久没见了，我很高兴。

我想起了一段经历。战后不久，画家约瑟夫·西马，我们的好朋友，来到布拉格。我们敞开胸怀欢迎他，我们想知道战时和战后巴黎的情况。当时我们还很爱巴黎，巴黎又是他的第二祖国。西马在战争期间是同法国抗德游击队合作的。讲到当时的工作他却用了一种轻蔑的语调。

有一次在过去的民族咖啡馆聚会，他以绢绸般柔和的讽刺口吻问奈兹瓦尔，他到那高级的办公室上班时还带不带那根巴尔扎克手杖。奈兹瓦尔正巧在那个时候被任命为宣传部处长。他那根怪模怪样的手杖我们几乎已经忘记了。

远在战争爆发之前，一天下午，奈兹瓦尔冲进了咖啡馆，得意扬扬地高喊着，手腕上缠着一条细皮带，上面拴了根显得有点太长的手杖，确切地说，它倒活像一根较细的大粗棍。笔直的手杖，头上镶了一块透明的、磨光的石头。原来，西马曾应奈兹瓦尔的请求给他画了一根传说中的巴尔扎克手杖。说来不免有点令人伤感。债务累累的巴尔扎克的手杖上镶的是真正的宝石，而奈兹瓦尔的手杖上却只有

1　金斯爵士（1877—1946），英国物理学家、数学家。

一块毫无价值的玻璃。那时候我们的文学在世界上的地位差不多也就是这个样子。

见面时的高兴心情奈兹瓦尔总是以吵吵嚷嚷的方式来表达的。这是他的表达方式。他的热情多少有点儿夸张，这我们早就看惯了，我们喜欢他也包括这一点。

他到卡洛维伐利来同样是因为胆囊有病。他还向我透露说他需要减肥，得瘦掉几公斤才行。他很胖，这对他不利。他得过心肌梗塞。

在疗养地他很快成了大忙人。他的兴趣太广泛了。连保持漂亮的外表也不忘记。而对自己的健康却最不关心，至少可以说最掉以轻心。烟倒是戒了，看来，这是他唯一坚持的。只要我一点烟，他就马上从我嘴上夺过去，扔到地上使劲地踩踏。结果弄得我只有当他不在场时才能抽烟。

他根本不吃疗养院给他安排的清淡的病号饭。在温泉疗养地他是唯一得到特许，可以在街道上开汽车的。午餐时，如果吃水煮胡萝卜一类的饭菜，他就放下刀叉马上开车到柱廊对面的饭店，要一份盘子那么大的炸猪排，或者有时候要个烧牛里脊，一下子要两份。医生都知道他有这个毛病，但对此没有采取措施。他以为靠点泉水和药就足以治好自己的病，这种无根据的信心使他陷于一种可怕的欣快症中，而不可克制的活跃天性又不容他好好休息。

这年夏天，1956年的夏天，布琼尼[1]元帅也在卡洛维伐利治病。每次我们喝完泉水回来，总会遇见他。奈兹瓦尔总是热烈地向他问候。有一次甚至对他喊乌拉。布琼尼对他的问候每次都报以友好的微笑。

柱廊上那些引起奈兹瓦尔注意的姑娘们的处境就不那么美妙

1　布琼尼（1883—1973），苏联军事家、元帅。

了。他混到她们中间，亲热地在她们耳边说悄悄话。她们有的听了哈哈大笑，有的脸羞得红到了耳根，恨不得赶快逃走。直到她们知道此人就是奈兹瓦尔以后，才对他的献殷勤不太发窘，有的姑娘显然还很得意。我不知道现在的情况怎么样，那时候妇女和姑娘们不仅喜欢诗，而且多半也喜欢诗的作者。说真的，这有多美啊！

每天早上我在磨坊泉前要排个短队等候接水。有一天正在排队时，忽然看见奈兹瓦尔急急忙忙向我跑来。大老远就可看出他非常激动。他把我从队伍里拉出来，兴奋地告诉我，他要去印度。

捷克斯洛伐克作家协会隔些时候就派人出国访问。奈兹瓦尔没想到要派他去，他毫不隐讳地盼望这次行程。他早就希望能亲眼看看这神秘美丽的国度了。他刚知道消息就在心里暗自描绘穿着奶油色纱丽的身材苗条的印度妇女形象，而且下决心要从德里去游览卡杰拉霍[1]的古庙。

以前我们经常上切尔纳街泰格家去，在他家总把他父亲的硕大的书橱翻个遍。老先生的藏书中有许多游记，我们很喜欢看一本关于印度的德文专著。其中好几页都印有这些古老庙宇的图片。卡杰拉霍的庙宇正面都布满了雕像。就像是将军胸前的勋章。那里有无数雕像。少说也有几百个吧。那些雕像都是一对对情侣或是男女舞蹈者。情侣都紧紧地拥抱着，以爱情的最亲密、最亲昵的姿态来点缀庙宇。不过，更确切地说，这些雕像使人想起克鲁茨基先生马戏团来时布龙丁尼一家玩单杠的杂耍节目。在这些情侣旁边跳舞的姑娘们都使劲炫耀着她们的乳房，圆得像个球。

谁都知道，我国的恋人在谈情说爱时总要找个隐蔽的地方。在布拉格城郊的克尔契区有一棵蛀空了的老橡树，恋人们往往攀着低

1　印度中央邦恰达布尔县的古城镇。保存了众多的950年至1050年间的古庙。古庙内外有精美雕刻。

矮的树枝爬到它的树洞里，躲在那里谈恋爱。我真的不知道，为什么卡杰拉霍的古庙要采用这种装饰，而且还是十世纪的建筑物，怎么说呢！

我们哪能对这些图片不感兴趣啊！我们正年轻，我们早就读过了翻译得不很准确的印度的《爱经》，对爱情我们当然很好奇。怎么会不呢！因此我们不时快活地翻看这本介绍印度的书。

在回忆此事时，奈兹瓦尔当然马上想起了有趣的异国风味的食品，在空气里他已经闻到了餐盘上面飘散着的香料味以及访问时到处都有的各种水果的新奇口味和芳香了。

我很快就把他从印度的厨艺和水果的美梦中唤醒。几个星期前我妻子的熟人从越南和中国回来，染上了一种不好受的寄生虫病，兰氏鞭毛虫病，至今还躺在克尔契医院，而那里得这种病的不止他一个。从亚洲地区回来的人，由于对美食的好奇，几乎所有人都得了热带病。主要是肠寄生虫病。

话刚出口，我就后悔了。何必由我来提醒这些令人不快的事呢。可以由医生来说嘛。奈兹瓦尔一听我的话立即就泄了气。他的兴高采烈被泼了冷水。尽管他生活轻率，而且很不规律，但他毕竟是个疑病症患者。

第二天他在磨坊泉告诉我，他哪儿也不去了。他和医生谈过话，医生证实了我的说法。奈兹瓦尔给布拉格打电话，回绝了这次出访。

再见吧，卡杰拉霍的恋人们！结果，到印度去访问的是普伊曼诺娃[1]夫人。

尽管这次我很使奈兹瓦尔失望，但我也因此和他一起度过了一段美好时光。我们一起去唱片店听新唱片。他让儿子罗伯特及其母亲来卡洛维伐利。他等他们等得好不心焦。

1　即玛丽亚·普伊曼诺娃(1893—1958)，捷克女作家。

他以一个幸福父亲的自豪给我看了他儿子的照片。奈兹瓦尔并不掩饰他的父爱。男孩子长得可像他了。在疗养地我后来同O.夫人见过面,可她的儿子我在那儿却始终未曾见到。我现在已经记不清了,可能他根本没去。

有一次在埃来凡特点心店喝咖啡时,我见到了匈牙利医生和诗人福施。他同奈兹瓦尔很熟,但两人合不来。奈兹瓦尔小心地回避他,可是福施讲到奈兹瓦尔时口气还是蛮亲切的。他从了解奈兹瓦尔病情的医生那儿带来了不好的消息。很遗憾,大夫们认为奈兹瓦尔活不了多久了。对于他那衰弱的心脏来说他过于肥胖。他的心脏承受不了。几乎可以准确地说,他最多再活一年半。

我与卡洛维伐利告别了。温泉水,再见吧!弗西德拉温泉继续喷流吧,直流进未来幸福的岁月!科斯加·比布尔曾为这个温泉写过一首很美的诗。我们讲到未来的岁月时,想到的总是某种未来的幸福。但往往事与愿违。当圣维特教堂的那座新时钟开始启用时,教会的高级僧侣为它举行了宗教仪式,并为它祝福,祝它走进未来幸福的岁月。可没过多久德国军队就开进了我们国家。

在弗西德拉温泉下面有一个地下室,那里生产一种奇特的玫瑰花。弗西德拉温泉的水是从泉眼流入一条名为太普拉的小河的。人们拿一朵漂亮的鲜玫瑰浸泡在这水里,不久,玫瑰花外面就裹上了一层褐色和绿色的矿物质,而鲜花就此变成一朵石花。这层矿物质实际上是美丽的玫瑰花死后可悲的面具。

不,卡洛维伐利这种奇怪的纪念品我是不会带回去的。

两年以后,1958年的春天,我在莫托尔医院已经住了一段时间了。那里的春天令人伤感。几棵衰老的树木并不给人增添生活的勇气。四月,奈兹瓦尔去世了。在经历了充满不寻常行为的一生之后,他死在爱他的妻子法芬卡的怀抱里。正像他自己根据星象图算出来的那样,死于复活节。六个星期之后,普伊曼诺娃夫人也与世长辞了。

在我病房的隔壁，住着维诺赫拉德医院的弗拉迪斯拉伐·约纳士教授的女儿。她还年轻，她父亲每天来看她。教授先生不是个沉默寡言的人，我们结识了，并从他那里知道了一些有意思的事。那天，他与我一同坐在急救室外面的长凳上，他在等候尼德勒教授。他跟我谈到了普伊曼诺娃夫人，她曾住在维诺赫拉德医院治病。

普伊曼诺娃夫人从印度回来以后就病了，她的病带有明显的热带病症状。医生估计是消化器官的寄生虫病。医治不见效果，就决定给她动手术。可是什么也没找到。症状再度出现时，医生再次给她动了手术，依旧没有找到寄生虫。不久，普伊曼诺娃夫人病逝了。后来经解剖才发现她十二指肠上有轻度的溃疡。就是这普普通通的溃疡造成了她的死亡。对热带病的恐惧在这里面起了作用，最出色的医生也糊涂了。

不知道奈兹瓦尔是怎样收买了星象术的，不知给了它什么好处或者许了什么愿，以至他算出的儿子的命非常好。他相信自己算出的结果，并且给我看过。

但是，年轻的罗伯特的生活一点不幸福。奈兹瓦尔在散文中编织的一些奇怪的命运在他儿子身上应验了。有一天，他在弹钢琴，他母亲发现他手腕上的血管是割破了的。在最后关头被救活了。这事发生后没多久，他又决定要结束自己年轻的生命。这次成功了。他从窗户跳出去，自杀了。

他死了，还没怎么领略过生活，而这个生活他的父亲曾经用所有感官去充分品尝的。可是，他的脸多么像他的父亲啊。

（陈韫宁译）

我家园中的小蔷薇

摄影是艺术还是非艺术，这个问题很久以前我就深信是解决了的。可是没有！我个人认为摄影是艺术，也曾为之争辩。时至今日却仍有许多人试图说服我们，说就连那些当今在格调上被人们称为登峰造极的摄影作品，也同艺术毫无共同之处。他们执拗地拒不承认摄影是艺术，也不承认画家的守护神圣卢卡什。众所周知，圣卢卡什绘圣母玛利亚的肖像取得成功，创建了历史悠久的画家行会。那就也成立一个摄影家行会吧，如果认为有此必要的话。谁若是喜欢在天上有个守护神，我永远不会反对，对谁也不会反对。悉听尊便！向守护神祈祷也无妨。谁爱怎么说就怎么说，可是摄影中毕竟有艺术！

不过，眼下这个问题与我无关。我坐在佩特馨果园的长椅上，不耐烦地等待着摄影师约瑟夫·苏代克的到来。小路上洒满了芳香的阳光。已有好几年了！他总是过了很久才到。他曾信赖地告诉我，说他上午喜欢多睡会儿。

当时布拉格一家主要出版社正考虑出版一本介绍布拉格的大型画册，由苏代克负责摄影，打算委托我撰写序言和图片说明。这事虽然还没有牢靠地定下来，我却盼望着同苏代克一起工作了。计划后来落了空。出版社原以为苏代克两三个月就可以把图片拍摄出来。苏代克把他们奚落了一番，说最快也得两年时间。这绝对不是说他的手脚特别慢。他做事是那样的细心，认真，考虑缜密。他不喜欢匆匆忙忙。要那样不如把出书的任务交给新闻记者去完成。他拍摄布拉格虽说已有好几年了，但显然他将拍它一辈子！一辈子也拍不完。

那次在佩特馨山，我们却以为《布拉格》一书将会出版，我准备给苏代克当助手。他总算来了。摄影机已装在三角架上，扛在他的左肩。这个肩膀上还挂着一只沉甸甸的皮口袋，里面放了几个镜头和其他必需的摄影用品。一只胳臂拿这许多东西够难为他的了。摄影机是旧的，式样也不新，可是他赞不绝口，说它多少年来忠诚可靠。他的大部分作品都是用这架摄影机拍摄的。

那一天，全身披挂的布拉格光彩照人。处处是明媚的春光，样样笼罩着节日的喜气。有人把小城区的玻璃窗全部擦净了，古色古香的门楣上也拂去了尘埃。开满鲜花的斯特拉霍夫山坡和神学院花园宛如一匹泡沫翻滚的瀑布，从山头徐徐倾泻，直淌进小城区的大街小巷。然而那是静悄悄的瀑布，阒无声息。它的上方，一群灰色的鸽子在高空盘旋，用双翼在蓝天描画精确优美的弧线，恰似当年我熟悉的那位小姐用冰鞋在埃利什钦桥下的冰场上描画弧线。

昔日的冰场今安在！

那位迷人的、穿着一双兔毛小靴子的小姐今安在！

见鬼去吧！

经过这些年，就连那座美丽的大桥也已荡然无存！它曾高踞于河水之上，桥中心微微晃动，犹如一个少女行将翩然起舞！当年夜深人静，我和赫鲁宾有时同到桥上溜达，我们轻轻地唱着歌，亲热地搂着脖子。

可是，何必这样徒然感喟呢！苏代克已将三角架插进路上的沙土，他四周环顾了片刻，把架子挪动了约莫三次。一切都用左手。外套上右边的袖子空自晃来晃去。一战中他失去了右臂和一部分右肩。这事他从来不提。应征入伍前他是已经出师的装订工。从战场回来,他什么也不是了。出于无奈才学的摄影。可是他爱上了这门手艺,掌握了娴熟的技巧。

做摄影准备时,他把牙齿也用上了。这会儿,他嘴里咬着一块肮脏的棉布,加上一脑袋蓬乱浓密的头发,那模样就活像一只叼着肉的狮子。我要给他帮忙,他便叫我打开口袋,将一号暗盒递给他。他把手握成个望远镜的样儿凑在眼睛上,久久地仔细眺望小城区那些错落有致、永远美不胜收的屋宇和尖塔。我请他也拍摄一下老城堡台阶上方的城堡塔。我脑海里出现了诗句和笑眯眯的往事。

他长时间等候合适的阳光。也许等半小时,也许整整一小时。阳光没有等来,他扛起摄影机,我们顺着一条小径登到高处,在那里再次等待。他像雅各同天使搏斗[1]一样同阳光搏斗。

他又一次——这是第五十次了——钻进黑布。他一言不发,神情非常专注,只偶尔轻轻对自己说了声他的口头禅:“音乐响啦。”在准备打开暗盒的关键时刻,他吩咐我扶着松动的三角架。整个仪式虽然进展缓慢,但严格认真、一丝不苟。到了晚上这五六张底片冲出来后,他却皱着眉头把它们撂到了一边。光线不足。没有一张达到他预期的效果。第二天,我们回到同样的地点,一切重复了一遍。

遗憾得很,那张城堡围墙和典型的城堡塔也拍摄得不够成功。因而过些时候我便忘记了脑中的诗句,美丽的回忆也在古老幽暗的某个地方变得苍白了。在这种地方回忆一般总是过些时候就要熄灭的。

一个美丽的夏日清晨,我沿着滨河大道急步朝查理士桥走去。

---

1 根据《圣经·创世记》,雅各夜间同天使摔跤,搏斗了一夜,终于得胜。

我远远看见有位画家正在一幅巨大的画布上作画。桥上原来还有两位。我不知道他们作画时心里有什么想法。也许是说蹩脚的画家也是画家吧，或者他们压根儿什么想法也没有，只是用画笔蘸上颜料而已。在蒙马特拉这类人多得很。此时不由得你不想到摄影美。

摄影万岁！它还年轻，但是它将万古长青。我凝神注视苏代克的一幅杰作，是他拍摄的许许多多布拉格照片中的一帧。那黑丝绒般的美，那深沉的、赏心悦目的幽暗！多么丰富的灰色层次，一步一步引向光华四射的地方。柔和细腻的阴影使人想起薄如蝉翼的妇女内衣上的暗影。

我和苏代克到了贝斯基迪山。在山上，我们这里那里漫无目的地走着。身边的缆车我们不屑一顾，只是快活地在陡峭、难行的拉德霍什季山坡上攀登。我们爬过一块块林中岩石，跳越经春水冲刷而露出地面的树根。突然，苏代克收住脚步，说："等等，音乐响啦！"他叫我把三角架给他——摄影机他总是自己拿着，从不离手。他将三角架插进苔藓，仔细端详一截粗壮、发红的松树根，是我刚才走了过去而未曾注意的。他站到树根面前，然后退了几步，再次回到摄影机旁。树根搂抱一样紧绕着一块破裂的岩石。

后来当我在布拉格苏代克的家里看到这幅照片时，我几乎不相信自己的眼睛了。照片上树根之美不啻米开朗琪罗的雕像！谁说摄影不是艺术。

苏代克因而已是布拉格的一个小小人物。这样说绝对没有嘲讽之意。青年摄影师谈到他时总是尊敬地称他为苏代克先生。

布拉格的文化界对他都很熟悉。他是各个展览厅和布拉格各场音乐会的一位热忱的，显然也是最经常的参观者和听众。凡是稍有意义的展览会，绝不会见不到苏代克，有时甚至会多次见到他。他总是独自前往，在一幅一幅作品前流连，徘徊，沉默不语，全神贯注。在美术方面他很内行。不仅他本人的作品可以做证，他对雕塑和绘画的浓厚兴趣也足以说明这一点。他是许多著名艺术家的伙伴和朋友。他给他们的作品摄影。他们赠送他画作为酬谢。

从青年时代起他便密切关注弗朗基谢克·蒂希[1]的绘画。他的关注并不是柏拉图式的。当蒂希在巴黎和布拉格流浪，身无分文，生活十分困难时，苏代克总是乐于解囊，买下他的素描和绘画。虽然他不曾按蒂希过高的索价如数付给，但他交款迅速，并且准时将钱汇到巴黎。这往往是蒂希赖以生活的唯一财源，尤其是当他和妻子同在巴黎的那个时期。后来当蒂希的画价十倍、二十倍，甚至更多倍地上升时，蒂希不免伤心地想起在那些贫困岁月中苏代克从他手上买去了怎样一笔财富。苏代克将这些画仔细收藏起来，视为珍宝，即使开展览会也从不肯出借。他知道它们的价值。

苏代克去世后，人们在他的第二寓所发现了蒂希的画。这第二寓所是他晚年在小城区的乌沃兹租赁的，只用了几年。那些画都卷着收藏在床底下有点潮湿的角落。

他几乎从未邀请过谁光顾他的这个寓所。那里存放着画家和雕塑家赠送给他的礼物。他曾为他们的作品拍摄过照片。遗憾的是，竟没有人想到为苏代克收藏的肖像画立份清单，办个小型展览会。这些收藏品为数可观。至于他在漫长岁月中拍摄的照片，那就更是不计其数了。

他一生都是布拉格所有重要音乐会的忠诚的、不知疲倦的听众。他在音乐上的造诣究竟有多深，能否内行地侃侃而谈，我不清楚。不过他热爱音乐，懂得欣赏。有一次他上我家来，我给他放唱片，是二十来部不同作品的选段，有古典的也有现代的。他几乎都能准确无误地说出作者是谁。

斯美塔那音乐厅或艺术家之家的礼堂无论何时有吸引人的音乐

1　弗朗基谢克·蒂希(1896—1961)，捷克画家。

会，他的空袖管——它通常总是从衣袋里滑了出来——便在通往大风琴的台阶上晃来晃去。要不然就见他坐在楼厅的地面上，同那些站着的听众在一起。听时他聚精会神，谁也不理睬，谁也不得干扰他。

音乐厅的领票员起初见他到来不免感到尴尬，他那不修边幅的仪表简直令人难以想象。可是过了些日子他们对这位百折不挠的顽强客人也就习惯了。音乐厅的大门对他永远是敞开的。场间休息时，他在灯光明亮的走廊上，在衣冠楚楚的听众群里泰然自若地活动，毫不介意身穿黑礼服的绅士和梳着漂亮发式、穿了长长的晚礼服的女士们。不妨说，他全然不在乎。

对于一个在人间孑然一身，仅有一只手，而且是一只左手的人来说，要做到衣冠楚楚谈何容易。虽然他有个妹妹同他生活在一起，但看来她为人冷漠，对哥哥的衣着也像她对自己的衣着一样，不怎么感兴趣。也许，她早晨给他系鞋带，但也仅此而已。鞋带未系而上了街的情况也屡有发生。对于自己在公共场合的仪表如何，苏代克根本嗤之以鼻。由于身体上有缺陷，际遇坎坷，再加上对社会怀着几分叛逆情绪，他将自己塑造成一个古老的中世纪流浪汉的特殊形象。胡子一星期也不刮一次，头发听其自然，长得倒还不快。衣服皱皱巴巴，熨烫和抻平在他看来都是纯属多余。掉落的扣子只有最为必要的才缝上。再说他也无法缝得很好。他把自己的外表看作世上最无足轻重的事情。

他对诗人们说，人间是一场盛大的化装舞会，他装扮成乞丐模样在舞会上自得其乐。对此谁若稍有异议，哪怕说得极为婉转，他也会感到屈辱，一辈子耿耿于怀。也许他有道理。在这方面他非常特殊，完全我行我素。

有许多年，他工作和生活都在一间破旧不堪、油毡盖顶的小棚屋里。那是在小城区的乌耶兹德一栋分租房屋的院子里。这栋房屋几乎正对着缆车道的入口，离米赫诺夫斯基宫仅几步远。棚屋原先也是摄影工作室，面积本来就很小，苏代克又将这很小的面积只随便那么一挥手分隔成更小的三部分。最舒适的要数那间暗室了，那儿放了一只石槽，装有自来水龙头和红灯泡。这寥寥几样便是一切。其他东西无非是一堆取之不竭的破烂而已。后面那部分勉强算作吃饭间，放了一张小桌和两把椅子。桌面上不用说堆满了用具——厨房用具和摄影用具。他和妹妹在这里休息、吃晚饭。余下一间是会客室，不过主要用作存放唱片的储藏室。同时也是音乐厅，一架唱机立在地上。入晚这地方又一变而为可怜的卧室，放两张折叠床。然而，如此清苦的生活条件主人却安之若素，并不影响他的情绪。唯有外人来此才看到这里的贫困。苏代克本人看不到，也丝毫不在乎。他有自己的幸福观，当然那是只有一只胳膊的人的幸福观。

我还忘了一件事，苏代克收藏的唱片极其丰富。这些唱片他珍藏在哪里，我不清楚。数十年来他肯定收集了几十张，不，几百张珍贵的唱片。

一言以蔽之，他那个家杂乱无章到了令人难以置信的地步。

布勒东的超现实主义来到这里大概会得其所哉。扬·兹尔扎维的一张素描卷着横放在碟子旁边，碟子里是一瓶硝酸，一些面包皮和咬了几口的小香肠。这些东西的上方，巴洛克式天使的一个翅膀和苏代克的一顶无沿软帽挂在一起。帽子已到了寿终正寝的边缘，正瑟瑟战栗。

凡此种种苏代克的妹妹都以令人称羡的安详神态袖手旁观。她心里很清楚，以整理和清扫的名义进行的任何干预都会破坏秩序。也就是说，在这无与伦比的杂乱无章中，苏代克却准确地知道什么东西在哪儿。他像管风琴手熟谙所有的琴键和踏板一样，对他的物品和破烂儿都了如指掌。他需要什么，不假思索便能伸手拿到。

譬如说，当他想起年轻时在科林[1]收藏的一张已有四十年历史的唱片时，他便到某一堆东西的最下面去取，唱片果然取了出来，重见天日。令人不胜惊叹，它居然完好如初。

这种绝无仅有的凌乱是如此别致，内容如此丰富，它已接近于一件奇特的、别开生面的艺术品。只要看一看艺术出版社出版的苏代克一本专著中他本人选用的一张细部照片就足以证明了。

这间小屋的窗户对着一个小花园。说到小花园，我们的眼前便会浮现一小块土地，充满了色彩、芳香、关注和微笑。可是苏代克的小花园恐怕是全布拉格所有小花园中最可怜的一个：空空如也。一两丛灌木，一棵东倒西歪的小树，落满了小城区的煤烟。然而，正是这扇窗户和这块不值一提的小园地却产生了苏代克最漂亮的摄影作品之一，画面明朗，充满了诗的魅力和令人心醉神迷的美。

每周一次有苏代克的朋友们来到这间小屋，在这奇特的环境里聚会，有时达十人或十五人之多。那里怎么容得下，不得而知。有一位告诉我说，他坐在约瑟夫·瓦格内尔创作的贝德日赫·斯美塔那的头像上，其他人或是席地而坐，或是站着。苏代克在举办别具一格的音乐会。他跪在唱机旁边，小屋里回响着几个世纪中最著名、最优美的乐曲，从巴赫、维瓦尔第至斯特拉文斯基和韦伯恩[2]。苏代克收藏了不少最名贵的唱片珍品。凡是能买到的唱片他自己买。买不到的由布鲁姆利克教授——他在小城区的一位老邻居——和其他友人从国外比如美国给他寄来。苏代克特别喜欢维瓦尔第。

约瑟夫·苏代克这个名字在国际上已享有声望。我手上有一本美国出版的权威摄影杂志，它认为苏代克是现代摄影的世界性奠基人及艺术创作者之一。我不妨说，他是化摄影为艺术的首创人之一。

---

1 捷克中部城市。

2 韦伯恩（1883—1945），奥地利作曲家。

在这方面我国有几位先驱，可是在将摄影从单纯记录提高到艺术的这一过程中，苏代克是唯一取得了成就的人。与此同时摄影依旧是摄影，是摄影机的机械产物。

他的女宾们和音乐会的女听众们常馈赠他一些自己做的美味食品。大多数是各式甜点心或者扇贝蛋糕。甚至还有宫廷扇贝大蛋糕。这种蛋糕有时堆满了鲜奶油。最稀罕的要算宫廷扇贝蛋糕了！扇贝蛋糕这个词儿听起来似乎不登大雅之堂[1]，可是它穿着那么一条用白糖、杏仁和香草做成的百褶小裙了，为它破一次戒，也就值得了。我说的破戒当然是指医生规定的饮食禁忌。与此同时，眼前还有一幅田园诗似的画面：身穿比德迈式大裙子的女士们围坐在一张精致的小桌旁。桌上放着杯子、茶壶，中间端坐着一尊扇贝大蛋糕，也是比德迈式的。啊，那美好、恬静的日子！

有一次我去他家，正碰上这位朋友津津有味地吃着这种扇贝蛋糕。这儿没有杯子和玫瑰花饰的小茶壶。他坐在小室后部的桌子旁。瞧那场面！不，什么场面！那是音乐会。

蛋糕的浓香胜利地盖过了这间濒临崩析的老棚屋里各式各样破烂儿的霉腐味。

要不是这些听众和朋友偶尔有所馈赠，或邀请他去进餐，他的膳食经常很不像样。一般都在工作地点的快餐部凑合一顿。有一次他上我认识的一位朋友家做客。女主人款待他喝牛肚汤。这是苏代克特别喜欢的汤，他一口气喝了六盘，也就是说满满一锅子，外加几个面包卷。为了证明他心满意足，他解开了那几颗必不可少的扣子，美滋滋地舒了一口气。平时他不谈论吃，对于按时就餐、饮食的选择以至食物的质量，他一概置之度外。

那天早晨，我准备好了纸张，钢笔里灌了墨水，正打算写一篇关

1　扇贝蛋糕的捷克文含有懦弱、无勇气的意思。

于苏代克的回忆录时，门铃响了，邮递员送来画家什鲁台克夫妇从利多姆涅日采寄来的一封信。他们是苏代克的朋友。信里有一段文字热情地谈到了苏代克，说他如何来到他们那里，如何兴致勃勃地拍摄中部山脉。他在佩鲁茨看到了菲尔晚年的几幅风景画，画的就是这个地区，他于是决定了自己的选题。什鲁台克夫妇还风趣地描述了苏代克怎样把田间干活的妇女们吓着了：为了换底片，他在公路旁边的沟壑里钻进了一只黑口袋。后来，他顺路到了什鲁台克家，看到画室墙上挂着他的一张摄影作品：窗台上的白蔷薇。他说：

“这是赛弗尔特家的小蔷薇。我得上他家去看看。已有很久没去了。”

他没有再来。他得了可怕的、痛苦的疾病，去世了。

照片上的那枝小蔷薇我乐于承认是我家园子里的，苏代克有一次亲自把它采了去。那是他的摄影精品之一，是在小城区一座分租房屋里拍摄的，窗台上落满了尘土，窗子朝着庭院里的一块小园地。

（杨乐云译）

斯拉夫舞曲第十六首

当时，我感到有点儿悲哀，这是实话。我同一位年轻的捷克散文家在交谈，他是一个受过良好教育、合乎潮流、事业上很有成就的人。他读了我的手稿之后，突然带着坦率的惊异神情问：

“请问，这位博胡米尔·波朗是什么人？”

他从来没有听说过波朗其人，从未读过他的作品。人有时候就是这样倒霉——如果可以这么说的话——谨小慎微，高尚谦逊，而这一切又丝毫不是故作姿态，它们就跟头发和眼睛的颜色一样是生就的。再说他也寿长。波朗活了八十好几。也许太长了些，尤其是他早已决心搁笔——绝非丧失了写作能力，而是他不愿意写了。他年轻时就写得不多，如今既然已没有人对他的观点表示特殊兴趣，他本人又认为自己已不属于这个时代，那又何苦再执笔呢。他是属于这个时代的。听不到他的声音是一件憾事。

他八十寿辰那年，人们为他举行了小小的庆祝活动。他的一本论文集出版了，虽然他写得很认真，但是正如我国常有的情况那样，该书出版后却几乎没有引起反响，也几乎没有读者。那是一本戏剧论文集，不是在布拉格出版的，也未曾大事宣传。这便是全部经过。

曾经有很多年，波朗为比尔森剧院的话剧团写评论，充当他们的卫士，还经常是该剧团保留剧目的倡议人。可是，他们完全把他抛诸脑后了。他去世以后，他们甚至不曾为他从屋顶垂悬一幅黑布，哪怕仅仅装装样子也好，免得人家说他们不悲叹哭泣。他去世了，被人遗忘了。很快就被遗忘了。也可能是今天的剧院里已经没有人知道他。也有可能是因为他在两千字宣言上签了名。这我就实在不清楚了。

可是，博胡米尔·波朗从事捷克文学批评毕竟也有五十余年之久。他是头一个撰文介绍斯·科·诺伊曼的人。文章写得极好，其中许多论点至今仍有价值。他还评论过什拉麦克和托曼。他是一位对造型艺术也很内行的评论家，能像沙尔达一样写这方面的评论。

我们那一代人都敬爱波朗，把他看作一位对我们很有教益的评论家。哈拉斯、康拉德、比布尔则视他为年长的、忠实可靠的朋友。他和彼沙也有深交。波朗开始发现我们时，我们这一代还都初出茅庐，他则已很有成就。他关注着我们，几乎直到这一代人的结束。

他不是个每天都写评论的人。又跟沙尔达一样，他只评论自己感兴趣的问题和作者。其他一概不置可否。然而，与沙尔达有所不同的是，他从不挑起和推动论战，沙尔达却正是在这方面流露出不加掩饰的乐趣。哪怕有个同他意见很不合的人向他挑衅，波朗也会不予理睬。

沙尔达可说是通过文学媒介同我们这一代人接近的。他相当仔细地阅读了我们的早期作品之后，才同我们中间的某几个人有了友好交往。特别是同霍拉和哈拉斯。

波朗却不仅作为批评家而且同时作为朋友来到我们中间。我有这样的印象，他同我们很投机。他在布拉格只有一位同时代的朋友，是他每次来到这里从不忘记要去探望的，那便是历史学家维尔斯塔特。

波朗是一位对书信体颇有研究并且掌握这门艺术的仅存的少数

人之一。他的书信不是随随便便仓促写来，而是深思熟虑之作。它们像文学小品，内容和格式都很讲究，文笔优美，读来令人心旷神怡。这些书信使我不由得想起书信体尚是一门艺术时一些光辉的名字。今天情况却大不一样了！人们匆匆忙忙写上几行，或者拨个电话号码。在今天谁也没有工夫和耐性坐下来摊开信纸写长信，当然情书例外。

有一个时期，当邻邦德国开始发出不加掩饰的初步威胁时，波朗来布拉格的次数增多了。他说在比尔森他有时感到忧虑不安。不，那不是个人安危之虑。我从未见过还有什么人谈到死比他更为泰然。也许慕尼黑啤酒窖传到比尔森[1]的叫嚣声更为频繁。也许什科达工厂的烟囱日日夜夜黑烟滚滚他看得更为真切。也许从比尔森大工厂厂门里开出来的庞大的重武器他能数点得更清楚。

就在这危机四伏的时期，有一天下午，天气晴朗，我同他一起沿着滨河大道朝民族咖啡馆走去。突然，附近的斯拉夫岛上送来了悦耳的音乐声——德沃夏克的《斯拉夫舞曲》[2]。我们两人决定上若芬岛的古树林中去走一走。

我们心里很清楚，事情不在于制度和共和国，而是关系着一切：关系着我们的语言、文化以至一切与捷克民族相联系的东西。我们知道，从世界地图上抹去一个国家对于希特勒来说不是什么问题。在这忧心忡忡的时刻，正是安托宁·德沃夏克使我们感到分外亲切。虽然他不像瓦格纳那样有高昂的英雄气概，没有李斯特那种贵族式的庄严，不像肖邦那样凄婉动人，不像韩德尔先生那样穿着丝绸花背

1　捷克西部城市，为重要的重工业生产中心，生产军火及重型机械。啤酒酿造业也驰名。

2　《斯拉夫舞曲》共两集，以斯洛伐克、南斯拉夫、乌克兰、波兰等斯拉夫民族的舞曲音调为基础，由捷克作曲家安·德沃夏克（1841—1904）创作。他的作品还有交响乐《自新大陆》、歌剧《水仙花》等。

心，他甚至连英姿勃勃的相貌都没有，他的长相倒不如说更像一名正直的鞋匠。

他是一位淳朴的无产者，诚如约瑟夫·瓦格内尔在创作鲁多尔芬[1]前面的德沃夏克纪念像时说的那样：要不是他长着这么个天才的鼓脑门，他在内拉霍泽维斯[2]当个补鞋匠原也可以过得蛮不错。他的捷克精神正饱含在这种淳朴性里，使他深深地扎根在这块土地上，无论他在国外如何春风得意，他也不会离开这片国土。

很遗憾，我没有受过音乐教育，可是没有音乐我会觉得日子过得空虚。生活必须有音乐，必须每天听音乐，对于音乐我几乎从不知何谓厌倦。

至于《斯拉夫舞曲》，我没有一天不听到其中的某些段落在回响。在这些乐曲中，我们仿佛听到了民族遗产中极为丰富的音乐才华，无比优美的民歌旋律，以及人民无时无刻不流露的舞蹈天赋。在《舞曲》中，舞蹈的欢乐以独具一格的艺术表现力在所有的旋律中喷涌迸溅。

当我们来到若芬岛的古树林中时，《舞曲》已接近尾声。也就是说光彩照人、毫无倦意的美姑娘此时已停下舞步，她在这片乡土的草地上坐了下来，仰望天空。

树叶在轻轻颤动，蔷薇色的河水恰似少女的双颊——当你向她低声诉说甜蜜的拨动心弦的衷曲时，却不料话被河边的大树听去了。这会儿已不是跳舞而是休息，舞曲在这夏日宁静的夕照中有节奏地时起时落。

我想起了姆尔什基克[3]的一篇动人的小说。一位老神甫黄昏时

1　布拉格的一座音乐厅。

2　地名，位于捷克中部，距布拉格约二十公里，为作曲家德沃夏克的故乡。

3　即维·姆尔什基克（1863—1912），捷克作家。他的著名小说有《五月的童话》《桑塔·露西亚》等。

分出门散步，走到了村外。大地沉浸在落日的余晖中，四周景色美得惊人。老神甫面对他所热爱的乡土激动得不知如何是好，不由得跪倒在这美景面前了。

我们信步走去，整个布拉格在这日夕时分也是美得惊人，光彩夺目。它是那样的富有魅力，怎不令人倾倒呢！举目望去，几步之外民族剧院在闪闪发光。另一边的赫拉德强尼宫则宛如偶尔才在我们眼前闪现的我国王冠上的一颗宝石。

我们的头脑中和心灵里都清清楚楚地感觉到了战争的逼近和它的恐怖，正如风湿病人在骨骼里感觉到阴雨天气一样。

现在不妨设想一下，所有这一切都有可能毁于一旦。剧院唯剩下烧焦的残垣断壁，赫拉德强尼宫一堆凄凉的瓦砾。

第十六首舞曲轻轻结束，我们感到背上一阵寒颤。

每当想起你，亲切的、挚爱的波朗啊，1937 年夏季我俩在一起度过的那个六月的一天，那可怕的时刻，便会浮上我的脑际。

请卡雷尔·列格尔原谅我引用他的诗句以结束这篇回忆吧。本来我用不着表示歉意，诗句很美。可是，我冒昧地将他的诗句做了一点儿改动，把《金太阳店》故事诗里他显然十分热爱的故乡科林暂时改成了布拉格。

……可是布拉格保住了？

“保住了，”我说，“保住了！”——“保住了？”——“保住了，保住了。”

（杨乐云译）

头戴弗里奇帽[1]

唯有在人民之家工人学校的昏暗走廊里，我才见到过纳塞克为《人民权利报》晚刊创作的那幅肖像。它已褪色，挂在墙上，蒙了一层尘土。那是很久以前的事了。肖像上画的是一个年轻女子的漂亮脸庞。她头上戴了一顶弗里奇帽，端正的鼻子难以觉察地微微翘起，一双深色眼睛，满头浓发。一看便知这是女作家玛丽耶·玛耶罗娃[2]。她从前给这位画家当过模特儿。

人民之家的传达室里坐着一个上了年纪的男人。一次，玛耶罗娃经过前院时，他对我说："这是我的养女玛什卡[3]。"他姓玛耶尔。

她的风采体现了捷克型的美人形象，美丽的面容使人联想到马奈斯画上的女性。据我记忆，曾有不少男人以惊喜的目光打量她。她的美确实出人意料。她和海兰娜·马莉肖娃构成了魅人的一对。海兰娜·马莉肖娃是纳斯科瓦太太的妹妹，因而是画家纳塞克的小姨子。

玛丽耶·玛耶罗娃使我敬仰，海兰娜·马莉肖娃则让我感到和

---

1 法国大革命时期象征自由的红帽子，顶端向前折叠。
2 详见《"沃尔克可以休矣！"》篇。
3 玛丽耶的昵称。

蔼可亲。不过,后来我同玛耶罗娃的接触却更为经常。她在共产主义出版社主持儿童杂志《公鸡》,我在该出版社工作,常给她的杂志写一些小诗。这些诗作如今使我打心底里感到羞愧。聊可自我开脱的是,那都是在印刷厂里,在杂志拼版的最后时刻,也就是说伏在排字台上写出来的。

玛丽耶·玛耶罗娃送过我一只安哥拉猫。那时她已住在斯特列肖维采的制糖街。我已经可以——至少我自以为可以——亲昵地叫她玛任卡[1]了。她比我年长二十岁,所有她的朋友和熟人都不用别的名字称呼她,一概都叫她玛什卡。

她养了一只个头极大的安哥拉公猫,是附近一带所有安哥拉母猫的老相好。母猫的主人们便认为生下纯种小猫送她一两只自是不言而喻的事情。这些小猫有时使玛耶罗娃不知如何处置才好。

我把一只小猫抱回家给我的父母。他们起初不免有些犹豫,猫儿太小,又是母的!可是不到一小时他们便爱上了它。小猫对我父亲特别亲热,尽管父亲在家的时候最少,也很少有工夫逗它玩。晚上,它守在门畔等候父亲归来,时间还惊人的准确。不知它的那只小钟藏在什么地方。这是一只小母猫,皮毛柔软如丝,又干净又可爱。入夜它跟着父亲去睡觉,当然是睡在主人的脑后。

有时我上玛耶罗娃的家里去,她问我:“这儿没有猫的气味吧?”屋子中心那只公猫懒洋洋地躺在地毯上,活像暴君尼禄躺在竞技场的睡椅上,它也长着一双绿宝石般的眼睛。

我向她保证说屋里没有气味,绝对没有!

气味是有的。很浓。

每当我想起这位女诗人[2],总不免要联想到五十年前在巴黎的

---

1 也为玛丽耶的昵称。
2 玛耶罗娃以写小说著称,早年也写过一些诗。

情景。人们今天常说那时候的巴黎比现在美。当我和妻子正不知所措地在这座城市里茫然转悠时,却巧遇了玛耶罗娃,地点正在埃菲尔铁塔下面。她同维克托·迪克和哈斯科娃太太在那里有个约会。第二天她便前来给我们当向导了。她对巴黎竟能如此熟悉,轻松自如,使我欣佩不已。她仿佛是土生土长的法国人,而且很有巴黎妇女的魅力。她给我们找了一家又舒适又便宜的旅馆,带我们上法兰西喜剧院看莫里哀的《伪君子》,还领我们看了《疯狂的牧羊人》。

啊,上帝,在那里我多么愉快!同两个我敢说是很有姿色的女人坐在一起,眼前又展现了那么多的漂亮女人,群芳争艳。几十个裸体美人——当时这仿佛是来自巴黎爱情世界的幻景。她们看上去个个美丽,绝大部分显然也确实是美人儿。置身在这芳香的女儿国我完全目眩神迷了。莫泊桑说得有理!

薇奥莱黛拉这支动人的歌在那个季节正首次演唱。自此之后便风靡了整个巴黎,并且进而传到了其他地方。当年,世界的确不像现在这样被一支比一支更无价值的歌曲所窒息。

那时还流行西麦舞[1]和爪哇舞[2]。在今天,有谁还会想起这两种舞曲的旋律呢?可是亲切的薇奥莱黛拉却跟随着我直到现在。任何时候听到这支歌——听到的机会并不多——我便不由自主地要微笑,正如我们回想起某桩得来意外的幸福时总不免要微笑一样。

1948年以后玛耶罗娃忙了起来,她的成就一个接一个。她的梦想实现了,她的生活道路也在一片夺目的光彩中登上了高峰。

她同我有点儿疏远了,但我深信这绝不意味着她对我有什么不满意。她的事情总是那么多——忙于自己的成就,也忙于她理应得到的幸福。

1　美国的一种狐步舞,跳时自肩以下身体颤动。
2　一战后流行的一种现代舞。

她从不躲避困难，也不躲避工作。

她八十寿辰时我禁不住给她写了一封贺信，向她致以友好的祝愿。信中我回忆了过去的时光。她的反应是真诚的。

她已是一位上了年纪的夫人，但风韵犹存，是捷克最长寿的女诗人。她尽力使自己衰老得缓慢一些，依我看还取得了成效。前额上，在帽檐下面，她像年轻姑娘似的留着一簇鬈发，显然是经过精心梳理的。

这以后，她打来的电话较为频繁了。就在她去世前夕，我们还聚会了一次。那天的情景颇为伤感。

随着年岁的增长，她的同龄人、朋友和故交都日益凋零。她比自己所有的朋友寿长。海兰娜·马莉肖娃谢世了。战争结束后霍拉和诺伊曼相继与世长辞。五十年代奥勃拉赫特也离开了人间，他是玛耶罗娃旅居维也纳时期的伙伴。在她硕果累累的生活中，最后却只剩下她了，孑然一身。年轻人有自己的去处。老朋友中活着的尚有安·马·彼沙[1]，他忠心耿耿、细致准确地编辑、校订着她的作品。玛耶罗娃很懂得如何评价他的劳动，她对彼沙非常敬重。彼沙去世后，她电话里传来的声音很悲痛。

她曾多次驱车同彼沙夫妇去米耶尼克[2]。彼沙喜欢坐在城堡酒家，凭窗眺望辽阔的捷克中部风光，同时在这美妙的观景点呷几口绯红的克里芒玫瑰酒[3]。这种酒泛着晶亮的泡沫，清凉可口。有一天，她给我打来电话，邀请我和妻子同她一起去米耶尼克，以纪念安·马·彼沙。我非常高兴地接受了邀请，同妻子一块儿去了。那次彼肖娃太太何以没能参加，我现在不记得了。不巧的是城堡酒家和餐馆那天都不营业，适逢他们的环境卫生日。我们于是到附近的利别

1 详见《路遇小诗人》篇。
2 文艺复兴时期的古城堡，在捷克地区的中部。
3 一种面上有微沫的香槟酒。

霍沃，去了山冈上的一家舒适的酒店。在那里，人们认出了这位女作家，没等我们就座，店里已为我们准备黄油烤鲑鱼和冰镇克里芒玫瑰酒了。为了纪念。

玛丽耶·玛耶罗娃有一会儿工夫频频叹息，一方面感喟安·马·彼沙的遽然长逝，同时也由于疼痛。那天，她的关节比平时痛得更加厉害。气压一低，她的各个关节就立刻有反应。

在利别霍沃人们用高脚玻璃杯盛葡萄酒，这样喝起来更痛快。我一杯喝尽，要了第二杯，压根儿没敢勉强玛耶罗娃也这么做。她突然瞧了我一眼，说：

"实际上你如今是我二十年代最后的朋友了。不妨说是我最后的一个伙伴，不过你也许在生我的气！我不应该再喝了，早晨还感到了心绞疼，可是我也还要来一杯。"

我抬头注视她的脸。这毕竟依旧是她，玛丽耶·玛耶罗娃。她的双颊固然不像从前那样淡淡地覆盖着一层纤细的汗毛，血液不再在紧绷的皮肤下面泛出红润，眼睛不再那样闪烁着光芒，然而这毕竟依旧是她，虽然久已认识她的人在这张脸上看到的只是昔日容颜的些许痕迹而已。

"你倘若今天戴上那顶革命的红帽子也还是很相称的！"

她笑了，用目光向我表示感谢。她抚摩一下我放在桌上的手，说：

"哪儿会啊！已经到尽头了。"她沉思片刻，然后低声说了起来。我还从不曾听她这样说过话。她从来不谈死。几乎哪个人的葬礼她也不参加。

"我希望楼下那间大屋子改成我的房间，把现在放在楼上的书柜和所有的绘画统统搬到这间屋里。让贝洪科娃太太留下照料我的房子和小花园。这事我已同她谈妥了。我不喜欢想到死，但是，诚如你看到的，我已不得不想到它了。"

正如经常出现的情况那样，事情的结果完全不是那么一回事。

回家的途中她没有说话。玛耶罗娃沉默了。她感到一阵阵疼痛，不时用手按着胸口。到了家，她的朋友兼秘书和护理贝洪科娃太太几乎是将她抱出汽车的。

第二天她病倒了，不久便在医院中去世。

有时我在心里呼唤出两个女性的面庞。第一个年轻一些，戴着那顶法国帽子确实很相称。海兰娜·马莉肖娃不戴帽子，模样儿动人，尤其在她微笑的时候。

（杨乐云译）

第十四颗星

在克拉卢比一年一度的集市上，出售的东西真是无奇不有，其中还有圣徒画像的彩色复制品。摊贩们在石子路上铺了一块破破烂烂的大帆布，上面摆开圣徒的画像。由于摊位占地太大，他们被赶出了位于广场的集贸市场，被安排到市政府前面的一块小空地上。也许由于美德往往伴随着恶行，虔诚往往伴随着黑色的罪恶，所以紧挨着这些圣像的后面就坐着一对唱低级庸俗歌曲的歌手，一男一女，他们把画在帆布上的画挂在卡尔班庄园的铁栅栏门上。男的边唱边用一根长长的藤条指点着画上极其恐怖的情节。这应该算是当时的一种连环画吧。而女的呢？她一边用女高音给男人伴一两句唱，一边卖着印出来的歌词。

市政府半地下室的窗子里扬纳特家的两个小女孩总是对着我笑。她们是我多年的伙伴。有时她们和我一起在大门口听唱，和我一样被吓得干咽口水。那时我才十岁。

就在这些画的前面，我第一次听到了“伊钦”这个城市的名称，第一次看到了它那古老的塔门。唱歌的人特别强调这些画是“手工”画的，画上那座塔门显得非常阴沉。这也有它的道理。因为歌曲讲的是伊钦一个裁缝的悲剧。这裁缝叫约瑟夫·特恩卡。为了要和情妇结婚，他亲手把妻子——五个孩子的母亲——给吊死了。他的情妇是热莱兹尼采人，经常在伊钦情人们相会的椴树林荫道上等他。裁缝把作案现场布置得像是他妻子是自杀的。但正如世上通常的情况一样，结局是事与愿违。

裁缝特恩卡被逮捕，罪证确凿。后来被绞死在赫拉代次克拉洛维。不幸的情妇后来想要照顾可怜的孤儿，但没有获准。显然，这女人还不那么坏。她不断受到良心的谴责，最后决定自尽。她从伊钦塔顶跳下，摔死在圣雅古普教堂的门前，那地方老太太们正在卖小花环和春天带着毛茸茸叶芽儿的枝条。

关于这一血腥谋杀案，十年以后我曾写过一首诗。今天读这首诗简直让我哭笑不得。既幼稚又糟糕，还不如集市上唱的歌像样呢！

我写那首诗的时候已经去过伊钦了。我爱上了的、后来成为我妻子的姑娘是伊钦人。她虽然住在布拉格，但几乎每个星期天都要回家。有时我和她一起去。有一次我到克尔其医院看望安塔尔·斯塔谢克，他认真地对我说，伊钦有许多漂亮的姑娘，但总有一个是最漂亮的，说时狡黠地笑着。那时他已经是八十多岁了。

我第一次到伊钦是同女朋友一块儿去的。刚过科比德兰她就开始有点坐不住了。她热情地叫我从车窗里看伊钦城后面的几个小山头，远远的，灰乎乎的，像一堆堆罂粟花籽儿。它们是贡布尔克山、勃尔德莱茨山、塔波尔山。那靠左面矮一点的已是维利士山了。最后出现的是可爱的择宾山和它上面的小教堂，但这个小山头几乎已经在伊钦城里。在出现择宾山时，伊钦的塔楼已隐约可见。塔楼下面就是伊钦城的市中心了。

第一次我对她那迫不及待的心情不很理解，但是，在我来过一次以后，也爱上了伊钦。

我知道，戴尔奇城堡可能更有意思，更漂亮，而在其他地方，比如斯拉沃尼采和苏西采，都有更值得一看的建筑物。但是，伊钦以及它的正方形的中心广场、塔楼、宫堡和教堂都有其独特的妩媚和朴实无华、不矫揉造作的天然魅力。没有任何特别宏伟壮观、激动人心的东西，但一切都那么亲切。要不然，目空一切的弗利德朗茨公爵也不至于无缘无故就看上伊钦。

有时我一个人去伊钦时，我也把头探出车窗外，以便及早见到城市周围的小山头，也就是巨人山地势平缓的山前地带。可只要我一看见塔楼，我就恨不得马上跑过去，满怀深情地拦腰抱住它，亲它、吻它；哪怕吻它那金色和黑色的塔钟也行。这是因为我们把有些地方同自己在无比幸福时淌出的泪水联系在一起了。

我第一次经过塔楼门洞来到伊钦广场时，是个星期天。我的女向导虽然最先指给我看的是圣雅古普教堂和紧挨着它的宫堡，那时宫堡拱廊上瓦尔什坦贵族骑士们的马刺还铿锵作响，但是，在我们游览整个漂亮的广场之前，她先把我带到广场离我们最近的角落，那里在拱廊拱顶的暗影中有一家点心店。这店是卢盖什先生开的，是伊钦最好的一家点心店。

那里当然一点马刺的铿锵声都没有，只见和气的卢盖什太太在柜台后面微笑。那时她已经不很年轻了，但仍很漂亮、迷人。其实她怎么可能年轻呢，据说，奥地利的军官们还曾经时常在她这家点心店里聚会，并向年轻的老板娘献殷勤哩。她呢，给他们往水晶酒杯里倒上金黄色的、红色的和玫瑰色的酒。嘿！你看，毕竟那里还是响过马刺的铿锵声的。不过他们献殷勤是白费劲。没有任何流言蜚语流传下来，这便是证明。

她有一双胖乎乎的漂亮的小手。如果她给我取点心时不用银铲而用她漂亮的手指头，我一点也不会在意。男人说起这样的女人，总是用丰满两个字来形容。柔软这个形容词是法国人给女人想出来的，他们确实对这档子事在行得很。

过了一会儿，店铺后面的红门帘卷起，进来了一位灰白头发的老师傅，穿着白围裙，戴着高高的白帽子。他端着一个瓷盘，盘里放着点心，他的造型艺术新作品。在他身后，从隔壁面包房冲出一股热腾腾的香气。

不过，圣雅古普教堂我们也还是去参观了。

星期天上午广场上演奏军乐。以卢盖什夫妇的点心店为起点的拱廊曾经是集体散步的地方。散步一般经过药店，走到市政府就到头了。散步的绝大多数是年轻人。伊钦曾是个学生城。

军乐队正在演奏歌剧《漂泊的荷兰人》中的纺织女之歌，我们也愉快地投入了这一无忧无虑的年轻人的潮流，顿时我们觉得年轻了十岁。

夏天卢盖什先生的店门总是敞开的。周围的行人可以闻到焦糖、炒坚果、巧克力和开心果的香味；还有香喷喷的马林果果酱的香味。

下午，学生的集体散步一般是在胡斯大街。

这时的散步已不那么富有节日气氛了。我岳父的面包房烤制的香气浓郁、令人垂涎的面包吸引着散步的人群。

面包的香味是香中之王，是地球上我们生活中的香味之祖。闻到它的香味，我们会想到战争。我们也会想起天主教主要祷文，祈求这天天不可或缺的食物。母亲曾把“面包”字样以及一片切好的面包、刀子和小盐瓶的图像用红线绣在厚麻布的桌布上。这香味是舒适、安宁和家乡的馨香。

岳父也为地方驻军烤面包。每到下午士兵们往车上装面包时，整条街都是香喷喷的。

星期天上午军队的伙夫总是把几个极大的装满了肉的浅烤盘送到面包房的烤炉里来烤。大多是烤猪肉。那香味足以把沉睡的舌头唤醒。面包房的工人们帮了忙可以得到一大盘肉和一块松软的面包。不难看出他们吃得有多香。士兵也给了我一块肉，我没拒绝。时光已过了半个世纪，但那块肉的滋味我至今记忆犹新。

另外，您吃过面包里夹烤火腿吗？就像维也纳经常做的那种？没吃过？那太遗憾了，您没尝到一种特别美味的食品。

天哪！我怎么老讲这些庸俗的口腹之乐！您一定会怀疑我是个享乐主义者。可我自己倒不这么看，尽管我自己知道自己的毛病，而且喜欢美食。

对文化方面的事我也是不会忘记的。天空嘛，一般只有要下雨时我才会去看它一眼。形而上学和我相距甚远。但对于据说是不存在的人的灵魂，我却常常想到。

雅罗斯拉夫·伏尔赫利茨基和约·鲍·弗艾斯特尔都是在这个城市的城墙之内发现了自己迟到的爱情，而且吸取了创作的灵感。

弗艾斯特尔的艾娃就是伊钦勤奋的业余话剧演员们送给他的。不仅是他们的演出，而且是戏的女主角使这位作曲家着了迷。出于感激他把自己的作品《伊钦组曲》献给了这个城市。雅罗斯拉夫·伏尔赫利茨基给他的伊钦女友写了几十封极其优美的情书。这些信都保存下来了，但至今没有发表。

约·鲍·弗艾斯特尔后来怎么样，我不清楚。至于伏尔赫利茨基，我知道，他照例又失恋了。这样讲下去，我们已经同小市民散布流言蜚语相差无几了。算了，把这些回忆搁置一边，还是回到椴树林荫大道上去散步吧。椴树的花开得很茂盛，繁枝交错，在我们的头上形成了一条黑黝黝的蜜蜂通道，它在千百只蜜蜂嗡嗡的吟唱声中颤动着。

对年轻人来说这是多么好的散步！他们隐藏在粗壮的三百多年的古树后面，头上还滴落着蜂蜜。

星期天在北面拱廊散步的人群像波浪似的涌动，低声细语。离拱廊顶头不远处有一座建筑物，其机关式的阴沉气息同其他的房子略有区别，而且很不合拍。这就是伊钦城的监狱。那里的监狱长是维柯先生，他有一个长得很漂亮的女儿。

有一个夏天的星期日，我们正在广场上散步，他的女儿安娜·维柯娃从窗户里看到了我们，便马上跑出屋子朝我们迎上来了。她认识我妻子，但她却想跟我谈谈。当时她觉得自己很不幸。一见面就急急忙忙跟我述说她的痛苦。

她无论如何也不愿意留在伊钦了。她说不管怎么样也要去布拉格。她要我在布拉格给她找个工作。如果我帮不上忙，她就自己去闯闯，找个活儿干，哪怕当用人也成。

安娜·维柯娃确实是个漂亮的姑娘，乌黑的眼睛，长长的黑睫毛，迷人的目光投到每一个人的身上。我本想请她原谅，因为我在这类事情上是很笨拙的，但是，我躲不过她那美丽的乞求的眼神。她的要求我认为是荒谬的。她那乌黑发亮的粗辫子，有点古色古香地盘在头顶上。反正是美得很。

没办法，我只好答应了她，到布拉格去找找看，尽管我根本不知道怎么找，到哪儿去找。

我居然给她在布拉格找到了工作。不过是碰巧罢了。至于什么工作我就不说了，我有我的理由。是在离我工作地点不远的地方，这在当时是不多见的。可是我没想到，各种情况的巧合使我这次努力最终对安娜·维柯娃的命运起了决定性的作用。

当我在布拉格的街道上向往那洒满阳光、微风送来山花芳香的广场时，她却一味地想从这些地方逃出去。无论如何也要逃出它们的势力范围。

其实我并不怎么相信命运。如果设想，人的生活轨迹是事先规定好的，人只能沿着它活动，就像开了发条的儿童玩具那样，那么，这种想法是令人难受的。但是我又不能因此而不相信有时候对某些人来说，生活际遇就像是在玩一种类似命运的奇怪的游戏，人甚至没有违抗它的意图，而是自愿让它把自己拖向毁灭。

让·科克托[1]在他那篇多半已为我国读者遗忘了的故事中引用了伊朗的一个传说：一天，一个年轻的园丁突然来到他主人面前，急切地求主人借给他一匹快马。因为早上他遇见了死神，死神威胁了他。他想当天赶到伊斯帕罕，以便躲过这场灾难。主人把马借给了他。中午主人也遇到了死神。他问："你为什么今天威胁我的园丁？""我没有威胁他，"死神答道，"我只是遇见他吃了一惊，惊得抬了抬手，因为我应该到今天晚上才在伊斯帕罕结束他的生命。"

类似的情况我们家里也发生过。我有个姐姐。住在利伯莱茨附近的宁静的玫瑰谷镇，安宁而心满意足。她最不向往、最不想干的事，确切地说，她觉得最让她难受的事，就是坐车去布拉格。她在家里，在花园里的玫瑰花丛间，日子过得很安宁。不少人也有这种想法。但有一天，她突然无缘无故地硬要去布拉格。没有任何重要理由。就是想去。人们怎么劝她放弃这念头也白搭。她的女婿那天本来有事，没时间开车送她。但她竟然说服了他！后来女儿也跟着一块儿去了。谁知出了利伯莱茨没几公里就出了车祸。别人都平安无事，连汽车都没撞坏，唯独姐姐一人死了。

正是这些事让我感到安娜·维柯娃是受着命运的支配。

她来到布拉格后，我还经历了她的两次恋爱。不过我要说清楚，我并未干预她的生活。一则是她曾求我帮忙，再则有关的那两位都是我的朋友。我得承认，两次恋爱都不是她的错。错就错在她那少女之美。第一次是我的朋友画家M.爱上了她。我承认，当时我没想到，突发的爱情能把一个表面上很正常、理智的人搞成什么样子。他不再工作了，这我还能理解。糟糕的是，他连饭也不吃了，像丢了魂

1　让·科克托(1889—1963)，法国诗人、小说家、剧作家。他在艺术技巧上的创新，对欧美现代派文艺有一定的影响。

一样在布拉格街道上游荡。尽管我不善于，也没兴趣在这种棘手的事情上做些什么，但为了我喜欢的朋友，我不得不进行相当无情的干预。幸而那只有几个难熬的星期。画家现在早已去世，但那时候过了好久以后，他只要一想起那事，还至少要紧紧抓住我外衣的袖子，害怕得全身发抖。

不久以后，我另一个朋友又爱上了安娜·维柯娃。这次要复杂一些。安娜·维柯娃也有点儿爱上了这位作家S.。可惜对方已经结婚。这次她要我帮的忙我难以做到。朋友S.有个年轻的好妻子。因此这事也不得不合理地收场。此后有一段时间安娜·维柯娃从我生活中消失了。只是偶尔听到点她的消息。直到有一次我又遇到了她。她又不满意了。布拉格也不够她施展的了。她觉得不开心，想去巴黎或柏林。这一回我当然帮不了她的忙。当我知道她爱上了一个驻布拉格的德国编辑，我还挺高兴。我祝她幸福。由于她不停地追赶命运，不久她就和她的朋友一起去了。

还在德国备战达到顶峰、准备占领捷克斯洛伐克之前，他俩就逃回了布拉格。她丈夫认为到莫斯科更为安全，安娜·维柯娃暂时留在了布拉格。

但是，德国占领之初她就被逮捕了，关在庞克拉茨监狱。见过她的人，包括《绞刑架上的报告》的作者，都说她还是那样漂亮，在监狱里表现得很坚强，昂然不屈。只是头发已经灰白了。纳粹头子海德里希被暗杀后，在那些残酷的日子里她被处决了。

据说她和弗拉迪斯拉夫·万楚拉一样是在柯比利西刑场被枪决的。

有一年六月，天气极美好。美好的夏季在捷克天堂[1]就更加景

---

1 捷克天堂是国家自然保护区。地跨中捷克州和东捷克州。风景优美，以石林著称。

色宜人了。至少我这么觉得。在这个地方我觉得像在自己家一样，像是属于我的！

六月底我去了布拉霍夫斯基山。途中我在一个纪念碑的基座上休息。那是纪念1866年伊钦附近一场不幸战役的死难者的。当时距那次战役还不到一百年。

我向来总是在那里长久地眺望下面的利布尼和特洛斯卡。那时候还没有什么遮挡。今天，在那里登高远眺，前面已经挡上了一堵树墙。

那是多美的景色！田园诗似的诱人的小村庄利布尼和它的小教堂淹没在开满鲜花的草地的绿色海洋中，而远方的特洛斯基古堡看上去一会儿是灰色的，一会儿是蓝色的，黄昏时又是玫瑰色的。精雕细镂的妖娆景色吸引着人们投向她的怀抱，而云雀的歌声飞上天空，给苍苍穹宇挽了一个扣，恰似一枚亮晶晶的针饰别在新嫁娘婚床帐顶的锦幔上。

纪念碑发黑的沙岩石上，突然向我爬来一只淡蓝色的蜥蜴。它向四周张望，一看见我便钻进纪念碑后面的草丛中消失了。

再见吧！此生再也见不到你了。不一会儿，又飞来了一只孔雀蝴蝶。它轻轻地扇动着翅膀，一阵风来它飞走了。最后跑来一只黑色的小甲虫，在碑石上爬来爬去。它发现了碑上的刻字，便费劲地一个字一个字地爬。我这才发现德语的碑文。我待的地方正是这场战役开始的地方，在战区的边缘上。

伊钦经历过这场战争的老人至今还乐于谈论它。6月28日上午九点左右一条消息在伊钦传开，说普鲁士军队正向伊钦开来。

他们强大的炮兵从利布尼出发，经过克涅日尼采和伊诺利采朝伊钦进发。很快奥地利猎人营就占领了城外的切索夫卡高地。一小支轻骑兵队伍占领了克贝尔尼茨基公路和伊钦池塘之间的地段。所有这些地方在布拉霍夫旁边的纪念碑那里都能看到。普鲁士士兵每前进一步都要付出鲜血的代价，尽管如此，他们仍努力前进，什么也挡不住他们。奥地利军队第一发炮弹，正好打在一个没有及时隐蔽的普鲁士士兵的头上，这成了双方争夺伊钦城的炮战的号令。普鲁士人仍不停地往前进。他们的撞针枪比落后的奥地利枪优越，“执行公务”要比奥地利枪迅速得多。普鲁士的指挥官显然也比较有经验。奥地利将军克拉姆·伽拉斯坐在伊钦饭馆，就连萨克森[1]的炮兵为掩护败下阵来的步兵而开进伊钦时，他都没从饭桌上挪动一步。战役失败了，奥斯特鲁然斯基鱼池附近遗尸遍野。奥地利步兵在那里战斗过。

伊钦本身到处是伤员。教堂里、军营里、学校里、城堡里、卡尔东茨基监狱里躺满了伤员和垂死的人，但给他们哪怕是送点水喝的人都寥寥无几。

通往克贝尔尼采的公路上遍地都是战死的轻骑兵。轻骑兵，过去潇洒倜傥，如今马没了，钢盔也丢了。有的钢盔嵌进了前额，漂亮的小胡须翘在死人的脸上简直有点可笑。可惜，昔日金色钢盔的风采、红色马裤的傲岸之气都已烟消云散。

伊钦很快就驻满了胜利大军。普鲁士大兵的军靴咚咚作响，他们到处横行霸道，所有的酒馆饭店，所有的市民家庭都躲不过。能抢的抢，喜欢的就拿，毫无廉耻之心。奥地利的军队和老百姓则纷纷逃往布拉格。

而今天一只小小的黑甲虫正在死难军官的名字上爬，夏日的静谧中飘浮着芳香。

二战之后我又来到伊钦，在广场上散步。一边心里计算着战争中这里死了多少人。其数量真是可观。过去，广场上有几家伊钦犹太人开的大商店。这些人战争中几乎全死了。我的一个伊钦朋友高

1　萨克森在1866年普奥战争中是奥地利的盟国。

利阿特一家被扫地出门,全家一半惨遭杀害。

奥托·高利阿特战前在广场上一座哥特式建筑里开设了一家女装店。每天早上他都把样品挂在宽阔大门的木门扇上。但是他不喜欢做生意,他的生意并不兴旺,他的财产也没因此而增多。他更关注市里的事,在市议会工作。他走在街上总是像《圣经·旧约》里的先知那样阴沉着脸,样子很严厉。其实他的为人并不像有些人想象的那样凶恶。他刚正不阿。他的床头柜上总是放着一本海涅的诗选《歌集》。他的妻子和蔼可亲,人们都很喜欢她。他俩同最小的儿子后来都被杀害了。

但是,生活一路小跑似的朝前赶。高利阿特的房子今天已经是水果店了,柜台上一堆堆的柑橘和柠檬闪闪发光,顾客盈门。每当我走过伊钦监狱,心里像针刺一样难过。

安娜·维柯娃啊!世界真是太可怕了!

不太久以前,一个我不认识的读者给我来了一封友好的信。他说,前不久他到过伊钦。由于他刚刚读过我写的关于伊钦和关于裁缝特恩卡的诗,他禁不住数起圣母玛利亚光环上的星星来。诗里写道:

> 唯有一尊石像屹立在广场中央,
> 十三颗星星映辉在她的额上。

这位读者接着写道:我查看了一下光环,发现那里有十四颗星星。您那次准是数错了。

作者签了名,但没留地址。如果我能给他回信的话,我会这么写:

没有,亲爱的先生。我没数错。那次甚至是两个人数的。但是,如果伊钦广场上玛利亚雕像的光环上有十四颗星,那是因为那里出现了一个小小的、不为人知的奇迹。

这第十四颗星从天上掉到那里时，显然就是在安娜·维柯娃美丽的头掉在柯比利西刑场沙土上的那一刹那。

（陈韫宁译）

井和诗人

索博特卡[1]及其周围地区我相当熟悉。离我常去的伊钦只隔一片田野。没几步路，几座坟头，大约十二公里。如果我不喜欢索博特卡的话，那肯定是出于嫉妒。先是幽静凝重的城堡，接着是塞姆金欧椴树、异国情调的宏布莱赫特堡[2]以及深邃而神秘的森林明镜——奈巴克夫池塘。当然还有从几个角度仰望特洛斯基古堡遗址的无比俊丽的景色，最后还有一位诗人，他拥抱着、亲吻着整个这一地区，爱抚着它那落满尘土的草地。

每个地区的尽善尽美在某种意义上是诗人完成的。诗人往往确切地捕捉其美之奥妙，并把它的美歌唱无遗。

那时索博特卡对我来说已经不陌生了，而且什拉麦克关于这一地区的许多诗我几乎都能背下来。当时我也已出版了几本小诗集了，所以我渴望着结识他。在这一点上我觉得我有某种权利，当然是相当模糊不定的权利。哪说得上有什么权利呢？也好，就算有吧！我清楚地记得，有一次斯·科·诺伊曼撕开一封较厚的信，里面有几

1　索博特卡是诗人什拉麦克的出生地，属东捷克州的伊钦县。
2　宏布莱赫特堡是模仿伊斯坦布尔加拉提教堂的建筑。

首什拉麦克的新诗。作者给《六月》杂志投的稿。我还没忘记，那几首诗是《浪漫曲》、《金链花》和《不小心的人》。这几首诗后来什拉麦克都收到扩大了篇幅的诗集《堰堤》里了。当诺伊曼看诗的时候——你们知道，当时整个《六月》编辑部都在他的公事包里，他走到哪儿就带到哪儿——我看见他最初流露出满意的目光，然后是默默地微笑，最后是一副喜不自胜的神情。

“你看看吧！”他把诗递给我说，“这是近年来我国最美的诗了。”

弗拉尼亚·什拉麦克虽然住在布拉格，离我很近，只隔一个小山头，但我却想和他在他最依恋的地方索博特卡，在他母亲的家里见面。

但是，正当我下决心要给什拉麦克写信的时候，卡雷尔·恰佩克给霍拉打电话，叫我们去他那儿，因为什拉麦克要去他那儿。我们很高兴。霍拉也还不认识他。可是什拉麦克不像前几次，这次他没有来。“他是那种生性腼腆的人，”恰佩克强调说，“不过他人很不错。你们一定得结识他。千万耐心一点。”

后来我给什拉麦克写了封信，表示我想去索博特卡拜访他，因为我经常去伊钦。他托人转告我让我去，说他整个七月都在那里，我去他会很高兴的。

我大概在七月中旬从布拉格去了索博特卡。从火车站径直到了广场。我毫无顾虑地直奔他家，揣着诺伊曼的问候和便条。

谁知他家里人却告诉我，“诗人先生”两天前走了。他夫人在布拉格生病了。我想，没关系，下次再来。

拉迪斯拉夫·斯代赫利克在《捷克语——诗人的工具》刊物中写到这件事时却说什么我一大早就去敲什拉麦克家的大门，什拉麦克正在刮胡子，只需等一会儿就行了，我却没等就走了。这不符合事实，有点儿诽谤的味道。但是我不得不马上原谅了这位斯代赫利克，因为他同时又说到什拉麦克对我的诗和我本人赞扬的一些话。这样把我的嘴给封住了。实际上为了在索博特卡能见到什拉麦克，哪怕得等候到晚上，我也是会等的。

第三次我试图拜访他是在一个夏天，那时我在伊钦。

天会下雨吗？

哪里会呢！只是夜里下了点雨，而那是夏天的阵雨。大地像刚刚沐浴过一样。处处是露水，处处是闪光，处处是微笑。我往他那里走。

从伊钦出去是散步的好地方。你绕过两个池塘，左面是维利士村，雅罗斯拉夫·耶热克[1]曾在那里当过管风琴手。走不多远特洛斯基古堡就出现在你面前，并且自此一直伴随着你往前走。

一百多年前，1885年，年轻的安塔尔·斯塔谢克有一次曾在这条路上走过。那时他还叫安塔尔·泽曼，伊钦高中二年级的学生。年纪比他大点的伙伴肖尔姆陪他去索博特卡。他们走了没多远，遇见了一位年迈体弱的老人。老人停下来和他们聊了会儿天。那老人就是约瑟夫·卡亚坦·狄尔[2]。告别时他亲切地握了他俩的手。

在斯塔谢克去世后我更迫切地意识到了狄尔紧握过的这只手也曾握过我的手。我自己问自己，是什么样的难以言喻、恐怕只能感觉到的使命通过老一代诗人的手传给了我，从上世纪传到了我们的时代，而在这小小的、不总是幸运的国家里，我应该把这个使命转交给谁呢！

离索博特卡不远是撒姆幸纳村。旅游手册提醒大家，从这个村子眺望特洛斯基古堡是再美不过的了。

啊！真是这样。我曾从很多角度欣赏过这个古堡的废墟，但是，从撒姆幸纳村看过去，那景色确实壮丽。

1　雅罗斯拉夫·耶热克（1906—1942），捷克作曲家。

2　约瑟夫·卡亚坦·狄尔（1808—1856），捷克散文家、剧作家和记者。

废墟也如此壮丽多姿，这可能吗？我站在那里，像着了迷一般，许久许久，思考着这一座用石头建造的地区的象征，这一地区同这些石头简直是无法分开的。

这古堡原来是什么样子，不得而知，但有一点可以肯定，它绝不如今天这个废墟——坐落在两个并排的玄武岩台子上的废墟——那么迷人。特洛斯基古堡自从毁于瑞典大兵贪婪之手以后就开始具有今天的形态。瑞典人走后接着不断侵蚀它的是风、水、严寒和光阴，是它们使这一作品得以完成。似乎这应该是毁灭之作。不，这实际上不是毁灭，而是创作——是它们造就了一座美丽如画、不容忽略的纪念碑。今天，我们要看管住每一块石头，不让它从两边的山崖滚下去，并竭尽全力为了今天和明天保护好这一废墟。

兹丹卡·布劳乌纳洛娃为特洛斯基古堡画过一幅素描，被保罗·克劳德[1]用来作为他书中的小花饰，但本地人却把这幅画铭刻在心上。

二战结束后我们见过多少令人悲痛的废墟。那些废墟一方面是人类野蛮行为和毁灭的见证，另一方面又是无能为力和处于绝境的反映。但是用大写字母T来命名的这个废墟却早已升华为一个新的整体。

人们喜爱的特洛斯基古堡遗址远远地在向我们微笑。

我又白跑了一趟索博特卡。诗人又不在。没关系，总有一天我会碰见他的。

直到1952年后我才如愿以偿，可惜，这次我不得不通过索博特卡公墓的大门。

还在我去索博特卡以前，卡雷尔·诺维寄给我一本柯布尔旧版的马哈的诗集《五月》。我打开书一看，发现了什拉麦克给我的信。

1　保罗·克劳德（1868—1955），法国诗人、剧作家。

信当然是卡雷尔·诺维夹在里面的。尽管那封信只是简单的问候，但却是真诚友好的。显然什拉麦克把信交由某人转递，但送信人却没送到。信我没有收到。诺维花了几个克朗从旧书店买来了。

诗人低矮的坟墓坐落在宏布莱赫特堡下面墙边的树丛中。啊！要知道，树木的沙沙声宛如竖琴在弹奏。宏布莱赫特堡顶上的月牙儿闪闪发光，有如微风、劲风、狂风嘴上的金色小喇叭。因而，诗人的墓上永远不会是墓地的死寂。

我走出公墓时，满脑子都是什拉麦克的诗篇。我考虑走哪一条道儿，可以让我把这么多的诗默诵完。我决定走诗人喜欢经过的地方。不一会儿，不知不觉地，塞姆金欧椴树已在我头上沙沙作响，又没多久我已站在阴郁的柯斯特城堡前面。回去时我不走大路了。我往下走向城堡，从那里穿过景色迷人的小山谷。那里一切都那么柔媚娟秀，和它的名字普拉卡奈克一样。我期盼着见到诗人作品中的露斑卡[1]——山崖上的一口小井。是的，远远地我就看到它了，尽管诗人去世已有时日，但是井里至今仍泪水涟涟。

（陈韫宁译）

1　露斑卡是水井名，诗人什拉麦克写的一首诗以它命名。

Ⅳ　乌鸦飞满天

引 言

在布热弗诺夫，我的大窗户前面有个小花园。从前，花园外是一片苗圃，那里从秋天到次年夏季都是绿油油的。再往前，越过一片农田是个废弃的采石场，夏天长满了毛蕊花。一条公路从采石场伸向平地，公路的后面还是农田，远方山坡上是一片小树林。每逢三月，搬把圈椅坐在大开的窗户前就可聆听云雀的歌唱，犹如坐在民族剧院的包厢里。

现在，窗前开阔的空间早已盖起房子，苗圃那一带已变成用铁丝网篱笆围起来的住宅和别墅。过去常飞进院子的鹧鸪和山鸡不见了，连冬天也不再光顾。当年在我们脚边乱窜的野兔已逃得远远的。只有乌鸦对我们还保持着忠诚，而且数量越来越多。它们总是在十月底一般肯定不会再有好天气的时候飞来。来时成群结队，空气中充满了它们不祥的叫声。它们还偏偏喜欢落在白桦树纤细的枝条上，压得枝条深深地弯下了腰。

有一年秋天，我把一只被猎人射杀已经发臭的野兔埋在花园的肥堆里。乌鸦很快就把它扒了出来，从此对我家的花园特别注意，神经质地不停地飞来飞去，给我的感觉仿佛要在我家窗下搭一座灵台似的。

秋季大概有一半比凄凉还要凄凉。我们每个人都会暂时停下脚步，困惑地回顾以往的岁月。在走过的人生道路上到处都有一张张可亲可爱的面庞，到处都是我们心中不停呼唤着的、渴望见到的人。

在上千个面孔中我忽然看到一张几乎已被忘却的脸，使我想起一件往事。还在学生时代，在现今的民族大街上我经常遇到一位拿着手杖戴着黑色弯檐礼帽的老先生。我总是向他问候。他也总是微笑着把礼帽往上举一举表示还礼。这是散文家依格纳特·赫尔曼。许多年之后，在二十年代末，有一次可能是出于好奇，他在街上叫住我，问我姓甚名谁，这样我们就算是认识了。

"年轻人，"赫尔曼后来对我说，"在同辈人中我已经没有熟人了。他们都已不在人世。现在世上只剩下我一人了。"当时民族大街上一片嘈杂，满街的人，有的匆匆赶路，有的驻足观望。我不相信他的话。不是到处都可以碰到熟人和读者吗。不，他不是孤独一人。

二十年代初的一个秋天，我们旋覆花社出版过一个文集。赫尔曼曾微笑着向我提起这件事。现在已经记不得为什么那个秋天我们把书的扉页也搞得非常惹人注目。文集的问世引起过一阵震动。当年集合在文集周围并在文集最后一页署名的人们，现在还剩下几人？也就两三人吧！而如今仍然能一面轻喊着乌拉[1]，一面把钢笔蘸进墨水瓶的也只剩下我一人了。其他人都已谢世。我回首寻找他们的面容。他们出现了一下，但随即又在善忘的昏暗中消失。

我又翻出这本旧书，一阵悲戚之情不禁油然而生。往事潮水般扑来。昔日爱好的热烈气息早已冷却消散。多少个姓名啊。伊万·高尔，弗依塔，乔格·格罗兹，萨德金，吉斯林，阿尔希本克！这些都是今天已经不为人知的名字。我更为思念的是另外一些人！

如果能够同万楚拉哪怕是只握一下手，我该会何等幸福！如果

1　欢呼词，意为"万岁"。

能让我在斯拉维耶咖啡馆再同泰格一起抽一斗烟，要什么我都愿意。如果我没有带烟斗，他也会很乐意地借给我，因为我知道，他的口袋里总是装着好几个烟斗，替换着抽。如果我还能在舒台尔酒馆同奈兹瓦尔喝上一瓶葡萄酒，我会感到多么高兴。在这种时刻我一定会想起当年他满怀激情地给我们朗诵他在文集中首次发表的新诗《神奇的魔法师》。那诗还是我送到印刷厂的，至今我还常常记起那令人着魔的序诗：

> 新文化，你梦中也在想，我用全新的方式给你歌唱，
> 啊，雌虎泉……

翻着发黄的纸张，我不能不想到文集最后泰格那篇纲领性文章的结束语：

> 新艺术的美来源于我们这个世界。艺术的任务就是创造出可以与一切世间之美相比拟的美，用令人目眩神迷的画面和奇妙的诗的韵律展示**世界美如斯**。

书中“世界美如斯”几个字是用大写字母印出的，还用两只小手伸出食指的图案括起来。在印诗的时候我们也常喜欢采用这样的方式。

从旋覆花社文集出版到今天，已经过了五十多年了。又是令人忧郁的十月，又是在民族大街上。周围的生活奔腾向前，令人眼花缭乱。可是我感觉，在这世上只剩下我一个人了。

（杨学新译）

去内拉霍泽维斯的路上

有一种看上去很优美、花瓣儿红得招人喜爱的朴素的小花，过去我们管它叫作野芝麻。长在克拉卢比市郊的山坡上。我们总是采下很多，晾干了，在春秋两季犯咳嗽时煮水喝。

那并不是红色的野芝麻。根本不存在这么个花名儿。它的名字我最近才弄清。我被迫躺在莫托尔医院的病床上时，找护士借了本书。雅·彼得伯克著的植物学，书中还有画家斯沃林斯基所绘细致逼真的插图。差不多过了七十年，我才在那本书中得知少年时采摘的花的准确名称是奥冉卡·卡拉曼德拉[1]。紧接着在下一页又找到了它的近亲，和它一样的花，玛露儿卡·克林诺帕特。

啊，上帝！捷克人给这么两种不起眼的花儿起了多么好听的名字。

奥冉卡·卡拉曼德拉，玛露儿卡·克林诺帕特。发这两个字的音时，空气在上颌和舌尖处滑动。我反复地念着这两个名字，就仿佛在抚摩这几个字的声音，像是对这旋律总也听不够似的。为了把这几个字很快地连着念下去，时常念颠倒了，念成玛露儿卡·卡拉曼德

1　一种风轮菜属的植物。

拉，奥冉卡·克林诺帕特。啊，不对，应该是奥冉卡·卡拉曼德拉，玛露儿卡·克林诺帕特。瞧，捷克文多么神奇！能把很难念的外国字变成如此动听的词儿。

医院病房里，每天早晚都很忙碌。将要下班回家的护士必须把本班该处理的事做完才能向前来上夜班的护士交接。分发睡前服用的药，准备服侍病人睡觉，拍松枕头，还要拖着疲倦的身子再巡视一遍病人。

“护士小姐，您是最和善的，总是微笑着。”

“如果时间来得及的话，大家都会很和善，都会微笑的！”

我在想，差不多七十年来，每天都要睡在硬枕头上。这其间有过两次大战。动了好几次手术，有一次还是大手术。住过十次院。感受过如此多的爱、恨、恼怒、友情和敌意。一直到第十一次住院时才得知儿时采摘的花朵叫什么名字。

现在又躺在这里。我已经太老了，不会再有什么未来的计划，但是我还没有老到不能对未来抱有某种希望吧，是不是，迷人的小奥冉卡·卡拉曼德拉？

“您在这儿？”护士长在半开的门旁说，“还有一针要打。”

可是我的心并不在那儿。我正坐在太阳晒热了的石灰岩山坡上，看着通往内拉霍泽维斯的狭长的道路。我的周围满是鲜花。那美丽芳香的河缓缓地、静悄悄地向前流着，早已把年轻莽撞的我丢在后面。

（杨学新译）

乌哈兰库大楼

小时候，我们在圣普罗科普教堂的台阶上玩弹子游戏。有个戴着可笑的黑便帽的看门人常出来驱赶我们。教堂外面有一个僻静的拐角处，在那里玩不用担心行人会踩乱我们的弹子，可就是在那儿玩，他也出来撵我们。附近人家的阁楼和地下室，只要没有上锁，我们就到那里跑来跑去。我们也常坐在饭馆或酒铺门前的便道牙子上，或是听那里的流行小曲或是看醉鬼。人们管那卖酒的铺子也叫烧酒铺，那里的顾客川流不息，从早晨就是满满的。铺子里不时传出嚷嚷声，我们都竖起耳朵好奇地听着。地下室里码放着盛酒的木桶，我们总是到地下室的小窗口去闻酒香。有一个同学住在那座楼里，我们到他家串门时就到阳台上如饥似渴地去吸这有毒禁果的香气。不仅在地窖里，香味还充满了庭院和整座楼房。

当店里人特别多，谁都顾不上注意我们时，我们就挤进去好奇地四下瞧看，还读货架上大酒瓶的商标。

玛嘎朵特酒颜色难看，像台球桌桌面那样暗淡、贼绿，那时候禁止出售苦艾酒，一些代替它的烈性酒也都是这个颜色。黑麦酒、波兰烧酒和茴香酒差不多没有颜色。李子酒和柏叶酒是淡黄的。樱桃酒像妈妈手镯子上的红宝石一样红。荧光酒是浅绿色的。一次，日什科夫区有八个人喝这种酒中了毒。一定是用木酒精制作的。

烧酒铺里没有桌椅。顾客都是靠着柜台或倚着肮脏的墙站着喝。吵嚷的人群中不时挤出一个醉汉，摇摇晃晃走上街，扶着墙往家走。有时候还得警察开来带篷车把实在走不动的可怜虫拉走。这种热闹场面总有一大群过路人围观，其中当然少不了我们。

有一件令人愉快的事使酒铺对我们更具神秘感。那位总是阴沉着脸不爱说话的老板竟然有一个很好看的女儿。我们常看见她系着个大红蝴蝶结在街上跑。我和一个小朋友一下子就爱上她了，尽管我们两人都不知道怎么向她表达。我们很友好地分享对她的思慕之情。在我们盯着她看时，她总是报以微笑。这微笑我们是怎样分享的，我已经记不起来了。可以肯定的是，我们之间只存在过共同的甜蜜的渴望。

若干年后，我已经进了高中，有一次地理课老师让我们去纳波尔斯台克[1]博物馆参观学习。当我迈进乌哈兰库大楼的宽阔门洞时，在门槛处吃惊地停了下来。因为门洞里充满了我从前在日什科夫小酒铺里闻惯了的那种很浓的烧酒香。香味从门洞的墙壁散发出来，飘荡在古旧的庭院并浸透了整座大楼。香味确实是够浓的，我觉得他们那时可能还在制造烧酒。但也不会生产很长的时期。停产之后门洞里的香味久久没有散尽。许多年之后，每当我经过贝特累穆广场时总不会忘记走到大楼门口去闻一闻那往日的气息。

直至今日在这门洞里我还常能遇到一位女士玫瑰色的影子。那位当年美得难以形容的女士时常悲伤地拖着病弱的身躯在这一带徘徊，有时伤心得涕泪涟涟。她自己对此并不讳言。我这里指的是鲍・聂姆佐娃，她在没有进项而孩子忍饥挨饿时就常找沃・纳波尔

1　即沃・纳波尔斯台克（1826—1894），捷克工业家，热心公益，对贫困中的女作家聂姆佐娃时有周济，1862年辟住宅（乌哈兰库大楼）之一部分建立工业博物馆。

斯台克来借几个克朗。纳波尔斯台克总是慷慨地给以帮助，尽管他知道自己所能扮演的只是一个不幸的崇拜者和朋友而已。

我写这几行字的时间是1973年秋天。刚好在一百年前，安卧着老夫人安娜·纳波尔斯台柯娃遗体的灵柩也正是从这个门洞抬出来的。

那是多么盛大的葬礼啊！半个布拉格都参加了。

那年月还是慈善家的时代。我们的民族那时还很穷，慈善家不多。纳波尔斯台柯娃是其中非常慷慨的一个。每个星期这大楼要向穷困饥民施舍两千多个大面包。有时还发点什么别的东西。老夫人过去受过苦，富裕起来以后没有忘掉过去。她清楚地知道什么叫作缺吃少穿，知道挨饿是什么滋味。

今天有不少人对这类施舍活动可能会嗤之以鼻。可在那个年代谁也不关心穷苦人，他们只能在饥饿中慢慢死去。

老夫人最后离开自己的家时，全布拉格的显赫都站在她的灵柩周围。脖子上挂着金链子的市长和其他市府高官都来了。他们都是什么样子呢？在建造横跨伏尔塔瓦河史特瓦尼采岛的赫拉夫库大桥时在桥上竖了一块大石牌，上面就刻有这些人的头像。不过建造这座大桥并不是上世纪的事，这发生在本世纪初期。

同市府官员们在一起的还有捷克地区机关的官员以及奥地利政府的代表，有穿制服的，有穿便服的，有的身挎军刀，有的空着双手。走在他们后边的是布拉格的文化界，纳波尔斯台克先生的友人，诗人，画家以及常到他家做客的其他艺术家。送葬的还有美国俱乐部的太太们，全都穿着黑色礼服，面罩黑纱。市卫队的士兵们也参加了葬礼，他们个个头戴熊皮高帽，帽带扣在下巴颏底下，肩背上着刺刀的步枪。此外还有众多布拉格各界人士。队伍一片黑色大礼帽闪闪发光。

送葬队伍刚要出发，一件意外的惊人事件出现了。从大楼附近的大街小巷里拥出了过去每周都来领施舍的人群。这些穷人不计其数，他们来自地窖子和破洞穴，来自阴暗的贫民窟和破败的房屋，从市区到郊区的都有。他们来同恩人告别。他们有权这样做。

这个乱糟糟的队伍站在官方的、多少有些吃惊的来宾后面，把空地占得满满的。

他们简直把葬礼给搅乱了。

这是一个无人组织的突然的示威，是未来的预示，是这个国家后来所发生的事件的雏形。尽管当时人们还不懂也还不会很好地去理解它。

此时此刻我忽然想到捷克文中对“穷人”有多少种表达方法。例如：贫民、瘪三、二流子、群氓、痞子、渣滓、穷光蛋，等等。实际上还远不止这些。我知道，对这些名称是应该加以区分的。问题在于，这种称谓是出于何人之口，什么时候讲的。对那些不会和不善于遵循当时的市民道德标准的人，都会被加上这种头衔的。

社会主义万岁！菲利普[1]的一篇小说的主人公为了不让房东太太看到自己的孩子，把他当作小狗一样揣在大衣里面，同时喊着这一口号。

社会主义万岁！

前不久我还去过乌哈兰库大楼。所有昔日的味道都已逝去，尽管我觉得在难以察觉的光阴的流逝中我还能感觉到它们。

不过这只是些回忆的斑驳色彩，只是些想象、思念和感伤，仅此而已。

（杨学新译）

1　菲利普（1874—1909），法国小说家。

三本处女作

成年人往往意识不到，孩子们对自己喜爱的人们之间的不和谐和忧愁观察得很仔细，并为此感到伤心。自古就有一种迷信，认为童年不仅是天真的，而且像是戴着快乐之花编成的花环，只有幸福和无忧无虑。但事实并非如此。童年其实是充满了矛盾和疑虑，充满了不愉快的遭遇、变故和悲伤。他们没有说出来是因为他们还找不着适当的语言去表达。

这原是大家都知道的事，我现在之所以说也是给自己听的，因为我正在回想自己的童年。我的童年并不幸福，这是真的。

我父亲比母亲大约大十五岁。一种恐惧的思想长期折磨着我，怕爸爸会很快死去。大战时妈妈为缺吃少用而犯愁的心情，我也感同身受。爸爸丢了工作，想要报名去战场清扫地雷。妈妈说什么也不让他去。我极爱父母，但童年并不美好。

在小学和中学的低年级我曾是好学生。中学在学年末发表的成绩报告上，我的名字旁总是闪耀着小五角星。那时对受奖励的学生都是如此。

到了四年级我的成绩就掉下来了。年度成绩单上数学得了四分，刚及格。这肯定是个使父母伤心的意外事件。我很怕让他们伤心，便把我的想法告诉了一个要好的伙伴，约瑟夫·苏汉奈克。他虽然比我高一班，年纪也大一岁，但我们两家是邻居，两人的妈妈也常来往。他也喜欢诗，这是我俩友谊的关键。

苏汉奈克提出了一个大胆的主意。改写成绩单，把及格改为良好。这虽然达不到受奖励的程度，但总不至于让父母太伤心。当时我很怕。这是一种小小的罪过。应该算是伪造官方文件的行为，会受到严厉惩罚的。可是一想到父母，我还是接受了他的建议。苏汉奈克比我能干，胆子也大。

给成绩单动手术需要找个僻静的地方秘密进行。在公园里是不行的。我们决定去奥尔尚公墓。我有一个妹妹葬在那里。她很小的时候就生病死了。在她的墓旁我觉得安全些。对于奥尔尚公墓我熟悉得很。童年时代我常常自己在那里玩。我不是性格孤僻的人，真的不是，或许正好相反，但是到公墓去玩时喜欢一个人游荡。从一个十字架到另一个十字架，从一座坟墓到另一座坟墓地看。等长大一些后，逐渐知道探寻捷克名人的坟墓。公墓入口处有一份说明。那上面所列的坟墓多数我都常去。文学研究家中只有黑塞克[1]教授对这些坟墓认真地关心并在精神上守护着它们，如果他知道我的爱好一定会很高兴。后来有一次我向他谈到我儿时的兴趣，这促使他生动地讲了一通在奥尔尚安息的人们的遭遇。哈夫利切克、马奈斯、斯薇特拉[2]、逖尔士[3]和福格内尔[4]的墓是我每次都去的。哪一次也不会错过爱尔本的墓地。《花束集》中的诗歌，多数我都能背诵，作者那高贵的仪容也是我所喜爱的。正如我喜爱石座上卡·哈夫利切克的

1 即米洛斯拉夫·黑塞克（1885—1957），文学评论家，文学史教授。

2 即卡洛林娜·斯薇特拉（1830—1899），文学家，争取女权运动的战士。

3 即米洛斯拉夫·逖尔士（1832—1884），教授，体育运动组织者，捷克民族体育组织雄鹰体育协会的创建人之一。

4 即因德里赫·福格内尔（1822—1865），体育运动组织者，雄鹰体育协会创始人和第一任会长。

金属塑像一样。每次去，我总要动情地良久站立在爱尔本的墓前。他的墓上经常摆着人们献来的鲜花花环和花束，鲜花中间放着许多已经熄灭了的蜡烛。我把蜡烛一一点燃，照看着烛火的燃烧，然后从花环上折下一枝留作纪念。

妹妹的墓坐落在靠近维诺赫拉德区公墓较高地段的儿童墓区之中，上面只有散花天使的瓷像。离她的墓没有几步路的地方就是有名的赫德利契卡家族的墓地。在整个公墓中，他家的墓修得最大也最壮观。黑色大理石墙前有几层宽阔的台阶，台阶上立着四尊真人大小用意大利白色大理石雕刻的人像。死亡天使携着身着奥地利军官礼服的青年，单腿点地跪着的是悲痛欲绝的母亲，父亲无助地看着这悲惨的景象。

墓碑上刻着斯拉德克的著名悼诗。为了怕白色大理石受不住北方的天气，雕像在冬天还要包起来。

我把朋友引到妹妹的墓旁，这位热心的伙伴带来了神奇的药水，还带着墨水瓶和钢笔。那时候还没有自来水笔呢。墓旁有棵小树，树根把墓都顶得有点歪了。树下有个小圆凳。我们就在凳上开始了复杂的手术。在药水的作用下字迹真的消失了，不过那块地方的纸有些发毛，新写的字有点洇。

当我把改过的成绩单交给父母时，心都跳到嗓子眼了。妈妈比较容易糊弄。爸爸就看得仔细多了。显然有些怀疑，还拿着成绩单对着光看了一会儿。他倒是没有说什么，可是这沉默反而更使我不安，延长了我的痛苦。

假期后开学时我们照例要交出上学年的成绩单。那时我不得不装作把成绩单丢失了去申请复制。班主任看我的眼光也是充满了怀疑。成绩单怎么能丢呢！不过还是给了我一份复制成绩单。要了两个金币。当时这可是个大数目。记不得那时是怎么搞到这笔钱的。

从我家可以看到苏汉奈克家的窗户，我们之间有事要商量时，在阳台上大声喊就行了。

在公墓里的这次合作使我们的关系更加亲密。我们有许多年都是忠实的朋友，后来也是。离开学校以后我们还有来往。这时他已经使用伊万·苏克这个笔名，后来笔名倒是广为人知，真名反而被遗忘了。到我们建立旋覆花社的时候，我们才由于文学道路的不同而彻底分手。作为个人，我们还曾在《人民权利报》编辑部里共过事。

中学四年级时我们又把弗朗基谢克·聂麦茨，这位日后《捷克言论报》评论法庭审理的名记者，吸收了进来。那时我们三个一起试着写诗，尽管总是失败，我们三个一起迷上了弗朗基谢克·盖尔奈尔，我们三个一起发狂般的崇拜斯·科·诺伊曼。在文学和政治上，我们把他奉若神明。我们三个都成了无政府主义者。

我同这两个同学的友谊对我后来的人生起着重要的作用，而我的童年，如果中学四年级还可以算作童年的话，也就结束了。

对于学校我已不再感兴趣，五年级的学习成绩也直线地降了下来。那时我已经退学了。聂麦茨的学习成绩也变得令人担忧起来。苏汉奈克勉强地学了下去，并且在日什科夫中学毕了业，而我和聂麦茨两人不得不离开学校。

临近四年级学年末，聂麦茨的命运几乎已经决定了。他有留级的危险。这时他想了一个大胆的计划。他试着找个地方自杀。装着在厕所上吊，让我及时去解救他。

我虽然有一肚子的不同意见、担心和恐惧，但为了朋友还有什么不能豁出去呢。我们一切都谈定了。一天早晨我们两人对准了怀表的时间，聂麦茨准备了绳子，我带上锋利的刀。

上课时我紧张地注视着怀表上的时间，时间一到我就冲出了教室。但很遗憾，我那时毫无抢救上吊人的实践。结果，等我到了学生厕所打开门看到挣扎着的伙伴时，慌乱之中忘了应该跑上前去割断绳索，而是发疯般的跑回教室大声呼救。

聂麦茨当然没有死。老师把他抱了下来，过了一会儿他苏醒了过来，如果他真的曾经失去知觉的话。他的计划和打算是对了。学生自杀事件对校方和老师所能带来的耻辱，是日什科夫区一个模范高等文科中学所无法承受的。聂麦茨得到一份成绩优良的学年成绩单，条件是他必须离开学校。他满心高兴地照办了。成绩优良的成绩单到手后，他就在外边吹嘘自己的手段。学校其实早就有所怀疑。我们的友谊多少也暴露了我。等校方听到聂麦茨的吹牛后，就对我下了狠手。本来等待着聂麦茨的命运降临到我的头上。几天后，我得到了两个不及格，操行四分，被开除出日什科夫中学。

暑假后，我去维诺赫拉德区哈尔科夫街的高中去报名。学校对接受我不怎么热情，要我作为自读生入学。就是说用不着每天去上课，只需学年中和学年末去参加考试。聂麦茨也到那里去当了自读生。

此后，尽管有过良好的愿望，可就是怎么也学不进去。聂麦茨也是如此。不过一直到前几年我还经常做噩梦，梦见自己没有复习好就得参加考试。这样的梦一年总要做两三次，醒来后心里还觉得害怕和难受。

在同画满各种缩写的绿色课桌告别之前，我同聂麦茨就已走进了世界，这个世界从人民之家开始，也在人民之家结束。过了一段时间，聂麦茨由于安·萨波托茨基[1]的推荐，到克拉德诺《自由报》社去工作，此前他曾向那里投过一些讽刺诗，而我后来则是去了布尔诺，到阿·切尔尼克主持的《平等报》社工作。

从布尔诺回来后，我经诺伊曼的介绍到共产主义出版社去当编辑。

从此，我们青年时期的第一阶段结束了，开始进入一个较为严肃

1　安·萨波托茨基(1884—1957)，捷共领导人，曾任捷总统。

的阶段。伊万·苏克首先在米纳瑞克出版社出版了处女作：抒情诗集《森林和道路》。接着，诺伊曼在博罗维出版社为聂麦茨出版了一本书。诺伊曼还亲自确定了书名：《为了自己和您，诗的片段》。最后我也出了书，一本革命诗集：《泪城》。发行量虽然不大，但很快又出了两版。

这样，我们在诺伊曼的《六月》周刊共同起步进入了文学生涯，但是随后我们就分手了。我们各走各的路，各有各的方向，在文学上我们再也没有聚首。

（杨学新译）

切尔纳街

卡雷尔·泰格的父亲将他那栋坐落在布拉格新城区切尔纳街的分租小房屋卖给了与之毗邻的修道院。修女教团将两栋房屋打通，关闭了一个大门。这样一来，造访泰格家就必须去按修道院的门铃。修女们出来开门，态度都很和蔼。其中有一个，诚如斯洛伐茨科[1]人常说的：年纪轻又轻，样儿长得俊。我想亲她一下，可是白费心机。虽然她并不生气，总是咯咯地笑了，亲吻却不行。

老爷子去世以后，他家三楼空出了一套多居室的住房。因此，当伊希·沃尔克决定迁出斯米霍夫区他那不怎么称心的住所时，他就搬到了切尔纳街。泰格给了他一间屋子。这儿距离考里霍夫大楼的哲学系教室仅几步远，沃尔克定期前去听课，当时尼耶德利教授正在讲课。过不多久，诗人英德希赫·霍谢伊希也搬来了！他占用了旁边那一间。不过，我们只是难得才见到他在家里。早晨他去统计局上班。对这个机关他很不满意，经常牢骚满腹。一下班他便匆匆赶往拉扎尔斯卡街转弯角上的杜莫夫卡咖啡馆，在那里埋头搞翻译，一直干到晚上，有时甚至到深夜。他从不在家工作，无法在家工作，他

1　捷克地名。

不会。工作时，他显然需要咖啡馆的喧闹声，杯盘叮当，人声嘈杂。他的小家庭就靠翻译来维持生计。在统计局当小职员待遇菲薄，任务是将一些协定和文件之类译成法文。在咖啡馆他译诗，也为民族剧院译新剧本。

霍谢伊希是个很好的朋友，虽然他和我们这一代人稍微有些距离。他年龄大几岁，处于托曼和我们之间。霍拉那时同我们要接近得多。

作为切尔纳街的一名房客，霍谢伊希有点儿不一般。他永远没有钱。下午他在杜莫夫卡喝不计其数的黑咖啡，一支接一支地抽烟，经常没有余钱吃午饭，也没有余钱吃晚饭。

第一次交不出房金，他向泰戈娃太太极力道歉。泰戈娃太太为人和善，她不计较，也不等着钱用。她挥了一下手。一个月以后，同样的对话重复了一遍。第三个月，他已只是冷冰冰地通知她，说他依旧没有钱。第四和第五个月他什么也不说了。半年之后，他把房门碰得嘭嘭响，低声对自己说了几句难听的话，尽管没有人向他要过租金，他搬走了。

对于这一切，人们毋宁说只是感到有趣而已，并无嫌弃之意，不像霍谢伊希所猜测的那样。不过，这已是他个性不平衡的一种表现。他不善于理财。再说他也从来不曾有过很多钱，缺乏学会这门艺术的机会。落拓不羁的生活方式他在巴黎就养成了，在那里他结识了托曼。除却这一点之外，英德希赫是个好人，随时都乐于将自己的最后一个克朗、最后一支香烟同任何人分享。

与他相反，沃尔克却完全是个有条不紊、堪称典范的房客。

我是泰格家的常客。在他家那间宽敞的书房里，靠一边墙放着大书橱，摆满了老爷子的专业历史书籍。同大书橱并列但有点儿不太协调的，是泰格的书橱，里面大多为现代法国文学作品及其捷译本。

我们常坐在这间书房里制订宏伟的初步方案。有时一坐就是整个下午，直到晚上该去咖啡馆的时候。

在泰格家，我们不仅常同沃尔克见面，而且也同旋覆花社初创阶段的一些画家和建筑家聚会。同华斯曼、苏斯、洪齐克和哈夫里切克，尤其是同克雷察尔。后来当然还有奈兹瓦尔。当西马从巴黎来到布拉格时，我们绝对会在那里见到他。那儿是旋覆花社迁往斯拉维耶咖啡馆之前的第一个集会场所。墙上挂着西马给泰格画的肖像，以及扬·兹尔扎维画的一幅很大的风景炭画。

泰格的居室后面是所谓的沙龙，它的窗户朝着切尔纳街。波斯地毯上放了几把舒适的安乐椅，罩着绿绒椅套。房间中央是一架大钢琴。沃尔克常在这儿弹钢琴。

当奈兹瓦尔参加进来以后，他常和沃尔克合奏钢琴。对于沃尔克来说，这不啻是对忍耐力的一种考验。生性急躁、充满激情的奈兹瓦尔弹钢琴总是快了两拍，沃尔克徒然想要拉住他。不过，依我看他两个都是很好的音乐家。尤其是奈兹瓦尔。那些美好的时刻啊，晴空万里的青年时代！

在这间屋子里，我生平第一次听到了雅那切克[1]。奈兹瓦尔热情洋溢地弹奏并且歌唱了他的《养女》。

奈兹瓦尔曾经倚着这架钢琴给我们朗诵《神奇的魔法师》[2]。这首诗把我们给迷住了。我们喜欢听，他也喜欢朗诵。他朗诵了不止一次。我不敢说他的朗诵有多么出色，但是他善于抓住听众，这一点可以肯定。而激情他从不吝啬。

在自己的书房里，泰格不是那么舒舒服服地坐着，而是缩起双腿，蹲在椅子上。就这样他不知疲倦地给我们读阿波利奈尔的诗，边读边

---

1 即列·雅那切克（1854—1928），捷克作曲家，作有歌剧十部，《养女》为其代表作。

2 这是奈兹瓦尔 1922 年发表的一首诗。

翻译。因此，我们不仅知道了《醇酒集》[1]，也知道了立体诗和雅各布[2]、科克托、桑德拉尔[3]的诗，还有勒韦尔迪和其他现代派诗人的诗，而我们以前所喜爱的维尔德拉克的优美诗集《爱情篇》则退到后面去了，因为——这主要归功于泰格——立体主义、未来主义，以及查拉的达达主义都蜂拥而至，一股脑儿扑到了我们的面前。

泰格还从托比契书店买回了全套现代艺术专论，因而我们也熟悉了毕加索、布拉克，以及法国和意大利现代绘画中所有引人注意的现象。

马里内蒂[4]第一次访问布拉格时，曾来过这间书房。他还向我们吹嘘，说他在开罗从一个什么亲属手里继承了七所妓院，那是很能赢利的行当；说他把赚得的钱用来资助意大利的未来主义运动。他给我们朗诵了他的《解放了的语词》，一面朗诵，一面在房间里踱步，挥舞着双手，时而蹦一蹦，时而蹲下，是个无比活跃开朗的意大利人。他对捷克语言深为赞赏，说这是唯一使他有了好几个姓的语言，一会儿清清楚楚地听到了马里内蒂霍[5]，一会儿又是马里内蒂姆[6]。这在任何其他语言中都是罕见的，他打心眼儿里感到高兴。可惜此人后来在埃塞俄比亚战争中声名狼藉。作为飞行员他参加了这次战争，从此也就被我们从心里抛弃了。

有一次，那是阴沉沉的十一月的一天，奈兹瓦尔正在弹奏斯特拉文斯基的《彼得鲁什卡》中一段优美的旋律，泰格拉了一下我的衣袖，

---

1 阿波利奈尔的代表作。

2 即马·雅各布(1876—1944)，法国诗人。他的诗有神秘主义倾向。

3 即勃·桑德拉尔(1887—1961)，瑞士法语诗人、随笔作家。曾创造一种有力的新诗歌风格，以表现充满奋斗和艰险的人生。

4 马里内蒂(1876—1944)，意大利文艺理论家。曾发表《未来主义宣言》《未来主义文学宣言》《未来主义戏剧宣言》等，提出一整套未来主义的理论主张。他曾积极参与意大利法西斯党的活动。

5、6 均为马里内蒂一词的捷克文变格。

把我领到窗前。对面那座楼里，在下面一层有扇窗户垂着厚厚的深色窗帘。窗帘边上出现了一只被风湿症损害了的女人的小手，一张布满皱纹的小脸，戴着一副金属框架的眼镜。

她是埃利什卡·克拉斯诺霍尔斯卡[1]。

（杨乐云译）

---

1 埃利什卡·克拉斯诺霍尔斯卡（1847—1926），捷克女作家、诗人。捷克著名作曲家斯美塔那的许多歌剧的歌词均出自这位女作家之手。

英属圭亚那

在布拉格的普瑞考辟大街和果市大街之间的楼房底层有一条比较冷清的过道。那里很安静，有几家老式的店铺。有的铺子至今还使用木制的大门，打开时像是张开的翅膀[1]。夜间关门时两扇木门用铁插销销上，外面有一条粗门闩，门闩上还有一把大铁锁。当时的普瑞考辟大街已经追随维也纳之后变成了比较新式的街道，可是过道里的商店仍只是用自己的古色古香招徕顾客，像是受保护的上世纪的文物。现在已记不起那些商店都卖些什么货物。尚能记起的只有一家。那是一个专卖邮票的小店铺。可能这是当时全市唯一的专营邮票的商店，也许还有别的，但我没有听说过。对于儿时的我来说，那里卖的是异国风光和美妙的探险。一些大的文具纸张店也卖邮票，贴在纸带子上，在橱窗中摆在墨水瓶和铅笔当中。不过，我总觉得不是味儿。文具纸张店散发着的完全是另一种气息，另有其迷人之处。过道里那家商店具有独特的、无可替代的吸引力。那是一种专业性的、令人尊敬的商店。它吸引着所有的邮票爱好者。那时

1　布拉格许多旧式商店的大门的门顶是圆的，外层的木门朝外开，因此打开后像是张开的两只翅膀。

候，集邮才刚刚开始，只是一种个人的精神嗜好。一战前，布拉格大概没有多少集邮者。去那家商店的大多是些上了年岁的人，用收集邮票来消磨时光。孩子们对此也很认真。因为这是他们所接触到的第一个比较严肃的游戏。

对于孩子们来说，收集邮票也是他们的首次探险。他们的心可以随着目光漫游全世界。少年收藏者能够搞到的都是些几乎一文不值的邮票。都是很容易找到的。因此，当他们得到一张比较珍贵的，譬如来自法国或英国殖民地的邮票时，就会觉得特别幸运。这是他们的真正的财富。

开始集邮时，我们都是把邮票贴在用过的练习本上，稍后才放在那种叫作闪光本的、蒙着黑漆布的硬壳笔记本中。要达到更高的水平还需要过很长的时间。

现在让我再来说说过道里的那家旧式商店。那里总是充满魔力，总有新的发现会给你带来惊喜。开始时我们只是站在小橱窗前出神地张望，后来有人告诉我们说，这店里一个克莱查的货也有，可以尽管进去看看。原来靠近店门处有一个大麻袋，里面满满地装着从信封上剪下的邮票。

这幽暗小店的女老板坐在柜台后面织毛线，你给她一个克莱查她就很和气地把手慢慢插进麻袋，然后把五个手指缝所夹着的邮票都撒到你的帽子里。克莱查当时算是小钱。对大人来说是小钱。一个小圆面包那时卖两个克莱查。但是在这里，一个克莱查也能买到些许快乐。

如果女老板觉得手指夹出的邮票太少，她就伸手再夹一次。不过这一次就只伸出两到三个手指。视情况而定。

我不得不承认，女老板对我颇有好感。看到我时总是微笑，还问我叫什么名字，上几年级什么的。每一次我的帽子里都装了差不多两把邮票。然后我光着头跑回家，把自己的财富摊在窗前的桌上。几乎整个世界都在这里，至少是我所了解的，或者起码是我略有所闻的世界。欧洲和美洲。

当然，在那堆邮票中没有任何宝贝，但是这种失望并没有使我丧失信心，希望总有一天会出现奇迹。但奇迹一直没有发生。尽管如此，在这些普通欧洲邮票当中总还能够找到某种稍为珍贵一些，而且是我还没有收集到或是从来还没有见过的邮票。我还曾多次发现从殖民地寄来的邮票，这些是使我兴高采烈的珍品。一个克莱查我还能想得到什么呢！那时一个克莱查只能买一支奥地利最次的香烟。仅此而已。这小钱所能买到的希望和快乐也真是够廉价的了。

我能连续坐上几个小时，仔细欣赏贴满邮票的练习本。冬天下雪时，大片的雪花落在窗上。我常想，要是老天不下雪而是下邮票那该有多好啊，我不是可以在玻璃窗上捡邮票了吗。

在那个时期，我有个小伙伴。是犹太大街上一个富商的儿子。那孩子心地善良，我俩很要好。他也收集邮票。有一次在圣诞节后他把一本包得严严实实的大本子带到学校。那是一本很漂亮的集邮册。集邮册这三个烫金字凹陷在硬壳封皮上。每一套邮票的前面都有一页纸印着该套第一张邮票的复印品。邮票的分类已经是很讲究很在行了。我看得出了神。这样的东西对我来说只是一个无法实现的梦。小朋友看出了我的沮丧。他建议我俩今后一起集邮，都放在这个本子里。我很乐意地接受了建议。把自己的邮票本和一些尚未贴上的邮票都拿来放在那漂亮的册子里。我没有觉得这样做有任何不妥之处，我的小朋友也是这样。剩下的邮票我们就拿去交换，因此册子里的邮票不断增加。

但是，灾难随后就降临了。当小朋友的父亲得知我们在进行联合行动后，他就把儿子的集邮册要回来，放在商店里屋的保险箱里。我哭哭啼啼地去要。可是他丝毫也不心软，说了声集邮册是他儿子的财产后就把我推推搡搡地轰出店门。

不过我和小朋友之间的友谊并未因此而中断。过了几天他就开始把邮票一张一张地带给我，还保证说一定要把我的邮票全都还回来。但是，已经晚了。这次灾难的震撼把我对邮票的爱也给震掉了。尽管还往练习本里贴邮票，但心里总不是滋味，也不再去收集新的邮票了。一大快事终结了。遗憾！集邮曾给予我如此多的美好时刻，以至于在四分之三世纪之后我仍然深情地忆起这段往事。

别了，戴尖帽子的玛利亚娜，别了，林肯总统，别了，老虎，长颈鹿，原始森林中的野花！

同今天相比，儿时的时光过得特别慢，至少对我来说是如此。那时我希望时间快快地过去。我也不知道是为什么！总是不顾一切地想要尽快地摆脱童年和少年时代。真的，简直到了荒谬的地步。脸上一根毛也没有时就老拿着剃刀刮，外出时手腕上还要套上硬袖口。起初是捡父亲剩下的麻布袖口，不过这需要洗、浆和熨平，需要花钱。后来有了赛璐珞的，用水洗洗就行了。不过赛璐珞的袖口会发出一些响声，与人拥抱时就在对方的耳朵边哗哗作响。因此，在这种时刻我总是把它摘下来放在身旁。结果又把它忘在那里。直到今天，每当回想起这情景，妻子还拿我取笑。

不过，早在找硬袖口戴之前，外出的时候我就已经装出一副高傲的样子环顾周围了。当然，首先注意的是漂亮的姑娘们。

放邮票的练习本在抽屉里躺着，我已经不再玩赏它了。脑子里有许多其他的、我自认为是更好的事情。

有一年春天，我同日什科夫的一位年轻姑娘沿着阶梯一起攀登佩特馨山顶的瞭望塔，爱情之风吹拂着她的衣裙和我的头发。瞭望塔的玻璃厅里只有我们两人。我们在环形厅里绕了几圈，从各个方向观赏城市的景色。要下去时，我迅速做出了决定。欲望驱使着我。我搂着姑娘的脖子，急速地吻了她一下。

老天爷，这简直是英雄之举！起码我是这么想的。有生以来的初吻。姑娘吓得眼睛一亮，接着就哭了起来。但是，在回家的路上我们已经手牵着手幸福地走在一起了。

为什么在这里讲这种蠢事！这种大孩子式的接吻给我的感觉就像是以前在帽子里发现了好看的外国邮票一样。我把这初吻恭敬地贴在了记忆中，也像是把邮票贴在集邮册中一样。贴在显著的地位。至今仍保留在那里。

愉快的时期开始了。白天像迈着舞步一天天舞过去，白天被黄昏所吞噬，然后，变成了充满神秘和魔力的馥郁的夜晚。

佩特馨公园在晚间可以听到数以百计的情侣们的亲吻声，好似花苞在绽裂，虽是悄悄的，但总能被人们听到。那时我们止处于青春年华的绝好时期，不过，它也有一个缺点：我们没有深刻地意识到这是绝无仅有、一去不复返的幸福。

啊，是的！我们在继续收集。但已经不像儿时收集邮票那样快乐。先是收集苦涩的教训，我想，这种教训在生活中绝非可有可无的。然后是大大小小的失望和失意。生活在飞逝。一直到收集了一脸皱纹，满头白发。最后，人总要到达一种从容的听天由命的境界，这就是衰老。妈妈过去常说，青年人总是向往未来而老年人只是回忆过去。不过，这样的结局似乎太惨了些。事实也并非如此。如果老年人连一点向往也没有，那他很快就会陷入绝望。我想，老年人也各有向往。向往能够缓解时光的冲击。能够给人以力量，并且多少总还能焕发些许活力。

如果我们把话题停留在那些彩色的小纸片上，凡是集邮的人，不管他是否承认，都是向往着能够得到一张蓝色的毛里求斯和稀有的英属圭亚那邮票。

我也一样。尽管我心中念念不忘的并不是邮票。我向往的是别样的事物。完全不同的事物！是更美好的！是可望而不可即的。是的，衰老也并非只有忧伤，布瑞金纳[1]这样说过。

我这一生中认识两位集邮大家。一位是斯·科·诺伊曼，另一

1　布瑞金纳（1868—1929），捷克诗人，象征主义派的代表。

位是安·保乌切克。前者集邮出于对艺术的爱好。他喜欢邮票因为每一张都是小型的美术作品。保乌切克是记者，出版家，永恒的理想主义者，是个好人。对他来说，集邮是他的终生癖好。在那个年代，记者是一种繁重而冒险的职业。要求有创造性，行动迅速和反应敏捷。要求哪儿有事就能在哪儿出现。这些本领保乌切克都有，而且善于运用。在此情况下他还有余力收集邮票，编辑部和办公室里所有字纸篓都是他洗劫的对象。

我常到保乌切克家去串门，一坐就是几个小时。保乌切克夫人斯拉芙卡煮得一手好咖啡，是较浓的那种黑咖啡，保乌切克则不断设计出很好的出版计划和集邮计划。诺伊曼吸着烟认真听着。他对自己的这位忠实朋友太了解了。当时的集邮和现在不一样。全世界的邮票都收集。邮票的种类没有现在这么多，而且只收藏盖过邮戳的。对没有盖过邮戳的还不信任。根据我的记忆，那时也还没有什么分类。保乌切克把同一类的邮票每一百张用线绳捆成一摞。他这样做的初衷也有用之谋点小利的意思，不过我的印象是，他好像从来也没有能换回钱来。

我喜欢听他们谈论有关邮票的事。诺伊曼当时已经开始收集第三批邮票。以前收集的已经赠给别人了。两人都羡慕英国国王的邮票收藏。特别是他的粉红色和蓝色的毛里求斯邮票，而且据说都是整版的。

此外，保乌切克是我国最大的理想主义者。他在自己的经营活动中从不谋取私利而且还总往里垫钱。他曾出版了我翻译的勃洛克[1]的《十二个》。翻译得很糟糕。

天上虽然不会像下雪那样往下掉邮票，但在人群之中，我真是徜徉在邮票堆里。数百万邮票从各地飘到布拉格来，把森林公园里老展览馆的两个大厅和两个硕大的侧翼大厅都摆得满满的。在布拉格

1　勃洛克（1880—1921），苏联诗人。

世界邮票博览会上，谁也不可能把展览的所有部分都看全。展品中有最珍贵的夏威夷传教士邮票，粉红和蓝色的毛里求斯以及珍贵中最珍贵的女王：胭脂红的英属圭亚那。看上去普通而简单，但却是无法得到的。

我已是老人，如果现在不开始恢复集邮，以后就没有时间了。是比尔森的一位非常好的女士把我引上这条路的。她在写给我的又聪明又风趣的信件中总夹上几张捷克斯洛伐克新邮票。最初我审视着这些邮票，真有些不知所措，但很快我又成了集邮者。这次是平静的，已经没有往日的狂热。我只收集捷克斯洛伐克的。应该说，这是一种很好的消遣。

博览会期间，陈列在邮政博物馆的老式邮车在布拉格的街上行驶。身着当时制服的马车夫坐在驾驶台上吹着号角。这情景使多少集邮者和非集邮者感到激动，那些心脏在大衣里面怦怦跳动的人们回想起儿时坐在妈妈的怀中或是爸爸的膝上听到的关于小布偶赶着邮车去罗基察尼的儿歌。

博览会期间，一位集邮很专业的诗人来我家做客。他说在博览会上遇到一个拥有英属圭亚那的幸运儿，这次把邮票带来参展。这人把一个装有这贵重邮票复制品的银色的纸笺赠送给诗人。我仔细地观赏了复制品。毫无惊人或特殊之处。可是邮票的价值高得令人头晕目眩。世界上只此一张。

我脑子里忽然在想，博览会上两个带枪警察看守着的那张上了高额保险的邮票会不会是一张只值几文钱的复制品，而真品却藏在某处坚固的保险柜里？

不久前，小孙女手里攥着几张揉皱了的外国邮票，让我给她好好地贴在练习本里。用过的小学练习本！你看！集邮万岁！

（杨学新译）

福阿德国王的香槟

我时常缅怀扬·聂鲁达。诗人在其诗集《平凡的主题》和《星期五之歌》中，对诗句倾注了如此浓厚的爱和热情，如此高超的艺术，以至于，用今天的时髦话来说，装载诗句的炮弹把诗载送到一个世纪后的今天，使人们仍然感到它的活泼清新。我羡慕他那高不可攀的艺术，也羡慕他的跳舞的天赋。据说他从青年时代到壮年，每逢舞会总是一场不停地跳一晚上。对此，有人嫉妒，有人责难。我也是嫉妒者之一。可恶的羞怯使我连舞蹈课也不肯去上。我怕在姑娘们的眼前显得尴尬难堪。跳舞我压根儿就没学会。当然，家里那时也没钱给我做舞会穿的晚礼服。

我在公开场合极少尝试跳舞。总共只有过一次。在布拉格奥林匹克大厅。天已经很晚了，大家都起身去舞池了，只有我和霍拉守着葡萄酒留在桌旁，他也不怎么会跳舞。萨克斯如泣如诉，既迷人又诱人，霍拉忽然兴起，邀我起来跳舞。我们还没有转了两圈，舞厅的领班就过来了，他悄声说："先生们，跳得真不错，不过不能两位先生一起跳！"我们又坐回原位，从此以后我就再也没有跨进过舞池。

泰格倒是个舞迷。应该说，舞厅、爵士乐和跳舞都理所当然地算是一种世界之美。赞颂世界之美是旋覆花社所主张的诗歌主义的艺术纲领的内容。因此,除诗歌和绘画之外,我们在其他方面也来贯彻这一纲领是无须向任何人表示歉意的。

我们不时去造访布拉格的酒吧,如醉如痴地听那黑人大声吼叫着用双手双脚击打着大鼓、小鼓、镲等打击乐器。当时在这些便宜些的酒吧里,乐师都很少,但乐声却总是震耳欲聋的。去贵一些的酒吧,口袋中的钱又不够。

每逢去舞厅,泰格总是想一场不落地跳下去。舞女们坐在空着的桌子旁耐心等着客人。我和奈兹瓦尔两人坐在那里,只是偶尔乜斜着眼看一看跳舞的人们,而在看那些舞女时却不由得去想那比华尔兹或波士顿舞美得多的事。奈兹瓦尔也是不跳舞的。后来谈恋爱时可能跳过,不过我想他不会有什么出色的成就。

泰格那时难得挣到一次丰厚的稿费。遇到这种情况他总能剩点钱,于是就像好哥儿们一样邀上我们这一伙去赛克特舞厅。在旧城区这是一座豪华舞厅。价格比哪里都高,算得上是个高消费场所。不过那里恭候舞客的全是些大方而又非常魅人的姑娘。

我在那里还遇见过玛·西拉契柯娃,当年齐姆布尔克大街上的小邋遢鬼。那时她同我们一起玩玻璃球,输了就不认账,还跟我们打架。简直是惊人的变化。一个郊区的小丫头变成了一只色彩斑斓、周身花粉的大夜蛾。她微显忧伤,用一个颇长的金烟嘴儿吸着香烟,捏着烟嘴的手指上戴满了奇形怪状的戒指。不言而喻,她佯装不认识我。

可是这一次我们去时,舞厅里竟然空空如也,姑娘们呢?桌旁一个也没有。厅里就我们几人,我们每人要了一杯樱桃白兰地谨慎地小口品尝着。

过了一会儿我们才得知姑娘们都到哪里去了。大厅里突然闪出了外交部官员斯瓦托普鲁克·奈恰塞克。他是奈兹瓦尔的好朋友,见面后径直友好地凑过来。

奈恰塞克,熟人叫他斯瓦嘉,是一个开朗、出色的人。第一共和国时期曾长期在日内瓦和巴黎工作，这又给他增添了几分光彩。不过这也是法国上等葡萄酒的功劳。在社交场合他是一位可亲而又风趣的伙伴。在公务方面他在外交部新闻部门工作，外国人都喜欢他。他从不让别人过不去。扑克牌打得很精。有一次在法国布列塔尼半岛的一个村子里过夜，晚间同村民比打牌，比喝酒，他都赢了。这使当地人很敬佩，推举他为荣誉村民。

今天这里空空如也的原因就是这位不平凡的、久经外事考验的人透露给我们的。这些天正好是埃及国王福阿德在我国访问，奈恰塞克负责陪同。

今天他帮国王陛下摆脱了讨厌的政事警察。采用了什么手法，他没说，不过他把国王先生带到赛克特来了。福阿德现正在单间里，所有的小姐们都拥在他的周围。

大部分的国务麻烦事被英国人热心地免除了，剩下的他也没有放在心上，用一些最惬意的办法把它们全都驱散了。同王宫的办公室相比，他更喜欢坐在本国臣民见不到他的欧洲各地的娱乐场所。有关这位轻浮的统治者的流言总是赶在他的前面到来，就好像人还没露面红地毯便已铺开一样。

他的财富当然是无穷无尽的。在英国人的允许之下，凡是当年克里奥帕特拉女王和国王的前辈没有来得及挥霍掉的，凡是拿破仑没有带走的以及当前没有被英国人掌握的财富，他都可以任意使用。这钱还是很多很多的。

他来的时候，带了一大箱子勋章奖章。一路上牌牌儿发得如此轻率慷慨，以至于我们的邻居德国人在他到访之前就很有策略地表明，他们不拟接受他颁发的勋章。

奈恰塞克的大衣领上当然早就别上了绶带。

奈恰塞克的解释虽然让人感兴趣，但不能使我们满意。这种心情我们也当面告诉他了。他快步离去，过了一会儿招待托着冰罐送来一瓶法国产的香槟。我们把酒给退了。接着奈恰塞克又来了，友善地劝我们不要做蠢事，他说酒是他自己定的。

终于来了一位准备跟我们跳舞的迷人的姑娘，于是我们狠狠地连喝了三瓶。泰格接着在舞池里满意地翩翩起舞，而从单间那边不时传来姑娘们的哄笑和国王粗嗓门的欢叫声。

如果我们说当时我们费了很大的劲才使自己的良心安定下来，那我是在骗人。酒是全喝了，可是谁也没有去想福阿德。我们很晚的时候才迈着轻飘飘的步伐，带着更为轻飘飘的头脑踏上回家的路。这酒和樱桃白兰地以及付给舞女的钱都是从法老的金库里支付的。

我还应该透露国王在捷克斯洛伐克的访问是怎样结束的。很突然但毫无王者的气派。

福阿德在奈恰塞克的陪同下离开布拉格去参观西捷克矿泉，在卡洛维伐利温泉住了几天。温泉疗养当局针对国王的生活习惯对疗养做了妥善的安排，但遗憾的是，国王无法忍受这种安排，提前结束了治疗。在那里他也甩开了讨厌的警察。一天晚上，福阿德在姆林泉泡了一会儿温泉浴之后，同奈恰塞克一起秘密离开了卡洛维伐利。谁也不知道去向何方。

于是发出了警报，警察全体出动，到处搜寻。把温泉搜了个遍，就是不见国王的踪影，正像俗话说的，犹如掉进了艾门塔儿的奶酪洞里似的。对此埃及公使馆表示了强烈的不满。

三天之后人们才在拉贝河畔乌斯季市的夜总会里找到他们。记不准了，可能是乌斯季，也许是利贝雷茨。我不是历史学家，再加上对准确性向来就不怎么讲究。反正这些都是无关紧要的。

国王在与世隔绝的夜总会里痛痛快快地玩了三天三夜。他的卫士们进入夜总会时，累坏了的小姐们早就趴在沙发和桌子上睡着了，而福阿德国王和奈恰塞克还在手举美酒互相搂着脖子高唱法国颂赞爱情和美酒的古老歌谣。

至少，外交部新闻处官员、友人奈恰塞克在国王离开我国后，是这样对我们说的。

（杨学新译）

画家费尔迪什·杜沙赠送的狗

孩子们小的时候我们家都养过些什么，我委实记不清了。最初是红蚂蚁，儿子在达利波尔塔附近鹿苑的土坡上捉来的，养在装黄瓜的空瓶里。后来，蚂蚁爬得满屋都是，徒然寻找它们失去的王国。儿子用那个瓶子又捉了满满一瓶没有翅膀的小红虫。你们不知道这是什么虫吧？我后来查了布雷赫姆大百科才弄清楚。那上面还附了插图。原来是有名的红象椿虫，是儿子在古城石级的墙缝里发现的。我不喜欢这种虫子，看了觉得恶心。它们准是从奥尔尚墓园的古墓里，我相信是从棺材里爬出来的。其后，我给孩子们买了一只金仓鼠，没过几天失踪了。显然它不喜欢厨房里光溜溜的漆布地板。金仓鼠之后，我买回家一对蝾螈和一只雨蛙。雨蛙不久便一命呜呼，八成是饿死的，没有足够的苍蝇喂它。最后又买了一只豚鼠，它长着一对玻璃球似的、不会转动的眼睛，温驯、愚蠢到了极点。最后两个孩子开始了混声二重唱，闹着要养狗。

绝对不行，我斩钉截铁地说。你们玩腻了，难道要我在家侍候狗？这且不说，下午还得牵着它出去溜达，一路上每碰到个拐角、碰到根路标都得陪着它停下来。不行，说什么也不行。

遗憾的是，我这果断立场没过多久就动摇了。我们常去民族大街的保凯尔特酒店——不如趁早承认了吧，我们几乎每天都去。实际上是弗朗基谢克·哈拉斯把我们引去的。他给彼特出版社编辑《青年创作》丛书，下午常在这家酒店会见年轻作者。他喜欢同年轻作者交往。大伙儿取笑他，说他这是在举办诗歌讲习班了。不过，不如说这使他感到欣慰。他同年轻人坐在一起，给他们以指导。起初只是他经常在那里，朋友们便一个个自动跟去了。那是一间长屋子，烟雾缭绕，热烘烘的，弥漫着一股隔壁高级茶食店送来的香味。地方很可人意。

将军兼作家鲁道夫·麦代克也常来这家酒店。他自称是极右的右翼。可是他说他跟同僚们话不投机，宁可上我们这儿来。在这里虽然他听到的许多话换了别人会觉得是凌辱，麦代克却只是一笑置之。有一回，哈拉斯对他说，他是我们的阶级敌人，他回答道，他感到不胜惊讶，为什么只有三天[1]。因而保护国初期他去世后，约瑟夫·霍拉曾去他的灵前吊唁。他埋葬在他妻子的父亲——他不幸的岳父——画家安托宁·斯拉维切克的墓地。同是不幸人。

当政治形势极度紧张，生死存亡已迫在眉睫之际，有一回麦代克来到保凯尔特酒店。他刚参加了官方某要员的葬礼。我想他不是直接打那儿来的，说他面有哀伤之色是谎话。他身穿将级军服，胸前挂着全部勋章。当时的局势已不容人们友好地坐在一起田园诗般的喝喝葡萄酒了。交谈往往变为舌战，舌战变成不加掩饰的争吵。情绪激动的哈拉斯气愤中冲着面带微笑的麦代克大喊大叫，骂他是挂勋章的法西斯。麦代克听了脸上涨得通红。他站起身，把勋章和绶带一一揪下来，狠狠地扔到桌子下面。他的举动来得过于突然，过于猛烈，把所有在座的人惊得好几秒钟没有出声。过了一会儿大家才走去给他捡起勋章。那都是麦代克在一战中获得的。他的勋章很多。

1　捷克语中"阶级"同"三天"谐音。

我相信全部勋章都归整还原了，至少大家做了努力，然后给他小心翼翼地塞在外衣口袋里。之后谈话比较心平气和，声音也低了。麦代克显然有些审慎。

然而，没有比在麦代克家做客更令人感到亲切的了。他住在日什科夫山麓纪念碑管理大楼的三层楼上，一套漂亮、宽敞的住宅。

光是门旁过道里排着的空酒瓶就有多少啊！

室内一扇大窗户对着当年的马萨里克火车站。一溜溜的列车、冒烟的机车头、黑乎乎的车站大厅、纵横交错的闪烁的钢轨，笼罩着团团烟雾。这景色不如说是莫奈笔下的一幅画。正是印象派绘画的色彩。另有几扇窗户对着果园。墙上挂着两把土耳其军刀。麦代克坐在军刀下面，神情安详、和蔼，尤其是在酒杯里映出他的笑容的时候。

此外还有那位吸引人的、很有魅力的爱娃太太。长着一双美丽的眼睛，两道目光危险地扫来扫去。她的刚烈性格使她难以否认她是安托宁·斯拉维切克的女儿。父亲炽热的血仍在她的血管里流动。这个家很漂亮，虽然并不十分平静。

常去保凯尔特酒店的还有画家费尔迪什·杜沙。他不喜欢麦代克。通常一见麦代克进来，他就悄悄起身，不惹人注意地不辞而别。他是贝兹基德人，脸上带着这个美丽山区的秀气。我们大家都喜欢他。他不是什么大画家，也不是现代派。不过，我们从不同他谈论绘画。他兀自用一支忧郁的笔画他的风景画。其实，他还不如搞木刻的好。在这方面他很出色。记得彼特·贝兹鲁奇对他作的《西里西亚之歌》的木刻插图感到满意，说它们很传神。

有一天晚上，还没等我抽出椅子坐下来，杜沙就转身对我说：

“听我说，你们家有孩子。你不想要一条小狗吗？我有四条讨人喜欢的小狗，都是纯种，还立了家谱呢。毛茸茸的小猎犬，长得可漂亮了。你随便挑一只吧，我送给你。”

这番突如其来的盛意使我受宠若惊。我接连咽了两口唾沫。真糟糕,我没有多加思索便贸然点了头。

第二天下午,我和妻子乘电车去斯波日洛夫,随身带了一只盛苹果的空筐。我们把一窝小狗拨来倒去翻看了一阵——这些小狗还有那条母狗,杜沙一股脑儿都养在自己的床上——最后选中了一条背上有铁锈色花点儿、一只眼睛像戴着单片墨镜似的小花狗。我们的选择得到了杜沙的赞扬,他说这一只最机灵不过了。告别前,杜沙让我们看了他绘在玻璃板上的组画,是采用民间手法画的雅诺什传奇。其中有几张色彩明快,很有风趣。

小狗身上有跳蚤。我这么指出之后,杜沙若无其事地回答说:

"那没有关系,我身上也有。"

脑际萦回着这句话,我们踏上了归途,返回遥远的布热弗诺夫。这可不是一件容易的事。小狗压根儿不喜欢待在筐子里,它的活泼可爱给整个电车车厢带来了欢笑。多亏它讨人喜欢,我们才顺利地把它从斯波日洛夫带到了我们的修道院。

当我们把小狗从筐里倒出来,倒在屋中心的地毯上时,孩子们的欢呼声把房子都震得摇晃了。我们围着小狗坐在地毯上,看得出神。大自然如果愿意,能造出多么可爱的东西啊。

发生的头一桩事情是小狗把地毯浇湿了一块。不过,顾全它的体面,我得补充一句,它确实拼命想把这摊水给掩埋起来的。经过这番壮举之后,它马上冲出我们在地毯上的包围圈,一头钻进敞开的卧室,跳上了我的床铺。我断然把它从床上抱下来。要说,这也怪不得它。不久前杜沙的妻子弃家出走,杜沙出于苦闷和孤独把母狗抱到了床上,放在脚边取暖。我们到杜沙家时,也是在他的床上看到那条母狗和四条小狗的。

我们连哄带拉把小狗领到前厅。那儿的一个角落铺着一床儿童用的小垫褥。可是要它明白唯有这里才是它的窝,是它应该而且必须待着的地方可着实不容易。我不懂犬语，不过我有这么个印象，小狗在低声哭泣。后来它睡着了。

我们一家人围桌坐下，讨论给小狗起什么名字。我建议叫它阿朗卡，可是被否决了，虽然阿朗[1]听来挺悦耳，是狗的名字。不知道孩子们是怎么想到的，他们开始叫它费尔迪什。由于这么一叫小狗就跑过来，孩子们便认定这个名字它已听熟，于是就这么叫下去了。

我抱歉地把这件事告诉了杜沙，本担心他会怫然不悦。哪儿的话！他听了挺高兴，放声大笑起来。他甚至还挺欢迎呢。

第一天，到了孩子们该牵着费尔迪什出去散步时，两个孩子为了争夺那根皮带吵得不可开交。最后是这样解决的：每人轮流牵一会儿。可是时隔不久，还不到两个星期吧，他两个又为应该由谁牵着亲爱的费尔迪什出去散步而争吵不休了。我不得不再次给他们当仲裁。最后，事情果然不出所料，牵着费尔迪什出去遛的是我和我的妻子，而且总在我们最不合适的时间。

可是费尔迪什却很爱孩子们。一到他们放学回家的钟点。它便准时等候在门口。两个孩子中若有一个需要多上一节课，迟一些回来时，它便再去门口等候。

较为麻烦的是上午，我和孩子们出去了，小狗交给妻子照料。我们不曾想到，等待着她的是什么样的困难。妻子要采购，然而狗是不允许带进食品店的，她得采取各种措施。有时她央求过路的熟人替她拿一会儿皮带，有时把皮带拴在门把手上。可是实践证明后一种办法很不可靠。有一次，她把狗拴在一筐苹果的筐环儿上。不料她还没有从商店里走出来便听到了叫喊声。小狗拉翻了筐子，满地的苹果直滚到电车轨道上。电车不得不停在那儿等着她捡苹果。这件事情发生以后，我们决定让妻子出门时，把狗锁在家里。于是她把门

1　阿朗卡为阿朗的昵称。

锁一旋，轻轻松松上街去了。费尔迪什被关在厨房里。谁知她一小时后回家来，却见门前围着一群人，他们七嘴八舌对她迎头便是一顿非难，说屋里有人在虐待狗。的确，透过紧闭的窗户也能听到狗的哀嗥，声音之凄厉，铁石心肠的杀狗人也会软下心来的。妻子走进厨房一看，屋里成了瓦砾堆，费尔迪什却在瓦砾中狂喜地蹦跳着欢迎她。墙上有湿乎乎的一大片水迹，比一人还高，是费尔迪什在绝望的蹿跳中弄湿的。后来我把这件事讲给朋友们听的时候曾稍事渲染，说成湿到了天花板。

等孩子们去就寝以后，我和妻子连忙坐下来两颗脑袋凑到一起：这狗怎么处置呢？我们的决定是送人。这么一条漂亮的纯种狗，毛茸茸的小猎犬，卖给亲兄弟也得五百克朗呢，白送人肯定谁都欢迎。我找了几个熟人，可是他们都婉言拒绝了。最后我想起一位好朋友，他有孩子，小狗送给他再合适不过了。

我把这件事向他提了，也许说的时候口气有点儿自以为是。他冷冷地、陌生人似的朝我看了一眼，然后一反平素同我讲话的声调，一面死死盯住我的眼睛，说：

“哪怕搭上一头金猪我也不要！”

原来我忘记了，他家也曾养过一条狗。

我感到受了侮辱，便再去找别人。可是一个也没找着。我的交游却是够广的啊！一些内行人劝我把狗送到某个机构去，在那儿只要交一笔训练费他们就管训练。地点据说在布拉格郊外的什么所在。

在此期间，费尔迪什撕破了我妻子的黑羔皮暖手筒，是它从柜橱里拖出来的，弄坏了她的丝绸桌布和一双鳄鱼皮的皮鞋。它叼着皮鞋得意扬扬地跑了来，活像胜利地把一条鳄鱼撕成了碎片。我的拖鞋也给它弄破了，不过，我只是挥挥手。反正拖鞋已经穿旧了。

最伤脑筋的是它的大小便。我们教育它，要它先打招呼，我们便放它到门前的草地上去。有几次它确实照着做了，对着房门汪了两声。然而更为经常的情况是，它一味贪玩，直到最后一刻才汪汪叫，于是半途便撒在了台阶上。秋天事情好办！拿块破布抹掉就是了。糟糕的是在冬季。台阶上的尿有时结了冰，我们得去撒上沙子。有一次，天天来此送信的女邮递员在结冰的台阶上滑倒了，从上面一直摔到底下。她手里还抱着个邮件袋哩。那天的邮件袋装得鼓鼓囊囊，分门别类："这档里的信儿欢乐，那档里的悲哀。"多亏有这只邮件袋，她那一跤才没有摔得过重。她狠狠地骂了我们一通。

这次事件之后，我下定决心要摆脱这条小狗。妻子固然反对，说在训狗场狗要挨揍的。我向她保证将采取另外的措施。

我也曾尝试着把小狗还给杜沙。可是他诚恳地对我说，他留下一只已经足够了。就这样他还满床都是狗呢。他的狗全是送人的，因为他不会做买卖。

从保凯尔特酒店走回家的时候，我在路上想出了一个阴险的办法。我们星期天常牵着费尔迪什出去散步，若是走得远，我们有时就给它解掉皮带，让它撒腿跑一跑以舒展筋骨。它只要一感觉身子自由了，便立即四面看一看，接着撒开腿飞也似的跑掉了，天晓得上哪儿，要过很久才会回来。我将效仿童话故事蜜糖饼小屋里那个狠心爸爸的做法——他把孩子带进树林，然后溜之大吉。我不会把费尔迪什带到树林里去，守林人八成会打死它的。我将带它上民族大街，在那里费尔迪什一溜烟跑掉后，反正很容易就会找到新的主人。对此我深信不疑。

晚上，我通知家里说，明天我将把费尔迪什送进训狗场，一个月以后接回来。那时它将是一条又听话又干净的小狗，什么都唯命是从。于是出现了动人心弦的告别场面。我们谈论费尔迪什的时候，它竖起耳朵谛听着。显然听懂了。从它那双聚精会神的眼睛里，我断定它听懂了。

那是一个银色的冬日的清晨。枝头残存的野蔷薇红花朵上挂着白霜,模样儿十分可爱。冬天已接近尾声,深深吸口气便能闻到一阵潮湿的、二月天特有的芬芳,令人心旷神怡,它仿佛预告着春天的来临。我给费尔迪什在碟子里倒了些牛奶,泡了一块白面包,外加一块香肠。尽管这是费尔迪什喜欢的早餐,它却碰也没有碰一下,只是用心地不时朝我看看。我给它拴上皮带的时候,它也丝毫不像平素我们准备出门时那样兴高采烈。我仿佛觉得它有点儿吓呆了。我们沿着斯皮里特卡旁边的那条老路,在菲阿尔卡的上方朝佩特馨山走去。到了斯皮里特卡的墙边,我解掉它的皮带,等待它一低脑袋飞奔而去。这一带它很熟悉。在这些地方它一会儿就会回来的,我只是想试试我的计划而已。可是,费尔迪什却紧紧跟在我的身边寸步不离,而且还绕在我的脚上,弄得我几次踩了它。

关于狗,人们已经写了大量著作。虽然我一本也没读过,但我能充分想象书里描写了狗的一切非凡的和不那么非凡的禀性。譬如说,它们能看出哪个人怕狗,这我知道,我自己也有过许多事例足以证明。然而,要说狗能洞察人的思想,知道他下一步要做什么,我却做梦也不曾料到。我们走到玫瑰园,走到瞭望台,绕过圣瓦夫任内茨教堂,踏上了宽阔的园中大道。上帝啊,我一生在这里走过了多少回啊!可是不带狗。现在我只要一解开皮带上搭扣,小狗就守着我寸步不离了。看来在这里已无计可施,于是我决定回到街上去。我们走回体育场,从那儿下坡到白山大街。站在克拉洛夫卡电车站我改变了主意:等电车开动之后我将跳上车去。小狗站在我身旁,惊惶地注视着我的脸。我等候着,电车上乘客不多,当它已开始行驶时,我快跑几步,纵身跳上踏板的中间一级。可是枉费心机。小狗已先我而在。车到下一站的波霍热列茨,我们双双被赶了下来,因为狗没有装在筐里。

我又给费尔迪什拴上皮带,穿过洛雷坦斯卡街到了赫拉德强尼广场。我看看小狗，它用饱含痛苦的眼神望着我。我打心眼儿里感到难过，可是我不能后退。当我正处在这不愉快的矛盾心态中时，我一眼看见了什瓦尔岑布尔斯基宫附近的电话亭。我走了进去，小狗当然也跟着进去了。这时我做了一件至今感到脸红的事。我先装作打电话的样子以解除小狗的疑虑。趁它不注意时，我把皮带拴在一块放东西的小板上，然后飞快地冲出门去，在自动关闭的门关上之前我还按住了费尔迪什的一条腿。小狗哀叫起来，我连忙跑开，绕过钟楼跑上聂鲁达大街。一路上我还听到费尔迪什在电话亭里的哀哭和吠叫声。那是清晨，广场上几乎没有什么人。如果什瓦尔岑布尔斯基宫里的大使先生还在梦乡的话，他准会被吵醒的。电话亭里的狗闹得吓人。可是我顾自朝扬斯基山岗跑去，从那里到了勃谢迪斯拉沃夫，穿过从前的骷髅街下到市场街。一辆电车刚巧从小城广场开来，我跳上车，这才放下心来。车往斯米霍夫驶去。

再也没有狗了！我松了一口气，可是心头却不免感到一阵苦涩的内疚。

可怜的、多好的费尔迪什啊！

在安琪尔站我下了车，走进了书店。这家书店的主人奥达·吉尔嘉在今天已有点儿像传奇人物了。他是我的朋友，我知道他跟拜伦爵士不同，他不喜欢狗。我拥抱了他。当我对他讲述了这个狗的故事之后，他给了我一本新出版的沙尔达笔记，还拍拍我的肩膀补了一句："干得好。"

（杨乐云译）

我的火腿生意

我的好友温岑茨·马谢克——愿他安静地长眠——当年曾是人民之家后面侧屋印刷厂的职工。他是细木匠,用一把小锯做铅版下面的木托子。从他干活的马凳上,隔着狭窄的小院可以望见我在编辑部的写字桌。他不时上编辑部来,送做好的印报纸的铅版。编辑部有一名勤杂工,但一个人承担所有杂务外加跑腿的活儿,忙不过来,马谢克便欣然给他帮忙。编辑们常常打发他去买小吃、打啤酒。总之,他成了编辑部一个不可或缺的人,对面印刷厂有时徒然到处寻找他。不过,他们也是睁一只眼闭一只眼罢了。马谢克手脚利索,助人为乐,无论谁都可以随时随地找他帮忙。可是他更为经常地是在我的办公室。这不仅由于我那会儿也许比较大方,同他分享一口酒,他也喜欢我。我常把一些重要事情委托他去办。为我寻找丢失了的手提包,找不着就替我买个一模一样的,免得家里人发现。他还大约两次给我找回了忘记拿的大衣。此外,他给所有的人买啤酒,到大楼的一家老酒店去买葡萄酒。什么事他都做得又快又热心。在编辑部大伙儿管他叫秘书。名副其实的秘书!他懂得守口如瓶。

《人民权利报》编辑部的这种田园诗般的生活德国人一来就可悲地结束了。其后的情况便很恶劣。《人民权利报》遭到封闭,取代它的是《民族工作报》。编辑部的生活很快变得苦涩。一些编辑被捕入狱，社会民主党机关的许多工作人员流亡国外。其中也有议员雅罗米尔·奈恰斯。德军占领后，奈恰斯常来编辑部，筹备非常时期的报纸。他仪表堂堂，很有风度，是一个正直的社会主义者。我们大家都喜欢他。不久，他流亡伦敦，成为捷克斯洛伐克政府的一名成员。遗憾的是，他过早去世了。他把妻子和美丽的、正在大学念书的女儿留在了国内。我们经常想起他的指导，尽管这些指导有许多是错误的。局势的发展并不像他估计的和我们预想的那样。

战争步步升级，不久就席卷了全世界。德国人气焰嚣张地逼近了莫斯科。记得就在那时候，有一次我遇见了朋友拉基斯拉夫·克哈斯。他刚在什么地方参加了一次扶乩会出来，几个懂门道的人围着一张小茶几坐下，问它德国人会不会占领莫斯科。据说小茶几用大写字母果断地写道：绝对不会。

布拉格不久就出现了物资匮乏、贫穷和饥饿。

有一天，马谢克跑来找我，他神色诡秘，显得很激动。他是赶来告诉我，说他有一个老相识是开火腿作坊的，此人现在答应卖给他一批宝贵货。作坊几乎就开设在人们叫作小柏林的中心，也就是在霍莱肖维采靠近斯特罗斯梅耶广场的那几条街道，那儿有现代化的住房。

我们两人马上跑去了。走进作坊时，只见作坊主人正在把钩子上掉落的一块腌猪肉从炉火里捞出来。他给我们每人切了一块略微烧煳的腌猪肉，外加一片软软的面包。腌猪肉的味道那么鲜美，我此后再也不曾吃到过。

作坊主人然后说，他可以卖给我们一批货。这在当时已属相当危险的行为，到后来则是要掉脑袋的。他大胆耍了个花招，从德国人手里骗取了三十六根新做的火腿，愿意卖给我们。

那时在布拉格火腿已是美丽的回忆。而这儿，在黑秃秃油汪汪的杆子上，却挂着三十六根火腿，喷香地裹在粗帆布里。检查员随时会到来，火腿必须立刻运走。

他断然反对我们提出的办法：分几次乘电车运往人民之家。他借给我们两只装腊肠的大筐和一块帆布，要我们找辆双轮车马上推走。

马谢克想办法弄到了车子。他家就住在霍莱肖维采，到处都有他的熟人。深夜，他推着车子穿过灯火管制的街道，将火腿送到人民之家。我帮他抬到木通道口。我们找来值夜班的勤杂工打开了通道门。为此我给了他一根火腿。这样，我们就顺利地把火腿运到了我的办公室。

这间屋子是我从玛利耶·蒂尔斯霍娃太太手里接过来的，她曾在这里编辑《繁花》杂志。屋里摆满了搁置不用的旧家具。然而，从这里直到过道尽头，躲在放着《人民权利报》合订本的书架后面，却比较隐蔽。因此我对这些破旧家具也就不在乎了。那天下午，我已把一个柜子腾空，搁板上铺了白报纸，火腿便放进了柜子。

我拿出一根火腿给马谢克，自己带回家一根。我们得步行回家，乘坐电车是不行的，火腿香味四溢。

这批货质量很好，是正路布拉格火腿。个头稍小了些，金黄色里带点儿玫瑰红，一个个笑容可掬，活像一帮小姑娘。柜子装得满满的，一开柜门浓香扑鼻，着实教人喜欢。我把柜子上了锁，把窗户对着凉爽的秋夜敞开，然后便同马谢克离开办公室，回家睡觉去了。

次日晨，我到编辑部时，一上楼梯便闻到了香味。我们忘记了，清晨还有清洁工呢，也得给她一根火腿。她很容易就发现了香味。不过，她是个善良的女人。

这些已经给人的火腿得计算一下价钱呀，我心里说，拿起笔来。可是，主编也发现了香味，他很惊慌，严厉吩咐我入晚以前必须把火腿弄走。我卖给了他一根，然后依次分给其他编辑。我们当然没法儿过称，只得论根卖。被捕人员是免费赠送的，由马谢克分别送到他们家里。

我也想到了奈恰斯太太。

夏天，我们在舒马瓦-恰霍罗瓦度假时，曾见到她和她的女儿。奈恰斯太太头发稍微有些灰白，她和蔼可亲，容貌悦人。女儿薇鲁什卡皮肤黝黑，满头乌发，一朵娇艳秀丽的鲜花，充满了少女的妩媚。奈恰斯走了以后，母女俩忧心忡忡不是毫无道理的。她们并不讳言心里的恐惧。

在恰霍罗瓦，我们同这对母女度过了几天愉快的日子。晚上，饭店里总有人弹钢琴、跳舞。那是薇鲁什卡最后的跳舞了。马谢克来到她们家时，却发现大门上打着盖世太保的戳记。

母女俩一同被捕，而且很快——我想就在当年——被杀害了。能够对这样一个美丽的少女下毒手，这帮禽兽的面目也就可想而知了。

到了傍晚，柜子里还剩下三根火腿。主编又买去了一根，其余两根我和马谢克分享了。第二天，柜子空了，大家舒了一口气。

余下的事情便只是向编辑部同仁们收齐钱款去交火腿账了。钱收来之后，我却怎么也算不清账目。我断定在这笔买卖里我大概要把裤子也赔上了。我于是学着斯温伯恩的样子“连忙念念有词感谢上帝，不管他在哪里”，感谢他因为我还会写诗。我写诗毕竟比做买卖要擅长一些。总之，我大概计算错了，我从来就不会计算。不过，在今天我可不能以此吹嘘了。今天，不会计算被认为是个严重缺陷。

我赔了一个月的工资。没有关系！反正保护国的钞票也不值钱。一些人过上了几天好日子，我也一样。马谢克和他的孩子们在整个战争年代都感激和怀念这个时刻。我有时打开那个榫头松动的旧柜子，半年以后还嗅到一股火腿香味。

赔那点钱值得。

（杨乐云译）

冯·霍普审发

苦涩的万灵节到了，白蒙蒙的暗淡天空宛如从外面望见的候诊室的窗户。低悬的太阳透过它冷冰冰地照射着。阴沉的天气不由得你不缅怀往事。天空充满了往事。

在彼塞茨基墓园的众多坟墓中，有一座我应当满怀感激地走去，在它面前伫立致敬。至少在这纪念亡灵的时节。维莱姆·科斯特卡是我的一位好友。他的名字被时间抹掉或者被冷漠的风吹走是不公平的。他不该受到这样的待遇。至少在我们这一代人看来。

他是科皮德诺人，第一共和国时期在总参谋部的新闻处工作。纳粹占领后这个单位撤销了，保护国政府总理埃利阿什将军把维莱姆·科斯特卡派到文化部，责令他监督捷克书籍的出版工作。

我想凡是未能逃脱纳粹黑制服的控制而被迫呼吸保护国污毒空气的人，肯定谁也不愿意再回首当年那场残酷的穿着制服的假面舞会，尽管人血横流的年代离开我们已经很远。

我一生从未想望过持有武器。当兵这一行对我来说是陌生的。我不曾服过兵役，没有学过刺杀。我也不是那种只承认这一类英雄主义的人。然而，我毕竟也有过那么一个时候打心眼儿里羡慕那些及时逃脱并且手中握有武器的人。手中握支枪该多么教人欣喜若狂啊。枪是希望和保证。在那险恶的年代，枪是自由的翅膀，没有武器便感到绝望。

可是，一切都已过去。留下的唯有布拉格房屋上褪了色的字迹：去河边，去果园——这些房屋的墙面战后没有修理过。此外当然还有留在人们心头的痛苦和悲伤，他们的亲人被这场肮脏的风暴埋葬了。

科斯特卡就任之前，奥古斯汀·霍普博士，一个生长在布拉格的德国人，第一共和国时期当过《布拉格新闻》的编辑，被任命为文化部出版监察处处长。这事也许可以说既好又坏。好的是霍普并非一个对所有捷克事物一概疯狂敌视的人，他的德国出身毕竟受了捷克环境的熏陶。坏的方面显然是他对捷克情况过于了解，要瞒过他就不很容易。

我有时和博胡米尔·诺瓦克一起怀念亲爱的科斯特卡。诺瓦克认识他比我早，同他关系亲密。我这里就先让他来说说吧。听他谈吧！

他同维莱姆·科斯特卡初次见面还早在1940年的夏天，那时作为弗朗基谢克·博罗维出版社的一名编辑，他前去洽谈瓦沙—特拉夫尼切克辞典的再版问题。友好接近则是在后来，当两人屡次于火车上不期而遇之后。诺瓦克乘火车回家——他住在尼姆布尔柯附近的霍日阿特维——科斯特卡则是回故乡科皮德诺，也在这条铁路线上。这样，两人就有了比在办公室更好的机会彼此熟悉了。起初，科斯特卡在捷克文化方面的造诣使诺瓦克产生了好感。作为一个军职人员，有这样的造诣是令人吃惊的。尤其是他对捷克现代美术了解颇深，对蒂希很感兴趣，喜欢扬·兹尔扎维、约瑟夫·恰佩克、斯沃林斯基。但他也懂得捷克现代诗歌，阅读霍拉、哈拉斯、奈兹瓦尔和赫鲁宾的诗，熟悉程度胜过一般认为的好读者。总之，诺瓦克很快就认识到科斯特卡是好人，是个可以信赖的捷克人。他掌握情况，兴趣广泛，这在诺瓦克后来处理某些初看颇为棘手之事时，成为很好的指南。科斯特卡坐在伏希尔斯卡街的办公室——它后来搬到了瓦尔什登宫——同诺瓦克谈书籍，谈作者，谈出版商，开诚布公地向他介绍自己的工作和遇到的困难。应付这些困难可一点儿也不轻松。

我这里若不借此机会说一说弗拉斯基米尔·拉达的《石桌饭店》一书的出版经过，将是很遗憾的。从这件事情上可以充分看出科斯特卡的为人。

1940 年秋，科斯特卡把诺瓦克叫到办公室，因为有人写了匿名信提醒科斯特卡，说问题并不在于这部小说本身，而是拉达掩护了小说的真实作者卡雷尔·波拉切克[1]。波拉切克是犹太人，他的作品在保护国是被禁止出版的。

那天，科斯特卡同诺瓦克的对话大致是这个样：您瞧，诺瓦克，有人提醒我——此人显然是你们那位说话不够谨慎的头头身边的——说你们将出版波拉切克的一部长篇小说而用了画家弗拉斯基米尔·拉达的署名。为此我读了原稿。我直截了当地对您说了吧，这部小说若是拉达写的，他准是从头到尾剽窃了波拉切克。如果您告诉我这是波拉切克写的，那么许可证可以拿去。如果您一口咬定作者是拉达，我就不批准这本书，我要把拉达叫来，对他说他不想丢脸就趁早别干这种剽窃勾当。

诺瓦克小心翼翼地问他为什么把作者是波拉切克还是拉达看得这样重要。

我觉得重要，是因为我不愿意在你们眼里成了傻瓜，居然认不出波拉切克的笔墨，轻易就给愚弄了。再说，万一出了事，面临入狱的威胁，我知道实情就不会在这上面做文章，而是编出谎言来，说得比

1　卡雷尔·波拉切克（1892—1944），犹太籍捷克现实主义讽刺作家，1944 年死于纳粹集中营。

真的还像。盖世太保如果仍要把我关起来，我就要他们讲出是什么道理！

听了他这番令人信服的言辞之后，诺瓦克说了实话。离开的时候他不仅带着出版许可证，而且高兴地看到自己没有认错人，科斯特卡是好样的。

1940年还出版了两本诗集：哈拉斯的《希望的雕像》和我的《熄灯》。熄灯！这是布拉格实施灯火管制之初街上响起的叫喊声。

哈拉斯诗集中写布拉格的那些优美、热情、反纳粹的句子统统没有删掉。检查员虽然把它们勾去了，可是科斯特卡又一一勾了回来。在我那本诗集里，有好几处用红铅笔做了记号，可最后也是一句没有删。连那首写九月大动员的诗和那些一目了然是指国家兴亡的句子，也全部保留了。顺便提一下，这两本诗集后来还未经官方许可，但在科斯特卡的默许下再版了。

我想如果谈谈我的朋友霍拉、霍朗、哈拉斯和奈兹瓦尔的作品也许更好一些，免得人家怀疑我好虚荣。我从来不希望这一恶劣品质同我连在一起。当然，检查员对他们的作品干预到什么程度我不很清楚。不过，我准确地知道科斯特卡处理他们的稿件绝不会是另一个样。检查员勾去的地方，他加以恢复，作品一如原稿出版了，尽管内容大部分都是反对当时政局的——有时隐蔽，有时半隐蔽，多数情况则是不加掩饰地公开表示反对。

在我的诗集中，检查员勾掉了这么几行含意一目了然的诗句：

熄灯！莫让睫毛上
颤抖着的露珠儿滚落，
别作声，不要作声，无须悲伤
我对自己说：瞧有多么明亮
在这暗夜，一切遮上了黑布，

人人像影子，蜷缩在树干旁！
我知道，我知道，那轰隆声响
听来分外清楚。

这几句诗科斯特卡也放行了，在许可证上他杠掉了“Bewilligt-nein”[1]两字，写上“Bewilligt-ja”[2]。许可证上签署：冯·霍普审发。这冯·霍普当然是他写的，字迹模仿得足以乱真。这个签名他经常使用。

在《鲍日娜·聂姆佐娃的扇子》一诗中，许多诗句都有检查员的删除标记。不过，在一一列举之前，我想借此机会先谈一谈这首诗和哈拉斯的《我们的鲍日娜·聂姆佐娃夫人》是怎么个来历。原来，我们两人写了同样的题材，出于同样的缘由，而彼此并不知道。那一年，鲍日娜·聂姆佐娃诞生一百二十周年的纪念快到了，出版社的保险柜里存放着佩特尔·迪林格尔根据《外祖母》一书绘制的约莫二十幅水彩画。出版社约我给它们配上诗，周年纪念时出版。这事我婉言拒绝了，没有肯接受。但是我表示愿意写一首长诗以纪念聂姆佐娃。出版社领导欣然同意了。他拿着那些水彩画又去请哈拉斯配诗，得到的答复竟同我的完全一样。哈拉斯只答应写一组诗以纪念鲍日娜·聂姆佐娃。我们两个对各自的承诺彼此都没有说起过，因为我们心里都牢记着那个迷信的说法：不到时候不要把创作计划讲出去，否则计划多半会落空。直到两份稿子都到了出版社领导的桌上，我们才通了气，两人都不禁放声大笑起来。因此，实际情况并不像有些人写的那样，说是什么竞争。

让我回到检查员的铅笔上来吧。在《扇子》[3]一诗中，不仅个别

1 德文，意为“不同意”。
2 德文，意为“同意”。
3 即《鲍日娜·聂姆佐娃的扇子》。

句子，而且整整几节都得删去。首先是以这行开始的一段"人民应该呼唤谁……"，其次是"黑暗中唯有黑暗在轰响……"，最后还有"命运给她的嫁妆是……"直到结尾"恐惧到来时我呼唤她"。长诗出版了，这些地方都保留了，一字未动。原来科斯特卡填了一张新的许可证，把那张有删节标记的换了下来。与此同时，诺瓦克将原稿中凡有红铅笔标记的那几页统统用同样的纸在打字机上重打了一遍，当着科斯特卡的面放进先前送审的原稿中，有删除标记的那些当然是取出来扔进火炉了。

《披着光明》一诗的情况也一样。这首诗特别使我感到亲切，我喜欢回想它。这倒不是说诗写得怎么出色，而是它的出版经过。检查员的红铅笔把它砍得体无完肤，奄奄一息。这首诗是在战争时期的艰难时刻我伏在厨房桌子上写成的，妻子正在一旁做饭。检查员不喜欢"祭坛上撕破的花边""践踏圣维特教堂的皮靴声"这类句子。有一段，从"今天我已明白，燕子为何飞回……"起，至"胜过鸦片和大麻"止，想必是超负荷了，被检查员一笔勾销。但是枉费心机。科斯特卡把所有这些被红铅笔勾掉的地方都一一恢复原状，放行了。他另外填了一份许可证，签上霍普的名字，于是诗集按原稿出版，甚至一清二楚是要求正确引用科拉尔[1]诗句——这些诗句每个学生都熟悉——的那两行也保留了下来：

> 囚徒知道，时代要改变，
> 囚徒知道，他的时代引领他走向哪里。

我在保护国时期出版的最后一本诗集《石桥》，其经过情况也相

1　即杨·科拉尔（1793—1852），捷克民族复兴时期的著名诗人。以写爱国主义诗歌著称。

同。许多诗句已在检查员红铅笔点燃的火焰里焚烧，然而这本含义至为明显的诗集也完整地出版了。

必须指出的是，这些都发生在那样的日子里：我们的耳边还回响着缠了黑布的丧鼓敲出的令人毛骨悚然的鼓音，眼前晃动着夜鬼们举到头上的通明的火炬——大队人马正把海德里希的尸体送往布拉格宫。在那里，活希姆莱正等候着呢！那是在我们惊魂未定的日子里。当时弗朗克[1]威胁布拉格说，至某某天某某钟点为止，凶手如仍未搜出，他将下令把布拉格的男性居民每十人中处死一人。那时，利迪采[2]和列扎基的焦土还冒着黑烟，失去孩子的母亲们在哭泣。是在那样可怕的险恶时期，那时捷克人的头颅一个接一个落地，其中也有弗拉迪斯拉夫·万楚拉那颗漂亮、高贵的头颅。

我喋喋不休地一味谈论自己的诗集，不免感到羞愧。其实，哈拉斯的《共振》、霍朗的《初证》和霍拉的诗，原稿上都画满了检查员的红杠杠，都是经维莱姆·科斯特卡一一恢复后出版的。而霍朗那句犹如咒语般的绝妙诗句，也得以在适当的时机庄严响起："国家，悲悲惨惨，可怜巴巴，然而天上人间唯有她，千看万看只想看她。"奈兹瓦尔的诗集《城外五分钟》、霍拉的《小提琴手扬》、察西乌斯[3]的《圣烛节着火了！》等等，也都无一不曾受到科斯特卡的恩泽和抚慰。否则在那样的年代，这些诗集中有多少诗句会被扔到桌子下面啊！很多诗集也许根本不会问世，另外一些则可能支离破碎、面目全非，看了会令人伤心落泪。可是，它们统统出版了，内容同今天的新版本完全一样。

1　即卡·赫·弗朗克（1898—1946），德国法西斯分子，战争罪犯。1939年德军占领捷克斯洛伐克后，无数捷克爱国人士遭杀害，他是主要凶手。

2　均为捷克村庄。海德里希遇刺后，德国法西斯为了报复，曾在这两个村子进行大屠杀。

3　即雅·科·察西乌斯（1883—1951），捷克诗人、小说家和戏剧家。

我这儿还没有谈到非法增印本呢。这类书不计其数，所冒风险也不亚于前者，因为见证人更多。一本书只要估计能畅销，出版商便要求印刷厂将活字盘留下不要拆掉。第一版售出以后，印刷厂在科斯特卡的同意下使用1942、1943、1944年的旧许可证印刷新的所谓增印本，而扉页上的书名、印数等项则保留原样，不予更动。由于纳粹只批准小印数，科斯特卡便以这个方法变魔术，它照例是同模仿霍普的签名连在一起使用的。

因此，我的《春天，再见吧》就印了两次，《披着光明》也一样。《石桥》甚至印了约莫五次。

每一个在保护国生活过的人，都高度赞扬科斯特卡的勇敢精神。他所冒的风险可以从埃斯奈尔事件中得到证明。埃斯奈尔的那本书是温赛·施瓦尔茨签发的，此人后来作为德国叛徒被处死了。

在诗集《我望见伟大的城市》中，检查员的干预竟达三百处之多，而科斯特卡几乎没有让它们留下几处。经他的默许我在劳动合作出版社签发了埃斯奈尔的《全世界歌唱爱》。

菲谢尔翻译的《浮士德》，科斯特卡很痛快地就批准了，不曾有什么犹豫。他替菲谢尔署名伏伊杰赫·依拉特。绍代克翻译的《哈姆雷特》用的署名是阿洛依斯·斯柯玛尔。

科斯特卡很擅长运用这类文学保护色和隐身法，他还卓有成效地帮助了不幸的奥尔登[1]，让他使用假名K.依莱克和J.亚库布出书。

然而，我这里罗列的事实多么不完全啊！而且东鳞西爪！那双无私的手究竟做了多少事连诺瓦克都不清楚，我知道的就更少了。况且，情况也不会仅限于博罗维出版社的诗人。这笔账也许只有科斯特卡本人心中有数吧。

1　奥尔登为犹太籍，纳粹占领后处境悲惨，他的四本诗集均用假名出版。

战争刚结束，我同科斯特卡就见面了。他作为过去保护国的一名官员遇到了一些麻烦。但知情人没费多少事就给他迅速把麻烦排除了。

有一次我问他当初他心里是否也感到害怕，尤其是在海德里希遇刺之后。

“当然害怕了，那还用说，”科斯特卡笑了，“可是有什么办法呢？那些硬说在任何时候什么也不怕的人，说的不是实话。人人在一定时刻都会体验到什么叫作害怕。不过，怕实际上仅是序幕，随后必须看行动。因此关键在于怕了之后怎么做，从怕字产生的是什么。”

维莱姆·科斯特卡是一位勇敢的捷克人。

（杨乐云译）

诗的献礼

到了霍希采，刚走出车站大楼，迎面便有一股清新、芳香的气息扑鼻而来。这是附近克尔科诺什山吹来的轻风。我如饥似渴地呼吸着这克尔科诺什山林和河水的馨香。当地人对此已不像我们这样惊喜不已，他们习以为常了。可是我们这些走出布拉格烟雾，将煤烟和粉尘留在身后的人，到了这里便仿佛突然跨进了一个完全不同的、更加美好的世界。

万岁，下克尔科诺什的霍希采！这座石头和雕塑家的城市。

从我很熟悉的伊奇诺到霍希采距离其实不远，景色却有点儿变了，不过同样魅人而饶有情趣。霍希采群山环抱，这就很美了，遍地是树林，而几处正在开工的采石场又为这里的风光平添了特色。犹如任我们挑选的白面包或黑面包、软面包或硬面包一样，采石场为雕塑家们提供了不同规格的大小砂岩块。这些采石场都已历史悠久。当年哥特式的雕塑家就用这里的砂岩雕刻苗条、秀丽的捷克圣母像，马蒂阿什·布劳恩[1]曾在这儿选用合适的砂岩块为什波尔克伯爵的

1　即马·贝·布劳恩（1684—1738），奥地利雕塑家，自 1710 年起一直生活在布拉格。

库克斯城堡雕刻了《美德》和《恶行》。

雕塑家约瑟夫·瓦格内尔[1]常说，当他站在这样的砂岩面前时，他听到石块中有少女的声音。可惜我什么也听不见。不过有一次我挨着一株茂盛的千里香坐在采石场旁边，我仿佛看到隐匿在石块中的许许多多少女的乳房。在无生命的物质中听到声音，这恐怕是唯有雕塑家才有的福分吧。

从霍希采火车站到雕塑家瓦格内尔的住所并不远，几分钟就到了。遗憾的是，这次迎接我的不是瓦格内尔本人。他已去世，同他的祖先们一起长眠在圣戈塔尔德附近的山岗上。

他的妻子玛利耶出现在他家楼梯上的"飞云"旁边。她也是一位雕塑家，而且不是个碌碌之辈，尽管她始终设法隐藏在丈夫的影子里。她为人谦虚。比谦虚犹有过之。人长得瘦小文弱，很难想象这位迎接客人的弱女子如何挥动铁凿和大锤敲凿坚硬的岩石。

我觉得在这种场合小小恭维几句是合适的，况且这种恭维也完全不伤大雅，是真诚的。

"这您可是有所不知喽！您得瞧瞧我在马奈斯馆的模样儿，一边玩九柱戏，一边抽雪茄！"

不，这不可能。然而确实如此！我不禁想起瓦格内尔曾经讲过，他干重活的时候妻子和兄弟怎样给他帮忙。

这位魅人的玛利耶太太不仅擅长把握铁凿、抡十字镐，她还有另外一手。她是波米安先生的高足，颇有点名气，擅长使用今天已被许多妇女所鄙夷的器具：平底锅和小钢叉。与此同时，她是一位异常好客的女主人。

烤制味道极美的霍希采蛋糕卷也是她的拿手戏。

---

1 约瑟夫·瓦格内尔（1901—1957），捷克著名雕塑家。作品有作曲家斯美塔那像、德沃夏克像、诗人伏尔赫利茨基像、查理四世像等。他的作品富有诗意。

布尔诺艺术学院展览馆的一面墙上，有她创作的三个亭亭玉立的少女像，她们使我难以入眠。我跑去观赏并不仅仅由于雕像上的少女神采动人。它们还证明一双妇女的手长在真正的雕塑家身上，就能做出怎样的成绩。

我走进屋子，在瓦格内尔起居的房间和工作场所走了一圈。我仿佛觉得他的目光像静静的灯光在凝视着这里的每一件东西。他是个很有风度、令人愉快的人物，非常和蔼可亲。脸上坦荡刚正的神气就唤起人们对他的信任。他不会伤害人。也许连伤害人的小小念头也不会有。他去世后这里显得空虚、凄凉。不过他的妻子小心翼翼地守护着他的所有遗物。

由于她和他像两颗石子般一模一样——正如夫妇长期生活之后性格甚至面容有时都会相像——因此一切都保护得很好。更何况，这里面还有女性的成分！

我嘴里已在咬第三块霍希采脆皮蛋糕卷，一面用心地倾听着这个家庭的种种打算。她有两个儿子。一个是画家，另一个是雕塑家，但两人什么都会。他们准备在花园里盖一间明亮的陈列厅，把父亲的雕塑作品，主要是浇铸像，陈列在里面。这些塑像的原件早已分散在捷克和摩拉维亚各个城市的美术馆。玛利耶太太以崇敬和热情的口吻谈论着丈夫的作品。

"您还不知道我们曾经居住过、瓦格内尔在那儿工作过的伯利恒吧？您也没有见过布劳恩的那些惊人的、令人叫绝的作品呢。咱们今天去看看吧。下午就去。那地方可漂亮啦。咱们走爱尔本的米列金[1]那条路。米列金的祈祷饼您准知道的吧！"

米列金的祈祷饼？那还能不知道！我常在伊奇诺的集市上买给孩子们吃。那是两块黏合在一起的小蜜糖饼，塞满了核桃仁。一块

1　米列金为诗人爱尔本的出生地，在捷克的东北部。

上面用杏仁嵌成一个小十字架。在这一带曾经是备受欢迎的儿童食品。“那真是没说的啦。”瓦格内尔的小儿子雕塑家扬附和道。

什波尔克的伯利恒[1]！那是阳光明媚的一个春天的下午。这样好的天气自然界能有几回啊，更何况来到这绿荫幽谷！我们在一块石头上坐下了，据说当年《三博士拜主》这一雄伟浮雕制作时，伯爵[2]就常坐在这地方观看。浮雕凿刻在一块矮矮的岩石上，刻得很深，石面上已长满青苔。布劳恩在它的对面砍出一张矮石凳，好让伯爵坐得舒服些。玛利耶太太从附近的泉眼打来了沁人心脾的泉水，拿出自己烤制的面包，切成片儿。对于真正的美食家来说，这两样东西都是无上佳品。就在这个地点，在伯利恒、荒废了的雅各[3]井和奥努弗里乌斯[4]之间，瓦格内尔用圆木盖了一所小屋。奥努弗里乌斯像是布劳恩雕刻在一块偶然露出地面的巨石上的，它曾使爱尔本那样着迷。寂静的树林，瓦格内尔的大锤声声敲击，幸福的、田园诗般的角落充满了和谐。

就在这里，在枝叶摇曳的老云杉树下，在小鸟鸣啭声中，瓦格内尔的《诗》从石头深处探出了她高贵的面容，脑袋微微支着。这尊雕像是这位雕塑家在难得的创作激情中如痴如醉地镌刻出来的。雕像完成后，他用雕刻凿在石头上写了一句献词——在瓦格内尔来说是如此典型的献词。他将雕像献给一切受诅咒的诗人！

我们静静地等待着，玛利耶太太在回忆。

战前，她同瓦格内尔在这林中幽谷只住了不多几年，但那是幸福

1　根据《圣经》，耶稣诞生在伯利恒的马槽里，有东方的博士前来朝拜。此处是指雕刻家布劳恩以这个故事为题材创作的雕刻作品。

2　指什波尔克伯爵。

3　雅各为《圣经・创世记》中的一个人物。

4　天主教的一位圣徒。

的岁月。夏天一清早，野兔在不远处沙沙地啃着多汁的紫苜蓿，树端飘落着芬芳的、蒙蒙细雨般的露水，他俩穿上高筒靴出去采蘑菇。回家的路上一同到邻近的村子去采购，带着五公斤重的大圆面包、炼乳和一块纸包的黄油回到家里。约瑟夫动手干活时，日头已经晒得很热。瞧他怎样快活地往掌心啐口唾沫，怎样兴致勃勃地开始敲凿他亲自从采石场挑选来的石方，此情此景真值得一看。是的，那就是《诗》，一座令人赞叹不已的美丽雕像——手里抱着一束月桂，将它紧贴在鬓角。这是一座融庄严与热情于一体的雕像，一时没有其他作品堪与媲美。它就横在那边的苔藓上，在中午的阳光下还浑身尘土。约瑟夫对这件作品感到高兴和满意。他自己也浑身尘土便开始磨光、擦净雕像了。

"这种快乐和满意感您也准是深有体会的，当您成功地写出一首诗，从书桌旁站起身的时候！"

外加一点儿必要的散文：厨房里蘑菇饼飘香！您还能要求什么呢？

离此几步外的乱草丛中，也许今天还能找到底座的碎片儿。附近蒲公英正在开花，它们是当年那些岁月在这里留下的唯一的黄金。

回忆往事使玛利耶太太的眼睛亮起来了，唯有年轻姑娘生平第一次尝到幸福时，眼睛才这样明亮。

在伯利恒，他们有时也接待布拉格来的朋友，马奈斯协会的雕塑家和画家。热烈欢乐的谈话在这儿展开，讨论艺术问题，滔滔不绝。没有这样的时刻，幸福也远远不会圆满无缺。

冬天，瓦格内尔夫妇到林子里去找小树墩子。约瑟夫用了几个雕刻小小的人体躯干。由于占领[1]来得紧急，这些小作品没能带走。战后他们发现这里已被盗窃一空，小屋毁坏了。翻倒的门扉上，有铅

---

1 指二战开始时德国法西斯对捷克斯洛伐克的占领。

笔刻写的许多不堪入目的德文谩骂字句。他们没有再盖小屋,怀着沉痛的心情告别了伯利恒的田园诗。

瓦格内尔后来在乌姆普鲁姆工艺美术学校任教,开始创作纪念像:斯美塔那像和伏尔赫利茨基像——在两次预赛中他都取得了胜利。可是,一切都越来越困难了,他已渐渐接近生命的终点,过早地、悲惨地接近了终点。

1976 年 3 月初,瓦格内尔教授昔日的几名学生来到了霍希采,在他的故乡和他的坟墓前纪念他诞生七十五周年。他们带来了几十封信,都是他的学生们写的,放在一只黄铜匣子里,匣盖上装饰着一对金属翅膀。除却书信,他们还将自己新作品的照片放进匣里。此外还有二十年中去世学生的照片。去世的已有好几人。

学生们在信中表述了他们对这位卓越老师的怀念。这些信实际上是一部合唱曲,几乎同样的歌词,同样热烈的曲调。瓦格内尔爱他的学生,他们也爱他。这种师生关系他的学生终生难忘。每一封信里都谈到了敬仰和感激,写信人由衷地感谢他,表示了对他的艺术遗产的热爱。我有幸浏览了这些信件,它们完全把我吸引住了,使我深为感动。

"在那充满希望和信任的年代(那是 1945 年),我们非常幸运能有雕塑家约瑟夫·瓦格内尔在校当我们的老师。他的作品和他的为人和谐一致,两方面都堪为师表,影响着我们的成长。"米洛什·赫卢帕契在开头的一封信中写道。

"我很幸运能在瓦格内尔老师的指导下迈上雕塑之路。"另一名学生写道。这句话几乎在绝大部分信中以不同形式反复出现。

女雕塑家佐尔卡·苏库波娃-科日阿诺娃讲了一件动人的、令人心里感到暖乎乎的事情,它能说明许多问题。

瓦格内尔希望助教对学生的作业除却给予建议之外一概不要干

预。这位年轻女学生有一次在创作一座男子立像时,有条腿老也做不成功。助教马列约夫斯基看到了她的窘困,给她改了改,把那条腿完成了。“他碰了我的腿啦。”女学生诙谐地说。可是瓦格内尔教授走来检查作业了。“那条腿有点儿别扭,您没做成功。”这位女学生,正如她自己承认的,说话往往不假思索,常要“走火”,她脱口说道:“这是刚才助教先生马列约夫斯基给我做的。”教授不再说什么,静了片刻,他的眼睛湿润了。事情很清楚,换了任何一个人做法都会是:责备学生,批评助教。可是教授走开了,他一切都自己忍受。

女雕塑家爱娃·克门托娃在校时曾有过一次不可思议的、对她的命运来说起了决定性作用的感受:有一天,当她在画室里看着瓦格内尔工作时,她得到了无比重要的关键性的启示,这影响了她的整个一生。不,这一幕她无法准确地描绘。她只知道那是同某种伟大性结合在一起的奇特的幸福感。这种伟大性填满了整个空间,也填满了她的灵魂中的空间。这一刻她永远不会忘记。她深信如果没有这番感受,她的生活会是另一个样子。

我承认,她这话我绝对相信。我也有过与此相仿的感受。不,我不想说我懂得雕塑艺术。不过,在瓦格内尔的工作室里待了一会儿之后,今天我敢说我明白雕塑是怎么回事了。

学生们在他的墓上献了花圈和鲜花。有一个花圈的飘带上的题词是:为了诗的遗产。

瓦格内尔的躯干雕像使我赞叹不已,无论是立在砾石上的、飞翔的,还是其中也可说是最美的一个:卧像。在这些作品上看不到廉价的、哗众取宠的雕刻效果,他只在木料或石料上落下洗练的几刀,无生命的物质便有了生命,其形象之完美足以使它们流传后世。这些躯干雕像是值得注意的,它们为数众多,但最使我喜爱、赞赏的是一些少女像,例如《春》、《艺术》、无比美丽的《月桂》等,尤其是《大地》,这尊雕像的面容和婀娜的身姿攫住了我的心。我多么想坐在她的旁边,长时间地凝视她那深色的光华、绰约的风姿和栩栩如生的面庞啊。能看到这样的作品产生,而且几乎就在我们的眼睛面前产生,人生毕竟是美丽的!

这些纯洁的阿尔忒弥斯[1]式的少女——诚如佩奇尔卡说的——虽然不露出膝部,但脸庞却由此而格外的楚楚动人,它们轻轻地说出了作者妻子的青春美。这些作品诗意盎然,令人为之倾倒。热烈的旋律在沉重的石体里激荡。石头以深深的宁静拨动着我们的心弦。这是没有文字的诗,是仅靠雕塑家自古以来便已使用的简单工具,凭借雕塑艺术点燃的诗。来自他的故乡的粗糙石块有时仿佛是用手掌磨光的,有时锋利的刀尖又在女性的面庞上织出一方细软的面纱。凿子和锤子,这两件沉重的铁器在塑像的表面失去了分量和粗笨,一味追随着雕塑家梦中的轻柔线条亦步亦趋。

瓦格内尔热爱音乐和诗歌,它们也报之以爱。他的少女群像是一首轻快的情歌,人们用眼睛来倾听。他是一位将诗写进石头的雕塑家,一位以雕像代替韵律的诗人。

瓦格内尔的《诗》1937年曾送往巴黎参加世界博览会,获得了大奖。当雕塑家马约尔[2]和德斯皮奥[3]参观这件作品时,马约尔抬起手象征性地碰碰帽子说:这才是一位雕塑家呢!

三月,在他诞生七十五周年纪念日,我至少也得去洛布科维茨卡公园,看一看他创作的雅罗斯拉夫·伏尔赫利茨基纪念像吧。那是他晚年的作品之一。去霍希采他的墓地对我来说已经过于遥远了。春天已在门口,空气潮湿、芬芳。黑山鸟早已看准了春天要去历险和歌唱的树木。可是我仿佛觉得,纪念像上托着诗人的那两位缪斯神

---

1 阿尔忒弥斯,古希腊最重要的神祇之一,在神话里是一位贞洁的女神。
2 马约尔(1861—1944),法国画家,20世纪最重要的雕塑家之一。
3 德斯皮奥(1874—1946),法国雕塑家。

眼泪汪汪。

啊，不，她们没有落泪！是我想到这位好人的艰辛遭遇时，心里感到忧伤。他只在短短的一个时期走进过我的生活。

虽然在马奈斯协会我认识他已经很久，但我们的友好接近是在后来，在布热弗诺夫决定修复本笃会圣马尔凯塔修道院塑像的时期。

有一天傍晚，下班后他同画家蒂希坐在洛雷达的花园餐馆里。我打拱廊匆匆经过时，被蒂希瞧见了，他喊住了我。是的！那晚上我们过得很愉快。大约两天以前，弗朗基谢克·蒂希和我曾一同在玛尔扬卡舞厅观看了一位普通魔术师的表演，这会儿蒂希将看到的全部魔术和戏法给我们惟妙惟肖地学了一遍，瓦格内尔挺高兴。后来，我们没怎么犹豫就决定陪伴蒂希上霍拉酒馆去，那是蒂希喜欢去的地方，在卡尔麦利特街。可是那家酒馆不一会儿就打烊了，我们挪到了附近马尔特兹广场的美术家酒馆。从那里出来只跨过查理士大桥，我们又拐进老城议事厅旁边的宾德利酒馆去看了看。那儿供应的葡萄酒虽然味道很好，但顾客太多了。因此我们坐了个把小时之后起身离去，到了雷瓦酒馆，在那里看到哈拉斯正独自坐着。他喜悦地欢迎了我们。午夜过后，雷瓦酒馆关门，我们又到了附近斯帕列那街的舒普酒馆。那儿坐着奥勃拉赫特，他没赶上开往克尔契的末班火车。在这以后怎么样我就不知道了，以名誉担保，什么也不知道了！据说玛利耶太太早晨有点恼火，不过怒气不大，为时也不长。

瓦格内尔邀请我参观他在学校的画室，我很高兴，盼望着那一天的到来。我的手还在门把儿上，他已经打开了一瓶红葡萄酒。他不是嗜酒成性的人，但喜欢在聊天的时候稍稍喝两口。从那一天起我们之间就建立了友谊，直到他去世。可惜时间太短了。死神已站在门外。善良、正直的人彼此很容易结交，而且只要有一点儿可能，他们就很快活。

我凝视着雅罗斯拉夫·伏尔赫利茨基身上那件胸前敞开的短披

肩，种种往事将我牢牢钉在长椅上了。

小时候跟着妈妈上奥尔尚斯基墓园去扫墓，我在坟墓旁边闲逛。妈妈要我祈祷，我便装出一副祈祷的模样。今天，我确实想虔诚地祈祷，可是我已经不会祈祷了。我背不出祈祷文的词句。妈妈的祈祷书已被妹妹从老家拿走，我什么也没有了。那本祈祷书的封面上有圣母玛利亚的画像，她的心上插着七把刀子。

我要是有一块米列金的祈祷饼也好啊！可是就连这类宗教品今天在米列金也不再生产了。

（杨乐云译）

迈森[1]瓷器

那是五十年代。也许更晚一些？确实记不清了。我在马利安斯基温泉疗养地接受治疗，坐在柱廊上享受着九月的美好天气，无忧无虑地一杯又一杯呷着矿泉水。无忧无虑？未必尽然。忧患时刻追随着我们，尽管我们自以为身居安乐之中。乐队演奏的《隆朱莫驿站马车夫》已一曲告终，去喝杯黑咖啡吧，我暗自寻思，便走进了亚历山大甜食店。那是一家蛮不错的小小甜食店，就开设在柱廊下面。如果说人们在柱廊上只是远远地交换含笑的目光，在亚历山大甜食店可就迎面相对或者同坐在一张桌子旁了。

一进门我便瞧见了伊凡·奥勃拉赫特。我知道他在上克拉德斯卡郊外的什么地方有一所乡间别墅，可是在温泉疗养地我还不曾见过他。他同一个我不认识的穿绿衣服的男人坐在一起。我找了一张空桌子刚要坐下，奥勃拉赫特却在唤我过去。自从他和海兰娜·马莉肖娃分手，并且自从她去世以后，他的友谊已不怎么温暖。而且不仅同我是这样。那个男人正在离去。他是林业工程师，用汽车把奥勃拉赫特带到了这里，答应过后再来接他回别墅。

1　古地名，位于今天的德国和捷克交界地带。

我们已有很久不曾见面，奥勃拉赫特问这问那。他已听说我患了病。当我想知道他的生活过得怎么样，何以也来马利安斯基治疗时，他挥了一下手。我们正说着话儿，一个很招人注意但绝对不是捷克美人型的年轻女子在奥勃拉赫特身后的一张桌子旁坐下了。她满头黑发，一双富于表情的眼睛也是深色的。这样的女人我过去在喀尔巴阡山下的俄罗斯人地区[1]见过，或是在乌日霍罗德，但更可能是在穆卡切伐。我不禁想起了奥勃拉赫特那篇动人的著名短篇小说中的女主人公。我俯身对奥勃拉赫特说："汉娜·卡拉齐乔娃[2]来了，你瞧！"奥勃拉赫特不很显著地扭头看了一眼。

"哪儿的话，"他说，"这跟汉娜·卡拉齐乔娃的眼睛差远啦！"

汉娜·卡拉齐乔娃的眼睛！

接着他不假思索便给我背诵了小说的开场几句——不是背诵，不如说简直是吟唱：

"这是全波拉纳最美丽的一双眼睛。这双眼睛是椭圆形的，样儿像杏仁，眸子又黑又深邃，大得非凡。谁凝目注视它们，不由自主会感到头脑眩晕。若不是长睫毛微微遮掩了眸中的甜蜜和光彩，男人的心脏会受不了的。"

不错，小说大致就是这么开始的。后来我们回忆过去，聊了一阵子喀尔巴阡山下俄罗斯人地区的某些魅人风光，波拉纳和曼丘尔山麓的美丽草原，还有山顶上牛奶店的鲜奶油——它足以同阿尔卑斯山的奶油媲美。奥勃拉赫特在这一带生活了很久，带回了《舒海》[3]和《山谷中的戈莱特》[4]。《舒海》曾使我废寝忘食，《戈莱特》中的汉

1　即外喀尔巴阡乌克兰。一战后，这一地区划归捷克斯洛伐克共和国。

2　短篇小说《汉娜·卡拉齐乔娃忧伤的眼睛》中的主人公。

3　指奥博拉赫特的著名长篇小说《侠盗尼古拉·舒海》(1933)，是根据喀尔巴阡山下俄罗斯人地区流传的绿林好汉劫富济贫的故事写成。

4　短篇小说集，1937年出版，以上述地区的犹太人生活为题材。《汉娜·卡拉齐乔娃忧伤的眼睛》为其中一篇。

娜的故事则百读不厌。我最初接触的是长篇小说，写黄头发的无产者安娜[1]。当时我和诺伊曼主持《反光镜》杂志，将小说交给印刷厂时颇有些依依不舍。

那是晴朗宜人的九月的一天，正是马利安斯基温泉疗养地常有的好天气。奥勃拉赫特先还抱怨心脏有病，可是这会儿神色愉悦，情绪极好。他兴致勃勃地回忆着他在喀尔巴阡山下犹太人中间度过的岁月。他很熟悉那里的犹太人，了解他们的私生活、宗教道德观念，以及深受波兰犹太教士影响的神秘宗教仪式。波兰犹太教士当时享有很高的声望和荣誉。我询问他犹太教法典的奥秘和教士行神迹的事儿。马利安斯基温泉疗养地不久前也来过这么一名犹太教士。

"我给你讲一件事情吧，"奥勃拉赫特没有直接回答我的问题，"不过，你得答应我永远不把它写下来或者说出去。"我答应了他，可是没有信守诺言。那是很久以前的事情了！他笑了笑，开始讲起来。

"一星期以前我的妻子来别墅看我。她上卡洛维伐利[2]去了，第二天回布拉格，来此不过是看一看而已。汽车停下后，只见她小心翼翼从车厢里捧出一个瞧着挺大但显然不很沉重的纸包，说是古瓷器。我这一辈子从来不收藏任何东西，可是妻子却迷上了古老的破玩意儿。在卡洛维伐利的老草场她刚买下了这套迈森茶具。

"说实话，我对瓷器一窍不通。在赛米利老家，虽然母亲也在玻璃柜里珍藏着几件瓷壶瓷罐之类，说是聂鲁达生前用过的，但是我们从不曾拿出来使用过，怕给打碎了。因而总是母亲过些日子便谨慎小心地抹一抹上面的灰尘。

"斯拉薇因卡把纸包拆开一个角，取出一只白瓷杯给我鉴赏。当她要把杯子放回包里去时，我请她留下一只给我。我和宪兵站合用

1　长篇小说《无产者安娜》的雏形，1925 年发表在以工人读者为对象的《反光镜》杂志。

2　捷克著名温泉疗养地。

一所房子,站上不时有人来看我,我正短少杯子倒咖啡待客。

“斯拉薇因卡轻蔑地瞪了我一眼,目光足以使我想象自己是个未开化的野蛮人! 她说这是迈森古瓷,如今已是稀世珍宝。”

听到这儿,我心里颇想打断奥勃拉赫特一下。迈森古瓷! 洁白如雪,纤巧如年轻姑娘节日里握在手中的小手帕。用指甲叮叮一敲,它便低声啜泣。每只杯子的杯底和每只茶碟上都绘着一朵可爱的玫瑰花,红得那样甜蜜。如此秀气的物品拿给皇家林场那些胡子拉碴的大兵使用! 这样的杯子会使人要唱起歌德的那首动人的小曲儿:

玫瑰花,玫瑰花,小小玫瑰花,
红艳艳的花朵儿开在山坡。

奥勃拉赫特在继续讲着:“既然她说什么也不肯给我,那好吧,我心里想,没有关系。妻子将茶杯重新用木丝仔细裹好,放回原包。第二天她回布拉格去,又小心翼翼地把那包瓷器捧进汽车。

“你知道,眼下火车很拥挤。她出于审慎购买了头等车厢的票,殊不知那里也坐得满满当当。在去火车站的途中,不消说我俩又拌了几句嘴! 等她坐定以后,我一面将那包瓷器从窗洞里递给她,一面半开玩笑半认真地咒了它一句——用了犹太教士的一句古老、可怕的诅咒。你刚才不是问我犹太教士行神迹的事儿吗? 我看到可怜的斯拉薇因卡毕竟有些惊恐,脸色变得苍白。可是火车鸣笛了。

“她把那包瓷器一路捧在膝上,顺利到达布拉格。不过那句诅咒依旧令她忐忑不安。列车靠站以后她坐在车厢等了片刻,让其他旅客先下车,然后她叫来一名搬运工,小心谨慎地将她从卡洛维伐利弄到的战利品交托给他。搬运工接过纸包却也十分用心地提着。可是就在这当儿远处车厢的大批旅客潮水般涌了过来。

“秋天到了,人们纷纷休假归来。那是晴朗的星期天的晚上,去乡村别墅的人也都回城了。有个愣头愣脑的旅客不小心撞了搬运工一下，把他手里那个包扎得不很像样的纸包打翻，于是只听得瓷器落地的一声可悲的响声。匆匆赶路的旅客来不及避开，再加后面的人不知前面出了事又一味推着他们前进，那包瓷器便踩在人们的脚下彻底报销了。”

每当奥勃拉赫特诉说心脏有毛病，朋友们都安慰他，说他会长寿的，像他的父亲一样！人们都这么认为。老爷子活到八十八岁，然后安静地离开了人间。奥勃拉赫特却摇摇头："得了吧，哪儿会啊！"他果真去世了，还不满七十岁。我是过了四分之一世纪之后才得知他临终情况的。

我患病住进了维诺赫拉德医院。一天，卡雷尔·诺维来看我。他住的地方离此不远！我们两个闲聊。你们知道我俩的话题无非是疾病和已谢世的朋友及熟人。

诺维忽然问我："你不知道奥勃拉赫特临终时什么样吧？"接着他说道：

"你肯定认识拉岑布尔大夫。他有一个时期也在这所医院工作过，后来到西方某地当主任大夫去了。他有一个姑姑曾经在斯米霍夫国家疗养院工作，奥勃拉赫特当时就在那里住院治疗。她和伊凡的妻子一同护理奥勃拉赫特。一次，斯拉薇因卡暂时离开病房去接个电话，护士听到病床上患者的喘息声，便急忙过去想给他把枕头垫高一些。她俯下身时，病人轻声说：

"'这双眼睛！'他神情专注地盯视着她。

"'这双眼睛我在哪儿见过！在哪儿呢？哦，上帝啊，是汉娜的！这是汉娜的眼睛……'说罢他的脑袋又落到枕头上，不一刻以后他去世了。"

（杨乐云译）

斯米霍夫的骷髅舞

男人通晓许多事情，不妨说男人通晓一切。他们摆弄复杂的机器，在自动化装置面前确实不会比女打字员在打字机面前困惑多少。但是，他们一接近女人便常常会出现这样的情况：他们对女人原来压根儿就不了解。我知道，您会说女人不是机器。女人当然不是机器，然而尽管如此！另外还有一些男人，他们出色地计算出了从来也看不见和望不着的星球轨道的偏差，可对于他们自身运行轨道中每天遇到的女人，却不甚了了。女人在一举一动中表现得如此独特、如此奇妙的种种，他们全然视而不见。

甚至也不乏这样的作家！在作品中他们谈论女人的心灵，谈得令人折服，因为他们熟读了心理学。可是他们本人的婚姻却由于自己的过失翻了船，弄得很悲惨。而这些作家还是颇有名望、受人尊敬的呢。在这方面最糟糕的常常是涉足哲学园地的一些人。

活像女人富有吸引力的神秘性就真那么神秘莫测似的！也许倒竟然确实是这样的呢？

不过，这里我要写的是关于卡雷尔·泰格的死，根本不宜从结尾处开始。需要从头说起。亡灵也要求我从头说起。

当泰格和我决定首次去巴黎观光时，他怂恿我跟他一起去做一套像样的新装，以便出外代表这个国家，虽然并没有哪个人要我们代表。同时也多少代表一下我国的现代艺术，这倒是我们自己希望的。在布拉格，我们的衣着非常随便。

泰格认识民族大街的一位杜雷克先生，他是裁缝，铺子开设在从前的联合咖啡馆那边。这可不是一家普通裁缝铺，缝工也不便宜。我手中的钱少得可怜，未免有些犹豫，可最后还是被泰格说服了。杜雷克先生为我们选择了一种叫作“胡椒和盐”的灰色英国衣料，不久便把衣服做成，两周之后我们已穿着走在巴黎的林荫大道上了，头上戴着“磨掉了绒毛却很讨人喜欢”的帽子——诚如米兰娜·耶森斯卡常说的，她那时还是个时装记者。

埃菲尔铁塔，在此之前我们曾相当虔诚地向它乞灵的埃菲尔铁塔，冷冰冰地瞪着我们。

巴黎，哪怕下雨也是美丽的，何况天气晴朗。那是芳香扑鼻的夏季的一天，我们同画家西马有个约会。正当我们寻找赛吉耶路十四号的时候，忽见一个俊俏的年轻女人在我们的面前跨下了汽车。显而易见她很有风度！活像是从科莱特[1]的小说中剪下来的。面纱没有遮住眼睛，手腕上闪烁的金镯子叮叮作响。她迈着轻快的步子，在一团香雾中打我们身旁走了过去。我们两个完全被她迷住了，不觉站下来彼此对看了一眼。

“可惜没有时间，”泰格突然说道，“我真想追她去！”

这话不免有些出我意料，可是泰格的口气是那样的理所当然，我便没有说什么。况且，这一类的话题在我们两人之间还从来没有进行过。

今天，在过了五十年之后，我已认识到我当时的惊讶全然没有必

1　即卡·科莱特(1813—1895)，挪威女作家，女权运动者。其作品对易卜生、比昂松等产生过巨大影响。

要。泰格是对的！男人就是男人，追求的目标总是高于他的力所能及。再说，许多动人、有趣的恋爱悲剧就正是这么开始的，这类小说读者看得津津有味。

再见了，巴黎！你永远不会再那样美丽！

回到布拉格时，我们大约二十五岁。我们的眼睛里闪烁着热情。还有渴望！遗憾的是当时我们很少意识到自己生活在幸福中，及至有所领悟，一切可惜已成往事。

旋覆花社发展壮大了，新的成员在增加。然而，使我们感到惊异的是，斯拉维耶的聚会上却每每见不到泰格了。他来得很不经常，无影无踪就消失了。他也不再鼓动我们晚上去酒吧。在那里，萨克斯如怨如诉，那般诱人，催促人们去跳舞，女士们送过来她们的手臂。

托燕——当时大伙儿还叫她曼卡——有一次开门见山地对泰格说：

"你是跌进情网昏了头，对吧？"

泰格有点儿不好意思地承认了。从青年时代起，泰格就赞成不受约束的恋爱权利。婚姻关系嘛——那是资产阶级残余。

一次，我们在街上看见奈兹瓦尔抱着一块熨衣板走回家去。显然电车没有让他上。他像抱吉他似的把熨衣板抱在怀里，模样儿挺滑稽。托燕忍不住扑哧一下笑出声来，泰格讥讽地说了些挖苦话，弄得奈兹瓦尔十分狼狈，脸上涨得通红。

生活在前进，在流逝，在轰鸣，在消失。诚如特里斯坦·查拉指出的：我们每天都在死亡一点儿。可是，谁也不去考虑时间。我们的诗集一本接一本出版，口袋里装满了诗句。我们要"让资产阶级丧胆"，可是效果显然不大。资产阶级丝毫也不畏惧我们。

1929 年，我在作家的联合声明上签了字。七人中我最年轻。我的朋友泰格、奈兹瓦尔、哈拉斯和其他几名作家发表了一份反声明，在尤利乌斯·伏契克的建议下，我被开除出旋覆花社。

当时我对此并未感到多么痛苦。旋覆花社已逐渐完成它在捷克文化生活中的创造性使命，它那丰富多彩的美好历史已接近尾声。成员们已开始不需要年轻的社团在创作上给他们以帮助。一代先锋派事业中的许多人已打开局面，我们有了充分的准备，决心走自己的路，不愿再受旋覆花社规章制度的束缚。这些规章制度原是我们自己制定、泰格相当认真地贯彻执行的。

此外，女士们也开始直接或间接地干扰了我们的定期集会，桌旁的空位越来越多。

这种情况反正大家都知道。女人只要有此意图，颠覆一个帝国都不在话下，何况区区艺术团体。不过，瓦解这个年轻社团中的美好友谊的不是女人。女人并没有！

奈兹瓦尔在他的回忆录中曾提到，说我怎样每天晚上在告别了女友之后，不管时间多迟也要急急赶往我料想朋友们会在的地方。是的，他说得对，情况就是那样。不过，我渴望见到的主要是泰格。同他我总有那么多话要谈。他是一位不知疲倦、使我获益匪浅的参谋和朋友。

脱离旋覆花社令我最为难受的是同泰格的友谊多少受了影响。我们见面的机会越来越少，尽管起初双方都努力避免出现这种状况。可是后来，当奈兹瓦尔同泰格从巴黎带回了超现实主义之后，我就很少见到他们了。他们结交了一些法国艺术家，有了新的朋友。奈兹瓦尔以其粗犷豪放的性格，全身心地投入了超现实主义这一新的潮流，泰格则除却超现实主义之外，兴趣还集中在现代建筑上。

这样，我便开始回避斯拉维耶咖啡馆的台阶而经常去沃尔希斯卡街的雷瓦酒馆了。过去我就常上那儿找霍拉和哈拉斯。马代西乌斯也上这家酒馆，霍朗有时也去。约瑟夫·帕利维茨难得也在。对我来说，旋覆花社不久便成为既亲切又带着几分苦涩的记忆和往事了！

我现在的住处离莫托尔医院不远。近几年，每到寒冬临近，医院上空便飞来一群乌鸦，难听的叫声破坏了四周的宁静。乌鸦也飞到我们这里来，有时满天都是。好吧，当乌鸦凄厉的啼叫犹如声声警钟提醒我时间已经不多时，那就让我在这里向这位亲爱的故友一表感激之情吧。趁我还有一点儿工夫！免得为时已晚！

他给予我的除却美好的友情之外还有不少其他。他给予我的远比我当时年轻自负的心所理会的多。

是他逐渐给我打开了现代艺术世界的门扉。这个世界是我原先不了解、凭我那点儿可怜的语言知识也无从了解的。我喜欢诗歌，然而是泰格使我学会了热爱它，在造型艺术方面也一样。是他教会我欣赏现代绘画和雕塑。他教导我在艺术领域要审慎，使我明白并非所有那些向我们提供、有时硬塞给我们的、那些被称作艺术的东西全是艺术。

我记得当时还很年轻的泰格怎样同他的朋友弗拉迪米尔·什图尔茨——此人写音乐评论，后来也参加了旋覆花社——一同去听捷克四重奏乐团的排练。他和什图尔茨是世交，至于是什么样的关系已记不清了。泰格虽然爱好音乐，但离内行的水平还相差很远。一次，他听了排练之后表现了他特有的忧虑，说不知第一小提琴手K.霍夫曼拉小提琴能否像什瓦宾斯基[1]画画一样出色。当有人在报纸上发起徒劳无益的讨论，探究德文“kitsch”[2]一词译成什么捷克文词才能达意，泰格毫不犹豫但有些无情地建议用R. U. R.[3]。而我们同恰佩克兄弟很熟悉。两兄弟的《闪光的深渊》、《克拉科诺什的花园》以及《神的受难》深为我们所喜爱。“旋覆花”这个名称的由来也应归

1　即马·什瓦宾斯基(1873—1962)，捷克画家、版画家。
2　意为矫揉造作的拙劣的文艺作品。
3　即卡雷尔·恰佩克的著名剧本《万能机器人》，在当时的捷克斯洛伐克国内外曾轰动一时。

功于他们。

只有一件事泰格没有成功。他曾不断地但毫无效果地劝说我学跳现代舞。他甚至自告奋勇要亲自教我，授课时将由奈兹瓦尔钢琴伴奏。

泰格喜欢跳舞，对此兴趣很浓。他的书柜上用图钉钉着一幅加瓦尔尼的素描，是从一本旧画册的扉页上取来的。画面上一个刚从舞会回来的年轻姑娘没有脱下舞会衣装就伏案睡着了。画幅下首写着稍有改动的耶稣的一句话：她将被赦免无罪，因为她跳舞太累了。

及至三十年代，我已难得一见泰格了，不如说我们只是偶尔碰巧相遇而已。可是在战争时期，当劳动合作出版社尽其力之能及设法援助那些不能出书的作家时，我见到泰格的机会又多了一些。他和巴维尔·埃斯内尔都受劳动合作出版社的亲切庇护。后来签订了某种协定，根据这一协定泰格可以预支稿酬，但详细情况我不清楚。

战后我遇见泰格的时候比较多。他常上奥达·吉尔嘉的书店。在斯米霍夫区，安琪儿的狭窄店堂里有时挤满了人。起初是约瑟夫·霍拉常去。从科希日斯卡街他的寓所上那儿需要乘车。斯·科·诺伊曼也常去。吉尔嘉购买泰格的旧书，出价无疑很慷慨，因为泰格的经济状况到了战后也毫未改善。

泰格以他过去的热情——在旋覆花社初创阶段我对他的热情知之颇深——向我介绍他那一小圈朋友的情况，他们是超现实主义的画家和诗人。这个时期他正在撰写多卷本《现代艺术现象学》，这是他战时便已定下的计划，劳动合作出版社曾考虑出版。

他那时便已诉说胃里疼痛。他去求了医，但疼痛未能止住。其实病根不在胃里，也不是他担心的癌症。是心脏。他没有想到。

泰格于 1951 年 10 月 1 日去世。那是充满萧索秋意的凄凉的一天。心电图提供了假象。泰格去世前不久，大夫还看了他的心电图，根据仪器的记录，大夫只能做出心功能完全正常的诊断。实际上不是这样。心功能不正常已有很久。泰格的心脏损伤到了如此程度，解剖大夫都难以相信有这么一颗心脏的泰格，居然还能那样地生活。

这是紧张劳动造成的，他几乎名副其实地废寝忘食了。他工作通宿不眠。晚上十点以后，他在家里伏案一直工作到次日黎明。生活逼迫着他。他害怕把书写完。因为那时布拉格报纸上发表了一系列文章，对他进行了激烈的、不公正的批评。由于他完全处于无助状态，他去世后便传开了许多流言蜚语，有公开的，也有暗中散布的，沸沸扬扬围绕着他的死，他的名字，当然也围绕着他的著作。

安德烈·布勒东在一篇论女画家托燕的文章中把谣言当作了真实，说卡雷尔·泰格被捕时服了毒，他的妻子随即跳楼自杀了。需要说明一下，泰格既未被捕，也未受过审查。

实际情况是另一个样子——虽然同样富有戏剧性。

有些女人，一般是年轻女人，但也有年纪较大的，在遭遇不幸失去丈夫之后，她们从墓地回来哀哀哭泣，哭了好几天。然后抹抹眼泪，鼻子上扑些香粉，便好奇地举目环视世界。不，我并不责怪她们。这是生活。我站在妇女一边。

在婚姻上受了挫折的法国著名诗人阿尔弗雷·德·维尼谈到女人时说：女人是灵感的摧毁者。女人并不全都这样！我国诗人彼特·贝兹鲁奇便常常赞赏地引用那句关于女人的名言：唯一无私地爱男子的女人是母亲。贝兹鲁奇还补充道：这是法国人说的，而法国人无疑对女人很了解！不过，此话也未必永远正确。

我不会让任何人毁坏我心中的女人的神话，自古以来男人们就用这个神话为自己编织女性美的花环。无论是年老体衰还是疾病，也无论是痛苦还是最可怕的失望，都不会夺走我这双昏花老眼看到的女人的美好形象。我是一个顽固的女权维护者。我捍卫妇女，尽管在今天已无此必要。妇女在很好地捍卫着她们自己。

这些话只是开场白。幕布升起，舞台上是一个男人和他的妻子。

有人敲门，另一个女人走了进来。不，上帝保佑，这不是我们熟知的、各剧场大量上演的那类婚姻喜剧的开始。正相反，这是一出情节独特的悲剧：一个男人和两颗女性的心。

泰格的一位超现实主义年轻朋友写信给我说："您肯定知道，浪漫主义的卡雷尔·泰格一向醉心于无约束的恋爱观。他真诚地爱着他的妻子。战争初期，他结识了E.小姐之后便力图向自己也向两个女人证明他们之间能够建立幸福和谐的关系。"

泰格有了新欢，这事我早已知道。他的妻子我年轻时就认识了。她是个端庄的女人，很有魅力，心地极好。泰格的女友我只偶然见过，有一次是在吉尔嘉那里。她也是一个不同寻常的女人，同样有魅力，而且肯定很有趣味。一次，我遇见他俩时，泰格诚恳地邀请我上斯米霍夫的沙拉蒙卡去做客。那是在他去世之前不久。多么遗憾，我没有马上接受他的邀请。过了不多日子就已悔之晚矣。

我从不怀疑他对两个女人都很真诚。他不愿也当然不善于扮演庸俗的三角婚姻关系中的角色。令我大惑不解的是，像他这么一个罕见的思维敏捷、头脑聪明的人怎么可能设想在两个女性之间能建立平静、融洽的关系。他怎么不明白在真正的爱情领域，女人之间是不可能存在这种关系的。他自己可以真挚地爱着两个女人，可是女人若是真心爱他，就不可能同别人分享这份爱情。这件事犹如沉重的负担压在他的身上，使他长期处于紧张状态，无补于他那颗虚弱、有病的心脏。显而易见，这使三人都很痛苦。

泰格每天晚上都在家里工作，直至清晨才躺下，上午他睡觉。中午时分他离家去女友处，她住在斯米霍夫区的阿尔贝斯广场附近。他在那里吃午饭，下午E.小姐协助他写著作稿。就这样一天又一天过了三年。从1949年到1951年10月。

在不祥的十月的那一天，E.小姐久等不见泰格来到，便出门去迎，可是她徒然望眼欲穿。两人走岔了道。待她最后往回走时，才发现泰格在阿尔贝斯广场的电车站上，身体倚着一根铁柱在喊她。痛苦的痉挛扭歪了他的脸。这已是一张打上了死亡标志的脸。她好不容易扶着他回到自己的寓所，泰格每走一步都痛苦不堪。进屋坐下后他呼吸困难，情况很危急。E.小姐便连忙去找大夫。她花了一些时间才把大夫找到，可是回到家里却发现泰格已经气绝。

她不假思索就决定随他一起死。然而她必须先将泰格的死讯通知他的妻子，因此她写了一张字条："卡雷尔已经不在了。他是今天中午去世的。"她打发沙拉蒙卡的一名出租汽车司机将字条送去。

泰格的妻子见到字条以后马上把泰格写给她的全部书信统统烧毁。这些书信为数不少。尽管他每天都与两个女人见面，却几乎每天都给她们写信。在这个隆重的仪式之后，她开煤气自杀了。

E.小姐也只多活了几天。在此期间她把手上泰格的遗稿整理出来，交给了朋友们。之后，她像泰格的那位妻子一样，拧开了煤气开关。

她的死结束了这场可悲的死亡之舞。对此，"多亏"泰格死后的种种措施，外界很少有人知道。

我们曾与一位多么出色的、不同寻常的人物和艺术家生活在一起啊！他非凡的人格放射出来的是怎样的力量啊！

泰格的葬礼冷冷清清，礼堂里几乎是空荡荡的。只有少数几个他的年轻朋友参加了。这些朋友我那时候还不认识。

我们那一代人——事情已经很清楚那是泰格的一代而并非沃尔克的一代——他的朋友和熟人却无人参加。我与忠诚的画家穆齐卡孤零零地站在空椅子的后面。

（杨乐云译）

克拉卢比车站站台

1945 年 3 月下旬的某一天，在那场可恶的战争就要结束的时候，一位亲戚急促地按着我家的门铃。这是一位上了年岁的妇女。过去她也住在克拉卢比市，搬走后，有时候回克镇扫墓。现在她家也在布拉格，离我们不远。这一次扫墓时刚好赶上克拉卢比遭受大轰炸的日子。

回布拉格后的第二天，她惊魂未定地跑来找我们。轰炸时她正好在公墓。公墓在城外，坐落在炼油厂附近，地势比城区高。克拉卢比人把炼油厂叫作煤油厂，这个称号至今也没变过。

轰炸时老太太赶忙趴在一座坟墓上，脸紧紧贴着石板。在极度恐惧中，她不断祈求墓中的老友保佑自己平安。那里的空气已经有一些春天的湿润，苏醒了的泥土也已散发出芳香。她的头发上，甚至嘴巴里都是泥土，牙齿相碰时就嘎吱嘎吱地响。你看，人和泥土贴得多紧啊！

老太太的话虽然有些颠三倒四，不过还真是有声有色地描绘了轰炸的过程。她说，当时炸弹好像就落在她的身旁。坟墓不停地震荡，墓碑也跟着跳动，好像都活了。能动的活坟墓！多么奇妙的想象。解除警报的汽笛拉响后她也没有起来。像死了一样在那里趴了一段时间。在墓碑丛中看不到城里都发生了什么事。但是远远的可以看到一个个巨大的气旋和黑色的尘埃云像不祥的黑翅膀一样腾空而起，房屋则纷纷被夷为平地。随着阵阵爆炸声，一股股强烈的气浪一直冲到公墓，吹得那隔年花圈上的纸花沙沙作响。寂静了许久之后，老太太慢慢爬起身来，迈着犹疑的脚步离开公墓。上了公路后，也还是看不到下面城里的街道上究竟发生了什么。沿着公路向前，有一座废弃的市屠宰场挡住去路，公路围着它绕了一个大弯子。屠宰场有台阶同公路相连接，人们常常穿场而行，以便节省几分钟的路程。从前夏天走这条路时，路边血洼中，盛下水的桶上，成群的红头大绿豆蝇在那里嗡嗡乱飞。

过了屠宰场有一座宅院，原本是属于屠宰场的，房子不大，几乎淹没在花园的花丛之中。儿时，在这花园破败之前，它着实令我非常着迷。我们时常从那里走过，春夏两季，每次路过都一定要停留片刻。稠密的绿色植物把旧栅栏压得歪向外面的小路。我们就隔着栅栏向里张望。香气四溢的蜜蜂花和薄荷从栅栏的缝隙里密密匝匝地钻出。你用手指揉捻它们的嫩叶时，香气之中还带有些许人血的腥味。花园施肥时显然大量使用了屠宰场的污水。花木都发狂般地猛长，枝条互相缠绕着，显得杂乱无章，使得这座当年按照祖母、曾祖母的风格精心布置的花园，看起来颇不习惯。我看过不少很漂亮的这种家庭花园。不过，这座园子里长的全是我以前喜爱的花。当然，至今我依然喜欢它们。这是些旧式的、早已不时髦的花。春天，我至今还是爱看那显得娇嫩的荷包牡丹。这花园里就有几棵。开花时花朵沿着花梗由大到小整齐地排列着，它那粉红色心形花瓣和火苗状白色花心显得娇柔可爱，足以使人激动得落泪。它会吸引每一个过路的人驻足观赏并唤起他的美好联想。老式花园的花我都喜欢。早在我读到恰佩克在他的专栏里对这些花的发自内心的颂扬之前这种爱就已经植根在我的心中。还有绿色的木樨，如果忘了它那不喜欢炫耀自己的小花，我会感到内疚的。农村姑娘星期天采撷的小花束中永远也少不了它。瞿麦也很漂亮。虽然并不香，但很像花束里的石竹。夏天来临时，园中开满了法兰西菊。深褐色的紫罗兰在周围散发着一种醉人的柔香。然后，像战士一样挺立着的是一丈红，一排排地长得满满的，很远就能看到它们那飘带一样的花穗。一丈红下面还有长满淡绿苔藓的小条凳。从来没看到有谁在上面坐过。

多么美啊！就是这些花，过去姑娘们仿照它们的形状描图刺绣，为自己制备嫁妆，还把风干了的花朵放在衣橱里熏衣裳。

我的这位亲戚过了屠宰场跑到那所房屋跟前时，看到人们正从炸坏的房子里抬出一具女尸。房子炸坏了一部分，里面的人都是空袭时临时躲进去避难的。花园里到处都落满了碎瓦残砖。

死者竟是一位熟人。老太太一见尸体吓得赶紧转身逃避。但是，她避开了恐怖却看到了更多的惨象。克拉卢比市街头的景象真是触目惊心。很多人伤亡，大量房屋遭到破坏。全市三分之二的房屋部分或全部被毁。据官方统计，克拉卢比市是当时欧洲破坏最严重的十座城市之一，仅次于格尔尼卡、考文垂、华沙和纽伦堡。

整座城市覆盖着一层灰色的尘土。不管你走到哪里，都会留下清晰的脚印。

本来可能是轰炸目标的工厂倒是完整无损。灰暗而丑陋的巨型石油罐和煤油罐站在那里望着被毁的城市讪笑。幸免于难的还有公墓。真是怪事，死人躲在浅浅的墓穴中竟什么麻烦也没有遇到。

报信的使者结束她那不祥的访问后，我决定即刻赶到那不幸的城市去看看。尽管它并不特别漂亮，但儿时每年我都要到那里度过几个幸福的星期，它和我的心是连在一起的。可是战事进展得很迅速，前线已经逼近，访问克拉卢比的事就搁置下来了。

直到圣诞节前夕我才得以抽身去克拉卢比，其实平时每年也是这时才去。这是令人快慰的时刻。特别是在严寒初至瑞雪纷飞之夜，商店橱窗的灯光透过浓密的飞雪洒向街道，这光景确实使人心旷神怡。而我却乐于在这种时刻去寻访那些谢世的故人。我过去从心底里喜欢的亲人都在这里。他们一个挨着一个躺在那里，我觉得他们仿佛在用黑洞洞的眼睛望着我，于是我用微笑来回答。敬爱的人们，你们都好吗？我知道，我是在做蠢事，他们已经走得太久了。不过，他们还拥有一种威力，足以唤醒无数愉快的、亲切的回忆。佳节前夕就更是如此。

有时候我在想，过去，特别是不久的、不太久远的过去究竟有多大的能量，竟能把我们聚拢起来，吸进去，吸到光阴的最深处，在那里很多往事总是显得格外美满，更具有节日气氛，尽管事实并非如此。人们有可能在心中赌咒发誓地表示重视今天的现实，也许会真正意识到自己的昨天有过缺点、错误乃至明显的恶行。但这些都没有用。对我们来说，现实总是有些过于平淡无奇、清醒冷峻、不合心意和理所当然。我们常常喜欢在父母和祖父母的桌子旁边坐一坐，用他们使用过的茶盅或玻璃杯喝点什么。也会好奇地从他们的窗户里向外张望，总希望能再看一眼他们匆匆返回时那风衣的摇摆和老式花裙的飘动。好像从那里可以窥见某些昔日的幸福。我经常怀念家里的磨花玻璃茶杯，拿在手里沉甸甸的，不仅用来喝茶，还可以用它来焐暖冻僵了的手指。我常问自己，在怀念的时刻，究竟是我们返回到先人的身边，还是他们的灵魂又来到了我们中间呢。不过那种玻璃茶杯却是好久以来哪儿也买不到了。

圣诞节前我到达克拉卢比后就去拜访一位亲戚，敲开家门时，一股熟悉的香气扑鼻而来。原来案板上并排摆放着八个圣诞面包。一模一样的，毫无区别。烤得周身金黄，撒上白糖，像是披着一袭薄纱，上面还镶着宝石般的烤杏仁块儿。这甜面包是给布拉格的三个女儿的。第四个女儿从小生病没有结婚，就留在家里了。可是后来她成了全家慈爱而严厉的总管。她也管过我。我还真是怕她。我的字从小到大都写得极难看。当时人们说，为了把手驯服，就得抄书，所以，小时候一到放假，天天都得在练习本上写好几页。那时候，字写得好坏可不是无关紧要的事。打字机还没有出现，全靠手写，官府里只招聘能写得一手好字的人。那时我下了好大功夫，可一点儿用也没有。就是写不好。姑姑绝望了，我也是。

在这具有历史意义的 1945 年，我从克拉卢比火车站大厅走出来，一眼就可以看出，全市都还笼罩着三月灾难的阴影。看上去它像是一个受过重伤的病人，护士们正在为它擦洗，准备抬上病床。布拉格商店橱窗的灯光已很明亮，而克拉卢比的街道还是晦暝昏暗的，而且街上几乎空无一人。没有一点节日气氛。街角处，强劲的风好像不是在追逐垃圾废纸，而是依旧在驱赶着哭泣、泪水和叹息。每迈出一步都可以勾起对悲惨可怕的往事的回忆。从公墓回来，我一路上走过一处又一处废墟，一片又一片空地，心中默默地回忆着以前坐落在那里的房屋。对房屋的外墙装饰我几乎了如指掌，那里的住户多数也都认识。残垣断壁大都已经清理，不过剩下的空地仍在悲惨地控诉。一路上我寻访了过去住过的三所房子。那时连续搬家不是因为好动成性，而是总想找一所房租便宜的合适住处。三处住宅都还宽敞也还算漂亮。印象最深的是邮政大楼里的那一处。我们在那里住的时间最长。在伊特尔斯基街上的第二处已经很破败了。不过损坏外墙装饰的并不是那性急的炸弹而是慢性子的光阴。

在第二处住宅里，我曾有过几小时心急如焚的时刻。有一天，楼当中的天井起了火。火是从熏肉作坊着起来的。可是在不远处有一个杂物棚，里面还放着一桶汽油。消防队马上就赶到了，但在外边大声喊叫说，没法儿打开进口处的笨重的橡木大门。这一下可把我吓坏了，吓得浑身颤抖。因为我想起来下午我曾在楼外闲逛，在大门那儿我曾把裤子上掉下的铁扣子塞进钥匙眼里怎么也拿不出来，后来我也就走了。消防队费了好大的劲把大门从合页那里卸下来，才带着水龙冲进天井，在最后关头把火扑灭。那时候杂物棚已经开始燃烧，人们无法冲进去把汽油桶搬出。结果总算是万事大吉。可我坐在床上一夜没能入睡，心在喉咙里狂跳，上下牙不停地打战。

我必须承认，那一次我是像胆小鬼一样逃离克拉卢比的。直到踏上月台时心里才轻松些。好像是迈出的这一步把我从悲伤和绝望中解救了出来。我呆呆地坐在车厢里，甚至没有察觉火车是什么时候开的。那时候还没有准确的列车时刻表。而且，火车从波德毛克尔开到我们这里总要误点一个来小时。我等车时还像以前一样在站台上来回溜达。过去站台是人们聚会的场所。星期天大家都到市中心广场去散步，平时人们则常来车站站台。这可能是因为站台这里总还是有些生气。旅客来来去去，火车头大声吼叫，货车车厢不停调动。比起市内寂静的街道要热闹得多。这里的站台有点像玛利亚矿泉疗养地的长廊。只不过略显简陋和萧瑟。有时那里也到处是烟，但很快就会有清新的风吹来把烟雾带走，站台上又重新充满了对面坡地树林送来的清香。

小时候，每次乘火车来到克拉卢比时，都是高兴得涕泪交流，而离去时又总是伤心得眼泪汪汪。

从姆聂尔尼克市方向，厚厚的黑色雪云向克拉卢比涌来。

我在站台上已经走了几个来回。突然，一位女士站在我面前，用微笑挡住了我的去路。

“您还认识我吗？”我注视着她的脸，依然很美丽，但已经留下苦难和岁月的痕迹。我脱口而出：

“艾尔丝琪卡[1]！”

她高兴得用双手握住我的手，说：

“您真好，还能认出我来。好多熟人都已经不认得我了。我可是

1　艾尔莎的爱称。

一眼就认出了您。我还不至于老到认不出来吧。”

啊！艾尔莎，艾尔丝琪卡！战前在克拉卢比有不少犹太家庭，多为商人，艾尔莎就出身于这样的家庭。

“您想想看，我们在克拉卢比这一大家子现在就只剩下我孤身一人了。我正在等加拿大来的一位表姐，她邀请我到那边去定居。我决心跟她去！在这里看到什么都让我痛苦，完全绝望了。”

艾尔莎当年在克拉卢比是最美的姑娘之一。我从小就认识她，不过只是点头之交。我一共同她说过两三次话，每次也只是几句一般的寒暄。可是每次跟她谈话我都是涨红了脸。她家离我们不远，我心里很喜欢她。路上相遇时我总是羞怯地向她致意，她则用微笑来答谢。这就是我们之间的一切。她比我小两三岁。我从来没有勇气主动跟她打招呼，总是她先叫住我。她非常美丽，美得连女人们走过都要回过头来注视她。乍看她好像挺傲慢，实际上大概并不如此。不过她走路的姿态显得颇为骄傲。姑姑曾说她走起路来像个法国皇后。我不知道她指的是哪一位皇后。她那美丽的昂起的头也会让人觉得仿佛是藐视一切似的。

她亲切地挽着我的臂膀，激动而急促地诉说着她家凄惨的遭遇。

四年前，父母先后死在特雷辛那监狱。她和两个弟弟被送进奥斯威辛集中营。她新婚的丈夫被逮捕，后来死在毛特豪森集中营，死前天天要扛着大石块爬上高坡。两个弟弟都在毒气室里被害。厄运几乎就要轮到她的头上了。德国人在红军打击下准备逃跑的时候，她和另外几个犹太妇女越狱成功，找到了红军，然后陆续返回家乡。在克拉卢比，她家被德国人霸占的房子在德国人垮台后又被几个房产被毁无家可归的家庭所占用。现在她只能寄住在克拉卢比的熟人家里。所以出国投亲是她的唯一出路。在这里她实在没法生活。她也不愿意就这么过下去。谈话中她再次表示，我能认出她来真使她非常高兴。

我们在站台上一起走着。她要求我再谈谈克拉卢比市，谈谈这个曾使她拥有幸福、青春和无忧无虑岁月的城市。当我提到她那时是多么漂亮多么招人喜欢时，她笑了一下，随后就失声痛哭起来。

过了一会，从波德毛克尔来的火车吼叫着驶近。我要乘这趟车回布拉格，而她的亲戚正是坐这趟车来的。这时她又笑了，乌黑深邃的双眸又闪烁着昔日的光芒。

但丁在《神曲》中《地狱》的第五篇里借美丽而绝望的伐朗赛斯嘉之口说过：

痛苦莫过于
回首往日的欢乐
在不幸之时。

这是一句有名并经常被引用的诗句！这是事实！但是诗人的这句话并不全对。不。但丁这一次没有说对。

回布拉格的车在克拉卢比还等了大约二十分钟。等候错车。不过我再也没有看到艾尔莎。黑沉沉的天空开始飘雪。先是大雪团，然后越来越小，越来越密，接着变成暴风雪。渐渐地，灰暗的站台消失了，整个车站建筑消失了，克拉卢比市也消失了，带着它所有的伤痕、悲哀和苦难。

别了，别了！

许多年以后，有一段时间我曾从事所罗门的《歌之歌》的翻译工作。在翻阅辞典查找恋人呼语的解释时，克拉卢比的艾尔莎那青春秀丽的面庞又浮现在我的眼前。她从几千年的深处向我走来，我则把犹太佚名诗人的诗句对她朗诵：

你像是崭露在众草之上的百合。你的身躯，修长的棕榈，你的乳房，丰硕的葡萄。你的双眼像微暗处的鸽子，闪烁着光芒。站起来！亲爱的，我妩媚的姑娘。来吧！严寒已经逝去，可以纵情歌唱，斑鸠声声正在回响。你坐着时，腿根是充满着珍奇水果、染料和香料的石榴园。你的双唇沾满了蜜，你的舌下蜜糖和乳汁在流淌。

我从车窗里向外张望，除了风雪还是风雪。我像在机舱里一样聚精会神地向外注视，仍是只有飞舞着的雪花。看着雪片的急促飞落，我在想，在这个美丽而又悲惨的世界上究竟能有多少种人类之吻？男人的脸贴近女人的面庞时，他所想到的爱是什么？女人呢？

有初吻和临终之吻。啊，为什么用爱的忧伤曲来开始呢。

有恋人们几乎扯断舌根的狂热之吻，也有狂热升华为温柔的爱之吻。这是一种悠长而热情的吻，气息像无形的鲜花，脸挨着脸，鼻碰着鼻。

有一种吻，像乞丐伸出的手，也有的吻，像扔进乞儿手心的小钱。

有的吻是完全绝望的吻，还是不去说它吧。

还有一种吻，在女人心房上的吻，像是对心脏的注射，能够激励怠惰的心，唤醒沉睡的心。说起女人的身体，那还有别样的吻。噢，我的上帝！

有的吻充满微笑和欢乐。有的吻充满了渴望，有的吻则代表着渴望的满足。

也有的吻是既无爱意也无热情，连脸也不碰，只是出于习惯，别无他意。有的吻是甜蜜的，有的则是苦涩的。

犹大之吻！我不把它当作吻来看待。

是的，没法数清有多少种吻。就好像没法数清小小车窗外有多少雪花一样。

这时汽笛吼起，列车缓缓启动，驶向布拉格。

还有一种吻！那是感谢之吻，感谢唤起那美好而又尘封已久、已被泪水淹没、被沙石掩埋了的、对青春的回忆。

这种吻当然也是甜蜜的，也许是最甜蜜的吻。

（杨学新译）

一缕金发

常言道,不同年龄的人各有自己的欢乐。也许是这样吧。对于一个正在步入衰老的人来说,这显然应是一种安慰。不过,老年人的欢乐肯定最少不过了。这我很清楚。生命像最后的一点儿水正在从指缝中流失,我都来不及回首看一看飞去的时光和无情逃遁的岁月。

人啼哭着落下地来,护士用一双温柔的手抱起他。这是人间最慈爱、最亲切的手,竭力想弥补他来到这个无情的丑恶世界时永远失去的温暖。

人到老年,悲凉之感便油然而生。人们来了,又去了,老年人越来越感到孤独。这种无法慰藉的孤独感逐渐包围了他。及至生命中最艰难的时刻来临,当死神开始从他的躯体里掏去灵魂时,他便唯有孤零零地离开世界了。因此人到这个年龄还谈得上什么欢乐呢!

从前我喜欢尽情畅饮葡萄酒。随着年龄的增长,我越来越懂得品味佳酿了,尤其是从两届饮酒训练班毕业之后。第一届是在朋友Fr. R. 切比什家里,第二届在他家同朋友扬·戈尔德哈麦尔在一起。我自认为对葡萄酒多少已有所了解。起码消极地说有所了解。可是在今天,既然只允许我偶尔用小酒盅尝那么一两盅润润舌尖的话,这种知识对我来说又有什么用处呢?只是闻闻香味、吊吊胃口而已!

之后便只能伤心地抚摸瓶上的商标，把酒瓶重新放回柜橱。还说什么葡萄酒是老年人的牛乳呢！

一战期间，我们尝够了饥饿的滋味。站在紧闭的店门前排队等面包，甚至要等个通宵。买回的面包切成片时，掉下的黄面包渣儿足有好几把。战后我便懂得十分珍惜每一口美味食品了。我喜欢吃，吃得足足的。

后来，奇布尔卡教授还教会了我吃的艺术。可是现在呢，我得遵从三种指定的食谱。在饭馆里看着菜单我便不由得悲从中来。

那么，剩下的还有什么呢？总算还能阅读引人入胜的诗歌，注视美丽的女人。否则的话，我这双眼睛就只是为了哭泣了。

每年春天，一到百花盛开时节，我便匆匆赶往神学院花园和佩特馨山。从布热弗诺夫高地走去并不远。瞧我说的，什么匆匆！我拄着两根法国手杖一瘸一拐要花费近一个小时才能走到那里。可是，我不惜任何代价，瘸着腿也必须前去，为的是在什么地方至少能摘下一叶亲切的记忆吧。况且我也想把繁花似锦的布拉格尽情看个够。至少在这儿，在布拉格最秀丽的所在，把它尽情看个够。板块式的楼房我已不感兴趣。哪儿都一模一样。在布拉格像在巴黎，在巴黎像在加尔各答。

今年春天，我坐在佩特馨山花园小屋的旁边，附近就是业已荒废了的花园饭店。这儿是全布拉格最漂亮的地方，起码就它那个眺望赫拉德强尼的宝贵瞭望点来说是这样，只要缆车索道莫像男人的旧背带绷断了就好。我在这里观赏布拉格风光，从来看不够。每年我都暗自在心里说，这恐怕是最后一次了吧，目光怎么也移不开。那天，当我终于起身离去时，我顺着坡度不大的山路下山，一直走到了马哈纪念像，我想在那里休息一会儿。

十字路口，一群孩子在玩捉迷藏。从他们嘴里我又听到了多少年前的那支朴素的童谣。坐在这春天的百花丛中，我仿佛觉得它听来像一支童年的小圣歌。当年我也唱过这支歌，那时我才五六岁，在灰暗的郊区街道上，沟水泛着臭气，房屋的通道是乌黑的。

你上哪儿去，瞎婆婆？
上角落。
角落有什么？
有公鸡。
另外有什么？
金线坨。
快来逮我呀，瞎婆婆！

孩子们四下里奔跑，还戏弄地过去拍一下那个蒙着眼睛、凭声音追赶他们的人。有个鬈发的男孩子长了一脸雀斑，年龄最小，谁都能轻而易举地捉到他，可是他每次都跳上纪念像矮矮的底座，几乎直躲到马哈的大衣下摆里面。躲在那儿任何人、任何时候也不会找到他的。

倘使我也能这样躲起来，譬如说躲在诗神的大裙子后面，等死神来找我时，尽管他能找到每一个人，但毕竟也有失察而未曾看见的时候吧！

过了不多一会儿，孩子们又都跑掉了。于是在这青翠的幽谷便只剩下我独自一人了。圣维特教堂塔上的时钟不时传来乐声。悠扬的琴音仿佛是从古老城堡的墙垣深处冉冉升起，振荡着飞翔的浮云。它那殷切、柔和的声音是在劝说年轻人把握时机莫迟疑，却又提醒老年人所有一切都已是过眼烟云。年轻人听来它是一支歌，在老年人的耳中它却是诗人的渡鸦在可怕地啼叫。

至于老年人嘛。说老年人有智慧是一种错误的见解。人老了未见得便有智慧。老年人往往愚蠢可笑。尽管他们有丰富的经验，有时还是相当宝贵的经验。然而经验有何用处呢？年轻人不重视经验。老年人空有经验而一无用处。那么剩下的究竟还有什么呢？难道距死神不远还去追求幸福？

剩下的唯有一件事。久久地、空幻地渴望。渴望那些他们已清楚知道永远无法得到的东西。而且，这时最好将脸埋在枕头里，对周围事物一概不看。因为此刻从现实世界看到的一切，都将揭示他们的荒唐可笑，幻梦于是立即失去了魅力。

也有一些人满不在乎地坚持说他们对老境已安之若素。我知道，这样做也许很实际。然而我不相信。另有一些人又振振有词地告诉我们，说无论给他们什么他们也绝对不愿意再年轻了。这是谎言！倘若生命是一盘得以逆转的录音磁带，每个人都会以怎样欢天喜地的心情回到青年时代啊，哪怕他的青年时代道路坎坷，并不愉快！

当最初的皱纹和白发出现了时，人们心里感到何等惆怅、难受！尤其是妇女。

伊任卡·K.夫人，捷克某著名作家的妻子，名不虚传是一位极有魅力的美人儿。每次首场演出之后，温存体贴、爱开玩笑的淘气鬼哈努什·耶利内克总是殷勤地在剧场帮她穿大衣。他从不忘记借机向她保证说，如能帮她脱衣，他会更加高兴。就是这位有头脑的聪明夫人，她常说——说时轻轻咬着牙齿：政府应当下令严禁美貌的年轻女人穿戴得那么漂亮。尽管她面带笑容，可是……

一对年轻情侣沿着马哈纪念像旁边的小路走过去了。我望着他们身后无形的脚印出神。我敢用生命打赌，在这座属于情侣的独一无二的花园里，他们正朝着春天的爱情之门走去。他们匆匆前往的那个所在我很熟悉。在神学院花园里有一棵经过嫁接的大树。今天想必它依然还在。低垂到地面的树枝像一道生机盎然的鲜花屏风，遮掩了一张靠在树干上的长椅。

不久前，唱片俱乐部给我送来了一些唱片，是重新灌制的爱玛·黛斯基诺娃演唱的保留节目：几首有名的咏叹调。有《被出卖的新嫁娘》中玛任卡的咏叹调、歌剧《卡门》中的卡门咏叹调，以及其他等等。唱片封皮上印着一张小小的旧照片，是爱玛·黛斯基诺娃在她鼎盛时期拍摄的。年轻、矜持的妇人戴着一顶帽檐直拉到额头的帽子，正是本世纪初流行的样式。她的美貌中带着一种傲然不羁的挑衅神情，双眸深邃、迷人。我对着这张普通照片上的引人注目、很不一般的面孔凝视了许久。第二天，我又把唱片找出来，只是为了端详她的那双眼睛。第三天也一样，而可爱的蝴蝶夫人则在我的屋里哀哀哭诉了许多遍。第四天，当我心里又有什么促使我取出唱片并对着这张总的来说印得很蹩脚的照片出神时，我不得不暗自承认，我爱上了这个美丽的女人。她的光辉名字虽然很久以前便已刻上了伟人祠的铭碑，那又有什么关系呢。对于我来说，她在这个时刻突然复活了。一声无意的叹息摇撼着我的心。

我渴望深深地凝视这双眼睛，凑近她紧闭的嘴巴——它给世界送来了这么多的美。我渴望安坐在她的身旁，让她充沛的女性美潮水一般泼洒到我的身上。

她那可贵的、无与伦比的歌声虽然已在舞台上消失，那又有什么关系呢！

小时候我还听过她的演唱。妈妈对我说，这样的歌声飞上云霄，在天上将化作玫瑰花。她还将一副剧场用的已很陈旧的小望远镜让我拿着看。望远镜是珍珠母做的。我拿着它仔细地对着这张脸看了一阵，可是依旧什么也没有看出来。不如说，什么也不了解。

当然，那时我还很幼小，丝毫不懂得什么是爱情。也还没有谁教导过我说一个人只要用舌尖舔一舔爱情的滋味，便有可能跌倒在地，昏死过去。爱情之危险赛过毒芹。众所周知，这种植物的花和茎里含有五种剧毒。

那当然是很久以前的事情了，那时黛斯基诺娃夫人还在她的城堡花园里，在叶尔昌尼的亚库布·克尔钦的黄金渠钓鱼哩。

我昏昏沉沉在这爱情的魔圈里又过了一段时间才清醒过来。爱情的陶醉使我躲避了光和风暴。黛斯基诺娃那双骄傲的眼睛不容我很快摆脱它们。一听到她演唱的古老歌剧的咏叹调,这位禀赋着文艺复兴时期的妇女和美人风韵的女性便出现在我的眼前。

有哪个女人能做到像她这样完全听命于心的支配,以这样的激情度过一生呢?她生活了,不知道什么叫障碍。她蔑视财富却拥有财富,并且懂得如何使用它。她善于凭借意志在生活中为自己创造片刻的幸福。这些幸福一向都是她以并不掩饰的享乐和情欲点燃起来,并加以保护的。作为女性,她在各个方面都出类拔萃,此外她还拥有更为伟大的东西:她的艺术。

在渐渐变为往事之后很久,我才同她分了手。

音乐研究者兼作家扬·文尼格有时颇为难得地上风风雨雨的布热弗诺夫高地来看望我们。他是布拉格赫赫有名的文化望族——文尼格家族中的一员,正在写一本回忆录。当他把其中的一章:《姨妈爱玛》拿给我看时,我才知道原来他是爱玛·黛斯基诺娃的外甥。我如饥似渴地读了手稿。黛斯基诺娃的许多事迹我早已熟知,另有许多是从文尼格这本书里知道的。回忆录还委婉地提到了爱玛·黛斯基诺娃的几个情人和她的崇拜者,从自行车选手因德里·沃迪列克、阿尔及利亚军官廷·吉莱,到最后的约·哈尔斯巴赫,她的丈夫。哈尔斯巴赫是空军军官,在追求这位未来的妻子时,曾从飞机上扔下鲜花扎的花环献给她,扔在斯特拉什小城堡的院子里。她去世后,哈尔斯巴赫连墙上的电门都统统拆掉了。他比她多活了三十年。文尼格当然也提到了被黛斯基诺娃拒绝了的追求者,其中特别是三位著名的意大利人:安利科·卡路索[1]、阿尔杜罗·托斯卡尼尼[2]和吉阿科

1　安利科·卡路索(1873—1921),意大利著名男高音歌唱家。
2　阿尔杜罗·托斯卡尼尼(1867—1957),意大利著名指挥家。

摩·普契尼[1]。她是一位真正的爱国者，只肯嫁给实心实意的捷克人。不过她并不吹毛求疵。

当我将手稿还给文尼格时，我把前些时候我的柏拉图式的爱情告诉了他，可是我马上请求他不要把我的名字添在她的恋人和崇拜者的名单上。这已是几年前的事情了。

直到今天，斯美塔那歌剧里玛任卡的甜美声调和蝴蝶夫人的凄切悲诉有时仍使我不胜神往。我把唱片找了出来。唱机和唱片依然如故，同多年前我怀着一片热情倾听爱玛·黛斯基诺娃的歌声时一模一样。然而，我却仿佛觉得她的声音是从另一个地方传来的。仿佛是从凄凉的远方、已被岁月的烟雾永远淹没了的远方传来的。

我感到一阵悲哀。如果能这么说的话，那声音已经有点儿像是死的了。

正如米兰市安勃罗西安博物馆里收藏的金发美人露克雷茜亚·博尔吉亚的一缕死了的鬈发一样。在米兰，拜伦爵士曾不幸地爱上了这头金发。

（杨乐云译）

1　吉阿科摩·普契尼（1858—1924），意大利著名歌剧作曲家，作有歌剧《蝴蝶夫人》《来自西部的女郎》等。

悲悯心境与抒情心境

——诺贝尔文学奖受奖词

雅罗斯拉夫·赛弗尔特

常有人，尤其是外国人问我，如何解释我国对诗歌热爱之深：为何对于诗歌，我们不只是爱好，甚至已然成为需求。或许这意味着较之其他国家民众，我的同胞对诗歌的理解力也更胜一筹。

依我看，这源自捷克人过去四百年的历史——特别是19世纪初我们的民族重生。三十年战争[1]中我们丧失了政治上的独立，也随之失去了许多宗教领袖和政治精英。其中的杰出人物——没有被处死的话——或者被迫噤声，或者被迫去国。结果不但导致我们文化发展中断，还造成我们语言衰退。不仅民众被迫改信天主教，而且日耳曼化[2]也强加推进。

然而，到了19世纪初，法国大革命和浪漫主义运动给我们以鼓

1　三十年战争（1618—1648），全欧参与的大规模国际战争，战争导火线是1618年的波希米亚（今捷克）人民反抗神圣罗马帝国的民族及宗教起义。

2　也称德国化，即德国语言文化进入别国，此处指1620年白山战役失败后波希米亚失去独立，成为哈布斯堡王朝的一个行省，自此德语成为主导语言，捷克语遭到排斥，捷克丧失民族性，被日耳曼化。

舞，让我们对民主理想，对我们自己的语言，对民族文化萌生新的志趣。我们的语言成为我们表达民族认同最重要的方式。

诗歌是我们最早诞生的一大文学类型。它成为我们文化复苏和政治觉醒的关键因素。即便尚在初期，创建捷克纯文学传统的种种努力已经备受广大民众的感激。失去政治上的代表、缺少政治代言人的捷克人民，开始从残存的精神力量中选择，找到了新的代表作为补偿。

由此，诗歌在我们文化生活中的分量相对加重了。我们对诗歌的膜拜，以及诗歌在上世纪产生的重大影响，也就显得顺理成章。然而，诗歌并不只在那时候发挥了重要作用。本世纪初，诗坛百花齐放，两次世界大战间隔的那些年也一片繁荣，随后诗歌成为二战期间——这一民族受苦受难、国家生死攸关的时期——表达我们民族文化最重要的方式。尽管面临外部种种限制和审查，诗歌仍然成功地创造出宝贵的价值观念，给人希望和力量。战后也是如此——过去四十年来——诗歌已在我们文化生活中占据重要位置。似乎诗歌、抒情诗不仅注定要亲近大众，感染人民，同时还是我们最深切最安全的避风港。在我们甚至不敢名状的逆境中，我们向诗歌寻求援助。

这一庇护任务在一些国家主要由宗教和僧侣来完成；另一些国家的民众，通过戏剧的宣泄作用或者政治领袖的言说，来看清或者听懂自身和命运；还有些国家和民族，由睿智又富于洞察的思想家来提出问题，解决问题；有时记者和大众传媒也扮演了这样的角色。而到了我们，民族精神仿佛竭力寻找化身一样，选择了诗人作为代言人。在过去的岁月，诗人、抒情诗人塑造我们的民族意识，表达我们的民族抱负，时至今日依然如此。我们的同胞已经习惯于按诗人表现的方式来认识事物。

站在诗人的角度看，这着实让人高兴。但是，这样的现象难道就没有弊端吗？诗歌过度兴盛难道不意味着文化可能失衡？我承认，人类历史上有那样一些时期，或者会有那样一些情境，诗歌成为最恰当、最简单，或许甚至是唯一可行的方式——因为诗歌能够点到即止，运用典故和隐喻含蓄地表达胸臆，逃脱虎视眈眈的眼线。我承认，诗歌的语言历来常是，甚至至今仍是——特别在政治高压时期——一种代理的语言，一种退而求之的语言，一种必需的语言，因为其他任何方式都无法言说，诗歌就成了最佳方式。但即便如此，诗歌在我国占据主流的情况一直让我忧心——我生来就是诗人，并且终生不曾改变，因而担忧更甚。

我被一种疑虑困扰，怀疑如此倾向诗歌，热爱诗歌，不过体现了人所谓的某种“心境”而已。不管抒情诗能够多么深刻地洞察现实，多么丰富而全方位地看清事物，多么有力地揭示并且创造人性的内在维度，它依然只涉及感觉和情绪；感觉和情绪滋养了诗歌想象，反之，诗歌想象也激发了感觉和情绪。

让侧重感觉和情绪的抒情占据主导地位，难道不意味着强调分析、主张怀疑和批判的理性这一面已经被抛之脑后？再者，难道不也意味着带着活力与悲悯的意志无法得到充分表达？

这样一边倒的文化，难道不怕无法彻底完成其使命？社会如果主要或者首要地倾向于抒情，那它会一直有足够的力量来保卫自己并确保其持续存在吗？

我并不太担心由于忽视文化中基于理性力量的因素而可能带来的危险。理性力量源自反思，尽可能最客观地描述观察到的事物本质和相互关系。理性因素的特点在于与事物保持距离、不带偏见，因为它的生成不取决于抒情心境下的情绪和感觉，也不取决于悲悯的激情；理性因素不会听任自己平静沉睡，但也不轻易急躁地投向道德目标：在我们理性至上的实用文明中，它已牢牢植根于我们格物致知、学以致用的需求。自文艺复兴以来，理性因素已经不断自发进化。诚然,有时候它也被人漠然对待,也不时遭遇外部阻挠,但即便如此,它在现代文化中的主导地位已经毋庸置疑——尽管它也面临重重问题,因为我们不能再停留在前科技时代那样的理性,而必须找到新出路,将概念思考重新纳入我们的文化,赋予理性以新的形式。我很清楚,理性因素正如我已经提到的其余两个因素一样重要,然而我无意在此加以同等阐发,因为理性思维方式——概念思考——对艺术或文学来说并非根本的。我希望把话题限制在作家的两种极端的心境,由此他们得以开始创作。这两种心境在读者、观众的态度中找到相应的体现,并由此影响我们整体民族文化的性格。

我担忧的是缺少悲悯,不管是潜在的还是真正的缺少。我们近来不常见到这个词了,即便偶尔用用,也不够理直气壮。这个让我们觉得老掉牙的词儿,像浪漫主义时期剧院的旧布景一样过时,仿佛只代表了贫乏、肤浅而漠然的高谈阔论。我们似乎早就忘记了,悲悯描述的是这样一种戏剧性的紧张状态,一种坚定有力的意志,一种渴望——不为占有财产,不为生活资料,而是为了正义,为了真理。悲悯是英雄品质的一个特征,而英雄品质是愿意承受痛苦折磨,需要的话准备随时牺牲自己。假如我用"英雄品质"这个词,当然不是指历史书和学生读物里的老式英雄品质,那种战争中的英勇,而指它的当代新面貌:不挥舞武器、不夸饰、谨言慎行,常常是沉默不语的英雄品质,一种平凡的、文明的平民英雄品质。

我相信,唯当悲悯在文化中有一席之地,唯当我们懂得并欣赏悲悯,特别是如果我们有悲悯的能力,这样的文化才成熟完整,才能持久发展。

是什么让我产生这些想法呢?首先,若没有对事物本质的深刻理解,没有一种批判性的全面的理解、一种迥异于哪怕是最敏感的诗歌所能及的理解,带有英雄品质的悲悯是不可想象也不可能成其所是的;况且,诗歌,或者说抒情诗,必然是不做批判的,因为它缺乏距离，它事实上只是在谈论自己的主体，这主体随自身占据的时间而流动，主体客体合二为一。若非源自对本然和应然之间冲突的洞察，那悲悯便不成其为悲悯了。社会要有悲悯的能力，要使其文化完整，就必须在抒情之外，从别的角度来理解自身所处的时代。如果它无法悲悯，它就无法去抗争或牺牲。

只有文学——它在概念思考的文化、理性文化之外，还有抒情诗，有悲悯，有戏剧，还有生存悲剧——才能提供足够的精神和道德力量，来克服社会不断面临的问题。只有从悲剧艺术当中，社会才能创造出、寻求到对待关键的道德和政治问题的模式；它学会如何持久地应对，而非半途而废。只有悲剧艺术，通过其中利益与价值之间的剧烈冲突，才能在我们的内心唤醒、发展和建立我们的社会本质；它使我们成为群体中的成员，让我们有机会摆脱孤独。只有悲剧艺术，不同于抒情诗这样的“孤独的艺术”，才能完善我们从社会视角区分何为必要，何为不必要的能力——只有悲剧艺术才能教会我们败中见胜，胜中见败。

因此，当我环视周遭，在诗歌爱好者的好意中获得温暖的时候，我也要见证——并非悲剧的消亡，而是来自悲悯心境，来自强烈情绪状态的悲剧的重生，因为我们内心已经起了波澜，我们已经开始追求那公正的，反对那不应存在的。

抒情心境是一个独立个体的心境，忠实于最内在的自己，适应于客体，和客体形成统一，而悲悯心境并不感受这种主体和客体的统一。它产生于现实和自我之间的张力，产生于“我”认为现实应该如何的设想——因此形成了权力和理性、政治和道德之间的张力。抒情心境并不区分现状和理想状态。对抒情主体来说这无关紧要，不管想象是由现实还是虚构点燃，由事实还是幻想驱使，幻象可以栩栩如生，现实亦可以虚幻缥缈。抒情心境无意着眼于这些区别，不使这二者相对抗，也不把自己视作和这二者对抗。而悲悯的自我不仅看出了这些区别，还感到自己面对着这些区别；它看到两种选项，看到两种可能性如何狭路相逢，而自己被其中的张力所裹挟。这样源自忧愤苦恼的张力，让自我行动起来，旨在实现或者引入一种合理、自然、愉悦的状态，由权利、正义、自由和人类尊严的形式体现出来。

出于悲悯而行动起来，固然有其道德上的伟大和重要性，却完全改变不了这样的事实，那就是，目标常会越发遥不可及，由悲悯所热烈拨动的琴弦无一能最终定音。悲悯的行动对应着我们欣赏艺术品时审美情绪的意图。这情绪也总是徒劳地努力，想要获得对艺术品丰富价值的广泛详尽的理解，欣赏其思路结构和创作形式；它试图获得这样一种状态，在其中个人对艺术品的满足、欣赏艺术品时的快乐同时都能充分而持久。

悲悯总是先行一步；它并不立足于今天的土壤，它依靠别的滋养，而不是当下的甜蜜：当下的甜蜜它可以抛弃。它可以自我控制，规规矩矩，恰当地说是禁欲苦行——绝非因为它别无选择，而恰恰是建立在它自由选择的基础之上；它知道它为何这样做。这一切对它而言都不难。它就是无法冷眼旁观，坐视不管：这点要感谢上帝，否则社会就陷入僵局，堵在死胡同，而真理就只能侍奉权力，权力成为蛮力的工具，更有甚者会变成不公不义。真理尚未获胜，无法获胜，永不能获胜——如果没有悲悯的话。有时即便有了悲悯也未必获胜。不过在那样的情况下，悲悯确实能让失败——否则失败就像是天灾，像是致命事件，像是世界末日了——发生点变化。它将挫败变成一种牺牲，将失败提升为从属于更大的整体事业的一个事件，这事件有它自己的意义，完成了朝着目标前进的阶段性任务。而这目标应该实现，或许总有一天会实现。只要我们还有悲悯，我们就还有希望。悲悯不会被最终征服，它会在挫折中立足生存。悲悯，不管是个体的还是民族的，因为它的严肃、骄傲、尊严，都会挺过挫折。它是高于失败的。因此，它既是崇高的，也使他物变得崇高。即使在那些没有了它就只能有沮丧和悲伤的地方，它也是高于失败的，是崇高的，也使他物变得崇高。

这些话在我的脑海里存在已久，说出来以后心里轻松不少，于是我觉得我不仅必须，更应该回到抒情和抒情心境的话题上来。

我这么做，有几点理由：我生来是抒情诗人，并且终生不曾改变。我一生得益于抒情的心态，不承认这一点就有失风度了。我需要为这一基本态度辩护，捍卫这一态度，尽管我也知道，我的诗歌听起来常饱含悲悯滋味。毕竟，即便温柔也可能带着悲悯，我的哀伤也带有悲悯，我的焦虑、我的恐惧都是如此。

但我要做的不只这些，我还想探讨抒情心境。既然我已经表达了对悲悯的敬意，那我也要为抒情这一生活态度辩护，也要强调其种种优点。这么做不仅理所当然，而且十分有必要。我不单单是指对理性的过分强调：自启蒙运动以来，我们的传统文化就过度强调概念思考，这（连同我们意志的发展一起）形成了如今不尽如人意的社会现状，主要表现在主观意志的滥用，表现在分歧加剧演变为严重冲突的趋势，让我们觉得有必要改变现状，有必要寻找看清问题的新出路。之所以说必要，依据是社会人际关系中日渐增多的富于攻击性的行为——不管这攻击性是出于悲悯，还是全然只是破坏性的而根本不具有悲悯的能力。我想阐明，抒情在我们时代的这些非常情境下有何特殊益处。

心处悲悯状态之时，因为焦躁热切而翻滚沸腾，拼命要掌控眼下令人不满的状况，而且往往出于要行善而带有一种片面的直率；而抒情心境不刻意为之也不志在必得，是一种不疾不徐的平静状态，在这种状态下，人安静地体验着一些最根本最深刻的价值观，它们奠定了他的平衡稳定以及他栖居于世上的能力，而在这个世界唯一可能的栖居方式，借用荷尔德林的话，就是诗意地栖居。

悲悯激发我们，也侵蚀我们；它能够——因为我们的焦虑和对实现理想的渴求——迫使我们做出牺牲，走向自我毁灭。抒情则把我们留在它充满温情的怀抱。我们在这种平衡中感到愉悦，而非察觉到几股力量间的冲突；愉悦从我们的天地中驱走了冲突，所以我们根本感觉不到它的压力。我们不是在和周遭世界发生碰撞，而是随之流动，达到和谐统一。

悲悯总是要找对手：它积极进取。在抒情状态下，人别无所求，而且，假如他身处孤独中，寻求他者并对其倾诉，这个他者也不是敌人。在这些情境下，似乎他的对应者——不管是自然、社会还是其他人——都是他的一部分，是他的抒情独白的又一个参与者。那些要同我们对立的，我们让它浸染我们，与此同时，我们也浸染它。我们全心倾听着周围的事物，也正由此途径，我们找到了自我。正是这样，我们达到了最真切的个性和最极致的完满。正由这种归顺，我们找到了安全感。

悲悯是积极的：它努力达到既定目标。我们在抒情状态下，并不想达成什么目标，只是体验已经拥有的，将自己投身于当下和现有，即便现有的也包含着对过去的再现。这不是道德漠然的产物。我们只是在向前——或者说，暂时占据了另一个层面；相对于思考、感觉、盼望，我们已经来到一个不同的位置，这里不动用意志力量。这可不是心不在焉：你只是没有了达成目标的心思。

悲悯必须把力量注入它的姿态中，必须有强烈狂暴的能力，而与它相对应的诗歌、抒情诗则并不使用力量。它是非暴力的，也不需要强迫自己平静下来。它完全不设防地张开怀抱，这是一种充满爱的姿态。它不为才智苦恼，也不为激情困扰；它不和时间对抗。但它能够对抗时间的流逝，在它最好的时刻，能够在一种静止中无形地融入时间，而这时只有一件事是重要的，那就是使之永恒。

抒情的态度并不希图说服别人，它只是要给他们一个机会，让他们参与到它所感受和经历的一切中来。所求唯此。它甚至连立场都没有。它无距离，毕竟，它与生命的流动是融为一体的。既然没有立场，也就不会卷入纷争。

但或许有人敢于更进一步追问抒情心境可能对诸如经济、生态或者政治领域产生怎样的影响。此外可能有人会问，抒情心境是如何参与了人类集体意识的剧变，如何参与了人类看待和感知事物的方式可能有的变化（一般都认为变化是必要的）；可能有人会问，传统的行为模式（考虑到它们已经无法应对现今的问题）是否该由其他方式来替代。有人会提出疑问，在一种可能的由概念思考到理性认知的转化过程中，抒情能起什么作用呢，因为我们已经进入了C.F.魏扎克[1]（《危境中的路》）描述的一种状态："我们已经使我们的社会形成这样一种风格，它既不对应于情绪的感知，也不对应于理性的运用。其后果是情绪的分裂和理智的沉寂。"[2]

不管听上去有多矛盾，抒情心境是一种能帮助智慧回到我们的文明中来的力量——例如，它有助于重新让理性引导科技：当然，这种理性通过不同于推理抽象的方式，与生命，与自然结合在一起，也就是说，它是有别于我们当下这种理智的、实用的理性及其概念思考的。

它也体现为一种调适性的因素，调节我们的咄咄逼人和过分活跃的精神，调节我们过于理直气壮、独断专行的意志。诚然，在概念思考的文化背景下，我们的活力和意志是科技和经济发展、工业革命乃至我们在世界上的强力和影响力的源泉，但它们也带来当今时代的问题和其他消极影响，随着活力和进取精神推动产生更大的成就，这些问题和消极影响就越发凸显出来。这是征服获胜的精神，是渴望驾驭自然，渴望统治人类、民族乃至整体文明的精神，是要统领自

1　即卡尔·弗里德里希·冯·魏扎克（1912—2007），德国物理学家、哲学家。
2　原文为德语。

然和人类的、理性化了的强力意志的精神。这种心态下,我们的意志力图主宰一切,赢得财产,而非允许我们不支配其他事物就能从中得到快乐。这样过于强大的意志,可以经由抒情心境——不调用意志的抒情心境——来中和,悬崖勒马,导引至别的态度,而非咄咄逼人的强取豪夺。正如E.F.舒马赫[1](在他所著的《小即是美》)所写的:“贪欲或者嫉妒驱使下的人无法看到事物本来面目,也无法全面完整地看待事物,因此他的成功即变成失败。如果整个社会都沾染了这种恶习,或许确实能创造惊人的成就,却越发无力解决日常生存中最基本的问题。”

多位作家谈到新价值观,除了需要新价值观之外,扎根于对自然和周围世界的认同的抒情心境,不也是人类内在转变的可能的源泉之一吗?人类自封为统治者,将自己置于自然之外、凌驾于自然之上并与之对立,抒情心境不也是这样一条道路,能引领人类走出这种难以为继的境地?抒情心境不是克服那种荒谬观念的可能的工具吗,那种认为自然是被给予人类的,是对其力量和能力的赠予,人类是自然之主,可以视其为猎物,用以满足其永不餍足的占有本能的荒谬观念?抒情心境最终不正是海德格尔主张的我们与生命关系的转变吗?所谓转变,指的是我们允许生命是其本然,于是,最终生活会以我们能够理解的方式向我们诉说,向我们展现其内涵丰富的本质。

人们怎么可能看不出,抒情和对强权力量的膜拜是截然相反的,抒情以完全自然的姿态,来矫正我们以强力方式,通过权力斗争,借助科技、财政、组织、政治和肉体的力量来解决社会问题的倾向——在任何情况下,这些力量终究无非是缺乏洞察的产物。同样,人们可以将抒情和我们一味崇拜工作的表现、我们沉迷于统治和剥削自然与大众的态度相对照,这尤其是因为强力总是意欲提高效率、意欲逐

1　即欧内斯特·弗里德里希·舒马赫(1911—1977),英国经济学家。

渐完善自身的权力体系，把这些抬升为最重要的问题，而从最高的客观角度看，这些权力体系根本不起作用，而且为了完成它们的任务必须付出巨大的代价：人类尊严的丧失，物质乃至道德上的损失，以及失去人与其自身、人与人之间的和谐关系。

许多人注意到，对这样越来越强的占有本能，这样越来越强调征服、扩张和剥削的状况，必须加以束缚，以免其对社会产生的破坏超过了其益处。但只是注意到这样的情况、意识到这些问题的存在是不够的。若要有根本性的改变——根本性的改变绝不是我们现在这样全方面增加和扩张我们的力量——这么做可对人类不利——那么要呼唤的是我们意识上的改变，我们心理定式的改变。正如那个美妙的表达，需要的是一场"思想和心灵的革命"。

我无意将抒情以及抒情诗歌变成政治力量或者政治手段，无意剥夺诗歌——或者更普遍地说是艺术，就此而言——其真实、特定和无法替代的范围，也无意出于其他目的将它置于从属地位。不过，我感到——容我斗胆说出——抒情心境远远超越了抒情诗乃至诗歌的界限，或者说，超越了艺术本身。当它能够积极地表现出来，它就能够以全新而正面的方式深远地影响文化和社会组织。它有助于一种必要的、彻底的意识转变，如今许多人已经在进行这一意识转变，多数是艺术家，鲜少有那些放任自己卷入权力政治游戏的人。它会以自己特有的方式，发挥类似神秘冥想的功能——巧的是，冥想总是和抒情诗很接近，但和抒情诗相比，它是一种过于排他的方式或者工具。它有益于人类获得一种新的能力，有助于人类渴望"让意志安静下来，看见那只有在意志安静时才能显现的光"。如同神秘冥想，它会成为"一个关于觉察感知的、让真实显现的学派"[1]。(C. F. 魏扎克)

1 原文为德语。

不是所有文明都能完成这项任务。仅仅寄希望于文明——从教化陶冶以及完善我们对过去的传承这一意义上的文明——只会带来失望。一切还会是老样子，还是以意志和旧式理性为本的传统文化。即便我们会忘记我们的文明可能不仅不宽容(尽管事实是人们普遍深信宽容也属于文明的一部分)，忘记它也可能是压抑人的，高高在上一副救世主模样，忘记文明也会对无数重要的价值观念无动于衷，对许多价值观念缺乏了解并且还强加给人们许多毫无价值的价值观，我们还是不免要看到，这般文化所谓的传统价值的合法性早已岌岌可危。

如今，这一任务只有一种新的文明才能完成，这种文明的出发点是从根本上经过修正的另一种意识状态，另一种心境。就在这点上，我看到一个绝好机会和伟大使命摆在抒情和抒情诗面前，摆在以与物为一、感通、同情和不动用意志而著称的抒情心境面前。像爱这样的非理性因素会在这样的文明中起到关键作用，尽管如此，这种文明的智慧丝毫不会比我们当今所面对的文明少。

我甚至想宣称，唯有那时，它才成为快乐的文明，真正洋溢着祝福，正如它应该有的样子。

现在，说了这么多，又有个问题进入我的脑海——不过这问题眼下看来无非只是修辞意义上的：难道悲悯不是展望着一种对事物的愉快理解，一种以事物相互间的同情为基础而巧妙安排起来的秩序，从而得以持续，受到激发？难道不是如 C. F. 魏扎克所构想的，以“爱作为观察心态，由此消除生存挣扎”[1]的精神，悲悯才得以薪火相传？难道悲悯不是一种尝试走出自身阴影的努力，回归理性、公正和自然都与现实一致的阿耳卡狄亚[2]？难道怜悯不是一种尝试回到田园牧

1 原文为德语。
2 阿耳卡狄亚是古希腊的一个内陆城邦的名称，那里群山围绕，与世隔绝，悠闲的田园生活带给诗人们灵感，是田园诗中最令人神往的地方。

歌状态的努力吗，那种没有外来强力凌驾于我们，现实和理想间的冲突消失，理性和权力、道德和政治能和平共处的状态？最后，悲悯所追寻的失去的乐园不正是抒情的世界吗？诗歌、抒情诗本身，难道不正是天堂景象的最佳创造者和阐释者之一吗？

写下这些，我不禁希望，我并非生来就是抒情诗人，而能出于信念而成为抒情诗人：这是我自己的选择。

（赖小婵　译）

图书在版编目（CIP）数据

世界美如斯 /（捷克）雅罗斯拉夫 · 赛弗尔特著；杨乐云，杨学新，陈韫宁译 .—南京：译林出版社，2022.2（2025.6重印）
ISBN 978-7-5447-8643-0

Ⅰ.①世… Ⅱ.①雅… ②杨… ③杨… ④陈… Ⅲ.①回忆录 - 捷克 - 现代 Ⅳ.①I524.55

中国版本图书馆 CIP 数据核字（2021）第 068613 号

世界美如斯 ［捷克］雅罗斯拉夫 · 赛弗尔特 / 著 杨乐云 杨学新 陈韫宁 / 译

责任编辑 宗育忍
装帧设计 孙晓曦（PAY2PLAY）
校　　对 蒋　燕
责任印制 颜　亮

原文出版 Československý spisovatel, 1985
出版发行 译林出版社
地　　址 南京市湖南路 1 号 A 楼
邮　　箱 yilin@yilin.com
网　　址 www.yilin.com
市场热线 025-86633278
排　　版 南京展望文化发展有限公司
印　　刷 南京新世纪联盟印务有限公司
开　　本 880 毫米 ×1240 毫米 1/32
印　　张 15.875
插　　页 4
版　　次 2022 年 2 月第 1 版
印　　次 2025 年 6 月第 2 次印刷
书　　号 ISBN 978-7-5447-8643-0
定　　价 78.00 元